凤权录

修竹 著

上

中國華僑出版社
北京

目录
CONTENTS

第一章 弯弓做男儿 / 001
第二章 良玉无良媒 / 007
第三章 恶人有兽心 / 017
第四章 少年足风流 / 029
第五章 初入相思门 / 053
第六章 故人亦非贤 / 091
第七章 浓愁似个长 / 119
第八章 难断家务事 / 235
第九章 频繁起祸端 / 253
第十章 莫欺少年人 / 271

第一章

弯弓做男儿

万历十六年，重庆府忠州。

正值秋高气爽的时节，已近黄昏，日头西斜，晚霞染透半边天际，黛色群山迤逦连绵，山脊余晖遍布，山间鸟鸣声、秋蝉声悠扬婉转。蜿蜒的盘山小道上，不时有头戴儒巾、身着襕衫的男子结伴而行，面上或是显出喜悦之色，或是带着绝望悲伤，口中谈着的皆是此次乡试自己发挥如何。三三两两的人群后面，有一个面容清俊的男子恣意独行，浓眉墨扫，双目聚神，身上衣袍整洁挺括，似是闲庭信步般，行走于这巍峨的山脉之中。走在前面的秀才们频频回头去瞧那人，末了嘴角弯起抹嘲讽的弧度："听说他无父无母，自幼便被人捡去，大约是要做入赘女婿的。不过话说回来，他岳父家倒是有些本事，就是鸣玉溪畔的秦家。这次他说不定能中举。"

另一人闻言一挑眉："啊？就是他吗？名为陆景淮的？不过我听说那秦家小姐可……"

先前那人一边点头一边回头去看，冷不防与陆景淮的视线对上，见对方神色淡漠，似已带了怒意，又立马转回身来，不敢再瞧。

这几年水旱灾祸频发，田中也收不出什么东西，百姓没了指望，只好出来摆摊。可若这摊子摆在城中，还要交些摊位的租赁钱，众人一合计，皆觉得这坪头山是处摆摊的好地方。此山东南接石砫县，且不说每逢乡试，秀才们出忠州总要经过此处，即便是平日里，这里也是来往行人不断，再加之坪头山的山路还算平坦宽阔，所以大家便一窝蜂将摊子支在了这里。众摊多以四根细竿挑起个棚子，贩卖时令果蔬的小贩摊前有十余种货物，纵横整齐，见远处有人过来，急忙扯开嗓子叫卖几声，远远望去，果蔬五光十色，使人眼花缭乱，倒是给这清一色的黛山带来了些别样风韵。除去这些果蔬摊子，路两边更多的是茶摊，在布棚中砌个老虎灶，及腰的粗大茶缸赫然立于上方。虽说这档次无法同城中茶楼相比，可胜在价格公道，且生津止渴的功效亦是一样，所以秀才们走累了，自然会进去买碗茶歇歇脚。

陆景淮今日也走了一段不短的路程，腿脚有些发酸，挑了家看起来还算干净的茶棚便一头扎了进去。

老板正在朝缸里加水，被水汽腾得睁不开眼，见陆景淮来了，急忙将长嘴铜壶放下，手在腰间围着的围布上擦了擦，声若洪钟："公子来碗茶吗？"

陆景淮应了一声，掏出五枚铜板递给老板，自己端着碗随意找了处空位，撩袍而坐。

今日摊子的生意还算火爆，几乎座无虚席，众人聚在一处吃着瓜果谈着天。

一个面色黑红、体魄结实的男子摸着眉毛旁的一颗黑痣道："前几日山贼又下山行歹，有不少人家的姑娘和媳妇被掳了去。"

坐在他对面的人长叹一口气："这外有倭奴横行，内有山贼作歹，世道要乱了啊，唉。"顿了顿，又笑道，"不过那大姑娘小媳妇的，即便不被人掳去，也轮不到你王二狗头上啊，城中那些富家公子哥还等着娶亲呢。"

王二狗扭头朝地上啐了口唾沫："我要娶也是娶大户千金！那些小媳妇我还瞧不上哩！"

众人闻言一阵哄笑："千金？武德将军秦良玉不就是个千金吗？怎么不见你去求亲？"

王二狗斜了众人一眼，将桌子拍得震天响，惹得其余桌歇脚的客人频频侧目："你们这是说话吗？那秦良玉个头比我还高一些，将她娶回家等着日日被修理吗？"

众人又笑，字里行间满是耻笑之意："其实就你这样的，若是能有人修理也是不错的了，毕竟秦良玉领兵打仗在行，说不定你还能当官呢！大家乡里乡亲地住着，将军想必会好好关照你的。"

王二狗将手中瓜子壳朝地上一扔，大约是将这笑谈当了真，嗅到了爱情来临的味道，气急败坏地起身指着其中一个将裤腿卷到膝盖之上的人，道："除去领兵打仗，她其余干啥啥不行，吃啥啥不剩，我娶个废物回家做什么？"

陆景淮听到这话，喝茶的动作一顿，抬头朝那桌人瞧去，正要上前理论，那人又继续道："也就是那刚来的曹家不知内情，才会让曹皋曹公子屡屡上门提亲。"

王二狗咂了咂舌，似有惋惜之意，附和道："听说这事也是曹公子自愿的，真是可惜了那痴情种曹公子了。那小娘们瞧着便木讷得很，问她个什么话，不是'噢'就是'嗯'，估计脑袋也不太灵光。可就是这样，她都死活不答应这门亲事，也不知是怎么想的。"

陆景淮一口茶呛到了鼻腔里，只觉鼻头阵阵发酸，把碗一放，将要起身时忽见与那桌人一桌相隔之处，有一个男子背对众人，独坐在角落的长凳上，身姿挺拔，正低着头，不用想也知是在喝茶、吃点心。他径直朝那人走过去，拍了拍那人肩膀，问："你来接我回家？"

"嗯。"那人应了一声，利落起身，缎子上乘的直缀垂至鞋面，大步向摊外走去。

陆景淮追上那人的步伐："来很久了吧？"

"嗯。"那人又点了点头。

陆景淮终于有了一丝笑模样："怎么不问问我此番赴考是否顺利？"

那人这才回头，入目乃是一张端正中又带着些阴柔的脸，远山眉黛下，一双眸子灿若星辰，其中隐有犀利之色，鼻梁高挺，色泽偏淡的薄唇此时正微微抿着："你心情尚可。"

陆景淮面上一贯的从容终是碎裂开来，扶额道："良玉啊，你真是越发不会聊天了呢。"

恰逢两人路过那王二狗一众的桌边，众人一听"良玉"二字，神色僵硬，凡是手中抓着瓜果的，一时不知是该吃还是该吐。秦良玉目不斜视地走着自己的路，仿佛方才压根未听见众人的话，面上也没有表情。

秦良玉与陆景淮并肩徐行，陆景淮堂堂六尺男儿，秦良玉却也只比他矮半截手指。

甩了甩背上的包袱，陆景淮问道："怎么我去参加乡试的这几日，你又被大家盯上了？"

秦良玉觉得，陆景淮不愧为读书人，这个"又"字用得甚是传神。

这些年战乱不断，大明武官稀缺，去年圣上为补充武官特开了武举恩科，秦良玉便在秦载阳的鼓励下以女儿身光明正大地赴了武乡试，这是她头一次被天下人盯上。

当时，到达考场后，她自然少不了遭人耻笑，主考官坐于高位，直接呵斥道："胡闹！你一个女儿家，来凑什么热闹？回去回去！"

她自然不会如此轻易地便被打发了，站在主考官身前五步，一本正经地反问："女儿家就不能来应试？是大人您规定的？还是您怕我取得名次，丢了你们男人的脸面？"

在场的人哄笑出声，有人扯着嗓子道："这小娘子还怪倔的，过不过得了文试还是一说。小娘子，你识不识字啊？不识字晚上来找哥哥，哥哥亲自教你啊！"

那人话落，周围又是一阵嘲笑。

她在一句句或歹毒，或轻蔑的话语中淡然处之，仿佛那些人口中说的不是自己一般。

主考官的老脸也沉了下来，猛地一拍桌子："肃静！你们是要造反不成？"而后又冷觑着秦良玉，"黄口小儿竟如此不知天高地厚！你若要考，那本官便让你考！若是考上了，本官举荐你做官！"

秦良玉抬了抬眼皮："不劳大人费心，我若取得了名次，日后自会入仕。"

武举首考文试，唯有此项合格，才可进入下一科。因是恩科，是以文试内容并不见有多复杂，只要将《武经》默写出来便可，毕竟眼下倭奴四起，朝中看重的，还属武试。

秦良玉毫不费力地便过了文试，令落第试子瞠目结舌。有心胸狭隘者，在她门前叫骂："你这小贱人，竟能过了文试，怕是将那考官陪得不错吧？"

秦良玉端坐在桌前，细细翻着兵器谱，并未将门外杂音听到耳中。

后来的武试，则是以骑射为主。她本对这两项极其在行，但也难免因有人在她身上动手脚而出岔子。在经历了被人故意撞下马险些被乱蹄踩死、试箭时差点被身边人手滑一箭射死等一系列胆战心惊的事之后，秦良玉终是拔得头筹。主考官无话可说，板着脸送走了只字不提被人谋害一事的她。

待到了今年，她本与陆景淮打好商量，若陆景淮乡试中举，她便陪陆景淮一同进京，租个院子备考，但不料遇上倭奴从江南一带登岸，在境内大规模烧杀抢夺一事。这下中了乡试的众武试子也不用比试了，直接拎着武器便随大明军上了战场。

秦良玉自幼便对行军打仗一事兴趣颇深，此次平倭战上，也算施展了抱负。她献计于军中主将，后大军因此奇谋取胜，她立了功，朝廷授正五品武德将军职，镇守西南。“武德将军”“镇守西南”，这些话听着威风，但其实，这职位也得不到什么重用。

秦良玉她爹秦载阳乃是岁贡生，以兵法见长，名动一方，朝廷曾多次请其入仕，皆被婉拒。彼时秦载阳听闻她立了功，当即令她上书请罪，由此，天下皆知新晋的武德将军乃女儿身。此事一出，举朝震惊。

这些年皇帝不怎么上朝，躲在后宫也避免不了被言官上书骂得狗血淋头。皇帝正因这些无情的碾压而情绪暴躁，此时再一听秦良玉的事，总算是找到了情绪的宣泄口，直接掀了桌子，从羊脂玉雕花龙榻上一跃而起：“她大胆！朕要诛她九族！”

阁臣们闻言相互对了个眼风：“圣上，眼下倭奴肆虐，根本征不到兵，形势所迫，朝中确实需秦良玉这般的可塑之才。”那人自动将“的可塑之才”前的“主动送死”四个字咽回腹中。

其实道理皇帝都懂，但他深知，这话若是从他口中说出，又免不了被这几个老东西骂得体无完肤。他懒洋洋地瞥了身前的几人一眼，心道这话可是从你们口中说出来的，同朕可是半丝干系没有，当下便龙爪一挥，迫不及待地道：“功过相抵，这事便这么定了。”

秦良玉自此入仕。

第二章

良玉无良媒

秦良玉不答话，施施然迈着步子，陆景淮伸手在她面前上下晃了晃：“你有心事？”

秦良玉面沉如水：“嗯。”

陆景淮无奈追问：“什么心事？”想起方才众人所说，他又冷哼一声，“若是我未猜错，是曹家屡屡被拒后，直接派人散播谣言，逼你下嫁一事吧？”

“嗯。”秦良玉抬了抬眼，这才道，“他非真心求娶，我也没有成家的想法。先不说这事了，家中饭菜大约已经出锅，我们走快些。”

陆景淮原本还想问问她，若是她心中那人站在她面前，她的想法是否还会如此坚定，此时忽听她说要走快些，当下俊脸一白。幼时被秦良玉强行拉着展示轻功满院飞的事情不期然跃上脑海，他正要伸手制止秦良玉，便被她握住手腕，而后纵身一跃，两人便顺着陡峭山势直下。衣袍翻飞，耳边风声凌厉，陆景淮被吹得睁不开眼，心也跟着翻了几次，几欲跳出胸腔。

落地后，秦良玉神态自若地瞧了衣衫不整、儒巾斜挡在眼前的陆景淮一眼，疑惑地道：“你怎么这副模样？”

陆景淮慌忙地推开她的手，跌跌撞撞地跑到山脚下，扶住一棵小树，俯身狂呕起来，边吐边赞扬道：“你的轻功，越发了得了，呕……”

暮色四合，小镇上行人皆已归家，街道上只剩白日里过路人随手留下的果皮、竹签，以及被秋风扫下的落叶。忠州天气多变，白日里还是晴朗的天，到了晚上便是一副风雨欲来的模样，因要下雨，晚风尤其大。

秦家在镇子的东面，端端正正的房子，并非达官显贵家的高基重檐、重重院落，只是寻常的朱墙瓦黛，不奢华却十分温馨。

秦良玉同陆景淮加快步伐，两人前脚刚迈入门槛，后脚大雨便倾盆而下。

下人见两人回来，急忙过去行礼。往日给秦良玉打扫屋子的丫鬟生得水灵，甚讨秦良玉喜欢，借着给秦良玉撑伞的工夫，低声道："小姐，城东的张媒婆又来替曹家说亲了。"

秦良玉的脚步硬生生顿在原地，再一想还要想些托词将人打发了，身上立时起了一层鸡皮疙瘩。但因她从小面上的表情便不怎么丰富，此时最大的反应也不过是眨了两下眼睛。她淡淡地瞧了一眼灯火通亮的前屋，转头对丫鬟道："我回房了，母亲问起，你便说我还未归家。"

陆景淮甚是从容地拉住她："方才这么多人跑过来行礼，你以为媒人有眼疾？再者她好歹是长辈，你这么做有失礼数，不好不好。"

秦良玉："……"

秦良玉拖着步子跟在陆景淮身后进了正屋，便见手戴上等羊脂玉玉镯，头插金簪，浅绿褙子下配了条大红色花裙子的张媒婆正坐在下首同秦载阳夫妇说着话。张媒婆已是徐娘半老的年纪，往日说成的亲事少说也有千来桩，可谓是见惯了大小人物，方圆百里的百姓，无论老少，见面皆唤她一声张姨。

见过大世面的张媒婆在与秦载阳夫妇说话时，神色间也不免有些局促。毕竟给这种五个儿女各有千秋，且大多以杀人见长的官宦人家说媒，她心中也是十分有压力的。此时见陆景淮与秦良玉回来了，她急忙站起来行礼，目光扫过陆景淮时，眼里的光恨不能在陆景淮身上烧出个窟窿，再一瞧秦良玉，那阵光忽闪了几下，登时熄灭。

方才秦良玉隔着雨幕瞧见张媒婆时，还以为是谁家筐中的绿缨红萝卜成了精，吓得半晌没敢迈步，此时见她行礼，这才应了一声，又随着陆景淮向秦载阳夫妇行礼。

"景淮啊，你来，为父有话同你说。"原本端坐在雕花红木圈椅上，正盘着手中一百〇八颗小叶紫檀手串的秦载阳朝陆景淮招了招手，"走，我们去书房说。"

秦载阳长相文雅，虽常年在日光暴晒下教武，皮肤却仍白皙，秦家几个孩子晒不黑这点便是随了他。

经过秦良玉时，秦载阳拍了拍秦良玉的肩膀，暗暗朝她使了个眼色：爹带着你三哥先行一步，这事你自己掂量吧。

秦良玉面无表情地与她爹对视。

秦载阳："……"

秦载阳与陆景淮一走，张媒婆面上的局促之意少了许多，见秦夫人容氏满面慈爱地将秦良玉叫到身边，不屑地撇了撇嘴，开口前她微微挺直了身子，硬挤出一串干笑："夫人，方才奴家也同您与秦老爷说了，您说等将军回来再议，眼下将军回来了，您看是不是……"

容氏性子恬淡，不愿与人争执，往日待人接物亦是轻声细语的，此时虽不满张媒婆说的这门亲事，但性格使然，也未在面上表现出来。她眉眼含笑，瞧着自家闺女："良玉啊，今日张姨来家里，还是为了先前那桩事。"

秦良玉瞧了瞧脸上挂了霜般的张媒婆，神色淡淡地道："嗯。"她顿了顿继续，"我刀还未磨，先告退了。"她走了两步又停住了，微微偏头，"以后莫要再来了，我此生不会成亲。"

有朝一日，她若成亲，对方定是个顶天立地的英雄，比如说那个人。

思及此，秦良玉脑中又浮现出自打听说他的名号起便自己勾勒出的一道身影。

张媒婆一听，浑身一颤，知道这事还是没戏，但今次来，她是收了曹家的巨款的，若这事不成，曹家也放了话，这些小钱自然不会要回，但是她这媒馆，定然是开不成了。这武德将军虽名声不好，但这么些年来也从未见她报复过那些背后嚼她舌根之人，与其得罪曹家，倒不如硬着头皮再劝劝将军。

思及此，她轻砸了下手掌心，笑意更甚，想上前拉秦良玉的手套近乎，却又不敢，只好站在原地语重心长地道："将军啊，您是个深明大义的人，恕奴家说句大实话，您眼下的的确确是前途大好，但女人嘛，最后图的是什么？不就是图觅得一位良人嘛！是，曹家公子年纪小，人风流又好玩，但男人也都是三妻四妾的，待过几年定性便好了，毕竟曹家家大业大，钱是花不完的，您过去吃香的喝辣的，日后也有个保障，这仗总有打完的一日，可那时您再想嫁人也嫁不出去了！现下咱们家乡有关您与陆公子的风言风语想必您也都知道，女儿家名节最重要，也就是曹公子有度量，不在意这些，三番五次地求亲。由此可见，曹公子他待将军您是一片真心，他都不计较这些，您便应了算了，怎么还端上架子了呢？难不成是有什么难言之隐？"她眼珠子转了转，又道，"诚然，姑娘家面皮薄，矜持些也在常理之中，但那些姑娘可都是炙手可热的抢手货哩，将军您这……”

秦良玉听罢张媒婆的话，并未有多大的反应，低头看着掌心的茧子，似是未听出她字里行间的讽刺之意。

一室静谧，张媒婆见秦良玉良久不说话，以为是自己方才那番话起了作用，不禁暗自得意起来。殊不知此时秦良玉早在心中将她骂得狗血淋头：是哪个地里出来的红萝卜精便回到哪片地修炼去。若是瞧那曹皋好，你便嫁了算了，又何苦唾沫横飞地来劝我？

张媒婆捋了捋原本便整洁的青丝。

秦良玉忽然从椅子上站起来，视线在张媒婆面上一滑而过，而后转身对容氏行了一礼，一言不发地扬长而去。

身后容氏吩咐府上丫鬟：“这雨还未停，送张姨走时记得带把伞。”

在容氏瞧来，即便张媒婆说的话确实在理，秦良玉有千般万般不好，那也是自家闺女，由不得旁人说三道四。良玉她生性冷淡，不与他们一般见识，但她可做不到淡然处之。虽说做不出什么对骂之事，但下逐客令她还是可以做到的。

容氏送走张媒婆，向后屋走去，路过秦良玉的房间时，从窗中见她正闷头在桌案前刻着木剑，面容肃穆，握着刻刀的手骨节泛白，一下一下似是发泄一般，视线全落在这块尚瞧不出形状的木头上。

容氏轻叹一口气，带着怅然之气渐行渐远。

昨日之事令秦良玉心中不痛快，陆景淮深知她的性子，清早便将她从房中叫出来：“今日街上有集市，左右你我无事，不如上街逛一逛。”

秦良玉捏着终于现了雏形的木剑，看了一眼窗外站着的陆景淮。

陆景淮挑眉：“难不成你还在为曹皋一事闹心？”

秦良玉将木剑随手扔在桌上，起身拍了拍前襟上的灰：“走吧。”

昨日刚降过雨，街道上仍有些泥泞，马蹄不经意踏在水坑中，污黑的泥点四溅。秦良玉偏头见陆景淮不停地擦拭着身上的脏污，道：“你擦也擦不净，既然喜洁，便不应挑在这样的天出门。”

陆景淮哭笑不得：“照你这样说，若是有人告知你打仗有危险，难道你就辞官回家吗？”

秦良玉索性不走了，站在原地盯着陆景淮，陆景淮亦是满面坦然与她对视。

“同理，有些话不是你躲在家中听不见，旁人便闭口不言的，此种掩耳盗铃之法，最是要不得。”见她还是面无表情地望着自己，陆景淮问，“难道是我说错了？况且如今最该心烦的也不应当是你。”

如今最心烦的当数未将此事办妥的张媒婆。

秦良玉昨日特意夜访张媒婆，堪堪撞上一出好戏。

原来昨日秦良玉拿了张媒婆的面子做了鞋垫子，张媒婆又不敢在秦家闹事，回去后提心吊胆的。为避免隔日曹家派人上门砸店，她干脆半夜便收拾了包袱，准备去石硅的娘家躲上几日，却不料刚一出门便被带着家奴守在门外的曹皋给逮住了。曹皋二话不说先是抽了她几个大嘴巴，而后才问：“张姨，小爷我钱没少花，只是不知道你事办得如何啦？”

瞧着眼前数十个壮汉，张媒婆双膝一软，直接跪在地上求饶：“曹公子饶命啊，不是奴不用心办事，只是您知道那可是武德将军，奴乃白衣之辈，若是将军死活不同意，奴是不敢得罪将军的呀！”

抬头见曹家家奴横眉竖眼地又有一个大嘴巴要抡过来，张媒婆突然福至心灵，哭号着将事情全推到陆景淮身上：“况且将军与陆公子乃是两情相悦，这事大家都知道，有道是宁拆十座庙，不破一桩婚，这事您让我该如何说呀？”

秦良玉原本想上去帮一把手，听她如此对答后，又淡然地将迈出的步子收了回去。

“陆景淮？”曹皋将挡在身前的家奴拨开，“他陆景淮是个什么东西，竟敢拿到台面上与小爷相提并论？！”

说到曹皋其人，秦良玉对他的评价委实不高，他算是纨绔中的后起之秀，他爹曹千早些年在一处加起来不过一千人左右的小州任同知一职，后京察时因被查出对朝廷贡献不大而落泊归乡。曹家虽仕途不顺，但因沾了老祖宗的光，冠了个好姓，即便不当官，日子过得也是风生水起。曹氏一族祖荫雄厚，说是富甲一方也不为过。因为曹家有钱，所以附近无论大官小官都好与之攀交情，有些落泊的地方官更是三五不时地向曹家借些钱财，曹家常以此为傲，这便助长了曹皋的威风，一般人都入不了他曹大公子的眼。

只见他一脚踹在张媒婆的肩头，大放厥词：“待小爷去会会那陆景淮，回来再同你算账！”

彼时秦良玉悄无声息地站在暗处，冷眼瞧着那伙人走前又顺手将张媒婆家给乱棍砸了一通，也无动于衷。张媒婆又惊又怒，趴在地上号啕大哭。

曹皋说是要会会陆景淮，但秦良玉知道曹皋不敢登秦家的门，可一时也猜不出他会使什么法子找陆景淮算账。

秦良玉沉默着走路，正要路过勾栏院，忽被陆景淮向后拉了拉。她一抬头，正见在秋日里摇着纸扇、自命风流的曹皋曹纨绔从勾栏门内步出。

“哟，这不是武德将军吗？草民这厢有礼了。”曹皋见到两人时，脸色一沉，说罢还怪模怪样地对着秦良玉拱手行了一礼。

秦良玉没有应声，只面无表情地看着曹皋，想瞧瞧肥头大耳的曹纨绔能玩出什么花样。

一旁的陆景淮面色不豫：“曹公子并无官职在身，这礼行得未免不伦不类了些。既然是见了武德将军，那便要依规矩行叩拜礼啊。”

曹皋面色一变，“啪”地将扇子一收：“你跪我便跪！”

陆景淮虽为人刻板，顽固不化了些，但脾气还是好的，听罢曹皋的话，也不生气，仍旧道：“我只瞧见了我妹妹秦良玉，并未见到曹公子口中的武德将军。既然曹公子见到了武德将军，不行礼怕是于理不合。”沉默一会儿，他又道，“不过我听闻武德将军心慈仁厚，若是遇上个把不识规矩的乡野粗人，大约也不会放在心上。”

三人周围早已聚了不少无所事事的人，众人形色各异，或蹲在街边，或倚在小铺门口，更有在茶楼闲谈的闲情雅致者将窗子支开，趴在木栏上向下瞧，大多都等着瞧曹皋被秦良玉揍得亲爹都认不出来。

眼见人越聚越多，秦良玉终于开了口，正色问道：“你行是不行？”

其实她的本意是，这礼，你行是不行？

周围人不明所以，听秦良玉问出这话，当下哄然大笑，起哄道：“曹家公子，你到底行是不行啊？”

自古男人最忌讳别人说自己“不行”，曹皋被怼得实在是没有了面子，稳了稳心绪，冷笑道：“难不成将军是怕草民不行，所以才一直不答应草民的求亲吗？”

听他提起这事，秦良玉素来冷淡的眸子中带了淡淡的怒意：“你爹早些年京察被革职，难免日后哪位官员有难时将他拎出来做挡箭牌，你曹家不过是想借着秦家在朝中说得上话这一点，从而获得庇佑，这才想将我用作垫脚石攀上秦家，如此目的不纯的亲事，我又为何要答应？”她话落见曹皋变了脸色，也不在意，继续沉声道，“你曹家一直散播谣言毁我名声，我不与你一般见识，按理说是你家祖坟冒了青烟，你应回去好生祭拜才是，可眼下瞧来，你这是因一直得不到我的垂青，所以走火入魔了？”

曹皋见曹家龌龊的心思被秦良玉放在大面上谈，当下白了脸，也知今日定是讨不到什么好。为避免事情越闹越大，传到有心人耳中，曹皋立时推搡开近身的人掉头便走。他因用力过猛，头上网巾掉在了肩上，可谓是狼狈至极。

曹皋走后，众人见无热闹可看，哂笑一声也逐渐散开。秦良玉跟在人群最后朝家的方向走，一直未作声的陆景淮突然开口道：“你无论如何也是个姑娘，说话还是要注意些，虽说不是让你完全依照他人口中的规矩行事，但也不好太离经叛道。”

秦良玉心不在焉地瞧了陆景淮一眼，未吭声。

陆景淮又重重咳嗽了一声：“我与你说的话，你听到了吗？”

秦良玉上头有三位兄长，她拿三哥陆景淮最是没办法，此时见他又要长篇大论地说教，这才点头：“嗯。”

曹皋当街吃了亏，回到家中便大病了一场，卧床整三日，只能吃些粥类的流食。曹家到他这辈，子嗣不多，他爹曹千急得满头大汗，大夫请了一批又一批，日夜守在床前，生怕他出事。

“爹，这仇我非报不可！她一个男人婆有什么了不得的？还有那陆景淮，不过是秦家捡的一个野种，竟也敢在我面前耀武扬威！”曹皋精神转好的头一日，掀了床边的矮几，又将收拾满地狼藉的丫鬟一顿毒打，以此泄愤。

曹千放任丫鬟哭号，只冷着脸坐在一边：“给他们些教训也好，这几日坪头山的那伙山贼不是四处抢夺钱财与女人吗？”

父子俩相视一眼，曹皋嘴角扬起一抹阴笑。

再无用的人身上也是有长处的，比如说曹皋曹大公子。这位曹大公子虽平时瞧起来成事不足败事有余，但他也确实如此。曹大公子专以坑爹见长，并且在这个领域内从未被超越过。他坑爹的效率极快，可谓是说坑就坑，出手毫不含糊。由此可见，他办事还是极有效率的。

他一仰头将药饮尽，而后用袖口抹了抹嘴："爹，儿子身子有些不舒服，暂且上不去山，这事若交给旁人去做，儿子委实不放心，便请爹代儿子上山走一趟，请山上的大王们吃一顿好酒好菜，而后再请大王们下山替儿子报仇！"

眼下世道乱，山贼亦是多，通常是这批刚下山抢完没多久，另一批又浩浩荡荡而来，当真是前赴后继。要说山贼们也是胆大包天，青天白日的便敢做那当街强抢民女的勾当。这事传到秦家，自然是让告假在家的秦良玉寒了脸，她去到后院的练场，随手抄起把长枪便要出门，被闻讯赶来的容氏给拦在门口。

"你这是做什么去？"

"平山贼。"秦良玉将长枪一收，立于身边，线条略显坚毅的面容上沉静不已。

"不许去！你爹去郡学之前是如何叮嘱你的？你一转头便忘了？街上的山贼那么多，你一个人又能救多少百姓？不行！不能去！"容氏满面控诉，"你若是出了什么事，你让为娘怎么办？"

秦良玉被容氏哭得没了脾气，面上的冷凝之意有些许的松动，沉声道："这……可是……"她的脑海中又浮现出被抢姑娘们哭花的芙蓉面，稳了稳心绪，硬声道，"我必须去。"

容氏纹丝不动，挡在秦良玉身前哭得梨花带雨。秦良玉见容氏如此，一时有些手足无措。她自幼面上便不爱带着表情，但这不代表她没情绪。她开心时，会面无表情地大笑；生气时，会面无表情地冷笑；睡觉时，若是做了好梦会面无表情地轻笑。诚然，这几种笑都足以叫人毛骨悚然，但她记得，每每她笑时，容氏便会开怀许多。思及此，秦良玉轻咳了一声，而后面无表情地对着容氏朗声笑了笑，毕竟她开怀了，容氏便不会再哭了吧。

谁知容氏听闻笑声，更是哭得快背过气去，秦良玉委实没了法子，只得让人去请陆景淮。

陆景淮赶到时，秦良玉正面容沉寂地站在容氏身前，她身形略显僵硬，长枪扔在脚边，十分孤单。

"母亲。"陆景淮上前唤了一声，而后看着秦良玉，"你是越发能耐了？"

秦良玉被问得哑口无言，半晌，才一板一眼地道："是我的错。"

容氏见陆景淮来了，顿觉有人撑腰了，老四从小怕老三，这事她是知道的，当下紧紧握着他的袖子："景淮啊，将良玉看好了，莫让她出门啊！"

陆景淮点头："知道了，儿子这便将她送回房，您不要再哭了，当心哭坏了身子。"

秦良玉在陆景淮的护送下，回了自己的房间，路上她试图说服陆景淮，为此还破天荒地长篇大论了一番："三哥，被抢的姑娘们与我也没差多少岁，她们被抢了，她们的爹娘难道不会伤心？你读了这么些年的书，在这事上，你怎么能帮着母亲？"

"天地君亲师，长辈说话做事自有他们的道理，母亲吃的盐比你吃过的饭还多，你便老老实实地待着。"陆景淮板着脸训斥。

秦良玉不服："我从小吃饭从未下过三碗！"顿了顿又道，"母亲她口重！"

陆景淮没好气地瞪了她一眼："说来说去你还是想出去。"话音落，他沉默了会，"不如这样，我先去街上瞧瞧，若是那山贼还在，我再放你出去。"

秦良玉恨不能一个手刀劈在陆景淮的后颈，但这事也只是想想，若她打不晕陆景淮，待他反应过来后，晕的便是她。

陆景淮这一去，是久久未归，秦良玉在房中等得心焦。眼见又半个时辰快过去了，却还是不见他人影，秦良玉心里七上八下的，正要出门去找，便见门房拎着衣摆飞快地跑进来，结结实实地一头扎在她的脚旁，气还未喘均匀："小姐，方才曹皋曹公子派人送来封信，叮嘱小的务必让您亲启。"

秦良玉这才瞧见门房手里还捏着封信。她一把将信封撕开，只见曹皋那歪歪扭扭的字活似一条条毛虫爬在纸上，仿佛是用脚写的一般，上书：想救陆景淮，子时一刻至坪头山。

秦良玉当场将信撕得如雪片，深更半夜让她去坪头山，曹皋的小算盘如司马昭之心，路人皆知。她寒着脸倒了杯水，一口饮尽，又静坐半晌，这才起身出门。

房中伺候的丫鬟见她面色十分不善，哆哆嗦嗦地拦住她："小姐，您这是去哪啊？一会若夫人问起……"

"你便说我与景淮外出逛街了。"秦良玉虎步生风，眨眼间便消失在秦府大门口。

第三章

恶人有兽心

此番陆景淮失踪一事与曹皋扯上了干系，想到曹皋那阴险卑鄙的性子，秦良玉不敢贸然行事，离了秦府，先到州府衙门报官。

衙役们正三三两两聚在一起谈天，一派颓靡之象，秦良玉负手站在门口，静静地瞧着众人。

大约是她的视线太过凌厉，其中一位衙役猛然转过头来，见到秦良玉后手一抖，原本想呵斥一声，但转念想到她是朝廷命官，也不敢太放肆，小跑着过去行礼："小的参见武德将军。"

秦良玉没说话，直接绕开众人朝衙门内走。

衙役又追了上来，问："不知将军大驾光临有何贵干啊？"

秦良玉从牙缝里挤出两个字："报官。"

听说武德将军要报官，众衙役面面相觑，先前说话那人又道："将军您先坐这稍等片刻，小的去叫知州大人。"

少顷，忠州知州拎着官袍袍角快步入堂，而后跪在秦良玉身前："忠州知州严武冈参见武德将军。"

秦良玉抬了抬手，直接说明来意："曹皋绑了我三哥，约我半夜前去坪头山，我此番来是向你借人的。"

严武冈已年近六旬，平日里管的都是些偷鸡摸狗类的闲事，眼下一听秦良玉的话，心急跳了几下，他偷偷地瞧了秦良玉一眼，本能地想推卸此事："这衙门里当差的本就不多，可能没有多余的人……"

秦良玉抬了抬眼皮："你不是人？"

严武冈身子一僵："这……"

秦良玉又道："找不着人便想办法，我要二十人，若子时在坪头山见不到这些人……"

秦良玉起身朝门口走，似是要离开，行至门前，回身挥臂，但见一道寒光一闪而过，一把锃亮的匕首擦着严武冈的头顶，而后钉在堂中匾额之上。又扫了堂上哆哆嗦嗦的众人一眼，秦良玉这才翩然离去。

未到子时，秦良玉便已到了坪头山。严武冈等人比她到得还早一些，个个神色闪烁，戳在半人高的草丛中，宛若一个个稻草人。

"将军，接下来我们该如何？"严武冈畏畏缩缩地发问。

秦良玉低声道："你们见机行事便可。"

众人犹犹豫豫地点了点头，而后蹲在草丛中，借此遮掩身形。

子时一到，山脚那头传来一片光亮，夹杂着脚步声和说话声。不作他想，这时候出现在此处的，除去曹皋怕是也不会有第二人了。

曹皋大约也是怕遭到秦良玉报复，此番特意带了三十余人，气焰十分嚣张，未等人至身前，张扬的话语声便随风传了过来。

"今夜爷便尝尝武德将军的滋味。"

衙役们闻言，视线一致投向秦良玉，却见她置若罔闻，只静静地看着曹皋等人走近，而后淡然迈步而出。

曹皋见到秦良玉时，眉眼俱是笑意，言语轻佻："哟，这不是咱们大名鼎鼎的武德将军嘛。"

今日许是为了让秦良玉深刻认识到自己错过他是多么可惜的一桩事，曹皋出门前特意打扮过一番。他油腻腻的脸上拍了层粉，有些地方未曾拍匀，尚成细小的粉块状，左腮那颗黑痣上的毛随风轻颤，离得近了，浓重的胭脂味熏得秦良玉连打了几个喷嚏。

秦良玉收回视线，也不同他废话，开门见山地问："他呢？"

曹皋"嘻嘻"笑了几声，芝麻粒大小的眼睛已被脸上的肥肉挤得没了影："实不相瞒，我听说陆公子被山贼抓了，不过这事说来也凑巧，我与那伙人说得上话，若你想救陆公子，那便跟我走。当然，你若觉得你一个人也能救出他，倒也可以试试。只是我丑话说在前头，那伙人可是喜怒无常，待你到了，说不定只来得及给陆公子收尸。”

秦良玉冷觑着他：“条件。”像曹皋此类厚颜无耻之人，秦良玉并未指望他是来积德行善的。

“武德将军的性格够爽快，但是这次你当真是误会我了，大家无论如何也是老乡，这次算我曹某人帮邻居了，只望日后将军再瞧见小的时，勿要羞辱便好。”

秦良玉冷哼一声：“曹皋你勾结山贼绑架百姓，竟还敢如此大言不惭，当真以为忠州衙门是摆设吗？”说罢她转身瞧着草丛处，“严知州，这事你说应当如何处理？”

草丛里半晌未传来任何响动，曹皋见状大笑几声，跟着道：“是啊，严知州，你倒是出来评评理。”

曹皋话落，这才见严武冈等人悻悻地从草丛中站起来。他们的头几乎垂到胸前，而后一语不发地朝秦良玉的方向走来，再越过秦良玉，站到曹皋身边，眼神闪躲不已。

秦良玉眼中的落寞只是一闪而过，她对此情况似早已习以为常，无甚反应，只盯着身前众人，一语不发，眼圈却是微微发红。

曹皋站在光亮处，瞧不清她的表情，大笑过后道：“严知州啊，你今日表现得不错，便依之前所说，你欠我曹家的那些小钱，不用还了。”

严武冈闻言，竟是跪在曹皋身前连连叩首，口中连道：“谢曹公子！谢曹公子！”

曹皋摆摆手：“这没你们的事了，先走吧。”

坪头山脚一时间只剩下曹皋及其家仆与秦良玉。

“你大费周章让我独身前来，究竟所为何事？”秦良玉声音波澜不惊，目光越发冷了起来。

曹皋理了理耳畔被风吹乱的发丝：“唉，将军此话差矣，我们不是说好了要救陆景淮陆大公子吗？方才我也说了，陆公子是被山贼绑走的，那帮人占山为王，自然以山为家，这山脚处有个门，入了门便可见到陆景淮陆公子了。”话音一落，曹皋抬手在空无一物的身前挥了挥，又斜睨了秦良玉一眼，“那将军请？”

秦良玉负手一语不发地盯着他，她的影子当头将曹皋罩住，沉吟片刻，这才与曹皋一众人入内。

洞内寒冷潮湿，秦良玉跟在曹皋身后，紧紧地盯着曹皋的一举一动，以便在遇到变动时可以最快地做出回击。

石洞绵长，似是看不到尽头，曹皋的脸在跳跃的火把光亮下，表情荫翳难辨。又走了许久，曹皋突然停下脚步，一把拉住秦良玉的手："将军，陆公子就在这屋内，请吧。"

秦良玉平白被曹皋占了便宜，正要抬掌教训他时，忽觉头有些晕，身子亦是渐软，她踉跄两步，尽力稳住身形，听得已幻成三四道身影的曹皋的说话声忽远忽近："将军？将军？请吧。"

秦良玉意识渐无，整个人被曹皋揽入怀中，恍惚中只听曹皋淫笑着说了些什么，却已无从分辨。

再醒来时，眼前情景已换了一遭，此处像石室而非石室，石壁凹凸不平，室中温度不高，唯一的光亮乃是石壁烛台上的一双红烛，有风自石门底下的缝隙处吹进来，烛光随风摇曳，凉意使秦良玉越发清醒。她眨了眨眼，过了好一会才瞧清面前坐着的曹皋，她暗中打量了四周，见门口并无曹家下人们的身影，眉头稍稍舒展了些。

曹皋此时也换了一副嘴脸，跷着腿回视着她："不愧为武德将军，醒得居然这么快。想来我那迷药，量有些小了。"

秦良玉动了动手，这才发现自己被粗绳捆在了椅子上，索性也不挣扎了，沉着脸与曹皋对视："你想做什么？"

曹皋好似听到了天大的笑话一般，仰首大笑一阵，而后倏然止住声音，收放自如得令秦良玉咋舌称赞。

他敛了眸子："武德将军，过了今晚你便是我的人了，如此也正好省了聘礼，待你过了我曹府的门，届时我瞧你在我曹家还如何威风！"他狠狠地哼了一声，"我就是要等你清醒，让你亲眼瞧着自己是如何在小爷身下承欢的！往日小爷给你脸你不要，你当真以为小爷喜欢你？若不是瞧着你秦家还有些用处，小爷我会瞧上你这个要胸没胸、要屁股没屁股的男人婆？我呸！你少往自己脸上贴金了！"

秦良玉试了下捆着她的绳子，沉声应了一下："嗯。"

曹皋起身，负手一步步逼近："其实这么瞧着，将军还是有几分姿色的，这小皮肤也是滑溜溜的，熄了蜡烛，小爷用着都一样。”说罢他便将嘴凑到了秦良玉细长的颈间。

秦良玉被他恶心得实在是没了法子，暗中运了气，双臂使力一挣，原本捆着她的三指粗的麻绳登时断成几截，她一记断子绝孙脚踹在曹皋的裆部：“曹家家大业大，捆人的绳子竟是这么寒酸。”

曹皋似是未料到秦良玉会挣开绳索，当下被踢得七荤八素，捂着裆部满地打滚着号叫，周身皆是扬起的灰尘，他外头罩着的绵绸褡护不多时也脏得瞧不出绣纹。

“你曹家即便再瞧不起我，捆人的绳子总该像样些吧！拿条铁锁链是对我最起码的尊重，你可记得了？”秦良玉冷眼瞧他滚了半晌，一脚踩在曹皋的下身处，“他呢？”

曹皋抱着秦良玉的腿，从喉咙中零碎地挤出几个字：“放……放了。”

秦良玉又问：“完好无损？”

曹皋的沉默换来了更加沉重的打击，秦良玉脚上的力道又加重了几分：“说。”

“我也不知道……方才有人传话到我府上，只说他不见了，陆公子天资聪慧，许是自己回去了……”

秦良玉平时鲜少动怒，即便被人说得那样不堪，她也从未与那帮缺了八辈子德的人一般见识过。只因她心中守着底线，任何不涉及家人的缺德事，通通不叫缺德事。此番曹皋的举动算是犯了她的大忌，秦良玉又飞起一脚踢在他的面门上，但听他闷哼一声，而后便不再挣扎，昏死过去了。

秦良玉自石壁上取下蜡烛，摸索着在这空旷的石室中找着出口，手下触感相同，坚硬且冰凉，蜡烛将要燃尽时，她终于摸到一处圆石凸起，向下一按，石门轰然而开，带得整座石屋跟着颤了一颤。

一阵阴风迎面而来，烛光转灭又复明，秦良玉眯了眯眼，沉步向石洞深处走。行了大约百余步，借着已快熄灭的微弱烛光，她依稀瞧见前面不远处似乎蹲着个人，正要仔细瞧时，烛光随着阴风摇曳不止，最后灭了。

洞中复又漆黑一片，秦良玉虽胆子不小，但此时也是有些惧意的。

“谁？”

那人想必也听到了脚步声，问话的声音亦是发抖。

秦良玉起初听对方是个人，心当下沉回了胸口，后又听对方还是个女子，心更是放回了骨盆。她站在原地，不说话，也不动，果不其然，下一瞬，那女子便慌了，哭喊着问：“谁在那？”

秦良玉被她号得头皮发麻，不得已才开口：“你是谁？”

秦良玉嗓音偏低，不细辨听不出是男是女。那人听了之后，安静了片刻，又哭得更加起劲：“公子救我啊，奴家是被他们劫上山来的。”见秦良玉不为所动，怕秦良玉不搭理她，又道，“方才奴家逃出来时，瞧见前面似乎有一处屋子可以藏身，只是奴家身上没有照亮的东西，眼下走不到那去了。”

秦良玉蹙眉，沉吟片刻，从怀中掏出火折燃亮：“走。”

女子这才从地上站起来，因方才哭得太过卖力，此时她的妆已花成一片，也瞧不出原本的面目。秦良玉收回视线，安静地跟在女子身后。

“公子，你是怎么摸到这里来的？”女子边说边回头瞧秦良玉，见她生得俊雅，不禁又多看了两眼。

秦良玉目视前方，淡淡开口，不答反问：“你怎么逃出来的？”

女子又捏着袖子擦了擦泪水：“我答应了那山贼……他完事后便将我放出来了。”说到此处，她似是又想起了伤心事，泪珠子一串串向下掉，“他们不是人！绑我的这几日，日日拳脚相加。”

秦良玉依旧不慌不忙地跟在她身后，再不开腔。

女子说的屋子也是一处石室，同曹皋方才绑她的那处并无太大差异，屋中空空荡荡，说话都带着回声。

秦良玉站在桌旁，瞧着女子缩在角落处，举止可疑，似在找什么，不禁冷笑一声，将火折熄了：“我差点便信了。”

没了光亮，女子的声音又慌乱起来，连哭都忘了，语气稍微凌厉起来：“你这话是什么意思？”

女子衣着暴露，一瞧便不是什么正经人家的姑娘，说起话来亦是漏洞百出。方才在路上说日日被毒打，秦良玉还特意瞧了一眼她裸露在外的身子，并未瞧见什么异常。眼下进到石室，她又是一副算计的面容，秦良玉自然知道她并不是自己口中所说的被劫上山的良家妇女。

轻叹一声，秦良玉直接上前锁住女子的咽喉，从容不迫地问道：“你是谁？”

黑暗中突然钳在脖子上的手使女子倒吸了一口冷气，几欲昏厥，她费力地抓着秦良玉的手，断断续续地道："公子饶命，奴……奴乃是这山贼头子的相好。"

秦良玉又使了些力。

女子哭道："奴说的都是真的，那负心汉眼下又有了小老婆，瞧不上我了，我当初跟他的时候也是个黄花大姑娘。"见秦良玉并无松动之意，她又道，"奴方才将你引进这屋中来，的确是存了私心，奴想在那负心汉面前立个功，毕竟来找那东西的人太多了。奴想着，奴要是抓到一个，他定会对奴刮目相看的。"

秦良玉听得云里雾里，但仍没有开口，那女子便从善如流地将话说全了："他们都不知道那东西放在哪里，但奴知道。只要公子你将奴放了，奴便把那东西给你。"

"找。"秦良玉钳着女子的手放松了些力道。

女子战战兢兢地将墙上的蜡烛点燃，又将屋中唯一的一张桌子搬开，但听"哗啦"一阵声响，石榻缓缓从原处移开，女子又蹲下身子在石榻下方摸了半晌。须臾，眼前石壁轰然而开，一只雕龙纹的锦盒出现在两人眼前。

女子神色一松，上前捧住锦盒交到秦良玉手里："公子你找的便是它吧？我听那负心汉说过，这东西是立邦之本，应当是个值钱东西，若是没了便要坏大事的。"

秦良玉点住女子的穴道，这才打开锦盒，见里面放着一块半个掌心大小的黑色羊脂玉玉牌。这玉牌玉质上乘，入手滑润，纹路亦是十分繁复，握在手心时竟觉得整个人神思清明，想必这玉牌非同寻常。秦良玉顺手便将它揣入怀中，想着既然是出现在这山洞的，那这玉牌的来路也干净不到哪儿去，不如出山就将它摔了，并将残渣留在山门口，让这玉牌眼下的主人瞧见后好生心疼一番。

女子见秦良玉要走了，且并无伤害自己之意，登时松了口气："公子您可小心着些，不要踩到地上这些坑洼的土包，墙上有蜡烛，您拿一个照亮。"

秦良玉低头一瞧，这才见地上密密麻麻布了不少凸起的土包，她小心地避开这些东西，走到墙壁处，堪堪将壁上的烛台取下，又听室中一阵铁链摩擦的声音，她急急向后退开几步，抬头就见一只玄铁的笼子从屋顶而降，正落在她方才站的那处。

秦良玉回头瞧着那个女子，眸色微沉："想死？"

女子未料到秦良玉会避开这铁笼，自己眼下又被点了穴位，跪不下去，只得拼命求饶："奴家错了！英雄饶命！英雄饶命！奴家是被猪油蒙了心，英雄千万不要杀我啊，您看在您手中那东西的份上，饶了我吧。"

秦良玉只是随口一问，原本也没想对她如何，此时听她聒噪难忍，直接甩出手中锦盒将其打晕，而后取下墙上的蜡烛，推门而出。

门外仍是漆黑一片，温度比起室内还要冷上几分，即便内力深厚，向前走了一段路后，秦良玉身上也已被寒风打透。她揉了揉手臂上的鸡皮疙瘩，不敢贸然出声。若她感觉未出错，眼下她还在山洞中，这山洞长且暗，无论是眼前还是身后，根本没有一丝光亮标识着出口所在。手中的蜡烛忽闪了几下便彻底暗了下来，秦良玉将烛台一扔，细颈烛台向前滚了几滚，速度渐缓，清脆的声音回响在整座山洞中，传向极远的地方，经久不绝。

秦良玉正要从怀中掏出火折吹亮，忽然觉得身后有人，还不止一个。只听身后的人在高谈阔论。

“今日收获不少，老子抢了好几个美貌的小娘们。”

“每次出山你只会盯着娘们，倒是与六头学学，多抢些钱财。再说我们缺德事做尽，日后说不定会断子绝孙，有钱，也不至于活得太落泊。”

随着声音渐近，秦良玉终于看到了一丝火把的光亮，此处山洞幽深，且毫无地方可以遮身，秦良玉情急之下手脚并用，顺着一侧凹凸不平的石壁爬了上去。

杂乱的脚步声渐近，秦良玉定眼一瞧，身下十数人并肩走过，可见山洞很是宽阔，只是地上乱石成堆，若摸着黑走，极有可能崴脚。从方才这伙人的言谈间不难听出，这是伙有组织、有纪律，但分工很不明确的、以耍臭无赖为终极目的的、胆大妄为且无耻的山贼。秦良玉身子紧贴潮湿寒冷的石壁，待山贼走过后，这才一松手，整个人飘然落地，动作极轻，未有一丝响动。秦良玉瞧出这些人并未有多大本事，跟在几人身后时倒也十分随意。未行多远，她便见这伙人停下脚步，其中一人对着冷硬的墙壁吼了一声：“芝麻开门！”

此人声若洪钟，将秦良玉吓得立在原地呆了一呆，回过神后，便见眼前石壁裂出道缝隙，先是有微光绽开，觥筹交错声随之自内泄出，而后洞中光线越发强烈起来。秦良玉捂了眼，良久才勉强睁开，此时山贼们早已鱼贯而入，而后那石壁又闭合，没有丝毫缝隙。若不是方才亲眼所见，秦良玉死也想不到这山洞中别有洞天。

她站在原地有些犹豫，不知这伙山贼是不是传闻中战斗力极强的那伙，也不知这山洞中似方才那样的石屋统共有多少，更不知方才那山贼口中的“芝麻开门”有什么深刻的含义，但凭多年积累的经验来谈，她以为这并不只是简简单单的“芝麻”。想她幼时，秦载阳为了让她长大后方便混入敌军中混淆对方视听，曾传授了她许多地方的语言，比如蒙古各部的方言以及东瀛话她都会说些，她不由得将这

“芝麻”代入各语种之中，但结果是它的的确确就是个芝麻而已。秦良玉揉了揉肩膀，拔下头上的银簪在方才山贼站定的位置刻下记号，而后掏出火折吹亮，沿着山洞又向前走了近百步。她举起火折向前一照，只见入目处仍是漆黑一片，突然想起晕厥前曹皋曾说这是坪头山，若是如此的话，山的那头便是石砫的地界了，难不成是这伙山贼将山打通了？

她未再向前走，决定同自己赌上一把，转身折回方才山贼进屋的地方，有样学样地对着石壁大吼一声：“芝麻开门！”

眼前的石门未传来一丝一毫的动静，秦良玉挠了挠头，又吼了一声：“芝麻！开门？”

沉重的石门终于应声而开，一支长箭随即而来，秦良玉闪身避过，听得门内一阵桌椅翻倒的声响，不多时，整座山洞开始轻颤，细小的沙砾同碎石从上方而落，洞内石门一道接着一道缓缓开启，数以十计的山贼依次而出，手中或是持刀或是持弓，自室内流出的光亮将整个山洞照得恍如白昼。

有一刀疤横在右边眉骨至左脸颧骨处的男人站在山贼队伍的最前处，没好气地问秦良玉：“你是何人！为何在此喊我的小名？！”

秦良玉未料想“芝麻”只是一个名讳，当下被问得一愣：“呃……这……”

她趁机环视四周，粗略估计了一下，眼前人少说也有四五十，若凭她一己之力，大约……也可以应付。

众山贼持弓相向，秦良玉面上依旧沉着，趁近身的山贼未注意时，抬手锁住一人咽喉，使力向后一扭，只听清脆一声骨骼声响，那人头一歪，整个人便没了气。一个山贼见自家兄弟被杀，当下怒意便沸腾了起来，恶狠狠地朝手心吐了口唾沫，暴喝一声便朝秦良玉冲了过去。

此时秦良玉正俯身拾刀，见状手向前一滑，撑在地上，避开那人的攻势，右腿一伸，卷住那人脖颈用作支撑点，而后整个人顺势而起，骑在那人肩头，手中长刀寒光一闪，那人登时倒地，双眼还未来得及闭上。

有了长刀护身，秦良玉有如神助，左砍右劈间便冲出了一条血路，洞中乱箭如雨，秦良玉全程只能向后倒退着冲出箭阵。她以长刀作盾，将乱箭与自己隔开。

此次追杀秦良玉在山贼们的计划之外，众人随身挎着的箭筒很快便空了。这一路追来，山贼被秦良玉杀了近一半，她步速渐慢，已有疲态，剩下的另一半山贼，则仍是龙精虎猛，不见半分疲累，其中一人见秦良玉体力不支，突然疾步向前，长刀脱手而出，泛着寒光的刀尖紧贴秦良玉脖前划过。秦良玉避闪不及，咽喉处几近皮开肉绽，她一手捂在颈间，另一手长刀支地，刀身微弯，似无法承受使刀之人的重量。少顷，秦良玉慢慢后退，直至背部传来一阵凉意。

那人见状，察觉秦良玉身后便是石壁，此下已无路可退，抬手止住了身后的同伴。众人步子骤停，洞中却仍有轰隆回音，那人粗声道："小子，哥几个实话同你说了，你今日撞破了这洞中的天机，必然是出不去的，也别怪我们心狠，怪只怪地狱无门你偏闯！哥几个瞧你也是一条好汉，大不了你死后我们给你烧些纸，今日你便安心上路吧！哥几个给你留个全尸。"

秦良玉虽身受重伤，但周身气势尚在，加之此时背靠石壁，便不用担心腹背受敌，她神情肃穆，薄唇紧抿，缓缓拎起长刀置于胸前，虎目怒睁，一刀竟将那人的首级砍下，动作自然是极快的。她平素虽不擅长用刀，但因自幼便试过各类长短兵器，如今用着倒也能对付。

原本立在身后阴笑的那帮人见状收敛了笑容，取而代之的是一脸阴险，纷纷举步朝秦良玉走来，每一步都极慢，似是有意在给她施压。她也不退避，凌空一记横扫，有一人被刀柄击中，当下横飞出去，秦良玉趁机上前，掐住他的脖子，将那人狠狠摔在地上。对方后脑着地，猩红的鲜血自脑下流出，缓慢地向远处延伸开来。

此时山贼虽只剩十余人，但秦良玉一路冲杀过来，再加之失血过多，委实没了力气，躲避众人追杀时，踉跄了好些次，手肘、脸颊处有不少擦伤。

不知向前跑了多久，秦良玉惊觉眼前出现了一条分岔路上。她站在两条路口中间不知所措，身后追兵在即，她无暇多虑，一头扎到左手边的路口，又跑了一些距离，她只觉得双腿像绑了沙袋一般重，挣扎着又走了几步，而后便重重地栽倒在地。

"啊！"一声轻微的惊呼声响在秦良玉身前五步远的地方，嗓音偏细，是个姑娘。见秦良玉不答话，姑娘又问："你是谁？"

秦良玉在地上躺了许久，浑身没有一丝力气，那姑娘闻到了血腥味，小心翼翼地挪了过去，伸手摸了摸她。

"别碰我！"秦良玉恍惚中已听不出对方是男是女，也辨不出对方是敌是友，攒了半天的力气才吼了她一声。

姑娘被她吓得面色一白，急忙收回手："你听我说，我叫柳文昭，今日出城上香时被他们掳了过来，与我一起的还有好些姑娘，只是她们因反抗而被捆了起来，我一路虚与委蛇，幸免于难，趁他们不注意便逃了出来，你瞧见前面了吗？"姑娘说着指了指前方，“我方才瞧了瞧，那有一道门，我不知道该如何打开它，但是只要能打开它，我们便有救了，出了这山便是石硅了，我可以找人帮我们。”

秦良玉听得晕晕乎乎，用力晃了晃头，从地上坐了起来，嘴唇发白：“你身上有没有照亮的东西？”

柳文昭哆哆嗦嗦地从袖中掏出颗夜明珠递给秦良玉：“我身上只有这个了。”

秦良玉接过夜明珠时，有些无语，只看着这颗夜明珠，便知这姑娘定然是个有故事的人。

如柳文昭所说，挡在她们面前的的确是一道石门，山贼们便是知道她们逃到这里是死路一条，这才偃旗息鼓在原地休息，等着秦良玉自投罗网。

秦良玉举着夜明珠在石门处一排排摸了过去，仍是一无所获。她又倒退了几步，脚下蓦然踩到了一块拳头大小的石块，低头一瞧，一堆石子横七竖八地陈在地上。她凝神瞧了一会儿地上的石子，而后冷哼一声，依次将位于正东、西南、正北的石块捡起，随着最后一颗石子被秦良玉拿在手中，眼前的石门缓缓地升了起来。

柳文昭眼前一亮，正要问秦良玉是如何办到的，回头便瞧见了追赶而来的山贼。山贼见两人要跑，情急之下，手中暗器脱手而出，直奔柳文昭面门而去。柳文昭惊呼，还未等回过神，已被秦良玉揽住腰身冲出石洞。秦良玉以身体替柳文昭挡了暗器，嘴角有鲜血溢出，她也无暇顾及，顺着怪石嶙峋的山体徒手攀岩，还要抱着柳文昭，实在吃力。此时见对方还是一副男女授受不亲的模样，她不由皱眉道：“不想死就抱紧我。”

柳文昭闻言急忙紧紧搂住秦良玉的脖子，脸上却不合时宜地浮出了两朵红云。

外面天色正黑，漫天星子闪烁，山上早已是冷清一片，只有夜风拂过时，枯叶才会脆响几声。爬上一座孤峰后，秦良玉紧紧地拉着柳文昭的手连夜向前又奔了十数里。路上柳文昭体力不支，秦良玉便将她背在背上，连跑带歇，反复了一整夜，直到天亮时分，才算是瞧见了石硅的城门。

“趁我还清醒，你快些与你家人联系。”秦良玉此时连睁眼的力气都没了，整个人重重地挂在柳文昭身上，“我不知道那伙人是否会追来，你……快些，若是必要时候，你只管自己逃，莫管我。”

第四章

少年足风流

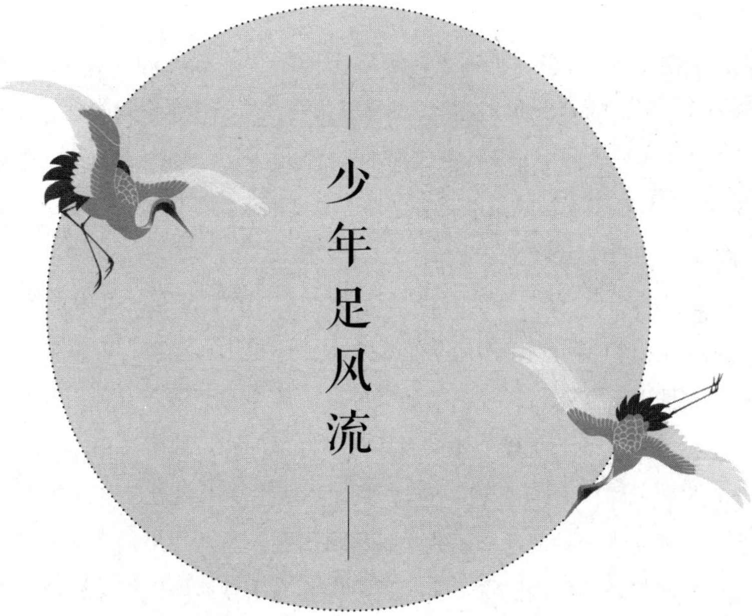

秦良玉身负重伤，却一直不曾将自己舍弃，柳文昭本就感动不已，此时见她还在挂念自己的安危，更是双目含泪，一边将她搀往路旁的客栈，一边道："你放心，今日明威将军凯旋，只要进了这城中，便是到了明威将军的眼皮子底下，他们是不敢进犯的。"

提起明威将军马千乘，那确实是无人不知，无人不晓。确切来说，此人便是秦良玉梦境中曾出现过的人，每次醒来，秦良玉都会在黑暗中默默勾勒他的模样，有时冲动之下，还会生出若此生非要嫁人，那不如嫁他的想法。当然，这事有些难以启齿。除去有一次发梦话不幸被陆景淮听去之外，秦良玉未对任何人说过心中所想。

马千乘今年十八岁，乃伏波将军马援之后，承蒙圣宠，家中世袭石砫宣抚使一职。此人生得相貌堂堂，不论是统兵之方，还是用兵之道，皆手到擒来，御敌之法更是不在话下。三年前，马千乘随父进京，偶遇圣上微服遇刺，护驾有功，加之他自身才德出众，圣上便授予他正四品明威将军一职。此事一出，朝中上下颇有微词，圣上龙爪一挥："你们既然不服，朕让明威将军用实力与你们说话。"

圣上当下便责令兵部尚书以武举各科目出题，又八百里加急调回了几位镇守边陲的总兵。几位总兵代表监督，全程近距离与马千乘接触以供监视。马千乘不负圣恩，科科成绩优异。

状似稳坐宫中的皇帝听闻捷报，这才松了口气，吩咐伺候的太监将这几日心事重重之下不当心戳死的蟋蟀清理出去，对众位阁老道："朕说什么来着？众爱卿可还有什么话要说？"

举朝便再无反驳之词。

马千乘虽是年少，却也未少替石砫百姓做事。

比如前些日，石砫所辖的龙阳峒提出要分离出石砫另投他派，被石砫驳回后，便起兵抵抗，当时无辜百姓频受牵连，死伤无数。初时马千乘的父亲，石砫土司马斗斛还是好言相劝，奈何龙阳峒土司谭彦相吃了秤砣铁了心，一心一意欲脱离组织。追根究底，龙阳峒不安分其实是谭彦相不愿屈居马家之下。见好说不成，马斗斛不禁大怒，琢磨着派兵镇压，长子马千乘闻讯主动请缨，从马斗斛手中接过这份差事。果然他不负所望，不出七日马家军便初战告捷。听闻谭彦相战败后，未敢再提叛乱一事，答应明威将军，一定洗心革面，重新做人，日后定然老老实实窝在自己的地盘，以后再伺机而动。当然，后半句话谭彦相自是不敢明着说出口的。

马千乘大军班师的铁骑浩浩荡荡自城门而来，为首男子身骑白马，戎装加身，日光这时正盛，将他周身镀了层金光，他的脸上绽着淡笑，面容匿在光晕后，有些不清晰。

有隐在路边茶楼中的贵妇、小姐们，只见其体态后已是杏目圆睁，雪颊通红，甚是羞涩地捂住眼睛，却又忍不住再从指缝中瞧上两眼。待离得近了，彻底瞧清了将军的尊容后，他们更觉呼吸不畅。

战盔之下的少年将军，生了好一张端庄面容。双目朗日月，两眉聚清风，脸颊处梨涡浅显，琉璃般的眸子带了些漠然，可谓是一派意气风发之貌。跟在身后的众骑士，个个面色庄严肃穆，身上铠甲已是锈迹斑斑，有些地方尚染着点点血迹。紧随马千乘身后的两匹坐骑之上，两面代表着马家军铁骑的虎狼旗迎风招展，以完好无损之躯向人们展示着少年将军的决心。

吾等立于此处，岂能容歹心之辈为祸一方！

街道两旁一早便守着慕明威将军之名而来的各路白衣百姓，一睹铁骑风采后，无不振臂欢呼，更有情绪剧烈起伏者，当场洒下热泪，由衷感激着军士们以生命为众人换来了安逸的生活。

突如其来的欢呼声将已在晕厥边缘的秦良玉给吼得精神了些，她隔着人群费力地向街心张望，依稀瞧见一个身姿挺拔的男子稳坐马背之上，双目含威，斑驳的铠甲在日光的照耀下格外亮眼，似在诉说着主人的赫赫战功，令人钦慕不已。秦良玉还想再瞧两眼，可因伤势过重，眼皮渐沉，再无力气细看，只好问柳文昭："他们这是在做什么？方才那可是明威将军？"

柳文昭瞟了眼已渐行渐远的石硅铁骑，将情况如实相告："明威将军胜战而归，方才路过此处。"而后她安慰道，"我与明威将军是老相识，你只管在这里安心养伤，其余事有我。"

秦良玉咽喉处的伤口已经化脓，深感呼吸费力，喘息声犹如破旧的风箱，腿脚亦渐渐发软。她咬了咬牙，使尽最后一丝气力，又向前眺望了一眼，眼中三分留恋、七分艳羡，而后眼中光亮渐黯，任凭柳文昭搀扶着，踉跄地进了就近的客栈，双眼一闭，晕在了客栈大堂中。

今日因明威将军凯旋，各家客栈几乎爆满，住店的贵客皆出门去凑热闹了。此时在大堂中的，除去拨着算盘的掌柜，便是穿梭在各个桌位之间收整的店小二，还有在角落处零星地坐着的几位忙着果腹，而后再赶路的外地人。

正在擦着桌子的小二见客人来了，原本是笑脸相迎，白巾朝肩上一甩，小碎步跑了过去。刚至秦良玉与柳文昭身前，便见其中一人晕了过去，他的脸当场沉了下去，又见两人浑身狼狈至极，更是没好气："二位客官，咱们这是打尖住店的地方，可不是医馆。这位贵客生了病、受了伤，应该往隔壁送才对啊。"

柳文昭皱眉看着挡在身前的小二："去叫你们掌柜的来！"

小二干脆搬过一旁的长凳坐在两人身前："我们掌柜的也是你们能随便使唤的？去去去！"

柳文昭恨得牙根直痒，费力地将秦良玉从地上扶起，高声喊道："刘掌柜。"

听到有人唤自己，掌柜的将算盘向前一推，急忙从柜台转出。刘掌柜眼神不怎么好，因跑得匆忙，被小二坐着的长凳凳腿绊了一下，结结实实地趴在了柳文昭脚下。他抬头瞄了好一会，才瞧清眼前的人，脚使了好几次的力才从地上爬起来，慌张地道："柳姑娘！"而后他一巴掌拍上还一脸孤傲、跷着腿坐在长凳上的小二的肩膀，"你这不长眼的狗东西，竟敢拦柳姑娘的路！"他又点头哈腰地对柳文昭解释，"柳姑娘，这狗东西是刚来店里的，您可别同他一般见识。"

此时秦良玉情况危急，柳文昭也没工夫与他浪费口舌："给我准备一间上好的客房，再去将隔壁的大夫请过来，快！"

"好好好！"刘掌柜连声应下，气急败坏地将吓得掉了魂儿的小二拨开，亲自跑到隔壁去找人。

刘掌柜之所以如此惧怕柳文昭，其实不过是因为柳文昭与明威将军有说不清，道不明的关系。

柳文昭幼时家境富裕，全家兄弟姊妹加起来便有十三人，后因家道中落，被迫在勾栏卖艺。每一家有名望的勾栏里面，都有些不三不四的人，这样的人，柳文昭自然也“有幸”遇上一位。

那日那烂人酒醉后执意要将柳文昭带走，她抵死不从，同那烂人厮打在一起，从勾栏内打到街头上。虽说两人都不会武功，但女子在力气上终究敌不过男子，就在她被那男人扛在肩头上时，撞上了恰巧路过此处的马千乘。那日马千乘心情不好，急于发泄，那个烂人就倒了血霉，便有了那英雄救美的一幕。那日之后，柳文昭便去了马府做丫鬟，因年少时曾念过几日学，还能帮衬着马千乘做些小事，一来二去，柳文昭在马府也渐渐站住了脚。时至今日，她已是马府的总管，每次出门采办时，对方总要敬她三分。她心知肚明，打狗也要看主人，众人如此，也不过是看在石砫宣抚使马家的面子上。

柳文昭伸手抚上秦良玉的额头，顿觉手下灼热难耐，正要起身去逮人，便见隔壁大夫拎着药箱推门进来。

“刘掌柜，你快些去准备热水，这里有我守着。”见石砫医术最佳的大夫来了，柳文昭放心不少，一边吩咐刘掌柜，一边让大夫查看秦良玉的伤势。

秦良玉身上的伤大大小小共十一处，最严重的除去咽喉处的伤外，当属胸口往上两寸处为柳文昭挡的那枚暗器所致的贯穿伤，伤口周围已呈暗黑之色，看得大夫一阵心悸：“这女娃娃惹了什么人？造孽啊！”

柳文昭听闻秦良玉是女子，当下愣了愣，又极快地回过神来，急忙对大夫道：“大夫，您一定要将她医好，钱财上我不会亏待您的。”

大夫已过花甲之年，却仍红光满面，慈眉善目，满头银发如皓皓白雪，此时瞧着秦良玉的伤也不禁皱了眉：“不用柳姑娘多言，老夫自会全力相救，只是这孩子的伤也忒重了些。”言罢他叹了口气，“是什么人能下得去如此狠的手？”感叹过后，他不再开口，只专心地处理着秦良玉的伤口。

柳文昭双手攥成了拳，眼中含泪，焦灼地在床边踱着步子，瞧见秦良玉身上那一处处血窟窿时，鼻子阵阵发酸。柳文昭想她都已伤成这样了，竟还背着素不相识的自己狂奔了一夜……想起初时自己还将她错认为男子，生了爱慕之心……

"她伤势如何？"她帮不上什么忙，只能不时地询问。

眼下秦良玉已经不省人事，许是疼痛的原因，她的牙齿下意识地咬在一起，额角青筋暴露，一头青丝被汗水打湿，贴在面颊上，而后又一滴滴落在枕畔，那枕头不多时便全湿透了。即便如此，她仍是一声不吭，只是眉头深深地皱成个"川"字。柳文昭见状，扑过去紧紧抓着她的手，又怕她将牙齿咬碎，强行掰开她的嘴，塞了块毛巾进去。

窗外，祝捷声震天，无论男女老幼皆高声欢呼，明威将军的名号时不时被人挂在嘴边，衬得原本便压抑的屋中更是沉闷。

大约一个时辰后，大夫深呼一口气，浑身血污地从床边离开，一直守在门外的刘掌柜急忙端来盆子供大夫净手。

"该做的老夫已做好了，你们按照老夫给你们的方子去抓些药，一日三次，大约过个五六日这姑娘便能下地走动了。"他理了理原本便整洁的头发，"算那孩子命大，若再晚些时候来……"

许是累着了，他老人家喘了口气，这口气喘得柳文昭心里七上八下的，正要开口时，又听大夫道："再晚些时候来，老夫可就去播州了。"

柳文昭竟无言以对，身上的钱财已被山贼搜刮殆尽，只好将那颗夜明珠往大夫手中一塞，连声道了谢，之后便匆匆去到床边。

床上，秦良玉早已被脱下那套被血染透的衣裳，虽已没有了初时的狼狈，但面上依旧没有血色，板板正正地躺着。见她神色安详了许多，柳文昭这才稍稍放下心来。她矮身在床边坐下，替秦良玉掖了掖被角，扭头问收拾药箱的大夫："请问她何时能醒？"

大夫手中动作不停，头不抬眼不眨："大抵要到后半夜了，你让厨房做些清粥，她醒了若是喊饿，你便给她吃那个。"

秦良玉还未醒来，柳文昭不便离开客栈，只好让刘掌柜给马千乘捎话。

说来实在不凑巧，今日马千乘一行人打了胜仗归来，自然要好生庆祝一下。马千乘作为此次军中的最高指挥官，又是石砫本籍，为尽地主之谊，特意包了一整条长街的酒楼犒劳众军士，每座酒楼又有优伶助兴，咿咿呀呀地唱个不停。军士们大多为粗人，这几年战乱不断，朝廷军关键时刻又总是出状况，他们作为一方士兵，整日协助朝廷东征西战，往日在军中时，整日将头别在裤腰带上，也不能饮酒。此时再一碰到酒，比瞧见祖宗还亲，当下便脱了累赘般的衣裳，个个喝得脸红脖子粗，衣裳与帽子扔得到处都是。更有甚者，互相拉着对方的手开始攀亲带故。

马千乘一座酒楼接一座酒楼地敬众军士，虽一次只喝一海碗，但这整条街喝下来，身子也有些撑不住，路过一处黑胡同，见前后左右没人，急忙扎了进去，扶住墙角便开始狂吐。此时，在长街上沿街跑了不下十遍的刘掌柜，在差点跑断腿、几近归西之后，终是在胡同的犄角旮旯里找到了马千乘。

“草民拜见明威将军。”他跪在马千乘身前，声音已带了哭腔。

马千乘被他吓得酒醒了一半，后退几步，下意识回想了下自己平剿龙阳峒前在石砫犯下的混账事，思来想去也没有一桩能与身前人对上号，强作镇定地问：“你是何人？”

刘掌柜跪在地上，愁眉苦脸地将柳文昭交代给他的事转述了一遍：“此下柳姑娘还在客栈脱不开身，请将军过去一趟！”

马千乘闻言，心头一轻，这才应了一声：“带路。”

刘掌柜哆哆嗦嗦地走在马千乘身前，步伐不自觉地便加快了些。不知为何，他总会生出一种若是他走慢了，身后的人便会一脚踹过来的错觉。

刘掌柜找到马千乘的地方与秦良玉所在的客栈，一个在城东一个在城西，原本极远的路程，托了马千乘的福，几乎是在眨眼间便到了。

“我此番来，你莫声张。”想起白日里有孟浪的姑娘撞开街边维护秩序的侍卫的长枪，冲到他马前求他一娶之事，他的心便翻了好几翻。刘掌柜忙不迭地点头，马千乘这才三步并作两步朝二楼而去，脚步轻快异常。

“谁在门外？”

听到叩门声，柳文昭的心提了起来。

“是我。”马千乘轻声相应，推门进来，浓厚的中药味溢满房间，呛得马千乘直皱眉，来不及与柳文昭寒暄，直接问道，“她怎么样了？”

柳文昭鼻头一酸：“已经服了药，一会儿便会醒了。”她低头擦了擦眼泪，将两人落到如此地步的前因后果给马千乘说了一遍，末了道，“那伙山贼着实可恨，眼下洞中定然还有许多被困的姑娘，还望将军尽早将她们救出，以免她们受辱。”

听闻山贼这几日下山横行一事，马千乘蹙眉，隔帘瞧了秦良玉一眼：“我一会儿便去山上瞧一瞧，你们先在这里歇着，一会儿我让人来接你们二人回府。”

马千乘从客栈步出，路两旁的酒楼灯火通明，震天的喧闹声从缝隙中流出。此时已是深夜，孤月好似直接挂在高楼的四角飞檐上，幽幽泛着银光。

今日大部队凯旋，军士们皆是石砫自己的士兵，众人正在兴头之上，他也不愿扫了大家的兴，而且既然是饮了酒，行动起来必然会耽误事。沉吟过后，他从怀中掏出半掌长短的火筒引燃，静待镇守石砫的重庆卫所辖朝廷军在城外集结。

他负手优哉游哉地朝城外走去，到城门处被守卫拦了下来。

守卫提着灯笼骂道：他娘的！大半夜你出来晃什么？”见身前的人闻言毫无反应，只淡笑着与他对视，守卫不由得怒从心头起。他正要用刀柄敲马千乘两下，刚一抬手，便被扭住了手腕，他的身子跟着斜了斜，口中“哎哟哎哟”痛呼个不停。

马千乘一脚踹在守卫的腰侧：“开侧门，我要出城。”

他的声音不怒而威，守卫举起手中的灯笼朝前一探，这才瞧清面前站着的是马千乘。守卫慌忙要叩拜行礼但被对方制止住，当下不敢再耽搁，急忙过去开了侧门。

此时大军已重装在郊外集合完毕，三百军士庄严肃穆，好似铁面修罗立于森森丛野之中。

马千乘一袭轻裘，宛若翩翩少年郎，他立在高处，俯视着脚下纵横整齐的士兵，沉声道：“今夜召大家前来，为的是剿平山上这伙歹贼。”

提到坪头山的这伙贼人，士兵们无不咬牙切齿，似有夺妻杀父之恨。原来山贼日渐猖獗，前几日竟趁马千乘率军平龙阳峒离开石砫之后，以百十余人之阵仗来大军阵前叫嚣，分明是未将他们这伙甘为大明抛头颅洒热血的朝廷军士放在眼中，如今听闻要清理坪头山，军中当下沸腾起来。

三百军士夜行，脚步声却整齐得如同一人，银灰月光之下，冷冽似索魂的厉鬼。行至柳文昭所说的石门前，众人停住步子。

马千乘派人前去查看情况，那人在石门前摸索了一阵，无果。马千乘细细回想柳文昭方才所说的话，想到她说秦良玉依次捡起石子之事，忽然福至心灵。他几步跨到石门前，提气自地上跃起，身形宛若游龙，脚循序踏过正东、西南、正北处。待他落地之时，只见石门嗡鸣着缓缓开启，山内漆黑一片，活似猛兽张大了嘴，只等猎物自己送上门来。

佥书杨启文平日与马千乘交好，见状不禁问道："敢问将军是如何破得此门的？"

马千乘正要进洞，闻言回头瞧了他一眼："你求求我，或许我心情一好便告诉你了。"

杨启文年约二十有八，乃是重庆卫中军所的佥书，平日的职责便是带着大家在闲暇时种种地。凑巧这几日种完了地，他无事可做，又听闻马千乘凯旋，便来石砫这边转一转。他虽在军中摔打的时日不短，但奈何生性腼腆，此时被马千乘这一句话说得满面通红，打死也不肯开口相求，撇过脸跟在马千乘身后进了洞。

山洞里阴冷潮湿，马千乘被寒风吹得一阵战栗，一语不发地回头看着身后的属下。那人瞧见马千乘不知何意的视线，想起广泛流传于军中的一个传闻——马千乘好男色……

那属下吓得极力避开视线，后被马千乘看得内心实在发毛，只好硬着头皮问："不知将军要……"

马千乘轻声笑了笑，和颜悦色地道："要你……"

那人大惊，随即端出一副士可杀不可辱的气节："恕在下难以从命，再者说了，眼下正是紧要关头，将军身为一军主帅却如此不顾及大局，当真让属下寒心。"

马千乘被他教育了一番，莫名其妙地瞧了他一眼，慢条斯理地道："我不过是要你身上的披风，你竟啰唆这么多……本将军自幼身子弱，你们也不是不知道，竟如此对我。罢了罢了，说起这些便寒心。"默了默，他又道，"你方才违抗军令了吧？这样吧，本将军仁慈，不依军法处置你，你拿着火把，带几个人从这里开始。"说罢他用脚在地上画了条线，"从这里向前跑，要仔细留意洞中的景象，跑到尽头再跑回来找我。"

那人恍惚间有种上了钩的错觉，但见马千乘眼底的玩味神色转瞬消失，只好战战兢兢地举着火把，带头向前跑。

杨启文见几人跑远了，又道："将军这是做什么？"

马千乘脸上的梨涡顿现："你求我啊。"

杨启文："……"

马千乘自然不是平白无故地便让人胡乱跑，之所以有此一举，乃是出于一个略显荒唐的想法。若真如柳文昭所说，这伙山贼食宿皆在山洞中，这坪头山绵延千里，总不会只有那几十人，而且这山若是通的，只凭这几十人之力，挖上个千八百年也不见得能打通坪头山。是以他怀疑这处山贼并非寻常山贼，也绝不是只有这几十人。让人留意洞中景象，是瞧这山洞宽阔，想看看这山洞到底是不是练兵的场地。若有类似校场的地方存在，那住在这山里的，十有八九是一伙见不得人的私兵，若是私兵下山抢钱抢粮，那目的便复杂了起来。

借着火把的光亮，一行人缓慢地朝山洞深处走去。洞中静极了，只有脚步与地的摩擦声。

倏然间，石壁上的烛光自动燃起，火苗摇曳。马千乘抬手制止住身后众人，军士们立时止住步伐，在原地以不变应万变。少顷，前方隐隐传来了打斗声。原来是先前被委任查看地形的那一队人遭遇山贼埋伏，正拼力回头跑，欲与大部队会合。马千乘趁乱挥兵而上，山洞登时轰隆作响，几欲炸开一般。

“列阵！”

待瞧见那一队人的影子时，马千乘下令，身后众人应声变换队形，呈箭矢之状。此阵名为锋矢阵，马千乘一袭白衣轻裘立于最前的箭尖之处，随意得好似前来游园一般。

“打够了没？”马千乘见先前那一小队人马皆毫发无损，眉眼舒展了不少，半晌，见他们尚呆立在他面前，不禁皱了眉，“站在那儿怪碍事的，都将我挡住了。”

众人这才倒退着归了队，站在阵形中属于自己的那一方位置。

“听说这几日趁我不在家，你们跑到了我的营中叫阵？”马千乘斜飞入鬓的浓眉轻挑，“是不是太嚣张了？”

山贼那一方，为首之人生得五大三粗，双臂肌肉成块，健硕得快将衣裳撑开，他揉了揉鼻子：“想来你便是那明威将军？老子还说名动天下的明威将军是什么人，原来是一个乳臭未干的小娃娃啊。”山贼们怪笑起来：“断奶了吗？这么小就学着大人出来打架。”

马千乘也跟着笑了起来，而后笑容一敛，随手拔出身后下属腰间的长刀，长臂一挥，首领原本便稀稀拉拉的两条眉毛霎时全没了，毛发飘然落地。马千乘出手速度之快，令众人瞠目结舌。洞中的人只觉得一道寒光闪过，再仔细瞧时，那首领脖子往上，已没有了带毛的地方，活似一颗肉蛋。

马千乘咂了咂舌，面上颇带可惜之色：“许久未给人剃发，手艺生疏了。”

山贼们瞧着首领那光滑的大头，皆愣在原地，首领大怒：“还愣着做什么？！上！”

马千乘一方犹如离弦之箭，以极快的速度冲入山贼的队伍之中，将山贼冲得七零八落。两方人马数量相当，但论起整体作战，马千乘的人自然甩了山贼好几条大街。眨眼间，马千乘已身处山贼队伍正中。他平素好赤手空拳，这次也不例外。他举臂横扫对他举刀相向之人，手肘重重击在那人胸腔处，趁那人未倒地之时，撑住那人的肩膀，身体拔地而起，有如青龙出水，上步飞脚，将以自己为中心的那一圈山贼横踢出十数步远。

首领有些慌，大声吼着让手下不要被冲散了，但战乱之中，喊杀声振聋发聩，再加之山贼被军士打得晕头转向，只顾四散逃跑，自然是听不到首领的命令。

军士训练有素，山贼则活似一盘散沙，可以说是一击即溃，轻松顺利得让马千乘觉得好似欺负了小孩一般。

山贼此时已死了多半，其余的皆被五花大绑地扔在地上。

“之前被你们掳来的人呢？”马千乘一脚踩上首领的脸，使力碾了碾，笑道，“我在问你话呢。”

首领被马千乘踩得口水横流，费力地抬眼瞪着他，口齿不清地道：“老子什么都不知道！你既有能耐，便一处一处去寻！”

马千乘“哼”了一声，松开脚，又缓步朝其余的山贼走去：“你们也不说吗？”

一个山贼义愤填膺：“呸！你这狗东西！就算杀了我们，我们也不会告诉你那些小娘们被我们藏在山上的哪个石洞里！”

马千乘微耸了下肩，这山上的石洞到处都是，范围着实广了一些。他右手缓慢地抚过左手掌心，又顺指背抚回，似磨刀般，须臾展颜一笑：“不如我们来做个交易，你告诉我是哪处石洞，我放你们一条生路，想必你们也知道我心慈手软，从不滥杀无辜。”

杨启文一瞧见马千乘似磨刀般的动作便觉得头皮发麻，这是他起杀心时惯有的动作，大约连他自己也从未发觉过。再一听他自诩心慈手软，杨启文的嘴角不禁抽搐了两下，想来这些年将军醉心御敌之术，孤陋寡闻也在情理之中。待时机成熟，他应当劝劝将军重新认识一下自己。心慈手软，从不滥杀无辜什么的，那都只是美丽的误会，还是不要信以为真的好。

显然，躺在地上的山贼与杨启文的想法如出一辙，众人都没有再出声，一副任君处置的模样。

马千乘觉得自己是个好脾气的人，所以也不与他们动气，拎着弯刀在山贼面前踱着步子，不时用刀柄敲一下其中几人的脑袋：“喂，你方才踢了我一脚，我瞧见了。我给你个赔罪的机会，你若从实招来，我定然放你一马。”

那人被刀柄击中了前额，愤恨地将头撇过去，似是觉得马千乘还未感受到他深深的怒气，又转了个身。

马千乘咋舌：“你们这些小调皮，总是不能让我好好与你们说话。”尾音一落，将山贼首领的首级砍下，他轻声吩咐手下，“把它吊起来，若是都不说，那便一个一个杀，杀到我知道被掳之人在何处为止。”

马千乘的白裳之上绽开朵朵红花，额前也溅上几滴血。他缓缓蹲下身子，就近扯过一人的衣袖擦拭自刀身上滴下的猩红鲜血，边擦边瞧着那人笑：“说吗？”

山贼的态度依旧强硬。

不过半刻多的工夫，尚未被杀死的山贼上方已吊满了同伴的尸首，因是刚死，鲜血流下，洒了众人一身。终于有人崩溃了，情绪激动地道：“你这畜生！我杀了你！”说罢那人竟从地上一跃而起，跳着朝马千乘而去。只是还未近马千乘身前，便有刀尖自他后腰刺出，他瞪大眼睛低头看着将自己贯穿了的长刀，又愣愣地看了马千乘一眼，终是倒在地上一动不动了。

马千乘冷笑一声，收敛了面上的玩味之色：“你们乃大明子弟，外敌进犯时，战场上可有你们的身影？有多少上有老下有小之英烈为了你们身葬黄土？你们却对手足痛下杀手，奸淫手无缚鸡之力的女流之辈，你们真是狗彘不如，与其留你们继续残害百姓，还不如早些送你们上西天。”

想起已战死在沙场上的兄弟们，在场诸军士皆沉默了下来。片刻后，杨启文咬牙切齿地对手下道：“杀了他们！一个不留。”

山洞内一时腥气蔓延，一条条血溪汇成一条小河，蜿蜒朝前而去。

此番未问出来被掳之人的藏身之处，众人只得分头行动。三百人分成了五路，从四面八方开始巡山，一巡便是四五日，却依旧没有找到任何线索。

马千乘领兵巡山一事传到了山下，百姓们闻讯自发组织了一支队伍帮忙，秦良玉虽已醒来有两日了，却只能眼睁睁地瞧着大家上山而无法前往，不由得觉得自己

凤权录

无用，面色越发沉了起来。

“你眼下要做的就是好生养伤，其余事有明威将军在。”柳文昭见秦良玉面无表情地盯着门口方向，有些发毛，将药碗向她面前一推，“来，先把药喝了，今日你家中人应当收到信了，若来得早的话，傍晚也就到了。”

秦良玉置若罔闻，依旧神色淡淡地坐在床上。其实不能去帮忙是一方面，还有一方面是对于马千乘其人，她甚想一睹“芳容”，若再能说上两句话，那更是再好不过了。她从小便爱舞刀弄枪，对行军打仗、匡扶正义一类事更是兴趣颇深，可以说她有着极其强烈的英雄情节，只是因她年纪尚小，并未亲身经历过什么刺激的事情，即便是那些流传千古的传奇故事，她多半也只在她爹给的册子上见过。后来年纪大些，她在秦载阳的鼓励下报名参加武举恩科，虽阴差阳错地做了官，但因是女儿身，她在军中也未少受人白眼。若逢战事，即便她胸有成竹，不到万不得已，也绝轮不到她上场。说来说去，大家都瞧不起她是个女儿身。但马千乘便不同了，前几年，民间开始流传马千乘救驾一事，马千乘与自己年岁相当，却能以一己之力将皇帝从水深火热之中救出，后来又被重用，可谓是万人敬仰，战时亦是一呼百应，不像她，总是孤身一人。就因这一层面，马千乘在秦良玉心中已然成了尊神一般的存在，自打听说他时起，秦良玉便生出了结交之心。此番她住在尊神家中，却迟迟不能与尊神相见，心情自是开怀不起来，只是她喉咙受损严重，此时还不能说话，无法表达内心的惆怅。

柳文昭见她不说话，也不知她在想什么，只当她归家心切，也便没有再出声打扰。

傍晚时分，一辆马车停在了马府后门，一个神情肃穆的年轻男子掀帘从车上跳下，走到门口，将信物递给门口的侍卫：“我找柳文昭，柳姑娘。”

侍卫打量了几眼信物，又瞧了男子一眼，转身进了院内。不多时，一位姑娘款步而出，身着交领对襟，绣以暗纹的绛紫袍服，镶银边的广袖如两朵浮云，抬手时不经意露出半截光滑手臂，衬得她原本如嫩藕般的肌肤更显纤弱细腻，腰间束以银色玉带，纤腰婀娜。

男子挪开眼，听得对方问：“敢问阁下可是陆景淮陆公子？”

“正是在下。”年轻男子颔首，“我妹妹她眼下如何了？”

话音方落，秦良玉的身影便出现在门口，她脖颈上缠着极厚的一圈纱带，正板着脸与陆景淮对望，瞧起来十分怪异。

“她眼下不能说话，事情的前因后果我都写在这封信上了，你回去的路上可以看看。”柳文昭将信递到陆景淮手上。

重量不轻，信封中似是还有别的东西，陆景淮皱眉，问：“这信为何这么沉？”

柳文昭笑了笑：“里面还有她随身携带的玉牌，我怕忘了，当时便把玉牌和信放在一起了。”她顿了顿，秦良玉虽未告诉她自己的名讳，但忠州秦家她是知道的，秦家只有一个女儿名为秦良玉，所以她也不难猜出秦良玉的身份。只是秦良玉不说，她也无法点明。柳文昭跪在两人身前，缓缓叩首，道，“秦姑娘于我有再生之恩，若日后有需要我帮忙的地方，定万死不辞。”

回忠州的路上，陆景淮打开信封，先将玉牌拿了出来，入手沉甸甸的，他问秦良玉：“我怎么不知道你身上何时有了这块玉牌？”

秦良玉也早已忘了还有这么一块玉牌，拉过陆景淮的手，一笔一画地写下玉牌的来处。

陆景淮只觉手心发痒，抬眼见秦良玉近在身前，气息清新，他不由心神一荡，又极快稳住思绪，道：“眼下没有纸笔，你便也莫要再追求什么笔锋了，我怕痒。”

秦良玉瞥了他一眼，继续一笔一画地写：这玉牌出洞口的时候我忘记摔了，既然你瞧见了，那便送你好了，权当是此番我大难不死的报酬，你好生保管着，日后再传给我的侄子侄女。

陆景淮按了按秦良玉手臂上的伤处，见她疼得龇牙咧嘴，沉声道：“我瞧你是好利索了？都想到那么远了，那你考虑考虑，要不要下车走回去？”

秦良玉老老实实地窝回原处，陆景淮轻拍了她的后背一下：“父亲母亲这几日急坏了，你刚醒来时就应该与家中联系的，眼下大哥在辽东戍边，无法赶回来，四弟在外学艺，也不能同他说这事，二哥倒是联络上了，眼下应当正往家中赶。你看看，若不是这几日我无事在家，你让父亲母亲如何？他们年纪大了，有些事你应当将他们放在头一位。”

秦良玉理亏，轻轻点了点头，想了想，又拉过陆景淮的手：此番被困在山上，我发现了几处不对，抓我的那伙山贼，并不是寻常的山贼。

陆景淮问：“何以见得？”

秦良玉又写：其一，对方虽言语粗鄙，动作简单粗暴，可其中招式却是统一的，并且他们配合默契，一瞧便知是多年的搭档，寻常山贼不会有此类大局意识。其二，对方武器虽不出众，但其中竟有长弓，一般山贼整日想着打家劫舍，估摸着也不会有拉弓射日的高雅品位，那他们备着长弓做什么？其三，他们说我撞破了洞中的天机，要杀我灭口。所以无论怎么瞧，这都是一帮有组织、有纪律的山贼。

陆景淮接道："你是说私兵？"

秦良玉点头：近些年山贼猖獗，朝廷也有所耳闻，听说前些日子已派人四处暗查山贼一事了。由此可见，上面大约也觉得山贼这事有蹊跷。所谓山贼，说不定是私兵的幌子。

幌子的"幌"写错了，秦良玉又在那字上来回涂了几笔，重新写过。

陆景淮无语，低头瞧着手中的玉牌："这事没有坐实，有些话你同家里人说说便罢了，不要出去说，知道了吗？"

陆景淮向来谨慎，也知这事十分敏感，若一个不当心，走漏了什么风声，被有心人寻上门来，丧命也不是不可能。秦良玉深谙他的秉性，也没有再多说什么，沉默了会，问：曹皋下山了吗？

陆景淮执杯的动作一顿，眉间隐有怒气："那个畜生，父亲自然是不会放过的。"

当日曹皋浑身血污从山上下来，未等进家门便被秦载阳截住了。当时他满头枯枝，身上亦是灰扑扑的，因本身生得白，所以瞧起来如同掉进了面缸的灰耗子，门牙也掉了一颗，血迹尚留在嘴边，尽显狼狈之相。他蹒跚着回到镇上时，远远地便瞧见了一袭月牙白直缀，锐气腾腾地站在不远处的秦载阳，只顿了一瞬，便疾步跑了过去，双膝一软直接跪在秦载阳脚前，一边抽着自己嘴巴一边求饶："秦先生饶命！秦先生饶命！是我鬼迷心窍！我不是人！"

秦载阳面沉如水，伸手抓住他的肩膀，略一使力便将他从地上拽了起来："滚到那边去说话。"

街上人来人往，此事又事关秦良玉的名节，秦载阳自是要小心为上。

两人行至一处荒废的胡同，不待秦载阳开口，曹皋便跪在地上将事情的始末和盘托出。为了自己的小命着想，他隐去了自己欲对秦良玉图谋不轨之事，想着只要先将眼前糊弄过去，待那秦良玉回来时，他们举家迁走，找个人烟稀少的地方隐姓埋名便是。

秦载阳心中有气，但无论如何他是长辈，曹皋再无耻，他也不能对曹皋拳脚相向。

他不能，但他可以找人。

早在来之前，他便让陆景淮领着府上的下人堵在了胡同口。见秦载阳气咻咻地从里面出来后，陆景淮给下人使了个手势，一伙人群拥而上，用麻袋朝曹皋头上一套，之后便是一阵拳打脚踢，充耳不闻曹皋的惨叫声。

陆景淮不会打架，只能沉着张俊脸站在一边骂："难怪人们都说你娘最擅隐曲之事，我先前以为你娘擅此事倒是替你增了脸面，毕竟她若服侍了达官贵人，你同你爹便可跟着沾光。但现下瞧来，你娘与人苟合，下的竟然是你这么个崽子，那这事还是莫要太专注为好。南朝陶弘景先生也曾道'房中之事，能生人，能杀人。譬如水火，知用之者，可以养生，不能用之者，立可死矣'。所以，望你回去多多规劝你娘，有些事还是莫要太过专注为佳，毕竟若你那些遍布大明内外的兄弟个个如你这般德行，那真是给你们曹家丢脸。"

陆景淮今年十六，在过去的十六年里，他曾以为自己是一个文雅且有情怀的人，但这情怀在今日遇上曹皋之后，消失殆尽。他在一旁看得不过瘾，上去拿脚也踢了几下，后来见曹皋一动不动了，这才命众人停手。踢打曹皋此举乃是他至今以来最为离经叛道的一举，但想到曹皋之前将秦良玉绑走，他就毫无懊悔之意。

秦良玉安静了片刻，又问：你当日是如何脱身的？

陆景淮摸了摸鼻尖："我与他们讲大道理，他们听得烦了，自然要躲着我，我便趁机逃了出来。"

两人到家时，秦良玉因身上有伤，不便有剧烈的动作，被陆景淮搀着从马车上下来，离得老远便见亲自出府相迎的秦载阳与容氏。门口的灯笼光晕朦胧，容氏站在光亮中，一直未停的泪珠子更有决堤之象，近身伺候的丫鬟扶着她走了过去。

秦良玉张了张嘴，发不出声，只牵过容氏的手摸了摸。此举险些让容氏哭死在大门口，因顾忌秦良玉身上带伤，容氏不敢将人搂入怀中，只是一味地站在她的面前"呜呜"啜泣。秦载阳看不下去了，心中虽然也是心疼，眼底的热意不比容氏少，但无论如何他是一家之主，也不能在小辈面前失态，只好沉声道："莫要哭了，人回来就好。"视线扫过秦良玉的脖子，他皱了皱眉，满面疼惜之色："你过来，让为父瞧瞧你脖子上的伤。"

柳文昭用在秦良玉身上的都是上等的金创膏，虽不是立竿见影，但疗效也是极佳，所以此时秦良玉咽喉处的伤口已不见溃烂之色，只是不深不浅的那一道伤口横在那里，周围尚有血迹，瞧着不免有些令人心惊。

银灰的月光当空洒下，入了夜，微风带了些凉意，屋中垂帘随风微动。秦载阳握紧拳头坐在外屋榻上："曹皋父子已以勾结山贼之名入了狱，他们有没有命出来，全看缘分了。"

秦良玉挑了挑眉，回头看了眼戳在身边的陆景淮，正好对上对方的视线，两人俱是一怔。陆景淮回神，不自然地咳嗽了一声，低头理了理袖袍。秦良玉又皱了皱眉，嘶哑着嗓子道："说说。"

陆景淮会意，先是睨了她一眼，继而将她在路上的推测与秦载阳说了一遍。

秦载阳沉吟："如此说来，这事确有蹊跷。我听说不只是明威将军搜了山，播州土司杨应龙接到消息后也赶了过去，眼下也不知进展如何。"

播州杨氏家族属大家族，家族关系盘根错节。杨家从元朝起和皇帝关系便十分融洽，播州宣慰使一职是世袭，传到杨应龙这代时，已是第二十九代。杨应龙杨土司不但继承了祖上世袭的职位，连带着溜须拍马的功力，也继承了些。比如前些年，皇宫中太和、保和、中和三大殿因雷击起火被焚，杨应龙听闻消息后立刻进献了几十根楠木，楠木属珍贵木材，又进献得及时，可以说很是时候地解了皇帝的燃眉之急。皇帝陛下一高兴，龙爪一挥，升杨应龙为都指挥使，并加封他为骠骑将军，又恩赐了飞鱼服。

秦良玉听罢秦载阳的话，十分不解，问："明威将军巡山，有杨应龙什么事？"

秦载阳听到这句问话后，面色都生动了许多："播州杨家与石砫马家素来交好，马千乘又深得杨应龙的喜爱，所以杨应龙跟着插一脚也不是什么稀奇事。"说完他还有些意犹未尽。其实若说杨家与马家交好，倒不如说杨应龙与马千乘母亲的关系十分不寻常，具体怎么个不寻常法，秦载阳也不便当着小辈的面说。他喝了口茶，又道，"我已派了人去打探，我们静候便好。"

此时已是深夜，想到秦良玉与陆景淮一路奔波，秦载阳自榻上起了身："罢了，太晚了，有什么事明日再说吧。"走了几步他又叮嘱了一遍，"你这几日就不要碰水了，好好在家里待着，哪也不许去。山贼一事就不要惦记了，既然是告假回来，就好生放松放松，这些事等你回了军中再操心。”

秦良玉从沉思中回神，点了点头，将两人送到门口后，又见陆景淮一副欲言又止的模样，抬手在他面前晃了晃，问道：“还有事？”

陆景淮垂眸半晌，待秦载阳走远了才板着脸道：“你身上有伤，好好休养。”

秦良玉点头。

陆景淮走到院中的老槐树下，又转身回来，在秦良玉面前站定，面上情绪难辨：“我本是不想说的，但憋了这么长时间委实是忍不住了，你姑且忍着身子的不适听听。”他深吸了口气，“你此番在石砫养伤，怎么能随随便便去陌生人家住？这已是于理不合，更何况主人家还是个男子，这事要是传出去，像什么话！以往我与你说的你都听到哪去了？”

陆景淮天生就是一副保守刻板的性子，多年来秦良玉早已习惯，再加之他说的这些话也在理，秦良玉并未辩解。她原本是想将心中的悔恨之意透过面部展现出来，但无奈她自幼脸上便鲜少有表情，此下心中即便再悔恨，面上瞧来也只是她面无表情地与陆景淮对视。陆景淮见状，狠狠地叹了口气，一副恨铁不成钢的模样，挥了挥手：“等你好了，我再与你说这事。”而后他转身便走了。

因认床，秦良玉接连几日都未歇息好，今日归家，终于可以躺在自己的床上放松一下，她刚将衣裳褪下，门口就传来了丫鬟给容氏请安的声音。秦良玉被他们几人这车轮战打得头昏脑涨，费力地从床上坐起，瞧着容氏红肿着眼睛从门外一路含泪走到床前，凄凄惨惨地唤了一声“良玉”，而后便专心致志地掉着眼泪：“当初我便说不同意你走这条路，你爹非说你是雄鹰，生来便是要在天上翱翔的，还说将你翅膀折断锁在牢笼中固然是稳妥，但你是不会开怀的。娘当初便是上了你爹油嘴滑舌的当，才头脑发昏让你去参加那个什么武举，娘的肠子都悔青了。”

诚然，秦良玉也十分赞同容氏的话，她爹的确是不怎么着调，可她能走上这条路，归根结底还是秦载阳的功劳，所以她便未落井下石，只静静地听着容氏发牢骚。毕竟女儿受了伤，做娘的有此举动也是在情理之中。

容氏哭够了，又道：“此番伤你的那伙人，娘听你爹说有可能是私兵，眼下不是有明威将军参与此事吗？听说明威将军为人正直，不如你写信与明威将军说，让他替你做主！你两人同为朝廷命官，现下你又被调往重庆卫，与他在一处当值，他大约会给些面子吧？”

秦良玉：“……”

在世人眼中，明威将军相貌堂堂，为人又刚正不阿，可谓是秦良玉这辈人中的典范，俗称别人家的孩子。当然，明威将军他自己也是这么想的，是以他从不为自己正名，于是这传闻便神乎其神起来。听说曾有与明威将军认识的人试着解释有关明威将军为人的这个天大的误会，后来莫名被人打了闷棍，至今还昏迷在床上。

十分刚正不阿的明威将军此时正站在坪头山的山脚：“我觉得被掳的百姓既然不在山上，十有八九还在洞中，左右大家闲来无事，我们再从头找找，找到了便赏你们本将军亲笔画的山水图。”

众人想到将军大人那清奇的画风，积极性略受打击，不由朝后退了退，面面相觑。

马千乘见状一瞪眼：“快搜！”

众人整齐而入，一路向前，行了大约二十里时，位于前排的一位军士突然道：“那有房间。”

马千乘循着那军士说的方向往前看，果不其然瞧见一石门半开的房间。他举起火把仔细察看，见屋中桌椅床榻俱全，只是都已落了灰，且被挪动了地方，所以这屋子之前明显是有人来过。他正要命人仔细察看屋中情形，就听到一阵杂乱无章的脚步声在屋外响起。

军士们动作统一，将腰间长刀横于身前，团团护住马千乘，而后紧紧地盯着屋外，以备有风吹草动时，可以占得先机。

脚步声渐近，止于门前。

杨启文冷声问：“不知门外所立何人？”

有一个洪钟般的声音道：“播州宣慰使，杨应龙是也。”

屋中人皆松了口气，军士们自觉地给马千乘让出了一条道路。

走到杨应龙身前，马千乘拱手行了一礼。

杨应龙扶住马千乘的手肘，道：“你我叔侄一家人，不是说过不必行礼了吗？”偏头瞧见屋中情形，他又问，“我听说这事后便赶过来了，怎么，人搜到了没？”

马千乘摇头：“已过了近七日，但还未见人影，今日又找到这么处石屋子。”

杨应龙今年三十有七，方脸，生得浓眉大眼，不笑时，面色极其严肃，使人生畏。他蹙眉望着这石屋，想了想，又绕到马千乘身后进屋走了一圈，瞧见屋中满地狼藉，石壁上亦有道裂痕后，他面色微变，走回到马千乘身边，问："这房间你方才来过？"

马千乘也是刚赶来的，还未来得及仔细搜屋子，听杨应龙问话后，如实道："没有，我刚进屋。"

杨应龙一动不动地盯着马千乘，眼中带着猜疑之色："这屋子一瞧便是那伙山贼的住处，按说不能一点值钱的东西都没有啊？"

马千乘的面色极其坦然："大约是被藏到了其他地方，这地方这么大，总不会只有这么一处屋子，我去外面转转。"

杨应龙沉吟片刻，这才露出一丝笑容："我随口一说，既然贤侄说这屋中没有什么金银珠宝，那定然是没有了。"而后他又抬手拍了拍马千乘的肩膀，"我听说你已在这山上搜了好几日，这山绵延数千里，你短短几日便将山上搜遍，想必也是累了，不如先回去休息，这里有我。"

不只马千乘一人，此行的三百军士眼底也都挂着青黑，马千乘回头瞧了众人一眼，想了想，终是抱拳："如此也好，谢过大人。"

马千乘率部下下山，杨启文欲言又止了好几番才开口问："方才骠骑将军是什么意思？他怀疑我们拿了珠宝？"

马千乘回头瞧了他一眼："你瞧我像不像珠宝？"见杨启文脸又通红一片，他大笑道，"那么点钱还入不了骠骑将军的眼，从小到大，他逢年过节给我的东西若换成银两也够你我吃小半辈子了，他又怎会在意这些小钱？"

从山上下来后，马千乘这才想起自己家中还有位伤员，匆匆去军中转了一圈便折返家中，里里外外找了个遍也未发现秦良玉的身影。他吩咐下人叫来了柳文昭，问："那个姑娘呢？"

柳文昭正与账房先生对着账，来得匆忙，连账簿也一并拎了过来，此时她将账簿向袖中一收，回："那姑娘回去有几日了。"她又问，"将军，那些姑娘找到了吗？"

马千乘摇头，身子向软椅上一靠："杨大人接手，我便回来了，若他也找不到，我再多派些人去找。"

柳文昭"嗯"了一声，一时不知该不该将秦良玉的身份同马千乘说。

马千乘见她面色犹豫，解下腰间重剑向手旁楠木雕花的桌案上一放：“有什么话就说，难不成是几日不见，你不认识我了？”

柳文昭想了想，如实道：“那位姑娘是与将军您同在重庆卫供职的武德将军。”

马千乘正在喝水，闻言一口水喷在了柳文昭的身上，见柳文昭黑着一张脸揩水，他有些过意不去：“你这消息未免有些劲爆，见谅见谅。”他顿了顿，见柳文昭的青丝贴在双颊上，又忍不住笑了起来。

柳文昭站在原地，面上由黑转红再转青，幽怨道：“将军您若是笑够了，可否让奴家先去换身衣裳？”

马千乘极力收敛笑意，挥了挥手：“去吧。”

柳文昭人都已行至拐角，耳边还能听见马千乘那铜锣般的笑声，心道她家将军如此不懂得给女子留情面，也难怪眼下都十八了还找不到老婆，这可真是活该啊！不过像这种当着姑娘的面就笑得花枝乱颤的事，于她家将军来说可谓是家常便饭，已不足为奇，听闻早些年，她家将军还做过不少荒唐事。

说是有一日马千乘在街上排队买酒，眼见要排到他了，一个发福的中年妇女突然硬挤到他身前。女子见马千乘生得细皮嫩肉，也便没有将他当回事，怪声怪气道：“我家男人等着喝酒，我就排这了。”

马千乘笑眯眯地瞧着女子，淡然道：“可是我男人也等着喝酒哩。”

此话一出，众人纷纷侧目，瞬间便离马千乘几步远，马千乘面不改色，指了指身后，对女子道：“后面排队去。”

女子不知今日竟遇到了马千乘这等比她还无耻的人，当下指着马千乘的鼻子夸奖道：“你小小年纪便如此粗鲁无耻，日后定然有前途！”

马千乘抱拳：“承让承让，我粗鲁不粗鲁其实一点都不重要，我腰细便好了。”

听说那女子面上血色当下便褪了个干干净净，整五日没有再出现在街上。

如此讨嫌又不给人留情面，连马千乘自己也时常在想，他是如何平安长到这么大的。

难得回府一趟，又赶上双亲同弟弟不在，马千乘本意是想多留几日，但无奈隔日卫里便派人来催，说是坪头山又新来了一伙山贼。以往像平山贼一事，皆归各地宣慰使处理，比如说播州宣慰使杨应龙，往日杨应龙带着士兵四处平贼时的风采还被大家作了画，但眼下被作画的杨应龙正在山上找人，而石砫的士兵又要防范龙阳峒造反，所以这平贼的担子便落在了年轻有为的明威将军身上。

马千乘虽然年纪轻轻，但也是身经数战，尤其对平山贼一事，也算是有些经验。在出手前，他先去坪头山转了几日。

新来的这批山贼比起之前的那伙，段数要高些，具体体现在，这批不像之前那批没头没脑地一窝蜂哄抢，而是东一伙、西一伙地分散朝廷军的军力。

听闻又来了伙段数高的山贼，大伤未愈的秦良玉便有些坐不住了，几次要偷溜出家门，最后都以被陆景淮堵在门口而告终。

“你伤还未好，二哥说不让你四处乱跑。”陆景淮拎着马扎守在秦良玉的门前，“你想出去打架，那就从我身上踏过去。”

秦良玉一言不发，老老实实地回到房中，老老实实地将门关死，老老实实地待到半夜。其间容氏来她房间再三巡查，见她老老实实地睡在床上，老老实实地将被子拉到脸上，只余眼睛在外面时，这才轻手轻脚地走了出去。

大约一刻后，秦良玉悄然掀被而起，按往日的套路，容氏等人已不会再来房中，她叫来房中的丫鬟扮作自己躺到被中，而后将夜行服换上，打开后窗，轻轻一跃，跳至院中。她躲在暗处观察了一会，见门房抱肩坐在地上时不时地点头，便知众人睡得正香。她提了口气，正要攀上一人半高的墙头，忽然被人拍了下肩膀。

院中树叶沙沙作响，头顶一轮圆月闪着幽幽的光芒。秦良玉身形微僵，良久不敢回头，想着左右只要不回头，就不会瞧见陆景淮那张标准的冰山脸。

身后人察觉到她的想法，笑问：“你做什么去？伤口不疼了？”

听见这柔和的嗓音，秦良玉才松了口气，回头紧紧地盯住着秦家老二秦邦翰：“嗯，我去坪头山转一转。”想了想，她又保证道，“不动手，只看着。”

秦邦翰虽生于以行军布阵见长的秦家，却未继承秦家人的喜好，从小对打杀之事便兴致不高。相反，他对救死扶伤一事情有独钟，成年后，他便依着自己的喜好，做了一名铃医。所谓铃医，便是背着药箱，手摇串铃，走遍大街小巷，为白衣百姓瞧病的走方郎中。若说他与一般的走方郎中有什么不同之处的话，那大抵便是他是一位相貌上乘的走方郎中。托了这职业的福，秦邦翰性子极好，从小到大也没发过脾气，处事时常令人如沐春风，所以人们总是为了能同他说一说话而装病，其中又以姑娘与小孩居多。

好脾气的秦邦翰看着自己面无表情的妹妹，轻叹了口气：“就知道你不会安分待在家中，我与你一同去，顺便瞧瞧有没有什么受伤的人。”见秦良玉伸手过来抓他，他猛然想起之前陆景淮被她拉着到处飞的事，白着脸道："良玉啊，带我飞时请收敛一些。"

街上早已空荡荡，夜风穿巷而过，凉意更甚。

秦良玉拉着秦邦翰奔走在去坪头山的路上，因心急，秦良玉步子极大，瞧得秦邦翰频频皱眉："你刚能简单说些话，胸前伤口也还未结痂，走慢些。"

然而秦邦翰的话并没有什么用，秦良玉该飞的时候照飞不误，一刻刚过一点，两人便翻越城墙到了坪头山，还未等稳住身形，他们便听见不远处隐隐有打斗声传来。

深更半夜不睡觉跑到郊外来打架，秦良玉认为这些人不是有病便是有病，甚想请秦邦翰去给他们看看脑子，后来又想了想，觉得深更半夜不睡觉跑到郊外来打架的人除去有病一说外，还可能是山贼。思及此，她当下便抬腿朝前面跑去。

待她到时，前面早已安静下来。

第五章

初入相思门

夜色正深，视线不好，秦良玉只依稀瞧见不远处的地上躺了个人，疾步走过去探了探他的鼻息，虽微弱，但好在尚有。

随后而来的秦邦翰见状问道："他还有气吗？"

秦良玉点头，沉着嗓子答："大约是被山贼打晕了。"

秦邦翰并未急着发表看法，又盯着那男子瞧了会："你怎么知道他同方才那些人不是同伙？若那些人当真是山贼，说不定他们是因分赃不均而起了争执呢？"

秦良玉闻言一愣，觉得秦邦翰说得倒是有些道理，又蹲下身子仔细看了看地上的人，半晌才开口："我们不能见死不救，万一当真有误会呢？"

说到底秦邦翰是个心善的，此时又听秦良玉这么一说，也便不再多说其他，而且他瞧这人面善，或许真是个好人也说不定。

两人费力将那男子从地上扶起，秦邦翰为他简单地清理了下伤口，深呼了口气："还好还好，他的伤不是很严重，可以拖到进城。"

"那么问题来了。"一直蹲在一旁的秦良玉沉声发问，"进城后如何安置他？"

秦邦翰方才瞧了瞧这人的伤，皆在蹊跷处。他行医多年，还从未遇到过如此棘手的伤势。换个角度来说，眼前的人不失为提升他医术的贵人，他想了想，道："眼下医馆都已关门，而且大夫的医术良莠不齐，若是耽搁了，便是一条人命，所以自然是把他带回家。当然，我自己是扛不动的。"

见秦良玉面上破天荒地带了些表情，秦邦翰只想跪在地上给这男子磕两个头，得是什么样的神人才能让他素来面无表情的妹妹面上显出明显的为难之色？当然，这功劳也不全是男子自己的，大约还要算上陆景淮一份。

秦邦翰低头笑了笑："你是在担心景淮对你说教？你想想，你此番举动乃是仗义，景淮平素虽严谨了些，但也不是不通情理之人。如此一来，他自然不会为难你了。”

秦良玉见秦邦翰话语中诚意欠缺，面无表情地道：“咱家地方小。”

秦邦翰道：“我见这人气度非凡，想必是富贵人家所出。你此番救了他，说不定日后他会回报给你些钱财，你有了钱财，或许可以多买一些短兵器。”

秦良玉依旧面无表情：“咱家地方小。”

秦邦翰深谙秦良玉的性子，继续温和道：“哦？我瞧这男子骨骼极佳，想必是练武的一把好手，说不定届时他为报恩，会传授给你些什么绝世武功。嗯，他手上这长剑一瞧便知不是俗物。”

秦良玉沉思片刻，将人从地上拎起来架在自己肩上，没什么感情地说道：“我想了想，咱家地方虽小，但匀一匀，还是可以腾出间客房的。”

不待秦良玉同秦邦翰进门，秦府的门房便早已大步流星地奔入后院，将秦载阳的书房门拍得震天响：“老爷！小姐回来了！”

这几日四川要派人来郡学巡视，所以秦载阳不得不通宵达旦准备功课以供检阅。此时翻着书，他连眼睛都未抬一下：“小姐回来了你如此动容做什么？叫得这么大声，是要让夫人知道你们小姐是偷溜出去的吗？”对于自家女儿的性格，秦载阳是了如指掌，知道山贼一事一经传开，她定然会心思活络，所以早就派人在她院中蹲着，待她有所行动时，暗中保护。

门房涕泪横流：“小姐还带了一个男人回来。”

原本正在兢兢业业备课的秦载阳闻言课也不备了，匆忙差人进屋搬了张矮几又顺手拿了瓜果，而后在院中坐好，淡然中又略带了几许急迫地盯着门口。他秦载阳的女儿嫁不出去是十里八村都晓得的，再加之秦良玉也曾立了志，说是此生为国，国不定，绝不考虑婚姻大事。所以她这回趁夜偷溜出府，又主动带了陌生男人回来，委实是桩很玄妙的事情，大约还会被记入忠州回忆录中，他需要亲眼见证一下。

秦良玉顶着秦载阳殷切的目光，与秦邦翰一左一右架着位瞧起来状态不怎么好的男子迈入门槛，步伐微显吃力。她虽自幼身量便高，但这男子显然比她还要高一些，且衣角破烂满面血污，瞧起来岂是一个惨字所能够形容的。

秦载阳虽说护短，但此时也终是忍不住说了秦良玉兄妹俩一句：“我说你们啊，这男子嘛，自古以来都以有气节的为佳，想必你俩架着的这个就是个有骨气的，所以他不从良玉也不是什么大事，我们要晓之以理，动之以情。你们这么直接把人打晕之后扛回来，怕是不妥吧？”

秦良玉把肩上的人往桌上一扔，也不顾那男子一声闷哼，回道：“坪头山捡回来的，受了伤，养两日。”她默了默，“不要同景淮说人是我带回来的。”

一听说坪头山，秦载阳顺手朝秦良玉扔了粒葡萄。

“胡闹！你当这是养猪呢？你再说一遍这孩子你是从哪捡回来的？”

秦良玉被葡萄砸了面门，揉着前额面无表情地将事情挑挑拣拣说了说，而后又沉着冷静地质问秦载阳：“爹，做了好事也要挨打？”

秦良玉话音刚落，一旁一直未说话的秦邦翰见秦载阳又摘了颗葡萄，急忙又将那男子架在肩上：“爹，我与良玉先将他安置好。”

因男子身份不明，所以秦良玉便自告奋勇地留下照看他。若是这男子有什么异常举动，有她在，众人也好提早防范。

男子醒来时已是深夜，此时秦良玉正在给他煎药。虽是女儿身，但说来惭愧，她自小生活得便比汉子还粗犷，煎药这种事对她而言还是有些难度的。她正要将差事交给下人，忽觉肩膀一沉，条件反射地抓过肩上的那只手，一个侧身便将人摔倒在面前地上。因姿势过于猛烈，牵动了身上的伤口，她当下皱了皱眉。

许是摔到了伤口，男人的面色登时惨白起来，躺在地上捂着肩膀瞪着秦良玉：“你做什么？你是故意要将我治好而后再摔死吗？”

因先前秦邦翰为他医治伤口时，顺手给他擦洗过，所以秦良玉一眼便瞧清了男人的容貌，不得不说，当真是十分出色。

男人生得唇红齿白，身上带着清贵之气，秦良玉从未见过如此好看的男子，不由得觉得新奇，又见男子墨染般的眉此时正狠狠地皱在一起，眼底怒火滔天。

秦良玉尴尬地摸了摸鼻尖，俯身将男人拉起，诚实道：“嗯，抱歉。”

男人身上的气场清冷，圣洁得活似一朵长在淤泥之中的白莲花，让人不敢贸然亲近。

见男子不说话，秦良玉好脾气地把男人扶回床上，又问：“你还记得当时的事吗？你被人打晕了，我和我兄长路过，把你救了。怎么，你是得罪人了吗？还是被山贼打了？”

男人这才缓了神色，沉思半晌，朝秦良玉点头：“多谢二位出手相救，方才多有得罪。”他只道了谢，并未答秦良玉的话。

秦良玉也不在意，替他摆了摆枕头，想起自己前一次受伤的情景，淡淡道：“你这身上的伤没什么大碍，但是也不容忽视，怕是要再多养些日子。你给家中去封信，省得家中双亲惦念。”

男人又瞧了秦良玉一眼，眼底含着探究之意：“不劳姑娘费心。”说着他从怀中掏出些银票，“这些你先拿去，待我日后回到家中，必定还会再送重礼酬谢。”

秦良玉打量着他手上的那一沓银票，双眉紧蹙，一丝不苟的模样。半晌后，她一把抽出银票，直接转身离开，临关门前，她想了想，道：“我还不知你姓甚名谁？”

男人的唇角扬起抹笑，如三月桃花：“在下肖容。”

秦良玉出门时正见秦邦翰托着药碗要进屋。

秦邦翰推门的动作一顿，转头瞧着抄手靠在游廊的秦良玉道：“我明日一早要出去一趟，大约十日左右才会回来。这是药，他受伤的位置蹊跷，你懂武，知道该如何避开要害擦药。这几日这差事便交给你了，你同我进屋，我给他擦一遍你瞧着。”

想起陆景淮那不苟言笑的脸，秦良玉下意识想推掉这份吃力不讨好的差事，但转念想到自己方才收了人家的钱财，那么按理来说，她是应当帮上一帮。

兄妹俩进屋时，肖容正坐在桌边出神，听到响声回头瞧了一眼，见到两人后微微颔了颔首。

“我明日不在家，所以你上药时找我妹妹便好。”秦邦翰边说边坐在床边，“你将衣裳脱下来吧。”

肖容应秦邦翰之意将衣裳褪下些许，露出精壮的上身，背后一道刀疤横跨他的整个背部。察觉到打探的视线，他十分不在意地瞥了秦良玉一眼。

秦良玉平素为人虽说是不拘小节了一些，当然他们整座秦府除去陆景淮都有些不拘小节，但半裸的男子，她的确是没见过几个。就连平时睡在军营时，她也是眼观鼻鼻观心，这会难免有些尴尬，手虚握成拳放在唇前咳了一声，而后故作镇定地全程观摩。

秦邦翰先将药涂在肖容第五胸椎棘突下旁开一寸左右处，并道：“此处为心俞穴，有调理气血、疏通心脉、宁心安神之效。”他的手又下移至第九胸椎棘突下旁开一寸左右处，“此处为肝俞穴，主疏肝利胆、宽胸和胃、清头明目、理气调经。”

秦邦翰行医多年，这一套理论自是纯熟，这使对医术一窍不通的秦良玉瞧得眼花缭乱，怕日后上药时捅了娄子，叫停道：“我去拿纸笔。”说罢她便撇下屋中两人扬长而去，姿态雍容。

少顷，见她回来，秦邦翰无奈地摇摇头，而后继续示范：“中渚穴，主治目眩、站立时头晕以及耳鸣、肋间神经痛，若后颈有沉重感，也可按压此穴。”他话至此顿了片刻，待秦良玉写完才开口，“阳池穴，手腕疼痛、腕部疾病可揉此穴位。”

秦良玉手中狼毫挥洒得极快，一边面无表情地记，一边还要抬头瞧瞧穴位所在何处，连字带画竟写了整整八张纸。

末了秦邦翰收起药箱，问道：“可学会了？”

秦良玉收笔，淡然中又带着些许心虚地“嗯”了一声，而后在肖容同秦邦翰的注视下，慌不择路地跑了出去。

秦邦翰替肖容将衣裳理整齐，温和笑道：“良玉她打小便是这性子，公子不要见怪。”

肖容乍一听到“良玉”二字时，略挑了挑眉。

这个名字他听过，形容此名字的主人的话是这么说的，忠州鸣玉溪有一女子名为良玉，身形奇高，不通女红，说话呆头呆脑，整个人木讷得很，眼下都已快十五，却连一个提亲的人家都没有。

肖容那时还想，一个姑娘，即便是做了将军，可再糙又能糙到哪里去？但今次一见，若此良玉当真是彼良玉的话，那还真是糙破了天际啊！都说谣言是取之于民间却又高于民间，此番瞧来，果真如此。

秦邦翰不知道肖容的心思，低头将药箱收拾好，临走前又叮嘱了肖容几句用药时的禁忌。

听到秦邦翰脚步声渐远，肖容敛起唇角客套疏离的笑意，瞧了眼纹样精致的木雕屏风后面，沉声道：“出来。”

几乎是话音一落，一人便从屏风后面闪了出来，跪在肖容跟前：“公子。”

肩膀隐隐作痛，肖容抬手揉了几下：“我那日尾随山贼去了坪头山，见山脚另一边还有一处暗洞，我怀疑有人在那里大量囤粮，你去瞧一瞧，不要惊动旁人，顺便再查查今次围堵我的是何人。”

那人在窗口身形一闪便没了踪影，屋中霎时只剩肖容一人。夜已深，肖容不便出去，正要和衣躺下，便见秦府的下人端着盘子进来，上面放着几盘清淡小菜，还有一碗仍冒着热气的粥。肖容不禁食指大动，说起来他也有许多日子未曾好好进食，确实是有些饿了。

秦良玉跟在下人后面进屋，见肖容盯着桌子出神，咳嗽了一声："你有伤在身，只能吃这些。"

肖容起身，茶白色直缀的下摆自然垂地，他颔了颔首，明知故问道："劳姑娘费心了，在下想问一句，这是哪里？"

秦良玉粗犷地往长凳上一坐，想起上次这么坐之后，被陆景淮板着脸训了半个时辰，又急忙将双腿合上一些："鸣玉溪秦家，你且放心在这养伤。"

肖容瞧着秦良玉的坐相，不由觉得好笑。由此可见，原来她当真是嫁不出去的武德将军秦良玉。将笑意压下，他一本正经道："想必您便是武德将军秦良玉？久仰大名！"

秦良玉"嗯"了一声："你叫我秦良玉便好。"

肖容意味深长地瞧了她一眼，幽幽道："啊，将军的名字勾起了我的回忆。我幼时曾有过一个朋友，名中也带着个'玉'字，所以我称呼将军为玉玉吧。"

秦良玉被他叫得头皮发麻，稳了稳心神，淡然道："你开心便好。"

肖容笑得双眼如弯月，满是虚假之意，而后自顾自地将碗筷摆好："多谢玉玉款待，我便不客气了。"肖容道了谢，端起碗便吃了起来。

秦良玉见他吃饭速度虽极快，但动作却极其文雅，吃饭时一点声响都没有，猜想眼前的人家教不错，大约是位遭受劫难的富家弟子，见他的碗见了底，又给他盛了些粥："不知道公子是哪里人？"

肖容将口中食物咽了下去，一鼓作气，顺口便道："我是重庆人，我是个有钱人家的孩子，想必你从我身上这高傲的气息中也瞧出来了。我爹他之前因为生意上得罪了人，所以我琢磨着，我大约是被报复了。"

秦良玉想了想，觉得他们家不是生意做得大便是路数不干净，也就没有再多问，施施然起身道："原来如此，那你慢用，不打扰了。"

隔日一早，秦良玉外出晨练回来，与刚起床的陆景淮迎面碰上，她呆立在原地，认命地等着陆景淮给她上课。

"我与你说过的话你都听到哪去了？"陆景淮一丝不苟，声音中还带着些怒意，“我不让你晚上出去，难道是害你吗？”

秦良玉沉默。

陆景淮又道：“你出去也便罢了，还带着二哥。二哥他素来脾气好，自然顺着你。你此番若再出什么事，你将二哥置于何地？”

秦良玉依旧沉默。

“没什么事也便罢了，你怎么还带了个男子回来？这要是传出去，你让众人如何瞧你？如何瞧我们这个家？”

恰逢陆景淮口中的男子因伤口疼睡不着觉，听闻外面的声响后，从床上一跃而起，因起得过猛，本就还未愈合的伤口又撕裂开来。肖容捂着腰一瘸一拐地跑到窗口，偷偷将窗子打开，趴在窗台向外看。他瞧见了在游廊的转角处，面无表情听着训斥的秦良玉同她对面站着的陆景淮。

“带了个男子回来也便罢了，深更半夜你还替他上药。良玉啊，你心中要有男女大防的意识啊！”

秦良玉终于开了一次尊口：“嗯，下次我白日给他上。”

陆景淮额角的青筋跳了好几下：“我方才说了那么多，其实并不是你理解的这个意思，以后他的药，我上。”

肖容闻言脚一滑，下巴狠狠地磕在窗台上。

秦良玉听见声响，回头瞧了一眼，正与肖容地视线对上。她见肖容一脸明媚的笑容，十分乖巧，半倚在窗边朝自己招手：“玉玉，早上好啊。”

陆景淮一双视线似刀子一般射了过来，面上已是不悦，正要开口便被秦良玉拖着朝前院走：“我把替肖公子上药时需要注意的地方与你说说，以后这事便交给你了。”

吃过早饭，秦良玉与秦载阳到后院去瞧着下人练功，毕竟时下情况特殊，流寇四起，秦载阳时常不在府上，陆景淮乃是一介书生，也不会武，若是她假满再回重庆卫，满府便只剩容氏等手无缚鸡之力的弱质女流，没个人守着定然是不行的。

她正站在最前处示范动作，余光忽见虽彻夜未眠，但因早起便给人添了堵，所以心情甚是舒畅的肖容。也不理会他，她淡然收回视线，继续下一组动作。

为肖容带路的秦府下人见状，只好去找闲在一边的秦载阳：“老爷，这位公子说要当面道谢。”

秦载阳放下手中的紫砂小茶壶，偏头瞧着由远及近的肖容，见对方拱手行礼后，点了点头，问道："身上的伤好些了？"

肖容又行了一礼："幸得武德将军同秦公子出手相助，救命之恩无以为报，若秦先生有需要帮忙的地方，只管开口，只要在晚辈能力所及处，晚辈赴汤蹈火在所不辞。"

秦载阳笑了笑，又喝了口茶："嗯，这些都是举手之劳，你好生养着便是，不必挂在心上。"他顿了顿，状似无意地瞧了肖容一眼，又问，"只是不知你为何受伤？"

肖容面色稍沉："当日偶遇歹人，晚辈同对方缠斗良久，最后不敌对方，幸而将军同秦公子来得及时，晚辈这才幸免了丧命破财之灾。"

正在说话间，肖容忽见正握剑给下人们示范动作的秦良玉手一松，长剑脱手笔直地朝秦载阳而来，当下心一惊，下意识凌空跃起，一记侧踢将长剑扫向了别处。那剑最后牢牢地插入木桩之中，剑身剧烈颤动。待落地之后肖容才发觉身上的伤口再次撕开，他捂着腰侧，见罪魁祸首秦良玉面无表情地跑过来，一边跑一边解释："我方才手滑，你没事吧？"

肖容茶白色的直缀上已绽出朵朵血花，没一会便晕染开来。秦载阳伸手扶住肖容，狠狠地瞪了秦良玉一眼："你还站在那做什么？还不去找大夫！"

因以往受伤不严重时，秦良玉都是自己动手解决，所以也没有要去找大夫的意识，呆站在原地，疑惑道："这点小伤也要找大夫？"

肖容原本还想出声安慰，毕竟如秦良玉所说，这些小伤于他而言都是家常便饭，是不用搁在心上的，但见秦良玉如此云淡风轻，他当下双眼一翻，整个人朝地上倒去，口中道："我……不……行……了……"

平心而论，肖容原本便想在秦府多待上几日，因靠近忠州界的坪头山，山贼极其猖獗，他待在秦府行动也方便，所以秦良玉这无心的一剑，倒是帮了他个大忙。

将人扶回屋中躺下，秦良玉因为做了错事不敢上前，又加之秦载阳时不时吹过来的眼风，剜得她更是想以死谢罪，这一系列的反应使她顿觉肖容这人委实不简单。想她秦良玉习武十数年，也不是没有过失误之时，但那时她心中从未生过类似愧疚的情绪，更何况今次所造成的后果，与以往她手滑时所造成的那些后果相比起来简直是微不足道，但她竟然愧疚了。

陆景淮闻讯赶来，见秦良玉守在床前发呆，知道她是内疚，出声安慰道："这里我来吧，你到一旁坐着去。”而后他又恭敬地对一边的秦载阳道：“父亲，您也回去歇会。”

秦载阳走后，秦良玉十分听话地挪到一旁，见陆景淮伸手戳了戳躺在床上装死的肖容，声音不带感情地道：“肖公子，我知道你还活着，起来上药了。”

肖容叹了口气，半晌才从床上坐起，与陆景淮对视：“我与你不熟，怎么好劳烦你替我上药？”

“我叫陆景淮，你叫肖容，我们互相知道彼此的名字，便算是熟了，衣服脱了吧。”陆景淮不吃肖容那一套，一边将药倒在手上，一边盯着还想挣扎的肖容。

肖容揪着前襟犹豫了半晌，而后便潇潇洒洒将衣裳一褪，笑眯眯地瞧着陆景淮：“肖某先谢过陆公子了。”

陆景淮从鼻子里“哼”了一声，而后将药依次点在肖容的伤口周围，每点一处，肖容便轻呼一声“啊”。

陆景淮动作一顿，沉着脸瞧他：“疼？”

肖容摇头：“不疼啊，我随意叫叫，你们随意听听便好。”

陆景淮咬牙，继续将药在他背上抹开，听他不停“啊啊”地叫着，时不时他还要再跟上一句“不要碰我那里”。待陆景淮抬头去瞪他时，他又乖巧地坐在那里回视。几次下来，陆景淮终于忍不住了，将药瓶一收：“你能不能不叫了？”

肖容挑眉笑问：“为什么？有什么禁忌吗？”

一直坐在一旁的秦良玉面上破天荒地带了淡淡的笑意，见陆景淮已经动怒，忙从他手中接过药瓶，违心道：“三哥，肖公子年纪小，你莫要与他动气，还是我来吧。”

上过药，已是正午，秦良玉有些累，遂回房歇息。一觉睡到了傍晚时分，下人叫她起来吃饭，她尚觉困顿，翻了个身又睡了过去。待她真正清醒时，已是夜深，肚子应景地叫了起来，她起身舒展腰身，揉着肚子朝厨房走，想找些吃的果腹。她刚推开房门，忽见另一头一道人影飞快地攀上秦府的高墙。待骑在墙头上时，那身影发现了正要关门的秦良玉，身形明显一僵，而后扭头便跑。

秦良玉见状拔足开追，怎料那人也非等闲，几个翻越之后便将秦良玉甩出了几里远。眼见那人要消失在视线之中，秦良玉干脆足尖点地，灵巧地跃上了左手旁的屋顶，这才勉强得以瞧见那人的影子。两人你追我赶跑了十数里，前头那人体力明显有些不支，秦良玉趁机折下手旁枯木的一截断枝，以枝代刀，朝那黑衣人挥去。黑衣人察觉时已来不及躲避，一仰面仍由这树枝带着破空的凌厉从面上划过，而后整个人便顺势倒在了地上。

方才在追赶时，秦良玉便觉这人不能轻视，此下更是怕事情有变，也不敢懈怠，提气跃至那人身旁，抬脚便要踹向那人的胸口，却被那人喝止住："是我！"

那人一把扯下面上的遮布，赫然是肖容的脸，他没好气地瞪着秦良玉："你追够了没？"

秦良玉也是一愣，下意识地想伸手将他扶起来，而后想到他方才形迹可疑，又迟疑着将手收回，戒备地盯着他："你深更半夜鬼鬼祟祟是要做什么？"

肖容从容不迫地自地上站起来，拍打着身上的灰："我那日被那伙歹人揍个半死，想着眼下伤势有所好转，于是半夜来此处转一转，打打闷棍报私仇什么的，谁知被你一路追赶。"话落他指了指地上，"瞧见那血没有？我的伤口又裂开了。"

秦良玉将信将疑，盯着他一双玄潭般的眼睛又端详了良久，见他一脸坦然毫无闪躲之色，一时也找不出什么破绽，只能暂时信了他的话，却暗自留了个心眼，想着左右他要在家中养伤，将他盯紧一些也出不了什么娄子。

两人一前一后折返秦家，路上秦良玉几经欲言又止，肖容见状直接道："说吧。"

秦良玉从善如流地张了嘴："你今年多大？"

肖容意味深长地瞥了她一眼："十八。"

秦良玉拊掌，似有感叹道："明威将军今年也是十八，却已能率军剿敌，何等杰出？何其风光？你再瞧瞧你，也是十八，可竟然在半夜打人家闷棍？"

肖容不以为意："嗯，你还知道明威将军？"而后他神色有些黯然，喃喃道："杰出又如何？风光又如何？你们只瞧见他风光，却不知风光背后要经历多少嘲讽，要逃过多少暗杀才能走到今时今日。"

秦良玉悻悻地搔了搔头："嗯，有理。"

以往秦良玉在陆景淮面前谈起册子中的千古名将时，陆景淮也会微笑道："你只瞧英雄风光，却不知其背后艰辛。就比如说你，你曾落过多少泪，咬过多少牙齿，方才成就今日的你？你眼下认为是笑谈之事，在当时又是怎样令你绝望的？"

思及此，秦良玉幽幽地叹了口气，瞧了肖容一眼："怎么说得好像你感同身受一样？不就是打个闷棍吗，难不成也有什么说法？”

肖容沉默，片刻后道：“你这么讨嫌，我以为你这辈子大约都嫁不出去了。”

秦良玉不以为然：“正好，我本也不想嫁人。”

肖容一听，登时来了兴致：“你为何会有此种想法？按理说你这个年纪，应当为此事愁得彻夜难眠才对啊。”

秦良玉明显觉得肖容有病，轻描淡写地睨了他一眼：“看样子，你经常发愁。”

肖容：“……”

经方才一阵疯跑，秦良玉此时已经不饿了，回房简单洗漱一番后便上床歇息了。但肖容却没有那么方便轻捷了，方才他被秦良玉一路狂追，伤口撕裂，血迹蔓延出来将衣裳紧紧黏在了身上，此时脱衣裳时，很是受罪。但好在受伤于他而言已是家常便饭，以往在自己家中若是受了伤通常也是他自己处理。其实除去心中有些难过之外，其余他倒也没什么。

处理过伤口后，肖容拥着被子坐在床上，忽然听到后窗处有细微的声响，当下朝床头一靠：“进来吧。”

一人应声而入，单膝跪地，抱拳道：“属下见过公子。”

肖容皱着眉头瞪着跪在地上的人影，平静地问道：“你通常都是夜里发现线索的吗？是什么给了你夜里办事的高效率？是出自白日里偷懒时的愧疚吗？”

那人咽了口唾沫，噎得胸口生疼：“回公子的话……并不是……只是凑巧。”

肖容瞟了他一眼：“此次又有什么线索？”

“据那日追踪的人回禀，新来的这伙山贼正在找东西。由此可见，这伙山贼与之前那些山贼乃是一伙，但属下也不知这东西究竟是什么，更不知这东西它到底是不是个东西。可从那伙山贼的种种举动来瞧，他们分明以为这东西是在公子您的手中，是以您行事时请务必当心。”

肖容也是一脸的莫名其妙：“好，我知道了，你先下去吧。”

那人起身前又道：“这伙山贼近日频频在啸福林出没，那里有蹊跷。”

又入了夜，树叶无风自动，窗外虫鸣声此起彼伏。肖容瞧了眼天色，而后从床上坐起，轻手轻脚地换上一套夜行服便要出门。不料他的手刚一触及门板，便见一道影子斜映在窗纸之上，他急忙缩回手，屏气静听外头的动静。须臾，那影子又鬼鬼祟祟地来到了门口。肖容情急之下只好奔回床上，拉过被子将自己盖个严实。这边肖容刚将自己遮好，那边门便被人以铁片划开，而后一个人闪身而入，身手极其灵活。肖容借着月光瞧了瞧那人，身材修长笔直，偏瘦，一头青丝还是白日里高束的打扮，这人正是秦良玉。他来了兴致，想瞧她深夜拜访究竟所为何事。

秦良玉蹑手蹑脚地进了屋后，先是在门口站了一会，侧耳听着屋内的声响，见肖容呼吸绵长，她提着的心才稍稍放下些。她今夜前来，主要是想瞧瞧肖容在不在，是否又趁夜外出。

她伸手在屋中摸索着方向，眼下夜已深，屋中亦是一片漆黑，秦良玉一时有些不适应，刚迈步便绊倒了凳子，她惊出一身冷汗，讪讪地站在原地等着被吵醒的肖容质问。但等了许久都未有声响传来，她不禁有些疑惑，这动静再大些，镇子东边有耳疾的李大爷都能听见了，肖容他一介高手竟纹丝不动？难不成是白日陆景淮给他上药时动作太过激烈，所以伤口再度撕开而后感染晕过去了？她越想越觉得是这么回事，也顾不得许多，急忙从怀中掏出个火折子吹亮，而后她愣住了。

肖容也未想到秦良玉深夜潜入别人房间会使用如此光明正大的手段，所以也愣住了。

秦良玉见他一身要去做坏事的打扮，直接问道："你这是又要打闷棍去？"她话语间已带了明显的怀疑。

肖容自然不会告诉她自己要去做什么，皱着眉瞪她："你倒是说说你半夜来我房间是要做什么？"

秦良玉毕竟做贼心虚，又见肖容面色不善，悻悻地摸摸鼻尖，想起初见他时扔在他手边的那柄长剑，一本正经道："近来治安不好，我来瞧瞧你那剑放好没有。"

肖容一时无语："你是不是瞧上了那柄剑？"

秦良玉一听，顿觉他这话问得颇有深意，若是她回答得好，说不定这剑就是她的了。思及此，她轻轻点了头："嗯，挺入眼的。"

平心而论，这柄剑可不只是"嗯，挺入眼的"这一级别，这柄剑可谓是对极了秦良玉的胃口，当初决定出手救肖容，便也有看在这剑的面子上的原因。后来她曾问过秦载阳，这柄剑到底是个什么来头，秦载阳当时道："欧冶子大师的手笔，龙渊剑，可斩风，可削铁，那个孩子不简单啊！"他又沉吟了片刻，"总之那孩子是个有钱人家的孩子。"

"嗯，那你便好好瞧瞧吧。"肖容笑眯眯地拉了拉被子，"走之后记得帮我带上门。”

秦良玉握了握拳，自知再纠缠下去也得不出什么结果，顺势转身便走。一路上，她的身子挺得笔直，待出了肖容的视线，这才飞快地转至回廊转角的阴暗处，等着肖容出来。

大约过了半个时辰，秦良玉已等得两股战战之时，肖容才推门而出。他先是环视四周，见无人，这才三两下攀上屋顶，动作矫健且迅速，如同一只出栏的猛虎。秦良玉也极快地跟上了他，与他保持着不远不近的一段距离。他出了秦府之后，直奔鸣玉溪畔而去，溪畔树上拴着匹高头大马，四只蹄子包着布，肖容解开缰绳，翻身上了马背。

夜半时分，天气渐凉，秦良玉觉得在荒郊野外骑马这类事，放眼天下也只有他们有钱人家的孩子才做得出来，说起来也不知肖容胯下之马是什么品种，竟奔得如此之快。为了不将他跟丢，秦良玉只得使出吃奶的气力，素色的长袍在黑夜之中划出道道诡异的弧线。这一路她行得跌跌撞撞，就在冷风灌得胸口隐隐发疼之际，肖容终是停了下来。

秦良玉认出此处是坪头山的啸福林，所谓啸福林，其实不过是一片荒林，一到夜间，此处的风更是刻骨。秦良玉打了个寒战，跟着肖容轻车熟路地朝林子东边走，她小心着脚下，生怕踩到枯叶惊扰肖容。这一路她的脚步放得极轻，走得亦十分谨慎，跟着肖容来到一处石屋前，见他提气跃至屋顶，而后身子一滑，紧贴在房顶处，毫无缝隙。秦良玉便学着他的模样，从另一处上了屋顶，而后朝下一趴，感觉肚皮上一片冰凉。

“谁？”肖容惊觉另一人的气息，眼中聚了戾气，压低声音问。

秦良玉也知躲避不过，只得开口道：“嗯，是我……秦良玉。”察觉出肖容隐忍的怒气，秦良玉急忙转移话题，“那个……”她缓缓地挪到他身旁，耳语道，“我们可是要在此处趴上一宿？”

肖容睨了她一眼，并不开口。

秦良玉面无表情地眨了眨眼：“你确定你是来打闷棍的？”她偏头又瞧了眼肖容一身的装扮，“嗯，打个闷棍罢了，至于盛装打扮吗？”

肖容突然捂住了她的嘴将她带向自己怀中，低声警告道：“闭嘴。”

即便是同家中的几位兄长，秦良玉也从未如此亲近过，此时闻着鼻尖处淡淡的幽香，秦良玉一时有些愣怔，总觉得这味道似乎有些熟悉。

不多时，伴随着杂乱的脚步声，远处有点点火光亮起，乍一听对方起码有二十人以上。

抱怨声隐隐从那边传来："娘的！这深更半夜的连个鬼影都瞧不见！日日东抢西抢，我们却也捞不到什么好处，这样下去什么时候才是个头？"

另一人也附和："可不是嘛！拿咱们当畜生一样，咱们好歹也是从军的，正经东西不教，日日让咱们来搬粮。我瞧啊，到时候还没等与朝廷对峙上，咱们便累死了。"

"不过我听上面说，不日将会调遣几队人马去援助龙阳峒，也不知具体是哪日。"

饶是再迟钝，秦良玉也听出了些门道，她轻声问肖容："这伙人是私兵？谁养的？"

肖容摇了摇头："还未查出是何人。"

秦良玉皱了皱眉："方才他们说与朝廷对峙，现如今有谋反之意的就当数播州那边，拉拢龙阳峒也有壮大人马之嫌，我估摸着这些私兵十有八九是那边的人。"

一提播州，秦良玉瞧见肖容面色一沉，揽着她腰身的手臂紧了紧："放肆！你不要乱说话！"他话中已带了寒意，刚消散了没一会的戾气复又聚集。

秦良玉不知自己何处又开罪了他，木然地瞧着他："怎么了？你有理，你反驳啊。"

肖容周身的气压越发低了，连带着声音也冷下去不少："你再胡说八道，我就把你扔下去。"

秦良玉身上的伤还未好利索，若是被那伙私兵发现，定然没什么好果子吃。她与肖容虽接触没几日，但也深知他那无耻的性子，想着好汉不吃眼前亏，秦良玉暂时闭了嘴。待那伙私兵拉着运粮的车从屋底下经过直至消失不见，两人才从原地起身。

"你究竟是何人？为何会知道此处有人大量囤粮一事？"见肖容一副不愿理她的模样，她也不在意，继续问，"当日围堵你的那伙人也不是寻常歹人吧？一般人劫路，十有八九是为了钱财，但我瞧你身上尚有许多银票，他们应当是压根没打过钱财的主意。既然不是图财，那必然就是害命了，你得罪他们了？还是拿了他们什么东西？"

"玉玉，你说够了没？说够了是不是我们可以回去了？"肖容一把扯下面上的遮布，笑容重新挂回脸上，他理了理青丝，"问来问去的，真是不可爱极了。"

秦良玉斜眼盯了他半晌，攥了攥拳，而后稍稍缓和了语气："你恐怕是得罪了一些不该得罪的人，被人盯上了。"

肖容拍了几下巴掌："武德将军果然聪慧。"而后他率先迈步离开，头也不回地道，“多谢你的关心，时候不早了，我们早些回去吧。”

那晚私兵的话困扰了秦良玉好些时日，若他们当真要去援助龙阳峒，那么便说明谭彦相又要起兵了，顾虑到她与明威将军无论如何也是同僚，秦良玉有些拿不准要不要去封信提醒一二？她坐在桌前，望着屋中的沙盘沉思，正要提笔书信，被一阵叩门声扰了心绪，抬头一瞧，见门口斜倚着一道挺拔的身影，那身影朝她挥了挥手：“玉玉，我本来是要同你告别的。”

“然后？”秦良玉将笔放回笔山上，淡然地瞧着他。

肖容负手踱进秦良玉的房内，咂了咂舌：“你确定你这不是小型兵器库？”

秦良玉自小不爱红装爱武装，卧室自然也与寻常的大家闺秀不同，但若细细追究起来，却又觉得大同小异。

比如人家姑娘闺房的墙上都会装饰些字画，武德将军自然也不能比那些姑娘差，她的墙上会挂着一把大弓，几乎横跨了整面墙壁，尚在幽幽地冒着寒气。比如说人家姑娘闺房中有绣架，武德将军也不甘落后，她的房中有沙盘，上面颜色缤纷，瞧这阵形，众军应当正在恶战之中。再比如说人家姑娘闺房里有梳妆镜，镜台上瓶瓶罐罐摆了满桌面，武德将军也不能示弱，将军的桌子上，甚至柜子上全是零星的部件。原来近几日武德将军在家闲来无事，便研究起了火铳。因眼下军中所用的火铳使起来相当不顺手，若想射杀个人，起码要经过五六个步骤，如此一来，若敌人跑得快，这段时间都已没影了，还谈什么打仗。所以她求秦载阳找来了不少部件，又将噜密铳与佛朗机炮的子母双铳拆开来瞧，欲参照着内里结构，将眼下众军士所使用的火铳改良一下。当然，这些还只是冰山一角。秦良玉房中还立着两排兵器架，上面陈列着各类长短兵器，还有不少暗器，可谓是种类繁多，若有朝一日她致仕，完全可以靠贩卖兵器养活自己。

肖容观赏够了，这才在她身边坐下，把玩着火铳的部件，认真地问道：“姑娘家做这些定然很辛苦吧？”

秦良玉轻咳一声：“还好。”

肖容笑时，眸子通常呈弯月状，他说：“我家中近日出了些事，我要走了，多谢贵府这些日的招待，我们后会有期呀。”

秦良玉慢条斯理地将桌上的零件收拾整齐，淡声道：“有期怕是难了。”

肖容身上的疑点太多，他是好人还是坏人，暂且不论，这么些时日，他也从未说过有关自己身世的话，所以这后会有期，的确难如登天。

肖容闻言摸了摸秦良玉的脸，又赶在她出手之前躲出相当远的一段距离，挥手道："放心，我们一定会再见面的。"

肖容走后不久，秦载阳便从郡学回来了，还带回来了一桩新鲜事。

今日龙阳峒已带兵主动出击，打得石砫士兵措手不及，人员伤亡惨重，重庆卫已派出援军，两方交战迫在眉睫。

容氏与陆景淮闻言都瞧着秦良玉，一致道："你眼下告假，老老实实在家待着。"

"哦。"秦良玉依旧低头吃着饭，似是未曾将龙阳峒起兵一事放在心上。

待夜深，她跑到秦载阳的书房，二话不说撩袍跪在秦载阳身前："父亲，我想去石砫。"

秦载阳没有丝毫意外，点了点头："你母亲不是说你眼下在告假吗？这无组织无纪律的，去便是了，从来没有人能拦得住你。但你是重庆卫的，那石砫却是归属于夔州卫，此番行事要低调啊。"

秦良玉又道："但是母亲与景淮……"

秦载阳这才瞧了她一眼："你这是对你爹没有信心？我怎么说也是一家之主，若你母亲他们不满便来找我，大不了爹替你受一顿揍便是了，这都不是什么问题，但此番去，你要平安归来。"

得到秦载阳的支持，秦良玉在半夜便上了路。为保险起见，去到石砫之后，秦良玉先联系上了柳文昭。

复见的喜悦油然而生，柳文昭给秦良玉行了一礼，而后笑道："秦姑娘是来石砫玩吗？"

秦良玉压低声音道："我想进石砫的军队。"想了想，她觉得这请求委实有些突兀，怕柳文昭不同意助她，缓和道，"我主要是想结识明威将军，你们二人既是有交情，可否替我说一说话？"

她正说着，忽见有数十军士从街角处小跑过来。少顷，方才众位军士出现的那条街上，又有一匹高头宽额的骏马驰骋而出，策马之人宽肩窄腰，乌黑的发丝被风带起，他策马掠过两人身旁，意气风发。

待秦良玉回过神时，只来得及瞧见他的背影。秦良玉又遥望了那人一眼，暗自遗憾来不及抒发对那匹汗血宝马喜爱的情怀，那马便不见了。

柳文昭并未留意方才的动静，咬了咬下唇："好，我这便去安排。"

见柳文昭应下此事，秦良玉自打出发时便有些紧张的心，此时更是接连跳了几下，若是此番当真能与马千乘结识，即便是远远地瞧上一眼，那也是一件幸事。

柳文昭虽同马千乘相熟，但军中之事她一介女子委实说不上什么话，相对清闲的位子也捞不到。所幸眼下战事频发，军中缺人，若要塞个不起眼的小兵进去，倒也不是什么难事。为避免秦良玉在军中出意外，继而引发一系列不必要的麻烦，柳文昭特意找了熟人，求他将秦良玉划到他的麾下。

熟人姓徐，单字一个时，任宣抚司副使。徐家世代为马家效劳，到徐时这一代已是第三十六代，他为人正直，在马家颇受尊重，以往见面，柳文昭要称他一声徐叔。

此时徐时听柳文昭说要塞给他一个人，朗声笑了笑："倒是很少见丫头你求人。怎么，这人身份有何特殊之处？"

柳文昭垂了垂首，也不敢将秦良玉的事同他说，只好道："身份并无特殊，只是晚辈的一位友人，但秦亮他性子毛躁，晚辈怕他在军中会吃苦头，还望徐叔多多照应。"

徐时细细端详柳文昭："嗯，我自会留意此人。"

眼下石砫军中人手不足，正逢战乱，谁也不舍得让自家人去参军，秦良玉这个时机挑得不错。她生得高挑，又着男装，只在街上随意晃了几晃，便被正在街上四处抓人的士兵给抓到了军中，顺势便被分到了徐时那一营。

石砫宣抚使马斗斛年事渐高，对打仗一事有些力不从心，且次子尚幼，所以这些烂摊子便全堆在了马千乘肩上。

说来秦良玉入伍的日子也巧，正赶上马千乘整军。

原来因首战告捷后，军中士兵便放松了警惕，其中更是不乏藐视军法的人存在。所以入伍头一日，秦良玉站在队伍最尾处，抬头便见到了高台之上那一身戎装、姿态挺拔的身影，但也只是一道身影而已。她同马千乘离得极远，只闻其声铿锵有力，穿云裂石。

秦良玉前排站的是所谓的老兵，只见众人皆身形僵硬，虽日头尚足，但已是入秋，可他们的后背却被冷汗濡湿，更有甚者止不住地抖着身子，一副随时就义的模样。

高台上的人沉声吩咐道："点名！"

随即有人捧着花名册站上高台唱起名来，声音铿锵有力，字字砸在士兵们的心头上。这些名字大多有人应，但也有无人应的。每到无人应时，高处便会漫出一股阴沉之气，压得众人抬不起头。唱完名已是半个时辰之后，马千乘将花名册扔在一人身前："除去省亲的，其余的人一刻之内都绑回来。"

想来是马千乘治军有方，又或许是那些点时不到之人要倒血霉。不过是眨眼间，门口便传来一阵杂乱的脚步声。循声望去，大约有二十余人被五花大绑拖在马后，身上同面上已被沙石、地面擦破，浑身血污。这些人原本是一路号叫着回来的，此时进门一见负手立于高处的马千乘，立马噤了声，更有甚者双腿间溢出股湿意。

"给他们松绑。"马千乘缓缓踱下高台，"备纸笔，写军法。"

这些参军之人多半是来混混日子，拿些军饷，分些地糊口的，识文断字的属极少数，所以众人战战兢兢地跪在原处，提笔却不知该如何写。

马千乘倒是体恤下属，笑了笑，问："不会写？"不待众人答话，他继续道，"话会说吧？一个一个背。"

跪在前排之人，面上无一不是死灰之色。

马千乘手中拎着短刀，走到第一人身前，那人结结巴巴道："军……军……军法七禁令五十四斩。轻军、慢军、盗军、欺军、背军、乱军、误军为七禁令，五……五十四斩首……"说到此处那人再无下话，随即扑倒在马千乘的脚下，"将军饶命！小的再也不敢了！"

马千乘不多话，一脚踹在那人的心口上，而后手起刀落，一颗人头便滚落在旁边的士兵身前。头颅之上的那双眼睛尚还睁着，满是惊诧，似是不相信自己已死了。

有了前车之鉴，跪在后排之人争抢着要率先背军法。

马千乘此时倒像个脾气温和之人，等着想背的背完，才笑言："明知故犯，当斩。"

当日，马千乘连斩二十余人，鞭刑二十余人，血水混着黄土流了满地，军中的气氛异常压抑。

中午时分，秦良玉捧着饭碗，想起那几人横尸的场面便有些食不下咽。见她如此，一旁的老兵不禁骂道："这样的事你们这些小兔崽子要学着适应，这就吃不下饭了？不吃就滚，老子还没吃饱哩！真不知道招你们这些饭桶进来做什么！"说罢他伸手就去夺秦良玉的饭碗。

秦良玉眼下虽说状态不佳，但战斗力尚可，秉着士可杀不可辱之原则，直接闪身避过那人的手，而后将饭碗扣在了那人头上。

菜汁混着不多的油水顺着那人的脸颊缓缓滴在地上，众人登时安静下来。

“你干什么！”老兵登时从地上蹿了起来，拎着秦良玉的衣领子便要动手，被一旁的众人急忙拉了开来，而后便是七嘴八舌的劝慰。

“你给老子走着瞧！”老兵被人扯远时，依旧朝着秦良玉破口大骂。

秦良玉倒是不以为意，拍了拍手上的灰，又坐回原处。

“你这是何必呢？”耳边忽有一人道，“张石他家中有人在京为官，你又是新来的，日后在这营中怕是日子不好过啊！”

秦良玉素来瞧不上为虎作伥之人，淡然道：“各凭本事，我等着他来。”

她声音不大不小，正好传入路过此处的徐时耳中。

徐时正在交代任务，闻言对身后跟着的属下道：“去瞧瞧发生了什么事。”

须臾，属下小跑到帐中，将张石同秦良玉方才的冲突言简意赅地与徐时说了说。

徐时敛了敛眸子，将那久经沙场练就的犀利眼神遮住，淡声道：“这刺头！好生磨一磨他的性子！”

龙阳峒那边自那日突袭之后，许久都未再传来什么动静，是以石砫军此时最为重要的任务便是训练。

天不亮，士兵们便从帐中鱼贯而出，沿山长跑。

与秦良玉一同参军的新兵大多体力不支，通常跑上几里便掉了队，是以在跑步时，秦良玉总能听见身后有军士呼喝怒骂，她怒其不争。同样是新兵，其余人跑十圈，她便要跑上二十圈，个中缘由不消多说秦良玉也心知肚明，好在她自小便在秦载阳的影响下十分热衷跑步这个活，二十圈跑下来除去呼吸略粗重之外，其余倒也无大碍。但擅跑是擅跑，木讷是木讷，秦良玉并不属于受了委屈就独自承受的人之列，毕竟多跑十圈还是十分累的。

是夜，趁着月色将至，张石在河边洗脸之际，秦良玉悄然靠近，而后找准时机便是一脚，正踹在张石的后腰上。张石背对着秦良玉，毫无防备。但听“哗啦”一声过后，原本平静的湖面上散开圈圈涟漪。

众人听闻声响全跑了过来。

“发生什么事了？”有军士发问，而后瞧清湖中扑腾着的人，又怒骂，“张石你在湖里瞎闹腾什么？想女人了要灭火？还不快滚上来！”

张石在湖中心自由自在地转了个圈，轻佻道："老子就是想女人了。"

正说着，忽闻号角声传来，这声音在幽幽的夜色中格外刺耳。大家顾不上其他，整装之后奔向校场。此时军中主帅皆已立于高台，他们身旁的香炉轻烟袅袅，那炷香还未烧到一半。

秦良玉等人站在台下，听上头传来极为简短的指令："夜袭。"

两军交战，自然是要做到知己知彼，所以秦良玉觉得，龙阳峒那边定然也收到了马千乘昨日里整军的消息，他们大约是觉得既然马千乘的日常如此普通，那么估摸着马千乘近日也不会发兵。于是他们便未曾戒备，这直接导致了马千乘率军将他们包抄时，他们尚在城楼之上围着火堆烤鱼。但谭彦相见马千乘率兵而来，面上却无惊诧之意，仿若一早便预料到了一般，也未有举兵之意，这让秦良玉有些捉摸不透。她站在队伍尾端，迟迟不见前方有动静传来，心中十分焦急，按说这时候双方理应战得不可开交才对。因自幼身量便高，秦良玉只一踮脚便瞧清了当下的情况。只见马千乘身着铠甲，端坐马上，手中短刀寒光凛凛，刀身薄如蝉翼。他微仰着头，应当是同谭彦相在交涉着什么。

"他们还在谈吗？"秦良玉问了身边的人一句。

先前被她踹入湖中的张石闻声侧了侧头："你话真多，就这么等着吧，每次开战前将军都要侮辱他们几句，一会打起来跑不了你的。"

秦良玉侧头瞧着张石："我问你了吗？"

张石鼓了鼓眼睛："我得空非揍得你满地找牙！"

的确如张石所说，马千乘在开战前，总是习惯吩咐能言会道且精通四律五论的下属先叫一叫阵。当然，若不是碍于身份，众人觉得明威将军更想亲自上阵。

今夜凑巧赶上龙阳峒的士兵吃鱼，被委任叫阵的军士算是找到了突破口。他先是嘲讽对方水性差，也只配吃些浅水沟里的臭鱼，马千乘身后的众人极为配合地嘲笑出声，那谭彦相倒是沉得住气，似乎对此早已习以为常，继续着吃鱼的动作。

马千乘也不恼，淡淡扫了眼城门之上手握弓箭的谭军："死到临头，你们理应多吃些，毕竟黄泉路上也没有东西给你们填肚子。"

待说够了，马千乘突然长臂一挥，鼓声登时震天，搅碎了漫天的星子，前三排的士兵手持盾牌，冒着箭雨极快地向城门冲去。众人如离弦之箭，虽快却不曾乱了阵脚。当然，中途亦有战士中箭身亡，前一个人倒下，随后立即便有人补上了缺口。

秦良玉正想感叹众位同僚这不要命的忘我精神，一抬头却发现了其中玄机。

其实从高处放箭也是一门技术活，这箭矢除去有一定的射程外还讲究一个角度，而谭彦相大约是前些日子被马千乘打怕了，为防马千乘又出损招，此时加固了城墙。事实证明，人在焦急时是不适合思考问题的，在加固城墙时，谭彦相等人明显只将坚固程度考虑在内，而角度问题却被忽略了。城楼上宽下窄，虽说城墙是厚了一些，但死角却也多了一些，是以石砫的士兵们少数冒着箭雨冲到城楼之下欲破门，另一部分便在箭矢的射程之外朝城中砸火球。眼下谭军被围城内，只能守不能攻，一时较为上火。

秦良玉混在人群中扔火球扔得十分顺手，忽闻身后有马蹄声渐近，回头一瞧，便见远处冲来数百铁骑，势如破竹，喊杀声震天，脚下亦微微颤抖起来。

见援军到了，谭彦相面色微微放松，开口说了今晚的第一句话：“年轻人做事还是莫要太鲁莽，尊重长辈是必要的。”

马千乘实乃能屈能伸之人，先前侮辱谭彦相时词语繁多，此时被人侮辱了，倒也未曾开口，只静静地等着谭彦相开城门，而后被他的人马两面夹击。

秦良玉被马千乘这洒脱的等死态度深深震住了，费力地拨开身旁的人冲到了最前方。此时正逢谭彦相开门迎战，而另一侧城门，马千乘的人似乎也还久攻未下。秦良玉手持长枪，灵活地穿梭在众多兵马之中，眼前刀光剑影，稍有不慎便会命丧黄泉。此时她也顾不上许多，踩着不知是敌还是友的尸体，一路朝城门砍杀过去。不过片刻，她身上、脸上已是一片血污，手中长枪更是被人砍作两截。她随手从地上拾起把短刀，刚起身便觉得耳畔有寒气袭来，一个转身，险避过对方的长刀，抬手便朝那人胯下之马砍去。

骏马嘶鸣，前蹄高扬，疯了般欲将背上之人甩下。

此时秦良玉已杀至偏僻处，见四下无人留意自己，飞快地扒下谭军尸首的军服套在自己身上，而后趁乱混入了对方军中，待中途歇战时，秦良玉已顺利入得城中。

城中光景可谓十分惨淡，空中弥漫着呛鼻的烟气，原本整洁的街道此下已是满目狼藉，零星火光未灭，在夜中格外显眼。

当地百姓皆十分机智地闭门不出，将大片的场地留给谭彦相发挥。

秦良玉随着众人坐在地上喘着气，听着他们对马千乘破口大骂，比如“马千乘不要脸起来当真是十分可怕啊”，又比如“马千乘这个人虽然很厉害，但终归还是十分无耻啊”。

秦良玉移开视线，着实想插上一嘴，那是因为你们从未见过他砍人头时的风采。

歇够了，秦良玉借口解手，离开了众人的视线范围之内。她正蹲在草丛中盘算着如何诱哄对方将后门打开时，就听见不远处有交谈声传来。

“方才将军有令，让你调些人手去后门守着，他怀疑马千乘此番有诈，不得不防。”

秦良玉此刻十分紧张，不停地安慰自己，毕竟是要进城来做坏事的，偶尔紧张一下，应当也不算丢人。

待那人走后，秦良玉又在原处蹲了会，见百余人整齐有序地朝后门走时，她抄近道赶在了众人前头。一路狂奔至后门，秦良玉焦急地对着城门的守卫道：“上头有令，命我等即刻开城门迎战！”

夜色中，守卫愣了愣，偏头瞧见对面似乎有百余人正走过来，刚要询问便挨了秦良玉狠狠一个巴掌，她怒道：“如果战败，延误军机这帽子便扣在你头上，届时将你祖宗从地里刨出来谢罪！”

守卫被秦良玉打得发蒙，见秦良玉气势强劲，再加之她身后的众人确实来势汹汹，为保自家祖宗清白，他立马和同伴将城门打开。

城门刚开了条缝，城楼之上便有人察觉到不对，慌忙从楼上奔了下来：“你开门做甚！”

那人反应过来，却已来不及将门关死，石砫的士兵们瞬间如洪水般涌了进来。

眼下石砫的士兵将谭军困在城中，而谭军的援军又将石砫的士兵围在正中。此时形势紧迫，秦良玉十分忧心，这一忧心，心中便生了怨怼，觉得明威将军此番行事有欠思考，即便众人活了下来，怕是也讨不到什么便宜。

两方打得火热，你给我一刀也不用觉得愧疚，我还你两枪便算扯清了。你来我往之中，忽见城外山头上亮起了火把，火光在夜色中连成了一条线，宛若游龙，围了半面城池，光亮之中，旌旗之上的“明”字十分张扬。

马千乘的声音依旧平淡：“谭大人年岁大了，也该歇息歇息了，如此一来，尊重长辈一事，晚辈这算是做到了。”默了默，他吩咐道，“徐将军，将谭土司请回去好生招待。”他控着马不疾不徐地走了两步，又回头望着谭彦相，“忘了告诉你，这个世上，最不可相信的便是内奸。”

秦良玉环视最外围声势浩大的明军，扬唇一笑，难怪龙阳峒众人说马千乘无耻，将计就计这招他使得还是十分顺手的嘛！

回到石砫，因解决了心头大患，即将迎来一段太平日子，众人面上皆挂着笑。

午饭时，张石手中捏着松软的烤鸡腿啃得正香，忽然被人叫了名字，回头一瞧，见来人是徐时身边的侍从，急忙将鸡腿丢回碗中，随手在身侧擦了擦油渍："韩哥，找我有事？"

侍从颔首："徐将军有请。"

闻言，张石心中不免惊诧，小跑着跟在侍从身后去到徐时的屋子，待通传过后进了屋中。

徐时此刻正盯着沙盘瞧，知道张石来了也未抬头，只道："此番围剿，你那一队正在城门前，那城门是何人所开，你可瞧清了？"

张石低头瞧着脚面，未有犹豫："回将军的话，是秦亮。"

张石虽生性跋扈且睚眦必报，却也是公私分得极清之人。秦良玉同他有过节，但那是私下，于公，他不得不承认，秦良玉是可塑之才，若稍加锤炼，日后必定有所作为，所以便也生了引荐之心，又在徐时面前说了几句褒扬的话。

张石从军五载，擅射，以往战时亦立过功，却从未要过奖赏，所以徐时还是极为欣赏他的，此时听他这么一提，心中自然也有了打算。

秦良玉蹲在湖边洗脸，正洗得开心，突然察觉到有一阴影兜头罩下。她抬头瞧了一眼，见来人四十岁上下，一身普通士兵的打扮，满面严肃地朝她发问："你便是秦亮？"

秦良玉以为又是一位来找麻烦的，便蹲在原处未动，只点了点头："我是。"

"谭彦相的城门是你诈开的？"那人又追问了一句。

秦良玉懒散地应了一声，见脸洗干净了，才问："有什么问题？"

那人这才一笑："当然没问题，此番你是立了功，自然会有重赏。"

秦良玉点头："哦。"说完她起身就要走。

那人又叫住了她："年轻人性子不可如此急躁，不然你早晚得吃亏，须知'忍一句，息一怒；饶一着，退一步'。"

秦良玉以为他大约是听到了自己同那老兵的事，来当说客的，所以她便没有搭理，敷衍地点了点头便扬长而去。

当晚，因打了胜仗，马千乘在军中摆庆功宴，秦良玉深知自己的酒量以及特殊的身份，并不敢多喝，只在马千乘举杯时，象征性地干了一碗，而后便开始大快朵颐。毕竟在军营这种汉子云集的地方，若你筷子伸得慢了，那必然是没有饭吃的。

秦良玉吃得正欢，忽然听见有人道："谁是秦亮？将军有令，庆功宴后，速至主帅屋中。"

秦良玉突然觉得食不下咽，心中却隐隐有些雀跃。她来石砫，除去想打仗外，也是想一睹明威将军的风采。眼下被马千乘传唤，她难免激动，索性饭也不吃了，暗中观察着正前方的位子，见位于正中那抹年轻的身影放下筷子站起身，也跟着站了起来。

秦良玉走后，有人附在张石耳旁说了句什么，但见张石面色丕变，扬手便照着那人的脖颈打了一掌，痛心疾首道："你糊涂啊！"

秦良玉走了没两步，觉得有些头晕。她轻轻晃了晃头，觉得大约是方才那酒喝得有些猛，此时起了酒意，倒也未曾放在心上，就这么一步三晃地朝马千乘的房间走去，待至门口时，那阵晕眩更为严重。

门口侍卫见她如此，喝道："放肆！主帅门前岂容尔等驻足！"

秦良玉揉了揉额角，道："是将军传我来的！"

屋中之人想必已听到了声响，直接冷声吩咐："让他进来。"

侍卫闻言，这才不甘不愿地收起长枪，狠狠地剜了秦良玉一眼。

待张石追过去时，秦良玉已推开房门进入屋中。

一股凛冽之气袭来，其中还掺杂着淡淡的香气。

秦良玉扫了一眼屋中布置，见偌大个房间内除去一袭床榻同一张书案外，竟是什么都没有。

她眼前重影更甚，不禁抬手揉了揉眼，想瞧瞧那稳坐于案前的年轻身影，不料还未等手放下，她便两眼一翻直接倒在了地上。

马千乘此时正坐在桌前托腮沉思，听闻响动抬了抬眼，见进门之人伏在地上，漫不经心道："不必行此大礼，你此番立了功，想过要什么奖赏吗？"

话落见那人没有动，马千乘不禁皱眉："我说话的声音很小吗？"

那人还是不动，马千乘这才觉得情况不妙，起身朝伏在地上一动不动的人走了过去，然后用脚轻轻碰了碰她。

"喂！"

见这人毫无反应，马千乘又伸手将人从地上扶起。

秦良玉低着的头随着马千乘的动作晃了两下。马千乘将她扶到床边，待她平躺过后，正正对上她的脸时，他吓得手当下一松，秦良玉又软绵绵地倒回到马千乘的脚边。

隔日秦良玉醒来时，发现自己依旧在马千乘的房中，只是眼下屋子的主人已不知所终。她揉了揉发胀的额角，隐隐记起昨夜之事，越发觉得是张石捣的鬼，他大约是在她的碗里下了什么药。思及此，她心中又是一惊，昨晚她一进屋子便晕了过去，也不知马千乘是否识破了她的女儿身。若是识破了，那她要如何同他解释自己女扮男装一事？若万一被他误会自己是奸细，那这日子便不好过了。此时，她脑中蓦然飘过整军之日那一地的狼藉。

秦良玉越想心越沉，利落地翻身坐了起来，身上的毯子掉落在地。此时天色还未亮，其他人尚在操练中，秦良玉觉得此地不宜久留，应当趁事情还未严重之时溜之大吉。她掀帘而出，侍卫只瞟了她一眼，并未多加阻拦，她也乐得省心，一路小跑回了自己的房间，她来时并未带什么东西，所以逃时也方便。她躲在屋中见火头兵外出置办食材，正要小跑过去，走了没两步，便被同宿一房间的守卫叫住了。

"秦亮，你做什么去？今日该轮到你当值了，将这屋中的卫生打扫了。"说罢他将手中提着的扫帚同抹布向她手里一塞，"工具我都给你准备好了，方才过来时遇到将军，将军说你身子不适，这几日不用参加训练，将这营区的落叶都给扫了便好。"

秦良玉拎着扫帚，面无表情地看着守卫："其实……"

"好了，先不说了，我回去训练了。"不待秦良玉说完，守卫掉头便跑远了。

近日各方山贼似是商量好了一般，一窝蜂地朝重庆府扎，尤其是石砫县外，更是遭了殃。听说连以往素来不对盘的两伙名气较大的山贼都冰释前嫌，准备一同奔往石砫了。这让马千乘颇为头疼，在提防谭彦相的余党之余，还要打击山贼嚣张的气焰。为了让他们知道花儿为什么会这样红，马千乘着实是忙得脚不沾地，但教育之路很是艰辛，他首先要做的便是夜以继日地操练石砫的兵力。

军士们训练时，喊杀声震天，将树上那几片还未掉利索的枯叶如数震了下来。转眼间秦良玉在石砫打扫卫生已有六日了，听着校场上颇具声势的操练声，秦良玉捏着扫帚觉得异常孤独。遥望操练台的方向，秦良玉倚着树干叹息，不过六日，她已将整片营区里里外外扫了个遍。后来，将军说她卫生打扫得好，所以特意派人来通知，赐给她亲自打扫主帅房间的特权。想起这事，秦良玉的内心几乎是崩溃的，觉得日子已经没法好好过了。

“你戳在这做什么？”

秦良玉正垂头瞧着鞋面，冷不防有人在身后推了她一把。她回头，见张石一脸不屑地瞪着她，双臂交叉在胸前，仰着头与她对视。

秦良玉面上神情淡淡，也不答话，只道：“你名字中的‘石’是鸡蛋的‘蛋’？”见张石敛了眸子，似有不解，她又继续道，“那你这个名字还是很有营养的啊。”

秦良玉依稀记得，前几日晚上睡不着，与人谈天时，队中同僚曾说过张石最厌恶有人拿他的名字开玩笑。眼下张石好不容易自己送上门来，秦良玉便也从善如流地当面请教了一下。

果不其然，下一瞬张石就跳开了几步远，指着她骂：“你有没有文化！我名字中的‘石’是石头的‘石’，这字多音你不知道？”

张石觉得自己受到了天大的侮辱，愤愤地将袖子卷到手肘，朝手心里吐了两口唾沫：“来，我与你打一架！”

秦良玉虽不惧战，但也不愿同张石一般见识，当下拎着扫帚去到另一边扫地，孰料张石又跟了上来。

“你这是什么反应？”

“你们两个在干什么！”

浑厚的嗓音如平地惊雷炸响在不远处。

秦良玉与张石侧头一瞧，就见徐时与他的随身近侍站在不远处，应当是正要路过。

张石睨了秦良玉一眼，磨磨蹭蹭地过去向徐时行礼："徐副将。"

秦良玉听闻这称呼，仔细瞧了那人两眼，莫名觉得他有些眼熟，不由又瞧了瞧，这才认出眼前的人便是那日在河边教育自己之人。心陡然一沉，她的表情更为严肃了些，想了想，也过去行了一礼："徐副将。"

徐时这才应了一声，道："先前被山贼掳上山的那些姑娘已安全归家，百姓们自发送了粮食来军中，你二人怎么不去搬东西？"说罢他瞧着张石，"秦亮他有命在身，要打扫营区，你呢？你那一队的人都在搬东西，你身为队长在这做什么呢？"

张石不说话了，面皮子微微红了起来："属下这就去。"

张石走后，徐时虎目微敛，面色虽沉，但语气中却带着几分欣赏："你这性子啊，改日定要让你吃些苦头！"

秦良玉低了头，一言不发地跟在徐时身后，也准备一同去搬粮。

今年地里收成不好，大家原本还愁又要过饥一顿、饱一顿的日子，不料百姓们便送来了食物，这些粮食自然是弥足珍贵的，众军士不由得欢呼雀跃起来。

百姓们送粮，乃是因家中女儿或是妻子平安归来，平安归来的功劳，自然要算杨应龙一份，这杨应龙又与马家交好，所以他既然是来了石砫，那眼下得空定是要去马家坐一坐的。石砫土司马斗斛知道杨应龙喜欢马千乘，便趁此机会将马千乘也叫回了家。

接到消息时，马千乘正要去视察秦良玉的工作，人都已走到屋外，听说杨应龙正在家中做客，脚步一转，交代近卫道："那个秦亮。"他顿了顿，"是叫秦亮没错吧？"见近卫点头，他又继续道，"看好他。"

近卫不解，茫然地瞧着马千乘："属下斗胆请问将军，此话何意？难不成他是奸细？"

马千乘"啊"了一声："那倒不是，只是眼下能将屋子打扫得如此干净的汉子已经寥寥无几了，他是个人才，要留住他。"

遥见马府，还未等进门，马千乘便瞧见特意着了一身新衣裳的柳文昭，正戳在门口眼巴巴地瞧着自己。他加快步子，行至柳文昭身前："你在等人？"

柳文昭的双手绞着帕子，面上有些失落，嘟囔道："将军您定然知道秦亮是武德将军了，此番怎么没有将她一并带回来？"

马千乘撇了撇嘴："你见了我，难道不应该比见到她，还要高兴些吗？"

柳文昭失魂落魄地转了身，继续嘟囔："奴家少说瞧了将军也有八年了，早都瞧腻了，即便再多给奴家加些工钱，奴家也是不想再多瞧您一眼的。"

马千乘的俊脸一黑，这几日逗弄秦良玉的快感消失殆尽，他负手进了屋，因未注意脚下，被门槛绊了个狗啃泥。

听闻马千乘回来了，杨应龙从屋中直接迈步而出。

马斗斛亦将手中茶壶一放，也跟着起身出门相迎，离得老远便唤了声："儿子。"

马千乘的脸上扬起抹笑，回道："父亲、叔父，您二老怎么出来了？"

杨应龙"呵呵"地笑了笑，拍了拍马千乘的肩膀，见他面色微变，急忙将手收回，急切地问道："怎么了？身子不舒服？"

马千乘摇头："没有，只是前些日子受了点伤，眼下已无大碍了。"

杨应龙这才面色稍缓，但仍不敢大意，转头对马斗斛道："还是让大夫先来瞧一瞧，这孩子小时候身子便不好，实在不行便让他随我去播州，我府上有位大夫，是先前宫中致仕的太医，医术了得。"

马千乘扬唇一笑。自他小时候开始，杨应龙便是如此，听闻他有个头疼脑热，便会放下手里的事赶来石砫探望他。为了不让杨应龙担心，马千乘忙道："叔父放心，这点伤当真无大碍。"

三人这才进屋，杨应龙叮嘱："你眼下身为将军，凡事身先士卒乃是必要的，但一切仍要以你的身子为重。"

马斗斛插话："身先士卒是在军中，可在家里你还是我儿子，我这当爹的自然不希望你受皮肉之苦，不如这将军你便不要做了，回家来爹也养得起你。"

马千乘唇角的笑意渐深，须臾道："爹，我生来就是为了报效大明的，待有朝一日我眼不能视、手不能抬，再考虑您说的。"

马斗斛干笑了几声："好，我就知道我儿乃堂堂丈夫。"他边说边加快步子，"今日你杨叔父来了，我们三个不醉不归。"

杨应龙瞧了马斗斛一眼："他身子有伤，饮酒便不必了吧？"

马斗斛有些尴尬，忙道："是是，你瞧我这记性，只顾着高兴了。"

马千乘的母亲覃氏与杨应龙的正室张氏早些年结为了异姓姊妹，所以两家的关系很是亲近。后来马千乘入仕，但凡听到他仕途不顺或有人为难，杨应龙势必要派人暗中让那使绊子的人吃些苦头。是以刚入仕的那几年，马千乘在杨应龙的照顾下，可谓是顺风顺水，只是这些杨应龙从不在马千乘面前提起罢了。再后来，马千乘自己也摸出了一条路子，杨应龙便不再暗中插手他的事。今次杨应龙助马千乘将人成功解救，三人凑到一起自然要喝得昏天暗地，又赶上覃氏带着小儿子马千驷回了云阳的娘家，府上没个人看管，几人更是肆无忌惮起来。

杨应龙顾忌着马千乘的伤，让他以茶代酒。几人喝得正尽兴时，马千乘面色忽然一紧，马斗斛正要发问，就见柳文昭带着一人神色慌张地向屋内走来。

马千乘将茶杯一放，问："何事如此慌张？"

那人跪地回话："山贼集结各部，现已到了城门外，徐副将命人关闭城门后，山贼们已准备攻城。"

马斗斛与杨应龙闻言也将酒杯一扔："城外的山贼有多少人？"

那人道："骑马的有三百。"

马斗斛一拍桌子："才三百人你们慌什么？还不速速将人拿下！要活口！本官要亲自审讯。"

这些日子山贼频频出来大肆抢夺，马斗斛也觉察到情况有些不对，恰巧朝廷也在暗查山贼是否为私兵的幌子一事，眼下山贼们自己作死，这事他若是办好了，升官加职那是妥妥的。

那人擦了擦额角的汗："回大人，是骑马的就有三百人，并不是起码得三百人，算上不骑马的，统共千余人。"

马千乘回头看着马斗斛与杨应龙："父亲、叔父，您二位在府上歇息便好，我去瞧瞧。"

杨应龙忙伸手："贤侄且慢，还是我去……"

杨应龙的话音还未落，马千乘人已消失在大门口。

马斗斛又将杨应龙请回屋里，大着舌头劝："这孩子自有分寸，我们继续，继续。"

杨应龙面无表情地看着只顾喝酒的马斗斛，末了直接铁青着脸拂袖而去。

此时，徐时正在城门上向下撒着鞭炮和扎马钉。扎马钉状若荆棘，有四个锋利的尖爪，三尖着地，一尖向上，钉尖锋利至极。鞭炮炸响后，城下百余匹坐骑受惊，胡乱奔窜，前面的坐骑嘶鸣，后面的亦跟着躁动起来，一时间连人带马翻倒在地不少。徐时命手下放箭，城下山贼瞬间便伤亡大片。

马千乘赶到时，正逢山贼撤退数里之际，如此顺利，令马千乘顿起疑心。他撑着城墙向下瞧，见山贼并无进攻之意，仿佛只是被迫前来，当下一拳砸在墙壁上："粮库同监狱可派重兵把守了？"

今日百姓前脚刚送来粮食，后脚山贼便开始活动，这难免让人将事情串到一起。且不说这个，单说前几日他们将谭彦相关押到石砫监狱一事，当时随后赶来的那批谭彦相的援兵本就疑似山贼，若是如此，那今日山贼的目的便如司马昭之心路人皆知。他们先是用调虎离山之计将众人的视线引到城门处，其余的山贼再自其他处攻入军中，见机救走谭彦相，顺手再扛走些粮食，当真是两全其美。

徐时瞧了马千乘一眼："方才接到山贼攻城的消息时，秦亮便已让我派人守住这两处，所以将军不必担心。"

马千乘双眸一亮，染了丝笑意，她不愧为武德将军，到底是凭本事吃饭的。他又沉默了会，吩咐徐时："你守好此处，我回军中瞧瞧。"

听闻有战事，城中百姓皆闭门不出，少了比肩接踵的拥挤，马千乘回营区的速度十分快。

果然如他所料，山贼们此行是有备而来，并不是只有城门前的那些，在其余被他们忽略的地方，山贼亦不在少数。他到营区时，地上已陈尸不少，多是山贼的尸首，都是缺胳膊少腿或没了脑袋的残尸。他手持长剑，一路向粮库的方向走去，毕竟谭彦相诚可贵，但眼下时局，粮食价更高。

粮库门前的两队人马已打成了一片，石砫的士兵暂时占了上风，将那伙山贼打得满头是包。马千乘观战了半晌，原本想好生劝众人改邪归正，喊了好几声也不见有人搭理他。无奈，他只好收起长剑，俯身从脚边捡起一把长弓同一支箭矢，瞄准其中一个山贼，长指一松，那山贼便被箭穿透了脑袋，应声倒地，抽搐了几下便没了声息。

山贼们瞬时便安静了下来，皆回头去看马千乘。

"喂，你们识相的就快些投降，不然等着被我射吗？"马千乘将长弓搭在手腕上，一边说着一边还漫不经心地甩着，长弓在他的手臂上有如风车一般不停旋转。

山贼们此番来许是被下了死命令，面上并无退缩之意，短暂出神后，再度将各自手中的长短武器横于身前，找准时机一拥而上。

马千乘也没有多余的工夫与他们周旋，跳开几步后，不停地变换着位置朝山贼放箭。后来，他见地上的箭矢没了，干脆爬到了树上，仔细瞧了好一会才找出这一队山贼的首领。趁其不备，马千乘从树上一跃而下，足尖点过众人的头顶，而后一把抓过首领的手臂，微一使力便将其拎出了战斗圈。

山贼首领身形高大，一个首领可敌两个马千乘，但此时他也难逃被马千乘横摔在地的命运。他极快地从地上爬起来，狠狠地盯着马千乘，抡起手中狼牙锤便朝马千乘砸去。马千乘仰身避过这一击，顺势绕到首领的身后，上步一个横拳砸在首领后颈上，趁他趔趄时，又飞起一脚踢在他头侧，紧接着一记双峰贯耳，整套动作如行云流水，又宛如白鹤起舞，潇洒中却又带着狠戾。

首领的双耳嗡嗡作响，有鲜血从他的耳中缓缓流出。接着，他便倒在地上不停地翻着白眼。

首领一死，这队山贼便群龙无首，其攻势一时漏洞百出。山贼们见形势不妙，直接从怀中逃出烟雾丸砸在地上，趁雾奔走，惶惶如丧家之犬。

马千乘拍着袍角上的灰，问手下："营区一共来了几伙山贼？"

军士答："三伙，有两伙在监狱处，军中一半兵力也在那边。"

马千乘又问："秦亮在何处？"

军士答："在监狱。"

马千乘挑了眉，监狱处有秦良玉镇守，他自是放心不过，也便省去了视察战况一事。眼下城外山贼人数也不少，马千乘担心其中有诈，山贼们里外夹击，是以又转回到城门处。

城外的山贼依旧守在原地，既不攻城也不撤退，马千乘站在城墙上俯视众人，吩咐身边的侍卫喊话。

侍卫："你们还不走，是要留下来吃饭吗？"

山贼："……"

侍卫："我们将军说，城中还有些泔水，不过是用来喂猪的，不能分给你们了。"

山贼："……"

徐时见状，凝眉道："他们既不走也不攻，这其中定然有诈！"

马千乘沉吟片刻，淡笑："他们或许是在等同伙聚齐，一并返回，毕竟回去早了没法交差不是？"

两人正在交谈，忽见有一侍卫手托一长形物事而来，马千乘正要问话，那侍卫突然从那长形东西中，抽出一把匕首朝徐时刺过去。徐时察觉有异时，已来不及避闪。马千乘一把将徐时推开，生生替他受了一刀，手臂登时皮开肉绽、筋骨可见。马千乘气急败坏地将那人横扫下城门楼，又抄起一旁的军旗朝下狠摔而去，旗杆刺入那人的身子，将那人牢牢钉在地上，旗面招展，随风轻舞。

“将军！”徐时上前托住马千乘的手臂，“这伤太深，将军快些找军医包扎。”

伤口确实有些疼，马千乘见城门处暂无异样，也不再推托，将城门重又布防了一遍，而后便掉头去找军医了。

此时，军医们正拎着药箱四处给受伤的军士们包扎伤口，听闻马千乘受了伤，最有经验的几位军医都转投马千乘的帐中，争先恐后地给马千乘处理伤口。

“监狱那边的伤亡情况如何？”马千乘很是随意地将手臂向前一探，额角不时有汗珠贴颊而落。

军医一边清理着马千乘的伤口，一边道：“听闻秦亮将自己与谭彦相一同关在牢房中，山贼破门而入时，被秦亮布阵剿杀，所以我们是不损一兵一卒便将监狱那边的山贼拿下了。”

因上次诈开城门一事，秦亮的名号可谓是响彻军中，毕竟眼下军中普遍是军备松弛，士气颓靡，上面偶尔传下截杀之令，众人皆是股栗腕战，面上一片惨白。所以，此类将个人生死抛诸脑后，为大局着想之人，在军中当真是凤毛麟角。

马千乘闻言并未有多大的反应，因他莫名地相信她，知道她一定会取得胜利，此结果实属意料之中。

山贼攻城一事，以山贼惨败而告终。马千乘的手臂受了重伤，重庆卫那边闻讯也传令允他不必急着回重庆卫，可以回家将养几日。此事一出，最高兴的要属还在干着清洁工作的秦良玉，因三日后乃是她二哥秦邦翰的寿辰，她无论如何是要赶回去的。而且她此番告假在家，也只有十五日可歇息，总不能一直被困在石砫军中。

马千乘回家后，军中大小事务全由徐时接手，秦良玉怕自己贸然离开会给柳文昭与徐时带来麻烦，特意修书一封，趁众人操练时，悄然放在徐时帐中。当然，临走之前，秦良玉十分想将扫帚挂在马千乘的帐篷门口以示这些时日来的不满，但静下心来后，她又觉得做人要厚道，毕竟马千乘还发现了她身上除去头发以外的特长之处。

趁夜从侧门溜出军营，秦良玉心跳加快，环视四周，见无人发现，拔足便跑。她连跑了近十里，确定身后没有情况，这才停下脚步，撑膝喘气。

“我方才跟了你一路，你这副慌张模样是在做什么？”

一道略带疑问的嗓音随着夜风送至耳畔，秦良玉循声猛然一抬头，见肖容正坐在小路旁的老树树干上，晃荡着修长的双腿，面上扬着一贯的乖巧笑意，一派天真无邪之色。

“怎么是你？”秦良玉微张了嘴，面上破天荒地带了丝惊讶。方才她一路狂奔至此，并未察觉有第二个人的气息。由此可见，肖容的武功当真是深不可测。

肖容轻巧地从树上跳下：“怎么就不能是我？我说过后会有期啊。”他拍了拍手上的灰，“你还没有回答我的问题，你跑什么？有人追你？”

秦良玉自然不能如实相告，掩饰般地摸了摸鼻尖：“嗯，我只是锻炼锻炼身体。”

肖容一副恍然大悟的模样，拖长声音“啊”了一声：“那怎么不继续呢？这才跑了多远。”

秦良玉不再答话，瞥了他一眼，顾自转身朝忠州的方向走。

肖容笑着跟在她身后：“你这是要回家？”

秦良玉“嗯”了一声：“我二哥过寿。”

提到秦邦翰，肖容略一挑眉：“咱二哥过寿？”见秦良玉不开口，他不由催促道，“再走快些。”

秦良玉不理会他攀亲带故的话，不解地问：“走快些做什么？”

“回家啊！”肖容像瞧怪物一般瞪着秦良玉，“玉玉啊，二哥过寿，我自然是要到场的呀。”

秦良玉再回到秦府时，正赶上秦载阳不在家，管家王叔见她回来了，站在秋风中朝她使着眼色。她站在进门处，不知是先去容氏的房间，还是先去陆景淮的房间，正犹豫时，陆景淮那张标准的冰山脸出现在了她的视线之中。在瞧见她身边笑眯眯的肖容时，陆景淮的脚步明显顿了顿，冰山似乎裂了一角。

“陆兄，我们又见面了。”肖容瞧出陆景淮心情不好，急忙给他添堵。

陆景淮咬牙，本是不愿搭理他，但又觉得如此于理不合，硬从牙缝中挤出个回应，而后睨着秦良玉：“你还知道回来？这几日母亲因忧心你，身子有些不舒坦，你去看看吧，多说些好听的，至于其余的事，等你见过母亲后，我们再来从长计议。”

一听容氏身子不好，秦良玉便急急忙忙地朝容氏的房间跑去。肖容正要跟过去，被陆景淮长臂一伸拦在原地：“不知肖公子此次到访所为何事？”

肖容"哈哈"一笑："我们玉玉说，咱二哥过寿，我来送贺礼。"

陆景淮的面色几乎可以拧出墨汁，当即喝道："放肆！什么'我们玉玉'！什么'咱二哥'！肖公子自重！"说到此处，他忍了忍，后着实忍不住了，又道："你年长于我，实在不必一口一个陆兄。"

"哎哟哟，不过是个称呼，陆兄你未免太过激动。这样吧，来者是客，我且算是个熟客，我还是住上次我睡的那间屋子好了，劳烦陆兄带路。"肖容依旧满面笑容，见陆景淮虎着脸不动，又道，"我好歹是玉玉带回来的，陆兄你就这么对待我，恐怕不好吧？况且我这一路大多是用脚走的，确实是有些累了。"见陆景淮还是纹丝不动，肖容干脆撩袍，席地而坐，身子靠向陆景淮笔直的双腿，"那我就这么凑合凑合也行。"

"起来。"陆景淮几乎将一口皓齿咬碎，"我带你去。"

秦邦翰外出悬壶济世，回来时已是寿辰前日。秦家并没有给小辈过寿的传统，所谓给秦邦翰过寿，也不过是一家人聚在一起吃吃饭，小辈们再闹一闹。

大抵是秦邦翰本就温润如玉的缘故，他对玉情有独钟。以往的寿辰，秦良玉总会网罗天下好玉送给秦邦翰，但今年她着实忙，也便没有闲暇时间去找玉，眼见明日便到了秦邦翰的寿辰，秦良玉有些发愁。

"你做什么愁眉苦脸？"肖容负手踱到秦良玉的床前，屈指敲了敲窗棂。

秦良玉捏着火铳的药室，面无表情地望着肖容："我二哥过寿，我今年没有准备贺礼。"

"这不是还有些时间，我与你到街上转一转。"肖容抄着手，满面得意。

秦良玉见状，不禁问道："你怎么这副模样？"

肖容道："我这叫沾沾自喜，我给咱二哥准备了些薄礼，心中有底气，自然才会如此。"话落他抬头仰望天际，"你快些，一会铺子都关门了。"

秦良玉并未理会他的催促，问："咱二哥？"

肖容"啊"了一声，一脸坦然地重复："咱二哥。"话落见秦良玉似乎还要发问，他催促道，"你的就是我的，你二哥自然也是我二哥，好了，我们可以走了吗？"

今日镇子上有集市，坪头山上的那些摊贩全将摊子挪到了街上。眼下是淡季，城外又十分不安全，摊贩们思来想去，还是觉得城中稳妥一些。

乐天镇眼下热闹异常，几间屋舍同几片栅栏圈出了极大的一块场地作为集市，外面高悬“五谷丰登”以及“太平有象”等斗方，市场中各类摊贩纷纷在摊位前立着“牛行”“猪行”等招牌，街上行人皆背着筐篓，来往于各摊位之间。

秦良玉与肖容混在人群中，两人已出来有一会了，街上卖玉的铺子已被两人跑遍，却还是未发现有能入眼的玉。

“来，吃个果子解解渴，你是姑娘，我是男子，所以你吃大的，我吃小的，大叔，你说我这么做对吗？”肖容举着两只果子，笑容可掬。

“你离我的摊子远些！不给钱吃什么吃！”卖果蔬的大叔没好气地从肖容的手中夺回两只果子，赶苍蝇一般地挥着手，“走走走，这娃娃生得漂亮，可惜脑袋有问题。”

两人逛到夕阳西下，除去挨了一顿骂之外，并无收获。肖容毕竟不是忠州人，所以怎么做关系都不大，但秦良玉便不同了，她在当地名声本就不好，这下再让肖容一搅和，更是无颜面对父老乡亲。

察觉到秦良玉的情绪不高，肖容安慰道：“你也莫要太在意了，我那时替你算了算，你的名声也就差到你十八岁那年。”

秦良玉瞟了他一眼：“嗯，没想到你在掐算方面还有造诣。这么说来，我十八岁之后名声便会好起来吗？”

肖容朗声笑了笑：“那是，我打出生起便给人算卦。”他顿了顿，“十八年来我从来没有准过。”

秦良玉的拳头握紧又松开好几次，才咬着牙道：“那你为何说我的名声只差到十八岁那年？”

肖容向前疾走两步，拉开与秦良玉的距离，这才回头笑道：“那时你都习惯了，怎么会再在意这些细节？”

秦良玉此时内心毫无波澜，甚至想笑。

她拂袖便走，听得肖容在身后念叨着：“名声差也没什么，你瞧，我也不曾嫌弃你。”

秦良玉脚步未顿，“呵呵”了两声：“那是因为你更胜一筹，又如何嫌弃我？”

肖容觉得秦良玉这话说得很有道理，又道：“既然如此，不如我们凑合着过吧？左右都已到这般田地了。”

肖容越说越觉得此法可行，脸上眉梢已隐隐透出喜悦之色，顾自道：“你我二人当真是天造地设的一对啊！”

秦良玉：“……”

回到秦府时，已是傍晚时分，容氏正被贴身丫鬟扶到院子中透气，见秦良玉与肖容一前一后进了门，朝二人招了招手。待肖容离得近了，容氏这才瞧见他面上有几片青紫，不由凝眉问：“肖容这脸上是怎么了？是撞到什么地方了吗？”

肖容捂着脸笑，双眼又弯成月牙：“回婶婶的话，我不当心撞到了良玉的拳头上，回头拿个鸡蛋滚滚便好了。”

容氏闻言瞧着站在肖容身后的秦良玉，语气中带了嗔怪：“良玉啊，你下手怎么能这么重呢？碧之，快去拿几个鸡蛋给肖容滚滚。”

肖容跟着回头瞪了秦良玉一眼，又听容氏道：“你三哥方才找你，许是有事，你去瞧瞧。”

秦良玉应了一声，睨了肖容一眼，这才转身去找陆景淮。进门时，秦良玉见陆景淮手中正拿着前些日子她送他的玉牌，当下便知陆景淮找她所为何事。

听闻脚步声，陆景淮抬头瞧了一眼，而后将玉牌放回到铺着绸子的锦盒中，口中道：“在家便罢了，都是自己人，若是在外面，遇到主人家房门紧闭这种情况，你进门前应当让人代为通传，或者敲一敲门。”

秦良玉“嗯”了一声，也不急着接话，少顷，陆景淮又道：“听说你今年没找到合心意的玉，我今日突然想起前些日子你送我的这块玉牌，不如将它转送给二哥，左右我留着也没什么用，不如给懂它之人。”

“这玉我既然送了你，你说如何便如何。”秦良玉想了想，问，“快到放榜之日了，你什么时候去布政司？”

陆景淮答：“给二哥过完寿便起程。”他边说边将锦盒交给秦良玉，“这份礼是你送的，你拿回房中吧。”

秦良玉接过锦盒：“原本明年应该与你一同进京的，但眼下怕是抽不开身了。”

陆景淮神色有瞬间的愣怔，很快又恢复如初，笑道：“嗯，原本应该一起的，但这天灾人祸谁也说不准，先这样吧。”

今年秦邦翰过寿，因肖容的到来，秦家又热闹了些许。怕几人拘谨，秦载阳同容氏象征性地吃了几口便借口离了席，剩下的秦良玉等四人都是同辈，两位长辈一走，登时不再局促。男人在一起吃饭，喝酒是避免不了的，即便是如陆景淮这般平素极其自律的人也喝得面色微红，秦良玉虽是一介女流之辈，但样样都未输过自家兄弟，喝酒自然也不在话下。几人聚在一桌，喝得正尽兴，方才一言不发只顾低头喝酒的肖容，突然坐直了身体，面上不复往日的笑意盈盈，而是被端庄肃穆取而代之，他蹙眉环视几人好一会，而后开口唱起了山歌。

肖容的山歌是一种很玄的东西，比起杀人的利器也不差分毫，其厉害之处在于可以巧妙地避开任何准确的音调。能将山歌唱得如此难听，这分寸其实是十分难拿捏的，秦良玉等人不由对他敬佩万分。

秦邦翰正在夹菜，听到笑容唱的山歌后，轻轻地放下了筷子，笑道："我昨日收到大哥的飞鸽传书，说是想让我去播州给骠骑将军的次子瞧病，想起眼下还有些医书未瞧，我便先回去了。"说罢他起身，"谢过肖容的羊脂玉药箱，我很喜欢。"

寿星说罢，率先施施然离席，紧跟着的是菜刚入口的陆景淮。

陆景淮口中的菜连嚼都未嚼仔细，便起身离开，一向礼数周全的人此时却十分没有礼数，一言不发便走了，因动他作太急还带倒了桌上的酒杯。

秦良玉与肖容并肩而坐，因离他最近，面色也是最绿，刚一抬臀便被肖容拽了回去。原来肖容见另两人都离了席，而仅剩的这一位听众也有要走之意，为保险起见，只得一把扣住秦良玉的手腕，咿咿呀呀地边唱边问："你做什么去？"

秦良玉绿着脸瞪着肖容，觉得体内的洪荒之力已在爆发边缘，沉着嗓子回："我去解个手。"

"不急不急，待哥哥我唱完这一曲。"话音一落他便被秦良玉一记手刀劈在了脖颈上，临晕之前他满面委屈地望着秦良玉，"你……"话未完，人已倒在桌上。

秦良玉吩咐下人将肖容扶回屋子，自己也跟着回了房间。路过秦邦翰门口时，停了步子，想到方才他席间所说，不由想去问个究竟。进门前她想起陆景淮的话，先敲了敲门，待听到秦邦翰允进声之后，才迈步进去。

"二哥，你方才说要去播州给骠骑将军的次子看病，可是真事？"

秦邦翰点头："是啊，说来也巧，我昨日刚到家便收到了大哥的信。"

秦良玉的大哥秦邦屏眼下在辽东戍边，任正四品铁岭卫指挥佥事一职。辽东乃大明的军事要区，所以在那当差的各位朝廷命官背后的关系盘根错节，细究起来令人眼花缭乱。说起秦邦屏让秦邦翰给杨应龙次子瞧病这事，还要从秦邦屏那惯爱助人为乐的性子说起。

第六章

故人亦非贤

杨应龙次子杨可栋自幼身子骨便弱，这些年杨府上的大夫储了一批又一批，杨应龙遍寻天下名医也未见他的病有何起色。凑巧秦邦屏的上级是杨应龙的旧部，又听说过忠州秦家几位儿女的事，知道秦家老二秦邦翰医术了得，曾给郡主瞧好过疑难杂症，还得到了王爷的赏赐，所以秦邦屏的上级便找到了秦邦屏，想让他请秦邦翰去播州走一趟。这上级想着杨可栋的身子骨再差也差不到哪里去了，不如死马当作活马医，若侥幸有了起色，他也可以跟着讨到些便宜，若是没有起色，那杨应龙也是习惯了，顶多是打几板子便放走了，自己也吃不到什么亏。如此便有了秦邦翰将要去播州出诊一事。

“我听说骠骑将军喜怒无常，二哥你不如将这差事推了。”秦良玉有些担心，生怕秦邦翰吃亏。

秦邦翰揉了揉秦良玉的头顶，柔声道：“二哥这么大的人了，不用担心我，倒是你，日后回了军中要多加注意，姑娘家家的，有些事能避开就避开。”

秦良玉应了一声：“那二哥你早些歇息。”行至门口她又转头问道，“二哥，那玉牌不知你喜欢不喜欢？”

秦邦翰点头：“我妹妹送的，我都喜欢。”

隔日，天还未亮，肖容便起床如厕。外面雾气昭昭，肖容刚出屋门，远远便见秦良玉的身影隔着重雾出现在门口，不由加快了步子追上她，开口打招呼：“玉玉起得倒是早。”

孰料秦良玉听到他的声音后，浑身一颤，面容登时惨白起来，脚下不由加快了速度，逃似的跑出去相当远的一段路程，回头确定肖容委实追不上她了，这才敢喘口气。

肖容莫名地望着远处，隔着雾气喊话：“你跑什么？”

秦良玉连头也不敢回，摆了摆手，而后身影一闪，消失在大门处。

“有病啊。”肖容冷嗤一声，掉头朝茅房方向去，路过厨房的时候，听到里面传来“稀里哗啦”的湁一阵声响，似是盘子落地的声音，下一刻便有丫鬟哭了起来。厨房的管事婆子大骂：“没用的东西！再哭便让你去听肖公子唱山歌！”

肖容嘴角一僵，果然屋里再没有哭声传来。少顷，那丫鬟抽噎着道：“婆婆，那您还是将奴婢卖给山贼吧。”

眼下这世道，山贼一事的确已是迫在眉睫。

前几日那伙山贼在石砫惨败之后，近日又有山贼将目标对准了重庆卫，连日对重庆卫进行大规模的抢夺，打得重庆卫各军士四下奔逃，只是眼下尚不确定这几伙山贼是否同为一伙，毕竟放眼全大明，四处皆有山贼流窜。当然，这事朝廷也知道，但若是派人带兵东征西伐，必然会损耗朝廷兵力，届时朝廷守备减弱，外敌便可乘虚而入。这一系列的事串联起来，不得不使人起疑，这些山贼背后是不是有一只大推手，在密谋着一切。

重庆卫连连失防，迫不得已紧急召回各营主将等官兵，召开作战会议。不得不说，这一批的山贼比起之前那批还要棘手一些，此番进攻的山贼中不乏擅行军布阵之人，重庆卫这方若一个不当心，那必然会损失惨重。

秦良玉回了重庆卫，她供职重庆卫右翼所，任千户一职，手下有千余人，此番回到军中参与会议，听卫指挥使将眼下形势分析了一遍。

山贼发动进攻之后，不知是否是抢够了本的缘故，他们这次撤退到成都府就再无动静传来。卫指挥使之意乃是敌不动我不动，加强防守，先瞧瞧对方是什么意思。其余官员并无反对之意，毕竟谁都不想白白送死，既然卫指挥使发了话，那大家跟着响应便是，左右届时追究下来也轮不到他们头上。

秦良玉瞧见自己的同僚都是这么个反应，心中不禁涌起一股失望和怒意，她冷声道：“最好的防守便是进攻，若这么坐以待毙下去，迟早要被山贼端了老窝。”

秦良玉是新调任来重庆卫的营指挥官，年纪小且官微言轻，再加之她又是女儿身，所以这些老油条自然不会将她放在眼中，有一人不屑道：“你竟然质疑卫指挥使的能力？”

秦良玉瞥了他一眼，没有搭理他，而后从椅子上起身，单膝跪地：“属下愿亲率右翼所奔袭，拿下山贼，一雪前耻！”

屋中一时肃静下来，端坐主位的卫指挥使瞧着秦良玉的头顶，道：“只可惜中军所主将马千乘有事不在，若他也在，此时定是与你有同样的举动。”见秦良玉依旧跪在原地不动，他叹了口气，“好，你既然如此说，那本官就当你有十成的把握，便依你的意思。但本官将丑话说在前头，对方比我方装备精锐且人数众多，若此战你输了，一干责任全由你承担！”

秦良玉抱拳，声音平静：“属下遵命。”

秦良玉领命之后，回到右翼所，因前些日子重庆卫被袭，士兵们的士气普遍不高，个个垂头丧气，如丧考妣。秦良玉命人将右翼所军士集合在营校场之中，她站在高台上，俯视众人，待人声渐寂后，朗声道：“既是堂堂儿郎，便勿要拘泥于过往成败！尔等皆是风华正茂、出类拔萃之辈，区区一次失败便令尔等耿耿于怀，岂能成大事乎？”话落，秦良玉踱了两步，“尔等是重庆卫中的精锐，大明的山河与百姓，与尔等紧密相关，这一树一花一草一木皆是由尔等来守护！听听外面老幼妇孺的笑闹声，那是因为他们知道尔等一刻都不曾放弃他们，所以他们才会如此开怀。天行健，君子以自强不息！你们甘愿将这大好山河拱手让于猪狗不如之辈？”

众人心中都清楚重庆卫右翼所委实不算精兵一级，精锐之军全在马千乘的中军所，之前他们堂堂朝廷正规军被区区山贼打得落花流水，已是天大的笑料。原以为待秦良玉回来后定然会大发雷霆，而后再赏一通板子，他们都已做好打算，若是秦良玉当真那么对他们，他们便罢工，左右秦良玉在军中没什么威望，即便他们罢工，想来也不会怎么样。但他们却未料到她非但没有责罚，相反，却还来宽慰鼓励，这让众人提在嗓子眼里的心终是落回腹中，心中只余感动。

底下肃静万分，良久之后，位于前排的一人振臂高呼：“天行健，君子以自强不息！”

一人声起，百人齐和，众军士的豪言壮志穿云裂石，直奔云霄，震得丛中百鸟展翅惊飞，余音袅袅，经久不绝。

如卫指挥使所说，山贼人数多且装备精良，若要按寻常的打法，那定然是右翼所还未近身便被山贼的火铳射成了筛子，所以此战只能靠奇袭取胜，最好是出其不意。思来想去，秦良玉以为只有奔袭才有胜算。因要长途奔袭，所以对众位军士体力等方面的要求极高，近些日子右翼所的训练时间比其余营队都要长，且训练通常是在夜间进行。秦良玉每时每刻都与众人在一起，吃穿用度也与众人一样，此番举动令大家对她的尊敬之意又增了不少，大家都觉得这个女娃娃也并不像外面传闻的那样不堪。

十日之后，右翼所军士的训练成效显著。当日，秦良玉便整军自重庆卫出发，昼伏夜出，于第三日的夜晚抵达成都府。

天公作美，右翼所到达成都府之时，正赶上风雨交加，空中电闪雷鸣，黑压压的云压在头顶，大雨瓢泼而下，转瞬便将众人浇了个精湿。众人借着这恶劣天气的掩护，悄悄摸进山贼营地埋伏好，伺机而动。

秦良玉的位置离贼窝最近，所以瞧得也是最清楚。山贼的盘踞点虽小，但兵器库、粮库等地方一应俱全，并有重兵把守。当然，这些装备和粮食不用多想，都是前些日子从重庆卫抢来的。

众人心中甚感愤怒，皆提起了拳头狠狠地瞪着前方提着灯笼巡逻的山贼，但因没有得到秦良玉的命令，也只能耐着性子待在原地静候指示。

大雨下了近一个时辰才停，此时山贼们睡得正香，秦良玉引燃火铳，左臂向前一挥："上！"

右翼所众军士提着各自的武器从草丛中一跃而起，如离弦之箭，冲向山贼老窝。

站哨的山贼被突如其来的攻击打得发蒙，少顷才想起胸前佩戴的轻哨，正要放到嘴边吹响，便被一人从后面勒住脖颈，而后以刀弑之。

右翼所众军士分工明确，连弩为掩护，长刀盾牌为先锋，只一会便将把守粮库同武器库的山贼放倒在地，遍地陈尸，血流成河，众人深感快慰。

尚在休息中的山贼们不乏机警之人，听到屋外有异响，从通榻上跃起，连衣服都来不及穿好，一边叫起其余山贼一边向后院跑。后院有高台，若眼下命人守住那高处，而后万箭齐发，右翼所一时也无法近身。理想总是十分丰满的，但那只是理想，山贼刚从后门露头，便被右翼所的军士一箭刺穿头颅，大睁着眼轰然而倒。

秦良玉负手站在后院的高台处，淡淡地瞧着毫无章法的山贼。他们尚抱有侥幸心理，仍是顽死抵抗。有一手无寸铁的山贼，蹑手蹑脚地走近正要砍杀山贼的军士身后，正要偷袭时，秦良玉顺手摘下身旁一截枯枝，发力朝那人甩去，只见半臂长的树枝自山贼胸口穿过，而后山贼再无声息。

战斗持续了不到两个时辰，除去山贼统领与其副手被生擒，其余山贼全死在战中。

秦良玉手握长剑，问："你们是谁的部下？"

统领朝秦良玉的脸上啐了口唾沫："我不会告诉你的。"

秦良玉不恼，用剑鞘狠狠地撞了统领的下颌一下，一声微弱的响声过后，统领的下巴再也闭合不上，牙齿也掉了几颗，满口污血。

"说，你们是谁的部下？"秦良玉又问了一遍，视线扫过面上已无血色的山贼副手时，扯出了抹笑，"说了，我便留你们一条命。"

副手咬了咬牙："是四川……"话未完，他便被突然使力挣脱钳制的统领一拳砸在胸口，竟当场便死了。

"想从我这套出话来，你痴心妄想！"统领抽出身旁军士的长刀，一边后退一边警惕地望着秦良玉。

秦良玉不屑地冷哼一声，挥出手中未出鞘的长剑，剑乃精钢所制，两边锋利无比，但见长剑凌厉如风，呼啸而过，统领的上半身从身体分离，重重地落在地上，双腿仍呈站立之姿，良久才缓缓跪下。

成都府一战，重庆卫右翼所一千一百余人取山贼共近两千人，其中只有七人受了轻伤，并如数讨回之前山贼从重庆卫夺走的粮食与武器。

此消息一经传出，坐镇重庆卫内的一众等着瞧热闹的官兵皆闭了嘴，再也笑不出声。重庆卫指挥使又派左翼所前去接应秦良玉，两营人马四日后押解钱粮等物资安全抵达。

秦良玉立了功，不日朝廷便传旨擢升秦良玉为从四品宣武将军，任重庆卫中军所佥书一职兼右翼所千户，她现下的职务说得通俗一些便是，在带着中军所的兄弟们下田种地、发家致富的同时，还要管着右翼所打仗斗殴的事。当然，若她要强硬插手制约中军所的人，那也是有权利的，虽然这事瞧起来有些牵强，但重庆卫中牵强的事也不只一桩，比如这千户应当是世袭，但马千乘不是，再比如这千户的官阶应当是正五品，但马千乘不是，再再比如说这千户所属应当千余人，但中军所却不是。

重庆卫中的精兵皆在中军所，上面这道圣旨一下，军中哗然一片，唯有右翼所的众军士振臂高呼，面上带着由心而发的喜悦。秦良玉站在人群最前，皓齿微露，唇角也绽出抹笑，笑容如穿云之光，如春回之暖，瞧着一同出生入死的众位兄弟，秦良玉的心头亦是轻松不少。

接旨后，秦良玉隔日前往中军所主将处报到，门口侍卫见了秦良玉，恭敬地行了一礼。

“宣武将军稍等片刻，将军刚刚起身。”

秦良玉抬头瞧了瞧天色，此时已是天光大亮之时，这马千乘身为一营主帅竟才起身，未免太视军纪如无物。她沉着脸又在门外等了片刻，这才听到里面传来允进声。推门而入，入眼是一道颀长的身影正低头扣着腰间玉带，她拱手行礼：“属下参见明威将军。”

马千乘扣好玉带，这才轻笑一声转过身来，笑意盈盈地瞧着秦良玉：“玉玉啊，几日不见，生分了不是。”

秦良玉闻声猛然抬头，而后倒退两步，指着马千乘道：“你……”

“唉！”马千乘轻轻将秦良玉的手握在手中揉了揉，“我知道你想念我，我心中又何尝不是如此呢。”

秦良玉奋力将手从马千乘手中抽回，有些难以接受眼前这无赖竟是自己心中英雄一事，当下失魂落魄，跑了出去。

马千乘在屋中朗声而笑，心情甚好。

一路向北的秦良玉只觉双腿发软，脚步虚浮，面上破天荒地带了些绝望。直到此刻，她仍接受不了偶尔跑到自己梦中的顶天立地的英雄，会是方才屋中那臭不要脸的无赖，这与她的想象严重不符，她拒绝接受这个事实。秦良玉一口气跑到井边，矮身坐在井沿，自井里飘出的丝丝凉意使她清醒了一些，再一想到先前自己还有过非他不嫁的念头，秦良玉当真是想一头栽进井里。

自打成都府一战，山贼受创严重，好一些时日未再出山为非作歹，倭奴们亦是老老实实地窝在自己地盘，许久都未再惹出什么是非。大明承平，最为开怀的当属百姓们，前段时日日渐冷清的街道，此时又有回暖之象，各商贩重新开门纳客，孩童们当街穿来跑去，好不热闹。因是非战时，军士们也重操起自己的主业，下地种田，自给自足。众人身为正规朝廷军，插秧的本事竟盖过以此为生的百姓，说起来也是一把辛酸泪。

秦良玉跟在马千乘身后，走在田垄之中。

“许久未有此太平盛世了。”马千乘似有感叹。

经过几日的调整，已慢慢从打击中恢复的秦良玉抬了抬眼皮：“这些都是表象，若不将山贼背后那人制伏，日后形势怕是更为严峻。”

马千乘步子一顿：“玉玉啊，你怎么就不能阳光一些？今朝有酒今朝醉，好不容易没有仗打了，我们说些轻松的。你挑个日子，我们把亲事办了。”

“属下告退。”

秦良玉抱拳，而后转身便要走，被马千乘一把扣住手腕：“你姑娘家家的，怎么如此不懂情趣？我们再聊几个铜板的，我有些闲得慌。”

秦良玉冷眼瞪着马千乘：“将军自重。”

“嗯，你这个问题倒是将我难住了，我并不知自己有多重。”马千乘说完顾自弯腰笑得眼泪直流，抬头见秦良玉还是面无表情地望着自己，尴尬地收起笑意，撇了撇嘴，“不解风情。不过话说回来了，你嫁不嫁人与打不打仗有何干系呢？你若嫁给我，我只会成为你的后盾，而非绊脚石啊。”说完他又怕真将人气走了，识相地转移话题，“马上便是重阳佳节了，你说你送我些什么礼物好呢？”

秦良玉正要答话，偏头便见一人从东面小跑过来，而后一头扎在两人身前行礼：“属下见过明威将军、宣武将军。”

马千乘抬了抬手：“起来吧，有什么事？”

那军士从怀中掏出一封书信：“石砫宣抚使马斗斛马大人来信，交代明威将军尽快阅览。”

军士走后，马千乘面色凝重地瞧着秦良玉：“我的右眼皮怎么一直跳？”

秦良玉睨着他，声音低沉：“大约是有好事要来到。”

马千乘冷哼一声，愤然转身，背对着秦良玉将信拆开，一目十行地从信头瞧到最后落款，而后将信朝秦良玉手中一塞：“你说的好事，你瞧一瞧。”

秦良玉展信粗略地瞧了瞧，原来是谭彦相前日被人从狱中劫走，至今下落未明。

秦良玉拍了两下巴掌：“这份重礼，虽说不是属下送的，但不知可对将军胃口？”

马千乘转瞬换成副笑面：“对极了我的胃口，忘了同你说，你当日离开石砫之后，不是给徐时留了封漏洞百出的书信吗？这事最后还是我给你善的后，我说你乃可塑之才，所以将你调往重庆卫，跟在我身边历练，此番我回去找谭彦相，你这近身伺候的近卫，是不是应当同往？”

秦良玉摊手：“属下并未有正当的理由与将军一同去，所以……”

马千乘拦住秦良玉的话，双眼弯成月牙：“不过是编个理由，这事包在我身上。”

马千乘与秦良玉去到石砫已是一日之后的事情，柳文昭收到秦良玉要来的消息，躲在游廊转角处，咧着嘴偷笑了好几个时辰。

秦良玉此番来石砫，顶的是马千乘近卫的帽子，所以他们父子团聚吃饭时，秦良玉不便上桌，柳文昭闻讯只差笑得背过气去，亲自下厨做了好些饭菜，而后偷偷将秦良玉带到自己的房中，将饭菜朝她手旁一推：“这是我做的，快尝尝。”

一整日的奔波使秦良玉饥肠辘辘，此时再见满桌佳肴，秦良玉道了谢后，提起筷子便大快朵颐起来，她吃得正开怀，外面便传来了马千乘略带伤怀的声音。

“文昭啊，这么些年，我从未见你亲自给少爷我做顿饭，我当真是白疼你了。”

秦良玉被菜噎了一下，听柳文昭哀怨道：“将军啊，幼时你被先生罚抄的兵法，可都是奴家代写的呢。”

马千乘面色讪讪，挪步进来，矮身在秦良玉身边一坐：“不吃就不吃。”而后他又催促秦良玉，“你吃快些，怎么吃得这么慢！”

柳文昭暗地里撇了撇嘴，又给秦良玉碗里添了些饭：“姑娘，你赶路想必是饿坏了，再吃些。”按她对马千乘的了解，若眼下当真有事，他定不会如此悠闲的。

如柳文昭所想，其实此番马千乘叫上秦良玉同往，只是出于那颗寂寞而又空虚的心，以及讨人嫌的本性。反正眼下只要是秦良玉不喜欢的事，马千乘都觉得十分喜欢，只要秦良玉面无表情地在他眼皮子底下一站，他这心便能舒坦。

见秦良玉吃完了，柳文昭殷勤地将桌子收拾整洁，而后红着脸托着餐盘倒退出了屋子。马千乘斜眼瞧了许久，见柳文昭的身影消失在门口，这才开口：“我父亲说今日已发现谭彦相及其余党的踪迹，现已派人追击，眼下应当正处战中，让我去瞧瞧。”

秦良玉闻言正要起身，又被马千乘按回了座位：“你做什么？”

秦良玉眼神严肃地对上马千乘的视线：“不是要出发吗？”

“谭彦相已是败军之将，正是穷凶极恶之时，我也不知他会做出什么，你就在这待着吧，等我回来找你。”马千乘趁机在秦良玉光洁的手背上摸了一把，被秦良玉一个巴掌抽出了屋子。

旌旗招展，屹立在滚滚浓烟之中，空气中弥漫着血腥气，地上亦是一片狼藉，三五步便有一铠甲，上面染着斑斑血迹。离得老远，秦良玉便能瞧见驻地此时的黯淡光景。

马千乘径自朝主帅帐篷走，秦良玉不便跟进去，只能同帐篷外的士兵守在门口。

马千乘掀帘而入，此时徐时正盯着沙盘出神，听闻响动抬头一瞧，见是马千乘，急忙行礼，并将眼下形势如实汇报。

“也不知他是从哪找来的援兵，但好在这伙人远远没有我方人数多。将军，下一步我们该如何？是否乘胜追击？”

马千乘扫了眼沙盘，右手抚过左手掌心，而后抚到手背，笑道：“先拖他几日，慢慢折磨着，待他弹尽粮绝，精疲力竭之时，再将他就地剿杀。”

这一拖便是十余日，谭彦相等人对石砫士兵这种不扎针、不吃药，就是坐这同你耗的无耻手法十分熟悉，一时间觉得天塌下来了些。

马千乘对此手法则乐此不疲，觉得眼下时机差不多了，这才准备正式出兵，剿杀叛贼。

见马千乘从帐篷内出来，已无所事事了好几日的秦良玉道：“此战已拖了十数日，谭彦相本就处劣势，此时怕是早已精疲力竭，即便是逃也逃不出多远了，若你此时追上前去，他们不过是背水一战，所以我们胜算极大，不如速战速决。”

马千乘剜了她一眼：“我这便要出发了，一会你跟好了，这深山老林中可是有猛兽的。”话落他突然想起先前在鸣玉溪听说的有关秦良玉空手斗猛虎一事，又默默地补了一句，“或许你又要多几件衣裳料子了。”

秦良玉托腮：“属下衣裳多，若当真有那老虎皮，属下可以给将军做个遮嘴布。”

如秦良玉所说，此时谭彦相的人马不过是苦苦支撑，被马千乘追上时，谭彦相正率着他的残兵在吃饭。马斗斛之前便已盗了他们的粮草，所以此时他们吃着的只能说是残羹冷炙，也说不准是哪顿剩下来的，一眼望去，甚是可怜。尤其是谭彦相，他蹲在队伍最前方，正一心一意地朝自己嘴里塞着已干得掉渣的馒头，也是心大得能装下天。

两支军队相遇在鱼木寨后方不足十里处，此处两边皆是悬崖，若细听还能听见沙砾时不时落下悬崖的窸窣声。眼下正是日薄西山之时，余晖洒在众人身上，瞧着像是带了一抹悲壮。谭彦相的大军眼下只剩三五百人，马千乘所率士兵人数比他的又多了几百，所以在气势上，谭彦相便输了。他内心已近乎崩溃，不禁愤愤道："你们何苦咄咄逼人？我龙阳峒为石砫所辖时，也没过上什么好日子，眼下有更好的去处，我为何还要依附于你们？"

马千乘安静地坐在马上，居高临下地瞧着他，"嘿嘿"一笑："士不出境，违背了祖训你便只能死，要怪便怪你贪图享乐，利欲熏心。"

谭彦相倒也不反驳，只不动声色地朝身后退了退，准备伺机而动。

马千乘不再多话，抬手下令放箭。秦良玉此时也早已忍不住，极其配合地狠狠拍了个巴掌，此时两军本就是箭在弦上，又被秦良玉这突然的一声响动惊扰，双方登时便厮打在一起。你砍我一刀，我还你两箭，厮杀声不绝于耳，双方士兵黑压压地搅在一起，形成旋涡。马千乘手持短刀，手起刀落间便是一颗叛将的人头落地。不多时，他的身上便披了厚厚的一层血浆，有无眼刀剑频从他面上擦过，皆被他险躲开来。待一切归于平静之后，地上横七竖八躺着的全是尸体。至此，谭彦相已是全军覆灭，马千乘的部下遍寻尸山，却独不见谭彦相的影子。

鱼木寨通往万县并没有第二条路，所以马千乘立即下令沿着悬崖两边找。

"等等。"秦良玉叫住了马千乘，而后附在他耳畔低语，"他一个人怎么也不会跑得太远，说不定趁方才两军拼杀时已混入你的队伍中。你不要声张，一会下道密令，咱们在军中慢慢找。"

马千乘也觉得秦良玉的话有理，假意向前行了不远，便下令部队折返回营，只留几十人继续沿着悬崖搜查。

回去的路上，秦良玉走在最后，悄悄打量着众人，马千乘的部下皆是训练有素之人，步伐整齐划一，脚步落地声亦是十分统一。她瞧了半晌，突然瞧见中间偏后处，有一人步伐略慢，似是有心事，又好似在观察周边地形。她留了心，拾起脚边一颗石子，朝那人后颈弹去，那人惊呼了一声，周围的士兵却依然目视前方，置若罔闻。马千乘回头，一眼便发现了那个异数，从马背上凌空跃起，足尖点过众人的肩膀直奔那人而去。他一记鹰爪抓上那人的肩，一抬手那人便在空中划了道弧线，而后重重落地，头上军帽掉落在一旁，露出了谭彦相那张饱经风霜的面颊。

谭彦相此时已是一脸灰败，恨恨地盯着马千乘："你年纪轻轻便如此心狠手辣，日后定然不得好死！"说罢不待马千乘出手，他猛地抽出腰间佩刀架在脖颈上，“我在黄泉路上等你。”而后他手上一用力，颈间鲜血喷涌而出。

龙阳峒一战，石砫大获全胜，马斗斛大摆庆功宴，杨应龙同马家交情甚好，受邀也日夜兼程地赶了过来。一同带来的还有杨应龙前些日子花重金买来珍藏的昆吾刀。昆吾刀乃名器，传闻切玉如泥。他知道马千乘一贯喜欢这些名器，也不在意花大价钱替他收集，他此番来，便是欲将这令世人垂涎的昆吾刀赠送给马千乘作贺礼的。

筵席摆在郊外，往日空空如也的荒郊此时已是灯火通明，中间那一大片空地上多了数十张桌子同长凳，围成个圆，圆的中心是烧得正旺的火堆，火光在晚风中忽明忽暗，映得每个人的脸上神情各异。

秦良玉坐在最角落处埋头吃着桌上的佳肴，身旁坐着的都是些士兵，因常年打仗，所以也许久未吃上一顿饱饭了，又加之马斗斛早在开席前便下令“今夜百无禁忌”，大家便敞开肚皮豪饮，觥筹交错，葡萄美酒齐聚。期间秦良玉抬头朝正中间的位置瞧了瞧，一眼便在人群中瞧见了安安静静吃饭的马千乘，他身旁坐着的是他的弟弟马千驷，细瞧之下发现，马千驷同他的样貌还是有几分相似的。马斗斛时不时伸手给马千驷布着菜，只间或瞧马千乘一眼，再夹些菜到马千乘碗里。秦良玉一早便发现马斗斛为马千乘夹的菜，皆是马千驷动都未动过的，心中不禁有些气愤。即便是宠溺幼子，也当有个度才对，但马千乘却无动于衷，甚至连眼皮都未曾抬一下，状似毫无所觉。秦良玉突然觉得菜吃在嘴中味同嚼蜡，直接摔了筷子站了起来，想着去湖边吹吹风，散散心中突如其来的郁气。

晚风轻抚，湖面上晕开圈圈涟漪，秦良玉在湖边站定，凝神瞧着前方，忽而听到身旁那一人多高的荒草地里传来交谈声。

“罢了，先歇一歇，这么些日子也累了，派人盯紧着他便是。”

另一人迟迟不出声，许久之后才道：“那东西说不定还在他身上，他此番与大人您一副平常的模样，或许是心中另有想法。”

先前那人声音中带了怒意：“我说先歇歇，怎么？你还有异议？”

那人急忙道：“属下不敢！”

两人不再说话，取而代之的是一阵细碎的脚步声，那一下下活似踩在了秦良玉的心尖尖上。她环视四周，见除去那片一人多高的荒草地外，实在没有可以用来藏身的地方，总不能这么大摇大摆地迎上前去，对那二人道：“嗯，二位大人甚巧甚巧，你们也是特意绕了一段路来这解手的吗？”秦良玉觉得，她若当真这么说了，那是会出事情的。眼见那片杂草晃动的地方离她越发近了，秦良玉叹了口气，转身便投入湖水之中。

此时已快进入初冬时节，又是夜里，所以湖水的刺骨程度自然不可小觑。秦良玉一个猛子扎入湖底，也分不清东南西北只是一阵乱蹬，生怕游到一半再遇上个腿抽筋，这命若交待在这里那可真是窝囊至极。待日后她的后人问起她时，旁人会答："你祖宗是在湖中游水，腿抽筋淹死的，那可真是颜面尽失。"思及此，她的腿蹬得更是拼命，所幸这湖并不是十分大，不过一盏茶的工夫，她已触到了岸边。慢慢从水中探头一瞧，岸上无人，她心下松了口气，双手撑着地面一跃上岸，带起一湖的水花。此时她已是浑身湿透，被风一吹更是凉爽得打紧，她不禁打了几个寒战，回头又见隔岸突然通亮一片，还伴着朗朗的训话声："一个人都找不到，要你们有何用？都给我下水去找！还有那边的！给我往前追！"

随即响起的便是一阵接着一阵的跳水声以及众位士兵的感叹："嘶！忒冷了！"

饶是秦良玉被湖水冻伤了脑袋也知对方是在找自己，她当下撒腿便跑。虽说这么瞧来她当真是一点气节都没有，但其实气节这种东西，必要的时候，适当地抛弃那么一下，也没什么。她不敢回马府，也不知该往哪去，身后追兵渐近，她想了想，转头便扎进身侧一处老林之中。乘着月色狂奔，甚是有情调。她一路只顾注意身后，全然未看脚下，待跑至半山腰处，突觉脚下一空，再然后便是一阵天旋地转，眼前霎时漆黑一片。她抚着后脑勺躺在不知是哪个杀千刀的挖的捕兽陷阱之中，觉得人生有些小忧伤。方才她在下落时，悉心留意了一下她落地时的声音。寻常姑娘若不幸掉在这陷阱中，想必那声音皆是轻柔的，甚至是没有什么声响的，待轮到她时便是"扑通"一声，活似巨石从山顶滚落，似是能将地面砸出个坑一般。她又在地上躺了半晌，忧伤够了，这才揉着腰从地上站起来，抬头打量着这一人半高的陷阱。若搁在平时，她只需提气一跃，借陷阱侧壁缓上一脚便能出了这个深坑，但今时毕竟不同往日，她方才摔下来时毫无防备，连姿势也没来得及摆好，所以落地的时候伤了腰，眼下是一点力气也使不出。她咽了口唾沫，在心中将挖陷阱的人的祖先赏了好几军棍。

眼下大声呼救是行不通了，声音若小，那便是无济于事；声音若大，再将那伙追兵引来，她更是没有活路。她正想试着小幅度地向上爬一爬，突闻上面传来一阵脚步声。虽说那走路之人已是极力将脚步声放轻，但在这静谧的夜中，仍是不难分辨。其中有一脚步声似将众人落得稍远，已逐渐接近陷阱，秦良玉侧身贴紧墙壁，尽量将身形隐在黑暗之中，屏气不动。

脚步声在陷阱口处便停了下来，接着一个人的影子从上面投到秦良玉脚前，那人借着火把的光朝底下扫了扫，也不说话，只静静地看着秦良玉的头顶，片刻后，对身后赶来的众人道："这里没有，继续搜。"

"是！"回答他的声音起码有二十人以上。

秦良玉听到脚步声渐远，紧绷的身子放松了不少，她摸着下巴，有些摸不着头脑，方才那人看情形绝对不是她这一伙的，但是却出手帮了她。那么问题来了，既然都帮她瞒过那一众人了，怎么就不能再等一等，待那些人走远了，然后伸出援助之手将她从坑里拖出去呢？秦良玉蹲在坑底，有些孤独，眼下已月上中梢，她再这么冻一会，或许连向上爬的力气都没有了，她又冷又难受，灵台一时有些混沌。

今晚杨应龙一直在与马千乘交谈，字里行间全是对四川总督李化龙的怨怼，眼下因里甲不完善，朝廷也只是表面风光，内里几乎快成了空壳子，连皇帝打赏的钱都拿不出，所以眼下宫中十分常见皇帝赏白条，待日后再兑现这一现象。地方官见朝廷发不下钱，拼命向各地土官敛财，杨应龙作为一方大土司，亦不能幸免。四川总督李化龙一直在提税，数额高到令人发指。杨应龙说到激动处，竟拍案而起："老子有钱也不是养他的。"

马千乘面前的酒杯被震得掉落在地。他闻言，心中也对李化龙有些不齿，但也不便接话，生怕说得多了挑拨起杨应龙的怒火，杨应龙的性子本就冲动，届时莫要再闹出什么不可收场之事。

杨应龙不甚在意地挥了挥手："罢了罢了，今日是喜庆日子，我们不说这些。"而后又他仰头干尽杯中酒，"我与你父亲说一说话去，便不耽误你们年轻人了。"

马千乘今日喝了不少酒，想起那日在秦家听见那管事婆子的话，生怕自己又在军中唱山歌，见杨应龙走后，便面色煞白地捂着嘴一路狂奔回府。他正要将门窗关死，以防自己控制不住跳出去找人听他唱歌，忽听外面有细微声响，他停了动作侧耳细听，那声音却像是幻听一般，只那一瞬，便再无声息。马千乘推门而出，院外除去漫天繁星之外，并不见可疑人影，他皱了皱眉，转身之际，见自己屋檐下钉着张字条，当下提气飞身上屋檐，将字条摘下，展开读过内容后，便飞快朝郊外而去。

不知过了多久，秦良玉似乎听到头顶有人轻唤她的名字，她将头又埋深了些，惊诧自己竟然都出现了幻觉，可见她是遭受到了多么大的伤害。再者说了，眼下荒郊野外的，即便是当真有人叫她，怕也是野鬼索魂。

“玉玉。”那声音再度响起，带着些焦灼，“你在下面吗？”

秦良玉登时精神了，竖起耳朵又听了听。

上面那人继续道：“玉玉，我是马千乘，你若在的话便回我一声。”

秦良玉仔细辨认了那人的声音，果然是出自马千乘，她立时站起身来，但因方才蹲得久了，又加之寒冷，身上便有些发僵、发麻，起身之后又是一阵天旋地转，再度摔回原地。

马千乘听见响动直接从坑上跳了下来，见秦良玉衣裳尽湿，额前几缕碎发也散落在耳边，心中不禁一紧，急忙脱下外袍披在她身上，手不经意碰到她的手臂，只觉冰凉一片，直接将她揽在胸前，提气一跃，带着她便出了这个一人半高的坑。

秦良玉缓了片刻才有力气说话，只是牙齿依旧打战：“你怎么知道我在这？”

马千乘揽着她未松手：“方才我在府上，听见门外有响动，等我出去只瞧见了张字条，说你在此处，我便来了。”说罢他皱了皱眉，“你这是怎么了？怎么如此狼狈？”

秦良玉想了想，将事情的前因后果同马千乘简略说了说，而后有些忧心：“我总觉得他们那话说得不简单，但那两人是何人我并未瞧见。”

马千乘并未将这事放在心上，不在意道：“这些事待发生时再想也不迟。”而后见秦良玉的面色委实不算好，他收紧了手臂，“走，我先带你去瞧大夫，其余的日后再说。”

秦良玉很是配合地打了个喷嚏，而后跟在马千乘身边下了山。两人不敢这么大摇大摆地回马府，只得先到街上找家尚未打烊的浴场供秦良玉泡个澡驱驱寒气。

不只是秦良玉自己，连马千乘都很是佩服她，即便是这么折腾，除去摔到坑底那一下，腰尚有些疼外，秦良玉竟然都没有生病。所谓强身健体敌百病，古人诚不我欺。

从浴场出来，秦良玉早已换了身干净的衣裳。此时城门未开，街上空空荡荡的，唯有几家勾栏燕舞笙歌，听着甚是热闹。

马千乘见秦良玉眼中有向往之意，碰了碰她的手臂，打断她的神往：“玉玉啊，你瞧瞧今夜这事，其实便是老天在明示你。”

秦良玉正在瞧着路边那人影绰绰的勾栏院，闻言收回视线，以为马千乘是要说什么要事，比如说天将降大任于斯人也之类的，可静待半晌，却不见他继续开口，遂问：“嗯？”

“你今夜跌落陷阱，老天派我来救你。”马千乘得意地笑了笑，“这说明什么？这说明……”

秦良玉：“我先走一步。”

秦良玉与马千乘此番来石砫，为的是剿杀谭彦相，眼下谭彦相已死，两人不便在石砫久留，隔日一早，马千乘便拜别马斗斛，与秦良玉折返。因不似来时匆忙，两人往回走时，速度便减缓了许多，马千乘为了不那么早回到重庆卫，特意改乘马车。

车厢内，秦良玉同马千乘各据一处，两相沉默。

马千乘斜躺在软榻之上，瞧着翻看兵器谱的秦良玉，突然道：“玉玉，你瘦了。”

秦良玉抬头，掩卷冷觑着马千乘，一本正经道：“将军，属下随将军来石砫，是为了黎民苍生，并不是来贪图享乐的，所以瘦了也属正常。”

马千乘淡然地抹了把面上秦良玉的唾沫：“你误会了，我是说你这衣裳瘦了，来时并不是这样的。”

托了马千乘这句话的福，余下的路程，任他使尽浑身解数，秦良玉都未再开口一次。

马千乘窝在软榻上，以袖掩面，笑得花枝乱颤，打心里觉得秦良玉的性子委实不错。抛去性子不提，再说她这样貌、品性、本事，样样皆不落人后，若是有朝一日他要娶妻，他想，那只能是秦良玉。

回到重庆卫已是两日后，秦良玉前脚刚踏进右翼所的门，后脚便有侍卫呈上书信。不得不说，马千乘前几日接到的那封信在秦良玉的心中留下了阴影，她眼下瞧见信封便有些紧张。

待侍卫一走，她展信一瞧，而后提着的心终是落回到腹中。

“玉玉，你在瞧什么呢？”马千乘的声音不合时宜地在门口响起。

秦良玉急忙将信一收，坦然道：“一封家书罢了。”

马千乘冷嗤了一声：“你不说我也知道，是不是陆景淮中了举人？”

秦良玉挑眉：“确实。”

马千乘又道：“是不是家里来信让你回去庆祝？”

秦良玉点头："确实。"

马千乘朗声一笑："我与陆景淮也是朋友，你此番回去，是不是要带上我？"

秦良玉应了一声："确实。"

趁秦良玉未反应过来，马千乘脚底抹油从右翼所的大门跑了出去，任凭身后的秦良玉连声让他留步，他都装作未听见。

近日乡试放榜，陆景淮拔得头筹，秦家便门庭若市起来。毕竟秦家素来出武官，此下眼见着要出来个文官，秦载阳亦是十分心痒，特意在家中摆了宴席宴请众人，以此来为陆景淮庆祝。

秦府内外皆是红绸高挂，一派喜气洋洋。秦载阳同容氏以及陆景淮站在门口迎来送往，满面笑容。

重庆府众位官员皆来祝贺，秦载阳应接不暇，还是容氏眼神好，离得老远便瞧见了秦良玉与马千乘，推了推身边的陆景淮："老三啊，你瞧瞧那是不是良玉与肖容？"

陆景淮瞧见跟在秦良玉身后笑成朵花的马千乘后，原本端着的笑脸登时敛了起来，不情不愿地挪了过去，朝马千乘行了一礼，问："你怎么来了？"

马千乘掩面一笑："三哥这话言重了不是，我们可是一家人，我来给三哥祝贺祝贺不也是在情理之中吗？"

陆景淮不苟言笑道："如此说来，要谢过肖公子了。"

马千乘摆手："三哥客气了。"

此番秦家摆宴，除去老三与老四，秦家另外几个孩子并未回来。秦良玉坐在桌前，面容严肃地问陆景淮："二哥一直没有给家里来信吗？"

陆景淮摇头："不曾。"

秦邦翰虽因行业之故，一向在外四处游荡，但平素都是三日一封信，可今次去给杨应龙的次子瞧病，一直未有消息传来。想起外面有关杨应龙的传闻，秦良玉的心有些沉，推了推手旁正在吃菜的马千乘："将军，听闻你与骠骑将军交好，能否替我打听一下，我二哥在播州如何？"

马千乘将菜吞入腹中："玉玉都开口了，这些自然不是问题。"

陆景淮坐在一边，筷子上的菜掉回碗中，他扭头瞧着马千乘，问秦良玉："你说他是？”

秦良玉如实相告：“他是明威将军马千乘。”

马千乘笑眯眯地瞧着陆景淮：“三哥不必如此吃惊，本将军还是很平易近人的，并不会因为你知道了本将军的真实身份而端官架子的。”说罢他将杯子朝陆景淮推了推，“来，给本将军把酒满上。”

陆景淮：“……”

秦良玉：“……”

马千乘不胜酒力，沾酒便醉，一顿饭吃下来，他的一张俊脸已是红彤彤一片。秦良玉命下人搀他回房，而后站在门口与陆景淮一起送客。因心里揣着事，她的神色比以往冷了不少。

陆景淮许是瞧她面色不好看，担忧道：“你先回去吧，我送客便好。”

秦良玉想了想，应了一声后，转身回了房。

夜里，秦良玉躺在床上睡不着，脑中反复出现的都是杨应龙与秦邦翰。此番秦邦翰去播州为杨可栋瞧病，若是瞧不好，以杨应龙的性子，秦邦翰是不可能全身而退的。她直接从床上坐起，一拳砸在床边，想了想，起身去了马千乘的屋子。还不待靠近马千乘的屋前，秦良玉便能听见那高一声、低一声的调子从屋内传来，她当下便捂住了耳朵。

以往在卫中与人谈天时，秦良玉也听说过不少有关马千乘酒品的传闻，说是与马千乘交好的杨启文等人起初是很抵制禁酒令的，因非战时，一群大老爷们夜以继日地大眼瞪小眼，很是无聊，总想喝点酒尽尽兴。但自从他们同马千乘在酒肆喝过一回酒后，回家便拜了开国皇帝，连带着自家祖宗也拜了拜，觉得那军法上添了禁酒这一条，简直是明智。

院中下人明显也是听见了马千乘的歌声，全都绕道而行。秦良玉咬着牙，直接推门进屋，见马千乘正骑坐在长凳上费力地回头与自己对视。

“将军，你可否现下便去封信打听打听我二哥的情况？”秦良玉垂在身侧的双手攥成了拳，想着若是马千乘再胡搅蛮缠，她便一拳将他揍晕过去。

马千乘瞪着双眼闷声笑了几下，而后拍了拍手：“肖穹，你出来。”

原来马千乘自懂事起便在身边养了个影卫，那影卫同马千乘年纪相仿，乃是他在街上的乞丐堆里捡回来的，那时他只花了一锭银子并几笼包子。影卫的身世着实令人垂泪，他家境贫寒且自幼不被双亲喜爱，待家中添了弟弟和妹妹之后，他便被赶了出来。街上一位老乞丐瞧他可怜，便收他做了义子，只是那待他恩重如山的老乞丐并未熬过万历六年的冬天，最后葬身雪地，死前连一顿饱饭都未吃上。影卫被马千乘收留后，便一心追随马千乘，但马千乘不敢光明正大地养他，只得将他送入江湖大派拜师学艺。几年磨炼下来，方成就了训练有素、来无影去无踪的影卫肖穹。

秦良玉沉默间，一个人影从后窗一跃而入，身形宛若一道闪电，悄无声息地便站在了两人面前，他抱拳单膝跪在地上："不知公子有何吩咐？"

马千乘唱累了，打了个呵欠："你让人去骠骑将军府上看看，瞧瞧我二哥是不是还在那。"

马千乘的语气轻松得好像让人去茅房看一看一般。

肖穹领命而去。

马千乘晃晃悠悠地从长凳上起身，脚步踉跄，口齿不清道："玉玉啊，睡……睡觉觉了。"

秦良玉沉着脸，将人扶到床上，见马千乘不老实，直接一个手刀劈在他的脖颈上，马千乘捂着脖子，委屈道："你又……"而后身子一软，他整个人便向后倒去了。

从马千乘的屋子里出来，秦良玉这才算是松了口气，走路时，都觉得脚步轻松了不少。回到房中，她仍无睡意，索性将先前未刻好的那把木剑拿了出来，她坐在桌前盯着狭长的剑身出神，总觉得若只作剑用，这长木有些浪费。她扶额沉思，少顷，忽而福至心灵，想着若在这剑的底部嵌上个铁环的话，那这剑便成了向前可刺，向后亦可重创敌人的利器，如此一来，倒是省事了不少。

心动不如行动，秦良玉干脆动手改造起木剑来。她在桌前一坐便是几个时辰，待腰背发酸，太阳穴亦突突直跳时，才放下手中工具，起身远望天际。此时外头已是天光初亮，朝霞从远处腾起，满地橘黄暖意。有起得早的小贩已在外面摆起了摊子，轻烟袅袅直上青空，被晨风拂歪了轨迹。犬吠声渐起，街道上又热闹了起来。

秦良玉在院中舒展了腰身，而后赶在府上众人还未起来前出了府门。这些日子她东奔西走，已有好一段时日未曾吃到城中的小笼粉蒸牛肉了，她甚是想念。再加之她一夜未睡，有些累了，今日再想到那粉蒸牛肉竟比平日还要诱人。

眼下正逢城门初开，街上有不少行人，其中不乏赶路的。秦良玉跟在众人身后徐步而行，行至南街，才找到卖小笼粉蒸牛肉的铺子，她要了份小笼粉蒸牛肉后，在铺子里挑了个好位置静待。

掌柜的是鸣玉溪有名的生活通张大娘，倒不是因她热爱生活，精通各种小窍门，而是因这全镇人家的私事她老人家全知道，所以镇上人皆称她是一本行走的八卦全书。大娘其实也是一位可怜人，夫家在成都府，家中只育有一子，前些年被征了兵，后战死沙场，丈夫闻讯疯了，老两口离了伤心地，又回到忠州讨生计，所以当地百姓对她格外照拂，有事没事便会来她家吃上一份小笼粉蒸牛肉。尤其是秦良玉，以往几乎是日日会来，这也是大娘格外喜爱她的原因，所以她口中的八卦皆以秦良玉为主，比如说今日。

大娘一边给其他人上菜一边道："你们不知道吧！"

秦良玉坐在角落，听着大娘这句熟悉的开场白。

"宣武将军有一晚上不是带了个男人回来嘛，昨日秦家摆宴，我也去了，那孩子我瞧见了，生得可俊了，浓眉大眼的，嘴儿也甜，像抹了蜜似的，很招宣武将军的喜爱。只是那孩子大抵是没瞧上宣武将军，不过没瞧上也好，那孩子生得细皮嫩肉的，这要是落到了宣武将军的手里啊……唉，要我说，那宣武将军高是高了点，但是容貌生得也不差，可惜就是性子冷了些。这要是跟那个孩子成了，估计最后啊，也没什么好下场。"她一转身瞧见秦良玉托腮坐在桌前听得聚精会神，一口气没喘上来，手一松，青花碗便要往地上掉。

秦良玉眼疾手快，一个箭步上前接住了碗，沉默了会："我什么都没听见，大娘你也莫要太慌张了。"

秦良玉是个尊敬英雄的人，她觉得大娘的儿子是英雄，眼下英雄不在了，那么英雄的家人也值得尊重。

大娘活似受了惊吓，片刻之后才连连点头，急忙躲到后厨。

秦良玉怕把张大娘吓坏了，也没有在铺子里吃，而是将小笼粉蒸牛肉带回了府上。

一路上，张大娘的话一直充斥在秦良玉的脑海中。想来马千乘已凭借他英俊的外表，在这些不明所以的吃瓜群众中杀出了一条血路，可谓是好评如潮。其实仔细想一想，她之前也属吃瓜群众中的一员，所以也不便随意评价马千乘这人是好或是不好。思及人品层面，秦良玉突然想起他每次与自己见面都要提上一次的"与我成亲论"，又觉得他这人其实是不怎么好的。虽然他的话是很有道理，若是有朝一日非要成亲，那不如……

秦良玉身上一哆嗦，急忙收回思绪。惊觉马千乘这人委实危险，已快要将她洗脑。

一进家门，秦良玉远远便见管家王叔迎了过来。

“小姐，老爷今日起早去了郡学，说让您把之前他教您的那套刀法再练一练，而后教给其他下人。”

秦良玉应了一声，拎着纸包回到房中换衣裳。

提起那套刀法，秦良玉吃肉的兴致登时去了不少。那套刀法于她而言算不上简单，只是前几式她便已练了一月有余。秦载阳一直不满意，嫌弃她的动作无力，掌握不到要领。那时秦载阳在一旁验收功课，时不时便会骂上几句，秦良玉被骂得无力招架，只好灰溜溜地去找容氏避难。

秦良玉换好衣裳，去了练武场。她一身玄色劲装，青丝高束，并以玉簪固定。她一边回想着秦载阳的口诀一边挥刀，却仍是使不出那股力道。用大哥秦邦屏的话来说，便是之前的饭全白吃了，她爹教的刀法她全数还给师傅了。

“这套刀法的精髓在身体各个部位的协调以及脚下的稳定，你瞧你方才上步撩的那个动作，若我在后面偷袭，你必死无疑。”马千乘不知何时来到了练武场，手中还托着装有小笼粉蒸牛肉的纸包，瞧样子他已来了有一会了，大抵是瞧不下去了，这才开口。

秦良玉收刀看他：“好吃吗？”

马千乘又塞了片牛肉入口，含糊道：“好吃得不得了。”而后话题又转回到刀法上，他道，“你再从头打一遍我瞧瞧。”

他说话的语气不重，仍是嬉皮笑脸，却自有一股威严在，让人不敢忤逆。

秦良玉规规矩矩地站好，刚摆好起式，便被马千乘给嘲笑了。

“玉玉啊，你提的是刀，是要上阵杀敌，不是要自残的。”他薄唇微挑，语气严肃不少，身形一闪，已至秦良玉身前，擦了擦手，从她的手中夺过短刀，“这套刀法的下一步便是上步双杀，重心在右脚前掌，你低头瞧瞧你那站姿，若我过去推一下，你定然是要摔倒的呀！”

马千乘身形如风，动作简洁有力，长刀嗡鸣，如泣如诉，卷起地上的落英，纷舞空中，使人眼花缭乱，眼前竟幻出了十数个马千乘的身影。

马千乘落地收刀，理了理额前的碎发，挑眉笑道：“玉玉啊，你的基本功十分扎实，只是口诀不熟，导致你的注意力全数集中在了口诀上。人的注意力分散后，下盘便会不稳。你若有空便去扎马步、背口诀，口诀熟了，这套刀法自然便成了。”他顿了顿，“嗯，还有，我瞧你左手回手刺的那个动作似乎有些吃力，或许你可以试着换成右手，口诀虽重要，但也不是非要一字不落地照做。”

秦良玉尚沉浸在方才马千乘那一整套如行云流水般的动作中，连他从自己手上拿走纸包都不知道。

马千乘笑得前仰后合，末了伸手在她眼前晃了晃：“我是来跟你说正事的。”

秦良玉抬头，脱口而出：“成亲的事便莫要提了。”

马千乘初时一愣，挑着眉反应了许久才明白秦良玉的话中之意，当下扶着她的肩膀笑得上气不接下气。秦良玉一直木着张脸瞧他，他捧腹笑了许久才道：“是二哥的事，二哥眼下还在为杨可栋瞧病，虽没有什么太大的起色，但骠骑将军还是以礼相待，所以二哥没什么事。”马千乘一边嚼着牛肉一边道，“我们回重庆卫时，你买些这个在路上吃。”

秦良玉的面色有些不好，跟在他身边，不答反问：“这么快便有消息了？”

马千乘瞥了她一眼：“我眼下虽人在忠州，但我与播州，其实只隔了一只烤乳鸽的距离。”

秦良玉知道马千乘口中的烤乳鸽乃是信鸽，瞧他此下又变成了往日那副吊儿郎当的模样，自知再问也问不出什么，左右秦邦翰眼下安全，她便不再搭理他，转身又回到了练武场。

马千乘在她身后吃着小笼粉蒸牛肉，话语含糊不清：“其实你方才说的成亲一事，我是认真的，你再好好考虑考虑。”

冬至，天气转凉。

秦良玉坐在屋中翻着营中军士近日的考核册子，颜色偏淡的薄唇紧紧地抿着，正看得仔细，忽闻门口有动静传来，她抬眼一瞧，便见马千乘面上带着促狭之意，负着手大摇大摆地进了她的屋子。

“将军有事？”她并未起身，握着册子淡淡发问。

马千乘剑眉一挑，也不答话，整个人晃悠到秦良玉身后：“你在看什么呢？”

说罢也不待秦良玉答话，他双手撑在桌面上，将秦良玉整个人都锁在了他的胸膛与桌案之间，顺便将下巴往秦良玉的头顶上一搭，看清秦良玉手中的东西后，他不禁咂了咂舌：“哟哟哟，瞧把你用功的。”

秦良玉随手将册子一扔，身子不动声色地滑了下去些，而后又突然起身，但听一声惨叫过后，马千乘捂着嘴痛呼：“咬舌头了。”

秦良玉将袖子上的灰掸了掸，又问了一遍：“有事？”

马千乘擦了擦眼泪，一把将椅子拉开，撩袍坐下：“今日卫指挥使将我叫了过去，与我说过完年播州那边的空壳山大坝要重修，骠骑将军的人手不够，要从重庆卫再调一些过去。”说罢他笑弯了眸子，“有本将军耶。”

秦良玉笑起来亦是面无表情：“恭喜将军。”说罢她便要出门。

马千乘猛地一拍桌面：“站住！我让你走了吗？”见秦良玉步子不停，他急忙跑过去将人拦了下来，“你不羡慕我吗？我可以去瞧瞧二哥耶。”

自前段时间马千乘的人回信说秦邦翰无事后，秦良玉便也不再过于挂念秦邦翰了。只是这么些时日了，秦邦翰却一直未给家里去过信，便如马千乘所说，若能抽空去播州走一趟，瞧瞧二哥倒也不错。

思及此，秦良玉这才对上马千乘的视线：“所以呢？”

马千乘冷嗤了一声：“所以这差事还是你去吧，本将军肩不能挑、手不能提的，那种粗活，本将军自然是不能做的。”话落他又瞪了神色淡然的秦良玉一眼，见她没什么反应，没好气地将人从眼前拨开，“起来起来，莫要挡本将军的路，唉！真是……”他跺了跺脚，扬长而去。

秦良玉见马千乘走远了，唇角这才微微弯起，双眉不自觉地轻挑，复又拿起桌上的册子悠闲地翻看了起来。

早些年，杨应龙在空壳山南面的两座山头处修筑了一道堤坝，想将从三桂庄流下来的水堵起来养鱼，眼下堤坝有损坏之势，若洪水决堤，后果不堪设想，所以堤坝需要重修。近几年山贼猖獗，播州的兵力全在防内贼与外寇上，眼下修坝，这人手便不够用了，只能就近从四川抽调些兵力，以便早日修好堤坝，以绝后患。重庆卫指挥使也知杨应龙喜爱马千乘，即便他不让马千乘去，届时杨应龙也会亲自来要人，所以他便借着这机会卖了杨应龙个人情，而马千乘也从善如流地用这人情来慢慢渗透秦良玉。

修坝之事，过完年便要着手。

自打命令下达以来，军中的气氛便微妙了起来，尤其是被抽调前往播州修坝的军士们，走路更是鼻孔朝天。原来，眼下大明承平，众人无论职务高低，皆要被发去田中种地，以供自己填饱肚子，这种地是个苦差事，日日面朝黄土背朝天。若是偶尔为之便也罢了，毕竟新鲜感还未过，尤其是像杨启文此类大户人家出来的大少爷，以往一说要去种地，那可谓是身先士卒，冲到最前面，毕竟在其位谋其政。可种地种得久了，难免没了新鲜感，此时再一提种地，谁都不愿去，所以莫要说是去修坝，即便是说去刷个马桶，想必也是个抢手活。

在诡异的气氛中，众人迎来了除夕。每逢节日，军中战备更为严格，主将们亦没有探家的机会。除夕当晚，各营主副将皆一起围在火堆前，以茶代酒，侃侃而谈，其余不当值的军士，便在另一边自发组织些活动，以供缓解平日高度紧张的情绪。

“今日除夕，我们便不说那些扫兴的话了。”卫指挥使端起茶碗，“平素对你们要求严格了些，莫要见怪，我以茶代酒，敬各位一杯。”说罢他仰头将茶一饮而尽，而后倒扣碗口，“我先干为敬了。”

见老大带头干了茶，众人自然也不能含糊，皆举碗豪饮，眨眼间一桶凉茶已见了底。

马千乘扶额站了起来：“哎呀，我喝多了，头有些晕，先行告退。”说罢他又低头瞧了一眼身边稳坐如山的秦良玉，“秦兄海量啊！”

秦良玉抬了抬眼皮，徐声道：“谢过。”

马千乘的离经叛道是军中人都知道的，但无奈他的确文韬武略，乃一代将才，所以众人对他总是睁一只眼闭一只眼。今年除夕原本卫指挥使也是想放他回石砫探家，无奈他一改往日的市井小流氓模样，严肃道：“谢过诸位大人好意，我前几日未少回去，这次机会还是留给其他人吧。”

秦良玉当日听说这事后，觉得十分蹊跷，按理说马千乘他并不是如此通情达理之人，在这事上竟能有此一举，委实出人意料。最后，探家的机会便给了已有好些年未曾探家的杨启文。

眼下杨启文一走，军中的年轻人也便只剩下马千乘同秦良玉了。卫指挥使一早便瞧出了马千乘的小心思，凑巧他也有心撮合二人，沉吟片刻，朗声笑了笑：“良玉啊，肖容这是不想与我们这帮老家伙一起玩了。既然如此，那你们两个便去走走吧，大家都是脑袋别在裤腰上的人，也不在乎那些繁文缛节。”

秦良玉对男女大防一向不在意，此下听了卫指挥使的话，觉得到处走走也好，只是与马千乘一起，她怕他又口无遮拦，说些有的没的。

不待秦良玉细想，卫指挥使又笑着挥手催促："快去吧，其实在军中也有些不错的地方可赏夜景。"

秦良玉想了想，便起身随着马千乘离开了。

城中年味足，又是张灯结彩，又是燃放烟花爆竹的。空中绚烂的烟花谢幕后，一阵阵浓烟便缓缓向军队的方向飘来。

秦良玉与马千乘走在乌烟瘴气中，十分有气氛。

"你不想家？"马千乘一边将身前带着火药味的空气拨开一边发问。

秦良玉瞧了瞧绽放在半空中的各类烟花，淡淡答："想。"

马千乘探头到秦良玉的身前："那你为什么要走上这条路？"

秦良玉的眼神有些怪异，反问："你呢？"

马千乘笑了好一阵，而后哭丧着脸道："父不疼母不亲，我缺爱啊！营里人多热闹。"

他的眼神有些复杂，似有三分落寞，七分失意。

秦良玉正要发问，又见他笑得前仰后合，方才那低落如昙花一现。马千乘拍了拍秦良玉的肩膀："你是不是信了？"接着他又是一阵朗笑，面上的无耻之意简直浑然天成。

秦良玉并不理会他，率先迈开步子向前走，正色道："走上这条路，初时是为了保护我的家人，眼下……"她虚望远处的孤峰，"是为了保护大明所有人的家人。"

其实秦良玉幼时并不是如此寡淡的性子，那时她好动，即便秦载阳用绳子将她捆起来绑在凳子上，她亦是有办法从屋中跑出去。她小时最爱做的事，便是撺掇大他两岁的陆景淮带她出去玩。那时的陆景淮也不像眼下这么中规中矩，两个孩子加起来也不过十岁，玩起来便忘了回家。待外面天色已黑时，两人越走越远，早已摸不到回家的路，那时的世道便已经不太平了，时有浪人在各地出没。所谓浪人，便是在倭国大名们手下讨生计的武士，既是武士，自然有些真本领，若是三五个浪人聚在一处，十个以内的大明军士是无法近身的。

两个孩子摸到郊外，远远见前方有朦胧的灯光，疾跑几步至近处，入眼是个村庄。秦良玉累坏了，摇晃着陆景淮的手，奶声奶气道："三哥，我渴。"

陆景淮摸了摸秦良玉的头，正要领她去讨水喝，忽听离他们最近的那屋子中传来女子的哭号声，伴着男人的淫笑，以及苍老的求饶声，再后来，求饶声戛然而止，换来的是窗纸上的一片猩红。隔着薄薄的窗纸，秦良玉似乎闻到了浓郁的血腥味，吓得哭了起来。陆景淮急忙捂住秦良玉的嘴，这才瞧见眼前的村庄已被屠了个干净，有一个人的尸首正趴在院门处，似是要找人求救，却被腰斩，院中鲜血遍地，十分惨烈。陆景淮来不及多想，忙拉着秦良玉朝来时的路跑去，但此时却已来不及了，屋中的人似是听到了哭声，吵闹声霎时归于平静，一人影破窗而出，手中长刀冒着森森寒气，他缓缓拉开刀鞘，长刀的寒光照亮了那人的眉眼。

那人口中笑声怪异，说着两人听不懂的话，眼中戾气强过手中长刀。陆景淮将秦良玉拉到身后，跌跌撞撞地向后退着，紧闭着双眼，还很稚嫩的小脸上满是坚决。

长刀劈头而下，刀头离陆景淮的脸只有一指之远时，猛然顿住了。陆景淮睁眼，只见一道颀长的身影挡在了他与秦良玉的身前，那人如从天而降的谪仙，广袖随风轻摆，手中玉箫阻了长刀凶猛的来势。

“父亲！”两个孩子见到身前的人，当下大叫出声。

秦载阳顺着长刀的惯性收回玉箫，又借力向前狠狠一推，那人倒退了好几步才站稳。

秦载阳摸了摸陆景淮的头顶：“乖，领着妹妹去一边玩。”而后他又神色严肃地瞧着对面的人，淡声道：“区区倭奴，竟敢犯我大明，欺我儿女，你是嫌命长呢？”

秦载阳一瞧便知对方乃是浪人，但言语之间却分明未将对方放在眼中，玉箫向前一挥，重重砸在那浪人前额正中，而后他身形一闪，待那浪人反应过来时，只见寒光一现，胸口便多了把长刀。

“哪来的便滚回哪去，我们大明并不欢迎你们。”秦载阳收手，见那浪人缓缓地跪倒在自己身前，而后身形一歪，再无声息。

那时的秦良玉惊惧之余，觉得有武功傍身很是重要，可以活命，可以保护想要保护的人。

马千乘见秦良玉似是陷入了沉思，伸手在她眼前上下晃了晃：“谢谢你为了保护我而付出了这么多，日后有我在，定会护你周全。”

秦良玉回神，觉得他这话有些怪异，但又挑不出错，只得作罢。

马千乘更加得意起来：“嗯，二哥还未与家里联系？”

秦良玉瞧了他一眼："前些日子二哥已经回来了，不过他说，过完年还要去一趟。"

马千乘双手一摊："你瞧瞧，你年后去播州，简直是天赐的机会啊。"默了默，他眉飞色舞道，"三哥此番进京，你岂不是送不了？没关系，莫要遗憾，家里有我了，我送他去。"话落见秦良玉动了动嘴皮子，似乎有话要说，他急忙抢在她前面，"毕竟都是一家人，不要客气。"话毕怕听到拒绝的话，他顾自迈步朝前走去。

马千乘颀长的身影半掩在轻烟之中，脚步有条不紊，秦良玉一时看得有些失神。

过完年，秦良玉便带着重庆卫抽调去播州的百余人起程了，马千乘乃中军所主将，轻易不得离队，所以此番随队一同去的是探家归来、精神十分饱满的杨启文。秦良玉与杨启文两人都是中军所的佥书，或者还可以说是中军所的左右副将，又都是年轻人，说起话来也方便不少。

"秦将军，你去过播州吗？"杨启文与秦良玉并肩骑马，一路闲谈。

秦良玉摇头，杨启文对她寡言一事已是见怪不怪，顾自将播州介绍了一遍："播州北倚重庆府，位于云、贵、川三地交界。虽说地处偏僻，道路崎岖，却依山傍水，景致倒还尚可。而且播州产楠木，你知道楠木很珍贵的。"杨启文说话时轻声细语的，与杀敌时判若两人，"楠木价钱高，通常顺着赤水河可以送到好多大地方，这运输成本很低，所以啊，播州的生活还是很富足的。"

秦良玉点了点头，对播州提不起什么兴致，问道："你可知道骠骑将军为人如何？"

杨启文搔了搔头，面皮子有些发红："这个嘛，众说纷纭。有说好的，也有说不好的。但这么些年来，不管骠骑将军如何，朝廷都是睁一只眼闭一只眼，我也有些弄不清，不过听说他与四川总督李化龙和贵州巡抚叶梦熊都有些过节。"

秦良玉点头，其实这些倒在情理之中。杨应龙乃播州土司，播州属四川，李化龙则是四川总督，可杨应龙从不将李化龙放在眼中，所以这两人有过节是再正常不过了。至于叶梦熊，表面上瞧来两人的关联倒是不大，但播州地处贵州境内，那播州又十分富足，可播州属四川，杨应龙自然不会将贵州巡抚放在眼中，所以若是这么一想，几人之间的关系还当真是剪不断理还乱。

"但若说他不好，也不尽然，他对肖容，真是尽心尽力。前些年肖容受伤，几乎性命不保，连马斗斛马大人夫妻俩都决心放弃了，但骠骑将军却没放弃。那段日子，凡事有关肖容的衣食住行，骠骑将军事必躬亲，这些我们都是知道的。"

秦良玉不再说话，杨启文倒也不打扰她，一行人走走停停，于第二日到达播州。因是从重庆卫来的，与马千乘是同僚，所以杨应龙百忙之中还亲自前来迎接了众人，安排众人简单吃了些饭，而后便让全员到空壳山参与修坝一事了。

秦良玉年纪小，又是女儿身，而且来之前马千乘特意叮嘱杨启文要仔细照顾秦良玉，所以杨启文对她极其留心，粗活重活并不用她伸手。但因他自小也从未干过什么活，只是从军的这几年学会了种种地、挑挑水，遂干起活来也是笨手笨脚的。

秦良玉见杨启文生得一副柔弱书生的模样，可此下装扮却是十分粗糙，裤脚卷至膝盖，露出修长紧实的小腿，脚踝处还沾了不少黄泥，肩上扛着个担子，因掌握不好重心，走起路来摇摇晃晃的，从东边来时担子上挂着的满满两桶水，到这边时已快洒没了。秦良玉当下便笑出了声，她不常笑，但偶尔淡笑起来却是令人如沐春风。

杨启文听闻笑声抬头看着秦良玉，见她嘴角轻扬，当下红了脸，不自在地道："你……你笑什么……"

秦良玉摆摆手，上前接过担子："我来。"

杨启文犯起了倔，抓住担子不放手："说好我来，你到一旁去监工便好。"

秦良玉见他如此，也不与他争，顾自拎起他手中另提着的一只相对来说较小的木桶："我拎这个。"

眼下从四川各地来的众军士皆在干活，其中不乏品阶高于秦良玉的，若让她就这么在一旁瞧着也不好。思及此，杨启文终是放了手，两人并肩朝前走。

身边不时有同僚说笑而过，他们口中自然也是不曾闲着："你听说过骠骑将军与覃氏的事吗？"说话之人面上满是促狭之意。

另一人问："哪个覃氏？"

先前那人又道："你傻呀！明威将军他娘啊。"

一听到明威将军的名号，与之同行的那人也来了兴致："快快快，快跟我说说。"

先前那人面无表情地睨了同伴一眼，一脸高深道："那是一个月黑风高夜，在四川布政使大人的寿宴上，骠骑将军同覃氏相遇了……"那人趁着同伴聚精会神之际，将自己从七姨娘的侄子的弟弟的妻子所做工的那户官家所探来的马千乘家的八卦，倒豆子般倒了出来。

第七章

浓愁似个长

简而言之是这样的，覃氏同杨应龙在四川布政使的寿宴上相遇了，并干柴遇烈火一发不可收拾，覃氏回石砫后便撺掇马斗斛去巴结杨应龙。各大土司的关系本就盘根错节，其复杂程度令人发指，所以马斗斛同意了，于是覃氏和杨应龙便借此机会，以迅雷不及掩耳之势顺理成章地结合到了一起，两人育有一子，名为马千乘。

末了说话那人又正义凛然地总结："但是这事我瞧纯粹是扯淡，想也知道是那帮吃饱了没事干的人瞎编的。你知道他们这些做官的，总喜欢互相贬低，恨不能泼对方一身污水，好让对方下台。"

秦良玉面上带了些尴尬，下意识去瞧身边的杨启文，见他面上的尴尬之意也并不少于自己，当下豁然开朗。那两人口中说的事，乃是马千乘的家事，秦良玉与杨启文也不方便堂而皇之地对那两人进行人身攻击，所以两人只埋头干活，都极有默契地再未提及此事。

这几日天气不好，总是一副风雨欲来的模样。刚过正午，这天便阴沉了起来，杨应龙体恤下属，又或许是怕将众人逼急了罢工，琢磨着先给众人些甜头，以便细水长流，所以还不待乌云从天边飘到头顶时，他便派人来传话，让众人回房中休息。秦良玉的情况实在特殊，但眼下也确实没有单独的屋子给她住，只能让她与重庆卫调遣来的军士共宿一屋。好在这屋子偏大，内里还能再隔出间单间，秦良玉便睡在这单间里。

秦良玉今日只拎了几桶水，自然是不累的，想和衣斜倚在床上假寐，但外屋众人显然是正在兴致上，三三两两地聚在一起谈天，虽他们已在极力控制音量了，但听在耳中还是觉得聒噪。秦良玉揉了揉眉心，干脆起身推门而出，想着随处逛逛，散一散胸中无端的烦闷之气。

黑云压头，雨还未下，风中带着干燥的泥土气息，外面散风的人不在少数，但大多数人也只是站在屋檐下向远处观望，时不时与同伴交谈。秦良玉避开众人，负手悠悠走向远处，那里荒草蔓延，已快及腰，瞧起来很是清静的模样。

“你是宣武将军？”

秦良玉正迈着步子，听到身后有人发问，尾音上扬，极其散漫。她未回头，脚步也不停，伸手拨开身前的荒草，走得极其稳。她身后的人心中许是腾起了火，只听鞋底与荒草的摩擦声渐高，一道影子忽而出现在秦良玉脚下。那人伸手欲擒住秦良玉的肩，被头也不回的秦良玉闪身避过，随即飞起一脚踢向那人的手腕。只见一道身影趔趄了好几步，而后重重地摔在了地上。

秦良玉负手静静地瞧着那人，眼中带着询问之意。

“我是成都府的哨官。”那人揉着手腕从地上站了起来，瞧样子他的年纪已过了而立，他眼中不屑之意十分明显，“我仰慕宣武将军名号已久，今日正巧遇上了，便来切磋一下如何？”

秦良玉一语不发，转身便走。自打入仕后，像这哨官一类的人，她已见得烦了，无论认识与否，开口便要切磋，况且今日这哨官口中的“正巧”也太过正巧了，她委实没有兴致。

哨官见她如此不给面子，也知再说下去没有结果，直接出手攻了上去。两人皆是赤手空拳，哨官的招式凌厉，眼底猩红，大有不打败秦良玉不罢休之势。反观秦良玉倒是一脸悠闲，只防不攻，间或还瞧瞧身旁的景色。

百余招下来，哨官还未近秦良玉的身，心中难免急躁，心神一乱，手上的招式便出了不少岔子。秦良玉一记横拳落在哨官的腹部，结束了这场莫名的切磋，而后退步收势，抱拳道：“承让了。”

哨官身子微蜷，恨恨地瞪着秦良玉，眼中满是不甘。见她要走，他疾步上前便要偷袭，拳头堪堪挥出，便被一只手给挡了回去。

“方才我瞧了你们许久，这切磋不是已结束了？这女娃娃胜了你，你还要如何？”

来人内里着广袖白衫，外罩靛青褡护，腰间缀流苏白玉，年逾四十，面貌端正，说着话又瞧了秦良玉一眼，神态自若。

眼前人一瞧便知不是泛泛之辈，秦良玉颔首，而后转身迈步，正要走时，那人问："你便是宣武将军？"

因对方年纪与秦载阳也未差多少，顾及他是长辈，秦良玉应了一声，那人倒也未再多话，只又对着那哨官说了些什么，秦良玉也无心去听。

快至傍晚，天上终于飘了些雨，仿若银丝千条万缕，有些落在地上，不多时便积成了处处水洼。

秦良玉顶着飘洒的细雨回到了屋中，杨启文正盘腿坐在床上，见秦良玉回来了，朝她摆了摆手，压低声音道："我来之前，肖容说城里有卖奇味薏米酒的。"提到奇味薏米酒，杨启文的脸上绽出了朵花，"我除夕时回家没喝够，一会天黑了我们便去吧。"

秦良玉挑眉："你家是南都的？"见他点头，她又道，"我们这么做，怕是不好吧。"

杨启文搔搔头，面上又浮起两朵红云："骠骑将军方才传令下来，说我们可以轮番去城中转一转，置办些玩意。"

秦良玉本也不想在屋中待着，此时听杨应龙有令，便从善如流地应了杨启文。

外面细雨如丝，此地与城中相距不远，秦良玉与杨启文并未撑伞，徒步而行。

因有杨应龙的命令，秦良玉进城后便发现眼下城中已有不少军士模样的人，这些人大多直奔勾栏而去。当然，也有不少与秦良玉同杨启文一样去酒楼的。

两人一进门，小二便跑了过来，扬声道："二位客官里面请。"

杨启文要了间雅间，特意吩咐小二上一坛奇味薏米酒。

这家酒楼以贩卖奇味薏米酒闻名，许多百姓为尝鲜而来，但酒楼并非金粉楼台，碧瓦朱甍，连屋中所谓的雅间也是简陋至极，两间屋子中间隔了层草壁，隔壁屋子的说话声时不时便会穿隙而来。

秦良玉撩袍而坐，初时并未在意隔壁断断续续的说话声，直到听见重庆卫中军所几个字，这才细心留意起来。

"那女人定然是与那马千乘关系非同一般，不然如何能坐上那中军所左副将一位？"

"你这么说倒是一点不奇怪，那马千乘的娘也不是什么正经货色，上梁不正下梁歪，马千乘又能好到哪去？"

屋中一阵哄笑，有一人又道："不过有关马千乘他母亲的那事，到底是真是假还不得而知……"

不待那人话落，便听隔壁"稀里哗啦"一阵响声，而后一人的声音清晰起来："哦？是吗？你们且分析分析让本将军听听。"

乍一听这声音，秦良玉登时挺直了身子，杨启文正在喝酒，见她如此也难免有些激动，手劲过猛的后果便是杯中酒铺天盖地洒向了他的灵台。

"这……你怎么了？"杨启文急忙扯过袖子擦脸上的酒渍。

秦良玉轻咳了一声："明威将军来了。"

杨启文下意识向窗口处瞧，半晌未见人影，又跑过去扒着窗框朝街上看，末了回头瞧秦良玉："我并未瞧见肖容的人影啊？"

不待尾音落地，隔壁又是一阵桌椅翻倒的声响，不时伴着惨呼声以及店掌柜的与小二痛心疾首的惊呼声。

杨启文这才反应过来，急忙推门朝隔壁跑，秦良玉放下酒杯紧随其后。

此时隔壁的门口已围了不少人，掌柜的捂着胸口半倚在小二身上，泪眼蒙眬地瞧着屋内战况。秦良玉顺着他的视线，瞥见屋中的马千乘正长腿交叠坐在侧翻桌子的桌沿上，笑望着或缩在角落中，或已被甩出窗外，正苦苦扒着窗棂以防从二楼掉下去的人，地上满是碗碟瓷盘的碎片狼藉，半掩在菜汁汤水中，不忍入目。见秦良玉与杨启文来了，马千乘眸色一亮。

"你们两个来得正好，我身上没带钱。"说着他朝小二招了招手，"你过来。"

小二的身子明显瑟缩了一下，用力拽着掌柜的前襟不放手，声音带了哭腔："不……不去……"

杨启文见状，无奈地红着脸疏散瞧热闹的人群："大家都散了吧。"他又瞧了一眼双目含泪的小二，"你同掌柜的算一算一共多少钱？一会我给你结了。"

小二见杨启文面善，这才微微松了手上的力道，与掌柜的相扶着跟在杨启文身后下了楼梯。

"玉玉，许久不见。"

见人都走了，马千乘这才从桌沿上跳下来，一边拍着掌心的灰，一边踩着躺在地上呻吟的众人走向秦良玉："你想我了吗？"

秦良玉抄手站在原地，垂下的眸子遮住了眼中连她自己都不曾察觉的淡淡欣喜，一副无动于衷的模样道："将军怎么来了？"

马千乘弯了弯眸子："我自然是想来瞧瞧你的。"他咂了咂舌，"你听听，你听听，将军将军地叫着多么生分，你叫我表字好了。"

秦良玉蹙眉："婊子？这不好吧。"

马千乘闻言身形歪了歪，勉力站好，纠正道："我的表字，肖容，你这顽皮的小妖精！"

马千乘一贯没有个正经模样，说起话来亦是惊世骇俗，秦良玉早已习惯了他这副性子，趁他未再说出什么话之前，转头便走。马千乘急忙追上她的步子。

"你的性子怎么如此无趣？不过不打紧，日后我们成亲了，日夜在一处，饶是你想寡淡也寡淡不起来。"马千乘嘴上一刻不闲着，跟着秦良玉回到雅间，顾自坐在她身旁，见她还是不搭理自己，这才道，"罢了罢了，不解风情。"他直接夺过秦良玉手中的瓷杯为自己倒了杯茶水，饮了几口又道，"嗯，你方才可是问了我为何来此？我此番来是奉卫指挥使之命追剿山贼的。"沉默了会，他补充道，"是密令哦。"

秦良玉咬了咬牙，他方才从隔壁破窗而入，又打了那屋子的一众人，只差没有摇旗呐喊，令城中众人跪地相迎明威将军了，此下他竟还能神态自若地与她说是奉密令而来，也是清奇得让人不知该说什么好。

两人正沉默时，杨启文从楼下结账上来，马千乘屈指敲着桌面，问杨启文："你们两个不好好干活，怎么跑到这来了？"

杨启文面色赧然，将前因后果说了一遍，又总结道："我与秦将军也快回去了。"

秦良玉抚着指间薄茧的动作一顿，抬眼瞧了瞧马千乘，沉吟片刻，问道："你今次来要去骠骑将军府上吗？"

马千乘挑眉："自然是要去，我来了播州却不去看望他，岂不是失了礼数？"

杨启文与秦良玉对视一眼，最后还是杨启文开口小声道："将军您竟也知道这天下还有'礼数'二字。"

马千乘依次瞪了二人一眼，最后将视线落在了秦良玉的脸上："我明日便去骠骑将军府上。你若想去，今晚便不要回去了，在这街上找个地方将就一夜。"

秦良玉轻咳了一声："我一会便想去瞧瞧，明日还要起早干活。"

待日头落到山下，秦良玉三人从酒楼出来，外面细雨已停，杨启文独自回了空壳山，秦良玉则与马千乘换了身行头，朝杨应龙府上的方向而去。因秦良玉非要夜潜杨府，马千乘便依着她，两人不便大张旗鼓地乘车，只能步行，街上水洼遍布，赶路时身上难免溅了泥。街上人烟渐少，小贩皆收摊回了家，只余几家酒肆同勾栏门口尚掌着灯。这么一瞧，街上登时冷清不少。

马千乘边走边侧头打量一身藏蓝劲装的秦良玉，满面真诚："没想到你白白净净的，套上这夜行服倒也有那么些梁上君子的模样。"

秦良玉淡淡地瞥了他一眼，慢条斯理地抚了抚袖口的褶皱，生生将这话承了下来："多谢夸奖，彼此彼此。"

两人挑小路行至杨府后门，见明灭的光亮之下，有两名侍卫肃穆立于门前，马千乘示意秦良玉在阴影处藏身，自己则灵巧一跃，攀上对面的屋顶，身手十分矫健，俯身向前行了几步，拾起脚边石子掷向巷子深处。

夜本沉静，这石子声便异常清晰，那两名侍卫大喝一声："谁在那里？"

说罢有一人跑向发声处，另一人则转身进院去找同僚。秦良玉趁空隙运气，与马千乘一并攀上一人半高的红砖墙头，又迅速跳下，躲在暗处。只见侍卫们举着火把从游廊上走过，步伐整齐统一。

待那行人走过后，秦良玉这才微微松了一口气，回头问马千乘："你可知我二哥住的屋子在哪？"

此时两人蹲在一处，原本贴得便极近，秦良玉这么突兀一回头，双唇便擦过片柔软。她愣了愣，后知后觉地猜到方才那触感来自何处，心当下一紧，面色随即不自然起来。

低头掸灰的马千乘动作亦是一僵，抬眼见秦良玉神色有些慌张，又呆了呆，随后捂着肚子笑了起来："你方才亲我了？"不待秦良玉答话，他又道，"我眼下可是你的人了。"他话音初落便被秦良玉一掌击在手臂上，身形不稳，侧卧在地，这才老老实实地回答道，"咳，那个……知道。"

秦良玉垂了眸子，不自然地道："你在前头带路。"

马千乘从地上一跃而起："好说。"

秦良玉一路走得十分别扭，不能离马千乘太远，又不想与他走得过近，偶尔不当心擦过马千乘的衣摆，她亦是触电般收回手臂。马千乘则不似秦良玉那么局促，双臂张开，如大鹏展翅一般，恨不能秦良玉一路碰着他的手臂前行。

杨府极尽奢华，门前两只石狮气势逼人，整座府邸乃是前堂后院的构造，再后还有一处园林，园林中假山磅礴，延绵有势，山上古木参天，葱郁浑厚，山脚湖光水色，一尾尾锦鲤遨游其中，远处雕栏砌筑，亭台错落有致，楼阁隐在佳木修竹深处，当真是九曲回肠。

秦良玉边走便打量杨府内的景致，过了园林，便到了下人房。说是下人房，但比起寻常人家的屋子还要阔气一些，四角飞檐缀瑞兽，瞧着十分庄重，再向前瞧，这下人房的院子当中还跪了位女子。

秦良玉暗自在心中称赞，待快出了院子，她才后知后觉地发现了不对之处，回头问马千乘："方才……那院子中是跪了个女子？"

马千乘扬了扬眉："那是骠骑将军的妾室，田雌凤。"

秦良玉转回了头，听说骠骑将军的正室张氏与妾室田雌凤的关系一向剑拔弩张，此番田雌凤跪在了下人的院子中，想必也是那张氏所为。

两人又走了片刻，马千乘指了指身前房门紧闭的屋子："就是这里了。"

窗纸上正倒映着一道身影，听到屋外的声音后，屋内的主人似乎十分淡定："你们还有事？"

在秦邦翰的声音更洪亮之前，秦良玉自然地拉着马千乘从半掩的窗户跳进了屋内。

秦邦翰此时正在案前闭目养神，听闻响动略有惊诧，似是未料到有人会如此猖狂唐突。

"你们……"睁眼一瞧身前站着的两个人，秦邦翰微蹙的眉头骤然一松，后半句"太过失礼"便生生吞回了腹中，小声道，"良玉？肖容？你们这是？"

秦良玉放开手，瞥了身旁一直面带笑意的马千乘一眼，走到案前："二哥，那杨可栋的病如何了？"

秦邦翰将肖容让到了椅子处坐下，又给两人倒了杯水，这才道："杨公子的病是痨病，无治，眼下只能靠药吊着，所幸他平素好锻炼，体魄尚可，不至于卧床不起，我这边药方已开好，明日便可离开了。"

秦良玉点头，又问："那你之前为何都不与家中联系？"

听秦良玉提及此事，秦邦翰揉了揉她的发心，和声道："杨府书房医书种类甚是齐全，我每日醉心其中，便忘了与家中联系。除夕回去时，母亲已教训过我了，所以你便饶了二哥吧。"

秦良玉"嗯"了一声，这才喝了口水。

秦邦翰轻笑一阵，问："你们两个怎么来了？"

秦良玉正要回话，忽听院中有脚步声传来，当即拉着马千乘起身转向里屋，马千乘顺势将两人的杯子捏在手中。两人疾步而行，堪堪拉开木柜躲进去，便听叩门声响起。

“秦大夫，您歇下了吗？”

门外传来杨应龙低沉的嗓音。因秦邦翰为杨可栋瞧病，所以杨应龙同秦邦翰说话的态度也与旁人不同。

秦良玉侧耳附在柜门上仔细听着外面的动静，屋中的光亮透过木柜的缝隙照射进来，映亮了秦良玉略显英气的眉眼。马千乘扬了扬唇角，也附耳过去，两人面对面，中间只隔着一指的距离。

秦良玉的心思全放在秦邦翰身上，初时并未注意到与马千乘鼻息相闻，待稍后反应过来时，便下意识挥出了一拳，却被马千乘的手稳稳地包在掌心中。

“姑娘家的手竟然这么凉，哥哥给你焐一焐。”说罢他便将秦良玉的双手放在胸前，见秦良玉要挣扎，又沉声道，“嘘，不想骠骑将军听见，你便老实一些。”

秦良玉憋了许久，终于憋出来一句：“浑蛋。”但她整个人却是未再有什么动作，僵着身体像根木头般戳在原地，心跳逐渐强烈，令秦良玉生出连外头的秦邦翰都能听到她的心跳之感。

“秦大夫这块玉牌瞧着倒是精致。”

秦良玉与马千乘正在木柜中较劲，听到本已要走的杨应龙又出声交谈。

秦邦翰低头瞧了瞧方才收拾药箱时拿在手中的黑色玉牌，笑道：“这是我妹妹送给我的礼物。”

杨应龙“哈哈”一笑：“这玉当真是天上难有，人间难寻，想必你们兄妹二人感情定是极好。”

秦邦翰似是想起幼时极其顽皮的秦良玉，笑容中带着宠溺，微微点了点头，又叮嘱道：“方才我已将药方给了下人，杨公子每日按时服用便好。”

杨应龙应了一声：“好，这些日子未少麻烦秦大夫，明日我便让管家结账，也便不再耽搁秦大夫的行程了。”话落他也再未多言，转身负手离去。

人走之后，秦邦翰费了些力气才将药箱收拾妥帖。这药箱不同于寻常的药箱，乃是先前王爷赏赐的，看似破旧又不起眼，实则大有名堂。箱子摔不破、砍不坏，内里的结构还分了好几层，在最底部还设有一处机关，须得按住箱盖正中那几不可察的凹处方可催动机关，机关开启，底部那层看似箱底的木板伸缩弹开，这里面便可放置东西了。

秦邦翰将玉牌放好后，淡声唤出两人。

“你们两个出来吧。”

秦良玉闻声一把将手从马千乘掌中抽回，推开柜门，跨步而出，待离马千乘有了一些距离，这才深深呼出口气。

“眼下时候不早了，你们二人也不便留在此处，早些回去吧，明日我一离了此处便去看你们。”秦邦翰从怀中掏出些银子放在秦良玉掌中，“修坝不是小事，怕是你还要在空壳山那边待上些日子，这些钱你留着，喜欢什么便去买什么。”

秦良玉只拿了些碎银子揣了起来，而后轻轻推开秦邦翰的手：“我有俸禄，这些钱你还是自己留着。”想了想，她又道，“母亲也不希望你常年奔波在外，若没什么事，你便不要再出去了。”

秦邦翰屈指轻弹了下秦良玉饱满的前额，口中答着：“是是是，我都已答应母亲了，这次为杨公子瞧完病，便回家，哪里都不去了。”

得到满意的答复，秦良玉也不再逗留，转头睨着抄手站在一旁的马千乘：“走？”

马千乘面色深沉，正在出神中，后知后觉地听到秦良玉的话，这才对秦邦翰抱拳：“二哥，我们先告辞了。”

两人从来路折返，路过下人的院子时，遥见院中又多了道身影，两道身影一站一跪，身份立显高下，两道身影的交谈声隐隐从远处传来，时断时续，听得不清晰。

从杨府出来，马千乘一路将秦良玉送回了空壳山，途中因耐不住寂寞，他没话找话地与秦良玉谈天：“那玉牌不错啊，你从哪得到的？”

秦良玉瞧了马千乘一眼：“坪头山。”

一听坪头山，马千乘脚步微顿，而后咂了咂舌：“这种时候你便不要惜字如金了，可否将得到这玉牌的前因后果与我细细说一说？这玉，是不是你在那山洞里得到的？”

秦良玉点头，将当日遇到那山贼头子的相好一事与马千乘言简意赅地说了说，并加重语气重复了那女子提到这玉佩时所说过的话。

马千乘蹙眉，面上不复往日的嬉皮笑脸，眼中结着层冰，秦良玉正要问他是否发现了什么不对之处时，又见他眉眼舒展，转瞬成了那副无赖模样："原来这玉牌竟有如此大的后台，届时当作迎娶我时的聘礼也不错。"

秦良玉冷冷地瞟了他一眼，不再答话。

近日播州天气多变，杨应龙传令下来，下月初暴雨将至，大约要持续些日子，为避免出岔子，希望这些日子众人辛苦一些，早日竣工。

眼下四川各地皆有军士、农兵驻于此地，少说加起来也有两千余人，空壳山堤坝破损的情况不算十分严重，大家夜以继日，忙得热火朝天，终于赶在暴雨袭来前，将堤坝修筑完毕。

竣工这日，杨应龙亲自来空壳山慰问众人，傍晚又在空地上摆了筵席，算是犒劳他们。

杨启文擦着脸上的泥，小声对秦良玉道："一会我请你吃顿好的。"

自打来了播州，众人未好生吃过一顿饭，此下也都清瘦了不少。秦良玉正喝着热汤，闻言动作一顿，虽知杨启文是馋了那奇味薏米酒，但她也没有道破。少顷，她点了点头。

杨启文神采飞扬地道："这次我们换一家地方，肖容来时说这街上还有一家专制古董羹的食肆，他说你爱吃，千叮咛万嘱咐让我带你去吃，不如我们买些奇味薏米酒，带到那食肆去喝。"

秦良玉听罢杨启文的话，心底浮上丝丝暖意，再一想到古董羹，神色也多了些向往，想着三五友人凑到一起，瞧着烧得通红的铜锅中，汤水一点点沸腾起来，她心中很是畅快。

席散，桌上的鼾声已此起彼伏，吩咐尚未醉倒的属下将同僚扛回屋中后，秦良玉与杨启文避开巡逻的哨兵，一路朝城中而去。今日修坝竣工，百姓没了后顾之忧，兴致明显高于往日，城中人声鼎沸。虽时候已不早，但众人尚未有归家之势。

两人分头行动，秦良玉去食肆中占位，杨启文则去买奇味薏米酒，待青菜、羊肉等齐全后，杨启文正巧拎着两坛酒进门。两人围坐在桌前，一边将羊肉下锅一边抱着酒坛豪饮。待羊肉、青菜吃完，一坛酒下腹，秦良玉的身子暖和了不少，但神思却有些不清明了，杨启文自然也未好到哪去，两人步伐微有踉跄。小二见状，急忙过来搀扶："哎哟哟，二位爷，咱家能住店，您二位这样也去不了别处了，不如开间房歇下吧，咱家热水都是备好的。"

杨启文说话时舌头都打了卷，指着小二半晌，费力道："好主意！"

两人醉酒，已没了男女大防的意识，互相抱着便进了房间。

一夜无梦，秦良玉醒时，外头已是天光大亮，她抬手遮了遮日光，转头瞧见杨启文正安眠于床上，当下一怔。眼下的情形不必多说，定是昨日两人醉后共宿一屋了。秦良玉深感尴尬，想趁着杨启文起身前先离开此处，以免两人都尴尬。

她起身时不慎将凳子撞翻，但见杨启文飞快地从床上跃起，下意识抄起身旁的长刀，面上还带着茫然，在瞧见秦良玉后，他手上的长刀蓦然落地，两人对视良久，始终无话。

"嗯。"秦良玉借着整理衣裳的动作掩饰面上的难堪之色，口中不忘道，"那个什么，奇味薏米酒当真不错，昨日很是尽兴。"

杨启文虽已近而立，却一直未曾娶妻纳小，也从未与姑娘睡在一个屋子过。虽说两人未发生什么，但还是有些别扭，遂手忙脚乱地穿着衣裳，也不接她的话。待衣裳整理完毕，他边往外走边道："啊，既然醒了，那你先在这坐一坐，我去让小二端菜……"他一拉开门，忽而见一道人影立在门口，那人面沉如水，眼底酝酿着七分怒意。

秦良玉见他话语顿住，也跟着偏头一瞧，正撞入马千乘的视线，而后也不禁一愣。

三人门里门外这么对视着，气氛着实诡异了些，尤其是马千乘盯着他二人时的眼神，恨不能直接将他俩扒皮去骨。

"肖容……"杨启文率先打破了沉静，努力地找着话头，想先缓解眼下的尴尬。

不料马千乘瞧也不瞧他，甚至连话也未说，铁青着脸转身便走了。

杨启文追也不是，不追也不是，只好回身看秦良玉："他是不是误会了什么？要不你去瞧瞧？"

秦良玉悻悻地揉了揉鼻尖："我不知要说些什么。"而后她揉了揉肚子，有意岔开话题，掩盖内心的不安，"你方才那么一说，我倒是有些饿了，不如先吃些饭再说？"

杨启文瞧着心不在焉的秦良玉，几乎快要哭出来了："你还是去看看吧，不然我必然瞧不见明日的日头了，眼下这生活虽不是十分美好，但我还是很乐在其中的。”

秦良玉脚尖朝门口的方向挪了挪，似在犹疑。

杨启文在一旁鼓劲：“秦将军，我的后半生便交给你了。”

秦良玉宿醉后还未梳洗便追着马千乘从屋中离去，一直追到城门处，才将人拦下。

“喂。”

马千乘此时正在气头上，对着秦良玉自然也没什么好脸色，寒着张脸瞪着她：“我不听！”

秦良玉神色怪异，半晌才低声道：“我没想说什么。”

马千乘甩开秦良玉的手继续朝前走，边走边道：“你这负心汉，不是那日你偷亲我的时候了。”

此时街道上人来车往，马千乘又未控制音量，更糟的是两人同着男装，所以轻而易举地便引起了路人的注意。过路之人纷纷驻足观望，使得秦良玉的脸上一阵黑一阵红，她又拉了他的手臂一下：“我们借一步说话。”

马千乘斜着眼睛瞪秦良玉，捂着胸口道：“朝廷在浙江一带征了兵，全调入了重庆卫，我这几日当真是日理万机！我听闻空壳山这边竣工了，特意抽空来瞧瞧你，你竟给了我如此大的一个惊喜，我快要窒息了。”

秦良玉抬了抬眼皮：“你怎么知道我与杨启文在这家店中？”

马千乘闻言一改初时的痛心疾首，手臂搭在秦良玉的肩膀上，面上的淡然浑然天成：“我此番前来，其实还有一桩事。”

手臂被秦良玉抖下肩膀，马千乘也不在意，面色坦然地拍了拍身上的灰：“二哥又被骠骑将军请到了府上，眼下已有几日了，你多留心一下此事。”

秦良玉听罢，心领神会。秦邦翰二度入杨府，想必还是为了杨可栋。若是那杨可栋的病症转好还罢；反之的话，依照杨应龙的性子，秦邦翰定然是惹祸上身了。

空壳山堤坝竣工，重庆卫众人回去复命。

卫指挥使端坐在桌案前，望着眼前垂首而立的秦良玉：“良玉啊。”

三个字刚一出口，秦良玉的右眼皮便跳了几下，她抬了抬眼皮：“大人。”

卫指挥使指了指手旁的椅子："坐下说。"

秦良玉依言走过去坐下，右眼皮又接连跳了几下。

"此番你们去空壳山条件艰苦，听骠骑将军说，我们卫的军士们表现不俗，特意吩咐我让大家放松一下。既然如此，你一会收拾收拾，回家休整几日。"

秦良玉双手握拳放在两膝之上，静坐椅中，听卫指挥使话音一落，趁他未说出更多的话前，立马起身告辞。

"等等，我话还未说完。"卫指挥使大手一挥将人叫住，"想必你回来后也听肖容说过这事了。"

秦良玉硬着头皮与卫指挥使对视。

"新征来的这批兵并不是川蜀之地的，乃是从浙江那边征过来的，咳咳，浙江那边的绍兴府一带。这些人年岁不大，本性也是极好的，我想着你与他们年纪相仿，大约能把握住他们的思想，所以待你休整归队后，这一批兵便交给你带了。你也知道，我们卫里数你最年轻有为，剩下的那些老家伙，当然，也包括我在内，是不能好生打磨这批年轻人的。"卫指挥使说这话时，底气明显有些不足。

绍兴府山清水秀，乃是人杰地灵之地，那的百姓日子过得实在不错，他们即便在军中讨不到饭，回去做些旁的生计也是可以糊口的，所以他们是决计不会拼命的。先不说这些，单说浙江一带的人头脑本就精明，且秦良玉的性子也并不如马千乘那般灵活多变，所以届时若冒险行忽悠他们上战场这一步棋，怕是也行不通。

秦良玉沉吟片刻，问："大人，我能不回家休整吗？"

卫指挥使双眉一挑，眼中闪着光亮："是现下便要练兵吗？"

秦良玉面色平静："不是，属下的意思是，不回家休整，这兵也不……"

卫指挥使在紧急关头拦下秦良玉的话："我突然想起还有些事未办，你眼下便可回家了，走吧。"而后不待秦良玉再开口，他便脚底抹油般出了屋子。

秦良玉眨了眨眼，似是久久不能接受此事，又在原地站了许久，这才缓步而出。

门外，马千乘正捧着手中的烤玉米吃得正香，因玉米太烫，他不时将玉米在两手间交换，见秦良玉出来了，他笑眯眯地迎了上来："他与你说了吧？"

秦良玉睨了他一眼，脚步直朝自己屋子而去。

"喂，你做什么去？"马千乘在背后叫她，"你是准备回家休整，而后回来努力干活吗？"

秦良玉回头瞧了他一眼："得了便宜还卖乖。"

这批兵，原本应该由马千乘带，无奈他老人家生性放荡、爱自由，委实不愿给自己添堵，所以便趁秦良玉回重庆卫之前的这几日，给卫指挥使灌了迷魂汤，怂恿卫指挥使将兵转给秦良玉，美其名曰：历练。

历练新征的这批兵，也是历练秦良玉。

马千乘偏头一笑，眉眼弯弯，脸颊梨涡浅显："我之前已暂时帮你带过些时日，大约不会太难带了。你是我未过门的妻子，我怎会袖手旁观？对了，你此番回去，替我给岳丈、岳母带好啊！"

这话听得多了，秦良玉本已懒得再与他说什么，但这么些时日下来，秦良玉发现"马千乘未过门的妻子"这个头衔，似乎已经安安稳稳地扣在了她的头上。更耐人寻味的是，秦良玉似乎也已经渐渐接受日后会与马千乘成亲这件事。她心中大惊，觉得马千乘是个有毒的男子，需要与他保持距离。

眼下陆景淮进京参加会试，秦邦翰又被杨应龙叫去了播州，秦府只剩秦载阳与容氏两位长辈，二人见秦良玉回来，很是欣喜。容氏吩咐厨房做了一桌秦良玉爱吃的菜，而后拉着秦良玉的手便不再放开，前后打量个不停。

秦良玉特意问了秦邦翰可有给家中来过信，得到肯定答案后，她的心稍稍放下了些。

此番卫指挥使虽未明确规定秦良玉休整的时间，但秦载阳有话，奉命去播州修坝，本就属分内之事，能得一两日休整已是万幸，断不可得寸进尺，所以秦良玉今次回来只待了两日，便在容氏依依不舍的目光下，被秦载阳赶回了重庆卫。

秦良玉刚踏入重庆卫的门口，便遇上了与杨启文并肩朝中军所走的马千乘。原本她想当作未瞧见，，无奈马千乘眼神犀利，一早便瞧见了她，当下朝她挥手，问："你回来这么早，是想我了，对吗？"

杨启文听着马千乘的话便觉一张老脸通红，暗地里撇了撇嘴，要过去迎秦良玉，他刚一迈步便被马千乘拦住了："你做什么去？"

杨启文瞧了他一眼："我去与秦将军说几句话。"电光火石间他想起当日马千乘瞧见他与秦良玉同宿一屋后的表情，悻悻地收回了步子，"啊，还是等秦将军过来再说好了。"

秦良玉沉着脸从远处走来，朝杨启文颔首，并未理会一边难得安静的马千乘。

“许久不见。”

杨启文扬着嘴角，面上带着一贯的意气风发：“是许久不见了，你这几日回家休整得如何？”

秦良玉应了一声：“还好。”顿了顿，她又问，“眼下新兵都在新兵所？”

见杨启文点头，秦良玉又道：“我先过去瞧一瞧。”

新兵所，顾名思义，是新兵所在之处。秦良玉还未与这些新兵打过照面，平心而论，她心中亦有些忐忑。遥见新兵所，秦良玉下意识地慢下了步子。

“怎么不走了？”

马千乘不知何时跟了过来，手搭在秦良玉的肩上：“之前我带过他们几日，有几个人你需要细心留意一下。来，你离我近些，我与你交代一下。”说着他的一张脸便凑到了秦良玉的面前，而后被秦良玉无情地一掌拨开。

“说。”

原来这批兵抱团情况严重，经常三五个同乡聚到一处，排挤同队中所谓外乡的新兵，明里暗里不停打压，导致有些新兵惶惶不可终日，总想趁机逃跑。

马千乘说完后，缓了口气：“还好本将军深明大义，赏了要跑的那几人一顿板子，伤好之前，想必他们是跑不了了。至于抱团的那几个，我便留给你了。玉玉啊，你对此事要上心啊！”

秦良玉最厌恶抱团一事，因之前还未从军时，她不当心听秦载阳与容氏提起过秦邦屏刚去辽东时，因是从外地去的，未少被人欺辱一事，所以她心中一直有个疙瘩。此时再听马千乘所言，她只觉怒火从脚底升到了灵台。

进到新兵所大门，见众人正由队长带着，在校场操练。他们多半动作软绵无力，且频频出错，有几人甚至试图与带兵的队长讲道理。一眼瞧去，当真与散沙无异。

秦良玉与马千乘步上高台，场上众队长见到二人，皆恭敬而立。其余新兵见到马千乘后，心亦是一沉，老老实实地闭上嘴，端正立于原地。

“废物。”秦良玉负手而立，淡淡地瞧了底下众人一眼，“以后这些人，我亲自带。”

适逢一阵凉风拂过，众人情不自禁地哆嗦了一下。

秦良玉接手新兵后，效仿战神戚继光的训兵之法来练兵。此法宗旨只奉一条：

你不打他，他便会打你。

头一日，众人见马千乘没有来，心中还抱有侥幸，他们想着秦良玉不过是一介女流之辈，虽说立了几次功，但谁知是不是凭真本事？所以他们面上多多少少还带着些不屑，想着女人难逃妇人之仁左右，手段定不如马千乘那般，有些话大约只是说说罢了。

众人相互对了个眼风，大意是马千乘不来便好，秦良玉还是好对付的。

马千乘之所以给大家的心理造成这么严重的创伤，乃是因之前他练兵的那几日，委实让人心惊胆战。

原来，以往征新兵时，重庆卫的地牢乃是一处生意极其火爆的地方，每日都有人排着队进去蹲着，可自打今次马千乘接手他们以来，地牢的生意比以往冷清了许多。之前几十年，但凡军中新兵犯错，历届卫指挥使便会图省事，将人向牢中一塞，随意关个几日便放出来了，这一传统一直延续，直到马千乘这里，惩戒犯错新兵的方式登时多样化起来。一般情况下，新兵犯了小错，是包括但不仅限于打三十至五十军棍的，情节稍严重的便是五十至一百军棍，逆天者便省去了这些皮肉之苦，直接一步登天，继续他在人间未完的宏图大业，这一改进直接令众人战战兢兢，不敢再犯错。

秦良玉站在高台上，如一抹孤烟，衣摆随风轻摇，她手握长鞭，虚望天际，并不急着开口。众新兵摸不着头脑，却也不敢随意乱动，个个迎着正盛的日头，双眼被强光刺得眼泪直流。有人终是忍不住，抬手擦了一下，未料不待手落，那人只觉眼前一花，身子当即腾空，而后重重地落在秦良玉脚下，闷响过后，那人捂胸呻吟。

秦良玉慢慢地蹲在那人身前，伸手掐住他的脖子，轻飘飘地问："我让你动了？"

那人一口气上不来，眼前阵阵发黑。

人群中传来一阵骚动，秦良玉抬了抬眼皮，视线如刃，扫过一颗颗头颅，众人虽离得不近，但仍觉得有一只手卡在了自己的脖子上，当下噤了声。

秦良玉这才收回视线，问手下的人："你想死？"

那人费力地摇头，双腿在地上蹬个不停。少顷，秦良玉才收手，那人如蒙大赦，急忙从地上爬起来跪在秦良玉脚边。

"我来给你们说一说我的规矩。"秦良玉淡声开口，"走了这条路，你们便是大明坚不可摧的防线。如何坚不可摧，我有我的办法，从今日起，我们便是同生死、共患难的兄弟。战场上，我不会放弃你们任何一个人，所以我希望，你们也不要放弃大明的百姓。”

秦良玉声调不高，却不怒而威。众人将头低下稍许，听高台之上的人继续道：“你们可以犯错，但机会只有一次。屡犯者，届时自会知道下场如何。”

秦良玉面容本就坚毅，性子也算不上热络，瞧起来像一座可自由移动的冰山。此时她身上的冷气一放，在场众人只觉寒意逼人，先前存有侥幸心理的人只觉有些心虚，当下将头垂得更低了。

第二日，秦良玉正式操练。按照秦良玉昨日所说的方法，众人为了不被对方打死，只得拼命出手攻击，直至胜利。惨败的一方记一张白条，攒满五张白条换处分一次。这处分有时是罚军饷，有时是巡夜哨。一句话，全凭缘分。当然，赢了亦是有奖赏的，因众人乃是新军，思想有些动荡，不适合放出去散风，所以奖赏只有钱财。赢五次换两枚铜板，连赢十次可换十枚铜板。

新兵所一时间士气高涨，令其余几所的军士刮目相看。马千乘陪同卫指挥使过来巡视，听卫指挥使当面将秦良玉表扬了一番。这几日卫指挥使在余下几所对秦良玉一直赞赏有加，还加了她的俸禄。秦良玉获得赞赏时，面上也不见起伏，马千乘背地里拉了一下秦良玉的手，小声道：“我们玉玉当真是纯汉子，不恃宠而骄这点小爷很是欣赏。”

秦良玉斜了他一眼，又听他道：“只是我先前与你说的那几个人，你还是莫要大意。”

秦良玉想，马千乘这种人当真是生来便不适合说话的。

这一操练方法，有利有弊。若是偶尔赢一次，或是接连赢了几次，有奖赏自然是好，但其中也不乏从未赢过之人。这些人日日被打，从无反抗的机会，心情自然不好，这一不好，自然便会寻找另一途径发泄。

秦良玉训兵的第五日，夜间突袭唱名时，她发现队伍中少了三个人，这三个人好巧不巧，正是马千乘交代过她最擅抱团的那几人。

在火把晦暗的光亮之下，秦良玉的眉眼阴沉，吩咐手下将与那三人同一队的其余几人关押了起来，而后去请马千乘过来代为训兵。马千乘此时睡得正香，被人从床上叫起来时，心情很是不愉快，板着一张锅底般黑的脸站在秦良玉面前。

“给我一个完美的解释。”

秦良玉委实不知解释什么，只能破天荒地安慰了一句："你辛苦了。"

马千乘闻言，面色稍霁："去吧去吧，谁让你是我的玉玉。"

秦良玉心中一直记挂着要亲自去逮那几人，也便不再多做耽搁。傍晚唱名时那几人还在，想必此时他们也跑不了多远。当然，若这几人早有预谋，已备好马车的话，那事情便有些难办了。

卫指挥使听闻此事，将桌子拍得震天响，对秦良玉道："这等同于临阵脱逃，待逮到这三人，带回来斩了！"

秦良玉奉命而去。

追人自然不能毫无目的地追，临从重庆卫出发前，秦良玉去到大牢，找到与那三人同属一队的人，挨个问过去。那几人自知有连坐之罪，怕挨板子，争先恐后地将自己所知道的事倒豆子般抖了出来，秦良玉由此获得了不少有利的线索。

其一，这三人早有预谋，马车是在城中租的；其二，其中一人有亲戚在播州，几人连夜逃跑，许是先去亲戚家避难了。相较于其他地方，播州属秦良玉的眼皮子底下，所以最危险的地方便是最安全的地方。

秦良玉揣着这两条线索，翻身跨上自己的战马，战马名为行雷，乃是百里挑一的汗血宝马。待秦良玉坐稳后，行雷四蹄腾空，绝尘而去。

城中租赁马车的地方数来数去也只有那么两家，所以去问问便知人往哪去了。

夜已深，街上的铺子早已打烊，此时已宵禁，路上连个鬼影都瞧不见，只有更夫的声音隐隐从远处传来，随着夜风打了个旋，便消失在街角了。

秦良玉敲响租赁马车铺子的门，半晌才有人声传来。因睡得正香，生生被吵醒，所以那人的声音极度不耐烦。

"谁啊？有毛病啊？没瞧见关门了吗？"

声音一落，两扇门板被人打开，一人披着外袍，打着呵欠，待瞧见戎装加身的秦良玉，硬是将呵欠压了回去，谄媚道："军爷好，嘿嘿，不知军爷夜半光临，有何贵干？"

秦良玉瞧着眼前的人："今日可有三个人来你家租马车？"

那人的眼珠转了转，犹疑道："不曾。"

秦良玉抽出腰间的长刀架在那人的脖子上："嗯？"

那人双膝一软，直接跪在秦良玉身前：“今日只有一个小伙子来租车。”说着他还比画了两下，“那人大约到军爷您眼眉这么高，体态中等，是往播州去了，草民所说的俱是实话，军爷可不要杀我啊！”

秦良玉正要将刀收回，又听那人道：“今日只有我家租出去了车，军爷您也莫要再费工夫了，若是找那人有事，便快些去吧。”

秦良玉收刀，末了又扔了一粒碎银子给开门人，而后一言不发转身便离开了。

开门人口中所说之人，与那三个逃兵一个也对不上。由此可见，他口中的那人必是那三个逃兵花钱雇来的。

秦良玉一路快马加鞭，朝播州方向而去，待将出城门时，她正要掏出腰牌给守卫检查，便见守卫捂着一边的脸，恭敬地给她行礼后。便自觉地将城门打开了。秦良玉虽觉奇怪，但也并未询问守卫如此自觉的缘由。

城外漆黑一片，虫鸣鸟叫不时从路两旁飘来，天上的星子闪烁，似在为秦良玉照明。这荒郊野岭的，只有秦良玉孤身一人，打心底里说，有些瘆得慌。

“你怎么才来？我等你许久了。”

秦良玉策马路过一棵枯树，猛然听到树枝上有声音从她的头顶砸了下来。她勒马抬头，只见马千乘正抱臂靠在树干上打着瞌睡，双眼尚带着初醒时的茫然。

“你怎么在这？”秦良玉眼中难掩诧异，语气带着疑问，心中却着实松了口气。

马千乘从树上一跃而下，稳稳地落在秦良玉身前：“玉玉，你可得抱好人家啊。”

秦良玉正想让他滚下去，便见他一踢马腹，行雷似箭，离弦而去。

路上，马千乘向她告状：“我方才出城时，他们竟然敢拦着人家，真是讨厌。”

秦良玉抓着缰绳，又问了一遍：“你怎么在这？”

马千乘回头瞧着秦良玉，眸子晶亮：“我有肖穹啊！是吧，肖穹？”

身旁荒草丛中大动，似是有人在回应马千乘的话。

“我方才本想告诉你他们去了何处的，但你跑得也忒快了。”马千乘在秦良玉怀中调整了一下坐姿，“我有些乏，我睡一会，你骑马慢些，莫要将我摔下去了，好疼的。”

秦良玉扬了扬嘴角，一鞭子抽在行雷的臀上，但见马千乘身影趔趄了一下，随即回头瞧了秦良玉一眼，他似笑非笑：“我的玉玉当真是顽皮哩。”

马千乘趴在马背之上，长长的睫毛浓密似扇面，不说话时瞧着倒是白净斯文。

秦良玉收回视线，望着漆黑的前路。夜深的荒郊野外，即便是成年男子独自夜行，恐怕也会提心吊胆，马千乘深更半夜等在此处，不做多想也知是怕她害怕。

马千乘啊马千乘，秦良玉暗暗叹了口气，一时思绪万千。

秦良玉与马千乘到播州之时，正值城门初开，马千乘醒得极是时候，揉了揉酸疼的腰身："这天刚亮，想必知州还未到衙门，这一路你也累了，不如先去吃些东西垫一垫，左右他们跑了这么久，也不差这一时，我已让肖穹先去衙门盯着了。"

秦良玉蹙眉："肖穹他不用吃东西？"

马千乘抚了抚衣裳的褶皱："他的轻功已臻化境，此时早已到了城中吃过饭了。你这马，速度委实不快，待日后我送你一匹。"

因杨应龙的关系，马千乘对播州还算熟悉，自然知道这城中哪家早点美味。他利落地跳下马背，带着秦良玉朝东街街角一处不起眼的小铺子走去。

此时铺中已人满为患，外面排队买早点的亦不在少数，两人等了良久，才等到一桌空位。这家铺子专卖羊肉羹汤，羊肉肥而不腻，肉汤清淡，出锅后又在上面撒了些细葱末，卖相十分不错。

"你坐着吧，我去端盘子。"马千乘起身朝铺子厨房特意留出的窗口走去。

秦良玉稳坐桌子一角，等着马千乘将两人的羹汤端来，她身后等桌之人不少，闲暇之余，众人自是少不了攀谈几句。

"我家婆娘这几日生了病，床不能下，门也不能出，连人都见不得，娃娃日日哭着找娘，家中乱成一团，当真是烦躁。"

"我听说城里来了个铃医？好像在骠骑将军府上给他儿子瞧病呢。待那大夫从他家出来，你将他请来，听说那大夫医术很是了得，杨可栋之前险些命丧黄泉，都到了阎王殿了，硬是被那大夫给救了回来。"

"你说秦大夫？你还不知道吧，这次杨可栋的病好似突然加重了不少，那秦大夫都被软禁在骠骑将军府里了，怕是出不来喽。"

秦良玉下意识地将头侧过去些，听众人继续道："骠骑将军此番发了大火，那秦大夫啊，恐怕凶多吉少了。"

秦良玉有些坐不住了，正要起身，便见马千乘手托两只木碗走了过来。见她似要离开，他不禁问道："你做什么？"

她沉默了会，小声将方才所听跟马千乘说了说，而后道："我去瞧一眼。"

马千乘从容地拉住秦良玉修长的手臂："青天白日的你能进去？眼前有这么好的棋子，怎么就不知道利用呢？"

秦良玉凝眉，随即会了意，解释道："届时若我与骠骑将军起了冲突，对你不利。"

马千乘朗声笑了笑："还是我们玉玉想得周到，先将这汤喝了，一会我们便去他府上瞧一瞧。"

马千乘此番随秦良玉前来，一是怕她走夜路遇上什么危险，这第二，则是为了继续探查上次未完的山贼一事。前段日子，有手下来报，有大批山贼出没于播州，似是聚到一起欲商议什么。那时正赶上秦良玉修坝，他办完事顺道去瞧了她。那次来播州，除去发现山贼在暗地里招兵买马、壮大队伍外，他并未有其他线索，所幸山贼这些日子也不曾有其他举动，这事他便交给了手下盯着，现如今又来播州，正巧将这事一道办了。

两人从铺子出来时，街上已热闹起来，秦良玉无心闲逛，跟在马千乘身后朝杨应龙的府邸而去。此次来，不同于上次的走后门，两人光明正大地走了前门。

今日凑巧赶上杨应龙在府上，听下人通禀后，他亲自出来迎接二人。秦良玉站在马千乘身旁，见府前两只石狮旁的杨应龙身侧还站着一个人，看情形，他们两人之前应当是正在商讨着什么，秦良玉瞧那人似乎有些眼熟，不由多看了两眼。

"贤侄怎么有空来播州？"杨应龙将正要行礼的马千乘扶起，又将视线落在了秦良玉身上，"这位是？"

马千乘道："这位是小侄的友人，宣武将军秦良玉，久闻叔父大名，听闻小侄此番来播州探望，便顺路跟了过来。"

马千乘言罢，杨应龙与身边的男子对视了一眼，眼中的寒意一闪而过，继而笑道："嗯，原来这女娃娃便是宣武将军，大有可为，大有可为啊！来，莫要站着了，快些进屋坐。"

马千乘瞧了秦良玉一眼，介绍杨应龙身边的人，道："这一位是孙时泰孙大人。"

孙时泰其人，秦良玉自然是听说过的，他乃骠骑将军杨应龙的左膀右臂，跟着他出生入死十数年，算是杨应龙的心腹。

秦良玉又朝孙时泰行了一礼，听孙时泰的声音响在头顶："不必多礼了，你我二人也不是头一次见。”

孙时泰话一出口，在场众人皆愣了一瞬，秦良玉闻言又细细地打量了身前人一眼，仍是记不起两人在何处遇到过。

“空壳山，成都府哨官，我这么说，你可记起来了？”孙时泰笑了笑，声若洪钟，底气十足。

秦良玉这才记起与成都府哨官的那场莫名的切磋中，最后前来拉架的人，微蹙的双眉登时松了开来。

几人边说边朝府内走，秦良玉趁机拉了马千乘的衣袖一下，示意他们这次前来的目的莫要忘了。

马千乘心中记着这事，立时心领神会，开口道：“小侄听闻可栋的情况有些不乐观，也不知他眼下情形如何？”

杨应龙吃过的饭比马千乘走过的路还要多，自然听出了马千乘的话外之音，接口道：“嗯，贤侄一说这事，我倒是想起来了。听秦大夫说，他与宣武将军乃是亲兄妹？”

秦良玉点头，从善如流道：“不知我可否去瞧一瞧我二哥？”

杨应龙并未立即回话。想起方才在食肆中听到的那些话，秦良玉的心沉了下去。片刻后，杨应龙才开口：“眼下秦大夫正在为可栋瞧病，怕是不方便。”

马千乘亦是微蹙了眉，正要开口，又被孙时泰拦住了话头：“肖容啊，你同良玉远道而来，先坐下喝些茶，待秦大夫为可栋瞧完病，自然会来见你们。”

秦良玉心中不悦，但顾及马千乘的面子，并未发作，一言不发地跟在众人身后，进了前堂。

孙时泰有意慢下步子，见几人进屋之后，挥手叫来杨府的下人：“去伺候秦大夫沐浴更衣，他一会还要见人。”

下人行礼，领命而去。

穿过游廊，又绕过一道青石板小桥，一间被垂柳遮住大半的屋子便出现在眼前。下人推门而入，捏着鼻子挥了挥手，驱赶身前的灰尘。少顷，他走到用铁链锁着的人面前，讥笑道：“秦大夫，有人来瞧你了，小的伺候您梳洗更衣。”

秦邦翰已如此被锁了好些时日了，虽未上刑，但因断水断食了几日，他面上的血色已是尽褪，此时听闻下人所言，他问：“可是宣武将军？”

下人想呵斥他两句，又顾忌着他秦家公子的身份，忍了许久才阴阳怪气道："是，但是一会秦大夫该如何同宣武将军说话，想必您心中是有数的，不用小的提醒吧？"

秦邦翰并未理会他，揉着早已被磨得紫红的手腕，缓缓地动了动略微僵硬的脖子，跟在下人身后走出了屋子。

自打上次来杨府为杨可栋瞧病回去后，秦邦翰本已听了容氏的话，金盆洗手不再从医，不料骠骑将军除夕后派人传话，说他儿子的病情突然加重，还望他再去瞧一瞧。医者仁心，秦邦翰一听杨可栋又犯病了，想也不想便跟着他们走了。路上他又问了些有关杨可栋病情之事，但那人却是含糊其辞，并未正面回答。直至他一进骠骑将军府的门，便被人逮到这间屋子里锁了起来，他才隐隐察觉到不对劲。他与杨应龙的关系，是大夫与病人父亲的关系，此番他被杨应龙如此对待，难不成是他们来的路上杨可栋直接离世了？但当日他给杨可栋开的方子是杨可栋之前一直用的，方子必然是没有问题的，杨可栋的病情也确有好转，若是眼下他突然离世，秦邦翰觉得无外乎两点，一是有人陷害自己，二是有人报复杨家。他又仔细一想，方才来时也不见杨府内有什么异样，这样瞧来，想必不是杨可栋死了。可若他没死，这一切便说不通了。

秦邦翰百思不得其解，只知道他此番被牵扯是事实。这杨府内外，他并无熟人，也无法与外界联系，是以只能坐以待毙。

从这屋子出来的一瞬间，秦邦翰抬手遮了遮日光，他素来喜洁，此时却是一副狼狈之相，胡子拉碴，眼底青黑一片，连带着衣裳也已瞧不出原本的模样。

梳洗过后，秦邦翰在手腕处涂了些药，这才跟着下人去往前堂，离得老远他便瞧见秦良玉与马千乘坐在大堂一侧。

听到脚步声，秦良玉猛然将脸转向堂外，瞧见秦邦翰带着疲惫之态的面容时，她的瞳孔微微收缩了一瞬，不动声色地从座位上起身迎了过去，低声道："二哥，他们没有为难你吧？"

秦邦翰淡淡地笑了笑，抬手摸了摸秦良玉的头顶，放下手时，他不经意地扯了秦良玉的手一下，回道："不曾，只是杨公子的病情加重了，所以我还要在这耽搁几日。"

秦良玉面容紧绷，微微侧头，以余光瞧了堂中尚在说笑的几人一眼，嗓音平静：“如此便好，我来时，父亲特意交代我，让我与你一同回去。”

秦邦翰轻笑，不再开口。

秦良玉与秦邦翰并肩进入前堂，杨应龙饮了口清茶，敛着眸子瞧二人，面色极其坦然：“秦大夫许是还要在我府上待一些时日，若是宣武将军无事，也可一并歇下。”

秦良玉此番是来追逃兵的，重庆卫中还有许多事未办，自然不能多耽搁，杨应龙想必是知道这些事情的，才会有此一言。秦良玉站在原地沉默，面色寡淡。

一直未出声的马千乘见状笑道：“良玉啊，你也莫要太挂念秦公子了，这堂堂骠骑将军府，你有何不放心之处？而且我这次来，本也是要在叔父府上歇上几日的，卫里事情太多，我懒得应付，正巧偷懒几日，届时我与秦公子一同回去好了。”

秦良玉的视线朝马千乘一扫，见对方笑望着自己，这才点了点头。

听闻秦良玉此番来播州还有其他事，午饭时杨应龙特意设宴款待马千乘与秦良玉，秦邦翰作为秦良玉的兄长，自然也在受邀之列，只是屋中人太多，两人没有机会交流，这一顿饭吃得也是索然无味。

席罢，谢过杨应龙的招待，秦良玉便告辞离去了。杨应龙几人将人送到门口，见秦良玉的身影消失在街角，这才回到府中。

“肖容啊，你这一路想必也是累了，先回屋歇息吧。”杨应龙拍了拍马千乘的肩膀，面上带着一贯的赞赏。

马千乘颔首，又瞧了秦邦翰一眼：“小侄还有些话与秦公子说，说完再去歇着也不迟。”

杨应龙的笑容凝滞一瞬，但他很快掩去了面上的不妥之处，大笑几声才回：“也罢，你们年轻人的话总是多一些，我与你孙叔父便不耽误你们了。”

杨应龙说罢与孙时泰相继朝屋中走去。

将门一关，杨应龙虎下了脸，撩袍朝椅子上一坐，望着站在一边的孙时泰：“你说，他们是不是知道什么了？”

孙时泰沉吟片刻：“我以为此事尚不能确定，还是莫要打草惊蛇，毕竟秦载阳也不是泛泛之辈。若是贸然动了秦良玉，怕是操之过急啊。至于肖容，我倒是觉得他不知情。”

杨应龙敛了敛眸子：“肖容是我看着长大的，我倒是不担心，但你所说的秦家一事倒是不假，所以我并未将那秦邦翰杀了灭口，但他迟迟不交出东西，且那帮废物也说到处都搜不到，我担心夜长梦多啊！至于秦良玉那边，你找几个人盯着她，一有风吹草动，立马向我汇报。”

孙时泰并未急着走，顾自坐在一旁，斟酌着开口：“秦家这几个孩子的仕途，皆是顺风顺水，那陆景淮此番会试若再拔得头筹，秦家更是如日中天，如此一来，若日后秦良玉发现端倪，或许此人便不在大人的控制之内了。”

杨应龙两眉狠狠一皱：“你的意思是？”

孙时泰望着指尖：“不能让陆景淮考中。”

当日秦良玉离了杨府后，直奔播州衙门而去，与知州道明来意后，对方碍于杨应龙的面子自是全力配合。秦良玉以往皆是单枪匹马，所以这次也依然未有身为有队友之人的自觉，找人时依旧我行我素，常常是知州一个蓦然回首，便已不见秦良玉在灯火阑珊处了。生怕秦良玉出了意外，知州抓逃兵之余，还要分神去盯着秦良玉，所以待最后，在断崖边找到已饿得两眼发黑的三人时，已是三日之后。

秦良玉将已然目光呆滞的三人捆了个严实，一路带回了重庆卫，斩于众人面前，以儆效尤。

从新兵所出来，杨启文急忙追上秦良玉的步子：“秦将军，肖容他多久能回来？”

秦良玉步子一顿：“我也不知，你找他有事？”

杨启文面色微红，悻悻道：“也没什么事，只是所里的兄弟都有些想他了。”

秦良玉黛眉微挑，马千乘此番在播州已逗留了四五日，至今未归，大约是在等秦邦翰。思及此，秦良玉素来微蹙的眉心有所舒缓，她开口道：“我去封信问一问。”

秦良玉是行动上的巨人，既决定今日要给马千乘去信，那决计不会拖到明日。待夜间操练过后，秦良玉顾不上梳洗，先回房写信。说是写信，等提笔后，秦良玉也不知该写些什么，心中别扭得紧，浓墨自笔尖滴下，纸上晕了大片黑色，秦良玉又换了张纸，这才下笔。最后信上只有寥寥数笔，皆是询问马千乘播州那边情况如何，还有他何时能回重庆卫。

将信封好，外面已是人声渐寂，军中有专管书信的军士，秦良玉捏着信正想去找那人，忽觉身后袭来一阵轻风，随即有石子掉落脚边，来人并无杀气，似只为了提醒。秦良玉脚步一顿，转头向身后瞧，只见偌大的一片空地上，并无人影，甚至连多余的气息都察觉不到。她垂了眸子静待半晌，而后朝校场旁的树瞧了一眼，又环视四周，见无人，这才举步朝树边走去。

“不愧为宣武将军，竟能探得老夫身在何处。”

站在秦良玉身前的男人，脸上遮了张面具，那面具是极为普通的样式，毫无刻纹，他的打扮亦是再寻常不过，一袭藏蓝劲装外罩了件带头衣的披风，从头到脚都裹得严严实实的。

“你是何人？”秦良玉静静地与其对视。

那人在原地踱了几步，视线却一直不离秦良玉的脸：“你不必知道我是谁，我此番前来只是想告诉你几桩事，这头一桩是关于你哥哥的，他眼下被杨应龙软禁在杨府，饱受折磨。”

一听此事，秦良玉眼中的淡然碎裂成片，她却仍镇定地站在原地，淡声发问：“我如何信你？”

那人大笑一声：“你信与不信，这事也已发生了，马千乘此时守在杨应龙的府上，也不过只能保秦邦翰一时，你以为杨应龙会无缘无故地放秦邦翰离开？”

秦良玉见他似是知晓内情，这才沉了脸：“你为何与我说这些？”

那人声音雌雄难辨，话语间恨意难掩：“我不过是想与你联手对付杨应龙罢了。”

饶是秦良玉再不解其意，此时也听出了面前之人乃是杨应龙的仇人，她直接问道：“你怎么如此笃定我会与你联手？你说我二哥饱受折磨，我还不知是真是假，我与骠骑将军也无深仇大恨，怎么知道这是不是有心之人前来挑拨。”

那人也不恼，幽幽道：“我还未说第二桩事。”他顿了顿，“陆景淮此番定落榜，一切皆是杨应龙及其爪牙心腹所为，你大可不信，待陆景淮归来你自会知道。”

秦良玉听他所言不像假话，不禁上前一步，盯着他的银灰面具发问：“杨应龙为何与我秦家过不去？”

那人也不隐瞒，直言道：“你以为这山贼，嗯，应当说是这私兵是谁养的？你又以为你当日所得的那块玉牌有何用？你好端端地拿了人家的兵符送人，那杨应龙谨慎又生性多疑，你以为他会放过你们？”

秦良玉心中一震，先前杨应龙日渐嚣张的传闻她早已听说，因察觉不对，她也曾暗中查探，得知杨应龙近日越发嗜杀，还欲扩充地盘，更是隐隐猜出杨应龙的用意。但此事毕竟非同小可，没有确凿的证据她不敢妄下定论，见眼前人似是知情人，她试探地问：“你有何证据？”

那人“呵呵”一笑：“待他揭竿而起时，你自会找到证据。”

经方才那人一搅，秦良玉已不想给马千乘去信了，她准备亲自去播州走一趟，将秦邦翰带回家中。当然，此去播州还要有个像样的理由。秦良玉回到房中，只觉脑汁已快绞尽，却依旧想不出一个合理的理由，此时她突然有些想念马千乘。毕竟那人要是不要脸起来，是相当可怕的，无论什么不合理的理由从他口中说出来，都好似再正常不过。她托腮坐在桌前，把玩着小巧的笔山，忽然福至心灵。马千乘此番孤身在播州，大约是因为播州那边有山贼一事，且按他那性子来说，想必是耐不住寂寞的。这倒是个好由头，她可以堂而皇之与卫指挥使说，马千乘那边需要人手。

隔日早操过后，秦良玉便到卫指挥使的屋子前，正要让人通禀，便见门板被人推开，卫指挥使见到秦良玉后愣了一瞬：“你怎么来得这么快？”

秦良玉摸不着头脑，疑惑道：“大人找属下有事？”

卫指挥使一侧身将门口让了出来：“肖容来信，说在播州娄山关遇到了些情况，人手怕是不够，是以需要援军。我思来想去，你擅奔袭，想着由你带队去支援，许是还能再多出几分胜算。”

秦良玉恨不能回家跪一跪列祖列宗，马千乘这人往日瞧着虽不怎么靠谱，但关键时刻竟然十分靠得住，两人连扯瞎话都保持同一节奏。这不得不说是重庆卫众位军士的福音。

“我给你将事情细说一下。”

卫指挥使将秦良玉让到座位上，两人闭门交谈。

原来马千乘此番去播州，去得当真极是时候，因秦邦翰之故，他不敢贸然离开杨府，平日闲暇无事，只好出门闲逛。只在城中逛他又觉得委实没有兴致，便越走越远，这一远不打紧，竟然迷了路。彼时天色已全黑，马千乘在一望无际的荒野上打着转，正一筹莫展之际，忽觉脚下黄土微微震颤，他急忙伏地细听，应当是有马队靠近，听对方的阵势，人数应在一百之上，马蹄声急促，众人正在赶路。

马千乘此时并无藏身之处，若是就这么光明正大地躺在地上装死，大约也不怎么好，衣裳会脏不说，被乱蹄踩死也在可预见的危险之中。他想了想，终于遵从了命运的安排，站在原地没有动。马队由远及近，马千乘远远便瞧见那一整片黑压压的身影，如乌云般从远处压了过来，他仍淡然地站在原地，颇有泰山崩于身前而不乱之势。

马队渐近，位于最前方之人瞧见了马千乘，暴喝道：“前方何人，还不快滚开！”

见马千乘仍是不动，那人直接挥出手中长鞭，鞭尾如刃，炸响在马千乘脚边。马千乘“哈哈”一笑，捂着胸口道：“哎哟哟，吓死宝宝了。”

那人此时也察觉到马千乘深更半夜只身一人出现在此处有些蹊跷，但想到自己人多，他也未将马千乘放在心上。未将马千乘放在心上的直接表现便是一马鞭抽在马臀上，催动胯下之马加快速度，欲从马千乘身上踏过去。

马千乘察觉出对方的意图，倒也不慌不乱，不避不让，眼见马蹄便要当头踩下，他忽而身形一闪，整个人疾速向后退，夜风带动衣袍，青丝飞舞，他如一道银色闪电，与马队如影随形，但无论马队如何加快速度，马千乘依然在众人身前，保持着不远不近的距离，使为首之人想碰也碰不到。

那人终是察觉出不对了，但因此番夜行是有任务在身，他不敢随意耽搁，不能叫停手下，只好让大队人马先行离开，他与几个相对来说武学造诣稍高的人留下对付马千乘。

马千乘提气一跃，脚尖点在一人头顶，只见那人身子猛地一颤，登时从马背上摔了下来，被紧随其后的高头大马一蹄踩在脑袋上，当场暴毙。

马千乘稳稳地坐在马上，拉起缰绳，掉转马头，朝与众人相反的方向策马而去。

留下的那伙人见状慌忙追上马千乘，其中一人挥出手中马鞭，鞭头直朝马千乘笔挺的背部而去。

马千乘稍一侧身便躲过了这不痛不痒的一招，他顺势回头瞧了一眼身后的十余人，嗤笑一声：“你们竟然以多欺少？当真是不公平。”

对方方才已见识过马千乘的本事，自然不会轻敌，此时见马千乘出言相激，虽怒，但也毫无办法，只紧紧地盯着马千乘，生怕他突然有动作。

马千乘坐在马背上，转眼已跑出十数里，见身后的人依旧穷追不舍，当下不开心了，一勒马绳，控马在原地转了一圈，不满地瞧着将他团团围住的人：“你们追够了吗？我已有意中人了，且不好男色，你们这样做，当真是让我头痛了些。”

那些人闻言，面色登时转成锅底色，一人更是受不住这侮辱，当下便要同马千乘拼个你死我活。

“莫要激动。”马千乘稳稳地抓住那人横空扫来的鞭子，略一使力，便见那人从马背上栽了下来，滚了几滚，被马千乘胯下之马一蹄踩住，这才算停止了翻滚。

只是方才滚得太过激烈，他的脑袋尚有些不清醒。

“你们是何人？”马千乘身处众人的包围中，却依旧气定神闲，微扬着下颌，神色略显孤傲。

这些人夜间行路，且训练有素，一瞧便知是有组织的人，再一想到前段日子一直销声匿迹的山贼近日有崛起之势，马千乘不由将两伙人联系了起来。

“我们？我们是今夜要你命之人。”那人说罢也不再啰嗦，直接抽出腰间佩刀，对众人道，“上！”

马千乘从马背上跳开，眨眼间便落在了几步开外：“你们真打啊？”说话间见刀光寒凛，他双眉一敛，“你们的主人是何人？今日若是交代了，小爷便饶你们一命如何？”

那些人不多话，只一心朝马千乘身上挥刀，马千乘躲闪自如，一记空翻躲过致命一击，双手顺势撑在地上，一双笔直修长的腿夹住一人脖颈，将其从马上拉下，而后钳住那人的咽喉，以他为人墙，笑眯眯地站在众人的对立处：“真是不好意思，我随便一抓便将你们老大抓了过来。”

其余人神色紧张，紧紧地握着刀柄，目眦欲裂。

“莫要管我，杀了他！”

马千乘并未料到手中之人如此有骨气，听他言罢，当下扭断了他的脖子，但见那人身子一软，缓缓地倒在了地上。马千乘瞧了一眼身前的众人，满面无辜：“你们也听到了，是他说莫要管他的，我也是替你们解决了一件棘手的事。他若活着，想必你们便活不成了，但是话说回来，我已经许久未曾见过如此将生死置之度外的高人了。”

对面几人尚在愣怔中，似是未回过神来，马千乘见状也不再耽搁，转身牵过身旁的马，翻身而上，催鞭离去，声音隐约从口中溢出：“各位壮士，我们有缘江湖再见。”

如马千乘所料，其余那几人并未追上来，只沉默地站在原地看着为首之人尚未冷却的尸首，而后互相对了个眼风，最后上马离开，掉转马头去追大部队了。

马千乘策马向前走了段路便停了下来，见身后确实没有人追上来，又折返回原处。方才那人的尸首还静静地躺在地上，马千乘利落地下马，伸手在那人身上翻了翻，一无所获。马千乘不死心，又将那人的衣裳拨开，见那人胸口上有一印迹，那印迹张牙舞爪似字非字，若说是画，也不尽然。马千乘撇了撇嘴，干脆一不做二不休，欲将人剥个精光，翻动尸首间，忽见一土黄色信封一角显露在那人的靴头处。

马千乘展信，一目十行地瞧着信中的内容，信中道让这已成尸首之人速带百余人至娄山关商讨事宜。这具体是要商讨什么事宜，信上并未说。马千乘将信揣入怀中，至此终是确定了眼前人乃私兵的身份。

再说秦良玉，当日她受命后，便于当晚带兵赶往播州了，只是她并未走往常百姓所走的那条宽敞大道，而是改从另一条崎岖小路走。这路虽是不好走，却是一条捷径，也可借机练兵，秦良玉以为当真是一举两得。

秦良玉一行人于隔日天亮前抵达播州外的一处深山老林，之所以将人马驻扎在此处，其一是因此处宽敞且行动方便，其二则是因那夜蒙面人的话，若是那伙私兵当真为杨应龙所养，那她自然不能打草惊蛇，眼下只盼马千乘那十分不靠谱的家伙也勿要将这事告诉杨应龙。

众人搭帐篷原地整息，秦良玉派人进城去找马千乘，大约半个时辰的工夫，马千乘便已出现在秦良玉眼前。

“玉玉，好久不见，人家好想你。”马千乘离得老远便瞧见了负手立于山间的秦良玉，不由加快脚步朝她走去。

秦良玉转身，轻飘飘地瞧着马千乘，单刀直入：“这几日他们可有什么活动？”

马千乘嗤笑了一下：“你还是如此不解风情。”说罢他朝身边及腰高的石头上一坐，“没有。”

秦良玉这才松了口气，又问：“这事你同骠骑将军说了？”

马千乘又哼了一声：“没有，这些日子李化龙李总督要来，他忙着接待的事宜，我连他人都未见到。”

秦良玉彻底将心沉回腹中，这事若是让杨应龙知道了，定会防范他们，届时难度便会大大增加。她擦了擦额角的细汗，拿眼睨着似在闹别扭的马千乘：“你怎么这副样子？”

马千乘将身子转过去些，背对着秦良玉，委屈道：“我一听说你来了播州，马不停蹄地便赶来了，你竟不先关心关心我这些日子过得如何！”

秦良玉恍然大悟，从善如流地与他寒暄：“那这些日子……”

不待秦良玉说完，马千乘便急迫地转过身子，喜滋滋地等着秦良玉的关怀。

但听秦良玉道："那这些日子……我二哥如何？"

马千乘幽怨地瞪着秦良玉："咱二哥挺好的，我夜夜与他同榻而眠，你且放心。"

马千乘所说非假，他之前也觉得杨应龙对秦邦翰的态度有些蹊跷，为避免秦邦翰在他看不见的地方遭受什么非人对待，马千乘干脆与杨应龙扯谎，说他身上之前所受的伤还未好利索，因当时也是秦邦翰为他瞧病，他十分信得过。既然两人同在杨府，那便让秦邦翰住在他的屋子好了，如此也方便。

杨应龙自马千乘小时候便很喜爱他，若有一件稀奇玩意，但凡是马千乘想要，那杨应龙定然是不会将这东西留给自家几个儿子的，那把龙渊剑和昆吾刀便是顶好的例子。此次也不例外，马千乘将自己的心思与杨应龙说后，秦邦翰便搬到了马千乘的屋中，秦邦翰也因此免去了不少皮肉之苦。

秦良玉闻言面色十分古怪，打量了马千乘良久，才开口："嗯，那真是……太谢谢你了。"

马千乘面色愤愤："你要如何谢我？以身相许是极好的。"

秦良玉早已习惯了马千乘这张无耻的嘴脸，倒也没什么太大反应，只平静地问道："你要做大还是做小？"

马千乘一脸娇羞，衬着他那白嫩的面庞，倒真有几分待嫁娇娘的韵味："都说妻不如妾，妾不如偷，只要能与你在一起，人家不要名分也是可以的。"

秦良玉被他说得着实是哑口无言，只好拂袖离开。

杨应龙这几日忙着接待李化龙一事，可谓是脚不沾地。这李化龙与他素来不对盘，此番前来想必也是没安什么好心，须得处处提防才是。

孙时泰作为杨应龙的左膀右臂，自然也是不能闲着，日日忙东忙西，有时连饭都顾不上吃。

毕竟是四川总督要来，这方方面面必然要顾全到。比如说这街上，往日嫌摊位费贵的小贩也被强行拉出来摆摊，这街面较往日的确热闹一些，路两旁还有手拿扫帚扫地，未来得及回衙门的衙役，大家皆卖力地扫着街上的垃圾。放眼望去，当真是一派欣欣向荣之象。

杨应龙亲自上街巡视了一圈，望着整洁的街道，觉得甚是满意，差人去找了尚在忙税务一事的孙时泰。未到正午，两人在宣慰司碰面，这几日二人难得聚在一处吃上顿饭，杨应龙抓住机会自然是牢骚大发，一边夹菜一边道：“这李化龙分明是故意为之，明知我眼下事务繁多脱不开身，竟挑在这时候来播州巡察。”

孙时泰这几日也被折腾得不轻，此时听杨应龙满腹抱怨，却只是淡声劝慰：“他是四川总督，眼下我们还不能得罪于他，能忍还是忍忍吧。”

杨应龙闻言狠狠地将筷子拍在桌上：“自他任总督以来，我忍他的地方还少吗？这税一年比一年高，若他再如此下去，这官我也不用做了，直接去他府上打杂好了。”

孙时泰笑了笑，也放下手中的筷子：“若是您委实忍不住，那稍微给他些颜色瞧瞧，也不是不可以。”

杨应龙一早便想寻李化龙些晦气了，只是苦于找不到合理的由头，若是偷鸡不成反蚀把米，那便得不偿失了，所以此时他一听孙时泰的话，眉峰一挑，面上大放光彩：“如何给他颜色瞧瞧？你且说一说。”

孙时泰的面容十分平静：“大人，眼下国库空虚，连圣上的内库都吃紧，是以这李总督来播州视察，我们若是铺张浪费，这未免不大好。”

杨应龙闻言一怔，眼底随即浮出抹迫切之意，招来手下将饭添满，捧着饭碗大快朵颐起来。

李化龙到播州那日，秦良玉与马千乘也进城来凑热闹。说是凑热闹，其实不过是两人趁杨应龙不在，欲潜入杨府，瞧瞧秦邦翰眼下如何了，若当真如那夜那蒙面人所说的话……

秦良玉敛了心神，下意识地瞧了一眼身边东张西望瞧着路两旁小摊上彩色蔬果的马千乘，若这事是真的，那她要如何与他说这些？就开门见山与他说你叔叔要造反？

“你一直瞧着我，可是因为爱上我了？”马千乘虽未转头，却已然察觉到秦良玉的打探，当下笑眯眯地回头望着秦良玉，“爱我你就抱抱我。”

秦良玉星目一垂，假意未听到马千乘的话，迈着步子催促：“你走快一些。”说罢她顾自加快脚上的速度，将马千乘远远地撇在身后。

两人趁杨府侍卫换班时从后院跳了进去，凑巧瞧见秦邦翰托着碗随杨府下人从一间屋子里出来，秦邦翰似是听到了动静，偏头朝二人藏身的地方瞧了一眼，而后不动声色地收回视线，继续脚下的步子。

“方才那间房是杨可栋的屋子？”秦良玉一回头，被近在咫尺的马千乘的大脸惊了一下，下意识挥出一拳。原本眯着眼睛还等着像上次那般亲密接触的马千乘，捂着左边的眼睛倒退了几步，背部狠狠地撞在院墙上，满面委屈地瞧着秦良玉。

秦良玉未料到他毫无防范，眉眼间漫上丝歉意：“嗯……”

马千乘长臂一挥：“你什么都不要说了，我是不会听的。”他愤愤地揉着青黑的眼眶，想了想，又道，“方才二哥出来的那间屋子是杨宛若的屋子。”

“杨宛若？”秦良玉挑眉，“杨宛若是何人？”

马千乘揉得太用力，眼前一阵发黑，不满道：“她是叔父最疼爱的女儿，之前……咳咳，反正是最得叔父疼爱的女儿。”

秦良玉听他语气有些不对，但又不见他有继续交谈的意思，便也没有多问，跟在他身后，两人直接朝马千乘的屋子而去。

推门进去的时候，秦邦翰正在开着方子，见到两人来了，起身相迎，拉着秦良玉的手臂，似有话要说，但视线不经意地划过马千乘青着眼眶的脸上，他又将话收了回去，只问：“你怎么来了？”

秦良玉不急着答话，回头瞧了一眼马千乘，后者识趣地哼着不成调的曲子，推门而出：“我饿了，去外面转转，看有没有可以果腹的糕点。”

门板被马千乘合上，秦良玉拉着秦邦翰问：“二哥，杨应龙可是将你软禁在此？”

秦邦翰点头：“我现下还不知他们为何有此一举，但我觉得，这事同这玉牌似是有些关系。”

秦邦翰边说边拿过腰侧的药箱，打开暗层，拿出那块已凉得冰手的玉牌：“之前杨应龙曾多次暗示我交出这块玉牌，想必这玉牌的来路有些蹊跷。”

秦良玉也不敢将这玉牌之事与秦邦翰多说，毕竟他知道得越多，这危险便越多，她伸手接过玉牌，淡然道：“或许是吧，这玉牌我便先揣着了，待日后再补一块玉给你。”

秦邦翰自然不会在意这么一块玉牌，只是方才说了这玉牌来路蹊跷，他怕秦良玉惹祸上身，面上便带了些担忧：“这玉……”

秦良玉为宽慰秦邦翰的心，硬挤出丝笑意，但是怎么瞧都有邪佞之感。秦邦翰见状眼皮跳了几下，急忙抬手制止住秦良玉：“好，我知道了，那你便揣着吧，记得万事小心。”

秦良玉点头，转头瞧了一眼窗外："二哥，你这次与我一起走吧。"

秦邦翰沉吟片刻才开口："眼下有肖容在，他们并未为难于我，且眼下杨小姐也病了，我不能放着病患不管。"他轻叹口气，"而且我若是就这么走了，你想没想过肖容的处境？"

秦良玉确实未想得这么长远，虽然有些荒谬，但不得不承认，在她心中，马千乘似乎是无所不能的，所以她从不担心他会使自己涉险，可此番听了秦邦翰的话，她心中又有些过意不去。少顷，她点了点头："那你万事小心，我此番来播州是为山贼一事，不方便在此多耽搁，我去与肖容告辞。"

秦邦翰拉住要走的秦良玉，指了指一旁的衣裳："你若不着急就先换身衣裳，不然在这杨府不方便。"

秦良玉走在杨家的院子里，因换了杨府下人的衣裳，除去皮肤白嫩了些外，其余也不是特别显眼。马千乘方才出了门便不见了踪影，秦良玉对杨府地形不熟，一时也找不到他，可若是不与他说一声便单独离去，似乎也不怎么好。她微蹙双眉，面上英气难掩，正要路过一处屋子，忽然听到里面传来交谈声，因那男声听着有些耳熟，她步子便停了下来。那两人声音不低，所以秦良玉听着也方便。

"肖容哥哥，你我二人的婚事……父亲说明年的四月初八是个好日子。"女声带着娇羞，似是这话有些难以启齿。

秦良玉一时只觉得自己的心跳漏了几拍，后又加速跳了几下，百骸俱凉，久久不能回神。

片刻后，屋内又响起一道男声，秦良玉觉得这说话之人说是马千乘，却又不尽然，因平素马千乘的语气皆是吊儿郎当，无赖中又带着些撒娇的意味，但这嗓音却是带着冷漠与疏离，无论如何也同那惯常嬉皮笑脸之人联系不到一处去。

"娇娇，这事我会与叔父说，你眼下安心养病吧。"

马千乘说罢似是要推门而出。听脚步声与自己越发离近，秦良玉脚步一转，飞快地朝游廊上的柱子后躲去，堪堪将衣摆理好，便听"吱呀"一声门响，而后再无声息。秦良玉此时处境尴尬，进退维谷，只好傻站在原地，欲等着风平浪静之后，趁空逃走。站了半天，却一直未听到脚步声，秦良玉心下生疑，探头瞧了一眼，只见青了小半张脸的马千乘双腿交叠，悠然地坐在游廊中的石凳上，不时晃荡着一条腿，满面笑意地瞧着秦良玉："我瞧你站那有一会了，在做什么呢？"

秦良玉心中很是尴尬，所幸脸上皮厚，将那股热意如数挡回了面皮子里，外表倒也瞧不出什么来。她稳了稳心神，对上马千乘弯月般的眼，镇定道："我乘乘凉。"

马千乘伏桌而笑，双肩颤抖，丝毫不顾及秦良玉的面子。打心里讲，秦良玉有些怕他下一瞬气堵在喉咙里，整个人便归了西。

笑够了，马千乘扯过袖子擦了擦眼角的泪滴，对秦良玉道："你瞧，连我的泪水都如此晶莹剔透，呀，还泛着五色光芒。"

秦良玉委实不愿与他多话，扔下一句："我走了。"她便头也不回地朝来时的路离去。

马千乘悠闲地迈着步子，跟上秦良玉："玉玉啊，你现下心中是不是郁气渐重，还想暴打我一顿？或是这辈子都不想再理我了？"

秦良玉现下的确不想与他多说其他，顾自向前走着，目不斜视。

马千乘收敛了面上的玩味之意，正色道："你现下还说心中没我吗？"

正午的日光正烈，秦良玉被晒得几乎脱了层皮，马千乘并未跟着她一同回军营，她一人倒也乐得耳根子清静。这些日子私兵有复起之势，秦邦翰又被软禁在杨府，陆景淮此番进京会试，还不知结果如何，这所有的事都赶到了一起，着实令秦良玉感到头疼。

回到帐篷中，秦良玉半倚在榻上小憩，方才去杨府的路上，马千乘已与她说好，山贼这边他派人盯着，一旦情况有变，便与她联络。好在眼下杨应龙的死对头李化龙来了播州，所以杨应龙分身乏术，这山贼一事大约还能再拖个几日。秦良玉躺不住，干脆起来摆弄帐篷中的沙盘。眼下已是四月，天气忽冷忽热，方才还浓烈的日光，转眼又被轻云给掩去，周身难免又漫上阵阵寒意。秦良玉一边盯着沙盘上小巧的彩旗，一边沉思。

这杨家自打祖上，便与历代皇帝交好，杨应龙眼下与皇家的关系也是不差，怎么好端端养起了私兵，准备邦交破裂呢？

秦良玉有些想不通，捏着彩旗久久出神。

其实杨应龙之前并未想造反，众所周知，杨家世代与皇家交好，双方互利，他委实没有造反的动机。但那毕竟是之前，眼下杨应龙虽仍不缺银子花，但天灾人祸颇多，再加之这李化龙经常朝他狮子大开口，杨应龙的腰包便有些瘪了。若是之前从未体会过挥金如土的快感那也便罢了，可他的日子一直过得都十分奢靡，所以现下若让他由奢入俭，怕是难了些。

杨应龙坐在李化龙的下首，身旁则是满面淡然，盯着桌上清汤寡水的几道菜的孙时泰。

“大人也知眼下这世道不景气，今年播州的收成又不好，此番只好委屈大人，就着这粗茶淡饭吃几口了。”杨应龙亲自为李化龙布菜，又道，“这菜色虽不怎么好，但好歹也是按照规矩来的，大人你莫要往心中去，待得空，我上书将这情况说一说。”

李化龙比杨应龙要小上几岁，但论起城府，却也没比杨应龙浅多少。他听罢杨应龙所言，依旧面不改色，端起饭碗吃着杨应龙方才夹过来的菜，笑道：“这规矩立得也是有规矩的，想必有些人平日里吃得太过油腻，这偶尔吃些清淡的，倒也有益身心。”

杨应龙硬挤出几声笑，也随着李化龙随意吃了些东西。

“不过……”李化龙突然停下了手中的动作，“本官听闻那贵州巡抚叶梦熊不日也会路过此处，杨兄啊，你我同在四川为官，也算是一家人，但那叶梦熊便不同了，届时若是招待他，还望你多上些心。”

一提到叶梦熊，杨应龙原本便不善的面色更是沉了几分。于他而言，这李化龙与叶梦熊，没一个是省油的灯，都觊觎播州这块肥肉，好在两人暗地里也有纷争，所以暂时还不会联手，倒是还能让他安心地过几天好日子。

李化龙此行在播州逗留了整三日，这三日中杨应龙与孙时泰时刻作陪，李化龙走时似乎很是满意，竟丝毫未将杨应龙故意怠慢之事放在心上，反倒夸赞了杨应龙好几句，这让杨应龙有些摸不着头脑。

待将人送走后，杨应龙问孙时泰：“李化龙此番莫不是转了性子，走起亲民路线来了？”

孙时泰面容沉静：“这事自然没有这么简单，大人日后对此人定要多加提防，万万不能放松警惕。”

杨应龙觉得孙时泰的话有道理，毕竟李化龙与他作对好些年，对他软硬兼施，总不能突然便要与他冰释前嫌了。当然，若是他被石头砸了脑门，砸开窍了，方才有此举动，那倒是合情合理。

“大人，还有那叶梦熊一事。”孙时泰见杨应龙不知在想着什么，出声打断了他的思路，“若我们招待他，这饭菜不好，定是会落下埋怨，可这饭菜若是上乘，我们也未必能落下什么好，反倒还得罪了李化龙。属下以为，叶梦熊不日路过播州，我们竟还未得知消息，想必他此番也非大张旗鼓地出行，不如我们装作不知，既然他是路过，那便让他路过好了。”

此类筹谋之事，杨应龙素来放心孙时泰，这么多年了，孙时泰在这些事上也从未出过什么岔子，于是两人便将叶梦熊一事这么拍板定下了。

李化龙一走，杨应龙便清闲了下来。人一清闲便容易犯贱，他此时又想起被软禁在府上的秦邦翰，当下派人将秦邦翰传唤至屋中，不料被下人告知，秦大夫来不了了，因为杨家后花园又起火了。这火是谁放的，杨应龙心中自是有数，当下扶额问下人：“这次又是为何？”

下人跪在地上：“是因为秦大夫。小姐前两日生了病，今日似乎又严重了一些，田夫人请秦大夫为小姐瞧病，被告知秦大夫正在夫人房中为夫人针灸，所以……”下人越说越小声，到最后干脆缄口不语。

杨应龙一掌拍在身旁的桌上：“没一个让我省心的！我去瞧瞧。”

待至后院，离得老远杨应龙便能听见两人的争吵声，你一句我一句的，竟比诸葛连弩的波及范围还广，简直是上知天文、下晓地理。杨应龙握住手旁假山的一角，对紧随其后的下人道：“你就当我没来过。”说罢他转身便要走。

田雌凤素来眼尖，虽是与杨应龙的正室张氏吵着架，也不忘眼观六路，她就这么随意一观，便发现了已快消失在半月拱门处的杨应龙的背影，当下哭着奔了过去，一头扎在杨应龙的脚下，抱着他的大腿，凄惨呼道：“老爷！”

杨应龙身形一僵，咬着后槽牙转身，盯着田雌凤的发顶问：“你们又怎么了？”

田雌凤今年二十八，小了杨应龙整十岁，她出身虽不好，但奈何人生得极美。水沉为骨玉为肌，双眸灿灿聚星辰，单单在院中一跪，便使得万花失色，比起张氏有过之而无不及，也难怪杨应龙每每回了家中便往她这跑，惹得张氏那正室夫人与其余的妾室们不满。

田雌凤擦着眼角的泪水：“娇娇生了病，之前都是秦大夫给瞧的，今日不知夫人她怎么回事，好端端地霸着秦大夫不放，硬要秦大夫为她针灸。她这整日也不见做什么事，有什么可针灸的呢？难不成是出去私会野男人给累着了？”说罢她又是惊天动地的一阵哭声。

田雌凤与张氏的关系，比起杨应龙与李化龙来，那是有过之而无不及，早已是水火不容。杨应龙宠爱田雌凤，几乎夜夜都宿在田雌凤的院子里，所以以上那番话，每夜田雌凤也没少说，单说还不够，有时兴致来了，田雌凤还会拿出一些所谓的证据。这时日久了，杨应龙对张氏自然是有些看法的，再加之夫妻二人的关系原本也不怎么样，杨应龙越发看张氏不顺眼了。

杨应龙并未苛责田雌凤口无遮拦，只抬头扫了远处站着的张氏一眼，不耐道："好了好了，我让那秦大夫去给娇娇瞧病便是，你也莫要再闹了。"

此番去给杨宛若瞧病，杨应龙也一并跟着去了，一是瞧瞧女儿的情况如何，二是准备待秦邦翰瞧病之后，直接将人带走。他已决定了，这次若是秦邦翰还不交出那块玉牌，他便也不与他客气了。

众人推门而入，只见马千乘与秦邦翰正与杨宛若说着话。

听闻声响后，马千乘等人起身相迎。

"肖容啊，这几日怎么不常见你？"杨应龙一估算，似是有好几日归府未瞧见马千乘了，不由猜测他是否发现了什么端倪，心当下一沉，如浸在海水中般冰凉，不禁出声发问。

马千乘扬起唇角："明后日我便要走了，这几日在街上转转，想采买些东西给重庆卫的弟兄们，顺便给娇娇买了只盒子。"

杨应龙眼风一扫，瞧见杨宛若床边的案上放着只月牙白的锦盒，似是女儿家放首饰用的，瞧起来新得很，他这才笑着点头："还是你这做兄长的将娇娇放在心上，这丫头之前的盒子打碎了，缠着我要买新的，我这一转身便给忘了。"

马千乘但笑不语。

这几日马千乘的确不怎么在杨府，也的确是在不停地"转转"，却不是他口中的"在街上转转"，而是一直在娄山关附近转悠。亲自蹲守了几日后，他发现每日有不少打扮寻常的百姓往娄山而去，却是有去无回。若只有一日如此也罢，偏偏接连几日都是如此，马千乘右手指尖抚过左手手掌再从手背抚回，望着山脚处，若有所思。

回来后，他与秦良玉取得联系，将情况说了之后，秦良玉千叮咛万嘱咐他，万万莫要将此事说给杨应龙听。马千乘不傻，自然是知道秦良玉心中的顾虑，但因此事牵涉过广，确实不能乱说，他也未再反驳秦良玉。两人一合计，由秦良玉带人伪装成私兵入山，马千乘带兵在山脚埋伏，争取一举将这伙私兵剿灭。

不日，秦良玉带着此番一起来播州的手下，穿着粗麻衣裳，分批往大娄山而去。先到的一批士兵在山脚处等余下的几十批，这一行的声势比起之前三三两两的私兵有些浩大，但秦良玉倒是并未觉得有什么不妥之处，毕竟眼下那玉牌在她身上，有理之人走遍天下都不怕。

马千乘那队人马此时已在山脚恭候多时，瞧见秦良玉来了，原本衔着根草，席地而坐的马千乘，急忙吐掉方才还被他视若珍宝的草，笑嘻嘻地迎了上去："来得这么早啊？"

秦良玉应了一声，转头瞧着逶迤的大娄山："他们在山顶？可有什么捷径？"

马千乘也随着她的视线朝山体看："捷径自然是有，直接徒手攀上去便好了，眨眼便能到山顶了。"

秦良玉不愿与他多费口舌，干脆坐在一旁，拿起腰间悬着的水袋轻抿了些水润喉。一道阴影当头罩下，马千乘顾自坐在了秦良玉身边。

"玉玉，我发现这几日你怎么对我如此冷淡？"他一张口，话语中的控诉之意便蔓延出来，托腮瞪着秦良玉，"你给我一个完美的解释。"

秦良玉不动声色地将身子挪开一些，不料马千乘也跟着动了地方，继续追问："你说。"

秦良玉没好气地瞪着马千乘，总不能就这么光明正大地同他说他是有妇之夫，自己得与他保持些距离吧？但若不能光明正大地说，那秦良玉确实是无话可说，只好直接起身离开。

大约半个时辰后，余下的人也陆陆续续地赶到了，秦良玉在山脚整队，临出发前瞧了马千乘一眼："我一会会将私兵赶下山，你在这接好了。"

马千乘抬了抬眼皮，没有搭理她。

秦良玉知道他是在赌气，也便没再多言，带着手下开始攀山。娄山还算好爬，山上树木葱郁，落脚的地方也多，待爬至山顶再重整人数，她发现竟无一人坠山。

此时已快至日暮之时，山顶的景色较之山脚自是不同，入目皆是橙色，使得心中暖意渐甚。秦良玉身披晚霞，沉声道："对方人数与我军不相上下，此番大家都机警一些，但凡临阵脱逃者，你们自己知道下场。"

众人齐声应和，而后跟在秦良玉身后朝那十分显眼的山门处走去。

“来者何人！”门口有把守的侍卫，将手中长枪一横，面色冷峻。

秦良玉二话不说，先是抽了对方几巴掌，对方未料到这情况，捂着脸怔在原地，秦良玉掏出玉牌在那侍卫眼前一晃：“还不滚开？”

玉牌乃兵符，为稳军心，兵符丢失一事并未传开，只有杨应龙等为数不多的几人知道，此时这侍卫一瞧见玉牌，立时跪在地上：“属下参见统领大人。”

秦良玉冷哼一声，心想这私兵倒还挺正规，瞧这情形，竟连编制都划分好了，而且还如此懂礼数。思及此，她回头扫了身后众人一眼，众人皆垂首，不敢与其对视。

秦良玉清了清嗓子：“眼下里面是什么情况？”

侍卫仍跪在地上，毕恭毕敬道：“南直隶各部皆已派人来此会合，眼下只等大人您了。”

秦良玉不明其意，但又不能露了马脚，粗着嗓子问：“等我作甚！”

侍卫的肩膀明显瑟缩了一下：“等……等大人布防，而后攻下黄平安抚司。”

秦良玉挑眉，初时还有些惊讶，这黄平安抚司乃是播州所辖，难不成杨应龙连自己的地方都不准备放过了？但再一细想，她觉得这事也没什么可吃惊的，播州宣慰司所辖的另几司，早便不堪其扰，欲与其拼命了，想必此下几司的战况已到了激烈阶段。

“带路。”秦良玉剑眉一展，跟在侍卫身后进了门，而后将自己的人留了两个继续把守山门。

娄山的山洞与坪头山的比起来，要简洁许多，进门之后再行百余步便是一座偌大的石室，且这山上也只有这么一处石室，此番赶来开会的人都聚集在这石室中，见秦良玉一行人来了，无不起身行礼。

秦良玉一眼望去，发现这室中的人加起来不过百余人，若是打起来，她这一方未必会输，但她却不敢保证自己的手下没人受伤。秦良玉一直奉行不动一兵一卒便拿下敌军这一信条，此时也不急，像模像样地步上高台，负手瞧着眼皮子底下黑压压的众人：“各部操练得如何了？”

因大家平日都有任务在身，从未像今日这般聚在一处过，所以大家皆不认识对方，只当秦良玉当真是所谓的大统领，当下井然有序，依次回话，使得秦良玉对这伙私兵眼下的进度有了初步的了解。

“行动前，我想瞧瞧诸位兄弟的成果，只是这屋子太小，施展不开，不如去外面瞧一瞧？”

各部首领闻言互对了个眼风，敢情大人近日有些寂寞空虚，此番是看戏来了？不过这也不失为一个好时机，若在此次会演中得到大统领的青睐，待日后事成怕是也少不了自己的好处。众人的心思异曲同工，皆纷纷起身，整队朝门外走。

事情至此，一切都十分顺利，秦良玉一直背在身后，攥成拳的手也有松缓之势。

重庆卫的军士分布在人群的最边上，将这伙私兵团团围在中间。人潮涌动间，秦良玉已站在门外，正要想法将这伙人哄下山时，忽见一只手出现在山体边缘，随后一人费力地爬到了山顶，瘫倒在地上，身上血迹斑斑，面貌难辨。

“启禀大人。”那人气息渐弱，“山脚有……有埋伏……大约有几……几十……”说罢他头一歪，气绝而亡。

一副首长模样的人见状，气急败坏地一拍自己的脑袋，那声音之清脆，可谓是余音绕梁，三日不绝于耳，他道：“娘的！”而后他单膝跪地，抱拳对秦良玉请示，“大人！属下愿带兵下山平乱。”

秦良玉假意沉吟片刻：“他说山脚只有几十人，我觉得不尽然，为保险起见，大家还是一起下山。”

众人皆跪地道：“大人英明。”

秦良玉觉得自己受之有愧，咳嗽了一声，而后率众私兵浩浩荡荡地下山去了。

马千乘早已做好万全准备，听得山上传来一阵异响，从阴影处踱步出来，对已隐蔽在树荫中的众位军士沉声道：“乱刀砍死便是。”

据他所知，南直隶的这些个私兵，还未成大气候，比起那些浪人差得不只一星半点，所以并不用过多倾注什么心思在这些人身上。当然，也不能轻敌，万一这些人里出来个异数那便不妥了。

重庆卫众军士，手扶刀柄，伏地静待，一时间满处静谧，只闻鸟鸣声清丽脱俗，伴着树叶沙沙作响声，交织成一只狰狞兽夹，只等猎物自投罗网。

眼见着已到了马千乘的埋伏圈，秦良玉吹了声口哨，重庆卫众人一把将身上的粗麻衣裳扯下，趁私兵们愣神之际，跳起来便是一刀，有私兵反应不及，被砍倒在地，触目惊心的鲜红使得私兵们回过神来。秦良玉与马千乘这一招当真打得私兵们措手不及，待几个部的首长想整兵时，发现手下早已丢盔弃甲，四下奔逃了。马千乘派了一队人围剿，自己则留在原地与私兵的头头对峙。

“你们是何人？”方才自告奋勇的那人声音微微颤抖。

平心而论，这些个私兵的分部指挥使，平日里练兵时丝毫派不上什么用处，只要人在阴凉处一坐便万事大吉了。这些人心中的算盘打得十分响，届时上了战场，他们便找个有利地形在一边看着，打得过就打，回去功劳都是自己的，若是打不过，他们便跑，反正那时候大约也不会有人活着回去打他们的小报告。所以总结起来便是，这些个指挥使是一点真才实学都没有，此时被马千乘与秦良玉堵在这山脚，两股战战，相互倚靠着立在原地。

秦良玉微微摇了摇头，心中为杨应龙鸣不平。他养了这么多人，想必钱财也没少花，他一心盼望着手下这帮人成雄才，却定然没想到，这帮人果然在他的殷切盼望下成了熊才，而且还不止一个，竟是五湖四海的熊才都被他花钱养在了一起，这不可不说是机缘，它也是杨应龙的劫。

见两人都不说话，私兵的指挥使们更是慌了，大家皆面面相觑，心若坠渊般。望着重庆卫军士们面无表情的脸，以及地上或躺或跪着的不少手下的尸首，众指挥使面如死灰。

“啧啧啧，”马千乘负手在众人身前踱着步子，笑嘻嘻地问，“瞧你们穿得油光水滑的，你们那还缺人吗？”

话落见秦良玉的面色似乎有些不好，他急忙端起一张严肃的脸，问道：“说吧，你们所属何人？”

按理说这事属机密，自然是不能说的，但众指挥使认为，眼下并不是该讲理的时候。

众人拿不定主意，陷入了一阵沉默中，马千乘有些不耐烦，伸手撩了撩与他离得最近的指挥使的胡子，末了又吹了口气，语气不悦道：“不说？”长臂一挥，他吩咐身后手下，“押回重庆卫。”

秦良玉制止住马千乘：“若要将这些人押回去，怕是有些难度。”

眼下那真正的统领还未到，他是否是瞧见情形不对后跑了？这也不得而知。私兵全军覆灭一事此时说不定已传到了杨应龙那边，所以将这些人押走，确实不是容易事。

各位指挥使听了秦良玉这话，顿觉心中腾起了一丝光亮，望着秦良玉的眼神便多了些迫切，只恨不得对其表忠心，感谢其八辈祖宗。

秦良玉自然是接收到了众人的目光，她淡淡地抬了抬眼：“不如直接杀了，这放虎归山，最后的下场仍是为祸一方。”

马千乘觉得秦良玉的话说得也不无道理，这几日他得知了一桩事，说是这伙私兵，也曾与流寇交过手。听说，他们是以杀的人数而向上一级邀功，若是杀得实在太少，他们便会滥杀百姓充数，委实令人气愤。此时就算砍下他们的脑袋剁成泥，怕是也难解他心头之恨。

众人正沉寂时，忽见原本跪在地上的一个私兵突然起身，趁身边押解的军士不备之际，伸手抽出他腰间的佩刀，寒光一闪，军士捂着血流不止的手臂趔趄了几步。电光火石之间，地上的私兵皆迅速起身，极有秩序地朝后退去，在撤退间，阵形已成，只是因他们手中缺少武器，所以杀伤力弱了许多。

秦良玉负手站在原地，瞧着垂死挣扎的私兵，她正要开口劝降，却又闭了嘴，继而转头去瞧马千乘，而后两人一并朝山路的转角处望去。

其余人皆摸不着头脑，也跟着两人的视线望去。不过是眨眼的工夫，转角处便出现了一批身着戎装的军士，待那些人离得近了，秦良玉一眼便认出了位于最前方高头大马之上的孙时泰。

孙时泰带兵赶到，二话不说便下令将那伙私兵就地诛杀，私兵的阵形被打散，他们仍是抵死反抗。秦良玉虽气孙时泰突然插足，但她也不能眼睁睁地见私兵全身而退，她弯腰捡起死去私兵的佩刀，瞄准欲趁机逃跑的指挥使的背部，手上正要使力挥出弯刀，忽觉耳边袭来一阵轻风，不等转头，人已被抱在怀中，背上是温热的触感，宽厚且坚定。秦良玉低头瞧了一眼腰间搭着的骨节分明的手，只听马千乘低沉的嗓音响在耳畔。

“玉玉啊，你太大意了。”说罢他一手握住秦良玉持刀的那只手，“看好了这刀该怎么用。”

马千乘一直未松开抱着秦良玉的手，两人身体紧贴，如胶似漆，秦良玉只觉眼前一时间银光飞舞，耳边风声作响，不时有惨呼声袭来。

待一切复又归于平静后，马千乘依然紧紧地贴在她身后。方才是特殊情况，马千乘救她于危难之际，两人离得近些便也罢了，但此时私兵都已解决，马千乘却还是不放手，便有些说不过去了。

“你还不放开？”秦良玉压低嗓音，话语不无尴尬。

马千乘一双眸子拉得细长，斜挑着眼瞪秦良玉：“你没瞧见这头发缠上了吗？”

秦良玉这才发觉两人的发尾不知何时缠到了一起，面上一红，举刀便要将头发削下来一截，被马千乘慌忙喝住："头可断，发型不能乱，要砍你便将我的头砍下来吧！"

秦良玉被他吼得一愣，又听他缓了语气："我解开还不行吗？你怎么这么粗暴？"

马千乘一边嘟囔一边解发丝："你这姑娘做得太糙，罢了，明日我让柳文昭跟在你身边伺候，你也确实需要这么个人。"

孙时泰在一旁瞧着解头发的两人，眉眼含笑。见两人将头发解开，他才开口："今日骠骑将军得知这娄山有私兵举事，立马派我赶了过来，你们有没有受伤啊？"

孙时泰这戏做的，秦良玉只能给他一分，她未开口，身边的马千乘挺身而出，打着圆场："除去一人受了轻伤外，其余皆安然无恙。"

孙时泰点头，扫了眼地上横七竖八倒着的私兵的尸首，吩咐手下将现场清理干净，末了从马上下来："既然你们两个来了，眼下事情又结束了，也莫要急着走了，留下吃顿饭，歇一歇脚，骠骑将军还在念叨，想与你二位好生吃一顿饭。"

马千乘瞧了一眼秦良玉，本以为她会拒绝，但不承想她非但没有拒绝，眼中竟还有些急迫的意味。

似是怕马千乘回绝，秦良玉抢先开口道："如此那便叨扰大人了。"

秦良玉之所以留下，心中也是有打算的，现如今私兵的兵符在她手上，那杨应龙自然会为难秦邦翰，秦邦翰又毫无功夫底子，若真是被杨应龙折磨起来，半条命只怕会没了，所以此番她须去杨府将秦邦翰给劫出来。

如秦良玉所料，之前杨应龙确实已光明正大地朝秦邦翰讨要过那块玉牌了。当时杨应龙命人将秦邦翰带到先前的那处屋子里，再为其上锁，自己则坐在秦邦翰对面，虎目微敛，面色十分狰狞。

"那玉牌呢？"

秦邦翰虽不知那玉牌到底是何物，但此时也知道那块玉牌非同小可，起码于杨应龙来说，有着极大的作用，所以自然不能如实相告玉牌的下落。他垂了眸子，虽被铁锁吊着，却丝毫不显狼狈："被我不当心摔碎了。"

杨应龙气极，从下人手中接过沾了盐水的鞭子，一鞭子抽在秦邦翰身上："碎了？那玉牌即便你用玄铁剑砍，也是不能动其分毫的！说！那玉牌眼下到底在何处！”

秦邦翰闭口不言。杨应龙怒气瞬时腾到了房顶，而后直接掀开房盖直奔九霄。他举起手中的鞭子对着秦邦翰便是一阵胡乱抽打，不过眨眼间，秦邦翰的身上已是皮开肉绽，疼得浑身发抖。即便如此，秦邦翰仍是一声未吭，紧紧地咬着牙，豆大的汗珠混着猩红的血滴，一颗颗落在地上。

杨应龙既然有此举动，那便是已决心要与秦家为敌了，左右前些日子他派去监视秦良玉的人也被秦载阳的人发现了，而后那人便如同人间蒸发了一般。仔细想想，那人或许是凶多吉少了，秦载阳都能如此，那也怪不得他心狠手辣了。

瞧着眼前已近晕厥的秦邦翰，杨应龙终是收了手，他冷哼一声：“先留你半条命，日后再慢慢折磨你，你何时说出那玉牌的下落，我何时给你个痛快。”

而后他将鞭子一甩，便要走出这昏暗的屋子。不待推门，他又听下人来报，说是孙时泰在外面，有十万火急之事。他右眼皮跳了几下，慌忙地朝前堂而去，从孙时泰口中得知那玉牌眼下已在秦良玉的手上，而此时娄山的那伙饭桶已被秦良玉与马千乘如数拿下了。

“你快些带兵过去，趁那些酒囊饭袋未将事情抖搂出来之前，将他们灭口。”杨应龙慌了神，语气十分焦急，“而后你想法将秦良玉带到杨府。”

由此，便有了孙时泰带兵赶来的那一幕。

秦良玉与马千乘并肩骑马，目视前方，只听马千乘在耳边絮絮叨叨：“我这好像有些疼，应当是方才受了很严重的伤，待到了地方你帮我瞧一瞧。”他边说边揉着大腿内侧。

秦良玉斜了他一眼：“应当是方才劈腿时幅度太大了。”

身后跟着的军士不禁笑出了声，被马千乘一记白眼瞟过去，不由瑟缩一下，当下噤了声。

马千乘慢条斯理道：“你别说，你这么一说，我浑身都好疼，一会一定要帮人家瞧一下哦。”

马千乘这人有个十分显著的特点，那便是无耻，一刻不无耻便浑身难受，他难受不打紧，他身边的人也不可以好过。拿此次杨应龙包下一家酒楼款待二人来说，他与秦良玉坐在一处，借着身受重伤的由头，直接将半个身子贴在了秦良玉身上，杨应龙见他面色似乎是有些不好，关切地问道："贤侄啊，你这是怎么了？"

马千乘将筷子放在身前，不似逗弄秦良玉一般，对杨应龙直接道："我不行了……"

他咽下口中饭菜，故作坚强道："叔父，我没事。"

杨应龙大惊，饭也不吃了，一边训斥他一边起身："胡闹！瞧你脸上哪还有血色？"

杨应龙直接将人带回了府上，而后又传大夫来为马千乘瞧伤。原来马千乘此番是真的受了伤，伤口在腿部，虽未被贯穿，但也是皮开肉绽。秦良玉瞧着杨府下人一盆血水接着一盆血水地往外端，心中不禁有些愧疚。方才马千乘说他受伤了，她只当他又是逗弄自己，却未承想这是真的。那么问题来了，这些大夫中怎么不见秦邦翰？

马千乘似是瞧出了秦良玉的疑惑，开口问守在一边的杨应龙："怎么不见秦大夫？"

杨应龙愣了愣，下意识去瞧门口站着的秦良玉，而后道："秦大夫昨日便已经走了。怎么，你们不知道？"

马千乘诚实地摇了摇头，秦良玉则是对杨应龙的话半信半疑，只站在原地沉默。

杨应龙见马千乘的伤口也包扎得差不多了，拍了拍他的肩膀："你这几日便好生养病吧，让良玉留下照顾你。重庆卫那边，我与你们卫指挥使打声招呼，你们便安心在这将养。"

杨应龙走后，秦良玉走到马千乘的床前："你没事吧？"

马千乘僵着四肢平躺在床上，望着房顶道："我有事，这几日你可要将我照顾好了。"

秦良玉坐在凳子上，望着马千乘欲言又止，许久才下定决心开口问："若是杨大人养了私兵，你会怎么做？"

马千乘登时从床上坐起来，如同诈尸一般："这话不能乱说。"

马千乘这反应让秦良玉的心凉了半截。她一早便知马千乘与杨应龙情同父子，却不知马千乘对杨应龙是如此信任。她知让马千乘接受杨应龙有谋反之意这事急不得，也便没有再多说其他，只是将人按回床上躺平："你莫要激动，我随口一问。"她又将桌上盛着葡萄的果盘端到马千乘手边，"吃些葡萄压压惊。"

马千乘也不推托，躺平后，摘了粒葡萄送进口中，而后瞄准秦良玉手边专门用来放果皮的盘子，随手这么一扔，那葡萄皮便正好贴在了秦良玉的袖子上。马千乘咽了口唾沫，抬眼见秦良玉眼中酝酿着怒意，急忙扬起一抹笑脸，起身将葡萄皮摘下，乖乖放到盘中。

“我觉得我哥还在杨府。”秦良玉拿着方巾擦了擦袖子，“今夜我准备在府上找一找，届时你要帮我看住骠骑将军。”

马千乘这才收了笑脸，严肃道：“我觉得……你是不是对骠骑将军有些误会？”

秦良玉不答话，只道：“晚上便拜托你了。”

入了夜，杨府的下人早已入睡，院中的灯笼泛着朦胧的光亮。秦良玉身着夜行服，身形与夜色混为一体。她紧贴墙角而行，准备将杨府翻个底朝天，但无奈杨府太大，她一时不知该从何处翻起，正犹豫时，听得一人在不远处道：“我知道你哥哥身在何处。”

秦良玉瞧着对面人脸上那熟悉的面具，心中对其的防备已不似头一次见面时那么强烈了。这人武功似乎有些高深，素来都是神出鬼没，且知道的事也不少，大多又有一定的可信度，秦良玉以为这人之所以对杨应龙“爱”得如此深沉，大约是杨应龙曾经不当心或有意挖过他家祖坟，不然她也委实想不出什么“爱意”才能使他达到此等境地，她当下垂了眼：“有劳。”

那人一言不发地转身，轻车熟路地将秦良玉带往关押着秦邦翰的屋子。

这屋子有专人把守，并不是戎装加身的侍卫，看样子应当只是杨府的院丁一类，两人一班岗，双方正在愉快地谈着天。

秦良玉趴在屋顶上，低头瞧着地上不知说到了什么地方，正笑得十分开怀的两人。少顷，她双腿勾住房梁，倒垂在屋檐上，而后利落地跃下，静静落在两人身后，随即一手揽住一人脑袋，向中间那么使力一撞，两人不待多做反应便软绵绵地倒在了地上。

因两人倒的地方不合适，挡住了门，秦良玉又将两人踢远了些，这才转身推了下门，但听门上“哐当”响了一声。里面的人似乎听到了动静，喑哑的嗓音飘了出来：“谁在外面？”

秦良玉见门上挂着把重锁，可见杨应龙是多么紧张那块玉牌，她握住那把十余斤重的锁掂了掂，压低嗓音：“二哥，是我。”而后她运气，抓着锁向墙上一撞，再向下一拉，清脆的响声过后，锁头静静地躺在了秦良玉纹路清晰的掌心之中。

屋中灰尘弥漫，秦邦翰被吊在屋子正中，只有脚尖点在地上，身上的鲜血早已凝成血块，有些伤处已结了痂，面上更是脏污一片，已瞧不出面貌。

秦良玉只觉气血倒流，咬着牙，一掌将锁着秦邦翰的铁链震断。

少了铁链的牵制，秦邦翰的身子重重地倒在秦良玉的身上，他却仍故作淡然地道："我没事，不过是受了些伤，你莫要与杨应龙为敌，我们并不是他的对手。"

秦良玉未置一语，心中却已是怒火滔天，他杨应龙如何对她不打紧，眼下竟将爪子伸到了她的家人身上，这口气秦良玉无论如何也忍不下去。她扶着秦邦翰朝屋外走，许久才将胸口的怒意压下，声音粗哑："哥，我先送你去城中。"

"而后你有何打算？放火烧了杨府？还是将杨应龙杀了？"戴面具的男子方才一直未出声，此时见秦良玉的面色委实太差，这才忍不住开口。

秦良玉扶着秦邦翰，目视前方："我眼下什么都不会做，他欠我的，待到了时机，我一样一样地讨回来。"

男子仰头笑了笑："你倒是出乎老夫的意料之外，我以为你会沉不住气。"他话语中不难听出赞赏，"老夫果然未瞧错人！不错，君子报仇，十年不晚，眼下不忍，定会乱了大谋。"他说罢低头捡起地上的锁，又挂在门上，而后扶住秦邦翰的另一侧手臂，"你哥哥这伤都是皮外伤，上些药便好了。"

秦良玉应了一声，又问那人："两次照面，还不知如何称呼前辈。"

"你唤我盈伯便好。"这两个字似是勾起了盈伯的伤心处，待告知秦良玉称呼后，盈伯便再未说话。

两人将秦邦翰带到城中，街道两旁的客栈不少，盈伯却是瞧也不瞧，直接叩响了相对来说不十分起眼的一家客栈的门，里头传来的声音初时还十分不耐，待开门瞧见盈伯后，小二立马换了副嘴脸，恭敬地将几人请到了屋中。

"备热水，再找些金创药来。"盈伯吩咐了小二后，顾自将秦邦翰带到二楼，将人安置好，转头瞧着秦良玉，"你先回去吧，莫要让杨应龙瞧出什么端倪。"

秦邦翰也瞧着秦良玉，面上不无担忧："你就这么回去会不会有什么危险？"

秦良玉摇头，临走前叮嘱秦邦翰："万事当心，勿要挂念我。我与马千乘在一起，杨应龙也不会对我如何。"

秦邦翰听她提到马千乘，眉眼也舒展不少，但仍是不放心："若他不放你走呢？"

盈伯拍了拍他的肩膀："放心，届时老夫自有法子。好了，丫头你快些走吧。"

此时已是后半夜，被冷风一吹，秦良玉胸口的抑郁之气散了不少。因顾忌杨应龙不按套路走，半夜去寻秦邦翰的晦气，从而使大家陷入悲惨境地，秦良玉加快了归去的脚步。穿过正街，再绕过一条暗巷，便可瞧见杨府的后门，秦良玉正要将门口的侍卫引开，忽然被人拉住了手臂，扯到了暗巷拐角的阴影中。

"人找到了？"马千乘的声音前所未有的严肃。

秦良玉抖开他的手："托了骠骑将军的福，我二哥浑身是伤。"想了想，她又道，"但你和他同我和你是两回事，这事不涉及你，你莫要觉得为难，遇事按你心思走便是了。"

眼下秦家与杨家定然是交恶了，若届时两家起纷争，想必马家与杨家是统一战线，那秦良玉与马千乘的破裂也是早晚之事，所以秦良玉更觉不能与马千乘走得太近，以免届时决裂，大家心中都难过。

秦良玉的话虽已十分婉转，但马千乘仍是听出了她话中的疏远之意，当下冷笑一声："解决事情并不是只有孤注一掷的法子，下次你可以回头看看，未必是你一个人在战斗。"

秦良玉身形一僵："如何看？难不成要你大义灭亲？"

话落，秦良玉挑了挑眉，并未将马千乘的话放在心上，人生总有无可奈何，那杨应龙虽不是个好人，却未必不是位好长辈，他待马千乘如亲生骨肉，马千乘若是站在杨应龙那一边，确实也在情理之中。

她抬脚要走，又被马千乘握住了手腕。

"若是必要的时候，我会的。"

夜鸟展翅从屋檐飞起，搅碎了那一地的银灰，秦良玉从未见马千乘如此严肃过，即便是面对敌人。

"我有更重要的东西要守候。"

马千乘剑眉紧蹙，星目含威，握住秦良玉的手紧了紧，话语坚若磐石，掷地有声，似乎每个音都是从胸膛直接发出的。

秦良玉愣在原地，连手都忘了收回，半晌动了动嘴皮子："你……"

"哎呀呀，伤口好痛。"下一瞬，马千乘又成了往日里那副无赖样子，直接拉了秦良玉的手腕便朝院内走，"我等你许久了，你再晚一会我便坐化成冰了，届时世上再无马千乘，我瞧你上哪哭去。”

秦良玉莫名觉得这话刺耳，不由呵斥道：“莫要胡说八道，冷了你多穿些衣裳便是。”

马千乘脚步微微一顿，但也只是瞬间，而后便若无其事地继续脚下的步子，末了又望了望天，总觉得这天似乎没有方才那么冷了。

两人从后门跃入院内，落地后，秦良玉朝杨应龙卧室的方向瞧了一眼，有些惊诧于今夜他竟然未去寻秦邦翰的晦气，这似乎有些不是杨应龙的风格。

马千乘见她视线一直朝杨应龙的院子瞟，笑道：“方才田姨娘同婶婶又吵起来了。”他似是想起了什么事，继而又是一连串铜锣般的笑声飘了出来，“还是只娶一个好，这人多了虽是热闹，但我瞧杨叔父这几年也没少在中间受气。”

秦良玉瞧了瞧脚尖，她爹只娶了她娘一个，倒是没有杨应龙这等“福气”消受这“人生美事”。她又抖了抖身上的灰，问：“我们要在这耽搁多久？”

马千乘来回摸着自己修长笔直的大腿：“人家受着伤呢，待伤好了再走吧，你也不常来播州，趁这几日我带你去各处转转。”

秦良玉想起上次在忠州时马千乘的所作所为，当下摆手拒绝：“不必了，我哪也不想去。”似是怕马千乘再盛情邀请，秦良玉趁他愣神之际飞快地朝自己的屋子走去。临关门前，她的动作终是顿了顿，探头对尚站在原地的马千乘道，“你……你早点歇息。”

隔日天还未亮，杨应龙便被一阵拍门声吵了起来，他恨得牙根直痒，昨夜田雌凤与张氏不知因何事又吵了起来，两人闹到大半夜才算消停。他这才睡了没多久又被吵醒，此时语气自然不好：“大清早的做什么！”

管家战战兢兢地跪在门口道，声音刻意压低：“老爷，那人不见了。”

杨应龙立时清醒了，急忙从床上坐起，连鞋都忘了穿，直接将门打开，拉住管家的衣领，气急败坏地将人拽到屋中：“你方才说什么？”

管家抖如筛糠：“秦……秦大夫不见了，方才把守的那两人来我房中，说昨夜有人将他们两个打晕了，待今日他们醒来，秦大夫便不见人影了。”

杨应龙一脚踹在管家的肩上：“一群废物！老子养你们有何用！”他负手在原地踱着步子，半晌又吼道，“去把那两个饭桶杀了，尸首剁碎了喂狗！”

管家生怕再待下去有性命之忧，连滚带爬地跑到了门外。出门时，他被门槛绊了一跤，堪堪爬起来，又被杨应龙叫了回去："秦良玉起来了吗？"

管家初时以为自己也要受罚，浑身僵硬地站在原地，面如土色，后一听杨应龙是问秦良玉之事，面色恢复了稍许："还未起床。"原本他还想问杨应龙一句，是否怀疑这事是秦良玉所为，但眼下见杨应龙正在盛怒之中，只好将话咽下，转身跑出屋子。

此时秦良玉虽尚在睡梦中，但因她一向眠浅，所以恍惚中被一阵已逐渐远去的求饶声吵醒。她一双眸子还带着七分茫然，盯着房顶眨了眨眼，而后才从床上坐起，到门外打探情况。马千乘的屋子就在她的斜对面，她一出门正对上脚刚踏出门槛的马千乘的视线。

"发生什么事了？"马千乘一边打着呵欠一边问秦良玉。

秦良玉耸了耸肩："不知。"

恰逢杨府下人进来伺候梳洗，秦良玉问："方才发生了什么？"

秦邦翰被关在杨府属机密之事，把守的那两人也是管家的心腹，所以有关这些人和这些事，从头到尾都未有多少人知道。这多少人自然也包括这进来伺候的婢女，但见婢女端着盛着热水的铜盆，双膝一屈，跪在地上叩首："回大人的话，奴婢不知，大人饶命！"

这一套动作做下来当真如行云流水，想也知这些人平日在这府上过的是什么日子，秦良玉不禁为众人掬了把同情泪。

她虚扶婢女："起来吧，无妨。"

婢女连连磕头，前额青紫："谢大人不杀之恩！"

秦良玉在婢女处一无所获，倒也不着急，梳洗过后，优哉游哉地坐在桌前喝着水。一会若是杨应龙殷切相邀去用早餐，那么方才求饶的人定然是之前看守秦邦翰的那两条狗，看门之犬失职，确实该杀。只是这大早上的便见了血光，怕是这一整日下来，怎么也要倒点霉。

今日确实是有人倒了点霉，但倒霉之人倒不是秦良玉，而是刚迈进杨府的孙时泰。

因眼下摸不准秦邦翰是否为秦良玉所救，所以杨应龙心中很是暴躁。人一暴躁便容易缺心眼，这一缺心眼便想找个人撒气。杨应龙想来想去，觉得孙时泰最为合适，当下便让人去将他叫来，未料下人前脚刚出门，后脚便瞧见了不远处的孙时泰。

“秦邦翰被人劫走了。”

孙时泰的右脚还未落地，便被杨应龙随手扔过来的茶杯砸到了额角，他当即跪在地上，态度仍是不卑不亢：“大人息怒，那秦邦翰是何人所劫，可有眉目？”

杨应龙朝他啐了口唾沫：“我要是知道还用将你叫来？我问你，若是这事是秦良玉做的，我们下一步该如何？”

孙时泰低垂的头微微抬了抬：“若她装傻，我们顺着她便是，只是此人在杨府定然是不能多留了。”

摸着良心说，杨应龙从未想让秦良玉在他的眼皮子底下多待，因那女娃娃瞧起来让他有些发怵。但眼下兵符在她手上，他是没有办法才将人留在杨府的，此时听孙时泰说要放她走，他怒问：“那兵符呢？不要了？！”

孙时泰道：“眼下她只有一半兵符，且不知我们的人到底在何处，一时半刻对我们还构不成威胁，盯紧她便是。过几日陆景淮落榜的事一传出，秦家定会乱一乱，那时我们再派人将秦良玉引到郊外，逼她交出兵符，若她不交，杀了便是。”

杨应龙见孙时泰说得有道理，胸中的火气消了些，这才假模假样地伸手将孙时泰从地上扶起来，望着他尚在流血的额角，他似是愧疚道：“方才我下手重了，你没事吧？”

孙时泰微微颔首：“这些小伤无碍。”他默了默，“大人，一会不如将秦良玉叫来一同用膳，瞧瞧她是个什么态度。”

杨府管家亲自来请她吃饭时，秦良玉倒也未感到惊讶，她早便想到了杨应龙会有此一举，跟在管家身后便去了。

她到了饭堂一瞧，桌前早已坐了三个人，除去杨应龙与孙时泰，还有正盯着碗里清粥发呆的马千乘。席间，众人皆极有默契地未提秦邦翰一事，秦良玉从头至尾亦是十分淡然，并未表现出半丝异常。如此一来，倒令杨应龙摸不着头脑了，拿不准她是真不知秦邦翰之前被自己所囚，还是假意不知。他觉得秦良玉作为一个刚到及笄之年的女娃娃，这心实在太黑，若再放任她两年，必成大气候，此人越发不能小觑了。

将口中最后一口菜咽下，秦良玉开口告辞。当然，告辞前免不了拍一拍杨应龙的马屁：“这几日承蒙大人盛情款待，着实令属下乐不思蜀，但因手中还有许多事积压，所以属下不能多耽搁了。”

马千乘在一边点头附和，左右秦良玉也不想逛播州，那回哪养伤都是一样的。

杨应龙高兴地在心中直拍巴掌，恨不能命人放一个千响的爆竹恭送秦良玉，连假意挽留都没有，直接接话："既然如此，那我若再留你多住便是我没有眼色了。"说罢他笑了笑，"待你忙过这段日子，便与肖容来府上玩，左右肖容与娇娇的亲事也该商量商量了。"

秦良玉瞥了眼在一旁吃得正开怀的马千乘，后者则大惊，被刚入口的粥烫了嘴，想吐又觉得不妥，干脆一闭眼将粥咽了下去，而后捂着胸口半晌说不出话来。

回重庆卫的路上，秦良玉一直盯着手中的兵书，马千乘与她说话，她也是置若罔闻。

"你听不到我说话吗？"马千乘伸手在秦良玉眼前晃了晃，少顷又将头凑了过去，"我怎么闻到了一股酸味？"

秦良玉终于大发慈悲地瞧了他一眼："你多久未打浴了？"

马千乘："……"

秦良玉见马千乘的面色有些黑，心中着实舒坦了不少，他这人一身的臭毛病，怀中随时揣着把小铜镜，待心情好时便会躲在暗处照上一照。他自以为此事天衣无缝，却不知大家只是碍于他那张快消失殆尽的面皮子，不想戳破他罢了。一个大男人，竟如此爱美，秦良玉也是没有言语能来形容他了，但也因此摸透了他的一些脾气秉性。比如说，若想寻他晦气，让他心里难受，那攻击他的容貌身材一类保准错不了。

果不其然，秦良玉的一句话换来了一路的安静祥和，马千乘缩在马车内软榻的角落处，背对着她照镜子，不时发出一两声感叹，大意是天生丽质难自弃之类的梦话。

两人到达重庆卫后，先是去了卫指挥使处复命。

卫指挥使对两人自是十分满意，因两人之故，杨应龙还特意赏了他些奇珍异宝，他此时坐在桌前，面上已笑成了花："此次你二人实属不易，可想过要什么奖赏？"

秦良玉与马千乘并非缺钱之人，两人互相对视一眼，秦良玉先道："属下想回家一趟。"

眼下已快放榜，她须得回家去瞧一瞧情况。

卫指挥使听秦良玉言罢，当下应了她的请求，语重心长道："女娃娃走这条路不容易，我们都理解，自你入职重庆卫后，的确立功不少，此番回家便多待一些日子，有事我给你去信。"

秦良玉急忙抱拳，若是如此，那当真是再好不过了，这些日子她几乎天天奔波在外，已许久未曾好好在家歇过了。

马千乘见两人你来我往的好不热闹，也决定跟着插一脚："大人，属下也不想在这待着。"

屋中一阵诡异的静谧，卫指挥使听罢马千乘的话，虽已极力克制住心中的激动，但唇角仍是微微颤抖，似是随时要笑出声一般。对于马千乘，他当真是又爱又恨，人们都说苍天总是时不时朝人间撒下一些正面的、积极的东西，但马千乘他分明就是苍天趁机打了闪了，除去善战、能战、会战、敢战外，可以摸着良心说，他身上再无一点长处。当然，外貌乃身外之物，并不在考核范围内，所以除去有仗要打时，平心而论，卫指挥使并不想在卫里瞧见他披着一张道貌岸然的外皮，四处行尽无耻之事。

马千乘瞧见卫指挥使那被隐藏在灵魂深处的雀跃神色，木着张脸问："大人您可是有什么高兴事？不如说出来让我们两个也乐一乐。"

卫指挥使登时敛起喜色，严肃道："你们两个的请求都准了，快些收拾收拾回去吧，等我消息便是。"

不得不说，卫指挥使那迫切希望他立马从眼前消失的态度，着实让马千乘上了股火。

马千乘百无聊赖地抄手靠在秦良玉的屋子门口："我与你一道回鸣玉溪吧。"

秦良玉收拾包袱的动作未停，头也不抬地问："你怎么不回家？我听闻你家中还有一个弟弟，你不回去瞧瞧他？"

马千乘低头盯着自己的指尖，避重就轻道："不想回去。"

极短的四个字，秦良玉却听出了他话语中的怅然若失，这才回头瞧着他，正好捕捉到他眼中的那一抹黯然。她觉得马千乘不愿回家，其中大约有什么缘由，但马千乘并未主动提及，所以她也不好过问，此时见他有些失魂落魄，心中生出了几分不忍，利落地将包袱口一收，状似不经意地安慰道："嗯，我听闻家中前些日子，有人送了些时令果蔬，左右吃不完也是要喂猪的，不如你跟着去吃一些吧。"

马千乘："……"

秦家前些日子确实陆续有人送来各类东西，这些人自然是为拉拢秦家而来，毕竟大家都以为，这陆景淮此番定能高中，所以先下手为强，若是落后了，这礼便显得单薄了。

秦良玉与马千乘回到秦府一瞧，院中满满当当堆着的都是些实用的东西，或是吃的，或是穿的，这些人倒是聪明地未将钱财等实物送到府上来。因众人也知秦载阳的为人，若是直接奉上银两，怕最后会落得个被乱棍打出秦府的悲惨下场，所以大家来送东西时，尽是挑些吃的、用的，随便一件东西拿出去，也能换得不少的银两，且众人将东西送上门时，都拿秦家最小的秦民屏作挡箭牌。

"这秦小公子还小，正是长身子的时候，多吃些这玩意，大补，日后定然差不了。"

秦载阳夫妇自然要婉拒，不料对方又道："这是给秦小公子的，也不是给你们二人的，小公子喜欢便好。"

来一拨人，以上的对话便发生一次，所以这秦小公子可是乐开了花。探家时，他站在院中像巡视战利品一般，一圈一圈地瞧着所谓送给他的东西。

秦良玉到家时，老五还未走，姐弟俩许久未见，这一打照面便吵了起来。

秦良玉在秦家行四，上面除去自小被收养的陆景淮外，还有两位亲哥哥，下有这个皮猴儿般的弟弟，三位兄长不必多说，大哥憨厚耿介，待她极好；二哥文质彬彬，待她极好；三哥虽性子呆板，但待她也是相当不错；唯有这个小她三岁的弟弟，日日同她作对。

听闻那时秦载阳夫妇喜欢女儿，但头两胎连着生了儿子，虽也高兴，但其实还是有些遗憾的，所以再后来她出生时，极受宠爱，当真是捧在手里怕摔了，含在口中怕化了。当然，美好的日子总是十分短暂的，她一岁多时，好动的性子便显露了出来，并且随着日子的推移越演越烈。她娘捂着胸口，直道她比她三位哥哥做男孩子还要成功。再之后，夫妇两人心一横，想着再生一个女儿，所以秦民屏便这么诞生了。

姐弟俩见面，总是争吵不断，秦家上下对此早已习以为常。在他们看来，姐弟俩与其说是相互争吵，倒不如说是秦民屏的主场，秦良玉只负责忍不住时在一旁纠正一下他话语中的病句。

这平日里吵便吵了，毕竟小吵怡情，但今次毕竟与往日不同，府上还多了个坐在游廊上笑眯眯观战的马千乘，秦府上下虽已不与他十分见外了，但有些事毕竟还是不当众展示出来比较好。

秦载阳长臂一挥，假意呵斥唾沫横飞的两人："反了你们两个！你们说说，这次让为父从何揍起？"

秦民屏是个会见风使舵的，想起以往的下场，他抱着秦载阳的大腿挣扎："爹！有一桩事，儿子不知当说不当说。"

"那便不要说了。"秦载阳抖了抖袍角的灰，顺手从箱子中拎出筐鸡蛋，状似自言自语，"你们大了，不打倒也不是不可，你娘去姑苏寺上香了，这样，不如你们去祠堂跪着吧。"

秦民屏望着秦载阳渐行渐远的身影，嘶吼道："爹！您还是揍我吧，爹！"

见秦载阳走远了，马千乘这才抱着柱子大笑出声，末了擦着眼泪瞧秦良玉："你怎么不求饶？"

秦良玉冷冷地睨了他一眼，撇下还未起身的秦民屏，一语不发地转身去了祠堂。

头一个时辰，秦良玉板板正正地跪在列祖列宗的牌位前，眼观鼻、鼻观心。

第二个时辰，秦良玉板板正正地睡在列祖列宗的牌位前，一动不动。

中途秦载阳来转过一圈，瞧着闺女那熟睡中的笑颜，不由想起他年少时，被他爹罚跪在祠堂，似乎睡得比秦良玉还要香，最后他体贴地为秦良玉关好了祠堂的门，后又恐旁人来打扰她，还贴心地挂上了锁。

秦良玉被秦载阳锁在祠堂，待她从梦中醒来时，已是月上中梢。她是被饿醒的，揉了揉肚子，她摇摇晃晃地从地上站了起来。

"小姐，您起来了吗？"管家的声音十分不清晰，像是从极远的地方传来一般。

她应了一声，推了推门："王叔，这门怎么锁了？"

管家犹豫了下："老爷来过了，让小姐在里面好生歇息。"

秦良玉闻言如置冰窖，她爹来过便意味着，她大抵要在祠堂待一夜或是更长的时间。

她有些忧伤，扶额沉思间，又听到外面传来秦家老五秦民屏那带着挑衅，又故意压低的声音："王叔，我大姐还在里面跪着吗？真是太好了，她上次偷着揍我，我还未来得及找我爹告……嗯……"

最后几个字应当是被王叔给捂了回去。

秦良玉淡然地望了望房顶，不用想也知，她这弟弟摆明了是糖衣炮弹收买了秦载阳后，马不停蹄地赶过来落井下石了。

她悻悻地走回香案前，顺手从供桌上扯下一串葡萄，一颗一颗地扔进嘴里。

案子两旁烛火明灭，祠堂里似乎过于静谧，秦良玉着实无聊了些，正考虑要不要唱支小曲儿给各位祖宗听时，忽见烛光一闪，继而满室暗黑一片。她身子一僵，半晌才想起将手中只剩几颗的葡萄恭恭敬敬地放回供桌上，心中念着大家总归是一条血脉，祖宗总不会因这一串葡萄便六亲不认了。她摸黑站着，良久不敢有其他动作，生怕祖宗们飘出来。少顷，一道细微的声响从窗边传来，她头皮略微发麻。

垂在身侧的双手渐握成拳，她沉声问："您是哪位祖宗？"

那声音倏然安静了下来，秦良玉又问了一句："您今次来有何贵干？"

那边又沉默了半晌："良玉，我不在的这几日，你可是染了什么风寒？这药……最好还是不要停。"

这是一把好嗓音，如山泉般清冽，又似碎玉般动听。那人话落，秦良玉急忙朝窗边奔去，借着从窗缝透进来的微弱光亮，打量着那道颀长的身影，她眉峰一挑："三哥？你何时回来的？"

陆景淮神情微有颓靡，眼中亦是满布血丝，他勉强地牵了牵嘴角，并未回答秦良玉的话，只是将手中尚还冒着热气的包子递到她手中："吃吧，包子还热着。"

前些年，秦良玉每每被秦载阳关在祠堂时，那是求着陆景淮给她送些吃的他都不肯，说是认错要有个认错的态度，要将不犯错的决心保持住。秦良玉托着手中的纸包，心中感叹，此番陆景淮竟然亲自偷着跳进祠堂来给她送包子，他心中定然是有许多苦。

陆景淮顾自坐在香案前的蒲团上，将头埋在臂弯中，声音有些嘶哑："我落榜了。"

秦良玉站在原地，心中虽已想过，如果此刻来时，自己该当如何。但当陆景淮如此颓废地坐在她面前，对她说出这番话时，她竟不知该如何应对。印象中，陆景淮自小便是天之骄子，书读得好，人又十分听话，十里八村的人都喜欢他。小时候她在街上闲逛，总能听到人们探讨有关陆景淮的事，说他乃文曲星下凡，日后必有所成，这一眨眼过了十数年，陆景淮一朝从琼楼跌至谷底，心中应当是十分绝望的吧。

"你……"秦良玉轻轻地走到陆景淮身前，蹲下身子，一手抚上他的肩膀，"你瞧唐代诗人张继，他虽未考取功名，却声名远播，自然也是有真才实学的。"平心而论，秦良玉从来不曾安慰过人，此下小试牛刀，又遇上如此棘手的情况，说句大实话，她有些打怵，想了想，继续道，“嗯，我们往近了说，你瞧归有光归太仆，中举人后参加会试，八次落第却仍未灰心。啊，还有之前的张居正，虽说拿他举例有些不妥，但我们就事论事，他也并非是一飞冲天的……”

秦良玉笨拙地举例安慰陆景淮，不待话落便被人抱在了怀中，陆景淮将头埋在秦良玉的肩窝处，声音发闷：“我并非只是灰心，更多还是觉得有些愧对父亲、母亲。”

院中的那些东西尚堆得满满当当，在陆景淮瞧来，这些物事一件件全都寄予着大家的厚望，他若说一点未受落榜的影响，那确实是假话。

秦良玉窝在陆景淮怀中，身子不受控制地发僵，本想将陆景淮推开，又觉得此情此景此心境，若是她当真将人推开，未免有些残忍，只好僵着身子老实待在原地，不敢轻易有其他的动作。

祠堂之内多出一个人，却比之前还要静默。大约一炷香的工夫，秦良玉的身子有些发酸，将要开口说话时，突然被另一道冰冷的嗓音抢在了前头。

“看来我来得不是时候，唐突你们二位了。”

马千乘手中还拎着食盒，食物的香气登时四散在较为密封的屋中，这味道秦良玉很是熟悉，乃是生活通张大娘家的小笼粉蒸牛肉的味道。听到马千乘的声音，秦良玉下意识挣开陆景淮的手臂，随即从地上起身，面上终是显出些局促。一旁的陆景淮倒是无动于衷，依旧坐在原地，连头都未抬，只有手臂僵在半空，眼中伤痛一闪而过。

“你怎么来了？”

秦良玉轻咳一声，借此掩饰自己的尴尬。

马千乘面无表情地盯着她，周身的寒意使祠堂中的温度又下降了些，他也不与秦良玉说话，直接从来时的路折返。

陆景淮这才开了口：“他喜欢你。”他的语气十分笃定。

秦良玉瞧着陆景淮：“三哥莫要多想，他有婚约在身。”而后她又端正地跪回蒲团之上，盯着老祖宗的牌位发呆。

陆景淮又问：“你呢？你喜欢他吗？”

秦良玉目不转睛：“三哥，你也知眼下的局势，皇上多年不上朝，朝中已是一片混乱，地方官员亦争先恐后地拉帮结派，匈奴人又时不时地进犯，这世道已是不能再乱了。若长此以往，内忧不止，外患不断，怕是国之将亡。”见陆景淮不截她的话，秦良玉继续道，“我幼时便常想，若有一日我入朝为官，定要竭尽所能还百姓一个太平盛世。”说罢她哂笑一下，“乱世将倾，我从未忘记过我的抱负。我一直希望，待战乱之时，我能有领军之能。这么些年，这个信念我不能也不敢忘，我知自己是终要战死沙场之人，我这么说，你明白吗？”

陆景淮也轻笑一声，似是自嘲。少顷，他慢慢地从蒲团上站起身：“我先回去了，你……”最后他却是未再说出什么话来。

秦良玉再出祠堂已是隔日晌午，一打听才知马千乘已于早上与秦载阳告别，回了石砫。她微微皱眉，暗道这马千乘的脾气怎么如此急躁。再者说来，他这一走又算什么？怎么让她莫名地有些心虚？

秦良玉随意朝装着落花与灰尘等东西的竹筐里扫了一眼，刚好瞧见昨夜被马千乘拎在手中的那个食盒。若她未记错，昨夜那小笼粉蒸牛肉尚有余温，怕是马千乘半夜特意敲响了张大娘铺子的门去买的，这么一联想，马千乘这回怕是生了很大的气，后果很是严重啊。

秦良玉与马千乘在一起待得久了，眼下也算是料事如神。此番马千乘他不是生了很大的气，他是生了很大很大的气。当时从祠堂出来，他仅剩的一丝困意早已被怒气所取代，想当下就走人，又觉得如此一来，是不尊重秦家长辈，只能生生挨到秦载阳起床，而后随意找个由头便告辞了。

马千乘一路风风火火地回了石砫，今日马斗斛不在府上，他母亲覃氏领着他弟弟马千驷也不知去向，他乐得清静，直接将自己关在房中。

柳文昭一听说马千乘回来了，马不停蹄地便赶到了他的房中：“将军，您回来了？”说罢视线在马千乘屋中扫了个遍，末了她张了张嘴，见马千乘面色不善，又识趣地将话咽了回去，乖巧道，“奴去给您备热水，您驱驱乏。”

马千乘冷冷地哼了一声：“你是不是要问你的好宣武将军？”

柳文昭因自小便出来摸爬滚打，早已练就了察言观色的好本领，此时听马千乘有此一问，当下猜出他与秦良玉是闹了别扭的。她想了想，又觉得以秦良玉的性子，必然不会与他一般见识，所以她再想了想，觉得大约是马千乘又同秦良玉无理取闹了，但眼下她是马府的管家，不便替秦良玉说话，急忙堆起一脸的假笑：“哪能呢？奴家许久不见将军您了，自然是想问您近日过得好不好。”

马千乘一拂袖：“你少糊弄我！你就是想问她。”

柳文昭的双手绞了绞衣摆，有些难为情："既然将军说是，那便是吧，所以宣武将军她最近过得好吗？有没有被欺负？"

马千乘瞪着终是露出了狐狸尾巴的柳文昭，痛心疾首道："她当然好！她好得不得了！"默了默，他又拍案而起，"不行，小爷绝对不能让她与那陆景淮好！"

柳文昭越听越玄乎，忍不住发问："将军，若是奴家未记错，那陆公子不是宣武将军的兄长吗？怎么……"

马千乘身边的谋士虽不少，但都是五大三粗的汉子，谁会对这些风花雪月之事感兴趣，若是他当真将这事摆在台面上与他们说，不被嘲笑至死，他马千乘三个字便倒过来写。可这事若是不找个明白人问问，他委实怒意难平，想了想，他朝柳文昭招了招手："你过来，我悄悄给你说。"

柳文昭缩了缩白腻纤长的颈子："奴家还是给您准备热水去吧。"

按照以往总结的经验教训来瞧，柳文昭以为，此时已到了非走不可的时候。

"你过来！"马千乘恨不能直接将桌子掀了，他很是不要脸地威胁道，"你若迈出这个门槛，明日我便将你卖到隔壁老王家！"

柳文昭问："是那个很是清俊的王公子吗？"她又在心中补了句，那也比将军你要好啊。

马千乘痛心疾首地揪住自己的前襟："你若是过来，我此番将你一并带到重庆卫，让你跟在秦良玉身边伺候如何？"马千乘觉得自己越发没有尊严了，竟要靠利诱才能使唤动自己的手下。

下一瞬，柳文昭立马欢天喜地地跑到马千乘跟前："将军您说吧，只要是奴家能办到的，奴家定然不遗余力。"

马千乘本着绝不浪费的优良传统，艰难地将口中喷之欲出的那股鲜血咽下，又将这些日子以来所发生的事倒豆子般与柳文昭说了说，末了道："你帮小爷分析分析。"

柳文昭扶额："奴家的好将军啊，那陆公子分明是喜欢宣武将军啊。"

马千乘一拍桌子一下："小爷便说他有些不正常，那小爷应该如何？"

柳文昭面上的嫌弃之意越发明显："您？不行不行，您这讨嫌的性子，怎么做都不行。"

马千乘又拍了桌子："士可杀不可辱！你今日若是不给我想出个妙计，我保证你这辈子都见不到你的宣武将军了！"

柳文昭咬着嘴唇，将话题又拉了回来："将军啊，这事其实也好办，人非草木，孰能无情？你平日就是被那些日日哭着喊着跟在你身后的贵小姐们宠的，性子太跋扈了。你要知道宣武将军可与那些个人不一样，你若想将宣武将军抓在手中，那必然是要有润物细无声的自觉的呀，要走怀柔路线，可不能再像这次这样耍小性子了，这不是平白让那陆公子得了机会嘛。"

马千乘恍然大悟，猛一拍大腿："可不是吗！那我再回去？"

柳文昭的胸膛起伏了好几下，直接木着脸行了礼告退，转身时嘟囔道："自己跑出来又自己跑回去，真是……"

马千乘面色悲戚，他发现他犯了个错，这个错它叫作什么都是错。

半晌，下人来报，说是热水已备好。马千乘一路风尘仆仆地赶回来，身上的疲乏未去，此时想到那热气腾腾的浴汤，心中不免生出几分向往。

浴室内轻烟袅袅，一池碧水刚及马千乘紧实的小腹，几块分明却不夸张的腹肌不时被水淹没，马千乘贴壁而坐，只露胸膛在水面。这些年他大战小战也都未少参与，身上的伤口大大小小，不计其数，有些伤处疤痕已淡，也有些受伤严重又未及时处理的伤口，伤疤还横亘在原处。

他难得静静地坐在池中沉思，一贯带着笑意的脸安静时，威严异常，线条比照往日要坚毅不少。

他是从什么时候开始喜欢上秦良玉的呢？他垂眸盯着水面的细纹，或许是从他半夜见到她为他煎药那时起。那时他堪堪醒来，一偏头便瞧见不远处歪着身子，笨拙地在吹着扑面热气的她，但见她不时地换着方向，眉眼间渐渐聚了些不耐。

思及此，马千乘轻笑一声，秦良玉的面相虽英气了些，平素也是男装打扮，但他还是觉得她十分养眼，即便是男人也无所谓。他叹了口气，难不成这便是传说中的缘分？

"将军，换洗衣物奴家给你放在外间了。"

柳文昭的声音隐隐透过水雾传了过来，有些湿漉漉的。

马千乘听她要走，当即叫住她："文昭啊。"

乍一听这三个字响起，柳文昭便觉马千乘定然没好事，当下拍板决定假意未听见他的话，脚上步子一刻不敢停。

"小爷本想带你去鸣玉溪的，你走吧走吧，万万莫要后悔啊！"

果不其然，柳文昭下一瞬便贴在门板边上，谄媚地问："爷，奴家方才好像听到爷叫奴家了。"

马千乘冷冷一笑："不曾。"

柳文昭急了，也不再与他打哈哈，直接道："爷，您此番带我去找宣武将军那真是对了，届时我可以帮你们二人挡住陆公子不说，还能为爷您在将军面前说说好话。"

马千乘想了想，觉得可行，清了清嗓子："我便勉为其难地答应你了。"

柳文昭一听能与秦良玉见面，自然是顾不上与马千乘计较，双手捂在胸口，面上憧憬一片，临走前又听马千乘问："你怎么那么喜欢她？"

柳文昭想也不想："宣武将军威武又霸气，皮相生得好，内在也不错，连将军您都喜欢她，奴家自然也……"她话还未说完便跑了出去，欢天喜地地去收拾包袱了。

马千乘以往听到有关秦良玉的传闻，皆是一些不好听的话。

比如秦良玉木讷，比如秦良玉嫁不出去，比如秦良玉是废物一个。此时一听柳文昭如此褒奖她，一时觉得有些不适应，不过也有些沾沾自喜，他瞧上的女人，自然是最好的。激动的心情平复下来后，他又觉得事情有些不对，后知后觉地朝早已不见人影了的门口处喊："你不许跟爷抢女人！"

因马千乘答应带柳文昭一同前往鸣玉溪，所以柳文昭这几日瞧马千乘，怎么瞧怎么顺眼，连带着给他单独开小灶时，菜色也好了许多。

离出发去鸣玉溪还有一日，马千乘坐在屋中翻着徐时交上来的，有关石砫士兵近几日的操练情况，众人皆有进步，马千乘大体上还算满意，眼下私兵们虽按兵不动，但有些事需得日夜提防，不可放松了警惕。

马千乘翻得正起劲，忽觉门口多了个人，抬头一瞧，正见贴身伺候马斗斛的小厮站在门口，那小厮的眼睛在马千乘的屋中四处乱瞟着，似是好奇，不当心撞上了马千乘深沉的视线，当下白着脸行礼。

"大少爷，老爷让您过去一趟。"

"我父亲何时回府的？"马千乘没动地方，倚在铁力木圈椅中发问。

小厮回："昨夜回来的，听说大少爷也在府上，便打发小的来请您。"

马千乘这才慢条斯理地从椅子中起身，一语不发地跟在小厮身后。

马千乘到马斗斛房间时，正见马斗斛坐在桌前，瞧着石砫宣抚司的花名册。遣退下人，马千乘唤了声："父亲。"

马斗斛闻声将册子一合，抬头笑望着马千乘："我听说你回绝了与杨家联姻一事？"

按理说，若是马千乘与杨宛若成亲，两家亲上加亲，马千乘个人的好处自然是如滔滔江水连绵不断，远的不说，单说日后这承袭石砫宣抚司一职的路，那定是会顺当许多。可他却将这事婉拒了，杨应龙高不高兴先不提，但马千乘将拒绝的话一说出口，他便是少了座靠山，杨应龙即便再喜爱他，怕是心中也有隔阂，马斗斛作为父亲，应当痛心疾首才是，可眼下却是满面的喜悦。

马千乘却似未瞧出不妥，一副稀松平常的语气："是，儿子觉得与娇娇情同兄妹，结为夫妇的确有些不妥。"

马斗斛朗声一笑："爹当日便同骠骑将军说待驷儿长大，让他将娇娇许给驷儿，谁知道他这么心急。"话落他又觉得自己这话说得不对，急忙解释，"肖容啊，爹不是那个意思。"

外人皆道马千乘乃天之骄子，素来被马斗斛捧在手心中，自他弟弟马千驷稍微大些后，马斗斛对马千乘便更宠爱了，几乎达到了但凡有事，能不让马千乘做便不让马千乘做的地步。那时马千乘还小，众人皆忧心待他长大后，只会成为贪图享乐之人。若当真如此，众人认为，这真是白白糟蹋了一棵好苗子。但好在马千乘争气，虽说性子有些跋扈，毕竟是娇生惯养长大的，可除去有些讨人嫌外，其余一切都是在规矩之内的。即便是搁在眼下，有相熟的亲戚来马府串门，说到他小时候，还是会说上几句他自幼得到的宠爱如何多，是如何在蜜罐子中泡大的。其实大家瞧见的都只是表面，若非那年晚上，马千乘出去喝酒回来得晚，他怕是会同大家的想法一样，也会天真地以为自己是马斗斛心中的宝贝。

那时月色皎皎，将跟在马千乘身后的影子拉得斜长，他经过马斗斛的房门前，怕惊动正在歇息的双亲，特意屏息放轻步子，还未曾走上两步，便听屋中传来交谈声，因自小便习武，马千乘的耳朵十分好用。

马斗斛的声音有些犹疑："大家都知道他乃世袭宣抚使的最好人选，比起驷儿更得民心啊！届时若将位子传给驷儿，即便他不说什么，怕是也不能服众啊！"

覃氏道："老爷你糊涂啊，你不让他成为最佳人选不就好了？我为何一直不让他考取功名？还不是怕他压了驷儿一头。”

马斗斛有些为难：“可上战场时我还用得到他，忽然这么冷着他不好吧？”

覃氏“哎哟”一声，很是头疼的模样：“我的老爷啊，你平素不给他锻炼的机会，待到有上沙场那一日再委任于他，他知晓机会来之不易，自然会全力以赴。若是从战场上面活着回来，那是他造化大；若是死了，唉，也怪这孩子的命不好……”

马千乘不知道自己最后是怎么走回房间的，只觉得身子由内往外透着凉意，原来那些疼爱都是假的，原来他们只想将他教成一个废物，他至今仍想不通为何他的双亲不喜欢他，或许人不喜欢另一个人，从来都是没有理由可讲的。

那晚之后，马千乘在府上依旧是平素那般模样，甚至面对他的双亲时，也是稀松平常，他知道有些事没有答案，根本不必问。他知道他得活着，比所有人活得更长，哪怕是苟且偷生，因为只要有人在，便不愁其他事。

但是知道归知道，后来，马千乘还是试图改变过一向对他漠不关心的覃氏对他的看法，那年他十五，对亲情尚有着执着与渴望。

那时正逢除夕，门神对子早已贴上大门，各家门前皆挂大红灯笼，院中树上亦披着斑斓彩花，一眼望去，红绿相间，分外喜庆。街上有人燃放烟花爆竹，各式花样绽放在夜空中。街道上，无论男女老幼，皆穿新衣，人们又以金箔纸折成飞鹅、蝴蝶、蚂蚱等形状的饰物，美滋滋地插在头上。待马千乘从军中回来，瞧见满府的蚂蚱、蝴蝶，登时被惊了一下。

因是除夕，马斗斛准了柳文昭的告假，府上没了大管家主持，万事便稍显混乱。但也因是除夕，为讨吉利，这几日府上也不似往日严苛，这便免去了犯错后挨板子一类的责罚，主人一家欢欢喜喜地坐在一桌，说些体己话。

马千乘十三岁之后的除夕皆是在军中过的，今年也不例外，只照例回府上转一转，给父亲母亲请个安便走。

他进屋时，覃氏正同他弟弟马千驷说着话，面色柔和，因离得远，她的声音也时断时续。只见她话落又塞给了马千驷一个红包，摸着他的头道：“我儿要平安长大。”

马千乘脚步一顿，莫名觉得尴尬起来，好似撞破了别人家母子的团聚。

还是马千驷先瞧见他的，面无表情地对着覃氏道：“他回来了。”

覃氏闻言回头瞧了一眼，此时她嘴角挂着的笑意还未来得及收回，看着倒也有慈母之风。在对上马千乘的目光后，那抹笑意便极快地收了起来：“怎么这个时候回来？”她的语气十分冷淡，犹如凛冽寒风，吹向马千乘心中最为柔软的那一片地方。在他的印象中，覃氏待他一向如此，而他也早已过了被冷落后伤心欲绝的年纪，此下也并没有以前那么在意，一副习以为常的模样，笑言：“军中有事耽搁了，回来瞧瞧便走。”

覃氏从鼻子里哼了一声，不再多言，又见马千乘手中拎着个包袱，不禁皱眉，眼中满是询问之意。

马千乘这才想起此番回来，主要是给家人送些礼物的，包袱中搁着的全是前些日子抄了一伙山贼的老窝所搜刮来的珍宝，大约是那伙山贼之前打家劫舍时搜刮民脂民膏所得，总之瞧着便非俗物，花钱怕是也买不到。

彼时他瞧着一颗祖母绿不错，便想着给马千驷留着，若他未记错，这小他八岁的弟弟最为喜爱这类事物。其余的还有一些镶珍珠的簪子一类女人家的首饰，珍珠通体圆润，凤凰衔珠的样式也较为别致，他对女人的玩意没什么研究，瞧着稀奇便一起捎了过来。

他将包袱随手放在桌子上：“我先走了。”话落他转身离开，双肩微有些垮，似是落寞。

覃氏心中终于有些不忍，又瞧了一眼桌上的包袱，犹豫着将他叫住：“你不留下吃饭吗？”

马千乘脚步一顿，呆愣良久才回头瞧了一眼，望着覃氏缓缓地绽出抹笑，眉眼间的失落散了些许：“不了，我跟徐叔说好在营里过年。”

马斗斛的一声轻咳将马千乘的思绪打断，他抬头瞧着满面笑意的马斗斛：“父亲，您叫儿子来便是因这事吗？”

马斗斛干笑几声：“也不全是，你我父子二人也许久未见了，一会便喝上一杯。”

马斗斛即便再不喜欢马千乘，可眼下用得到他的地方多得是，所以这大面上还得过得去。

马千乘扬了扬唇角，泰然自若地扯了个谎：“不必了，方才重庆卫来了信，说是有要事相商，让我早日回去。”

马斗斛一听马千乘要走，心中也不觉得惋惜，笑呵呵地瞧着马千乘，没什么诚意地叮嘱道：“那你路上小心。”

马千乘应了一声，要走时又想起一桩事，他回头瞧了马斗斛一眼：“此番我要带着柳文昭走，这府上的管家您再找一位吧。”说罢他也不待马斗斛答话，径自转身便离开了，左右他在众人的心中一向是这么个风格。

从马府出来，柳文昭面上的笑意便一直未停过，上了马车之后，见马千乘的情绪似乎不怎么高，内里原因她也能猜出来些，当下装傻充愣地将头探到他身前：“将军，马上要见到宣武将军了，您怎么郁郁寡欢的？”

马千乘没好气地瞧了她一眼，正式警告她道：“你不用再回马府了，日后就跟在她身边伺候。但是，不要跟爷抢女人，不然爷有一百种方法让你在这世上待不下去。”

柳文昭撇了撇嘴，悻悻道：“奴家能跟在将军身边已经很满足了。”

马千乘这才稍稍放下心，以他对秦良玉的了解，那个十分不解风情的女人也喜欢美人儿，所以他日后不但要防着男人，连女人也不能放过，但她的身边当真是缺了一个女人。于是他想，既然非要有女人不可，那不如将自己的人放在这关键的岗位上，以备随时掌控。

两人于暮色四合时到达了秦良玉家。马千乘先下了车，却站在原地没动，伸手扯了扯一旁盯着秦府匾额发呆的柳文昭：“喂，记得方才爷与你说的话。”

柳文昭敷衍地点头：“奴家知道。”见马千乘半晌未传来声响，她这才转头瞧了一眼，见他面色堪比锅底，当下讨好道：“奴家说是奴家想宣武将军了，因不识路，特意劳烦爷带路。”

马千乘这才满意地点了点头，而后道：“走吧。”

秦府的门房一早便瞧见了马千乘，因对他已熟悉，当下跑到马千乘身前行礼：“马公子您回来了？”

马千乘觉得门房是个会说话的，这“回来”二字用得甚是妥帖，当下赏了银子，又顺便问了一句：“玉玉在家吗？”

门房喜滋滋地将银子揣入怀中，答：“这几日大小姐不怎么在家，三少爷心情不怎么好，两人经常上街闲逛散心。”

马千乘堪堪转好的面色登时又变得阴沉起来，他转头瞧了一眼柳文昭：“不如我们也上街转一转？”

只要可以瞧见秦良玉，柳文昭对于去哪都是没有意见的，虽说这一路舟车劳顿有一些累，但她以为，这些都是在可以承受的范围之内。

两人从门房口中得知了秦良玉与陆景淮所去的大概方位，马千乘却突然有些犹豫起来，他眨了眨眼，问柳文昭："我这么做是不是有点太主动了？不如我们还是在府上等着吧？"

眼下他脑中浮现的全是秦良玉与陆景淮并肩在比肩接踵的大街上一起游玩的场面，心中又有些放心不下，着实矛盾得很。

柳文昭跟在他身边伺候了这么多年，自然是瞧出了他的犹豫之处，正要开口为他铺个台阶，便见不远处秦良玉与陆景淮款款走来。他二人身量差不多高，也不知是不是内心偏颇之缘故，柳文昭总觉得秦良玉与陆景淮其实不怎么登对，还是与马千乘瞧起来更像是珠联璧合的一对。柳文昭也知道马千乘当日清早从秦府离开的原因，生怕秦良玉不给马千乘面子，急忙挡在马千乘身前，朝秦良玉行礼："奴家见过宣武将军。"

柳文昭为见秦良玉，可谓是好生打扮了一番，一张芙蓉面，腰身似清莲，正是秦良玉较为喜爱的那一类。果不其然，秦良玉的注意力被柳文昭吸引了过去，她上前扶起柳文昭："你怎么来了？"

柳文昭赧然一笑："将军说，日后奴家便跟在您身边伺候。"怕秦良玉觉得唐突，她又补充道，"将军您在军中，身边跟着人伺候，还是必要的。"

这事之前马千乘便与秦良玉提起过，秦良玉那时倒也没放在心上，此时见柳文昭再开口，倒也不好推托，便直接点头应下了，而后才将视线转向马千乘，倒没有众人心中担忧的那般对马千乘冷言冷语，主动开口询问："你们才到？"

马千乘点点头，顺便瞥了秦良玉身边一直未作声的陆景淮一眼。马千乘原本是不想与他说话的，转念想到他此番落了榜，正处在低谷时期，最后决定不与他一般见识，望着他的眼神勉强带了些笑意。

"进屋说吧，别在外面站着了。"陆景淮率先迈步朝门里走，背影十分萧索。

几人进门，路过秦家的练武场，此时正逢老五秦民屏在武场练武，他转身时不经意瞧见了这几道身影，急忙扔下手中的匕首，直朝几人跑了过来，而后直接奔马千乘而去。

"肖容哥哥。"他扑到马千乘身边，拉起他的手臂，"我有要事与你相商。"

自打前几日秦民屏归家，得知马千乘也在秦府后，便迅速与马千乘成了朋友。之所以如此迅速，是因他在外学艺时，总听教头提起少年将军马千乘，所以此时好容易见到了活人，自然要与其速度攀上交情，而后便可以愉快地与他的同窗们吹牛了。

马千乘被秦民屏那故作老成的模样给逗笑了，抬手抚了抚他的头顶："哦？什么事？"

秦民屏瞧了众人一眼，而后神神秘秘地将马千乘拖到了自己的房中："肖容哥哥，我回来时，老师曾给我们留了一道题。"

马千乘不由想起自己小时候的那些个老师，一个个着实令他头疼，每日走时总会留一些很是莫名其妙的问题，使他头疼之余还要动一些脑筋，想着如何让他们神不知鬼不觉地消失在自己的眼前，思来想去，万路不通，只好亲自动手将老师打跑。现如今想来，他少时也确实做过许多离经叛道之事，着实汗颜。

见马千乘许久不答话，秦民屏顾自往下说："老师问，若那城池久攻不下，该当如何？"

马千乘听罢，浓眉微挑，笑道："不可强攻，以退为进，诱敌出城，再一举歼之。"

秦民屏得到答案后，欢天喜地地跑了出去，不待身影彻底消失在院中，又跑了回来："肖容哥哥，我昨夜好似听见我大姐的屋子里传来了些奇怪的动静，待我出门时，又瞧见有人在我家屋顶上走路，可我再一瞧，便瞧不见那人了，也不知是不是我眼睛花了。"秦民屏有些担忧，"是不是我大姐这几日长胖了，所以睡觉都没那么警觉了，这样下去不是个办法啊！"

马千乘闻言笑了笑，又掏出了一粒碎银子，避重就轻道："嗯？是吗？来，拿着，去街上买些东西吃。"

秦民屏年纪小，攥着碎银子眸子晶亮，想了想，又道："肖容哥哥，你要对我大姐好一些，其实这些年她挺苦的。"

秦良玉年少时，乐天镇还不太繁华，百姓之间却十分融洽，便是如此融洽的镇子，有一日突然出了偷盗之事。

彼时正处秦良玉在镇上最为声名狼藉之时，虽然她的名声一直不怎么好，但是众人提起她时，言语却出奇得一致。

"嗯，你说那个身量奇高，又不会女红，所以嫁不出去的秦家大小姐吗？"

这些话虽难听，但与她是乐天镇之耻这样的话比起来，当真是不值得一提。

被盗的那家在镇子上属最为穷困潦倒的一类，家中仅有的几只鸡鸭也是旁人瞧他们可怜送过来的，所以当得知这为数不多的家禽被人偷走时，这家的女主人便一病不起，没几日便撒手去了。事情越传越广，连秦良玉这般淡然的人也跟着插上了一脚，就在她四处找寻线索，欲将那宵小揪出来之时，罪魁祸首却主动找上了她。

来人是一个八岁的女童，尚梳着髽鬏，明亮的双眸中溢满了泪水，在月光之下拼命地向秦良玉磕头，以请求原谅。

原来女童自幼同母亲相依为命，眼下母亲生了重病，大夫说要好生调养身子，她没钱买好东西，只能去偷，却不知会害得旁人家破人亡。秦良玉连日来的满腔怒火转瞬化为无奈，这孩子她熟悉，性子极好且孝顺，小时惯爱跟在自己身后满街跑。若将她逮到众人面前，她自然不会有什么好下场。

秦良玉望着她前额上的斑斑血迹，咬了咬牙，将这黑锅扛了过来。

自打那时起，镇上百姓瞧见秦良玉便是恶语相向，同龄人自然不会再同她有过多接触，秦家在当地的地位亦是一落千丈。

一日，邻镇的恶霸前来乐天镇挑衅，秦良玉同对方起了冲突，因那阵子上了火，身子不怎么好，最后被对方修理了一通。她也未声张，只独自坐在街角包扎，因只有一只手，所以撕扯纱布时有些费力。她记得后来有一方干净的手帕递到了她眼前，那是一双干净修长的手，她当时只觉手如其人，但现下再想想，却已记不起那人的模样。

马千乘凝眉远眺，久久不语。

他自然要对她好，一直对她好。

又是一个夜，满月高悬。

秦良玉枕臂躺在床上，盯着门口的方向出神，心中想着那人的来意。

秦民屏都能听到的动静，秦良玉自然更是一早便听到了，只是那人昨夜潜入了她的屋子，却并未有其余的举动，所以她也不想打草惊蛇，只是右手握刀静静地躺在床上，那人在她床前站了片刻便走了，也不知是不是被她墙上挂着的那把大弓吓着了。若她未猜错，这人十有八九是为那玉牌而来，而得知玉牌真正用处且还知道玉牌在她手中的人，除去杨应龙不作他想。思及此，秦良玉又伸手摸了摸头下枕着的玉牌，不待将手收回，便听门口传来阵细碎的脚步声，秦良玉眉心微蹙，将玉佩揣入怀中，泰然闭了眼。

今夜所来之人比起昨夜，好似多了些戾气，人堪堪进屋，连门都未来得及关上，便挥出手中的三尖刀，直奔床上的秦良玉而去。

秦良玉朝床尾一滚，顺利地避开了那锋利的刀刃，而后身形一闪，跃至地上。那人委实蠢钝，前来偷袭却使了长兵器，一招一式便有了许多漏洞，这无疑给了秦良玉许多机会。她趁空矮身蹲在那人脚前，右手顺势挥出一刀，但见那人收刀向后退了几步，而后转身朝门外而去。

秦良玉自然不会放任那人如此消失，当下追了出去。

另一边，马千乘因今日秦民屏之话，对秦良玉的屋子更是密切关注，此时见两道人影一前一后跑了出去，将手中的短笛一放，也跟着出了秦府。此时街上却已不见那两人的身影，他站在原地沉思片刻，直接奔着坪头山方向追去。

坪头山山脚十里处有一座湖泊，常年雾气昭昭，以前还发生过夜间行路之人失足坠湖事件，是以一般人夜里都不会经过此处，久而久之，这地方便成了无人区。马千乘到时仍是不见那两人的身影，他站在湖边，环视四周，片刻后隐约见东南方向有几道人影，似在打斗。他心一沉，施展轻功向那处跑去。

离得近了，他便瞧见秦良玉被三名男子围在正中，三人手上皆有武器，秦良玉则赤手空拳，是以暂处劣势。

此次攻击显然是蓄谋已久，秦良玉今日单独跑了出来，正中那三人下怀。马千乘抄手站在战斗圈外，冷眼睨着那几人，或许是马千乘隐藏得太好，又或许是那几人应付秦良玉有些吃力，所以无法分神顾及其他，总之众人并未发现马千乘。马千乘为自己毫无存在感一事感到生气，他找准时机出拳攻击，其中一人不防，脚下一个趔趄，秦良玉趁机从那人手中夺过一双银钩，手起钩落，但见银光一闪，那人胸前登时皮开肉绽，血肉外翻，伤处触目惊心。男子倒在地上抽搐半晌，而后便没了声息。

剩余的两人瞧见马千乘后，下意识便后退了一些距离，似是在马千乘这吃过什么亏，受过什么奇耻大辱般。秦良玉顺势将手中一只银钩递给马千乘，两人并肩而立，紧紧地盯着神色略带了紧张的两位贼人。

那两人见情况不妙，倒退几步转身想跑，秦良玉自然不会放任此事，凌空一记翻越，伸手拉住其中一人的后衣领向后便是一个过肩摔，那人便轻松地被秦良玉撂倒在了地上。她一脚踩上那人胸膛，右拳猛击脚下人的头部，出招快且狠，那人想反抗却招架无力，不过须臾，七窍便有血迹流出。

另一人面露焦急，想出手搭救，无奈马千乘稳稳地站在一旁睨着，他当下便放弃了此想法，转身拔足便逃，连头也不敢回一下，生怕耽误了生机。

秦良玉将脚从那只剩出气不见进气的人身上收回，瞧着马千乘发问："你怎么不追！"

马千乘将手中银钩随手一扔，云淡风轻道："自然有人去追，总要留个活口回去通风报信，我才好找到他的主人。"

秦良玉以为他的话有理，便不再多言，低头将地上躺着的两个人拖到一旁的树林中，随意找了个隐蔽处一扔，又瞧见手上的血，默不作声地就地掬了水净手。

"你这是得罪了什么人？"马千乘踱步过去，在她身前站定。

秦良玉想了想，还是与马千乘说了自己的猜测："他们应当是骠骑将军的人，是为了我手中的玉牌而来。"

马千乘低头掸着身上的灰，漫不经心地回着："哦？"

秦良玉又想了想："那块玉牌乃私兵的兵符，若我未猜错，兵符的另一半，应当在骠骑将军那。"

马千乘"啊"了一声，问："你是说骠骑将军养了私兵？"

秦良玉见他面色寡淡，并没有多少信任之意，不由问："你不信？"

马千乘这次倒未急着答话，只是转了身朝秦府的方向走，淡淡道："非信，非不信，骠骑将军生性多疑，不信任何人，有些事上，连孙大人也不能幸免，若另一半玉牌当真在他那，那十有八九是在他自己的手中。"他顿了顿，"此事非同小可，我自会留意。"

秦良玉见他并没有如自己所想那般暴跳如雷，一直提着的气微微放了些："与其留意，不如去他府上找一找，说不定会有蛛丝马迹。"

马千乘淡淡地瞥了她一眼，半晌才道："也好。"

兵符一事着实棘手，但如马千乘所说，没有确切证据之前，她不能乱下定论，所以这事她未同任何人说过，秦载阳那里，她亦是守口如瓶。除去这些，她最顾虑的便是杨家根基深厚，她若贸然给杨应龙扣上谋反的帽子，他定然会想尽办法狡辩，届时皇上也未必信她，杨应龙再顺势倒打一耙，秦家往后的日子可想而知。平心而论，对杨应龙这个人，秦良玉心里一直憋着股邪火，有时午夜梦回想到这人对秦家众人的所作所为，她恨不能将其千刀万剐了事。

隔日一早，秦良玉起身晨练，在城外遇到了同样起早跑步的马千乘。

“玉玉。”马千乘主动凑上前来打招呼，眸子一弯，“你起得好早。”

秦良玉淡淡应了一声：“这几日你有没有什么事？”

马千乘摇头：“怎么？”

秦良玉道：“若没什么事，我们去播州待上几日。”

秦良玉心底还是挂念着兵符一事，毕竟若杨应龙暗地里万事俱备，东风一吹来，那一切便都晚了。

显然，马千乘也想到了这一点，郑重地点了下头，想了想，又问：“那我们两个人会日夜在一起吗？”

秦良玉装作没听懂的模样，迈开一双长腿，将马千乘落在了身后。

秦家各辈养孩子的方式皆是散养，所以秦良玉一个姑娘家，整日抛头露脸地跑来跑去，秦载阳也是习以为常。毕竟这是从小便养成的习性，若此时再管，未免有些打脸。

秦载阳摸着脸坐在椅子中，听秦良玉说要与马千乘去播州时，面上未有一丝不悦之意，凭良心来说，马千乘这个孩子他还是比较喜欢的，而且性子又活泼，若秦良玉总与他在一处，说不定性子也可开朗一些。当然，这孩子的性子又有些太活泼，若是秦良玉总与他待在一处，说不定他的性子能内敛一些，这也是不错的。

得到了秦载阳的首肯，秦良玉又去找容氏，推门进去的时候见陆景淮正与容氏说着话，她进来后，两人的声音便断了。还是容氏最先反应过来，问道：“玉儿，何事如此匆忙？”

秦良玉老实地将要去播州的事交代了，一旁身形日渐消瘦的陆景淮皱了眉，最后却是什么都没说出口，只深深地瞧了秦良玉一眼，而后默默转过脸去。

“啊？要去播州？”

柳文昭一得知此事，立马转身去收拾包袱。

秦良玉犹豫了会，将她叫住：“你在家中等我。”

柳文昭未来得及为秦良玉这要外出的夫君一般的话脸红，便急道：“将军，您别瞧奴家生得文弱，其实奴家也是有真本事的，届时若有事，奴家一定跑得最快。”

说完之后，屋中有一瞬的沉默。柳文昭后知后觉话说得有些不对，又慌忙补救："奴家是说，届时奴家绝不给将军添麻烦。"

秦良玉似才缓过神来，安抚般拍了拍柳文昭瘦弱的肩膀："此行凶险，你乖，在家等我。"

众所周知，秦良玉英气逼人，此时再说上这么令人浮想联翩的一番话，柳文昭自然是找不到北了，当下连连点头，乖巧道："奴家知道了。"

秦良玉和马千乘渽即日起程，因想早些到目的地，所以他们连马都未骑，一路飞着便走了，当真是太过嚣张。

此番两人来播州，并未惊动任何人，在街上找了家不起眼的小店便住下了。

马千乘的轻功在秦良玉之上，一飞起来便有些控制不住，秦良玉虽也未比他差到何处，但总归是有些吃力，所以一到地方，马千乘便将自己的身子朝床上一抛："玉玉，我先睡一会，你若是饿了，自己去楼下吃些东西，莫要管我。"

秦良玉应了一声，顾自去到楼下，随意在桌前一坐，小二极其有眼色，立马扔下手中抹布，端着茶壶小跑过来伺候："客官要吃点什么吗？"

秦良玉道："随意上些爽口的特色菜便好。"

小二就喜欢如此随性的客官，当下笑得几乎不见双眼："好嘞！客官您慢坐稍等。"而后他便拎着茶壶跑了。

播州因运输条件之便，乃是块生意宝地，不少商贾归家总会路过此处，有路途远的自然还要住上一夜，所以这家客栈的生意倒是兴隆。此时秦良玉身旁已是座无虚席，众人侃侃而谈，夹杂着各地口音，听着倒也热闹。

秦良玉独自占了一张桌子，百无聊赖地打量着门口的过路人，昏昏欲睡之时忽然见一位身着襦裙的姑娘迈进门槛，身后还跟着几个女子。

为首的女子交领上襦为檀褐色，下着黑底缀朱红碎花的十幅月华裙，腰间坠了条玉佩，走起路来，摇曳生姿，想来是位大户人家的闺女。秦良玉不由多瞧了几眼，不料正对上对方的视线。少顷，那女子回头对身后的人说了些什么，那人点点头，便快步朝秦良玉走了过来，先是从头至脚将她打量了一遍。

此番出门，为了方便行事，秦良玉依旧着了劲装，极为普通。

想必那姑娘见她穿着随意，也知她不是什么惹不起的人物，随即不客气地开口："我家小姐想坐这张桌子，劳烦公子让一让位子。"

秦良玉像是听了什么笑话一般，"嗤"地笑出了声："我若不让呢？"

那人愣怔了一下，似是从未见过秦良玉这号人，随即反应过来，将桌子拍得一颤："你放肆！"

秦良玉来了兴致，侧身而坐，手顺势在膝上一搭："我放肆了，你要如何？"

"你！"

那人被秦良玉噎得说不出话，顿了顿脚，又转身跑回主人身边，也不知是说了什么，最后为首那姑娘莲步轻移，在秦良玉面前站定。

姑娘生得端庄秀丽，一双蛾眉似柳叶，杏目圆睁，似是不满秦良玉的所作所为，开口便指责道："你这人倒是野蛮，大家皆是住宿之人，我方才瞧你又不吃饭，为何占着这一张桌子？"

秦良玉轻笑一声，面皮子却仍是绷得极紧，从容地问："这客栈是你开的？不吃饭就不能坐着了？"

秦良玉从不与人多费口舌，以往也鲜少如此与人抬杠，但偶尔抬起杠来，也是不在话下。

小二一见这边情形不对，为防止事态发展到不可收拾的地步，急忙过来打圆场："姑娘，我们二楼是有雅间的，不如请姑娘移步楼上？"

姑娘也是个有骨气的，微扬下颌："今日我一定要坐这张桌子。"

小二搔了搔后脑，为难地看了眼秦良玉："那客官，不如您去二楼雅间？我们不另算钱！"

秦良玉岿然不动，托腮望着姑娘："不去，我也就坐这。"

眼见动静越闹越大，小二欲哭无泪，其余食客也都不吃饭了，极有默契地在一旁看起了热闹，有几位不嫌事大的还起了哄："不如小娘子来我们这桌坐啊？我们这桌可是宽敞得很。"

姑娘大约从小被养得好，从未受过这般委屈，眼圈越发红了，气极之下，抬手便要给秦良玉一记耳光。

秦良玉见她如此无理，也没了逗弄的兴致，连手都省了，抬脚便朝姑娘的手腕踢去。因她的力道未控制好，致使姑娘一个趔趄，整个人扑在了对面的桌上，但听"稀里哗啦"一阵声响过后，原本好端端地搁在桌面上的盘子皆掉落在地，姑娘的衣襟上沾满了油渍，很是狼狈。在众人的哄笑声中，她的眼泪登时滚落了下来。

马千乘下来时见到的便是那姑娘跌坐在瓷器碎片中擦着眼泪的情景，而秦良玉却端坐在长凳上神色冷清。

屋中气温登时降了些许，小二连连擦拭着额角的汗，时不时偷偷打量着眼前的情形。

听见脚步声，秦良玉回头瞧了一眼，见马千乘站在楼梯处，周身戾气比起往日要重上一些，秦良玉觉得，他的这股戾气来源于起床气。

“发生了什么事？”马千乘开口询问，又不动声色地将秦良玉瞧了一遍，见她并未吃亏，心下松了口气，这才瞧了眼捂着脸哭泣的姑娘，“这位是？”

秦良玉挑了挑眉：“不知道是谁家跑出来的疯子。”

姑娘闻言抬起一双泪目：“我才是从未见过你这般的……”话未说完她突然瞧见站在秦良玉身旁的马千乘，话语一顿，眼泪也忘了擦，“肖容哥哥？”

被人叫了名字，马千乘亦是一愣，又仔细瞧了瞧姑娘，辨认出她是何人之后，额角青筋隐隐跳动，他无奈地瞧了秦良玉一眼，过去将那姑娘扶了起来，问：“你怎么跑到这来了？”

姑娘哭得更伤心了：“我母亲今日又同夫人吵了起来，眼下我们在府上的日子不好过，母亲她不便出府，便让我出来避上几日。”

秦良玉右眼皮跳了几下，不知对方原来竟还是个熟人，她登时觉得不自在起来，话语中带着悔意道：“我方才……我方才其实也不是有意的。”

马千乘安抚地拍了拍她的肩膀，凑到她耳边：“应当是她不讲理在先，我的玉玉是什么人，我自然是知道的。”

秦良玉只差跪在地上给马千乘磕几个响头了，她头一次深刻地认识到，马千乘有时的确是个深明大义的人。

马千乘扶着那姑娘在长凳上坐下，对着秦良玉介绍道：“这位是杨叔父的小女儿，杨宛若。”

杨宛若是何人秦良玉不知道，但杨应龙的小女儿她是知道的，就是那位与马千乘有婚约的姑娘。

秦良玉“嗯”了一声，反应不大，直接将地方给二人腾了出来：“那你们慢慢聊，我上楼去歇一歇。”

马千乘有些头疼地瞧着时断时续抽泣着的杨宛若，若是就这么将她扔在此处不管也不妥，但他又委实不想与她多费口舌，正要胡诌个由头离开，便被杨宛若扯住了袖子：“肖容哥哥，正巧你在此处，这几日我便与你待在一起好不好？我这次是一个人跑出来的。”

马千乘：“……”

因白日里赶路跑得有些疲乏，秦良玉虽有些饿，但终是敌不过倦意，不过一刻她便觉眼皮发沉，偏头睡了过去。月上中梢时分，她又被隔壁传来的细微声响惊醒，那声音听着像是摩擦声。秦良玉登时清醒过来，竖耳又听了片刻，却良久未再听到响动。

她从床上坐起，利落地套上衣裳，蹑手蹑脚地走到门口侧耳细听。除去大堂隐隐约约飘上来的交谈声外，似乎还有一阵刻意放轻的脚步声，脚步踩在年久的地板上，偶尔发出“吱呀”的声响。

秦良玉悄悄推门，从门缝中见有两道身影正往二楼深处去，肩上还扛着个人，两人走过转角，肩上那人一条手臂垂下，秦良玉微微蹙了蹙眉，暗道今日当真是有些倒霉，被扛着的那人不是杨宛若是谁。

她轻叹一声，对方毕竟是马千乘的未婚妻，就这么放任她被绑走也确实有些不厚道。秦良玉直接将门拉开，朝那二人追去。

那两人的身手极快，秦良玉一路施展轻功才能瞧见二人的身影在两旁房子的阴影中穿梭，忽明忽暗。杨宛若似乎被下了药，此时安静得过分。

秦良玉张了张嘴，顺便灌了满腹的凉风，胸口微微发疼，她淡然道：“喂！别跑了！”

那两人一惊，停下步子回头瞧，双目含着愤恨之意。

秦良玉跑得热了，右手在腮边扇着风：“你们把肩上那姑娘放下。”

两人不准备同秦良玉废话，扛着杨宛若的那人转身继续前行，另一人则留下同秦良玉周旋。

眼见那人渐行渐远，秦良玉叹了口气：“跑那么快做什么？”她同留下那人对视一眼，语重心长道，“你们要抢她回去做压寨夫人？若是要找压寨夫人，也莫要找她那一类的，日后有你后悔之时。”

那人见秦良玉满口胡言，直接改掌成拳攻了上来。

秦良玉原本是想分散那人的注意力，自然是紧紧观察着对方，此时她从容地避开那人一击，足尖点地，跃至一旁的老槐树上，伸手折下一条树枝，回手便直直刺了出去，动作极快，有如闪电。

那人脚下一个趔趄，眼中的恨意越发浓烈了起来。

秦良玉瞥见对方的视线，不用多想也知他们定是自己的仇家，也不愿同他多做缠斗，便招招攻其要害。十招过后，那人明显体力不支，秦良玉最后一掌拍向那人心口，但见他双目瞪大，嘴角溢出鲜血，后退几步终是倒在了地上。

秦良玉方才已是手下留情，此时见那人尚有余息，也便不再管他，追着先前那人的方向而去。

一路追至荒野便失了线索，秦良玉正沉思间，又闻手旁树林深处传来一声号哭，那尾音上翘的调子，听着便像是大户人家的闺女哭出来的。深更半夜在郊外哭，秦良玉觉得那人不是疯子便是杨宛若了，当下便循声追去。

百木皆枯，秦良玉的速度又极快，身上难免被枯枝刮破。荒郊野外又有猛兽出没，深山处狼嗥声似乎响在耳畔，余音不绝。秦良玉向前追了大约有十余里，终是见到肩上扛着不断挣扎哭闹的杨宛若的黑衣人。

“还跑？”秦良玉有些不屑于黑衣人的自不量力，旁的先不说，若是论跑，即便不施展轻功，眼前人也决计是逃不了的。

那人不回头也知是秦良玉追了过来，此时不见同伴的身影，他心中瞬时间便紧张了起来。两人中间隔了一段不近的路，但秦良玉胜在独自一人，肩上并未负重，所以很快便拉近了同那人的距离。

“怎么不跑了？”

秦良玉将那人逼至断崖边上，懒洋洋地盯着目露凶光的男子。

尚在抽咽的杨宛若此时也知道有人来救自己了，当下便放声哭了出来。秦良玉只觉脑袋“嗡”的一声，而后便涌起一阵无力感，无奈地瞧着杨宛若双腿蹬得有如筛糠，她将视线朝一旁撇开些许：“别哭了。”

杨宛若自然是不买账，哭得越发大声，大有不断气不罢休之意。

黑衣人也被她哭得烦了，咬了咬牙，直接抬手将杨宛若朝断崖下扔了出去，冷声道：“让你们也尝尝失去亲人的滋味。”

秦良玉想补救却已来不及，只能飞身扑过去，紧紧抓住杨宛若的手，两人一同跌下断崖。

杨宛若此时已是呆若木鸡，秦良玉瞧她满脸泪痕也未呵斥，只抽下腰间布带，费力回身，欲将带子一头缠上崖边枯树。无奈两人下落的速度过快，秦良玉只能弃带，改用手去勾住树干。

“你抓紧我。”她分神地瞧了眼下方，叮嘱神情有些恍惚的杨宛若，而后右手一个使力，终于在快接近崖底时抓到了一截斜伸出来的老树。

只听细微的“咔嚓”一声，秦良玉面色一白，而后老树再也无法承她们的重量，两人短暂停顿过后，直直地朝地上摔去。

因中途秦良玉顿了一下，所以两人落地时不至于丧命，只是也因方才那么一下，秦良玉的手臂脱臼了，此时她瞧着面色惨白的杨宛若：“受伤没有？”

杨宛若这才如梦初醒一般，爬起来扑进秦良玉的怀中失声痛哭起来。

秦良玉咬了咬牙，忍耐半晌，委实忍不下去了，才道：“你压着我胳膊了。”

杨宛若哭起来便不管不顾，不但不放手，反倒越抱越紧。秦良玉想起小时老五秦民屏夜里爱闹觉，亦是如杨宛若这般哭闹不停，但对付秦民屏，秦良玉自然是有办法的，拎起来打一顿便好了。

她抬了抬左手，觉得若是自己这一巴掌拍下去，杨宛若大约只会哭得越发惨淡，所以她便改为拍了拍她的背：“别哭了。”

杨宛若今夜所受惊吓太过，先是在梦中被人从床上扛到郊外，原本就又惊又惧，而后又经历了坠崖一事，眼下虽是保住了性命，但心神依旧不宁。为防夜半被猛兽袭击，两人在树上将就着过了一夜，期间杨宛若几次惊醒，紧紧抱着秦良玉的手臂方能再度入睡。秦良玉因常年习武，觉本就轻，又加之手臂脱臼有些疼，所以一夜更是未曾歇息好。早上醒来时，她只觉腰酸背痛且手臂发麻，反观身旁的杨宛若睡得一脸香甜，浓密的睫毛时不时轻颤，瞧得秦良玉满腔怒火无从发泄。

崖下气候不比上面，入夜后异常寒冷，秦良玉有内力护体，这么睡一夜倒不觉如何，但那杨宛若便不行了。秦良玉低头瞧了她半晌，这才后知后觉她面色似乎过于红润，秦良玉心中一惊，伸手覆上她的额头探了探，只觉手下热意太甚。

她推了推杨宛若，见她醒来才开口：“你发烧了，莫睡了。”

杨宛若眼中甚是茫然，瞧了秦良玉半晌，又朝她靠了靠：“好冷啊。”

秦良玉蹙眉，她身上也没有多余的衣裳，不能脱下给杨宛若取暖，只好将人揽入怀中，强忍着身上的鸡皮疙瘩，淡然道：“你坚持一下，眼下天亮了，肖容找不到人，自然会来寻。”

秦良玉所说不假，店小二早起去给各屋送热水时，秦良玉的敲门却不见里面有人应声，他搔了搔头，正要下楼，转头便见马千乘披着晨雾拾级而上，两人对上视线，马千乘眉头一皱。

小二忙道："大爷，我方才敲门，里面无人应门……"

马千乘眼中聚起疑惑，大步跨了三阶楼梯，直接伸手将门推开，见室内还算整洁，只是床上锦被有大半铺在地上，想来主人起床时十分着急。他走过去摸了摸床单温度，只觉冰凉一片，估摸着秦良玉离开屋子起码有两个时辰了。马千乘周身笼了层戾气，而后突然想到了什么，转身疾步走了出去，到了杨宛若的房间一瞧，果然也是空无人影，他抚了抚手掌，沉默不语。

日光曚昽，空中罩的那层薄雾正幽幽南行。街上人烟初起，路边食摊已开门迎客，笼屉上白烟袅袅，被风一拂，斜上九天。

马千乘一路沿街寻向城外，前几日刚下过雨，土地被浸湿，瞧着泥泞不堪，但凡是长了脑袋的人都不会从这上面走，所以整片土地还算整齐。马千乘正举目远眺时，余光见身侧有一红毛小兽飞快跑过，他不由追着那小兽朝东面瞧了一眼，见远处的地上，除去一行小巧的蹄印之外，还有另一排稍显凌乱的脚印，他沿着脚印一路寻向树林深处。

杨宛若一直蹲在树上捏着袖袍拭泪，哭得好不可怜。秦良玉面上愁云不散，时不时不耐烦地环顾四周，她本已转回的头又猛然转向身后。

不远处，马千乘好整以暇地倚在一处石壁上望着她。

初时她以为自己瞧错了，愣了愣，毕竟人在又饥又累时是极容易产生幻觉的。她又眨了眨眼睛，见马千乘依旧好端端地站在那里，一时竟有些无语凝咽。

杨宛若哭得起劲，半晌未听见秦良玉说话，不禁抬头瞧了一眼，正见她怔怔地朝自己身侧望着，十分动容的模样。

杨宛若吸了吸鼻子，也不明就里地随着秦良玉的视线望了望，在瞧见那抹如松身影之后，她知道自己终于得救了，之后更是哭得梨花带雨。

马千乘见到秦良玉，心中狠狠地松了口气，抬脚朝二人走去，离得近了，瞧见秦良玉右臂上缠着布带，浓眉紧蹙："你怎么了？"

秦良玉不甚在意地将手臂往回收了收："嗯，没什么大碍，就是落崖的时候脱臼了。"而后她稍稍动了动微酸的肩膀，"你怎么找到这来的？我以为还要等上个一两日。"

马千乘斜睨了静坐在一旁痛哭的杨宛若一眼，言简意赅："偶然发现了一串脚印，顺藤摸瓜，你知道，毕竟以我的才智，这些都不是什么问题。"

杨宛若忽然止住哭声，惊呼道："那应当是寻到了断崖边，你是怎么下来的？"

说起如何下来的，马千乘突然觉得浑身酸疼起来，这种酸痛仅次于年少时初次骑马的酸痛。他当时下断崖委实费了不少工夫，那崖壁陡峭，可谓是步步惊心，脚下稍有不慎便会坠落、跌伤甚至丧命，但这话他自然是不会说出来的，是以只敷衍道："顺着崖壁便下来了。"他默了一瞬，"你们二人眼下伤的伤、病的病，一会上去后先去医馆，其余的事情先放一放。"

对于马千乘的话，杨宛若自然是听进了耳中的，当下拉着他的手臂："肖容哥哥，那我们现下便走吧，我太难受了。"

马千乘弯腰掸了掸衣摆上的灰，不动声色地避开了杨宛若伸过来的手，转而去拉秦良玉，笑道："玉玉啊，你还在这坐着？手不疼了？来来来，哥哥背你。"

秦良玉正想不如借此机会，光明正大地去杨府，被马千乘这么一拉，吓了一跳，抬头正撞进马千乘略带担忧的眼底，她不禁一怔："我自己已接上了，多谢。"

马千乘掀开她的衣袖瞧了一眼那尚在红肿的手臂，眉头皱得紧了，强硬道："少废话，上来。"

有马千乘在，几人从崖底攀上崖顶少了不少难度，期间杨宛若一直啜泣，烦不胜烦。双脚再度踏在平地上，马千乘与秦良玉直接黑着脸带杨宛若去找大夫了。

街中医馆内。

杨宛若肿着双眼睛进门，大夫以为她身染恶疾，当下为其把脉，手一搭在杨宛若腕上，便没好气地瞥了她一眼："不过受了些惊吓，回去喝些药便好了，怎么哭成这副模样！"

大夫话落便起身离开了，随意为杨宛若开了药，而后又转头瞧了瞧端坐在凳子上的秦良玉："你这是？"

秦良玉垂了垂眼皮："脱臼了。"

大夫给秦良玉接骨的工夫，杨宛若一直未曾闲着，坐在一旁同马千乘没话找话：“肖容哥哥，不如你同我一道回府吧？父亲前几日还说起你了。”

马千乘一双眼盯在因疼痛而额角遍布汗意的秦良玉身上，无暇顾及杨宛若的话。倒是青筋直跳的秦良玉闻言倏然转过头：“如此也好。”还省得她自己开口了。

从医馆出来，杨宛若似乎比往日还要脆弱上不少，红着眼睛对马千乘道：“肖容哥哥，我现在就想回家。”

马千乘瞧了杨宛若一眼，正要开口，便被秦良玉拦住了话头，她抢在马千乘前面道：“好。”

马千乘饶有兴致地瞧着秦良玉，片刻也随着道：“好。”

杨府在长街的北面，距离适中，几人直接步行过去。

杨家的门房年纪不大，一直奉马千乘若神明，风和日丽之下，忽然见到神明的身影与自己越来越近，门房当下激动得不能呼吸，急忙在腿侧擦了擦掌心的汗，而后飞快奔进门通报。

此时杨应龙正在后院陪着田雌凤游园，听到下人说马千乘与秦良玉来了，立时抛下正在兴头上的田雌凤，亲自出门相迎。

杨宛若哭哭啼啼地将这几日发生之事与杨应龙说了一遍，末了又道：“父亲，今日您一定要让厨房多做些饭菜。”

杨应龙见小女儿撒娇，登时摸不到东南西北了，再加之今日马千乘与秦良玉也来了府上，自然是不能怠慢。

晚上，杨应龙摆宴于田雌凤的锦绣园，又命人去请张氏。

杨应龙同张氏这些年的关系一直不十分融洽，后来田雌凤又在中间多加挑拨，此时更是濒临破裂，所以虽有下人去请，但张氏打定主意不给杨应龙面子，一刻过去竟是不见人影。杨应龙碍于马千乘同秦良玉在，不便发火，沉着脸又差一人去请，一旁的田雌凤见状在他耳边娇声道：“老爷，你瞧瞧她，当真是不懂礼数，无论如何她也是骠骑将军的正室夫人，即便同老爷你再赌气，也不能丢了你的颜面不是！”

杨应龙早就对张氏失了耐心，此时听了田雌凤的话，更是气得牙根直痒，左等右等等不来张氏，杨应龙直接离席，亲自去拎人。

杨宛若见杨应龙走了，在桌下踢了踢秦良玉：“我爹他一时半会定是回不来，我带你在府上逛逛。”

还未等秦良玉开口回绝，杨宛若便顾自对着与马千乘说话的田雌凤道："母亲，宣武将军说要逛逛园子，我先带着她四处瞧一瞧。"

说罢她便拉着秦良玉在府上逛起了园子。

秦良玉跟在杨宛若身侧，回想杨宛若方才说话时田雌凤的神情，登时觉得自己好似没有见过世面一般，不过既然印象已成，倒也不如趁此机会好生了解一番这杨府构造。

她从杨家门口打量到内院，先前她虽说已来过几次，但终归不如此番能光明正大地逛园子。这一眼瞧下来，她只觉这院子比起京中那首辅的府院还要阔气，整座宅子分前后两部分，宅中院落重重，双侧还有跨院，这规模堪比亲王府。

秦良玉越瞧心越凉，眼下即便有人将刀架在她的脖子上同她说"杨应龙为人清廉，忠孝朝廷绝无二心！若是不信便一刀砍了你"，她也是不信的。

身旁的杨宛若开了话匣子便有些合不上，此时见秦良玉走神，不满地伸手在她面前上下晃了晃："我说的话你听见没有啊？"

秦良玉回身，皱眉瞧着她："你方才说话了？"

杨宛若一脚踩上秦良玉的鞋面："我方才说，张氏这些日子虐待我和母亲，我们院中下人的工钱是最少的，屋里也是最冷的，连被子都是最薄的！"杨宛若面上愤愤，"若不是她娘家还有些门道，我父亲早就将她休了！"

秦良玉登时被口水呛了一下，顿觉读万卷书、行万里路皆不如听杨宛若一席话。她环顾四周，见下人跟在她们身后十步远的距离，这才松了口气，无奈地摇了摇头，低声问："你以前也是这么说话的吗？你是怎么活到这么大的？"

杨宛若翻了个白眼："我才不管那么多！反正我父亲最疼我！反正我这些年一直是这么说话的！反正我也活到了十四岁！"

秦良玉揉了揉额角，只觉得张氏不愧能坐上主母之位，修养当真是极好的。若她眼皮子底下有个这么聒噪且不知天高地厚之人，她非一刀砍死这人不可！

秦良玉随杨宛若走了没多久，杨宛若便按着小腹哭丧着脸道："我肚子突然好疼啊，你在这等我，我去去便来。"

秦良玉点头，望着她的背影道："定是你方才聒噪时，嘴的张合度未把握好，所以灌风了。"

杨宛若小腹的绞痛来得急，走得十分匆忙，这偌大个杨府，秦良玉也不便随意走动，生怕撞上什么闹眼睛之事，她便老老实实地待在了原地。杨宛若走时曾吩咐下人不许离开此处，所以丫鬟们也不敢靠前。几人一前一后这么站着，静听晚风呼啸，秦良玉被风吹得委实受不住，去了前方游廊处避风，正要倚着柱子坐下，忽听斜刺里传来对骂声。

先是一道带着嘲讽的女子嗓音："哦？你这时候想起我这个夫人来了？先前你同石砫覃氏勾搭成奸时，怎么没想过要来请我同行呢？"

秦良玉皱了皱眉，暗道这又不是逛青楼、赏春宫，撬个旁人的老婆还要请自家夫人一起观看？想到最后她又觉得哪里不对。

石砫覃氏？石砫，覃氏？那不是马千乘的母亲吗？

一声清脆的巴掌声响将秦良玉骇得从游廊上站起来，她对旁人的家务事并不感兴趣，也不想探头去瞧里面的情形，转身便要走。

又听男人道："你少在这胡说八道！日日拿着这些事来烦我！我同你夫妻多年！我是什么人你不知道？竟轻信旁人的流言！你当真让我寒心！"

女子冷笑："我与你夫妻多年，自然知道你是什么人，所以我才信了旁人口中的那些话！"

话落后，两人似乎是撕扯起来，半晌，女声一边喘着粗气一边哭道："你让我同那覃氏结交，我便结交了！我顾着夫妻情分，对你那些破烂事睁一只眼闭一只眼，从未揭穿过你！马千乘来府上时，我亦招待了他！我时时处处想着你！你眼下却因那田雌凤来质问我！她同你说我与旁人有染你便信！杨应龙你到底还是不是个人！"她歇了口气，"你别以为你眼下做的那些大不敬的事我不知道！你最好让那个骚狐狸莫要再来惹我！若惹恼了我，你们二人我一个都不会放过！"

不消多想，这对话的二人定然是杨应龙同张氏。

话题有些尴尬，秦良玉面色讪讪，迈步间又见杨府的下人带着马千乘前来寻她。她急忙朝他小跑过去，拉着他的手臂便按原路折返，生怕杨应龙同张氏吵架的内容传到他耳中。

"你做什么？怎么如此慌张？"

马千乘一脸莫名地被她拉着往回跑，下意识回头去瞧，想知道是什么物种竟能将大名鼎鼎的宣武将军秦良玉吓得飞奔。

秦良玉边跑边沉声道："嗯，莫要啰唆。"

平心而论，此时秦良玉对着马千乘也不知该说些什么，虽然方才那话她也不知是真是假，但无风总是不起浪的，她亦很想问一问马千乘："你爹是不是被你娘绿了？”但总觉得这话问出之后，她大约是没有命精忠报国了。

两人一路疾驰回到锦绣园，却见杨应龙同张氏已端坐在席上。杨应龙天庭饱满、地阁方圆，带了副官相，身旁的张氏生得也端庄，只是面色十分不好，两人坐在一处，说不出的怪异。

秦良玉拉着马千乘的手一僵，随即飞快地收回手，垂眸将眼中的探究之意掩住。

“快些来坐。”杨应龙开口邀二人落座。

席间杨应龙关心了马千乘近来的情况，囊括了衣、食、住、行，还包括了他母亲。

此话一出口，除杨应龙外，席间其余几人皆面色微变。秦良玉特意以余光瞧了马千乘一眼，见他薄唇微抿，心中忽然有了个大胆的猜想。

是不是他也知道他娘背着他爹做了件大事？

散席后，天色已晚，秦良玉的房间同马千乘的挨着。她心里装不住事，总想着去马千乘面前转一转。她挺了挺身板，推门而出，见隔壁屋尚掌着灯，这才放心大胆地敲了敲门：“肖容，是我。”

须臾，马千乘的声音从屋中传来：“门没锁，自己进来。”

马千乘有每日入睡前同天未亮时锻炼的习惯，他此时正在屋中做着俯卧撑，秦良玉不知他已做了多少，但见他面色如常，唯有脸颊两侧挂着些汗水。

她忽然想起幼时父亲曾教过她，若是有求于人，态度定要积极友好一些，所以她当下从屋中的架子上取下毛巾，对马千乘道：“我帮你擦擦。”

寻常姑娘家若要给人擦个汗，皆是青葱玉指捏着帕子一角，动作轻柔，一点一点压去薄汗。但秦良玉显然不是个寻常姑娘，她大摇大摆地拎着帕子走了过来，先是将帕子抖开甩了甩，而后将一整张帕子糊在马千乘的面上，双手一扣再向下一拉。起初马千乘心中还觉有暖流划过，微扬着一张俊俏的小脸，等着突然转性的秦良玉为自己擦汗，可待那帕子当真如暖流自脸上划过后，他只觉面上传来比暖流要胜上许多倍的火热痛感。

马千乘额角青筋直跳，咬着牙从地上站了起来，黑着脸看秦良玉：“你往日就是这么擦汗的？”

秦良玉不明所以，呆呆地点了点头，邀功道：“如何？感觉还不错吧？以前我母亲不在家，我父亲就是这么给我们兄妹擦脸的。”

马千乘一时接不上话，想摔门而出，又记起这是自己的房间，没好气地瞧着她：“你来我房里只是为了帮我擦汗？”

秦良玉的胸膛起伏了几下，还是没勇气将那含在嘴里的话问出，悻悻地揉了揉鼻尖：“嗯，是想瞧瞧你一般都是如何锻炼的，我取取经。”

秦良玉以往从未有过如此主动的时刻，所以马千乘的脸虽然还在疼着，仍是忍住未下逐客令，但也不搭理她，俯身而下，继续方才未完的运动。

许是常年习武的原因，马千乘身上的肌肉紧实却不夸张，身姿颀长匀称，腹上肌肉分明。秦良玉觉得他大约便是人们口中说的脱衣有肉，穿衣显瘦那一类，不由踱步到马千乘身前又细细瞧了瞧。

马千乘未抬头，却已收到了秦良玉的视线，随即开口：“怎么，忍不住想摸摸哥哥我？”

秦良玉轻笑一声，不无轻蔑：“我大哥往日锻炼时，都让我坐在他背上，我瞧你骨骼清奇，想必是天生练武的好手，不如让我来检验一下你这些年的功课？”

马千乘似是听到了天大的笑话一般，以眼神示意秦良玉坐到他背上来。

秦良玉人虽瘦，但自幼身量高，比起马千乘，也只矮了一指多一些。她面色严肃，轻轻地坐在了马千乘的背上。

隔日杨宛若起了个大早来叫马千乘和秦良玉吃饭。进门时见马千乘背对众人，似在遮掩什么，不由跑上前拉住他的衣袖：“肖容哥哥。”

马千乘面色躲闪，身子虽被杨宛若扯了过去，但头尚微偏。

杨宛若也觉出不对，探着脖子打量，这才瞧见他左颊有擦伤，伤口虽已处理过，但那红彤彤肿起的一片，瞧着仍是触目惊心，她瞠目结舌，问道：“肖容哥哥，你的脸怎么了？”她回身想叫下人再去拿些药来，却正好撞见神色略微忐忑，准备路过马千乘屋门口的秦良玉，她嘟了嘟嘴，将秦良玉叫住：“你做什么这副样子！是要去偷东西吗？”

秦良玉身形一僵，尽量坦然地转过头，对上马千乘的视线后，两人面上俱是尴尬。

马千乘右掌虚握成拳，抵在唇前咳了一声：“嗯，我昨夜不当心撞到了柱子上。”

杨宛若为人骄横跋扈，但好在头脑简单，马千乘说是撞到了柱子上，她便信他是撞到了柱子上，当下转身而出："肖容哥哥你等等我，我才记起房中有母亲去天山求的金创药，擦上就好了。"

秦良玉站在门口，少了杨宛若在，此时她进退维谷，想了想，觉得还是有必要同他说一说昨晚上的事。她抚了抚手掌，踌躇道："你昨晚说我是骗子，但其实我并没有骗你，我大哥往日锻炼时，确实是将我放在背上，但他……已有许多个时日不曾锻炼了。"言罢地煞有介事地数了数指头，"大约有一千多个日子了。"

秦良玉来杨府，为的是在此处找到杨应龙谋反的蛛丝马迹，或许是上天垂怜，杨应龙这几日许是有事，鲜少在府上待着，马千乘又甚得他的喜爱，所以他去哪都爱叫上马千乘，秦良玉不便跟着，只好同杨宛若在一起。但杨宛若天生便是富家小姐的身子，但凡走上两步路必然要喊几声累，每每去街上，身后亦要跟着顶红缎作帏、辅以垂缨的女轿，所以除去那几日被田雌凤赶出去避难，其余时候她大多都是待在府上，这使得秦良玉日日能撞见张氏同田雌凤剑拔弩张的情景。

按理说你若厌烦个什么人，那走路都是要躲着的，宁愿绕出二十里也不愿同那人打个照面，但这二位贵人大约是心情不好，所以她们是不讲理的，明明抄近道可以避开对方，她们却执意要绕远路相会。

秦良玉拿着棒槌敲核桃，不时将屁股下面滑出的椅子棉垫子正一正，而后端坐在假山半腰的亭子中朝下观望。

但见山下两位贵人横眉竖眼，面色不好，想也知道她们出口的话好听不到哪去。但好在两个人也记着自己的身份同眼下所在的场地，并未做出互殴等激烈的互动，只在口头上讨些便宜，比如"徐娘半老了，这衣裳再华丽又有何用？简直是浪费"，又比如"天生奴颜婢膝之相，登不了大雅之堂，只配在房中术上有些造诣"。

秦良玉见两人委实骂不出什么花来，也便不再用心听，待又砸开两枚核桃之后，见张氏率先往后院去，田雌凤在原地又站了站，后向相反方向而去。

秦良玉这才拎着棒槌从假山上直接飞身跃下。今日杨宛若的古琴老师来府上教学，秦良玉难得有喘息的工夫，正要独自去街上转转，又见不远处从其他藩国引进的不知名的花丛之上，显露出本已离开的张氏的半个身子。

秦良玉急忙闪身避至花丛中，瞧见张氏步履匆忙，朝田雌凤的院子走去，片刻后又折返回来，再次离开。

秦良玉被花枝刺得不舒服，向前蹲行几步要站起来，又听田雌凤院子的方向传来一阵脚步声，她托腮又缓缓地挪了回去，透过花丛间隙，她望着满目算计的田雌凤追着张氏离开的方向而去。又静待半晌，见一时半会的确不会有人再出现，秦良玉这才捂着腰从花丛里钻出，跟在田雌凤身后，想瞧瞧她带着方才那样的神情，到底是要做些什么龌龊事。

秦良玉一路追至府外街上，却已寻不到两人的踪迹。秦良玉有些懊恼，想她偷懒多日未曾锻炼，竟连两个手无缚鸡之力的女人都跟不上了。

“你在做什么？”

马千乘方才在酒肆二楼便瞧见秦良玉健步如飞地从街角拐出来，只因身旁坐着杨应龙，所以不便开口叫住她，此时见她要走，他这才从酒肆追了出来。

秦良玉抬头瞧了眼身后的酒肆，后知后觉道：“你同骠骑将军在此处吃饭？”

马千乘点头：“你人生地不熟，莫要在街上乱跑，哥哥不在你身边，你若是摸不回去怎么办？”

秦良玉沉思片刻：“我沿路打听总会回去的，你莫要让骠骑将军等久了。”

马千乘回到楼上，见杨应龙在对自己笑，眼中满是了然：“贤侄喜欢宣武将军？”

马千乘扬唇一笑，丝毫未有遮掩：“是。”

杨应龙朗声大笑，中气十足：“我就说上次你为何拒绝同娇娇的亲事？原是有了意中人，想来是叔父年纪大了，考虑事情不周到，幸好未做出那棒打鸳鸯之事，不然让叔父这张老脸搁在何处！”

马千乘抱拳：“叔父言重了。”

叔侄两人在酒肆喝到傍晚才回府，杨应龙平素也爱喝点酒，但无奈他的酒量不大，所以逢酒必沾，逢沾必醉，今次也不例外。他在马千乘的搀扶下，晃晃悠悠地回到田雌凤的屋子里。此时田雌凤早已从外面回来，见杨应龙满面醉态，吩咐下人打了盆热水来，亲自拧干帕子敷在杨应龙脸上。

鼻尖是熟悉的幽香，杨应龙即便未睁眼也知身前照顾之人是田雌凤，不由伸手握住那只柔若无骨的纤手，放在唇边一吻，而后又沉沉睡去了。

田雌凤见状伸手推了推他的手臂：“应龙你醒醒。”

杨应龙皱眉，试图睁了睁眼，发现委实睁不开，直接开口问：“怎么了？”

田雎凤回头瞧了眼屋中候着的下人，向她们挥挥手，下人们跟在田雎凤身边多年，登时会意，皆垂首倒退了出去，还不忘体贴地将门关死。

人都走后，田雎凤俯身倚在杨应龙手旁，开始递进式地吹耳旁风："应龙，今日翠竹去领工钱，管家说她上月打碎了碟碗要扣钱。按说将碟碗的钱扣除，也不会是分文不剩的，想来是翠竹手脚太笨了。"

杨应龙皱眉，有些不耐："明日你去找账房，同他说让他把翠竹的钱结了。"

田雎凤醉翁之意不在酒，又向他的胸膛贴了贴，继续道："这屋子的窗子前几日破了个洞，屋中越发冷了，娇娇昨日还发了烧，我差人去领些修葺的钱，不料账房说近日府上拮据，连夫人那院子的门坏了都未修。"

杨应龙被她念叨得有些头疼，直接从床上坐起来："这帮狗东西当真是越发放肆了！什么胡话都敢编！一会你差个人去将那说疯话的东西揍一顿，而后赶出府去。"

田雎凤见杨应龙发火，心中很是雀跃，但这份雀跃又不便让他发现，她便故作为难道："那可不行，那人是夫人的人，我不敢随意发落的。"说着她伸手在杨应龙胸前画着圈圈，"我以往那么敬着夫人，都会被她寻着由头责罚，自然不能主动去招惹她。"

"她是个什么东西！竟敢找你的麻烦！"杨应龙伸手揽过田雎凤，"你莫要惧怕她！若她再在府上横行霸道，你便让人告诉我！我非好生治治她！"

田雎凤应了一声，又似娇嗔道："可是你那么宠爱她，今日还带她去茶楼听书，都被我瞧见了。"

杨应龙闻言登时清醒了，一把抓住田雎凤的手，目眦欲裂："你方才说什么？我带着她去茶楼？简直是一派胡言！"

见杨应龙双目猩红，田雎凤急忙捂住嘴，随即又慌忙解释："老爷，我不是那个意思，兴许是我瞧错了，不不，一定是我瞧错了。"

杨应龙正处于盛怒之下，哪有心情听她辩解，翻身下床，连衣衫也来不及整理，便朝门外走。

说来也是张氏近日时运低，这边杨应龙刚迈出屋子，那边她便披着晚霞自外头而归。瞧见怒意横生的杨应龙时，她脚步一顿，面上露出几分怯懦，默了默，还是上前去行礼。

杨应龙满脑袋皆是田雎凤方才那番话，也不顾院中尚有其他下人在，直接抡了一巴掌扇在张氏的脸上。

张氏乃一介弱女子，惯性之下直接跌倒在地，嘴角流下一丝血迹。她趴在地上狠狠地瞪着杨应龙，一边脸颊高高肿起：“你居然敢打我？！”

下人们见状直接将手中的活停下，哆哆嗦嗦地跪了一地，皆垂着头盯着身前的鹅卵石，大气也不敢喘一口。当然其中也不乏机灵些的，悄悄跑去找马千乘。

马千乘闻讯赶到时，张氏已被杨应龙扣住脖子按在假山上，大有不掐死她不罢休之意。

马千乘心一惊，连忙上前制止：“叔父万万不可！”

紧随其后的秦良玉则推了推早已呆若木鸡的杨宛若：“还傻站着？没见要出人命了吗！”

杨宛若慌乱中向前迈了一步，突然又想起这些年张氏对她们母女的所作所为，遂又将脚收回，浑身颤抖地站在原地闭眼喊道：“我才不去给那个恶毒的女人求情！”

秦良玉一早便知杨宛若蛮横起来是不讲道理的，但未想过她不讲道理起来竟是不顾旁人生死的。

杨应龙此时已被自己臆想出的头顶绿帽之事逼疯，胸膛起伏厉害，手也越收越紧，马千乘抬手便想劈他后颈。

秦良玉大呼：“且慢！”

因情况紧急，她也顾不上收拾杨宛若，拔下她头上插的簪子，使力朝杨应龙弹去。簪子不偏不倚，正中杨应龙手肘处，他整条手臂一麻，不自觉地放开了扼住张氏脖子的手。

张氏铁青着脸，贴着假山缓缓滑倒在地，贪婪地呼吸着新鲜的空气，眼中惊魂未定，望着杨应龙时仍带着惧意。

马千乘一个箭步挡在杨应龙和张氏中间，伸手将张氏扶起，见她脸色实在不算好，又将她轻轻朝下人那边推了推，示意她先回避一下。

田雌凤一直坐在屋中透过门缝打量外面的情况，瞧见张氏呼吸不顺时，她只觉一阵快意在心中弥漫开来。今日尾随张氏上街，她瞧见了张氏同男子拐进了茶楼，不过那男子她认得，乃是张氏的叔父。她方才对着杨应龙胡诌，本意只是想挑拨杨应龙同张氏的关系，若是挤走张氏，自己坐上那主母之位，倒也算是意外收获。但方才瞥见张氏垂死挣扎时，她竟想让张氏就这么死了也好，后来马千乘和秦良玉出手时，她还觉得惋惜。

见事情平息之后，田雌凤理了理衣裳，款步走了出去。张氏不是傻子，杨应龙方才是从哪间屋子出来的，她瞧得清清楚楚。此时再一见田雌凤，方才所受的委屈同惊吓全数转成了滔天怒意，她推开搀着她的丫鬟的手，不顾往日仪态，飞快地朝田雌凤跑了过去，抬手便是一个巴掌将田雌凤打倒在地，指着田雌凤的鼻子："你日日朝我身上泼脏水，当真是歹毒至极！我自问以往没有做什么对不住你之事，你何苦如此相逼！"

杨宛若见母亲被打，也不甘袖手旁观，挣扎着要上去添乱，不料被秦良玉紧紧拉住，她气得在秦良玉身上又抓又咬。秦良玉被她闹得头大，见杨应龙未曾注意到自己，直接将杨宛若劈晕，而后交给下人带回房中。

田雌凤被张氏掌掴后，并不急着反抗，只从善如流地在地上一瘫，将在哪里跌倒便在哪里躺好，表现得淋漓尽致。她捂着脸放声哭起来，似是受了极大的委屈，哽咽道："自我进府，你便处处为难于我，以往老爷公事繁忙，几日不回府，你便不让厨房做我们母女的饭菜，这些你怎么不拿到台面上来说一说！"田雌凤哭得梨花带雨，擦泪的空隙不忘偷瞟杨应龙几眼，见对方被马千乘紧紧拉着，不甘心地号哭两声。

马千乘以往在军中，面对的皆是大老爷们，大家一言不合，便坐下来心平气和地互砍两刀，而后不论有什么事都可过去，相处之道极为简单，所以像眼前这种情况，他确实未曾遇见过，当下头疼地瞧了秦良玉一眼，后者则原封不动地将眼神还给他。

他们二人的处境尴尬，却又不能眼睁睁地瞧着几人混合双打在一起。

沉默片刻后，马千乘道："叔父，这里许是有误会，不如静下心来再谈此事，以免冲动做出日后会后悔的决定。"

杨应龙此时已十分清醒，想起马千乘同秦良玉尚在府上，即便再喜爱他，但毕竟不是自家儿子，所谓家丑不可外扬，也不能让他们看了笑话。杨应龙暗地里攥了攥拳，对张氏和田雌凤道："你们两个一会到我房中来！"

事情暂时得以平息，秦良玉松了口气，她掸了掸身上的灰，低声道："他们家的关系有些复杂。"

马千乘哂笑，一副习以为常的模样：“你在鸣玉溪能瞧见这样的场景？”

秦良玉想了想，淡定地摇了摇头。秦载阳到目前为止，只娶了容氏一人，并且也未有再娶的打算，所以以往在鸣玉溪时，大家惯常能瞧见的场景是秦载阳拎着棒子追着秦良玉满院跑，而非两个女人因后宅之事你争我斗。说起来，正因如此，秦良玉对这些事才格外束手无策。抬头见马千乘面上带着笑意，以为他是在耻笑自己见的世面少，她又反问道：“你在石砫能瞧见？”

马千乘想起家中情形，笑容一敛：“异曲同工吧，我母亲她一直因世袭宣抚使一事在暗处防范我。”

提到家中之事，马千乘的脸上露出一副不在意的神情，实则眼底那抹失落遮也遮不住。

秦良玉一时不知该如何安慰他，讪讪地问道：“难不成你母亲想让你弟弟继任？”

马千乘没有搭话，只是面色越发深沉。

秦良玉见状也知自己方才猜得八九不离十，当下闭了嘴，毕竟家家有本难念的经，有些事她也不便发表看法。

杨宛若醒来后便开始哭闹，要去找张氏报回那一巴掌之仇，被丫鬟死命拉着劝说：“小姐！夫人在老爷那里说话呢！您可不能去啊！老爷会打人的！”

杨宛若闹够了，坐在床上抽泣，吩咐丫鬟：“那你去父亲的屋门口守着，若我母亲出来了，你快些向我禀报！”

丫鬟领命匆匆而去，须臾又匆匆跑了回来：“小姐，夫人出来了。”

话落，见田雌凤由人搀扶着走了进来，面上仍肿着，可想而知，积压在张氏心底的怒火如何滔天。田雌凤见马千乘和秦良玉也在，原本要说的话又压了下去，对二人笑了笑：“今日让你们看笑话了。”

马千乘不接话，朝田雌凤行了一礼，又瞥了靠在桌边站着的秦良玉一眼，两人一同向田雌凤告辞。

回房的路上，马千乘面色深沉，摸着下巴道：“我跟了他几日，也未发现什么异常之处，若情况当真如你所说，想必他眼下是在防范着我们，不如我们先行离开，而且我们总离队，军中将士亦会有样学样，树不了威信，日后队伍不好带啊，不如我们先回去？”他与秦良玉尚年轻，军中不服他们的人多如牛毛，当初他头一次站在校场的高台上，俯视众人时，便听过人群中的窃窃私语。

"毛还没长全就来管老子？老子不给他些颜色瞧瞧！"

"呸！老子在战场上杀人的时候他还在吃他娘的奶呢！真是什么东西都敢来！"

想必军中众位并未将他放在眼中，所以有些人说话时连音量都不屑控制，一时各色杂音入耳，马千乘却依旧如座山一般，岿然不动，身形挺拔，如松如竹，只沉默地望着下面站着的年长他许多的众军士。

一刻过后，队伍终于静了下来，众人疑惑地仰首望着高台上波澜不惊的马千乘。但见一道黑影划过，方才说得最为起劲的几人皆被软鞭缠上腰际，而后凌空被甩向高台。马千乘一脚踏在其中一人胸口上，淡然笑道："如你们所说，老子毛没长全，但就是军法背得熟！"他脚下越发用力，那人嘴角有血迹缓缓流出，试图挣扎却无济于事，又听马千乘一字一句道，"多出怨言，怒其主将，不听约束，更教难制，此谓构军，犯者该当如何？"

那人只觉窒息，挣扎着吐出两个字："斩……之。"

尾音未落，软鞭如刀，带着破空的嗡鸣自那人颈前划过，伤口由细至粗，鲜血喷涌而出，片刻便染红了马千乘的脚下。他如嗜血修罗般，视线缓缓扫过台下众人，嗓音平淡："不服气的，继续。"

进军中的头一日，马千乘便给了那些老兵油子一个下马威，显然收效明显。但他知道，这种震慑只是暂时的，在军中若要服众，身份爵位是其次，关键还是要凭本事，大家皆是目不识丁的大老粗，只认得你是否考取了功名。

马千乘虽自幼读书，但因覃氏不同意他参加科举，所以便一直未去，左右他也不大在意这些。只是没有功名，在军中威信不好树，好在那时倭寇不断进犯，马千乘亦有幸带兵参战，遥记当时明军节节败退，他后率军三千赶到，因地制宜，重整作战方案，双方激战两月有余，倭寇五千退军二十里，终是不敌马千乘的攻势，彻底滚出明界。

算起来，那才是马千乘成名的一战，只是当时他将父亲的名字报了上去，所以知道此事的也只有石砫本地的士兵。

两人商讨后，秦良玉也觉此时杨府乱成一团，杨应龙日日守在府上，定会对他们严加防范，他们决计找不出什么证据，所以也决定同杨应龙辞行。

杨宛若闻讯赶来，哭哭啼啼地拉着马千乘的袖子："张氏都被父亲赶回永安庄了，眼下府上只有我同母亲了，你们怎么要走了？不行不行！再多留两日，我一个人在府上很是憋闷！”

秦良玉抱臂站在一旁不搭话，马千乘见状面露难色，一本正经道：“我不便再耽搁，若你有空，可以常去石砫走走。”

杨宛若一边顿足一边哭号：“我不让你们走。”

马千乘眉心皱成个“川”字，正要呵斥她几句，忽被秦良玉拉了拉袖袍。秦良玉瞧了面色不善的马千乘一眼，对杨宛若道：“至多两日。”

因两日时光委实太快，所以杨宛若抓紧一切时机黏着马千乘。马千乘平生最厌烦旁人黏着自己，是以直接找了由头躲出杨府，这便苦了一向不善言辞的秦良玉，她只能日日被杨宛若拉着四处游走。

播州虽是富饶之地，但地势却不比鸣玉溪平坦，因道路崎岖，就连前些年世人传杨应龙欲反一事，京中都未派人来调查，可见此地的地势是多么令人头疼。

秦良玉逛着逛着便失了耐心，侧头对正在兴头上的杨宛若道：“不要买衣裳了，去茶楼坐坐，歇歇脚。”

说是歇脚，其实她是想探探杨应龙在播州的名声如何，怎么说前几日杨府也算出了桩大事，百姓茶余饭后势必会就张氏和田雌凤一事论一论观点，顺带再糅合些有关杨应龙的事进去。

杨宛若大约是平日被田雌凤言传身教，中毒至深的缘故，惯爱装腔作势，听秦良玉言罢，嫌弃地挥了挥手，整张脸都皱成一团，连声道：“我母亲说那地方鱼龙混杂，不是姑娘待的地方，你若要去便去吧，我才不去呢。”

秦良玉如蒙大赦，转身便钻进了身后的茶楼。

因是白日，茶楼里人不多，小二眼尖，见秦良玉虽衣着寻常，面上却是十分有威仪，想来非富即贵，急忙躬身跑了过去，中途被凳子腿绊了一跤，险些撞上秦良玉，站稳后他谄媚一笑：“客官里面请。”

秦良玉点了点头，随着小二朝楼上走，正遇上说书先生端坐二楼半的小高台上，他添油加醋地说着杨应龙的家事，许是说累了，他拿过手旁冒着袅袅热气的清茶淡饮一口，呼出口气继续道，“说那杨应龙以杀立威，近日又连杀多人！”

此言一出，哗然一片。秦良玉正要沉臀入座，被惊得一时忘了动作，身后有人执扇敲敲她的后腰，不满道：“我说你这小哥到底坐是不坐？莫要遮了我的视线，我花钱不是来看你撅腚的！”

秦良玉回过神来，面无表情地瞧了那人一眼，颇具威势，那人悻悻地摸了摸鼻尖，不敢再多言。

托了说书先生方才那一句话的福，台下稀稀拉拉的众人面面相觑，有一人道："你这胆子忒大！竟敢拿他消遣？若被骠骑将军家的下人听到，说不定要带人来打烂你的嘴！而后纵马将你踩得连你老娘也认不出你来！"

说书先生面无表情地睨了说话那人一眼，一脸高深道："那是一个朗朗白日……"

秦良玉坐在房中细细回味着方才说书先生讲的书，只觉杨应龙是未给大家留下什么好印象的。思及此，她想起之前听说的有关杨应龙与覃氏的秘闻，又觉若这事是真的，那马千乘他们家的关系也忒跌宕起伏了些，着实刺激。她抚了抚手掌，心中想，那杨应龙也算得上是一位人物，不但挖得一手好墙脚，且技术过硬，当真是一代枭雄。由此可见，从小修炼出一门技能是多么要紧的事，只是杨应龙这技能委实有些令人不齿。

晚饭过后，秦良玉在屋前活动筋骨，听见田雌凤娇滴滴的声音响在不远处："老爷，你早些回来，莫要累坏了身子。"

杨府一向静谧，下人除了回主人的话外，几乎是闭口不言，所以田雌凤这凌空一声便格外清晰。

秦良玉停下动作，走到院子小门处向外眺望，只见杨应龙拎着袍子下摆匆匆上了马车，瞧这模样大约是有什么急事。

秦良玉眼下正闲来无事，琢磨着出去锻炼锻炼。见此机会，她决定直接跟着杨应龙去凑一凑热闹。

马车乃是上好的楠木马车，拐上了正街后，朝宣慰司而去，想来是宣慰司里出了什么问题。

秦良玉一路紧跟，待到宣慰司后，见门口戒备森严。天色尚早，不便翻墙，但失望而去并不符合秦良玉的一贯作风，所以她在宣慰司门前那条街上逛了逛，而后成功地引起了门口侍卫的注意。

有人上前驱赶："去去去！这是你随便逛的地方吗？！也不瞧瞧这是什么地方！走走走！"侍卫日日站岗，心中本就烦闷，此时更是借题发挥，想拎起长枪戳秦良玉几下。他刚一抬手，便同秦良玉的视线对上了，见对方板着张脸，面色十分难看，他只觉头皮阵阵发麻，手上便不敢再有动作了，悻悻地收回长枪，又嚷了几句："快走快走！"

秦良玉也不再坚持，而后从前面绕到后门，发现了门道。

宣慰司后门有两棵槐树，门内一棵，门外一棵，茂密的枝叶融合到一处，乍一瞧好似夫妻两人抱在一起。趁众人不备，秦良玉快速攀上门外那棵五人堪堪能抱住的老槐树上，而后又顺着藤蔓枝叶爬向院内，藏身于门内槐树的枝叶之间，伺机而动。

天色渐黑，院内燃起了火把，秦良玉趁众人交接班时从树上一跃而下，而后一个纵身又攀上了屋檐，贴瓦而行。

宣慰司不小，她连掀了好几处的屋顶才找到杨应龙的身影。但见他端坐在红木太师椅之上，手旁案上置着杯清茶，面容极其严肃，双眉紧蹙："眼下我已将她软禁在家，料想她也翻不出多大的浪花！若不是顾及夫妻多年的情分，就凭她那一句话，我也断不会留她到今日！"

另一人开口前顿了顿。

秦良玉瞧不清那人的样貌，只觉他眼波流转间，好似朝她所在处瞥了一眼，而后才道："既然已派人看押，你便莫要再将她放在心上了，若实在不放心，严加防范便是了，不让她同外界联系，她即便知道了什么也没处去说，眼下那边也操练得差不多了，待时机一到，便可趁乱举事了。"

杨应龙的面色这才缓和了些，深沉地应了一声。

秦良玉闻言心一惊，移了移身子，这才瞧见屋中的两人正是一直未曾见到面的孙时泰与匆忙而来的杨应龙，此时二人极有默契地沉默下来，杨应龙将茶杯握在手中缓缓地转着，似在思忖什么。

"他还未查到什么线索？"

"嗯，暂时还未查到我们头上。"孙时泰的头垂得更低了些。

万籁俱寂之际，从门外急匆匆跑进来一位士兵模样的人，那人进门便扎在杨应龙脚下，而后颤抖着手递上一封书信："启禀大人！这是夫人写的！"

杨应龙见到那书信时眸子微敛，眼底寒光乍现，随手将那信交给了孙时泰，而后起身亲自将那跪在脚下的士兵扶了起来，问道："这信还有谁瞧见了？"

士兵局促地站在杨应龙身旁，身形因紧张稍显僵硬，他哆嗦道："回大人的话，只有小的一人瞧见，并未外泄。"话落他稍稍抬了头，略有疑惑地望着杨应龙，欲言又止。

杨应龙和蔼一笑，拍了拍士兵的肩膀，似是赞赏之意："你此番做得不错。"

士兵倏然抬头，见杨应龙面上并无异常，这才松了口气，眉眼间便带了些得意：“谢大……”

话还未完，只见一道银光闪过，那士兵嘴角的笑意还未完全绽开，便永远地僵在了脸上。身子倒下前，他不可置信地瞪着杨应龙，挣扎着发问，声音却全数堵在喉咙中：“为……为什么？”

杨应龙扯过他的衣袖擦了擦匕首上的血迹，笑意更甚：“这信上的内容，瞧见的都得死。”将士兵向地上一推，他又道，“不过你放心，我会好生安置你的家人，去吧。”

秦良玉只觉那刀好似捅在了自己身上，浑身发冷，起身时不当心踩到了黛瓦，屋内立刻传来警觉的一声：“谁？”

秦良玉脚钩住房檐，倒垂而下，一手揽住柱子，翻身落地时，不当心扭到了脚，强忍疼痛在房屋之间蹒跚着穿梭，眨眼她便攀上了那棵槐树，飞快地朝宣慰司外跑去。今晚杨应龙的谈话内容若是泄露出去，便是死路一条，所以他势必会派重兵追赶秦良玉，凑巧她脚又受了伤，于是这一路逃得十分艰辛。

街上地形她不熟，拐了几道弯之后便扎进了一条死胡同，眼见火把的光亮大盛，沉重的脚步声似响在耳边，胡同两边的墙太高，她眼下无法攀登。冷静下来后，她朝地上啐了一口，狠狠地擦了擦嘴角，攥着拳准备同杨应龙的部下拼死一战。

突然，一双冰凉的手抓住了她，她反应不及，只觉身形一轻，面前继而有夜风扑来，将她吹得睁不开眼。秦良玉在半空中费力朝身边瞧，只见好几日不曾见过面的马千乘正没好气地睨着她：“这一路你想想回去要怎么同我言简意赅地描述一下这件事。”

马千乘这些年在战场摸爬滚打，举手投足间自有威仪，眼下不过是语气极为寻常的一句话，听在秦良玉耳中竟有种军命难违的错觉。

有了马千乘相助，两人甩开众人一些距离，从后门进了杨府，趁人还未追来，一同进了马千乘的房间。

“嗯，这……这是要做什么？”饶是一向淡然的秦良玉，此时见马千乘将她拉向床上后，也是老脸一红，说话结巴起来。

马千乘面上带着邪气，一边有条不紊地解着自己的衣裳，一边眉飞色舞道：“自然是做戏，以骠骑将军的性子，一会定会命人直接闯进来，所以我们这戏须做得逼真些。”

秦良玉节节后退，红晕染透了白皙的面皮，她大力挣扎了几下，发现不敌马千乘的力气，终是被他推上了床。秦良玉鼻中登时盈满了马千乘身上的淡香，她有些紧张地揪着床单，僵着身子不敢动地方。

马千乘用力过猛，致使他倒向床上的时候，直接摔在了里侧，只好在黑暗中朝床外爬。中途他不当心被床单绊了一下，身形一歪，覆上了秦良玉的身子，但听一声闷哼过后，马千乘的嘴唇紧贴在秦良玉的耳畔，两具身子叠在一起，他使劲眨了眨眼，努力忽略身下柔软温热的触感，生怕出现什么不该有的反应。

堪堪将姿势调整好，门外便传来一阵杂乱的脚步声。好在杨应龙还算信任他这个贤侄，并未让人直接破门而入，而是先叩了叩门：“肖容，歇下了吗？”

马千乘嗓音喑哑：“嗯，叔父可是有什么要紧事？”

杨应龙沉默了片刻：“方才有人来报，说是府上进了刺客，我不放心，便带着人来瞧一瞧。”外头静了下来，杨应龙的声音带着犹豫，“你可听见了什么动静？”

秦良玉一脚踢在马千乘的膝盖处，马千乘咬着牙答：“没有。”

杨应龙的身影在窗纸上晃动，他又站了片刻，而后抬了抬手，下一瞬间那门板便被人一脚踹开。众人手持火把闯了进来，在瞧见屋中情形时，皆是一愣。

床边散落着一地的衣衫，秦良玉捂紧被子朝床内靠了靠，脸上带着难堪。马千乘的面色也不好，双手下意识地护着秦良玉的身子，淡淡地盯着杨应龙，也不出声。

杨应龙生性多疑，此时眉眼间亦带着不信任，口中没什么诚意地解释道：“我怕那刺客在你房中要挟于你，你不会怪叔父吧？”

马千乘笑了笑：“自然，只是……”

他扫了眼屋中的侍卫，杨应龙登时会意，开口对着众人怒骂：“还不滚出去！”

今夜杨府闹得动静有些大，杨宛若在睡梦中被惊醒，听说杨应龙正带兵守在马千乘房前，慌忙赶了过来。见马千乘和秦良玉一前一后从屋内出来，衣衫稍显凌乱，她急忙跑过去：“你们两个这是怎么了？”

一直等在外面的杨应龙见状呵斥了杨宛若一句：“你一个姑娘家同肖容拉拉扯扯像什么话！还不快回到你的屋子去！”

杨宛若觉得委屈，嘴一撇眼泪便挂在了眼角，却也不敢同杨应龙顶嘴，不甘心地放开拉着马千乘的手，哭道：“父亲您大晚上的是在做什么呀！为什么要带人来抓肖容哥哥？！”

杨应龙见女儿哭，心疼了起来，方才堆起的一脸严肃全数瓦解，扯过袖子给女儿擦了擦眼泪：“爹哪有抓你的肖容哥哥？这不过是场误会。”而后他又对马千乘道，“肖容啊，你同良玉不会怪我吧？”

秦良玉抢在马千乘开口前咬牙切齿道：“大人言重了。”

杨应龙心中疑惑未消，但也知今夜定然一无所获，此时见马千乘面色委实算不上好，心中顾忌着他羽翼渐丰，又不想得罪了他，遂对身后众人摆了摆手：“去查旁的院子！”

临走前，脚步顿了顿，他意味深长地瞧了站在一起的马千乘和秦良玉一眼：“外面风大，快些回屋子吧。”

直到杨应龙的身影消失在院门口，秦良玉紧绷的面色才放松了些，动了动已然肿起来的脚踝，疼得她倒吸了一口冷气，只怪那时逃得太过猛烈，并未照顾到它的情绪。

马千乘这才真正寒下脸将她打横抱起，察觉出她又有挣扎之意后，他面无表情地盯着她：“再动我就把你扔湖里去。”

秦良玉深知马千乘那说到做到的无耻性子，他若说将她扔出去，那必然是会亲自动手的，她从善如流地窝回原处，面无表情地道：“我方才去了宣慰司，瞧见骠骑将军杀了一个人。”想到那人死前的模样，秦良玉轻叹了口气，“那人原本是去邀功的。”

马千乘对她口中所说之事也不在意，敷衍地应了一声，将她轻放在床上，转身去柜中取来药箱，翻找了好一会才挑拣出几个瓷瓶，打开瓶塞后，一阵清香蔓延在屋中。

马千乘不喜人伺候，所以这屋中只有他同秦良玉，上药一事，也顺理成章由他来做。他将药油倒在手心，双手交叠揉搓了一阵，有暗红色的液体从他指间溢出，流到他光洁的手背上。掌心搓热之后，他抚上秦良玉纤细的脚踝，边揉边道：“疼了就吱一声。”男人的手劲大，他又未伺候过人，所以也不知下手是轻是重。

秦良玉咬碎一口皓齿，强忍了半晌终于开口：“吱！”

马千乘的动作一顿，抬头瞪了她一眼：“疼了？”不待秦良玉点头，他又没好气道，“扭的时候想什么去了？忍着！”

秦良玉无奈地望了望屋顶，身子不时疼得一颤，断断续续道："他当时拿了一封……一封信，说是张氏写的，他瞧了那信的……哎！"秦良玉挺直身子，"轻点。"

马千乘不接话，手上的动作也未见放轻，问："那信的内容你瞧见了？"

秦良玉摇头："那信他给了孙大人，你眼下还觉得骠骑将军与孙大人对朝廷无二心？"

马千乘轻飘飘地瞧了秦良玉一眼，并未开口。

隔日天不亮，秦良玉出门晨练，因脚扭了，她只能在院中做些简单的动作。清晨空气清新，百鸟齐鸣，她深深地吸了几口气，花草的清香沁入心脾，顿觉心旷神怡。

秦良玉身姿挺拔且清瘦，面貌又生得俊俏，不似寻常姑娘那般瞧着惹人疼爱。她不笑时，身上惯常透着股清冷的英气，以往走在大街上，若未同陆景淮在一起，那定然少不了姑娘们红着脸的打量。现如今她虽离了家乡，但仍不乏爱慕者，每每早起晨练时，不便跟着马千乘出去的杨府众丫鬟总喜欢躲在墙角处偷看她，但今日秦良玉却觉得院子有些冷清。她环顾四周，见下人都守在门外，面容严肃，有人的视线不当心同她的对上，那人也会急忙转过身去。她皱眉，总觉得今日府上气氛不对，迈步过去询问，她发现刚熟悉的那几张面孔早已换了一批，眼下这批除去那个主事的，其余的她一概不认识。稍微琢磨了一下，秦良玉便知是杨应龙派了宣慰司的心腹来监视她同马千乘。如今想走，恐怕也不是那么容易了。

恰逢马千乘带着身薄汗从外面回来，他见到秦良玉时面色如常："昨夜你的玉带落在了我床上。"

秦良玉敏锐地察觉到门口那伙人的身子骨登时挺直了些。

不待她反应，马千乘直接牵着她的手将她拉到屋内，开门见山道："你也发现了？"

"嗯。"秦良玉抚了抚手掌，"如今走是走不了了，先在这好生待着吧，大不了多同杨宛若在一起，陪她逛街时也好找机会逃跑。"

马千乘拿过木架上搭着的帕子，擦了擦脸上的汗："杨宛若同她母亲已被送走了。"说罢他探头瞧了眼外面的天色，"这时候大约已到地方了。"

秦良玉眉头紧蹙，望着马千乘："下一步你准备如何？"

马千乘捏着帕子，半晌才道："我需要知道他是否确实那么做了。"

秦良玉又想起昨夜那封信，面色凝重："我觉得我们应当去永安庄瞧一瞧张氏，她像是知道内情的，而且她此时的处境最是危险。”

那信乃是张氏所写，想必内容很是劲爆，不然杨应龙不会那般利落地便将人捅死，他同张氏虽夫妻二十载，可眼下这事非同小可，出一个纰漏便会丧命，难保杨应龙不会杀张氏灭口。

秦良玉越想心越沉，转身夺门而出：“杨大人眼下还未离府，你拖住他，我找机会去永安庄走一趟，或许从张氏那能听说一些事。”

秦良玉紧赶慢赶，还是晚了杨应龙一步，她站在大门口时，正见杨府的管家在门外望着远处出神。她轻咳一声，将管家的视线吸引到自己身上，而后问：“骠骑将军这是去宣慰司了？”

管家瞧了秦良玉好几眼才笑道：“是啊，大人去宣慰司了，近日有京中的官员来视察，大人事务有些繁忙。”见秦良玉面色如常，似是信了他的话，管家不禁扯过宽大的袖袍擦了擦额角的汗，“将军这是要出门吗？”

秦良玉淡淡“嗯”了一声：“这几日要回鸣玉溪，我去街上转转，买些东西。”

管家的眼珠转了转，朝门口的侍卫使了个眼色，而后堆起满面的虚情假意：“这几日街上乱，大人特意吩咐，让将军出门时带几个护卫，以免出了岔子。”

秦良玉也不推托，将这事应了下来，而后回到马千乘的房间：“杨大人走了，管家说是去宣慰司了，但我觉得没这么简单，眼下府上到处都是他的眼线，一会去街上我将那些人引开，我们先去永安庄瞧瞧，他十有八九是去找张氏了。”

马千乘此时已换了身轻便的行头，对秦良玉的话也未有多大的异议。两人并肩出门，管家暗地里朝侍卫摆了摆手，示意众人跟上，万万莫要掉了队。

两人出门未乘马车，一路徐行，心思全放在身后二十步远的侍卫身上。今日街上如管家所说，的确较往日热闹一些，路两旁满是手拿扫帚的衙役，正卖力地扫着街上的垃圾，街上小贩大多被赶回了家，只留了几摊东西规整的商贩。两人行至转角处，相视一眼，飞快地跑进手旁的一处偏巷，手脚并用地撑着光滑的墙壁向上攀爬，而后俯视宣慰司的侍卫快步追来，并朝偏巷深处张望。

“他们明明是跑进来了！人怎么不见了？！”那人的声音隐隐带了焦急，“大人走前特意吩咐过！这下咱兄弟几个等着死吧！”

“有这工夫放屁还不如快点找人！”一首领模样的人抬手在先前那侍卫的头上狠狠地打了一下，“你带人去那边找！剩下的跟我来！”

秦良玉闷声笑了笑，在那人转身之际，她的身形如网当头罩下。她本想扭断他的脖子，转念一想，他岁数也不小了，才混到一个小头头亦不容易，遂动了恻隐之心，一个手刀将那人劈晕。先前那队人已受命朝别处去追人了，眼下只剩六七个人拼命地咽着口水。

马千乘堵在巷口，因背着光瞧不清他的表情，只觉他周身气温有些低。

有一侍卫突然暴喝一声，秦良玉被他惊得打了个哆嗦，抬起一脚踹向那人胸口，骂道："你鬼吼鬼叫什么？吓我一跳！"

侍卫暴喝只为壮胆，眼下被秦良玉这一脚踹得半丝火气都没有了，退到同伴身边，几人背向而立，警惕地盯着马千乘与秦良玉两人："二位这是什么意思？"

秦良玉负手在原地踱了几步，冷觑着几人："是骠骑将军派你们来监视我们的？"

秦良玉素来问话直接，但众人自然不会实话实说，强行狡辩道："将军言重了，是大人顾虑到近日京中有官员要来播州巡察，街上鱼龙混杂什么人都有，特派我们来保护二位。"

秦良玉不耐烦地皱了皱眉，也不再同众人周旋，突然伸手夺过站在最前那人腰间的弯刀，顺势将他扯到自己身前，掐住那人的脖颈威胁众人："今日我们不想出手，你们识相的便让开。"

众人肩负着软禁两人的使命，只要一松口那便是失职。想起以往犯了错被杨应龙当场手刃或打残，已终生无法自理的众位同僚，几人站着未动。

一直堵在巷口的马千乘这才开了口，盯着秦良玉问："玉玉啊，说了这么多渴不渴？巷口风大，我有些冷，不打就走吧。"

不过眨眼间，侍卫们眼前刮过一阵大风，再站稳时已不见巷中两人的踪影。他们手持弯刀，面面相觑，眉梢挂着惊恐，良久才反应过来，吼道："快追！"

此时马千乘已拉着秦良玉出了侍卫们的视线。

永安庄乃播州边陲的一个小村，两人不用骑马，一路施展轻功，倒也追上了杨应龙的马车。

车内，杨应龙端坐在软榻之上，双手置于膝上，身子随着地面的坑坑洼洼时不时晃悠几下，手中紧紧抓着的袍子已被汗水浸湿。他面色凝重，双眉紧紧皱到一起，眼睛略微发直，似在沉思，连小茶几上的茶盏倾倒也未察觉。

他同张氏乃结发夫妻，但平心而论他对她委实没有太多的感情，当初之所以成亲，也是因瞧她有几分姿色，家境又尚可，所以见色起意，毕竟爱美之心人皆有之，他亦不能例外。话说回来，虽他对张氏感情不深，可不得不承认，自打娶回张氏，杨应龙通过她捞到了不少好处，其中最为显著的便是马千乘他娘覃氏。

那是在四川布政使的寿宴上，杨应龙撞见了随马斗斛来赴宴的覃氏。

覃氏身姿婀娜，生得雍容，虽衣着普通且身上装饰未见多少，但人却仍美艳不可方物，他瞧见她的头一眼便觉得很喜欢，即便她已为人妻、为人母。

席间，他的视线更是一刻不离覃氏，瞥见她同马斗斛或侃侃而谈，或低声调笑，一副伉俪情深的模样，他不禁攥紧了手中的杯子，为覃氏找了这么一个窝囊废感到不值。须臾，又见覃氏起身离席，他挺了挺身子，环顾周围，见无人注意到自己，便也悄悄跟了出去。覃氏似对他也有意，察觉到他跟在身后，便净挑些黑暗的小路走，这让杨应龙心中十分痒痒，待行至一座荒废许久的院子前，覃氏终于顿住了步子，回身直直地瞧着杨应龙，星眸微闪："为什么跟着我？"

杨应龙年轻时也是一表人才，性子虽荒淫残暴，但皆被样貌给遮盖了过去，他上前一步，缓缓逼近覃氏直至墙脚，低声问道："你说呢？"

二人自打这之后，便开始暗中往来。若两人一直如此，倒也不会惹出什么大风大浪，但怪便怪人性本贪，得了一尺还想再进一丈。杨应龙不满同覃氏许久才得以见一面以慰相思，便怂恿张氏同覃氏结拜，之后更是时不时将覃氏邀请至府上小住。世上没有不透风的墙，张氏很快便发现了两人的不对之处，并暗中多加留意。皇天不负有心人，终于在风和日丽的一日，谎称回家祭祖的张氏如天神般降临在杨应龙同她的卧房门口，并将屋内正行鱼水之欢的两人堵了个正着。

张氏面上血色尽褪，身子抖得如同筛糠，抓着门框的右手指甲已劈成两截，她含泪问道："你们可对得起我？"

杨应龙扯过被子将身上红晕未褪的覃氏遮了个严实，漠然地同张氏对望："这事你就当作没看见，正室的位子还是你的。"

彼时张氏已有身孕，她抚着腹部，狠狠地瞧着床上两人："你们两个就不怕天打雷劈？！"

杨应龙对于张氏一向没有耐性，碍于她腹中的孩子，才不得不按捺住火气，他吩咐傻站在门口的下人："还不快将夫人扶回房去？是在这等死吗？"

下人们这才回过神，也不顾张氏的反抗，强行扶着她离开了卧房。其中一人乃是张氏的陪嫁丫鬟，这时也是泪水涟涟，抽泣着安慰张氏："小姐，姑爷他……他或许是一时兴起，男人都这样，你莫要伤了身子，要知道你腹中还有个小少爷呢！”

张氏想起之前杨应龙对她百依百顺，哄着她同覃氏结拜，心中更是悲痛欲绝，直揪着前襟哭倒在房中，悲凄道：“我错看了他呀！”

张氏断食了整三日，期间杨应龙连瞧都未来瞧过她，甚至连下人也懒得打发个来，由着她自生自灭。

哭够了，张氏给叔父张时照去了封信，将她在府上的处境细致地同他说了说，并表明：我腹中有他的孩子，我们张家还要仰仗着他杨应龙，无论如何不能同他和离。

张时照乃杨应龙的部下，为掌管粮食的同知，全家老小等着吃饭，他自然是不愿与杨应龙撕破脸皮，遂顺着张氏的意思给她回了封信，敷衍地劝说她万事要忍，不可冲动。

张氏这一忍便是八年有余，非但未曾换来杨应龙的半分关心，反倒让他得寸进尺。一日杨应龙酒醉归来，在街上瞧见了同覃氏样貌有八分相似的田雌凤，便不顾众人阻拦，将田雌凤接回府上，给了个小妾的名分，而后恩宠无限。张氏见杨应龙是吃了秤砣铁了心，自知八头牛也拉不回他这个负心人，便也不再苦苦期盼他有朝一日可以回头瞧上她一眼，直接擦干眼泪，准备在暗中给他使绊子。

这些年杨应龙的所作所为她多多少少也知道一些。自他继任播州土司以来，部下没少杀，女人没少抢，但也替老百姓做了一些实事，比如铺路修桥，又比如建湖建田，但不管修桥还是建湖，都是要有经费的，杨应龙从中获取了不少好处，各路能人皆来贿赂杨应龙。他逍遥日子过久了，自然不安于播州这么大的地方，但若说他起了异心，张氏是没有确凿的把握的，只是见他越发嗜杀，部下稍有不服便会换来他的一顿毒打，更有甚者当场丧命，这些倒也不说了，但他在闲暇时，还惯爱招惹其余土司，频频打压对方，这事便有些说不过去了，张氏越想越觉得他形迹可疑。这次田雌凤挑拨二人关系，张氏被赶回了永安庄并被软禁，想起这些年所受的委屈，她怒从心中生，便将一直以来的猜测书于纸上交给叔父张时照，想请他帮忙润润色，而后拿着信去告御状。她想着，杨应龙有无异心倒是其次，但信上所举的混账之事，却是样样属实，此信一出，他杨应龙不死也得去了半条命，可她千算万算未算到，这信半途被那衙差给截了去。

杨应龙缓缓地放开已起了褶子的绸缎袍子，似终于下定决心般吩咐车夫：“先莫要急着去张家，先去镇子上的酒肆。”

但凡遇到烦心之事，杨应龙皆爱喝些酒解愁，这次更是不例外。

酒肆在镇子的南边，平日鲜少有人光顾，今日更是未迎来一人。已破了几个窟窿的酒旗孤零零地挂在门外，老板一边打着算盘一边叹气，见伙计无精打采地靠在柜台上，望着格子里的好酒发呆，他不由呵斥："去将那桌子擦擦！没瞧见上面还有菜汁吗？！"

小二暗地里瞪了老板一眼，不情不愿地扯下肩上搭着的抹布，拖着步子过去干活。

杨应龙进屋时，小二刚刚收手，见有贵客来了，一扫方才的不满，急忙小跑到门口，扬起笑脸："客官里面请。"

杨应龙未搭理他，径自朝二楼雅间走。坐下后，他叫了一桌子酒菜，等菜的工夫，一杯接一杯地灌着酒，前襟很快便被酒渍浸湿了。

马千乘和秦良玉紧随其后，老板见二人气度不凡，亲自过去招待，正想开口奉承几句，便被马千乘抬手制止了。马千乘轻声道："我们去二楼，你们随意上几道特色菜。"

两人一直守在杨应龙隔壁的房间，透过并不严实的隔板观察着杨应龙的一举一动。

外面天色尚亮，秦良玉一路被马千乘拉着跑，腹中已是空落落的，她摸出个钱袋，将里面的碎银子都倒在桌上，捏起其中几枚："今日请你吃顿好的。"

马千乘右肘撑在桌面上，眯着眼睛瞧着秦良玉，忽而福至心灵，想着以往他身边的伙伴们但凡瞧上一个姑娘，都会说些漂亮话。可说漂亮话也是门学问，人都道女人似水，这大约同温柔沾得上边，温柔的姑娘又都有些柔弱，所以马千乘便试着开口："好，毕竟你身子骨有些弱。"

这话听在秦良玉耳中便不是那么回事了，她闻言低头瞧了一眼自己结实的小臂，又抬头望着马千乘："你方才那话是发自肺腑的？"

马千乘硬着头皮，自然地道："那是。"

秦良玉的目光便有些犀利起来了，她睨着马千乘："你放心，这次不用你花钱。"

马千乘看着天际，觉得套路有些不对，但也知眼下情况若要开口解释，必会适得其反，他便闭了嘴，并受教地点了点头。

酒肆接连好几日不开张，今日好不容易逮到几条大鱼，自然要狠宰一番。不多时，八菜一汤端上桌，荤素搭配得宜，菜上撒了些彩椒点缀，卖相十分不错。但马千乘没什么胃口，抢在秦良玉前付了银子，而后随便吃了两口，便放下筷子瞧着秦良玉。

“你怎么不吃了？”秦良玉察觉到马千乘的视线，眉心拢了拢，见他若有所思地同自己对望，伸手给他夹了些菜，“你多吃一些，一会儿大约还有体力活。”

杨应龙虽然不会武，但毕竟是个孔武有力的男人，又喝了酒，且身份特殊，一旦撒起泼来，除去马千乘，无人能拦得住他。

马千乘应了一声，象征性地又吃了口菜，还未等吞入腹中，他的面色突然微变，执筷的动作一顿，很快又恢复如常，盯着秦良玉：“别吃了，这菜不对劲。”话落他又盛了碗汤。

秦良玉闻言瞧着马千乘：“怎么？”说罢她又细细品味了一下口中饭菜，并未发现不妥之处，只得老老实实地问，“这里面有烂菜叶？”说罢她又将盘子端到面前仔细查看，并未发现异样，又老老实实道，“我没吃出来。”

马千乘试着运气，发现此时已是内力全无，干脆将碗中的菜一扫而光，末了拉过秦良玉的衣袖擦了擦嘴角：“有人在这菜中下了药，这药应当是无色无味，估计对身体也没什么害处。”

秦良玉铁青着脸收回袖子：“那这是补药啊。”

马千乘朗声大笑：“你也运气试试。”

秦良玉自是照做，试了几次后，面色由青转黑，本想拍桌泄愤，却发现动作软绵绵的，当下眼帘一垂，低头沉思。

马千乘托腮：“凭播州宣慰司里衙差的能力，我们来了永安庄的消息应当还没有人知道。”

秦良玉也不辩驳，回头瞧了一眼隔壁，见杨应龙仍在喝酒，淡淡道：“这人下这种药，想必也不想加害我们，大约只是怕我们乱了他的计划而已。”

这话她并未说完，心中却有了答案，下药之人十有八九是盈伯。

马千乘略微沉吟，而后肯定了秦良玉的想法：“左右已经这样了，走一步看一步吧，将骠骑将军看紧了，估计也出不了什么岔子。”

秦良玉冷静下来后，又施施然喝了口茶：“我们也不知对方的计划，应是我们不当心插了一脚，对方有意刁难，按眼下情况来瞧，我们两个加起来也不是对方的对手。”

“嗯，说得好有道理。”马千乘拍了两下巴掌，似在褒奖秦良玉，而后又淡然地收回修长的双手，“但你觉得我像是不带帮手的人吗？”

秦良玉面无表情地点了点头。

马千乘挑眉，从容地从怀中掏出一支不及掌心长的短笛，送至唇边吹了几声。笛声悠扬清脆，直穿墙壁飘向天际。少顷，马千乘又从容地收回短笛，淡淡地望着秦良玉。

秦良玉被他瞧得发毛，正要问他是不是这么吹几下，便会有人来相助之时，马千乘从容地开口了：“算你说对了。”

所谓帮手，自然是一直与他形影不离的肖穹，以往两人默契极佳，但今日肖穹似乎有些掉链子，两人打缔结盟约之日起，便约好以笛声为联络信号，三长一短乃有紧要之事，须速至。眼下迟迟不见肖穹的影子，马千乘有些担忧，毕竟以往肖穹从未失约过。

正沉默时，秦良玉突闻隔壁传来细微的声响，她急忙起身去查看杨应龙的情况，却见隔壁早已空无一人，只有酒桌上尚冒着热气的饭菜，以及从桌面缓缓流向地上的酒。

秦良玉额角青筋直跳：“人不见了。”

“出去瞧瞧。”马千乘说话间已越过秦良玉朝楼下而去，毕竟他与杨应龙的情分在，断不可能坐视他被人掳走不管。

两人去到一楼一瞧，老板同跑堂的伙计皆伏在桌子上，秦良玉探了探两人鼻息，见两人还活着，当下松了口气。再跑出门时，他们远远便瞧见一辆马车绝尘而去。

两人相视一眼，马千乘道：“那是永安庄的方向。”

永安庄离镇子有一段距离，两人内力暂被封住，无法施展轻功，偏偏这镇子又十分偏僻，十天半月不见一辆马车不说，便是连匹马都寻不着，无奈之下，两人只得一路拔足狂奔。

马千乘身形如风，腿长步大，衣袂翻飞间便将秦良玉落下了一些距离，他放慢步子等着她：“不如我先去，你慢慢走。”

这个提议被秦良玉毫不犹豫地否决了：“我还能跑，你跑你的莫要管我。”话落见马千乘速度又加快了一些，她不禁迎风喊住他，“且慢，先将大约位置告诉我。”

两人一前一后赶到时，张氏家门前已围了不少人，因她先前便已被杨应龙软禁，所以她家门前把守的都是宣慰司的人，此时人们正穿插在腰侧别弯刀的衙役们的间隙处朝院内打量。有孩童躲在大人身后，被捂住了双耳。众人纷纷指指点点，却不敢上前一步，交头接耳道："方才吵得可凶嘞！我听那张氏哭声震天，也不知他们说了什么？"

另一人踮脚朝门内张望："这会怎么没有动静呢？！可别是出了什么事！要不闯进去瞧瞧？"

有人一掌拍在说话那人的后背："你怕是活腻味嘞！这可是土皇帝杨应龙的家事！你敢跟着掺和？不怕掉了你那狗头！"

那人闻言不禁打了个哆嗦，只觉后颈冒着凉风，不敢再多言，生怕掉了脑袋。

久久不见院内有动静传来，众人八卦心思起，皆沸腾起来，跃跃欲试要朝里冲。衙役们本就是五大三粗的汉子，平素没有什么耐心，见眼前这帮刁民闹得越发起劲，不由举起刀鞘向后推搡着众人："后退！后退！"

有人不慎被推倒在地，坐起来后蹬着腿撒泼耍赖："打人了！打人了！官老爷打人了！快来瞧瞧哟！这日子没法过了！"

马千乘同秦良玉站在人群最后，沉默地望着眼前略显失控的场面，在听到那句"土皇帝杨应龙"时，秦良玉下意识攥紧了马千乘的衣袖，生怕他一个冲动，使出猛虎伏地式将那人扑倒在地上，而后多角度蹂躏摧残。好在马千乘似乎已习惯她以往时不时便猜忌杨应龙给他添堵，虽然此时他的面色寡淡，但却没有其他的举动，大约是未将这事太放在心上。

"进去瞧瞧？若是两人打起来了，你还可以拉下偏架。"秦良玉拨开人群便要往里走。

马千乘伸手将秦良玉拉回身边，笑问："你要怎么解释你出现在这里？"见秦良玉不说话，他又瞧了眼维护秩序的衙役，继续道，"莫要着急，一会换套衣裳便能进去了。"

衙役们将张氏的院门堵得严严实实的，上头有令，一个时辰换一班人。一个时辰有些长，秦良玉两人自然是等不及的，秦良玉从地上捡起块碎石，快速甩出。石块正砸在一衙役的面门上，那衙役脸一黑，沉着脸问："谁干的？"

众人不知他在说什么，都愣愣地瞧着他。

马千乘有样学样，也捡起枚石子欲朝衙役脸上扔。按理说若想做些什么缺德事，应当是藏着掖着的，但马千乘他从不讲理，但见他大模大样地推开眼前的百姓，右脚后退半步，身子重心后移，右臂缓缓拉开，而后瞄准方才刚被秦良玉砸了的那个衙役，狠狠地将半个拳头大的石块扔了过去。衙役被打得捂额应声倒地，其余衙役见状皆是一愣，有反应快的回过神来便一脸凶神恶煞地朝马千乘走去。

播州宣慰司的人马千乘都熟，他又不想在此时暴露身份，暗道自己方才太高调，眼下已无路可退，只得拉着想同衙役光明正大大打一架的秦良玉转身朝不远处的果林里跑。

衙役不敢擅离职守，大多仍站在原地，只有少数几人朝两人离开的方向追了过去。

果林属镇里，平日有人看守，但因眼下鲜少有人来检查，所以护园人的日子格外潇洒，时不时便扔下大片林子去附近转一转。马千乘同秦良玉去时正巧遇上护园人不在，两人一头扎进果林深处，迅速攀上一棵柿子树，而后屏息静候宣慰司的衙役。

不过眨眼的工夫，脚步声由远及近，马千乘闭眼静听，判断出对方至多只有三人，当下身子朝后，枕臂靠在树干上，挑眉对秦良玉道："我方才跑累了，你去打他们。"

秦良玉睨着一脸惬意的马千乘，波澜不惊道："你……"

马千乘截住她的话，指了指柿子树："我就在这为你助威，快些去吧，听话。"

话落见秦良玉不动，马千乘睁着双明亮的眸子瞧她："你赖在这不走是想让我助你一臂之力？"

秦良玉不知他为何突然如此，当下起了逗弄他的心思，点头道："即便挨揍也要有个照应不是？"

马千乘展眉一笑："也是，我们是一伙的，我不出手是不对的。"说完他将秦良玉从不高的柿子树上轻轻推了下去，朝她颔了颔首，"也不用太感谢我，毕竟我只能帮你到这了。"而后他指了指远处，"你朝那边站站，莫要让他们发现我。"

秦良玉站在树下，缓缓卷起袖子，在应付衙役前，扫了马千乘一眼，道："看好了。"

这不大不小的声调将衙役引到两人身前来，秦良玉内力虽被压制，但"鸣玉溪武力担当"一名不是白白得来的，当初初习武时，秦良玉以一敌二也不成问题，这么多年摸爬滚打下来，即便没有内力加持，她也断不会吃什么亏。

衙役见秦良玉生得过于文弱，并未将她放在心上，眉眼间皆是轻视。秦良玉此生最恨的便是这种神情，当下抬起一脚朝那人头侧踢去，见那人抬手欲挡，她攻势一变，改朝他腹下扫去。

那人被踢到要害，捂着腹部下三寸倒地呻吟，另两人狠狠地朝掌心吐了口唾沫："你这龟儿子，不给你点颜色瞧瞧，你是要上天啊！"

树上，马千乘额角覆上层薄汗，身子紧紧地贴着树干，整个人呈现出一种怪异的姿态，好似人被定在原处一般，但四肢却是随意垂着，他听着下面的打斗声，心中不免焦躁，奈何四肢使不出一点力。

良久，秦良玉脚下踩着被捆得结结实实的三个人，随意拍了拍身上的灰，一边擦着嘴角的血迹，一边抬头望着依旧静坐在原地的马千乘："你可以下来了。"

马千乘尽量使自己瞧起来自然一些，淡声回："急什么，坐得高望得远，这里瞧过去的景色不错，我还未歇够，再待一会。"

"你不怕屋里头出事？"秦良玉抬手去拉他的衣摆，"快些下来。"

马千乘大惊失色，来不及出声制止，便从树上掉了下来，整个人重重地摔在秦良玉脚下。

秦良玉面上一贯的淡然终是碎裂了开来，急忙伸手去扶他，这才见他面色苍白，双颊挂着汗水，不禁问道："你这是怎么了？"而后她欲将马千乘背在背上，"我带你去医馆。"

马千乘堂堂六尺男儿，此时又是四肢软绵无力，所以秦良玉想将他拉起来简直难如登天。他终是将面上强挤出的笑意隐去，道："我歇一会便好了，大约是今日跑得太急。"

秦良玉回身强行扒下那三个衙役的衣裳为马千乘垫在身下，语气中带着担心："跑得急会这样？你以为我没读过书？"

马千乘避重就轻道："嗯，我小时候身子不好，用了些特殊的药，那药同曼陀罗花相冲，想必今日菜中混了曼陀罗，我食用后又跑了些路，这才如此。"

话毕他只觉十分疲乏，便不再出声。

秦良玉不敢再吵他，想起身后的三人，走到众人身前，居高临下地瞧着他们："今日骠骑将军是同谁一起到永安庄来的？"

三人咬紧牙关，摆出一副抵死不说的架势。

秦良玉以往走过南闯过北，还给寡妇挑过水，什么世面未曾见过，怎会拿区区几个手下败将没有办法，当下抬手一人一个耳光：“想死？”

见几人还是没反应，秦良玉倒也不恼，直接扯过一人的手臂拖着他便朝林子外走。

此时那人终是有些慌了，忙不迭求饶：“大爷！我说我说！”吞了口唾沫，他继续道，“今日骠骑将军是自己……”话未落他又遭秦良玉一顿毒打，在地上打着滚号叫，“我若说半句假话天打雷劈不得好死！”

秦良玉这才收手，嗓音低沉：“确定？”

“千真万确！”衙役嘴角红肿，口齿有些不清晰，“今日大人好像心情不好，我闻到他身上酒气很重，他来的时候我们头役不过是寒暄了几句，便惹来大人的怒骂，再然后大人就进去找夫人了，两个人好像又吵起来了。”

“赶车的是谁，你可瞧清了？”秦良玉眉头皱得越发紧。

那衙役愣了愣：“大人是走着来的啊，估计中途还摔了不少跟头，脸都磕肿了。”

见秦良玉不再说话，那人又讨好道：“大爷，哥几个也是出来混口饭吃，方才若有得罪之处，还望大爷高抬贵手，咱们也算不打不相识，今日这事哥几个绝对不会搁在心上，所以您瞧瞧……是不是给哥几个放了？”

秦良玉抱臂俯视着趴在地上，努力抬头瞧着自己的三人：“等事情利索了，自然会放你们走。”

秦良玉不敢耽搁太久，将马千乘送到城中的医馆后，顺手点了靠她最近的两个衙役的穴道，嘱咐马千乘：“我先回去盯着，若出了什么事也能挡一挡，你先在此处养着，莫要着急，这两人留给你，若不听话便杀了他们。”

正在抓药的大夫闻言手一抖，药材撒了满地，却又不敢同秦良玉对视，生怕惹来杀身之祸，故作镇定地俯身捡药，装作什么都不曾听见的模样。待秦良玉同一名衙役走远，他才敢小心翼翼地挪过去给马千乘瞧病，动作十分小心，战战兢兢的模样。

秦良玉此时已换上了衙役的衣裳，腰间布带紧束，穿着轻便利落，英姿飒爽。她同衙役并肩而行，路上瞧着衙役：“一会回去该怎么说，可知道了？”

衙役年纪不大，闻言点头哈腰道：“知道知道，我们两个先回来了，张子千押着那两个狗……那两位大侠去了衙门。”

秦良玉一掌打在那人后脑上：“你先前要说狗什么？”

小衙役嗫嚅半晌，也分辨不出秦良玉面上是喜是怒，一时不敢言语。

秦良玉抬手又打了他一掌：“说话。”

小衙役这才吞吞吐吐道：“狗……狗东西……”

秦良玉再度打了小衙役一掌：“好，一会回去就这么说。”

小衙役欲哭无泪，摸着有些热辣的头皮半天说不出话。

两个人回到张氏家门前，秦良玉低垂着头，状似恭敬地站在小衙役身后，被遮住了大半个身子，因她身量高，这衣裳穿在身上倒也合身，那头役又因今日被杨应龙无缘无故当众训斥了一顿，没什么心情注意到她，随口问了句：“张子千呢？”

小衙役对答如流：“张子千押着那两个狗东西去衙门了！”

头役没接话，不耐地伸手朝一旁推着小衙役：“去去去，站岗去！”

傍晚时分，马千乘回来了，他身上同样套着衙役的衣裳，远远瞟了秦良玉一眼，一旁的小衙役见状焦急地问秦良玉：“大爷！我那两个同伴不是被这位大哥杀了吧？”

秦良玉握着腰间的弯刀：“不如你去问问他？”

小衙役自然不敢，闭了嘴一脸委屈地站在原地。

马千乘见他双眼满是渴望，严肃道：“你那两个同伴无事，放心。”话落见小衙役神色一松，他补充道，“不过是给他们喂了些药，剥光了上衣扔在了胡同里，届时自有人会协助他们脱离窘境。”

小衙役：“……”

马千乘不再搭理他，将秦良玉向自己身边拉了拉：“里面怎么样了？”

“没有动静。”

自秦良玉归来到现在，院中一直未有什么响动传来，想来是杨应龙喝多了，此时正在补眠。马千乘松了口气，到晚饭时间还拉着秦良玉去混了一顿饭，未料再回来时，院中便出了岔子。

此时乃酉时一刻，漫天繁星之下，杨应龙双目赤红，气急败坏地抓着张氏的皓腕将她朝屋里拖，口中骂骂咧咧道：“你好不要脸！白日还说这些年对我绝无二心！我就不应该信了你的鬼话，在我眼皮子底下竟然还敢勾引野男人！信不信老子要了你的命！”

张氏脸上挂着泪痕，却难掩难堪，见门口衙役皆偷偷打探，她更是连死的心都有了，不禁怒骂：“杨应龙你欺人太甚！你听了那骚狐狸的鬼话便来怀疑我，却不知她是有心挑拨我与你的关系，将我赶出杨府，她便可以堂而皇之地坐上正室之位！这些你怎么就不想想？！”

杨应龙酒还未醒彻底，又是在气头上，一句话都听不进去，只粗蛮地扯着张氏：“别给我在这丢人现眼！”

刚回来的秦良玉看得傻了眼，问身边的人：“方才出了什么事？”

那人道：“唉，能有什么事？这几日不就是这些破事！”他朝地上吐了口痰，又用脚蹭了蹭，“方才夫人要出去买东西，恰巧遇上个卖货郎，正说着话，大人便出来了，这不就又吵起来了。”

“这就吵起来了？”秦良玉拔高了声调，摆明了有些接受不了。

那人没好气地瞪了秦良玉一眼：“你小点声，别瞎嚷嚷，这几年那姓田的成日在背后说三道四，这根都已经埋下了，说什么都没用。罢了罢了，你也别打听了，一会下了夜值老哥请你去城中逛窑子，你不就是有劲没处使吗，连女人家的八卦本事都学会了。”

还未等秦良玉黑脸，马千乘一张俊脸便先板了起来，秦良玉暗地里拉了拉他的手臂：“莫冲动。”

一帮人木讷地站在门口，听着屋中时断时续的对骂声、哭闹声，其中偶尔又夹带着几声锅碗瓢盆同瓷器被人狠狠摔在地上的破裂声，众人早已习以为常，并不见有多大反应。

直到后半夜，这些声音才逐渐消失。

秦良玉抬头仰望着缀在夜幕中忽明忽暗的星子，用手肘推了推身边的马千乘：“他们吵成这样，家中长辈不管？”

马千乘回头瞧了瞧静谧的院子，见屋中烛光一暗，里头登时漆黑一片，也有些无奈：“张老夫人整日在佛堂吃斋念佛，是不会管这些事的。”

秦良玉长叹一声：“田雌凤从中没少卖力。”借着皎洁的月色，秦良玉瞧见马千乘的面色不算太好，又想起他下午时那副吓人的模样，心有余悸，“你身子无碍了？”

马千乘眸子一弯："唉，许多年不曾被人下药，此番权当重回童年了，也怪我太大意。"说罢他将衣裳外头罩着的披风解下披在秦良玉的肩头上，"玉玉啊，一会换班你去歇一会，哥哥在这守着。"

秦良玉顾及着马千乘此时身子骨尚有些弱，执意不要他的披风："我不累，再等一等吧。"

晨光初起，微亮划破天际的黑暗。已沉睡了一夜的院子突然被一声尖叫打破了静谧。

秦良玉正靠着马千乘打瞌睡，马千乘的左手微微扶住秦良玉纤瘦的腰，左肩被秦良玉的口水浸湿了一片，晨风一吹，微微有些寒意。两人皆被这突然的一声吓得百骸俱凉，灵台登时清明了不少。当值的其他衙役们浑身一颤，手下意识握住腰间刀柄，纷纷回头张望。

马千乘同秦良玉比众人的反应快些，此时已径直进了院中。

事出紧急，当值的头役顾忌杨应龙以往阴狠的作风，没有杨应龙的命令不敢私闯，可又迫切地想知道里面呼声这么惨，到底发生了什么事？焦灼中他瞥见马千乘与秦良玉朝屋内走，心中异常感激。如此一来，若届时上头追究下来，他便将一切责任全推到两人身上。

张氏虽嫁了杨应龙，但娘家清简惯了，并未因女儿攀得高枝而招摇，房子是祖上传下的老屋，院子干净整洁，一口水井端端正正地沉在院中一隅，张氏家并无鸡笼狗舍，一条青石板路直通主屋。

秦良玉同马千乘虽失了内力，但脚步仍然轻快，没几步便走到了门前，正要叩门，便被从屋内冲出来的人给撞得倒退了几步。

那人是张家的婢女，此时满面慌张，一头栽倒在秦良玉同马千乘的脚前，紧紧拉着秦良玉的衣袍下摆，哆哆嗦嗦道："夫……夫人……老夫人……她……她……"

秦良玉将婢女从地上扶起，顺带瞧了一眼屋中的景象。

只见黄铜脸盆倒扣在地上，水晕了大片的空地，流出门的水却染了淡淡的红色。

秦良玉心一惊，直接绕过婢女推门而入，见到屋中场面时，一时竟不能言语。

屋中陈设简洁，进门便能瞧见一张书案，书案左右分列两把红木雕花的圈椅，张氏同张老夫人皆倒在地上，张氏胸口还插着一把匕首。

随后而来的马千乘几步跨到仰面倒在地上的张氏身边，伸手探了探她的鼻息，手下并无温热之感，人早已断了气，身子呈僵硬之状，但见她红唇微张，眼角同嘴角有瘀青，面色青黑，胸前的衣襟被血染了大片，衣裳已微微有些发硬。她身旁躺着的张老夫人，此时尚有余息，察觉到身旁有人，冰凉的指尖微动，半晌才颤巍巍地睁开已失神的双眼，恍惚地望着秦良玉，费力地伸出手，嘶哑着嗓音："不是……不……是……"孰料话还未完，她布满皱纹的手便重重地垂落在地上，咽气时，她的眼睛都未闭上。

院外婢女还在哭号着，双手紧紧地抠着地面，指尖已泛白，张家的下人们被她从后屋哭了出来，见状也是一怔，随后慌作一团，惨白着脸向院门冲，被衙役们粗暴地给推了回去。众人聚在门口，小心地觑着屋内，皆是崩溃之态，有几个胆小的婢女已是抱头痛哭。

头役见情况不对，这才不甘不愿地走了进来，神情傲慢："我说这是怎么回事？怎么一个个都像死了亲娘一样？"说着他拨开众人，探头朝屋里瞧了一眼，就这一眼，他整个人便被镇在了原地。

此时有早起出摊的人路过张氏的院子，见院中人又是哭又是号的，连带着官爷都浑身僵硬地扶着门框，以为是张氏家又出了什么乱子，不禁扒着院墙驻足看了会热闹，只见院中人低头垂泪，争先恐后道："不是我杀的，我没杀夫人。"那人心登时沉到了脚底，手脚发软，当下连滚带爬地回了家中。

不过眨眼之间，张氏家门前便聚了数十个闻讯赶来的百姓，众人皆你推我搡地挤在院门处，被衙役不时向后驱散着。

前屋闹出的动静略大，杨应龙被吵醒，从卧房走了出来，面色十分不善，因接连几日未歇息好，眼底挂着青色："都吵什么？！"他掀帘而出，话语中含着怒意，却在瞧见屋中情形时，收住了步子，面色大变，问道，"这是怎么回事？"

马千乘面色凝重，正欲答话，抬头便瞧见了杨应龙手上同身上早已干涸的血迹，不禁怔在原地，许久都说不出话来。

第八章

难断家务事

屋中众人神色各异，杨应龙顺着众人的视线低头瞧了瞧自己的身上，而后猛然抬头，眼中瞬间划过一丝诧异，但很快便被他遮掩了过去。他面色平静下来，双眉紧蹙，原本想命众人报官以示自己的清白，但转念一想，这人追根究底是不是自己杀的，他已不记得，再退一万步讲，自己这些年名声在外，地位又非同寻常，朝廷本就对他起疑，此时若是报官便会直接惊动提刑按察使司，乃至李化龙，甚至都察院。那李化龙与他的恩怨并非一日两日了，届时即使这人不是自己杀的，那李化龙定然也会给他扣顶帽子戴戴。墙倒众人推，京中那些平素同他不对付的言官大臣们，也会趁此插上一脚，如此一来，自己这一生算是这么交待了，说不定连祖宗十八代都会让人给刨出来示众。思及此，杨应龙有些傻眼，拢在袖袍里的手紧了紧，断然道："人不是我杀的。"

此时在屋中的众人，数秦良玉最为清醒，见马千乘不说话，她冷静地将下人赶到院中，而后沉声道："此事非同小可，得报官。"

杨应龙被她这话惊出一身冷汗，望着她的目光深邃起来，面上却是不动声色，在对上马千乘那沉甸甸的视线后，他又换了副悲凄的神情，口中应道："良玉此话有理，是要报官。"

秦良玉扫了他一眼，转身便朝门外走，经过马千乘身旁时，两人对视了一眼。

"我有话同你说。"秦良玉附在马千乘耳畔，"你出来一下。"

此时杨应龙神色虽淡然，但其实心已是提到了嗓子眼，敛了眸子盯着两个人的背影，若有所思。

门外，马千乘平静地望着秦良玉："若要报官，便将此事闹大吧。"

秦良玉并未料到他会赞同报官，她以为按他的性子定然会同自己翻脸。方才她说报官，其实也是想诈一诈杨应龙，毕竟眼下还未有确凿的证据。此时听了马千乘的话，她倒是有些犹豫了："万一这人是骠骑将军杀的……你……"

马千乘沉默许久，才嘶哑着嗓子道："人与人之间的感情是最无用的东西，它会左右人的思想，使我们不能客观地去看待一些事。你也知道，但凡同骠骑将军沾上边的事，我便做不到客观，提刑按察使司也做不到客观，可若将此事闹得天下皆知，或许上面碍于种种因素，会给出一个相对公正的真相，但若人当真是他杀的……"他顿了顿，"每个人都要为自己所做的错事付出代价。"

秦良玉垂下了头，半晌才道："罢了，大不了一死。"

杨应龙脑中的那根弦此时本就紧绷着，再听秦良玉这突然的一句话，他抿了抿唇，紧攥的拳头缓缓放开。他瞧也不瞧地上的张氏同张老夫人一眼，直接跨门而出，负手立于门前，严肃地扫视了一眼院门外看热闹的众人，视线所到之处，人人皆噤声。

杨应龙沉吟片刻，将头役叫了过来，吩咐道："你去报官。"

头役之所以能混成头役，那也不是完全没有理由的，眼下情况紧急，杨应龙让他去报官，他自然不会天真到认为杨应龙是当真让他去报官，但当着众人的面，他又不能问，眼珠转了转，领命而去。

杨应龙虽一直称自己并未杀人，但也知眼下自己嫌疑最重，在头役报官回来之前，他一直老老实实地待在现场并未离开。马千乘守在屋内，欲从张氏的尸体上找出蛛丝马迹。

秦良玉嫌屋里阴森，便同杨应龙站在院中，两人隔着几步，她欲言又止好几番，最终问出了口："大人，你还记得当日是怎么来到永安庄的吗？"

杨应龙此时正瞧着屋内出神，闻言眼睛望向左下方，状似回忆，良久才道："我那时在酒肆喝酒，不知怎么就到了这，你要不问这事，我都忘了还有这茬。"

秦良玉紧紧盯着他表情的变化："一点都记不起来了吗？"

杨应龙本就对秦良玉诸多防范，此时听她这么一问，面色倏然一沉，有些不悦："你的意思是，我这么大的人了，还要说谎骗你？"

秦良玉挑眉不语，正沉默时，马千乘从屋内出来了，站在两人中间，挡住二人的视线，道："婶婶胸口上的伤并不是致命伤，我方才仔细瞧了瞧，那切口十分平整且伤口周围并无血迹，乃是死后才被插入的匕首，这么说来，凶手是在昨日酉时之后才进入的院子，而后在天亮之前离开的。"

得到结论的马千乘微微松了口气，原本雾气昭昭的心中，此时仿佛透进了一丝光亮。

想到张氏已死，杨应龙面色有所缓和，一声叹息后，假意道："我同张氏夫妻多年，虽感情一直不算和睦，但也并未有杀她的理由。"

记起那日在屋顶瞧见杨应龙杀人灭口的事，秦良玉眼中顿起鄙夷之色。

头役回来时，秦良玉正同马千乘在说话。

但见头役不待马停便翻身下马，奋力推开众人，挤到院中，踉踉跄跄地扎在杨应龙脚下："大人，知州不在衙门，刘同知一会便到。"

杨应龙闻言表情并未有太大变化，知州、同知一级的人，他自然不会放在眼中，而且同知又是他的人，一会即便同知来了，也不会对他构成什么威胁。如此一想，他的心又放下了一些，若赶在李化龙得知此事之前草草结案，那么这事便算是压下了，怕就怕有人节外生枝，将这事情闹大。

他又瞧了一眼秦良玉，不再作声。

刘同知全名刘仁和，虽名为仁和，但其实为人同仁和一点不沾边。刘仁和祖上世代经商，传到他这一代，因委实受不住旁人的白眼，他便咬咬牙花了高价钱向杨应龙买了个官，左右买官这事屡见不鲜，追究起来也不算什么事，可狗尿苔即便放在金銮殿也仍旧是狗尿苔，他目不识丁且性子粗蛮，平素最为擅长的一事便是狗仗人势，所以即使混到了官职，他也仍不受待见。

刘仁和远远便瞧见了院中的杨应龙，回头催促身后跟着的衙役同仵作："快点！一会惹怒了杨大人便等着掉脑袋吧！"想了想，他 又道，"今日这事说大也大，说小也小，一会都给我机灵着点，即便这人是杨大人杀的，你们也得想办法给他脱罪！"

衙役同仵作忙不迭点头，三人匆匆小跑进院中，给杨应龙行了大礼。

杨应龙不耐地摆摆手："吾暂乃有罪之身，受不住你们这一拜，快些进去瞧瞧，争取尽快结案。"

秦良玉瞧着眼前的情景，眉头皱得越发紧，心中也不满起来，暗道你杨应龙即便要糊弄人也要糊弄得有水准些，堂堂播州土司，又加封都指挥使，这随意叫来个同知，他自然不敢得罪你，这不是摆明了是要给自己脱罪吗！

刘仁和可不管旁人满意不满意，给衙役和仵作使了个眼色，两人便先后跑进了主屋。

秦良玉跟了进去，见仵作正蹲在地上查看着张氏的尸首，一边检查尸身上的伤处，一边向站得极远的衙役报告。

“大约已故四个时辰，伤七处，胸口伤乃死后所致。”仵作又翻开张氏的眼睛，而后向远处的衙役瞧了一眼，踌躇道：“双眼充血，嘴唇青紫，夫人是窒息而亡。”

仵作又挪去张老夫人尸首旁，张老夫人身上比起张氏要好上许多，只有前额处有一道伤口，这道伤口周围青黑，瘀血未散，经仵作反复思量之后，得出结论：“这伤口属致命伤。”

秦良玉想了想，在屋中踱着步子，似是在找着什么，一圈过后，未果。她又仔细瞧了瞧张老夫人陈尸的方位，顺着方向在八步开外的柱子上摸了摸，终于摸到了一处黏稠，再到跟前仔细观察，见那处柱子微微凹陷。她沉默了，觉得大约是凶手行凶时被张老夫人撞见，而后将张老夫人撞向柱子致死。

一击致死，并使柱子凹陷，先且不说那人是男是女，想必那人心中对张氏一族怨怼很深。

“在想什么？”一直在院外同杨应龙说话的马千乘此时进到屋中，见秦良玉一脸沉思，不由出声发问。

秦良玉沉默，能在他们眼皮子底下溜进院中，并且杀人于无声，此人了得，这种种矛头都指向盈伯，只是眼下她却联络不到他，也不知他下一步准备如何。

见秦良玉不说话，马千乘继续道：“这人或许是赶在我们之前已潜入屋中，伺机而动也说不准，毕竟屋中皆是手无缚鸡之力之人，即便是杨叔父也并不会武，若藏得好，没人会察觉这屋中多了人。”视线转向院外，他冷声道，“这帮酒囊饭袋就更不用说了。”

秦良玉环视四周，末了又抬头瞧了眼顶头的房梁，道：“那他便是躲在房梁上了。”想到张氏几人接连几日的日常皆被人近距离时刻监视，即便是经历过大风浪的秦良玉，也不禁打了个寒战。

屋外传来一阵嘈杂声，是众人在拘捕杨应龙。若放在平日，杨应龙自然不会乖乖入狱，但此事有些棘手，在刘仁和期期艾艾开口前，他便主动要求道：“我先同你们回去，清者自清，待一切水落石出之后，我再出来。”言语间他面上的不屑毫不遮掩，仿佛此举乃是天大的恩惠般。

刘仁和急忙跪地叩头：“小的定会尽快还大人一个清白，这几日便委屈大人了。”

“嗯。”杨应龙鼻息粗重，“这案子既然未结，我不想听到乌七八糟的传闻。”

刘仁和又磕了几个头，连声道：“这是自然，这是自然。”

为避免事情闹大，前来围观的百姓们皆被收押，众人不从，被衙役们用长枪狠撞了下颌，一时间吵闹声连天。

杨应龙则乘着马车一路风风光光地去了监狱，马车后面跟着战战兢兢的刘仁和，再后头的车上，安置着张氏同张老夫人的尸首。

杨应龙在播州也算是大人物，这监狱来了大人物，州官自然不敢怠慢，连狱卒都撤了，知州与同知亲自进去伺候，鞍前马后，好酒好菜地招待，生怕杨应龙在此处住得不习惯，日后出狱再随便寻个什么由头把他们办了。

这边杨应龙正在狱中享着清福，另一边，马千乘却因此事愁绪万千。

秦良玉将张氏家中的下人如数叫到跟前，挨个询问当晚的情况，得到的答案很是一致。

“姑爷喝了酒，回来又撞见小姐同卖货郎说话，这便同小姐吵了起来，连桌子都掀了，再然后屋中便没有动静了，听绿珠说，姑爷后来回房歇息了。”

秦良玉并未得到什么有利的线索，虽对杨应龙亲近不起来，但直觉却告诉她，此事确实不是杨应龙所为。但想到那杨应龙往日里做过的令人不齿之事，她又觉得此次未必不是个好机会，若是让其永世不能翻身，倒也能解她心头之恨。

马千乘反而异常从容，秦良玉在问话时，他只交叠着一双长腿静静地坐在一边，待秦良玉将下人们都放回后院，他才道：“你这两日都未好生歇息，先去镇上找个客栈睡一觉。”

秦良玉知道马千乘在察言观色方面颇有造诣，此时听他一开口，也不知是不是被其洞察了心事，不动声色地瞧了马千乘一眼：“不必了。”

马千乘的脸此时突然有些深沉，他深深地瞧了秦良玉一眼，继而又展出抹笑：“也好。”

月圆时分，果林里枝叶摇曳，地上影影绰绰，颇为诡异。

秦良玉只身在果林深处，负手而立，静静地望着天上圆月。

“你在等我？”

少顷，盈伯的声音响在身后，秦良玉并不吃惊，也未动地方，只问：“张氏是你杀的？”

盈伯但笑不语。

秦良玉又问：“为何滥杀无辜？”

盈伯这才开口，声音有些冷淡：“我杀张氏与其母亲，于杨应龙来讲未必是坏事，左右我不杀，他迟早也要杀，所以不如替他先行一步，也好让他先吃些苦头。”他顿了顿，“老夫劝你莫要动什么恻隐之心，你这次不牵制住他，下一个他杀的说不定便是你。”说罢静待片刻，见秦良玉再无开口之意，她悄然转身，渐渐消失在夜色之中，空中隐隐能听到他的话，“近些日子老夫要远行，莫要找我。”

杨应龙被拘捕后，张家的下人皆被宣慰司的人软禁在后屋，所有人都在为杨应龙争取有利的时机。

秦良玉同马千乘出院子时，总会被头役拦下来，头役也是个聪明人，知道两人身份特殊，说话时便小心翼翼了许多，他面上挂着笑，不见双眸：“二位爷这是去哪？”

马千乘绕过他，视而不见，秦良玉更是目不斜视地继续前行。

头役笑意微僵，少顷，他嘴角的弧度更甚了些，又小跑两步挡在两人身前：“二位爷，不是小的事多，大人走前可是留了话了，任何人都有嫌疑，皆不许离开这院子，二位爷可莫要为难我们这些当差的。”

马千乘这几日心情本就不好，此时听头役一再聒噪，面无表情地盯着他，话语不无冷意：“你拦得住？”

头役只觉心里一沉，抬头对上马千乘深如玄潭的眼眸，双膝一软，下意识便想跪下，想了想，还是忍住了。为保住小命，他侧了侧身子，将路让开。

见两人走远后，他去到一旁对他的手下道：“去，将他们两个看好了，若有风吹草动，立即来信。”

不幸被委以重任的衙役乃是之前被马千乘剥光了衣裳、裤子，扔在胡同的衙役，心里的阴影尚在，他的脸登时皱成了一团，下意识紧紧揪住前襟同裤腰，想着马千乘嬉皮笑脸剥他衣裳时的风采，他更加笃定马千乘必然是剥人衣裳剥多了才会有如此从容的态度，连带着脚步都沉重了起来，求饶道：“头儿，我不想去，能不能换个人？”

头役方才受了气，此时见手下反抗，一脚踹在他胸口：“不能！”

马千乘与秦良玉此番暂时离院，乃是想找个客栈打个浴，换身干净衣裳。因这几日情况特殊，马千乘将随身的佩剑留在了秦良玉房中，想了想，还是叮嘱道：“这几日我们卷入了张氏这事，怕是日子不太平，你多注意着些。”

秦良玉细细抚摸着马千乘的佩剑，并无工夫分神理他，眼下二人内力已恢复九成，她心中也有了些底气。

马千乘见她如此，也便没有再出声打扰，只矮身坐在她身边，笑望着她。

此时外面阳光正盛，打在身上很是和暖，细小尘粒在光线之中上下飞舞。良久，马千乘觉得视线有些模糊，思绪也渐渐放松下来，头一偏便睡了过去。

须臾，秦良玉听见身边传来均匀的呼吸声，抱紧手中剑凝神一瞧，见马千乘正斜倚在床边睡觉，眼底青黑一片，想着这几日他又是被下药，又是四处跑，比起往日率军攻敌也差不到哪去，定然是身心俱疲。她当下小心地将他的身子放平，又扯过被子盖在他身上。正要起身，忽闻窗框处传来清脆的声响，秦良玉脑中那根弦倏然紧绷，小心地将窗户打开些许，透过缝隙朝街上张望，但见街上往来行人虽不少，却未有形迹可疑之人。她正要关窗，又见一支断箭忽而从天而降，牢牢地钉入窗框，箭上带着张字条。

秦良玉下意识回身去瞧马千乘，见对方并未有醒来的意思，这才将箭拔下，展开字条扫了一眼，上书：子时，东郊。

她将字条收入袖袍，又在屋中燃了安魂香，而后才在桌前坐下，静思眼前局势。

她阴差阳错地卷入了杨应龙杀妻一案，除她以外的其余人皆在杨应龙掌握之中，为防止她走漏什么风声，杨应龙自然会对她严加防备，免得在她这处出什么乱子。但若想光明正大地将她除掉，杨应龙此时还是不敢的，毕竟还有马千乘这一层关系在，杨应龙即便要对自己下手，也会挑一个神不知鬼不觉的法子，比如将她引至荒无人烟之地，再将她灭口。如此一来，若推测此番前来送信之人是杨应龙的人，那也说得通。

眼下杨应龙人在狱中，只能托心腹办事，放眼天下，能得杨应龙信任之人，怕是也就只有一个孙时泰了。

秦良玉对杨应龙不禁刮目相看，毕竟厚颜无耻到如此地步之人，眼下已是很少见了，想必对方是知道她这不拖累旁人的性子，知道届时即便马千乘想去，她定然也会想尽法子阻止，所以才想出如此沟通之法。

未到子时，秦良玉便轻手轻脚地推门而出，临走前她又在香炉中添了些安魂香，以确保马千乘的睡眠质量。

按说这安魂香只燃一点便能使人酣睡一夜，但马千乘他明显不是正常人，在秦良玉堪堪将门关上后，他便从床上坐起，双眸清朗，毫无困倦之意。他踱到桌前，瞧着已漫出香炉，撒了一桌的安魂香香粉，无奈地摇了摇头。

“肖穹。”他倚桌唤了一声。

话音刚落，一道身影自屋顶倒挂而现，青丝垂落，但见那人手扶着窗框，灵巧地跃入屋中，单膝跪在马千乘身前：“公子。”

马千乘示意他起身，问道：“人往哪去了？”

肖穹答：“东面。”而后他稍稍抬了头，“今日给宣武将军送信那人同当日缠住我的人也不知是不是同一伙人。”那日他听到笛声，正要去找马千乘，刚一现身便被人给缠上了，待他赶到酒肆时，马千乘他们早已离开。

马千乘神色稍显凝重。

见他不说话，肖穹又道：“公子，要不要去帮帮宣武将军？”

马千乘这才回神，淡然道：“不急，让她吃点苦头便会学乖了。”

两人赶到东郊时，秦良玉正对着那蒙面人撒气，她凌空而起，转至那人背后，双腿缠上那人脖颈，两手撑地，腿上一个使力便将那人重重掼到地上。那人一声不吭地爬起来，向后退了两步，脚下蓦然踩上个东西，心中当下一沉，僵着身子不敢轻易动作。

马千乘轻声笑了笑，又抬手拍了拍蒙面人的肩膀：“麻烦把脚拿开，踩到我了，有点疼。”

不待那人答话，肖穹身形好似凭空出现，伸手扼住那人咽喉。

秦良玉先前状态不怎么好，被蒙面人收拾得不轻，此时见帮手赶到，也顾不得问马千乘话，迅速退至三人面前站定，见蒙面人被肖穹紧紧按住，蹙眉道：

"留活口。"

蒙面人一直纹丝未动，肖穹一刻也不敢放松警惕，但不承想，最后还是被蒙面人给挣脱开来。只见蒙面人身子一矮，肖穹掌心便空了。蒙面人疾步退出些距离，眼中终是出现了些恐惧。一个人他倒是能对付，可眼下三人合攻，他必死无疑。本着好汉不吃眼前亏的宗旨，他意欲趁空脱身。

马千乘不合时宜地想起上次被人下药一事，虽不确定那下药之人与眼前人是不是同伙，但想起当日在街上拔足狂奔的场景，他觉得无论两伙人是否为同伙，他都有必要同蒙面人友好地沟通沟通。

那边蒙面人刚一撤步，马千乘便先肖穹与秦良玉闪身而上，步伐迅速且诡异，不待黑衣人反应便已被擒住了手臂。秦良玉在一旁观望，暗暗感叹马千乘那魔鬼般的飘渺步伐，并为蒙面人惋惜，一条鲜活的生命又要从世间消失。她正叹着气，便见马千乘从怀中掏出一个纸包，而后飞快地朝蒙面人眼睛撒去。蒙面人捂着眼睛在地上打滚，发出痛苦的咆哮，怒骂马千乘："你竟用如此下三滥的招数！无耻！愧对你的列祖列宗！"

马千乘置若罔闻，轻轻掸了掸身上沾着的灰："没瞧出来你还是个读死书的书呆子。"见蒙面人在地上滚得来劲，他又道，"你们老师没有教过你，凡事要注重结果，至于过程，不必在意吗？"

肖穹上前一把扯下蒙面人脸上的黑布，见对方面生得很，脸上还满是不甘，他当下朝其挑衅地挑了挑眉，而后又从对方身上搜出来一捆细绳，麻利地将对方捆了个结实。末了他又打了个精致漂亮的结，最后抬头问马千乘："公子，这人要如何处置？"

马千乘扫了蒙面人一眼："先带回去，好生招待，莫要让他断了气，待我回去再做决定。"

肖穹像拖猪般将蒙面人拖远了后，秦良玉瞧着面无表情的马千乘："我以为你们这些官家子弟都是正人君子。"

马千乘淡淡地回望着她："你对我误会太深了。"

秦良玉："……"

秦良玉此番腿上受了点伤，因回去要步行，行进间难免扯到伤口，便不时地皱眉。

马千乘全当未瞧见，故意催促道：“走快点。”

秦良玉不愿将受伤一事说出来，便忍着伤痛走快了些，未承想马千乘并不满意，仍然冷声道：“玉玉啊，你这是爬行呢？”

秦良玉语气微沉：“要走你走便是了。”

马千乘倏然停下脚步，脱口问道：“为什么会腿疼？”

秦良玉只好老实回答：“方才腿受了点伤。”

马千乘点点头，似是惋惜：“只有腿受伤了？啧啧，看来我还是来早了。”

秦良玉被他这话噎得胸口发疼，原本是不想理会他，但想了想，还是问了句：“这话是什么意思？”

马千乘冷笑：“我什么意思你不知道？”话落他觉得自己的语气有些重，呼出几口气，尽量温和道，“收到字条为什么不叫醒我？”见秦良玉面色忽而讪讪，他继续道，“你以为你天下无敌吗？以为每次遇险都会逢凶化吉？秦良玉你做事前能多用用脑袋吗？”

秦良玉被骂得毫无招架之力，想动粗又知道自己不是马千乘的对手，只能一直板着脸听训。

马千乘音量平稳，音调起伏亦不大：“有些事并不是以你一己之力便能解决的，行事前你要顾全大局，我知道你英勇，但你的这种英勇毫无价值。”

秦良玉这才动了动嘴皮：“早晚都要死，先死一步也无妨。”

马千乘见她一副满不在乎的模样，只觉心口那股火气越发大了起来，沉声道：“你再说一遍？”

秦良玉听出马千乘语气不对，为避免引起不必要的冲突，她不动声色地将两人的距离拉远了些，稍缓了口气：“世上无长生，早死便不会难过伤心了。”

马千乘目光渐冷，自知再说下去只会令自己更加郁闷，当下闭了嘴。

秦良玉见他神色委实冷清，想了想，今夜他毕竟为救自己前来，就这么对待救命恩人，的确不妥，遂转移了话题与他攀谈：“你穿这么少，不冷吗？”

马千乘瞧也不瞧她：“为了青春美，冻死不后悔。”

言罢马千乘率先迈步离开。

两人回到客栈时已是凌晨，各自回了房间，分别时并无交谈。

因先前打斗耗费了不少体力，秦良玉将方才同马千乘的不愉快抛到脑后，安然地躺在床上。方才那蒙面人在打斗时说漏了嘴，终归是证实了她的猜测，对方的确是杨应龙派来的。秦良玉翻了个身，又想起盈伯的话，想起过往种种，以及未来大约会发生的事，登时改了欲留杨应龙一命的心思。

隔日一早，睡得正香的秦良玉被叩门声吵醒，她动了动身子，不耐地问道："什么事？"

小二明显讨好的声音响起在门外："客官，起床吃早饭了，马公子在大堂等着您呐！"话落有铜盆放在地上的声音，"客官，我将热水给您放在门口了。"

秦良玉将被子又向上扯了扯："谢过，你让他先吃，我一会便下去。"

说罢她便将这事忘了，转了个身昏昏沉沉又要入睡时，叩门声再度响起，秦良玉一掀被子，火大地从床上坐起，怒道："还有事？"

门外安静了一瞬才响起马千乘平淡的嗓音："孙叔父来了，你快些收拾好了下来。"

秦良玉闻言登时清醒了，方才的火气也消了一半，强忍着倦意，心不甘情不愿地下床穿衣。

堪堪将衣裳整理妥帖，一直未出声的马千乘便道："开门。"

秦良玉挪过去将门闩打开。

门外，马千乘正端着水盆站着，见秦良玉眼底青黑明显，也未多话，直接进屋将盆子搁置在木架上："趁热洗吧，我先下去了。"

秦良玉面色微酡，故作镇定地应了一声，两手插入盆中，胡乱地掬了捧水朝脸上拍。

她一早便想见见孙时泰了，若有可能，她着实还想当面感谢他八辈子祖宗，毕竟对方特意找了人来提高她近日一直未有长进的武功修为。

秦良玉下楼时，马千乘正在同孙时泰交谈。

"我已收到杨大人的信，夫人被害这事暂且先压着，眼下张时照已调任，又转投到李化龙门下，若让他知道了此事，杨大人怕是性命堪虞。"孙时泰并未顾忌秦良玉在场，同马千乘交谈起来亦毫无遮掩。

秦良玉敷衍地朝孙时泰行了一礼，孙时泰倒也大大方方地受下了，一脸"我知道你知道我已经知道你知道了，但你拿我毫无办法"的淡然之色。

马千乘将身边的凳子拉开了些，又给秦良玉夹了个包子放到碗里："吃吧。"

秦良玉此时只能以不变应万变，待盈伯回来，再与他协商下一步该如何做。落座时，秦良玉不经意地瞥见孙时泰袖袍中露出的一抹水粉色，那绢子一瞧便是女人家用的，与孙时泰那素来严谨的面容极其不符。

孙时泰自然是瞧见了秦良玉微微停留的视线，抬了抬手臂，目光触及那绢子时，孙时泰神色忽而微变，眉眼间变得悲凉。他不自觉地抚上那方罗帕，颇有痛心疾首之感："这是我女儿生前常用的帕子。"话至此，他眼底微微泛红，"我这个当爹的没用，连我女儿都护不了。"

他声音哽咽，纵然平日跟在杨应龙身边翻手云覆手雨，此时也不过是一位痛失爱女的父亲。

秦良玉同马千乘都未应声，安安静静地坐在一旁瞧着孙时泰。或许也觉得自己有些失态，须臾，孙时泰便恢复如常，只是眼底尚带着一抹沉痛，他小心地松开帕子，道："先不说其他，眼下最重要的是赶在事态严重前将杨大人从牢中救出来。"

眼下知情的人全被看押了起来，张氏的院子也不许旁人接近，确定永安庄这边的消息被封锁后，孙时泰前往播州，准备同官员们进一步沟通。

秦良玉自然不愿让那杨应龙出狱，但杨应龙是否杀人还未知，她顾忌马千乘为救杨应龙，当真找出什么对其有利的证据，当下决定先回重庆卫，而后再暗中将这消息散播开来。

原以为说服马千乘回重庆卫需要费些口舌，却不料她开口之后，发现马千乘也正有此意，两人一拍即合，当下决定先回重庆卫。

今日街上格外热闹，尤其是久不开张的茶楼，此时竟是门庭若市。秦良玉临走前，想着出来买些特产带给众人，此时她站在人群中，耳边沸沸扬扬传的皆是杨应龙杀妻一事。

"你说土皇帝将自己老婆杀了，此番会不会被砍头？"一人浑身都散发着欠抽的幸灾乐祸之气，眉飞色舞地同身边人道，"他死有余辜，这些年那些大姑娘、小媳妇可没少让他祸害。"说罢那人还朝地上啐了口唾沫，险些吐在秦良玉的鞋面上。

秦良玉双眉微挑，随手拉过那人问："这是怎么一回事？"

那人原本以为秦良玉是见自己险些将口水吐在她的鞋上，特意找碴儿的，面上早已堆出一副死扛到底的德行，此下听她问的是另一桩事，立马放松了警惕："嗨！这事你都不知道？土皇帝杨应龙前些日子将他结发妻子杀了。"他又就杨应龙那些脍炙人口的破事点评了一番，“要我说他就是个畜生，这些年又是贪财，又是贪色的，大家是敢怒不敢言。人家可是大官，谁敢得罪？他眼下出了这档子事，那就是老天爷瞧不下去了！要收拾他了！”

人群中有一人似是听不下去了，愤愤地瞧了那人两眼：“这些年杨大人做的也不全是坏事，你瞧瞧原先三永镇那路面，坑坑洼洼的，每逢降雨更是过不了行人，那路之前都没人修，最后还不是杨大人出资铺的路？”

先前那人擦了擦鼻子：“那是因为你家媳妇同闺女没被他祸害过，才会如此袒护他！他做的那些所谓的好事，都是无利不起早！你以为他宅子那么大是怎么来的？那都是搜刮民脂民膏得来的！就你这傻小子还替他说话。”而后他一挥袖子，“去去去，我不同你费口舌，他杨应龙做的那些龌龊事同你口中的好事相比，根本是功不抵过。”

人便是如此，即便你做了一万桩好事，一桩坏事便足以让你身败名裂，更何况是杨应龙这类本就名声不怎么样的人。

张氏同张老夫人被杀一事，以迅雷不及掩耳之势在永安庄传了开来，有心者已将此事编排成话本子，在街头巷尾有鼻子有眼地讲了起来，活似他本人亲临现场般。

短短一日，这事便已闹得沸沸扬扬的了。

秦良玉坐在车中，虽已知消息是何人所传，但还是试探地问马千乘：“你觉得这消息是谁透露出去的？”

马千乘面容平静：“宣慰司的衙役、那日给你我下药之人、你、我、孙叔父，谁都有可能透露。”

马千乘的想法倒是十分全面，只是眼下的重点已不是消息乃何人所散播的了。

杨应龙杀妻一事，三天不到便直奔四川总督李化龙的耳中，按理说大家同是一地官员，又都是正二品大员，更是有缘到连名字中都带着相同的字，从种种层面来看，这两人都应相亲相爱才是，可这份天赐的情谊偏生被人为因素给破坏了。播州虽为四川所辖，但杨应龙早已不将李化龙放在眼中，年年交税不及时也便罢了，那交上来的税赋还不够李化龙宴请同僚的，因此李化龙与杨应龙积怨已深，眼下好不容易逮到杨应龙的把柄，自然要大做文章。

消息铺天盖地传到李化龙耳中时，杨应龙正在牢中养精蓄锐。

望着他脚边跪着正在给他捶腿的婢女，知州谄媚道："大人，此事现下已有定论，凶犯乃当日同夫人说话的那个卖货郎，他因同夫人讨价还价不成，顿起歹念，买通府上下人，趁那杀千刀的下人外出买菜回来的当口，便跟着混了进去。眼下真凶已缉拿归案，这案子今日便能结了，夫人遇害一事可是同您半点干系都没有，这几日委屈您了，您日后……"他原本是想说"大人您日后得空常来"，被同在一旁的刘仁和推了推手肘，方才将这即将脱口而出的话给咽回去。

刘仁和随即道："大人，这几日有招待不周的地方，望您海涵。"

杨应龙这才懒懒地抬了抬眼："那人竟敢栽赃于我，你们还是要严加惩罚啊！"

两人点头如小鸡啄米："这是自然，这是自然，那人已被捉拿到狱中，明日便行刑，以慰夫人在天之灵。"

杨应龙踹开脚边的婢女，坐起身敛着眸子道："如此甚好，不然我那夫人走得不明不白，我不能让她死不瞑目啊！"

乍一瞧，杨应龙面上倒也显出几分悲凉，只是孰真孰假，只有他自己明了。

因杨应龙身份较为尊贵，所以眼下住着的地方也是狱中的雅间。所谓雅间，其实是关押重犯之地，位置虽有些偏僻，但好在环境幽雅，四周无邻居，少了许多嘈杂。不仅如此，仰首望去，屋顶还有瀑布，那水滴不时砸在铺着茅草的石榻上，仿若水帘洞一般，景观倒是别致，可刚来那会杨应龙总会被这水给浇醒，只好不时将知州和刘仁和两人叫到跟前臭骂一顿泄愤。

两人不得不哭丧着脸解释："狱中只有这处屋子是独门独户的，住在此处，大人要交代下来桩什么事，也方便不是？"

托了环境幽雅的福，几人不说话时，这黑漆漆的牢狱便显得尤为肃静，刘仁和正要开口活跃一下气氛，忽听拍手声响起，几人都是一惊，循声回头望去，见阴影中逐渐显现出一满面笑容之人。

那人着了件玉色交领长衫，料子乃上好的绸缎，衫子宽袖皂缘，穿在身上洒脱异常，他年纪同杨应龙差不多，剑眉倒立，双目含威，面相生得端端正正。

刘仁和和知州登时傻了眼，虽不知来者何人，但能轻松入得这牢狱并且无人前来通报他们，想必此人也不是什么小人物。他们正要开口询问，便见杨应龙从石榻上站起身，甚至连鞋都来不及穿上。

"本督来得巧，方才正听了出好戏。"

杨应龙杀妻一事已有定论，这一说原本便是无稽之谈，不过是几人蛇鼠一窝，商量着抓个替死鬼了事。做了亏心事，自然怕鬼敲门，此时见这事被眼前人提起，刘仁和与知州身上登时大汗淋漓，不禁回头去瞧杨应龙，见他的面色也好不到哪去，顿觉天塌地陷。

“李总督此话何意？”杨应龙冷着脸开口问。

在场其余人一听杨应龙叫出口的称呼，登时跪倒在地，忙不迭磕头，口中不断念叨着：“有失远迎，大人恕罪。”

从杨应龙的面色便不难猜出李总督便是杨应龙的死对头李化龙。

李化龙不屑地“哼”了一声，继而笑道：“本督此番前来，尔等自是知道所为何事，杀人之事非同小可，不得马虎断案。”说罢他扫了知州一眼，“还不滚去将所谓真凶的认罪书同案宗一并拿来！”

杨应龙这才觉事态不妙，但见李化龙此下乃是只身前来，他觉得自己大约还有几分希望，以眼神制止住哆哆嗦嗦偷望着他的知州，而后道：“此事确有蹊跷，不如我亲自同李大人说说。”

李化龙闻言站在原地未动，直到知州拖着花容失色的婢女从牢中离开，他才举步朝杨应龙走去。

“李大人，我们明人不说暗话，张氏的确不是我所杀，若要证明我的清白，也只是时间问题。”

李化龙沉声笑了笑：“杨大人所言极是，只是，那是本督未插手此事前。”

杨应龙被他噎得半死，指着他：“你！”

李化龙将他的手轻轻拂开，笑言：“杨大人为官十数载，怎么还如此沉不住气？”

仇敌见面本就分外眼红，更何况眼前情景无端令杨应龙觉得自己矮了李化龙一截，再开口时，杨应龙的语气柔和了些许：“李大人乃深明大义之人，方才若有得罪之处，李大人万万莫要放在心上。”

李化龙虽不领情，但也不再讥讽，少顷，道：“眼下杨大人弑妻一事，外头已闹得沸沸扬扬，我与杨大人并无深仇大恨，既然得知了此事，自然不能袖手旁观。我来之前，张时照也听闻了此事。”说罢他叹了口气，“也不知他会闹出什么事来。”

杨应龙瞧着李化龙道貌岸然的模样，早已窝了一肚子的火，乍一听到张时照的名字，面色更是一片灰白，孙时泰是降服不了张时照的，自己早些年又树敌太多，现下锒铛入狱，朝中他的党羽为保身，不趁机踩他两脚那已是天大的情分了，若再有人倒戈，参他几本，李化龙跟着火上浇油，顺手给他扣个帽子，他便是死罪难逃了。

思及此，杨应龙的脸上急忙堆出笑脸："李大人既然在下官落泊时前来探望，想必是念了以往的情谊，要说李大人来得也是巧，去年播州的税赋下官正要上交呢。"

李化龙"呵呵"笑了两声："这才三月初，并未到骠骑将军交税之时啊。"

杨应龙咬了咬牙："以往定然是手下延误了时间，日后此情况定不会再发生。"不待李化龙答话，他又顾自道，"去年播州收成不错，未来几年大约也差不到哪去，所以这税赋还可以再往上提一提。"怕筹码不够，他继续利诱，"下官前些日子还得了件宝贝，据说是古时王墓所出的兽面纹玉璜，日后一定亲手奉上。"

李化龙挑了挑眉，这才露出了笑模样，掩去眼底的贪婪之意，他伸手掸了掸杨应龙袍子上的灰："贤兄这不是见外吗！"

两人坐在石榻上，李化龙又道："贤兄这事估计已传到上面了，我眼下即便想为你洗脱罪名也需要些日子，样子总是要走走的，还望贤兄不要埋怨于我啊！"

杨应龙听李化龙如此说，心中踏实了一些。送别李化龙，杨应龙回手便将刘仁和特意差人送进来的茶桌掀翻在地。

"刘仁和！"他粗着嗓子唤了一声，刘仁和便跑了过来，一头扎在杨应龙脚下。

"大人，下官在。"

杨应龙双手攥成拳："让孙时泰来见我。"

孙时泰到时，杨应龙正在地上站着，见他来了，开门见山道："此事不是下令封锁了吗？眼下何以闹得人尽皆知？"

孙时泰垂了眸子："下官前几日还曾交代下去此事，眼下一夜之间此事便闹大了，想必是背后有有心人推波助澜，大人不妨仔细想想，最早得知此事的那批人中，有什么可疑之人吗？"

那批人如数被看押在牢，其余未被收监的乃是靠自己吃饭之人，想来想去，这可疑之人便只有马千乘和秦良玉了。马千乘那孩子的性子他知道，并非是非不分的主，且一向对自己尊敬有加，定不会在他下令封锁之后将消息传出去，那么如此一来，可疑之人便只剩秦良玉一人了。想起当日她斩钉截铁地说要报官，杨应龙越发觉得她嫌疑最大。

见杨应龙不说话，孙时泰又道："那日我特意叮嘱肖容莫要将此事外传，当时秦良玉也在，想必是那孩子还在记着秦邦翰那事，所以想借此机会报仇吧。”

杨应龙觉得如此一瞧，前因后果也都解释得通，那秦良玉也不是有勇无谋之辈，想必欲行此棋很久了。

杨应龙一掌拍在墙壁上，恨恨地道：“我一早便该杀了她，省得如今被她耍得团团转。”

第九章

频繁起祸端

使杨应龙咬牙切齿的秦良玉，此时正斜倚在马车车厢的软榻上，半敛着眸子瞧马千乘："眼下我们离开播州一事定然已经传到骠骑将军耳中了。"

马千乘依旧握着本册子看得出神，半晌才应了一声："李总督既已插手，且杨叔父仍然无恙，这定是两人之间达成了某种协议……"他似乎还想说些什么，却不动声色地给忍了回去。

秦良玉见马千乘面不改色，又道："张时照怎么会善罢甘休？"

马千乘揉了揉肩膀："播州路远且崎岖，杨氏一族又根基深厚，未有确凿的证据，上面不会轻易派人来的。"

秦良玉轻笑一声，转头掀开车上的小帘，一语不发地看着车外沿途的翠色。

转眼已是五月，天气正是燥热，偶尔阴雨不断，迎面而来的风皆带着闷意。

秦良玉与马千乘回到重庆卫后，两人皆极有默契地再未提及杨应龙一事，但此事早已闹得沸沸扬扬，即便两人不说，也总能听到有关此事的传闻。

据说张氏的叔父，此时已撺掇了杨应龙的部属何恩和宋世臣这两位常年饱受杨应龙摧残的同僚，一同上京告御状，几人上书弹劾杨应龙，又顺带将李化龙与杨应龙勾结一事润色后提了提。朝中自然有李化龙的眼线，李化龙本人听闻此事后，当即上书，奏疏字里行间全是替自己喊冤之意，怕皇帝不信，他还顺手又添了些杨应龙这些年的不敬之举，毫不犹豫地便将队友出卖了。皇帝将这奏疏放到一旁，又拿起了张时照等人的题本。这题本从司礼监递到内阁，内阁首辅乃是申时行，并且他好巧不巧地承过杨应龙些恩惠，所以将折子票拟后，呈到御前时，也随口替杨应龙说了几句话。这说话自然也是门技术活，眼下杨应龙的好几桩罪摆在跟前，申时行自然不能指着那罪状说杨应龙品性优良，若当真如此做了，他觉得杨应龙可能会死得更快一些。

申时行见皇帝面色很是深沉，并未作声，直到皇帝瞧完题本后，主动问："先生，这事你以为如何？"

申时行绯色官服前的褂子上，那只仙鹤卓然独立，他拉了拉原本便整洁的衣裳，这才道："皇上定还记着前些年杨应龙上贡楠木一事，且这些年他所率部队几次退敌有功，这折子上的罪状又尚未确凿。臣以为，不可信张时照一面之词，眼下李化龙坐镇播州，皇上不妨再等些时日，此事非同小可，莫要伤了功臣的心啊！"

这些年因不上朝和立储一事，皇上没少受大臣们的气，一个个不是辞官便是以死相逼，唯有申时行始终站在他这边，所以申时行的话，皇上还是听的。遂当日皇上便下了旨，令李化龙彻查此事，因罪状还涉及谋反，他又顺手遣了个御史去。

众所周知，御史这活最为吃力不讨好，工作做好了，被众同僚骂；若做不好，那便是被皇上骂。骂还是轻的，若时运不佳，被罢官也是常有的事，再加之此事棘手，那播州地势崎岖，有同户部交好的官员便撺掇户部的同僚到皇上跟前哭穷，说经费不足，其余那些言官大臣们为了躲避这事更是使尽浑身解数，拼了老命给皇上吹耳边风。

"启禀皇上，依臣愚见，从经费方面来瞧，此番这御史人选应当遵从就近原则，一是省时省力，二是省钱。而且臣听说，李化龙同杨应龙乃是隶属关系，难免抱团，若再加之这一层面，臣以为，这御史又得满足同两人都有些利害关系的条件。"

皇上等了半晌，也不见平日骂人水平已臻化境的那几个大臣开口，这才抬了抬眼皮："所以？"

先前那人继续道："所以从贵州调派乃是上策。"

众人这才附和："启禀皇上，他说得对。"

皇上冷哼一声，心中将众人骂了个狗血淋头，又问："众位可有合适的人选？"

大家你瞧瞧我，我推推你，都不开口，生怕一个不当心落了话柄在旁人手中，最后还是吏部文选清吏司郎中道："臣以为，贵州巡抚叶梦熊最合适不过。"

要说这个御史人选，选得是十分好。

自打叶梦熊坐镇这牢狱以来，杨应龙的好日子可算是到头了，单间虽还是那个单间，但瀑布的水流明显大了，眼下播州并无积雪且晴朗日多，更不会出现化雪同下雨的场景，所以这水流定然是人为的。

杨应龙擦着脸上的水，又抖了抖叶梦熊特意为他准备的崭新的囚服。眼下好酒好菜没了不说，还要时不时被人三更半夜提审，若实在问不出来什么才将他放回去。

叶梦熊的用意很明显：我原本也不是真心想审案，更是未指望你能认罪伏法。我不动用私刑，也不听你妄言狡辩，你若识相便主动招了，你若不识相，那咱们便慢慢耗，左右我孙媳妇都要生娃了，我此生无憾，耗死在这也不是不可。

杨应龙对他这种不扎针、不吃药，就是坐这跟你唠的无耻行径深感无力，无奈他此时无法同孙时泰取得联络，而李化龙又不敢光明正大地同叶梦熊对着干，所以他只能将委屈埋在心底，苦熬日子。

再说张时照等人告了御状回来，心却是日日提着，生怕卑鄙无耻的杨应龙将叶梦熊收买，如此一来，待杨应龙出狱之日，便是他们几人小命不保之时。几人连夜商讨对策，要赶在杨应龙出手之前同叶梦熊叶御史扯上点干系。

眼下叶梦熊也算是一方诸侯，且传闻说他廉洁自律，这送钱定然是行不通的，若是因此丢了脑袋，那可是憋屈至极。况且他们几人官微言轻，能不能说得上话还是一说。

张时照摸着下巴道："既然送钱不成，那便送人好了。"

何恩闻言喷出满口茶水："我听闻叶夫人善妒得很，我们送人岂不是自讨苦吃？"

张时照嘴角一垮："那该如何？难不成就这么等死？"

一直未开口的宋世臣依旧沉吟不语，片刻后才道："我听闻叶大人有个孙儿，那孙儿虽是庶子，却深得他喜爱，凑巧张兄你不是有个倾国倾城的孙女吗？不如嫁给他孙儿做妾。"

张时照闻言面色一黑："我的孙女我亦是捧在手心的，怎能嫁给庶子做妾！"

何恩痛心疾首："张兄你糊涂啊！你那孙女乃是播州有名的美人，如此一来才好表明我们的诚意，不然等杨应龙回过神将那杨宛若嫁过去，我们便真是活不成了！若我家中女眷有一人有倾城貌，我都不用张兄割爱啊！而且我听闻叶大人那孙儿生得也是俊美无双，这不是天造地设的一双吗？"

这个决定做得委实艰难，张时照沉默许久才松了口："他杨应龙杀我侄女同母亲，我同他势不两立！"

知道杨应龙近日的日子不好过，秦良玉这心便放下了不少。

说到之前张时照上书的事，其实秦良玉还跟着插了一脚。当然，她之所以能同张时照搭上边，这中间少不了盈伯的功劳。

那是她与马千乘刚回到重庆卫后没多久，盈伯便来卫中找她，他也不绕弯子，直接同她说明杨应龙杀妻一事是他捅出去的，若让她受了不白之冤，还望她见谅。还说他之前远行，便是为结交张时照，眼下若她有事，便可借张时照之手上书。至于二人是如何结交上的，秦良玉并不知情。她也曾托人多方打探，却一直未曾查出盈伯的真实身份，她对他的好奇难免一日甚过一日。

秦良玉练兵之余，坐在桌前沉思。因杨应龙一事，马千乘忙得脚不沾地，一眨眼，两人已有十余日不曾打过照面。或许是马千乘察觉出她此番要置杨应龙于死地的念头，觉得两人此时立场尴尬，为避免两人言语不和决裂，所以才有意避开也说不定。

没了马千乘打扰的日子，秦良玉觉得有些无趣。

同样觉得无趣的，还有离开了秦良玉的马千乘。

当日他与秦良玉回到重庆卫后没几日便又去了播州，之前他一直差肖穹暗查私兵一事，此下这事已有了些眉目，所有矛头的确皆指向杨应龙，除此之外，还有些意外收获，听说杨应龙一直认为他杀妻一事乃是秦良玉捅出去的。若是空口白牙地与杨应龙解释，杨应龙自然是不会信的，所以马千乘只能转移杨应龙的注意力。这转移杨应龙注意力的法子，马千乘也想好了，只是此法有些对不住田雌凤。

眼下杨应龙暂被从牢狱中放了出来，这其中自是少不了李化龙李总督的功劳，李总督拿人钱财替人消灾，之前先是明哲保身，划清了自己同杨应龙的界线，因此获得了一些时机，暗地里给杨应龙找了个极有名气的讼师，因这事，李总督同叶巡抚两人闹得很僵。马千乘刚到时，杨应龙亲自出门来迎接，许是自叶梦熊接管张氏案之后，他在狱中的日子并不好过，眼下虽已出狱几日，但面色仍显苍白。

马千乘行礼，唤了一声："叔父。"

不待杨应龙开口，杨宛若便拎着裙摆从府中跑了出来："肖容哥哥！"因跑得急，她当头撞向马千乘怀中，竟将他撞得七荤八素，向后退了好几步。

马千乘扶额，直想问她这几日是吃了什么，怎么肥了这么多？

杨宛若不顾一旁的杨应龙，径自将马千乘朝屋中带："秦良玉怎么没与你一起来？我母亲前些日子教我做了糕点，她真是没口福。"

听她提到田雌凤，马千乘下意识环视了屋内，见杨府下人皆垂首，状似恭敬地立在外屋，假意攀谈："你什么时候回来的？"

杨宛若一张脸晕满得意之色："昨日啊。"

马千乘平淡地应了一声，又问："同你母亲一起回来的？"

杨宛若理所当然的模样："当然了。"

马千乘敷衍地点了点头，端出一副要长谈的架势："宋代诗人范成大在《吴郡志》中写道'天上天堂，地下平越'。"说完他心虚地咳嗽了一声，"既然去了平越，你怎么没多玩些日子？"

这一句话听得杨宛若直皱眉："难道不是'天上天堂，地下苏杭'吗？"

马千乘心中那根弦一断，兀自强调道："莫要在意这些细节，我是问你为何没有在平越多待几日？"

杨宛若这才道："我娘让我待在家中不许我乱跑，她却整日不见踪影，若不是父亲从牢中被放出来，母亲是不会带我回来的。"顿了顿她又道，"眼下那个女人死了，母亲说我们不会再受气了。"

马千乘觉得这是一条有利的线索，不禁垂眸暗笑，浓密的睫毛犹如墨扫。

杨宛若见他这副模样，撇了撇嘴："肖容哥哥你是不是在想什么坏事情？"

马千乘的笑容僵在嘴角，随手拈了块糕点送入口中："我出去转转。"

晚上，杨应龙在府上设宴，特意招待马千乘，席间又敬了他一杯酒，说是感谢他为张氏被杀一事连日奔波，同时也向他致歉，不当心将无辜的人也牵扯了进来实属不该。

觥筹交错间，一坛百年佳酿便入了腹，马千乘假借酒意，道："小侄来时，道听途说了一件事，说是婶婶被害之事，乃是田姨娘所为，当真荒谬！"他借着喝酒的动作朝杨应龙的方向瞧了一眼，"实不相瞒，小侄先前已让人去查过田姨娘的底细，却并无其他收获，田姨娘只是普普通通一介妇人，并不认识什么人，总不能她的底细原本便是篡改的吧？若当真如此，那这事便有些复杂了。"想了想，他又道，"其实婶婶被害一事，田姨娘也的确有杀人动机，她大约是想除掉正室取而代之，可按理说婶婶死了，她根本没有必要将这事给泄露出去呀，难不成田姨娘当真有问题？"

马千乘话音一落，杨应龙的面色便有些不对了，为使自己瞧起来醉得更加逼真，马千乘又扯着嗓子唱起了山歌，把杨应龙吵得头大，当下让下人将他扶回房中。

至此为止，一切皆在马千乘的掌控之中。

夜半时分，一直躺在床上假寐的马千乘听到门外传来一阵嘈杂声。待他循声出门时，杨府已是灯火通明，田雌凤院子的下人们正一脸惊惧地跪在院中，田雌凤作为院中主人，首当其冲跪在最前排。

杨应龙端坐在太师椅上，沉着一张脸望着面色慌张的田雌凤："说吧。"

田雌凤方才在睡梦中被人捆到了这里，此下也是一头雾水，泪眼蒙眬地望着杨应龙："老爷，究竟发生了何事？你让我说什么？"

夜风如刃，扫过院中槐树，枝蔓轻摇，沙沙作响。

杨应龙被风一吹，酒也醒了不少，大手一挥："你还嘴硬？来人啊！将她带到偏房。"

所谓偏房，便是杨府惩戒下人时的刑房，之前秦邦翰也有幸窥得偏房全貌，可谓不是官衙胜似官衙，里面刑具一应俱全，直教人瞧得眼花缭乱。

田雌凤见状登时哭得梨花带雨，膝行上前抱住杨应龙的小腿，眼泪顺颊而下："老爷，你怎么了呀？这究竟是为什么啊？"

杨应龙铁青着脸拂开田雌凤的手，对下人道："你们是听不懂人话？还不动手？是等着老子亲自来吗？！"

哭哭啼啼的田雌凤被杨府家丁一路拉去了偏房，杨应龙跟了过去，身后是闻声赶来的马千乘。

这一招离间计被马千乘使得出神入化，杨应龙本就生性多疑，又一直误认为马千乘从不信口雌黄，再加之眼下情况紧迫，他若不交出去一个人，难免日后节外生枝，若是失了权势，那当真是他生命中不可承受之痛，所以马千乘将田雌凤推出来的时机很是恰当，解了他的燃眉之急。

平心而论，马千乘的想法其实是简单又粗暴的，他只是不想将秦良玉推到风口浪尖而已。思及此，他又难免有些沾沾自喜，他不但领兵打仗是行家，连这使后院快速起火的技能都掌握得如此出神入化，连他都佩服自己。

再说田雌凤被人带到偏房之后，哭声有增无减，见杨应龙面色着实难看，也不敢再抱着他的大腿了，她只得跪坐在地上擦着眼泪："老爷，傍晚时还好端端的，怎么转眼便成了这样，是不是有人对你说了什么？"

杨应龙冷哼一声："张氏是不是你伙同你姘头杀的？你好大的胆子！竟借我

之手去杀人！”不待田雌凤争辩他又道，“你不说也罢，明日我便将你送到衙门审问，届时你勿要怪我不念旧情。”

杨应龙见田雌凤双眼红肿，心中也划过些许不忍，但他又觉得马千乘说得十分在理，眼下朝廷需要的是一个作案动机合理的凶手，将这人交出去，自己仕途可保，且方才他已暗地里逼问过当日跟随田雌凤的下人，得知她们母女二人去平越的那几日，田雌凤的确是日日不在家，所以凶手是她也不是没可能。

杨应龙话音一落，偏房紧接着便传出一阵撕心裂肺的痛呼，马千乘透过并未关严的门缝，瞧见田雌凤得身子歪倒在地，不住地颤抖着，心中终是划过一丝不忍，想了想，伸手将门关死。

此时田雌凤正受着夹刑，表情十分扭曲，整个人抽搐不止，双腿在地上乱蹬一气。杨府家丁不得已，只能一左一右按着她的肩膀。屋中并未燃蜡，而是以夜明珠照明，幽幽光亮下，杨应龙的脸瞧着十分瘆人，他面无表情地盯着已近晕厥的田雌凤：“你不说也不要紧，我已着人去拿你大哥，届时你们兄妹俩可要好好对一对话。”

田雌凤额角青筋直跳，汗水顺着双颊落下，一番折磨之后，她的妆容也花得不成样子，不禁狠狠地瞪着杨应龙：“你这淫贼，定然不得好死！”

见田雌凤换了副面孔，杨应龙一直提着的心反而落回了腹中，他微倾了身子，抬手示意施刑之人住手，而后道：“怎么？终于要说实话了？”

田雌凤一改起初被抓时的悲凄模样，嘴角斜挑，满面恨意，开口前，她狠狠地朝杨应龙啐了口唾沫：“我委身于你十数年，你定然不知我夜夜同你共枕时，多想杀了你，但是时机未到，我不能动手。”说着她吃力地从地上爬了起来，“我日日见到你这张脸都想吐！你同张氏没一个是好东西，我杀了她又如何？”

此时的田雌凤似已失去理智，仰首狂笑，眼泪却漫出眼眶：“我杀不了你是我田雌凤没有能耐，十数年的苦心付之东流。不过你放心，我死后，自会有旁人来找你报仇，你这淫贼日后必受千刀万剐之苦，我在地狱等着你！”说罢不待众人反应，她便一头撞向身旁的墙壁，但听一声闷响，田雌凤缓缓滑倒在地，猩红的血迹在灰白的墙壁上缓缓画出一条弯曲的红线，似在诉说着主人的不甘。

田雌凤死后连眼睛都未闭上，就那么蜷缩在墙脚，没了气息。

若说之前杨应龙对田雌凤尚有些情分，那也被方才田雌凤那一番意味不明的话给抹去了。杨应龙面色铁青，猛一拍桌子，对着管家道：“还不去把认罪书拿来让她画押！”

今晚变故太大，瞧着衣不蔽体的田雌凤，杨应龙也想静一静，他揉着眉心吩咐下人：“发个信号，瞧瞧孙时泰他们到哪了。”

如杨应龙方才所说，他已派孙时泰赶去平越缉拿田雌凤的大哥田雌鹤，原本想着让兄妹两人当面对质，却不承想田雌凤自选死路。想起田雌鹤，杨应龙的面色更黑，这人没什么能耐，整日游手好闲，又极爱寻衅滋事，以往顶着他的名号在平越府横行霸道亦是屡见不鲜。他一早便想收拾田雌鹤了。眼下田雌凤死了，想必田雌鹤也不会善罢甘休，不如将他关进牢狱，也落得个耳根清净。

孙时泰押着田雌鹤到时，天色已微微泛白，众人进门见到田雌凤的尸首皆是一愣，孙时泰在原地呆立良久，而后瞧了面无表情在书案前坐了小半夜的杨应龙：“大人，这是……”

“将她埋了吧。”杨应龙眉眼俱疲，嗓音有些嘶哑，“怎么说也在我身边伺候了这么多年。”

孙时泰点头，将田雌鹤朝屋里一推，转身去打点田雌凤身的后事。

自打瞧见自家妹子的尸首，田雌鹤整个人便处在极度震惊的状态中，直到孙时泰摔门而出，才将他唤醒。顾不得给妹妹申冤报仇，田雌鹤双膝一软便跪在了杨应龙身前，拼命地磕着头，口中不停道：“大人饶命！大人饶命啊！”

杨应龙未料到他是这等反应，当下一掌拍在桌上：“饶什么命？你做了何事通通招来！”

田雌鹤只觉双腿间一热，一股水渍在地上漫延开来，本就不通风的屋中登时飘开一股异味，杨应龙捂着鼻子，气急败坏地一脚踹在田雌鹤的面门上：“废物！”

田雌鹤仰面躺倒在地，连鼻血都忘了擦，又慌忙爬了起来，继续道：“大人饶命！大人饶命！”他边说边将头磕得震天响，没一会地上便晕出一抹血色。

“我问你，田雌凤前几日回平越时可有什么反常举动？”不得不说，方才田雌凤的话在他心中落下了些阴影。

田雌鹤闻言止住了磕头的动作，膝行至杨应龙身前，努力睁着方才被杨应龙踢肿的眼睛：“她回家那几日早出晚归，有一晚我回去时还撞见她同……”话至此他突然收住了口，面上显现出几分慌张。

"撞见她什么？"杨应龙听出不对劲，低头对上田雌鹤的眼逼问，"我问你撞见她什么？！"

田雌鹤却打定主意不再开口，只紧紧地拉着杨应龙衣服的下摆，浑身抖个不停。

"不说是不是？"杨应龙再度踹开他，气急败坏地吼着戳在一旁的家丁，"去把烙铁拿来。"

一听烙铁，田雌鹤急忙扑过去拉住家丁的腿："我说！我说！"

他擦了擦鼻血同眼泪："那人是李化龙李总督。"说到这他又求救般将视线投向杨应龙，"大人，小的定然知无不言，言无不尽，只是您万万莫要将这些话说给李总督啊！不然我们全家都会死的。"

杨应龙冷哼一声："说！"

田雌鹤便将他前几日所撞见的事情同杨应龙说了一遍："雌凤回家后便早出晚归，我娘问她，她也不说，后来有一日，我晚上从女儿院中出来，正见李总督同雌凤从茶肆出来，但是他们二人说了什么，中间又有什么事，小的是当真不知道啊，请大人明察！"说完他又是伏地痛哭一气。

杨应龙听了田雌鹤的话，只觉眼前一片黑，身子晃了晃，险些跌倒在地，他紧紧地抓着书案一角，撑住身子，想着头上的帽子八九不离十是换了颜色，一口气堵在胸口，一阵钝痛在全身扩散开来。他暗骂那李化龙卑鄙无耻，一边出卖他，一边怂恿田雌凤杀人污蔑，之前竟还来他这装好人，这一切不过是李化龙想扳倒自己的计谋罢了。李化龙简直是个畜生！杨应龙眼前发黑，几近晕厥，家丁急忙伸手去扶，却被他一把推开。他顺手从墙上拽下木手，当头朝田雌鹤挥下，将怨气如数撒在了田雌鹤身上。单从田雌鹤知道自己戴了绿帽子一事来看，也断然不可留田雌鹤在世上了。

马千乘进门的时机也巧，正被田雌鹤的血溅了一身，他顿觉晦气，抬手擦了擦面上沾到的血，一语不发。

田雌鹤一边打滚一边哀号，口中断断续续说着什么。马千乘细细听了听，大意是有人同他说，若是将事情推到李化龙身上便可保命，眼下他已照做，为何无人前来救他。

此时杨应龙已打得红了眼，自然是没有听清田雌鹤的话，倒是一直静静伫立在一旁的马千乘微微蹙了眉。

杨应龙收手时，田雌鹤早已没了气息，他又将视线转向屋中另两位家丁："该听的，不该听的，你们都听过了，自己上路吧，我留你们个全尸。”

认罪书送到了州衙门，而后逐级上交，扣在杨应龙头上的杀妻帽子便暂时被摘了下去。

张时照得到消息时，在府上跳着脚骂杨应龙：“这个孙子，不知道是使了什么龌龊的手段，竟让一个女人替他背黑锅！”

何恩见状劝道：“要我说，你先莫要气，有这精力不如在其他地方找找证据。前几日余庆长官司的土司来我家中喝酒，还说起了杨应龙没收他们的田地同房舍女人赏赐给湖广、贵州两地逃难到播州的苗民一事，你说他同苗人走得这么近……是不是其中有什么问题？”

张时照闻言，立时醍醐灌顶，猛一拍膝盖：“我真是老糊涂，怎么没想到在他与苗民一事上做做文章！”想了想，他又道，“不如我去找宣武将军商议商议，毕竟她与杨应龙也不对盘，而且万一出了事，还能拉上秦家垫背。”

何恩笑而不语。

听何恩一席话，胜张时照读十年书，自打那日得何恩无意般的提点后，总算是令张时照在迷雾之中找到了一丝光亮，这几日他先着手杨应龙同苗民一事，准备没事也要添点事进去。既然是要没事找事，那必然要从根源处入手。

播州宣慰司麾下还有另几司，分别为播州长官司、白泥长官司、余庆长官司、黄平安抚司、容山长官司、草塘安抚司、真州长官司。张时照便从这几司着手，宴请几司土司吃饭，希望从中能获取些对杨应龙不利的证据，左右眼下他已同叶梦熊攀上了关系，不愁没人帮他惩治杨应龙。

便如张时照小算盘打的那般，眼下他同叶梦熊的关系已被众人知悉，再加之前些日子杨应龙杀妻一事闹得沸沸扬扬，所以七司长官听闻张时照要请自己吃饭时，几乎在第一时间便猜出了他的用意，但也因众人不堪杨应龙所虐，纷纷欣然赴约，席间不待推杯换盏，他们便将这些年所受的压迫，倒豆子般地倒给了张时照。

事情顺利得远远超出张时照的预计，他将席间所收集的有关杨应龙的罪状如数记在纸上，以备回家之后添油加醋。他这番举动并未掩人耳目，所以已回了贵州的叶梦熊闻讯给他去了封信，告诫他若要活命便老实一些，罪状可以先收着，但眼下还不到扳倒杨应龙的时机，莫要轻举妄动。

张时照虽不知叶梦熊在等什么，但也知不能忤逆叶梦熊，便听话地将那罪状压在了箱底，而后直接备了马车，往忠州而去。

张氏被害一事，暂时得到了平息。秦良玉这几日一直暗中盯着私兵那边，生怕杨应龙缓过劲来，打众人个措手不及，他身边的孙时泰是个狠角色，让她一刻不敢放松。

张时照托人来重庆卫找她时，正赶上她休沐，当下收拾了包袱往张时照下榻的客栈而去。

张时照见秦良玉来了，也不端长辈架子，热络地与她谈天："怎么好些日子不见，宣武将军又清瘦了不少。"

秦良玉除去打仗，委实不擅长与人沟通，微微扯了扯嘴角，勉强露出丝笑意，道："张大人此番来找我，可是有什么要紧事？"

张时照神色一紧，急忙行至门口，探头瞧了瞧门外，见并无形迹可疑之人，将门关紧后，这才低声与秦良玉道："杨应龙与苗人走得很近，我怀疑他意图谋反。"

世人皆知苗兵战斗力极其强悍，杨应龙与其来往频繁，若是硬要给他扣个谋反的罪名，倒也不是不可。

秦良玉坐在椅中，身姿挺拔，想来张时照还不知杨应龙养私兵一事。她向后一靠，皱着双眉："这事你跟叶大人说过了？"

张时照愣了一下，答："自然。"

秦良玉摸了摸下巴，若有所思。待张时照已觉局促时，她又开口："张大人，有一事晚辈不知当讲不当讲。"说罢，又觉得自己这话说得多余，她要说这事，是当讲不当讲都要讲的，故不待张时照答话，她又继续道，"官官相护的道理张大人定是比晚辈要理解得深刻的。"

张时照意味深长地瞧着秦良玉："宣武将军此话怎讲？"

秦良玉的右手微微握成拳，她接下来要行的这步棋，着实是步险棋。现如今朝中党派混乱，今日我与你一队，明日你大约便去了他那一方，所以人际关系十分难处理。杨应龙与叶梦熊其实也无深仇大恨，张时照能将他貌美如花的孙女嫁给叶梦熊的孙子，杨应龙便敢将自己的女儿许给叶梦熊的嫡子，与杨应龙的权势比起来，张时照实在是不值一提，所以若要将杨应龙拖下水，那必然要尽可能地隔断他与旁人的一切往来。从叶梦熊这条线看来，便离不开张时照这中间人，她须得不动声色地撺掇张时照，将叶梦熊随时有可能将他这颗棋子弃了一事于谈笑间让他知道，从而使其不时在叶梦熊跟前吹杨应龙的邪风，挑拨几人的关系。但叶梦熊与张时照毕竟是亲家，若是张时照一个高兴说漏了嘴，届时将她挑拨两人一事传到叶梦熊耳中，那她自己的日子也不好过，而且谈笑这事，她并不怎么在行。秦良玉又瞧了张时照一眼，心中一直想着对策，但若是按之前张时照光明正大地要与杨应龙对着干的性子来瞧，他的智商其实还是很感人的。

“宣武将军？”见秦良玉一直盯着自己出神，张时照有些不自在地伸手在她眼前上下晃了晃。

秦良玉回神，决定与自己赌上一把，开口前她尽量让自己的话听起来婉转一些，她顿了顿，道：“叶大人与骠骑将军皆是位高权重之人，大人您比起他们，还差得远。”她觉得自己这个“您”字用得恰到好处，正好将自己的尊重之意表现得淋漓尽致，她暗暗夸赞着自己，又补了一句，“您同他二人根本不是一个段数上。”

张时照的心窝子被连着插了两把刀，一时有些缓不过劲，捂着胸口半晌未吭声，少顷才白着张脸开口：“我今日突然有些不舒服，不如我们改日再谈。”

秦良玉见对方虎着脸下了逐客令，一头雾水，趁对方面色更黑之前，终是将自己方才要说的话一口气说完，毕竟她方才生出个错觉，总觉得这话眼下要是不说，改日大概便没有机会了。

张时照听罢她的话，虽未多言，但也知此话有理，遂点头，面色稍霁：“好，我知道了。”

秦良玉也不急着走，此番张时照来重庆府，想必多半是奔着她而来，她也不能将人扔在这客栈不管，遂开口邀请张时照回秦府小住几日，以便让全家给张时照吹耳边风。

张时照假意推托了两句便欣然应允了，毕竟住在这客栈可没住在秦家有安全感。

回去的路上，秦良玉突然想起柳文昭被她落在了重庆卫，当下叫停马车，有些为难地瞧着对面的张时照：“张大人，晚辈突然想起还有事要办，去去便回。”说罢她也不等张时照回话，直接掀帘飞身出了马车。

重庆卫中，柳文昭正黯淡着一张俏脸坐在秦良玉的床上抹眼泪，每每想到秦良玉又将自己忘了，她这心中便越发委屈，正要抱着床柱号啕大哭时，忽听门被人推开，她回身一瞧，只见秦良玉一手掐在腰侧，正微微弯着身子喘气，瞧这形容竟是一路跑回来的。柳文昭当下从床上站了起来，脸上还挂着泪珠，可怜兮兮地望着秦良玉：“将军。”

这一声如泣如诉，生生揉碎了秦良玉的心肠，她吹了吹散落在额前的碎发，快步走到柳文昭身前，沉声道："对不住了，这么些年我独来独往惯了，让你受委屈了。"

柳文昭乍一见秦良玉回来找自己，心中已是毫无委屈可言，此时再听秦良玉对自己道歉，她尚未止住的泪珠子便像不要钱一般地往下掉。

秦良玉从未见过这阵仗，也不知该如何哄劝姑娘，蓦然想起小时候她爹不小心惹得她娘掉泪时，都是将人一把推在墙上，先是柔声说些漂亮话，而后再是一阵狂亲，她娘便又是一脸天真无邪的笑容了。可眼下柳文昭是个姑娘家，她这么凑上去便胡乱亲一通，怕是不妥，想了想，她只伸手抱了抱柳文昭，而后抬手轻轻擦去她芙蓉粉面上的泪水，低声哄劝："莫要哭了，嗯？"

柳文昭的脸登时一红，抽泣着应了一声："那……我们这是要回家了吗？"

秦良玉撩了柳文昭肩上的青丝一把，柔声答："嗯，我们回家。"

柳文昭欢天喜地地将一早便收拾好的包袱挎在臂弯，乐颠颠地跟在秦良玉身后朝门外走。

恰逢杨启文练兵回来，三人打了个照面，杨启文盯着柳文昭瞧了一会，搔了搔头，红着脸跟她们打招呼："你们两个这是去哪啊？"

军中禁止女子出入，但因秦良玉身份特殊，所以身边带着个随从的婢女倒也在情理之中，只是为了方便，柳文昭亦是一身男子装扮，军中其他人便掩耳盗铃般假装柳文昭也是个男的。但这只是表面，柳文昭是个大美人儿这事大家都知道，所以平日没事了大家也都爱往中军所这边凑，为的便是多瞧柳文昭一眼，杨启文自然也是不例外，只是他觉得与秦良玉比起来，自己在柳文昭面前可是一点胜算都没有。

秦良玉见他的视线不住地瞟向垂头遮掩面上红晕的柳文昭，眉眼略弯了弯："我带文昭回家，你要一同去玩两日吗？"

杨启文连连摆手："眼下肖容还未回来，我不能走，你们两个趁天亮快些走吧，路上注意着些。"说罢他又瞧了柳文昭一眼，小步跑开了。

"将军，马公子还未回来吗？奴有好些日子不曾见过他了。"自打跟了秦良玉，柳文昭便自觉地将马千乘的称呼改成了"马公子""马大少爷"，毕竟一奴不侍二主，她可是秦良玉的人。

秦良玉对于她的这个称呼已是习以为常，点了点头："他大约有事还未忙完，怎么？你想他了？”毕竟他二人相识近十年，自然是有感情的。

柳文昭沉吟片刻：“其实还是有些的。”虽然他以往也不怎么在府上待着，但每次回来都会给她带些比较特别的小玩意。当然，大多时候都是些特别的大玩意，有一次他竟送了她一只雕，说日后与他通信可用此物，惊得她不知该如何是好。

思及此，柳文昭又觉得自己该趁机为马千乘说上两句好话，斟酌了会便开口道：“将军，其实马公子他人是顶好的，您别看他往日没个正形，其实心中可有数了，而且追着他的小姐们可多了，他瞧都不瞧一眼的。”

秦良玉应了一声，想了想马千乘那性子，觉得他若不当面给那些小姐们难堪，那便算是给足了她们面子了。

柳文昭见秦良玉不说话，觉得自己的话大约是起了作用，又趁机加了把火：“而且您看，马公子长得还是很不错的。”她想了想，马千乘也确实再没有什么能拿得出手的优点了，而后便闭了嘴。

马千乘长得好看这一点，大家是无法否认的，但他也仅有这一个优点这事，大家也是无法否认的。

两人回到马车上后，张时照正靠在车壁上打盹，头不时点一下，而后又被惊醒，睁眼正对上秦良玉同柳文昭的脸，他当下有些尴尬，急忙端坐身子，困顿的眼神中还带着点闪烁之意。

三人一路往秦家而去。

他们下车时正逢秦载阳从郡学归来，见到张时照时，秦栽阳虽觉得他眼生，但转念想到既是秦良玉带回来的人，想必是忘年交一类，倒也未有怠慢，亲自将人迎入府上，好生安顿了下来。

秦良玉趁张时照在屋中歇息的工夫，去了秦载阳的书房，将这些时日所发生的事情，原原本本地与秦载阳说了一遍。

秦载阳倒是一如既往地淡然，瑞气腾腾地坐在铁力木圈椅中，笑眯眯地望着面色冷峻的秦良玉：“玉儿啊，祠堂的蒲团为父给你换了几团新的，你一会去跪跪，瞧瞧触感如何。”

秦良玉不自在地咳嗽了一声，识趣地将话题转移开来：“父亲，怎么未瞧见景淮？”

秦载阳抬了抬眼皮：“他前些日子出门游历去了，大约也快回来了。”似是想到了什么，他又叹了口气，“出去游历一番也好，你三哥这些年一心念书，应当放松放松了。”

秦良玉在心中默默想了想陆景淮为祸四方的场面，那必然是如同唐僧取经一般，走一路度一路的，或许度得好了，最后还能挑一处固定的地方开坛讲学，普度众生，他所经之地，风气定然是要比以往好上一些的，反正谁遇上他算是谁的劫。

秦载阳见秦良玉面色忽阴忽晴，也知她是在想什么，挥了挥手：“去试试你的新蒲团吧。”

秦良玉自知今日这一跪是在劫难逃了，只得悻悻地往门外走，不料她一脚刚踏出门槛，便见柳文昭拎着裙摆从远处跑来，眉宇间稍有慌乱：“将军，陆公子回来了。”

乍一见柳文昭这神色，秦良玉便觉事情不简单，问道：“发生什么事了？”

柳文昭答：“陆公子是让人抬回来的，眼下已安置在床上，将军您快去瞧一瞧。”

秦良玉右眼皮跳了跳，急忙朝陆景淮的房间而去。此时容氏已守在陆景淮的床边落泪了，见秦良玉来了，她又抱着秦良玉哭了一通：“也不知是哪个狠心的，怎么就能下这么重的手？”

秦良玉凑到陆景淮跟前瞧了一眼，见他原本俊朗的面部此时像开了染坊般，薄厚适中的嘴唇也似被人捣了一杵子，此时高高肿起，陆景淮费力地将肿胀的眼睛睁开一条缝，视线依次划过众人脸上：“我没事。”

容氏早已差人去请了大夫，听陆景淮说没事后，当下泪崩，握着陆景淮的手抽噎得只见进气不见出气。

陆景淮想安慰容氏，却委实没有了力气，挣扎了许久才对秦良玉道：“我此番路过播州，见肖容坠崖，眼下生死未卜……”话还未完，他终是双眼一闭，不省人事。

闻言者无不惊慌失措，连一向淡然的秦良玉此时也是慌了心神，想起马千乘的确已有好些时日不曾与自己联络，自己竟未察觉出不对，她不禁暗暗后悔起来。马千乘身份特殊，此事又发生得蹊跷，若是贸然搜寻说不定会为他招来其余的灾祸，秦良玉略一沉思，当下请秦载阳找了些江湖上有名的高手，暗地里在播州各大小山崖搜寻。高手们平日里也是很忙的，但因秦载阳找的人比较恰当，乃是众人的头，所以他们不得不于百忙之中抽空来找人。

各位无论如何也是在江湖中呼风唤雨的人物，灰头土脸地在播州各个山崖转了好几日，终于第五日傍晚在一处叫不上名字的小山崖底下，找到了浑身狼狈的马千乘。

马千乘正静静地伏卧在地上，头上的血污已凝结，好在他的命大得突破天际，此时竟还有余息。

秦良玉这几日也不曾闲着，悄悄在播州附近打着转转，此下听说人已找到，将刚吃了一口的饭碗一扔，马不停蹄地赶了过去。

再见马千乘时，是在客栈之中，马千乘经大夫诊治之后，已经醒了，还美滋滋地泡了个澡，此时正坐在床上与她对望。秦良玉的心情略有微妙，她的手抓着门框，半晌才问："你没事吧？"

马千乘笑着朝她摆了摆手，一旁的大夫见状，与秦良玉解释道："这位公子因坠崖撞到了头部，此时已是耳不能听、口不能语，至于何时能恢复，这便瞧天意了。"说完大夫便急忙闪到一边，确保自己与秦良玉的安全距离。因之前他也遇到过这样的情况，当时他话一落便被对方狠狠地揍了一顿，那酸爽，至今他都不敢往深了回味。

秦良玉并没有如大夫所想那般对他拳脚相加，愣怔了半晌才凝眉问："谁做的？"

马千乘开口说话，却不能发声："不知道。"

秦良玉又问："肖穹呢？"

马千乘挑眉："他有要事在身。"

大夫趁气氛还算愉悦，放下药方，拿了钱财便悄然从房中溜走，屋中一时只剩马千乘与秦良玉两人。马千乘虽是身残，但好在志坚，此时还是嬉皮笑脸的模样，揉着自己的双腿："我坠下山崖时，撞到腿了，好疼好疼好疼呀！"

秦良玉睨了他一眼："去我家中将养吧。"想也知马千乘是被人盯上了，他又不常回石砫，重庆卫更非将养之地，秦良玉思来想去只能带他回家，正巧秦邦翰也在府上，还能时时照应着。

马千乘对此自然是没有异议，两人趁天黑，连夜从播州赶回忠州。秦邦翰一早便候在房中，得知两人已踏入府门，便拎着药箱去到了马千乘的屋里。

"肖容，你感觉如何？"秦邦翰也来不及与他们寒暄，直接命马千乘坐好，将手搭在他的腕上，而后神色却是一愣，抬头盯着马千乘。

马千乘则是笑眯眯地与他对望，眼中闪烁不定。秦邦翰想了想，起身收拾了药箱，道："你便好生养着吧，用药吊着情况总不会更糟。"说罢他又瞧了马千乘一眼，转身离去。

秦良玉不知秦邦翰为何会有那般神色，暗觉不对，却也不知何处不妥，又瞧了眼底青色明显的马千乘一眼：“你歇着吧，受伤这事便不要四处说了，对你不好。”

马千乘不服气地撇了撇嘴：“我受了这么重的伤竟还不能说？不说我心中不舒坦，这事我得让全天下都知道。”

第十章

莫欺少年人

马千乘确实是这么想的，他也是这么做的，帮手是被他威逼加利诱的柳文昭，因柳文昭是自己人，且身份又不十分引人注目，出去行动总不会被人盯上。

他当晚便将柳文昭叫到房中，对她道："你若是帮小爷这个忙，小爷便送你一幅她的字画。"

柳文昭撇了撇嘴："奴家房中将军的字画可多了。"她的言语中带着沾沾自得。

马千乘咬了咬牙："明日小爷便找几个机灵的丫鬟伺候她，让她冷落你。"

柳文昭一顿足，不情不愿道："马公子要奴家如何做，你说便是了。"

乍一听"马公子"三个字，马千乘只觉得心都要碎了，他养了十数年的人，竟一转眼便将他抛弃了，还是丝毫不拖泥带水，他的心比腿还要疼上几分，稳了稳心神，他吩咐："你去找肖穹，同他说小爷受伤这事能传多远便传多远，能让五个人知道就决计不能只有四个人知道。"

柳文昭虽是领了命，但仍不解："将军不让马公子将此事传开，怎么公子却要执意如此？"她抬头见马千乘一脸不可说之意，便识趣地未再问下去，顾自离开。

马千乘不能说话的这些日子里，秦良玉觉得世界是少有的清静。除去家中两位长辈，以及情况好转的陆景淮时常去马千乘房中探望外，其余人并未有什么举动，尤其是在秦府做客的张时照。他在暗地里听闻马千乘的情况后，明面上却装作不知情。按理说他们两人还是有些交情的，这关系不应至此，想来是因张氏被杀一事，张时照由杨应龙迁怒到了马千乘。

这日，马千乘在秦府上闲逛，因好些日子未曾见到秦良玉，所以他亲自去她房中捉人。他到时正见柳文昭站在秦良玉身后为她捏着肩膀，手法甚是专业，瞧得马千乘羡慕不已，站在门口连比画带对口型地说了半晌也没人搭理他。马千乘无奈，抬手敲了敲门框，这才见秦良玉半睁着眼朝他瞟了瞟。

“将军，马公子这副样子，似是要让奴家去为他捏肩呢。”柳文昭为秦良玉捏肩的动作慢了下来，面上带着些愁相，走过去将马千乘让到椅子上坐着，又道，“唉，可怜的马公子。”

秦良玉应了一声：“可不是，原本便不好讨媳妇，之前又传出他与杨宛若婚事解除的消息，现下他又聋又哑的，人品也不怎么样，怕是更难寻得意中人了。”

两人说完便陷入了一阵沉默中，再观马千乘，他依然是连比画带对口型地让柳文昭过来给他揉肩，柳文昭瞧着他，心中有些发酸，秦良玉适时道：“应了他吧。”

柳文昭依言抬手，乖巧地替马千乘捏着肩膀，马千乘交叠着一双长腿，半眯着眼睛，一副很是享受的模样。

那日陆景淮醒来时，秦良玉已在播州找人，所以也未仔细打听陆景淮为何受伤，以及马千乘又是如何坠崖的。此番将马千乘带回府上后，正逢陆景淮醒来，秦良玉终是有空听陆景淮将自己受伤同撞到马千乘坠崖这两件事与她详细说明。

原来陆景淮在外游历了些日子，归家时挑了播州这条路线，因他听说那地方近日很是不太平，有不少文人才子聚在那里四处说杨应龙的坏话，他觉得众人的做法很是不妥，想着去度一度众人。说来也巧，陆景淮到播州时，正值杨应龙弑母杀妻一事闹到巅峰之时，众人无不疯魔。人们“爱屋及乌”，顺带还会扯出马千乘的母亲覃氏来撑一撑场面，毕竟反复地诉说一件事是很无聊的，要适当地加一些爆料，才会比较有新鲜感。一听老熟人的长辈被无辜牵连，陆景淮更是不开心了，便上去与众同道中人理论，不承想对方竟是个文武双全的，见口上讨不到陆景淮的便宜，便背地里买凶教训陆景淮。说来更巧，陆景淮深更半夜被人拎到城外一顿毒打时，身边正巧还有另一伙人在斗殴，但对方的段数可是在自己这边之上的，抛开旁的先不说，单就对方手中那明晃晃的大刀，就比自己这边的木棍要厉害上许多。正在殴打陆景淮的几人显然也见到了对方的阵势，当下扔了手中木棍便弃陆景淮而逃。对方明显未将陆景淮这一队人马放在眼里，在围殴那人的过程中，连个眼神都懒得朝陆景淮这边瞟。

陆景淮此时已是失血过多、体力不支，临昏厥前听对方道：“马千乘，我劝你束手就擒，乖乖上路吧。”

他心一惊，费力地抬头朝对面瞧了一眼，正见马千乘被人一掌击下山崖，而后他便两眼一黑，不省人事。天将亮时，吹了一夜凉风的陆景淮被冻醒了，发现自己竟未被杀死，顿感庆幸，正巧有早起进城的人路过，他给了那人些钱财，求那人替他租了辆马车，甚至连伤也未来得及瞧，一路昏昏沉沉地请车夫快马加鞭赶回了家。

秦良玉每每想起陆景淮提起马千乘坠崖那一瞬，心跳仍会不自觉地加快几下。她下意识去瞧波澜不惊的马千乘，之前她也曾问过他当日追杀他的是何人，马千乘却是笑而不语，所以那伙人的身份，至今仍是个谜团。

马千乘坠下山崖，身受重伤的传闻，三日便传遍了四川。杨应龙听闻这个消息后，打听到马千乘宿在秦家，竟亲自上门来慰问。反观马斗斛，他只是来了封信问候一下，内容十分敷衍。此时张时照也在秦家，他与杨应龙自然是不便碰面的，只好在杨应龙来前便躲了出去。

杨应龙见到马千乘此时的模样，眉眼间似有三分疼惜划过，他痛心疾首地问秦良玉：“找大夫给他瞧了吗？”

秦良玉抬了抬眼皮：“找了。”

杨应龙见秦良玉似是极不愿意同自己多说话，但他又迫切地想知道马千乘眼下的情况，只得硬着头皮继续问：“那大夫怎么说？”

秦良玉面上隐有不敬，眼皮也不抬，直接道：“用药吊着。”说完她拱了拱手，便转身朝门外走去。

杨应龙气极，盯着秦良玉的视线越发冷了起来。他此番来忠州乃是避过了一众耳目，是以无人得知他的行踪。退一万步来说，即便秦载阳知道了他在府上，也定会装作一副不知道的样子，让他怎么来便怎么走。

秦家上下的冷漠，使平素被人捧得极高的杨应龙觉得十分不自在，三日后他便启程回了播州。但因放心不下马千乘，临走的前一晚他问道：“肖容啊，叔父府上有几位较为出名的大夫，不如你随我一并回播州吧？”

马千乘眼下若要与人交流，须得盯着对方的口型，且对方说话要十分缓慢。马千乘怔怔地瞧了杨应龙良久，才开口回：“好。”

秦良玉听闻此事后，在马千乘睡前直接进了他的屋子，见他正坐在床边发呆，丝毫未发现屋中多出个人，难免有些担心。她抬脚走过去，在他肩上拍了拍，道：“你要去播州？”她顿了顿，“你眼下的情况不乐观，若是贸然去……”

马千乘双眼弯了弯："既然你这么担心我，不如随我一同去。"

秦良玉一收视线："我还有事未忙完。"

马千乘挑眉："罢了，我一人去便可，最坏不过是横死，又有何妨？"

马千乘说这话时，眉眼间存着些许失落，虽被他尽力掩住，但仍被眼尖的秦良玉瞧个正着。秦良玉微微蹙了眉，她虽表面上瞧着十分寡淡，但其实内里是有一颗热心的，她最是瞧不过旁人失望。此时瞧着马千乘远眺门外，久久不能回神的悲伤模样，想起他几番救自己于危难之中，秦良玉咬了咬牙，回房便让柳文昭收拾了包袱。

"将军，奴也跟您去。"柳文昭一边收拾东西一边望着秦良玉。

秦良玉揉了揉她的发心："那边不比这边自在，你好生等我回来，三哥身上的伤还未痊愈，也需要人照顾，我最信任你了。"

柳文昭面上浮出几朵红云，心中明知秦良玉是存心哄她，还是忍不住将事情应了下来。

隔日，杨应龙三人便启程上路了。杨应龙虽心中不满秦良玉，但他毕竟是长辈，自然是不能做什么有损威严之事，所以仍是与秦良玉热络攀谈。

"我听说重庆卫前些日子进了不少新兵？"

秦良玉顾虑到要在杨府待上一些日子，所以暂时不想同他撕破脸皮，遂木着脸道："是。"

显然，这言简意赅的答案并未使杨应龙感到满意，他表情明显一滞，正要开口时，便见马千乘从车内软榻上站起来，道："我渴了，喝些水，你们继续。"

经他这么一打岔，杨应龙也没有了继续交谈的兴致，悻悻地转过脸，一路沉默。

再到杨府时，已不见张氏与田雌凤的剑拔弩张，秦良玉站在已被封起的两座院子门前，心下有不少感叹。此时杨府中的小辈们除去杨宛若都已搬出去另住了，只是这唯一宿在府上的杨宛若也因受不了刺激，被杨应龙养在了深院中，大约是不会再像往常那般随意使小性了。

杨应龙面上倒是有容光焕发之势，将两人安排好后便请了大夫来为马千乘瞧病，秦良玉一直守在一边。

马千乘施施然坐在椅子上，笑眯眯瞧地着身前的大夫，问："我什么时候能好？"

大夫摇头晃脑，一脸惋惜地开了个方子交给杨府下人，小声对杨应龙道："脉象不稳，一切随缘吧。”

大夫是杨应龙找来的，自然是他的心腹，大夫所说的话令杨应龙明显松了口气，他暗地里给大夫使了个眼色，大夫便匆匆领赏去了。秦良玉以为这病瞧到此时便是功德圆满了，但当她不经意偏头瞧见从房门口一直排到杨府大门口的大夫时，顿觉自己很傻很天真。

两人来杨府的头一日，马千乘便被各色大夫以不同的姿势抚摸着手腕，以及身上其余各部位，他很是不高兴。一整日下来，为马千乘瞧病的大夫皆说马千乘这病能否治愈，全凭老天爷。

秦良玉怕他遇到什么危险，除去睡觉，几乎是寸步不离地守在他的身旁，这使马千乘十分欣慰。他日日光明正大地黏在秦良玉身边，两人同进同出，瞧着倒是十分登对。

“你不去瞧瞧杨宛若？”秦良玉来播州时将军中公务也带了些来，这些公务并非机要，充其量只是为杨启文减轻些负担。她一边翻着册子一边抬头，不料正正对上马千乘的视线，虽知他一直盯着自己只是因听不到声音，但秦良玉心中仍是一紧，下一瞬便淡然地收回视线，试探道，“无论如何她曾经是你未过门的妻子。”

秦良玉半晌都未听对面有声音传来，再抬头时发现马千乘早已不知去向。她不禁一愣，而后合上册子出门查看，远远便见到马千乘如松的身影正朝杨宛若的院子飘荡而去。秦良玉揉了揉眉心，觉得自打马千乘受伤后，他这性子是越发乖张起来，但警惕性降低了许多这事倒也是真的，为避免正处低谷时期的杨宛若被马千乘刺激，秦良玉犹豫片刻还是跟了上去。

杨宛若的屋子被帘子遮得严严实实的，下人们只是守在门外，且安安静静不发出半丝声响，不然定会遭到杨宛若一顿毒打。

秦良玉进去时，正见杨宛若捂着脸缩在床脚痛哭，站在床前的马千乘面上带着些许无奈，转头瞧见随后而来的秦良玉后，他淡淡地收回视线，神色晦暗不明。说起来，田雌凤之死与马千乘有着密不可分的关联，但他至今也不后悔，若是能护秦良玉周全，其余事情在他瞧来并不重要，只是眼下瞧着杨宛若日渐憔悴的脸，他心中难免有些愧疚。

“出去走走吧。”秦良玉轻轻拉了杨宛若一下，“外面天气还不错。”

杨宛若只顾将头埋在双膝间大哭，听不进去任何话。秦良玉皱了眉，直接将屋中的帘子一把扯下，沉声道："哭解决不了任何问题。"

杨宛若情绪崩溃，拉过秦良玉的手臂便一口咬了上去，秦良玉吃痛，却也未躲闪。一旁的马千乘瞧见这情形后，直接一掌击在杨宛若的后颈上，又顺手接住她软下来的身子，瞪着秦良玉问："她咬你你不会躲一躲？"

秦良玉的神色起伏不大："咬一口若能让她心里舒坦一些，那便咬吧。"

话音一落，马千乘立马拉起秦良玉的另一只手臂，张口便咬了上去，秦良玉大惊，一把推开马千乘，而后向后退了数步，怒问："你有病啊？"

马千乘也是老大的不乐意："我有啊！"

秦良玉被噎得说不上来话，一边嫌弃地擦着手臂一边瞪着他："有病找大夫。"

马千乘面色愤愤："你说的若能让人心里舒坦便可以咬你的。"

秦良玉无言以对，转头朝门外走，马千乘见她走了，也跟在她身后出门。两人一前一后朝前院走，途中正路过一处假山。杨府的假山可谓是绵延数里，乍一瞧怪石嶙峋，十分引人注目，秦良玉脚步微有迟缓，而后朝假山的方向靠了过去，还没等走两步，透过假山的石缝，隐隐见两道身影立于湖前，似在交谈。秦良玉一把拉过马千乘的手臂，借假山遮掩住两人身形，而后凝神细听。

"你说他知不知道那日的人是我派去的？"

秦良玉抬头望天，在这个时候，这个地方，能在杨府上不干活，只站在湖边谈天的，除去杨应龙不做他想。

另一人接道："应当不知道，不然他不会随大人来杨府。"赫然是孙时泰的声音。

"但那孩子的城府一直颇深，只怕是在与我做戏啊，这么长时间了，他连点线索都未发现？"杨应龙话语中满是顾虑，口中的"那孩子"十有八九说的是马千乘，其实单从这一层面来瞧，杨应龙的确是十分了解马千乘的。

他顿了顿："那孩子眼下又聋又哑，我怕这其中有诈啊！"

孙时泰："那日请了那么多大夫，若当真有诈，总不会连一个发现的人都没有，大人多虑了。"他拱了拱手，"若大人实在放心不下，不如我们试试他。"

杨应龙一听，来了精神："怎么个试法？"

孙时泰将声音压低，即便秦良玉耳力了得，此时也是听不到他们在说什么，她的脚不由朝前迈了一步，不料一脚踩在一直蜷缩在假山山脚的猫尾巴上，但见那猫一声凄厉惨叫，如一道白光瞬间便窜了出去。

一直在秦良玉身边比画着要走的马千乘，此时也不嚷着要走了，直接追着白猫离开的方向而去，秦良玉想伸手拉住他时，早已来不及。马千乘正正闯入了因听见声响而噤声的杨应龙与孙时泰的视线，见到两人时，马千乘不由一愣，待回过神后急忙过去行礼。

杨应龙与孙时泰暗地里交换了个眼神，而后笑着将马千乘的身子扶正，鼻尖闻得一阵药草的味道，杨应龙不禁皱了皱眉："肖容这几日感觉如何？"

马千乘定定地盯了会杨应龙的脸，待他话落后片刻才回："感觉好多了。"因眼下几人沟通不便，杨应龙也不想与马千乘多话，抬手拍了拍他的肩："好生养着吧，重庆卫那边我已打过招呼。"

算起来马千乘除去偶尔被不明来历的人揍一揍、杀一杀之外，已这么放荡地过了许多个日子。这放荡的日子在来了杨府之后，有了杨应龙的支持，更是升了个等级。

秦良玉躲在假山后不敢动作，直到瞧见杨应龙与孙时泰走了之后方敢现身，她走到马千乘的身边，淡漠地瞟了他一眼："出去走走？"

马千乘往日这个时候通常是在街上闲逛，此番有秦良玉作陪，更是不会拒绝，遂一脸欣然地跟在秦良玉身旁，一同朝府外走。

今日朗朗晴空，艳阳高照，街上行人被刺目的日光晒得无精打采，个个伸手遮在眉骨处眺望前路，有半大的孩童在街道上跑来跑去，口中发出一串银铃般的笑声。

秦良玉嘴角噙着淡笑，望着不时经过身边的粉嫩团子们，目光也柔和不少。

马千乘鲜少见到秦良玉有这副神色，不禁将脸凑到她跟前，无声问道："你喜欢孩子？"

秦良玉瞧了他一眼，并未答话。

马千乘又道："喜欢就自己生一个呗，我可以帮你。"

秦良玉看懂马千乘的话时，脸上通红一片，抬手将马千乘的脸推出一些距离，不自在地收回视线："胡闹！"

马千乘一手掐腰一手扶在一个四根细竹竿挑起的凉棚一角弯腰大笑，不待站直身子，他忽被秦良玉拉住了手臂，秦良玉另一手揽住马千乘精壮的腰身，与他对调了位置，而后腾空而起。凌空翻越的瞬间，马千乘才瞧见有一失控的马匹冲两人飞奔而来，秦良玉一脚狠狠横踢在那疯马的脖颈上，但见那高头大马一阵哀号，庞大的身子轰然倒地，激起一阵灰尘，四只蹄子在地上蹬了好几下才勉力重新起身。

周围的百姓登时躲出去十数步远，识趣地给那匹落荒而逃的疯马让了路。

“你没事吧？”秦良玉见马千乘眼底聚了股戾气，仿若寒冰一般，周身不禁一凉，抬手在他眼前晃了晃，这才见马千乘回神，只是他的面色依然未好到哪去。

也不知是否是因眼下情况特殊，所以有些杯弓蛇影。总之，秦良玉认为，方才那马出现得委实太过蹊跷。

经方才那有惊无险的一幕，秦良玉也无心再在街上闲逛，但这么早回杨府也确实是无事可做。略一思忖，秦良玉直接与马千乘进了手旁的一家酒肆小坐，小二将两人带到雅间，赶在两人落座前，将原本便一尘不染的凳子又仔细擦了擦，笑问：“客官来点什么菜？”

秦良玉自然是要征求马千乘的意见，马千乘见状，从善如流地指着墙上张贴的菜谱，一口气点了十数道菜，小二笑得不见了双眼，连连道好。

期间秦良玉一直气定神闲地坐着，待马千乘点完菜后，才对小二道：“方才他点的那些全都不要。”

马千乘与小二全都愣在原地，秦良玉慢条斯理地指了几道清淡的菜，这才抬了抬眼皮：“你得忌口。”

马千乘服用的药方忌生、冷、辛、辣，偏偏他又好吃辣的，方才所点的那几道菜也是样样不离辣。他自己虽未注意，但这些禁忌秦良玉全都记在心中，思及此，马千乘面上的不满又如数转成笑意。他不自觉地朝秦良玉那边靠了靠，见秦良玉一脸嫌弃地朝远处挪了些距离，又死皮赖脸地靠过去一些距离。

“你做甚？”秦良玉睨着马千乘，又见小二像只木头桩子般戳在原地，不禁开口问，“你又做甚？”

小二这才如梦初醒，应了一连串的“哦”，急忙转身跑出门口。

秦良玉将瓷碟推到马千乘面前，起身道：“我去净手。”

马千乘也跟着起身：“我也去。”

一推开门，秦良玉便险些与人撞了个满怀，对方立时跳开几步远，正要责难秦良玉，待瞧清她之后，还未张大的嘴便老老实实地闭上了。

秦良玉乍一见眼前人，也被惊了一下，开口唤道：“石石。”

张石面色一黑，但碍于马千乘在场，并不敢造次，乖乖地拱手朝马千乘行礼：“将军。”

马千乘许久未听人唤过自己这称呼了，一时间有些恍惚，便也没有理会尚在弓着腰行礼的张石。

“你在这做什么？”秦良玉觉得她与张石好歹在同一个战壕里待过，此情此景若硬要归于他乡遇故知，也是合情合理。只是张石这位故知，对秦良玉倒是并不怎么热络，依旧是惧怕马千乘之故，才勉强开口回：“老子……我来瞧一位友人。”

秦良玉并未多问，点头后道：“一起吃点。”

张石瞧了马千乘一眼，急忙摆手：“我还有其他事，不能在此处多停留。”顿了顿，他又问，“我听说将军受了伤，不知可有什么大碍？现如今情形如何？他是听不到我说的话了吗？”

秦良玉点头：“的确如此，他眼下需要静养。”

张石闻言眼底划过几丝挣扎，但很快便被他遮去，他又抬手对马千乘行了一礼，也不管马千乘能否听见，道：“将军，属下先告辞了，您保重身体。”

张石虽年长马千乘，但打心里敬马千乘是条铮铮的汉子，所以举手投足间自然带着敬重。

马千乘虽听不见，但瞧张石这副模样，便也知他是在对自己辞行，当下欣然地摆了摆手，示意张石走快一些。

转眼已是荷花香满湖之六月。

秦良玉不比马千乘有杨应龙在背后撑腰，重庆卫中的事情积攒了许多，杨启文日日来信相催，字里行间话语好不凄惨，眼下马千乘的症状毫无起色，秦良玉虽担心他，但也不便多逗留，思来想去，只得去同杨应龙辞行。

马千乘听闻这一事后，先稳住了秦良玉：“这信启文他大约是送错人了，你等一等。”

而后他慢条斯理地给杨启文去了封信，信上的内容秦良玉不得而知，但是当日秦良玉便拿到了杨启文给她的回信，速度之所以如此快，据说是信鸽换成了马千乘的信雕，脚程很是给力。

信中内容如马千乘所说，之前送到秦良玉手中的信是杨启文送错人了，在信的末尾处杨启文还再三叮嘱，让秦良玉在杨府好生陪着马千乘，不必急着回去，重庆卫那一边清闲得很。

秦良玉以为定然是马千乘对杨启文使了什么伎俩才使得他口风转得如此之快，但既然杨启文这么说了，想必他对应付重庆卫中的一干事宜还是有余力的，秦良玉便也不急着回去了。

是夜，晴了一整日的天儿渐渐转阴，不出片刻便听雨点砸在屋脊，响声滴答。屋中有些冷，秦良玉将被子向上拉了拉，又顺手将枕头下面的匕首朝里塞了塞，正要入睡，又听雨声滴答中似乎夹杂了几声颇有规律的敲击声，她凝神细听，敲击声两长两短，是之前与盈伯商讨好的联络信号，遂当下从床上翻身坐起，披上衣服后将房门悄声打开来。

一道披着蓑衣的身影闪身而入，蓑衣微有潮湿，想来此人刚来不久，他伸手摘下头衣，盈伯的面具赫然映入秦良玉的眼帘。

“盈伯。”秦良玉拱手作揖，“今晚怎么得空前来？”

盈伯将蓑衣脱下，擦了擦手背上的雨水：“我也是路过此处，想着许久未见你，便来瞧一瞧。”他顾自坐在椅子上，“之前你鼓动张时照挑拨叶梦熊与杨应龙的事做得不错，眼下叶梦熊对杨应龙可是恨之入骨，恨不能将其抽筋剥骨。”

秦良玉淡定地摸了摸鼻尖：“嗯。”而后她便陷入了沉思。

盈伯抖了抖袍角：“我听说马千乘废了？”

秦良玉抬了抬眼皮：“只是耳力与声音出了些问题。”

“那伙人是杨应龙派去的，之前马千乘在播州时大约是查到了什么，被杨应龙发现了，所以杨应龙下了杀手，没想到竟没杀死马千乘。这些日子你让马千乘小心一些，不可大意。”盈伯说起这些个事时如同身临其境般。

秦良玉之前倒也想过那些人的身份，只是见马千乘始终是一副老僧入定的模样，似乎并未将那事放在心里，顾忌到他心中阴影尚在，便也未与他说起过这事。此时再听盈伯提起，又想到马千乘对杨应龙的那份情谊，她登时有些替马千乘不平起来。

“左右近日内杨应龙是翻不出多大的浪花了，你在这府上也好，时刻盯着他些，有什么情况我自会来找你。”盈伯说完又披上蓑衣，“好生歇息吧。”

秦良玉将人送到门口，见盈伯身形如刃，一闪便消失在高墙那头。

秦良玉这边门刚一关上，另一边马千乘便推门而出，颀长的身形裹在藏蓝的夜行服之中，俊白的脸上遮着块藏蓝方巾，只余双晶亮的眸子在夜色当中。他脚步轻盈，反手将门关上，一跃攀上院中那棵参天古木，静待片刻，见四下无人，这才朝院外东面而去。

肖穹此时早已恭候多时，见马千乘乘风而来，抱拳行礼：“公子。”

马千乘摆摆手，问道："事情有什么进展？"

肖穹答："回公子话，之前我追那伙私兵追到四川境内便跟丢了。"他顿了顿，偷偷扫了马千乘一眼，见对方正盯着自己，又急忙低下头，半跪在地，"属下在四川又逗留了几日，这才找到那伙私兵的老窝，瞧他们的人数似乎比之前又多了一些，属下觉得其中有异，便混入了他们军中。"

马千乘"哼"了一声："然后？"

肖穹答："属下听说私兵幕后主使没收了四川境内各府县部分大姓富人的钱财物资以作军费，用以招募本地壮丁作为士兵，以增强他们的军事力量，属下还听说，那人之前似乎遣心腹带兵把守播州周边的关隘险阻，严禁各类人等出入播州，似有断绝播州与外界的联系之意，只是后来不知为何又将人撤回了。"

马千乘抚了抚手掌："这幕后主使是何人，你可有头绪了？"虽是疑问，但他的语气却十分深沉，似乎心中已有定夺。

肖穹半晌未吭气，生怕众人皆心知肚明的答案从自己口中说出，会无辜遭受非人对待，所以硬是将话憋在口中，一张脸红彤彤的，如同晚霞一般绚烂。

马千乘见他这副模样，撇了撇嘴："怎么不憋死你？"

肖穹见马千乘不再追问他幕后主使是何人，立时松了口气，讨好问："公子，那您要装聋作哑到什么时候？"问完又觉得这话听起来有些奇怪，但具体是哪里奇怪，他又说不上来。

马千乘沉吟片刻，自打他装聋作哑来了播州，暗中也查到了不少事，虽在表面上瞧起来这些事与谋反扯不上干系，但若是深思之后，还是可以瞧出来一些端倪的。比如近日播州加快了增修海龙囤为重点防御地点的进度，不排除对方大约是想谋反后，以它作为最后藏身点的意图。

肖穹见他不说话，又问道："公子，您也不怕将军担心您？"

马千乘一听肖穹提到了秦良玉，原本还算平静的面色登时黑了下来。自打他对外宣布又聋又哑之后，秦良玉可是没少用他捞好处。平素外出邻城游玩时，秦良玉便爱往那贩卖武器的铺子、摊子前钻，一番买、买、买之后，因挥霍太过，偶尔会出现身上钱财不够的情况，而后她便会开口朝马千乘借，再这么一番借、借、借之后，两人饥肠辘辘去到饭馆吃饭时，便会出现钱不够用的情况，这时他这又聋又哑的优点便可派上用场了。

秦良玉通常都是将手旁的东西藏好，再一脸严肃地对小二道："我与弟弟自小相依为命，我娘怀他时没吃过什么好东西，所以他出生时便是耳不能听、口不能语，嗯，后来他再大些时，发现他的心智也不怎么全，前些日子跑丢了，我前来寻他，途经贵宝地，还望各位赏口饭吃。”

往往这时，小二便会面露鄙夷，里里外外将内心已如开水般沸腾，但面上却还要故作镇定的马千乘扫上一番，不客气道：“没钱吃什么饭？走走走！”

秦良玉便又道：“我们有钱，只是不多，还望公子瞧在我这傻弟弟的份上，给我们的菜码足一些。”

这事到此，通常便是成了，毕竟两个人生得都俊俏，一般人也都不会太过为难他们。

每到此时，马千乘的内心亦很迷茫，他明明可以靠脸吃饭，却偏偏要靠实力，其实也是十分累的。再说一说秦良玉，平日多么严肃正经的一个人啊，甚至连话都很少说，但在这些五谷杂粮面前，她却一次次地抛弃自尊，只为果腹，马千乘也是不知该说什么好。

肖穹的一阵轻咳声将马千乘从沉思中拉回，他拍了拍手上的浮灰：“你同我去一趟海龙囤。”

肖穹抱拳称是，又听马千乘道：“好些日子未活动筋骨，万一我要是被揍了，还有你替我挡着。”

肖穹：“……”

海龙囤，又名龙岩囤，该囤居群山之巅，孤峰挺立，只有山后一条逼仄的山径可以攀登，大有一夫当关，万夫莫开之势，所以两人此番前去，可谓是前途未卜。

夜风游走于两人周身，凉意透骨，马千乘将遮面的布紧了紧，想借此来挡住脸取一取暖。到达海龙囤已是半个时辰后的事，海龙囤门口有重兵把守，布防较严。马千乘与肖穹藏身在阴影处，观察着远处的情况。

海龙囤始建于唐朝，可谓是历史悠久，在杨应龙还未继任之前，他的先人早已将海龙囤好生修葺了一番，抛开土城、月城、仓库、水牢等建筑不说，囤前设铜柱、铁柱、飞龙、飞凤、朝天、万安等九关，这各关之间还有护墙相连，一眼望去，山势颇为浩大。

“公子，我去引开他们。”肖穹说罢便要飞身而出，被眼疾手快的马千乘捉住了脚踝又给拉了回来。

"急什么。"马千乘慢条斯理地从怀中掏出颗催泪丸，对肖穹显摆道，"只要九九八，这颗催泪丸带回家。"

肖穹额角青筋直跳，只恨秦良玉不在场，无法牵制住马千乘。

马千乘掂了掂手中的那颗成年男子拳头大小的弹丸："让你瞧瞧它的能耐。"

说罢他长臂一掷，催泪丸在空中划出道优美的弧线，而后正中一人前额，闷响过后，那人仰面倒地，抱头打着滚呻吟。

马千乘此番来的真实目的，乃是找兵符。按理来说，这海龙囤乃军事要地，最适合藏些重要物事。好巧不巧，之前在杨府时，马千乘在无意中曾瞧见过这海龙囤九关的图纸，他当时还悄悄临摹了一幅，闲暇时翻来覆去地仔细研究过，知道哪处是死角，便于藏身，所以今日于难关之前，他才有如此轻松的神态。

肖穹又使了声东击西之计，引得第一关一众士兵的多半兵力去到相反方向，而后他于夜色中现了身，笑望着尚留在原地把守的士兵："喂，看这里。"那无耻的模样，颇有马千乘当年的风范。

把守的众人本就是高度紧张，肖穹这一句笑语无疑如同平地惊雷般，炸得众人头皮发麻。

肖穹稳立于一旁五人合抱方能抱住的苍木之上，俯视着众人，余光瞧见马千乘的身形如出栏猛虎，矫健且迅速，穿梭于众人之间，每每抬手时，指间银光乍现，而后便见有人倒地。

海龙囤有九关，唯头一关与最后一关最难闯。马千乘拾级而上，身前是面色严谨、持刀相向的众私兵。他抚了抚手掌，也不言语，双眸晶亮，带着嗜血的快意，瞧得众人极其毛骨悚然。

"你是何人？"私兵为首之人挪了挪步子，喉结上下动了动，咽了口唾沫，手心逐渐有湿意渗出。

马千乘轻笑一声，嗓音较以往低沉不少："你们让开吧，我饶你们一命。"

尾音平淡，语气十分不屑，若换成旁人将这话说出，大家也只会怒从心头起，但此时被马千乘这么说出来，众人面面相觑，心中的确腾起股退意，但转念想到若是逃跑后被逮回来，下场只会比眼下这痛快一死更惨，想了想，还是站在原地没有动。

马千乘咂了咂舌，又抬头瞧了一眼众人："你们这是在玩火。"

话音一落，他的身形宛若蛟龙，一闪而上，双手合十擒住最前方那人手中的长刀，那人反应不及，下意识握紧刀柄，马千乘略一使力便将对方拉到自己身前，而后夺过刀，一刀直接砍入那人胸膛，顺势加快步速，将那人钉入石壁之上。那人尚有余息，一双眼睛瞪得极大，只有脚尖点在地上，不出片刻便没了声息。

在夜色的掩护之下，趁众人晃神的工夫，马千乘侧身躲进尚未修葺妥善的石拱门后，肖穹见状，飞身到众人面前，意欲掩护马千乘。两人皆属武功上乘之人，又有多年的默契，且此行马千乘把握十足，所以两人一路破关而入，终是深入了海龙囤内部。

这内部瞧起来便没有外表那么风光了，甬道幽深不见尽头，好些个地方尚在漏着风，洞中潮湿不堪，鼻尖皆是泥土被浸湿之后的气味。

马千乘细细想了想图纸上特意标注出来的地方，将大概方位与左顾右盼的肖穹说了说，末了道："分头行动，半个时辰后在门口那棵老树下会合。"

马千乘朝东边而去，沿着甬道一路向前，因此行非光明正大，怕途中遇到什么人，只得抹黑前行。他向前走了许久，才见一丝光亮突兀地照在地上，光亮中有灰尘四散，一道嗓音隐约从右手边传来："方才的人可抓住了？"

一人道："不曾。"

一声响亮而又清脆的巴掌声随之响起："废物！饭桶！"而后又是一阵"稀里哗啦"的声响："我带人去找，你快些给大人去送信，这事若是出了纰漏，你我全都不用活了。"

门被人大力拉开，两道身影一前一后跑出，马千乘紧贴墙壁而立，只觉背上起了层鸡皮疙瘩，凉意彻骨。所幸那两人一心只顾向前跑，丝毫未发觉身后墙壁上还贴着个人，马千乘见状挑了挑眉，小步跑进了方才那房间之中。

这房间明显是长时间有人居住，开门后便觉暖意迎面袭来，房中物事一应俱全，条件尚可，内间的床上绸缎被子还未收拾整齐，想必那人是刚刚起床。

马千乘在屋中各类柜子、抽屉等地方翻找了一通，未果。他想了想，又弯腰逐一将地砖敲了敲，在敲到第六块时，只觉传回的声响略有不同。

再说另一边，杨应龙听说有人夜闯海龙囤，头一个反应便是踹开身前跪着的人往马千乘的房间而去。可见马千乘平素在众人心中根本脱离不开某些根深蒂固的印象。

站在马千乘门外，杨应龙想了想，终是直接推门而入，眼下马千乘听不到声音，他敲了也是白费力气。

床上隆起一团，被子随着床上人的呼吸吐纳上下微微起伏，杨应龙直接走到床前，轻轻推了推面朝床内躺着的人："肖容啊。"

床上的人登时睁开眼，继而从杨应龙手下滑开，跳到几步外的地方。借着皎洁的月色瞧见对面的人是杨应龙后，马千乘的面色明显一松。

杨应龙命人将桌上的蜡烛点亮，见对面站着的人的的确确是马千乘，他心中不禁也松了口气。

马千乘问："您有事？"

杨应龙摆手："方才府上进了刺客，我来瞧瞧你。"

这偌大个骠骑将军府，有事没事便进来几个刺客逛逛，这借口说出来时，杨应龙的内心也是有些发虚。

马千乘面色平静，微微点头之后便不再开口，杨应龙见夜闯海龙囤的人不是马千乘，当下放心不少，匆匆道："你没事叔父便放心了，休息吧。"而后他便带人从房中而出，直奔海龙囤方向而去。

这边的动静闹得有些大，将本就未睡熟的秦良玉吵了起来，她出门查看究竟，正与杨应龙打了个照面。秦良玉拱手行礼，杨应龙因有要事在身，草草应付后便扬长而去。

进到马千乘的房间，见马千乘正站在屋中沉思，秦良玉拍了拍他的肩："发生了什么？"

孰料马千乘在见到秦良玉后突然单膝跪了下去，这一跪委实将秦良玉吓得不轻，她急忙将人扶起，问："你这是做什么？"

马千乘不动声色地避开了秦良玉的手臂："还望将军去救救公子，他眼下还未回来，想必是遇到了棘手之事。"

秦良玉略挑双眉，听那人话毕又仔细端详了他一阵，见他虽与马千乘神似，但五官又与马千乘略有些不同，这才确定方才他口中一事不是马千乘与她开玩笑，忙问："他眼下在哪？"

那人答："海龙囤。"

海龙囤这地方秦良玉自然是听说过，此处乃是播州的军事要区，马千乘此番去那许是察觉到了什么事。她沉思片刻，眼下她身处播州，身边并无下属，且将要去的地方又是杨应龙所辖，即便是有兵她也不能贸然冲过去，摆在眼前的唯一办法便是她单枪匹马闯进去。

思及此，秦良玉匆匆追上杨应龙的脚步，一路尾随在众人身后，许是上天垂怜，杨应龙那一队人马中的最后方，有一人明显脱离了队伍，脚步微有蹒跚，大约是身子有些不舒坦。秦良玉悄然而上，从后勒住那人脖颈，另一只手捂住他的口鼻，将人拖至一旁的小树林，而后利落地将人打晕，再扒下他的衣裳套在自己身上。

众人到达海龙囤时，但见头一关的石阶上满是尸体，遍地鲜血横流，空气中满是血腥味。秦良玉不禁皱眉，虽说这味道她已十分熟悉，但此时闻起来还是不禁作呕，面色稍有不善。

杨应龙盯着遍地的尸体，面色更是没好到哪里去，气咻咻地负手而上，秦良玉紧随其后，一路朝海龙囤内里而去。

众人的脚步声整齐有力，回荡在长长的甬道之中，路上不时有人给杨应龙行礼，皆被其一脚踹开。秦良玉面色深沉，一边走一边观察甬道两边的情况，见两边皆是房门紧闭，那门似是摆设一般。她随着众人又前行了一段路，隐隐见前方有一处未关门的房间，他们一行人不少，脚步声并未刻意放轻，那房中竟无人出来查看，可见房中多半是无人，即便有人也是非死即伤。秦良玉放慢脚步，趁众人不备箭步闪进那房间中。

如秦良玉所料，房间中空无一人，她进屋后迅速转身查看，怕屋中有诈，每走一步都极其小心。她练武至今已有十年，轻功自是了得，若是不想让人发现，那最后定是安然无恙的。

秦良玉打量屋中，未曾注意脚下，向前行了没几步便觉得踩上了什么东西，而后又是一声闷响传来，还带着些许回音。她低头去瞧，这才见原本平整的地砖中有一处空缺，方才若不是她踩上个什么东西，她大约便掉下去了。秦良玉不禁觉得一阵后怕，将手中火把向那空缺处探了一探，见漆黑的深洞之中似乎有一人在与自己对望，虽说瞧不清那人的样貌，但她能清晰地感受到那人在仰头瞧着自己。秦良玉摸不准那人的身份，不禁在心中猜测了一番，综合此情此景来瞧，这分明是个暗洞，那么洞中这人想必是被囚禁在这里的，应当是敌人的敌人，那便也算是她的朋友。她沉吟片刻，后退了两步，将洞口让了出来，想着即便是敌人，也先让那人上来再说。

洞中又传来一阵窸窸窣窣的声响，少顷，一双骨节分明的手搭在地面上。秦良玉不禁有些心虚，想来她方才是踩在了那人的手上，但其实这也不能完全怪她，这人隐藏得太好，内力比起她定是有过之而无不及，所以她才一直未察觉到这屋中还有另一个人的气息。

秦良玉紧紧地盯着那人，见他手脚并用地从洞底爬上来，宛若一只千年老龟般，先是手紧紧扒住地面，而后一条长腿又勉力搭在洞口，最后整个身子才从洞中完全显露出来。她皱眉，先收回了自己方才的那一番猜测，若当真是内力强劲之人，断不会这般狼狈地从底下爬上来，即便是受了重伤或是什么非人的对待，也应是自有一番风骨在的。

那人又在地上趴了好一会，这才慢条斯理地抬起头瞧秦良玉。他正要与她理论方才踩了他的手为何不道歉，一瞧清她的样貌，登时将还未完全张开的嘴紧紧闭上。

秦良玉乍一见眼前人也是吓了一跳，手一滑，火把掉在了地上："肖容？"

马千乘的面色委实尴尬，方才他跺了跺脚，觉得此地有些空，想必是有蹊跷，而后又跺了两跺，再然后这石砖突然一空他便掉下这暗洞中，暗洞应当是处暗牢，只是还未开始修葺，地面乃是硬邦邦的石板。将他摔得七荤八素半晌爬不起来，那感觉当真是太刺激了。方才掉下去时，他不慎扭了腰，在洞中缓了好久的神，攒了好久的力气才重新爬上这屋子，不料又被人踩了手，掉下去时又撞了后脑，更是气得想骂娘。

秦良玉见他面色忽明忽暗，识趣地不提方才的事，只拿住马千乘的手臂道："快走。"

马千乘一脸高深地跟在秦良玉身后，见秦良玉带着自己躲过这海龙囤内的重重陷阱，握住自己手臂的手一直不曾放开过，那手有些温热，却又带着坚定，他心中不禁有暖意漫过，无声扯出抹笑。

秦良玉此时的心情比起马千乘来，倒是有些沉重，此番突围不易，马千乘眼下照失聪之前又笨重了许多，连爬方才那暗牢都要爬许久，这又如何让她不担心？

所幸上天有好生之德，在秦良玉带着马千乘，赶在杨应龙找到两人之前逃出海龙囤时，秦良玉发现自己迷路了。她脚步停在原地，环顾四周，发现与自己进来时的那一条路已是一点不相同，但她好歹也是经历过大风大浪之人，眼下迷了路倒也不显惊慌，瞧着面前的四道分岔路口，她直奔最右边的那一条而去。马千乘轻轻拉了她衣袖一下，她回头道："你若有事先忍一忍，我现下迷了路，没有多余时间浪费。"

马千乘撇了撇嘴，老实听话地不再作声，只是初时被秦良玉钳住的手忽然反握住她的，而后反客为主，带着秦良玉游走在这甬道之中。他脚下生风，几乎已脱离与地面的接触，秦良玉只觉迎面有风袭来，身子两侧的烛台不断后退，待再能重新瞧清眼前景物时，两人已站在门外。

不远处隐隐有火光拔地而起，也不知是用了什么法子，那火刚一燃起便有一道身影在火光中几个跳跃，朝秦良玉两人奔来。待那人离得近了，秦良玉才瞧清来人乃是许久不曾见过面的肖穹。

"将军。"肖穹见到秦良玉时先是一愣，飞快地瞟了安然站在她身后的马千乘一眼，见后者无声地朝他摆了摆手，也知马千乘大约是未将自己并未聋哑的事同秦良玉说，便识趣地将话题转开，"还请公子同将军快些移步，一会他们便追上来了。"

还未等秦良玉回神，她又被马千乘拉着手臂，跟在肖穹身后向山下走去。

几人悄悄潜入杨府，回到了马千乘的房间，先前假扮马千乘那人已不知去向。肖穹单膝跪在两人身前："公子，你交代过的那几处并未发现有兵符。"

马千乘笑着点了点头，秦良玉回头瞧了他一眼："你们发现了什么？"

肖穹不敢随意答话，求救般地瞧着马千乘，见其大发慈悲地挥手示意他可以退下了，这才松了口气。秦良玉见状也知今日从肖穹口中是得不到什么线索了，便也未曾为难他。肖穹走后，她直接朝马千乘发问："你觉得是何人要揭竿而起？"

马千乘慢条斯理地掸着衣裳上的灰尘，一副什么都未听到的模样。秦良玉虽是气他那欠揍的模样，可又不愿同他一般见识，只好拍了拍他的手臂又问了一遍："你觉得是何人要揭竿而起？"

马千乘瞥见秦良玉盯着自己瞧，自知躲不过去了，耸了耸肩，将两手一摊："不知，方才肖穹说没有线索，你听见了的。"

秦良玉盯着他："你一点头绪都没有？"

马千乘越是如此，秦良玉便越觉得他心中已有定夺，当下朝他迈近一步，还不待开口便被马千乘抱了个满怀，秦良玉不防，当下僵着身子愣在原地，半晌才将人一掌推开几步远："你做什么？"

马千乘捂着胸口，面上染上些许痛苦，好似是身上有哪处疼痛一般，一张俊脸皱成一团，活似麻花拧在了一起，瞧得秦良玉连连皱眉。

"莫要装了。"秦良玉见马千乘稍微顿了顿，继续道，"这几日我家里来信，让我回去一趟，你自己多保重吧。"

马千乘听秦良玉的语气略有不对，又仔细瞧了瞧她的神色，见她眉间有乌云笼罩，遂开口问："什么事这么急？"

秦良玉想了想，言简意赅道："是一门亲事。"

马千乘未料到秦良玉说这话，趁她出门前一把握住她的肩膀，险些开口说话，忍了好几忍才将声音压了回去，而后两眼一翻，直接倒在了地上。

马千乘病了，自失聪失语后，又得了一种怪病，这病时不时便会使人晕厥，杨应龙请了许多大夫都没什么效果，但凡秦良玉一踏出他的房间门口，他便会晕过去。

秦良玉委实摸不准他这病是真是假，一时也不敢离开骠骑将军府。

这日，外面刚刚下过雨，秦良玉见马千乘吃过饭要上床歇息，便自觉地要出门，谁知还不待她迈步，便见马千乘原本红润有光泽的脸登时惨白一片，捂着胸口便要倒地，吓得秦良玉一个箭步窜过去将人扶起，问："你没事吧？"

马千乘颤颤巍巍地抬起手指了指床，秦良玉会意，忙将人朝床那边搀。马千乘躺下后，立马不省人事，只是一直紧紧拉着秦良玉的手并未有松缓的迹象。

秦良玉顺势坐在床边，面色深沉，家中来信说有人前来提亲，对方是个五好青年，身家清白，祖上亦是做官的，难得的是长相斯文且能文能武。秦家上下原本是想将这人打发了，但不料对方竟十分有诚意，无论秦家下人如何劝说就是不走，秦载阳委实没了法子，暗地里买凶将人打了一顿安置了个地方。孰料隔日这人醒来后又来了，态度很是坚决，秦载阳暗觉情况有些不对劲，按他家闺女这名声来说，基本上是无人前来提亲的，哪怕是有不知情的人来，通常拒绝一次也便不会再有下文了。可是这位青年却是如此执着，想必对他家闺女不是真爱便是另有目的，若是真爱那倒还好说，但若是后者的话，那这事便不好办了。思及此，秦载阳又派人暗中查了查这人的身份，果然发现了一些端倪，所以欲将秦良玉叫回府上，共同商谈。

秦良玉低头扫了一眼马千乘苍白的脸，视线不经意划过他紧紧拉着自己的手，想了想，使力挣开他的手，正要起身去屋外透透气，便见原本尚在晕厥中的马千乘悠悠醒来，目光还有些涣散，一直盯着秦良玉。

"你感觉如何？"秦良玉目光淡淡，一动不动地与马千乘对视。

马千乘另起话题："我与杨宛若的亲事已了结了。"

秦良玉初时还未反应过来，在原地站了片刻才问："为什么？"

马千乘缓缓从床上坐起，无声发问："你不知道？"

秦良玉见他目光灼热，心中没来由地慌了慌，下意识后退了两步："嗯，我去厨房瞧瞧药好了没有。"

马千乘捂着胸口起身，此时他倒真是觉得眼前阵阵发黑了。

屋漏偏逢连夜雨，这边马千乘本就心中绞着地痛，那边，骠骑将军府上的两个婢女又托着个盘子进来，两人一红一绿，搭在一起倒也是十分水灵。见到马千乘站在地上时，两人的脸先是红了一红，继而又行了一礼。马千乘此时自然是顾不上她们，随意摆了摆手，示意她们把药放下。

两个婢女面上的红晕尚未褪完，一边朝桌子处走一边小声道："马将军生得真好看。"

绿衣婢女答："是啊是啊，虽然他现下身子不好，脑袋似乎也有些迟钝。"

马千乘抬了抬眼皮，望向两人的目光略显深邃。

红衣婢女急忙拉了绿衣婢女一下，透过半掩的窗子向屋外瞧了瞧："你声音小些，若是被听到便不好了。"

绿衣婢女撇了撇嘴："马将军又听不到。"

红衣婢女："但是秦将军能听到。我听说，秦将军可是杀人不眨眼的，况且听说她与马将军的关系似乎也有些不清不楚，所以一切还是小心为上。"

绿衣婢女不在意地将托盘一放："外面谁不知道秦将军要成亲了，又怎么会再在意马将军的感受？"

红衣婢女沉吟片刻，大约是认同了同伴的观点，想了想，道："也是，不过之前不是说秦将军嫁不出去吗？怎么忽然有人不怕死地提亲了？"

马千乘负在身后的手攥了攥拳，面色越发沉寂起来。

凤权录

修竹 著

下

中國華僑出版社
北京

目录

CONTENTS

第十一章 唯愿此身长报国 / 001
第十二章 位卑未敢忘忧国 / 023
第十三章 思卿暮暮与朝朝 / 033
第十四章 金屋笙歌偕彩凤 / 045
第十五章 鸳鸯袖里握兵符 / 165
第十六章 誓平天下战乱事 / 175
第十七章 黄沙百战穿金甲 / 181
第十八章 奔赴千里不惜死 / 187
第十九章 跃马驰骋海龙囤 / 203
第二十章 将军何必是丈夫 / 235

第十一章

唯愿此身长报国

秦良玉难嫁这事，全天下都知道，秦良玉被人死缠烂打着要提亲这事，眼下更是早已传到了皇家耳中，连皇上都忍不住拊掌感叹："寡人的爱卿总算是没有烂在家中。"言语间，那份满足之感十分浓厚。

但有人欣慰，便有人心塞。自打出了有人来向秦良玉提亲这事，眼前阵阵发黑、胸口时不时便要堵上一堵的人，明显不只马千乘一个人。在家休整、心情刚刚转好些的陆景淮的眼睛也黑了好几日，他胸口的烦闷之气便更不用说了，尤其是他每每欲去街上买些墨宝，打开大门瞧见正对面戳着个"木头桩子"的那一瞬，他那心情当真是无法形容。

这日，风和日丽，陆景淮在家中闷头读了好几日的书，委实有些熬不住了，突然想起家中熟宣已用完，这熟宣一般是他亲自去采办，所以他便将手中狼毫挂在笔架之上，欲出门。他前脚刚一踏出大门门槛，眼尾便扫到了正前方戳着的那道身影，原本是想绕道而行，想了想，他终是凑到那人身前，蹙眉问："瞧你也是位读书人，怎么行为举止却是如此唐突？你日日前来我家门口堵着，这让良玉还如何做人？"

那人倒是个有涵养的，被忽然从身前冒出来的陆景淮惊了一下，愣了愣后，认出他乃秦家三公子，急忙拱手行礼："见过陆公子。"却并未回答陆景淮的话。

陆景淮见他如此也不气馁，继续道："我父亲之前也跟你说了些话，你同良玉大约是不会有结果的，所以你还是莫要强求了，走吧。"

那人生得星眉虎日，周身正气朗朗的模样，淡淡一笑："这强求不强求，得与将军聊过后才知道。"

"哦？"

一个云淡风轻的嗓音响在不远处。陆景淮与那男子一并回头瞧，但见一道绛紫身影翻身下马，衣袂翩然间，那身影朝两人快步而至，而后站在两人身前，先是与陆景淮打了招呼。

“三哥。”

陆景淮的视线从方才秦良玉下马时，便未移开过，算算两人已有许久不曾见过，这冷不防重逢，竟使陆景淮生出恍若隔世之感，一时不能回神。反观那男子便不同了，礼数十分周全，对着秦良玉行了一礼，笑道：“在下连亦，见过宣武将军。”

秦良玉的视线扫过连亦的发顶，对他倒是不生厌，想了想，虚扶一下：“我们找个地方聊一聊。”

连亦已在秦府门前徘徊了许久，等的便是与秦良玉聊一聊，此下听秦良玉主动开口，自然是不会拒绝。

陆景淮被晾在一边，倒也不见多伤心，毕竟之前那十几年，秦良玉也是一直如此无视他，他对此已是习以为常，更何况此次秦良玉比起以往还是有些进步的，她与连亦走之前，还知道与他打声招呼：“三哥，回见。”

陆景淮沉默地注视着两人远走的身影，觉得胸口比秦良玉回来之前还要沉闷一些，他在原地站了良久，袖口被攥出了些褶子。自打杨应龙出现在秦家的视线之后，陆景淮越发觉得无论什么事，似乎都能与杨应龙搭上边，单拿这连亦来说，其实此人的身份他那日也听秦载阳说了说，此人好似与叶梦熊扯得上关系，这叶梦熊与秦家之前是毫无瓜葛的，此下派这人来求亲，想必又是为了杨应龙。一想到杨应龙，陆景淮眉心皱得便更加紧了，不为别的，只为那与杨应龙情同父子的马千乘。算算日子，他二人已有许久不曾见面了，也难怪他的心情难以快速恢复。

秦良玉同连亦与陆景淮告别后，直奔街上而去。今日风略大，路两旁绿树的枝叶被风拂弯，街上行人稀少，只余小贩们在大风中凌乱，墨发横飞。

秦良玉与连亦本也非讲究排场之人，又加之风大，两人就近挑了家酒楼便扎了进去。小二极有眼色，一见秦良玉来了，便热情地将两人带到楼上，身子微躬：“将军想吃点什么？”

秦良玉抬头瞧了一眼连亦：“你喜欢吃什么便点什么。”说罢她将菜谱向连亦身前一推，而后顾自靠在椅背上，斜身侧坐，一双长腿交叠在一起。

连亦见状忍不住想笑，他觉得秦良玉这行为举止虽离经叛道了些，但好歹是真性情，若与她成亲，倒也是桩趣事。他随意点了两道菜，将菜谱推还给秦良玉，而后抬头与之对视："将军请。"

秦良玉瞧也不瞧菜谱，直接对小二道："店里的特色菜一样来一道。"

说罢她又觉得哪里不对，仔细想想才发现自己这点菜的风格与马千乘如出一辙。那个纨绔便是每到酒楼吃饭，都是如此简单粗暴，倒也省了不少工夫。

小二喜上眉梢，一边应下一边小跑下楼，脚底抹油，生怕秦良玉反悔一般。待小二的身影完全消失在楼梯口，连亦这才将来意道明："在下是奉叶大人之命来求娶将军的。"

秦良玉虽与这世上其余女子不同，且因与马千乘在一起时日久了，脸皮也不是十分薄，但乍一听连亦这毫不遮掩的话，还是觉得有些不适应。她的眉心不由皱了皱，视线对上连亦的，这才见对方眼神清亮，只是其中目的性太强，这种人，自然是不适合过多接触，遂冷淡道："叶大人这是怀疑我的诚意？"

连亦眼神灼热，只是语气很诚恳："自然不是，叶大人一早便仰慕将军英名，只是家中已无适婚男儿，这才忍痛让在下前来提亲。"

秦良玉面色未见起伏，嘴边绽出抹笑："嗯，原来是瞧不上我秦某人。"

这话说得当真十分难听，不但嘲讽了叶梦熊，又顺带贬了连亦一下，可连亦却是面色未变，笑道："其实将军这么说倒也没错，在下在贵州卫任指挥佥事一职，且与叶大人只能算是远房表亲，所以这么想想，的确是委屈了将军。"

秦良玉抿了口茶，见连亦动了动嘴皮，似乎是还要说些什么，只是未等他张嘴，便被瓷器碎裂声打断了思绪，两人一同朝门口瞧，堪堪对上马千乘向二人扫过来的视线。

秦良玉初时有些瞠目结舌，后又不动声色地将那抹惊讶掩饰，这才起身朝马千乘走去，离得近了才见小二正哆哆嗦嗦跪在地上给马千乘擦拭衣袍下摆，马千乘则淡然挥手示意小二无妨，小二这才敢从地上站起来，呆站在一旁，面如土色，抖如筛糠。

"你怎么来了？"秦良玉见马千乘的面色仍是苍白，张口便问了一句，话语中的关心之意明显让随后跟出来的连亦蹙了眉。

马千乘扯开嘴角笑了笑，手搭在秦良玉的小臂上，将人朝屋中拉，状似不经意地瞧了身前的连亦一眼，笑得十分纯良。

秦良玉有些尴尬，将马千乘的手拍掉，与连亦道："这位是明威将军马千乘，前些日子他受了些伤，不能发声，还望阁下莫要见怪。"

马千乘瞧着秦良玉活似为丈夫辩解的这一番举动，心中登时愉悦了许多。如此瞧来，她还是拿他当自己人的，这连亦不过是个外人而已，当然，此种喜悦必然是不能表现出来的。

连亦不愧是见过世面之人，面色在黑与白之间转换得也是十分之快，此时他早已是云淡风轻，按官阶来说，连亦在马千乘之下，所以他对着马千乘拱手行礼："见过明威将军。"

马千乘此时不由庆幸起自己现下又聋又哑，他只当是未发现连亦的举动，顾自落座，待将椅子焐热后才记起，按照外面所传的自己这性子，即便不是又聋又哑也应理所当然地无视连亦才是。

原本的两人行变成了三人行，连亦的一肚子话都找不到合适的时机与秦良玉说，干脆坐在一边专心致志地吃着饭，时不时以余光打量吃得尤其香的马千乘。见对方似是浑然不觉，他的胸口登时冒了些火上来，但转念又顾虑到自己不是马千乘的对手，这才强压下那股邪火。

马千乘慢条斯理吃着碗中的菜，对期间秦良玉的发问一概装作听不见，连亦那刀子似的眼神便更不用说了。

从酒楼出来，秦良玉与连亦告别："这事我会同叶大人说明，这些日子难为你了。"

弦外之音连亦自然是听出来了，见秦良玉持拒绝之意，他当街表态："在下对将军，并不只是奉命提亲。"

马千乘有些听不下去了，见秦良玉似乎还要说些什么，身子立时晃了几晃，直接倒在地上。

秦良玉顺手揽住马千乘的身子，惯性之下还是被他撞得向后跌了几步，抬头见连亦似乎要出手相助，急忙制止他："我自己来。"

连亦脚步一顿，双方沉默的工夫，一辆马车停在了三人身边。不多时，一双纤细白皙的玉手挑开车帘，柳文昭那一张芙蓉粉面出现在秦良玉的视线之中。

因知道秦良玉今日回府，所以柳文昭自是悉心打扮过，她轻巧地从车上跳下，给秦良玉行礼："见过将军。"

秦良玉喜欢模样俊俏的姑娘这事，大家都知道，更不用说柳文昭天生丽质，再稍加打扮，自然是将秦良玉的视线吸引了过去。她扬了扬嘴角，见柳文昭青丝拂过脸颊，有几缕还贴在了樱唇之上，也不顾手上还搀着马千乘，当下伸手去理柳文昭的头发。马千乘未料她有此举，当下结结实实地被撂在了地上，落地时前额先着的地，登时便肿了一块，而后便真的晕了过去。

回到秦府，秦良玉将马千乘安置好，见柳文昭鞍前马后地伺候着马千乘，开口发问："他是什么时候回来的？"

柳文昭为马千乘掖被子的动作顿了一下："方才我去将军的房间便瞧见马公子在那坐着了，他不是将军带回来的吗？"

秦良玉摸了摸鼻尖，莫名有些心虚。之前她回来，专门挑了马千乘夜半歇息之时，也不知待他醒来后会不会做出什么出格之事。

柳文昭见秦良玉眉间愁云笼罩，大约也能猜出一些事来，当下不敢再言语，也是怕此时马千乘乃是装晕，若是不当心问了什么不该问的，依秦良玉这耿直的性子再答一些不该答的，这再不当心让马千乘听见，大家的日子必然都不会好过。

秦良玉从椅子中起身，顺手从袖口中掏出只虽小巧却雕纹精致的锦盒递给柳文昭："这是送你的，姑娘家年纪轻轻的，多打扮打扮才好，瞧上什么便来同我说。"

柳文昭双颊通红，娇羞地从秦良玉手中接过锦盒，正待收回手，又被秦良玉有意无意地摸了下手背，脸上那红色更是蔓延到了耳尖。她含羞带怯地瞧了秦良玉一眼，不料正对上秦良玉漾着隐隐笑意的眸子，不由愣怔了一下，而后掩面飞快地从房中跑出，连头都不敢回一下。

屋中只剩秦良玉与尚在昏迷中的马千乘，秦良玉握拳抵在唇边轻笑，奸计得逞的模样，倒是有些孩子气，连带着音量都未曾控制。这让一早便醒来，只是一直未睁眼，静静等待着秦良玉关怀备至的马千乘胸口腾起股火，恨不能将柳文昭送走，让两人永世不得相见。按捺着性子，马千乘又躺了一会儿，这才缓缓眨了眨眼睛，假意堪堪醒来，口中也不闲着，大声呻吟道："哎呀呀，疼死了。"

秦良玉被他这突如其来的一声惊了一下，几步跨到马千乘床前，伸手将他从床上扶起，关切地问道："你怎么样了？"

马千乘此时却是闭口不言了，他额前渗出些汗，暗暗打量着秦良玉的神情，想瞧瞧她是否发现自己方才开口说话了。所幸秦良玉的注意力似乎并未在他身上，见他良久不说话，仔细瞧了瞧他的神色，而后倒也未再多说什么，只神色淡漠地吩咐下人将药端来，又从下人手中接过药碗，瞧这情形竟然是要亲自给马千乘喂药。

马千乘觉得幸福来得十分突然，呆愣地任由秦良玉将勺子塞入口中，一阵比以往要苦涩上百倍的药汤味登时蔓延在马千乘的口中，因他毫无防备，直接俯身将口中药汤吐在地上，动作委实太猛，连带着被子都掀在了地上。

“苦就说出来，你方才那情绪的表达不是很好吗？”秦良玉托着药碗与马千乘对视，嗓音一如既往地平淡。

马千乘握着床边的手一紧，忍了半晌才装作自己依旧很聋的模样，继续干呕着。

秦良玉摆明了不想与他一般见识，也没有再继续方才的话题，将碗朝身边一放，起身便走。马千乘见状，有些心虚地停止了动作，三步并作两步从床上蹿到秦良玉身后，眼疾手快一把抱住秦良玉的大腿，这才得以阻止秦良玉前行的脚步。

“玉玉，你生气了吗？”马千乘赤足蹲在地上，仰着脸瞧秦良玉，表情十分无辜。

秦良玉蹙眉将他从地上拉了起来：“你不凉？还不快些上床。”

马千乘见秦良玉如此，也知对方未曾生气，这才欢天喜地地回到床上，想了想，还是坦诚道：“我那日坠崖后其实并未受伤，装聋作哑这么久不过是方便行事，你莫要生我的气。”

秦良玉低头瞧了一眼身上马千乘留下的五个指印，黑着脸道：“我没生气。”她顿了顿，“到底是何人要加害于你，你还未想到吗？”

马千乘的面色忽然深沉起来，眼神幽深地望着门口处：“我们还是来说一说我坠崖后的故事吧。”

秦良玉：“到底是何人要加害于你？”

马千乘：“我听说方才那小白脸是来向你提亲的？”

秦良玉：“我们还是来说一说你坠崖后的故事吧。”

马千乘抖了抖被子，慢条斯理道：“那是个月黑风高夜，我正行走在冷风中。”

秦良玉睨了他一眼，马千乘收到视线，立马端正态度，挺直身子，将事情的经过与秦良玉说了一遍。

原来那日马千乘在播州追查私兵一事，已有些眉目，眼见着便要找出私兵的老窝，不料中途出了些岔子，而后马千乘便被私兵头目一级的人物发现了足迹，一路穷追不舍。马千乘之前因连日暗访私兵一事，已是好几个日夜都未曾合眼，那晚眼见体力不支要被就地解决，他急中生智，顺着对方击过来的一掌直接躲到了悬崖之下。因当时他还有最后一丝力气，所以落地时还算平稳，原本想直接走人，后想了想，那伙人想必会派人来崖下找他的尸体，所以不如直接在哪儿摔倒就在哪儿躺好，如此一来大家都方便。但他从不知道那伙人竟是如此没有职业素养，他在地上趴了好久都未听到任何脚步声传来。等到最后马千乘来了脾气，直接从地上起身，正要抬脚走人，这才听远处传来交谈声，当下又趴回到地上装死，心中不禁腾起股怒气，暗骂这些人太过无耻。

那伙人离近之后，先是对马千乘俯卧在地上的姿势评讲了一番："啧啧，这趴得这么难看，想必是死透了。"

另一人附和："大哥说得有道理，不如我再补上一刀。"

马千乘闻言，心略有些惊，都坠崖了又被人补刀而死，那他当真太过憋屈，还不如方才在上面便一死了之得了。马千乘咬破舌头，一边将血水朝外吐，假装自己真的死了，一边暗暗在心中想着对策，此时又听到空中三声炸响，他虽是闭着眼睛，仍是感到眼前一亮。

"是总部的信号。"有人率先出声，"三声乃有要紧事，大哥，我们快些回去吧，左右他已死了，这深山野林的，一会儿便会被畜生啃个尸骨不剩。"

先前已将手中长剑举起的人此时也来不及动作，匆忙收剑入鞘，转身便朝来路返回，口中道："呸！就马千乘这种心黑到滴墨的人，那肉能好到哪儿去？他的肉给你你吃吗？"

那人竟认真地想了想："其实若是饿极了的话……"他声音渐低，而后又肯定道，"那我也是绝对不会吃的。"

这伙人脚步声渐远，还有说话声隐约从空中飘来："你都不吃，狗会吃吗？你以为狗傻吗？明日再派人来瞧一瞧吧。"

待脚步声彻底消失后，马千乘这才慢条斯理地从地上爬起来，他拍了拍身上的狼藉，细细回味着方才那所谓大哥走时说的话，末了又捏了捏手臂上的肉，觉得这肉白又嫩，狗大约也会来吃上一吃的吧。他站在崖底，仰望着崖顶，回到崖顶最快捷的方式便是攀岩而上，但此时他是又累又疲，一想到还要爬到崖顶，两股不由打战，若是这么走大路绕回到城中，那更是远。思来想去，马千乘准备在树上将就一宿。

这一夜都安然无恙，隔日清早马千乘起来时还伸了个懒腰。这个懒腰，严格来说它不是一个普通的懒腰，而是一个改变命运的懒腰。马千乘双臂舒展，正要到得意处，忽闻身后有轻微响声，他直接自树上跃起，顺着枝蔓直上树梢，身后响声不断，声音出自一枚枚淬了毒的飞镖。

马千乘负手，淡然立在苍木之尖，衣袍之上尚带着点点血迹，如一只在逆境中翱翔的苍鹰，垂首瞧着远处仍不遗余力朝他扔着毒镖的人。

“哎呀呀，你们是没吃饱饭吗？”说罢在又一飞镖朝他直射而来时，马千乘从树尖俯冲而下，身形在半道打了个转，伸手一捞，指间便多了一支毒镖，他又回到树尖上，继续道，“瞧准了，小爷只教一遍。”

尾音方落，他指间的毒镖便带着破空的戾气同嗡鸣，飞速朝地上一人而去，穿透那人的胸膛，直直钉在那人身后的树干中，几片落叶随风缓缓落地，悠闲异常。其余人见同伴惨死，当下跳了脚，来者有数十人，与昨日那伙私兵打扮相似，想必是同一伙人，大家蜂拥而上，也顾不上什么套路不套路，欲乱拳打死马千乘。

当瞧清众人面上那恨意，马千乘这才察觉到事情似乎有些不对，瞅准时机，趁那伙人还未攀上来之前，转身便跑，动作极快，却不见狼狈之势。

马千乘与私兵一伙，就这么你追我赶了好几日，终是以马千乘再度被打落悬崖为终，只是马千乘最后所落之地有些偏僻，待那伙人找到他之时，正是与江湖门派所遇之际，这才使马千乘免去了性命之忧。但经过这么几日的折腾，倒也让马千乘摸出了些私兵内幕，待醒后他便装聋作哑，直奔问题所在地而去，只是后来又闹出连亦一事，使他不得不从骠骑将军府上抽身。

秦良玉听罢事情的来龙去脉后，心中已有了些定夺，想来眼下马千乘也知那伙私兵背后靠山乃是何人，只是还未有确凿证据，他不愿相信而已。她起身，瞧着眼底微有些不安的马千乘：“另一半兵符还是未找到吗？”

马千乘面色凝重起来，缓缓摇了摇头，沉思良久才道：“你手中的那块兵符……不如放到我这儿，那东西太过危险。”

马千乘说话时，视线一直不曾离开秦良玉的眼睛，那兵符是一个隐患，稍不留神秦良玉便会因它丧了性命，这是马千乘最不愿看到也不能接受的，但同时兵符与马千乘此时的关系还有些敏感，马千乘怕自己一个不留意，表达的方法不对，使得秦良玉对他产生什么误会。

秦良玉倒是未表现出什么情绪，扫了马千乘一眼：“我知道你的顾虑，这东西你不必担心。”说罢她转身朝外走，“我去找景淮商量些事情，你有事便差人去景淮那儿找我。”

眼下既已得知马千乘无事，压在秦良玉心头的事便少了一桩。眼下相对来说较为棘手的便是与连亦的亲事，这事若是处理不当，后果必然是极为严重的。如何拒绝叶梦熊的提议且不得罪他，这是个技术活，要找个人才替她将信写好，于不经意间退敌千里之外。这事她思来想去，只有陆景淮能做，若是换成马千乘，他大约只会亲自跑到叶梦熊家中告诉他，这亲事定然是不能成，你爱找谁找谁去吧。

“将军。”秦良玉正要穿过游廊便被人叫住了。回头一瞧，发声之人乃是张时照，不得不说，秦良玉当真是惊了一下，没想到这么久了，他居然还没走。她脱口问道：“你怎么还在？”

当然，有些事想想是可以的，但是说出来那便很尴尬了。秦良玉话都已完全出口，才意识到不妥，但说出去的话就是泼出去的水，她即便是想趴在地上将水舔干净也是晚了。两人四目相对都尴尬，呆立在原地一时谁都没有再说话。

秦良玉拢在袖袍中的手攥了攥拳，开口前先干咳了一声，而后严肃道：“得亏张大人还在，我正要派人去找你。”

张时照的神色这才稍微缓和了些，从善如流道：“我也正有事要与将军商量，不知将军可否借一步说话？”

两人去到秦家后院武场中的亭子，刚一坐下，张时照便开门见山道：“我听说叶大人派了人来向将军提亲？”

秦良玉摸了摸鼻尖：“嗯。”

“我还听说将军拒绝了这门亲事？我以为将军此举动十分不妥。”张时照说话时好似有些激动，胸膛起伏个不停，“若是将军如此做了，拂了叶大人的面子不说，也十分让人怀疑将军的诚意，如此一来，不利于联手对付杨应龙这事。”

秦良玉抬了抬眼皮，忍了好几次才能平心静气地开口：“此事我自有定夺，若张大人闲来无事，不如好好想一想该如何使叶梦熊叶大人与杨应龙之间的恩怨更深一些。”

张时照张了张嘴，似是要说些什么，只是还未等发声便将话咽了回去，眼底浮上些心虚，他垂了垂眼皮，直接起身，说话的底气也不足起来：“改日再聊。”

秦良玉这才察觉到有些不对，原本放在膝上的拳头握了握，微微偏了头，见马千乘正抱臂靠在不远处的木人上，面上一丝笑意也没有。

“怎么不在床上歇着？”秦良玉坐在原地没动，怕马千乘又想起之前他装病的事，从而心中愧疚，还好意安慰道，“毕竟装病也是十分累的。”

马千乘走向秦良玉，身形较之以往还要笔挺上一些，他顾自坐在方才张时照坐的地方，问：“一定要如此吗？”

秦良玉知道他定是听到了方才的话，但又觉得自己没什么好遮掩的，也大大方方地承认了："是。"

马千乘沉默了一瞬："这事交给我来处理如何？"

秦良玉摇了摇头："我与他，不只是家国仇恨，还有私人恩怨。"

秦良玉平日为人虽是大气，从不与人计较，但那是因那些事并未触及她的底线。可杨应龙这人办事委实太过分，先不提他屡次暗中对她动手脚这事，之前他严刑拷打秦邦翰，又背后使绊子致使陆景淮科举落榜，只瞧这些事，她也没有放过杨应龙的道理。

马千乘与秦良玉相识已久，自是知道她的倔脾气，这事他再劝，怕是也没有回转的余地，他识趣地没有再开腔。

正要走时，他又听秦良玉道："若有一日，你我战场相见，你不必顾及往日情谊，站在自己的立场便好。"

马千乘堪堪堆出来的笑意立时消失得干干净净，良久，他嘴角又牵出抹笑，这笑却并未到达眼底："有些事，你到现在还是不懂。"说罢他不再回头，直接转身离开，背影瞧着有些孤寂。

秦良玉又坐了片刻，这才从亭中走出，依照先前的想法，直接去到陆景淮门前，却见房门紧闭，连窗户都关得极严，她不禁有些好奇，回身叫来秦府下人，问："我三哥没在屋里？"

下人期期艾艾："呃……三少爷他……"

秦良玉见状只觉不对，也不再废话，直接抬脚将门踹开，一股酒气夹杂着热意迎面而来。眼下天气本就热，这屋子又是严丝合缝，一点气都不透，屋中的气味可想而知，与那洒了酒的酒窖并无区别。陆景淮此时正坐在桌前，尚在朝口中灌着酒，面上醉意明显，已近不省人事。

秦良玉见他这番模样，直接上前将他手中的酒坛夺下："你做什么？"

陆景淮自小便是个刻板且顽固不化的人，一直以来的生活更是循规蹈矩，别说是抱着酒坛子灌酒，往日即便是邀请他喝酒，他至多斯斯文文地喝上几口便了事了，像如今这般情形，当真是前所未见。

听到秦良玉的声音，陆景淮的动作有一瞬间的停顿，他睁着毫无焦距的双眼朝秦良玉所在的方向瞧了瞧，长臂一挥，手心朝上，对着她道："酒拿来。"

秦良玉非但没把酒给他，还将酒推得更远了些，又问道："你怎么了？"

那时陆景淮落榜，最多也只是将自己关在房中静思，也不见他神色如此落寞。

陆景淮苦笑一声，未答秦良玉的话，幽幽地问道："自我幼时被父亲抱来，我们已认识十五年了。"

秦良玉不知他为何突然提起这事，但也没有出声打断，配合地点了点头，而后静待他接下来的话。

"我是你的兄长，却从未拿你当过妹妹看待，你……明白吗？"

陆景淮这突如其来的一句话，终是让见惯了大风大浪的秦良玉石化了，这话的冲击力就好比瞧见马千乘亲手将大刀砍在杨应龙的脖子上一样使她震惊，她呆愣半晌，尴尬起身："这……你喝醉了，等你酒醒了我再来找你。"

"你以为我喝醉了？"陆景淮的手扣住秦良玉的皓腕，"若是真能喝醉，我这儿便不会这么疼了。"他指了指心窝的方向，"我明知道你我不是一条路上的人，但还是没能管住自己的心。"陆景淮双眼通红，原本白皙的面庞此时浮上两朵红晕，以往总是板着的脸，因心潮澎湃，此时也生动了不少，瞧着整个人越发楚楚可怜起来。

秦良玉又是个贪图美色的，此时见陆景淮这般，心中起了怜惜之意，上前一步，拍了拍陆景淮的肩膀，原本想着安慰他几句，不料刚一凑近便被陆景淮揽住了腰，继而他整个人便欺身过来。

出于习武之人敏捷的反应能力，秦良玉刚想挥出一拳，却被人抢了先。但觉一阵疾风从身边刮过，待她再站稳身形时，只见马千乘骑在陆景淮身上，左右开弓，对着陆景淮的脸便是一阵拳脚。那铁拳一下下砸在本就毫无招架之力的陆景淮的脸上，不过几下，陆景淮的眼角就已高高肿起，秦良玉这才反应过来，急忙拦住马千乘还想继续的拳头，道："别打了。"

马千乘转头时，早已收起了方才打人时的那股暴戾之气，只笑道："小爷这么些年扬善除恶习惯了，每每遇到这样调戏姑娘之事，便忍不住路见不平，拔手相助。"

这话秦良玉自然是不信的，听柳文昭说，马千乘武艺不精时，因调戏姑娘还被当街揍过，所以秦良玉认为，他所谓的拔手相助，大约是每每瞧见有漂亮姑娘，便忍不住上前动手调戏吧。

秦良玉制止马千乘动作的手一直不曾松开，他此时虽面上带笑且语气也是稀松平常，但秦良玉明显感觉到马千乘身上肌肉紧绷，显然还处在盛怒之中，所以这一松手，陆景淮有命没命参加下一次的会试都不知道。

“他这身子受不住你的操练。”秦良玉说着，将已晕过去的陆景淮从地上拉起，“我找他还有事，你若将他打坏了，事便办不成了。”

马千乘见秦良玉如此维护陆景淮，心里自然是不舒服，连往日从容的风度都无法继续维持，淡漠道：“你找他，不过是想请他给叶梦熊去封信退亲吧？其实想想，你与那连亦其实还算登对，不如成了也好，简直是一举多得，一箭十雕。”

秦良玉闻言多瞧了马千乘好几眼，问：“什么是一箭十雕？”

马千乘见秦良玉的关注点出现了偏差，气得直翻白眼，后又见她若有所思，似是当真在数着这十雕是哪十雕，更是气不打一处来，转身摔门而出，临走前道：“你若想嫁，便不要耽误时间，如此才好尽早完成你的大业。”

秦良玉自小便怕旁人说话激她，因往往她会克制不住体内的洪荒之力，达成对方的心意。方才马千乘的气话无疑已被她听到了耳中，使得她胸口堵了口气，这下连请陆景淮写信也省了，直接去到街中客栈，找到尚未离去的连亦，简单道明来意：“定个日子吧。”

连亦擦拭桌上水渍的动作一顿，薄唇微张，似是有些不敢相信秦良玉应下了与他的亲事，一双眼直勾勾地盯着秦良玉，许久都未答话。

秦良玉的脸上倒也没表现出不悦之色，矮身坐在桌前：“一切从简，我的诚意到了叶大人那儿便可。”

连亦闻言，面上依旧不见起伏，左右眼下秦良玉已应下这门亲事，两人年岁相当，又属同道中人，往后的日子还长着，感情总是可以培养出来的，其余的事暂且不考虑。

秦良玉回府后，将自己的决定告诉了秦载阳，惊得他老人家当下从软榻上栽了下来：“你决定了？”

秦良玉“嗯”了一声：“我让他随便定个日子，早礼成早省心。”

待这亲成了后，便是杨应龙噩梦的开始。

秦载阳不知秦良玉今日是受了什么刺激，但瞧她这副样子，纵然是他想劝也不知该从哪儿下嘴，想了想，先将人留在了房中，而后差下人去找了容氏。

容氏乍一听秦良玉答应了连亦一事，只觉气血翻涌，虽说自家闺女能嫁出去是好事，但那贵州路途遥远，且这连亦的背景也不简单，这不知根不知底的，即便秦良玉有三头六臂，届时若是受了什么委屈，娘家也是鞭长莫及，所以容氏自然是不愿意她远嫁的。容氏跟在下人身后，去到秦载阳的书房，一进门便开始抹眼泪："良玉啊，你到底是怎么想的？"

秦良玉沉默，总不能说是因与马千乘赌气吧？可若不这么说，她又不愿扯谎，所以只能一言不发。

容氏的泪珠子越来越多，一串串顺着脸颊滴在前襟，还有几颗滴在鞋面上，哭得好不凄惨："娘瞧肖容便不错啊，实在不行还有你三哥，这两个人都在家附近，你随便选哪个也不会离娘太远。"

秦载阳暗地里睨着容氏，也知她为人母的想到女儿要远嫁，所以心中难受，但这话在此时当着闺女的面说出来，似乎有些不好。毕竟若是这事不成，秦良玉与陆景淮还要见面，为防止容氏继续说出什么不该说的话，秦载阳当机立断地将容氏拉到身边，安抚地拍了拍她的手背："女儿大了，你不必事事操心，这连亦虽然不简单，但这些日子我也暗中观察了一番，这孩子还是个好孩子的，届时吃亏的未必是玉儿。"

秦载阳处事虽说不怎么靠谱，但关键时刻还是不掉链子的。容氏自从与他相识，便已习惯了大事上依赖于他，此时心中虽还是难过，但听秦载阳这一番说辞，她到底还是好受了些，瞧了秦良玉一眼："玉儿啊，这事可不是小事，你当真想好了吗？"

秦良玉扬眉，平心而论，对于成亲和同谁成亲这事，她是不怎么在意的，之前虽是不愿，但若是勉强将就，倒也不是不可。更何况与连亦成亲还能为自己带来些利益，综合以上几点来瞧，这个亲成得很是值得。

秦良玉这边一松口，另一边连亦便开始准备彩礼了。此事一出，秦家的访客又络绎不绝起来，其中不乏秦家的远房亲戚，几乎将秦家的门槛踏平，有些远道而来的，直接在秦府宿下，这让秦良玉十分尴尬。她每日恨不能绕开这些人走，连带着吃饭都让柳文昭将饭菜端到屋中，只为避免同那些七大姑八大姨打照面。这些个女人虽是做别的不行，但说起风凉话来可是把好手，平日三五人托着个果盘，在亭子中一坐，便说开了："真没想到她能嫁出去。"

另一个着碎花短衫、下配同花样长裙的女子一边将口中的瓜子壳吐在地上，一边道："不是听说那女婿还不是普通人吗？听说也是个当官的，也不知是不是扯谎的。"

人群中登时炸了开来，众人你一言我一语的，气氛渐渐热烈起来。

“我倒是见过那女婿，生得的确是斯斯文文的，也不知怎么就倒了霉，瞧上了这大明最凶猛的母老虎。其实我老家那边有一富户的姑娘生得倒是不错，不如届时我给两人保媒拉纤，送给他做妾。”

“这不好吧？莫要给自己惹了麻烦，那秦良玉自小也不是吃素的，我听闻教书先生都被她打走不少了，这还是在她家中，我们莫要惹怒了她。”

“就是，你若是惹怒了她，她不扒了你的皮才怪，听说她小时候便可空手斗猛虎了，扒你的皮岂不是像玩一样。”

秦良玉静坐在不远处，啃着手中的绿缨水萝卜，表情很淡定，似是没听到众人说话一般，偶尔啃着块皮，直接扭头吐在地上。

还是跟在身边伺候的柳文昭听不下去了，轻声问：“将军，要不奴家请众位贵客到旁处去聊？”

秦良玉嚼着萝卜制止住柳文昭的步子：“不必，左右我也闲来无事，听听。”

柳文昭暗暗叹了口气，眼神在七大姑八大姨与淡然吐着水萝卜皮的秦良玉之间来回切换。七大姑八大姨口中所谈论的事，其实柳文昭也想与秦良玉说一说。这几日马千乘的情绪明显与从前不同，若是有些愤怒或者低落倒还好些，坏只坏在他的情绪太过正常，正常得有些不正常了，也不知最后会闹出什么事来，这着实让柳文昭有些惦念。原本她想着旁敲侧击探一探秦良玉的话，不料这位即将成亲的新娘子更是淡定，几次将她抛出来的话题于不动声色间挡了回去，让她再想开口却找不到法子。

“你想说什么？”啃完了一整根水萝卜，秦良玉一边从柳文昭手中接过帕子擦手一边问。

柳文昭双手交握放在小腹之上，正要开口，忽见廊柱后闪过一袍衣角，那上乘的绸缎及金丝绣的暗纹，一瞧便知衣裳的主人是个风骚至极的人物，这人物是何人，柳文昭心中也是清明得很，一双纤手几经收紧之后，柳文昭这才斟酌着开口：“不知将军对这门亲事怎么看？”

秦良玉将毛巾递还回去时，故意摸了一把柳文昭的手，水豆腐一般嫩滑，似有碧波荡漾：“怎么看？用眼睛看，用心看。”

柳文昭红着脸，头颇微低，想了想，又问：“那将军对那连大人……”

秦良玉好笑地将柳文昭拉到身边坐下：“你这是喝醋？”

柳文昭连忙摇头，想了想，又有些迟疑："马公子他这几日，似乎不怎么好，将军您不去瞧一瞧？"

秦良玉淡淡"嗯"了一声："不瞧了，我这几日忙得很。"想了想，她又补充道，"过些日子也会很忙。"

秦良玉自然是忙得很，这成亲的事情前前后后都十分琐碎，且自打传出这事后，登门的人是一拨接着一拨。说起这一拨接一拨之人，不得不说说其中还有几个人才。这些人才似乎全是能掐会算之人，每每精挑细选过的谈天时间总能与马千乘在秦府的时间对上。这时间对上也便罢了，这些人才还特地凑到马千乘的房门前谈天。那连亦也是一表人才之辈，偶然见过他的人也都说秦良玉上辈子是烧了高香才能嫁给连亦，所以人才说起话来也是向着连亦，顺带踩一踩秦良玉的。这让本就烦闷不堪的马千乘更是火大，若说将他们拉进屋中毒打一顿吧，似是不怎么妥当。思来想去，马千乘终于高风亮节了一回，不愿听那便躲吧。

今日这一躲，马千乘便躲到了游廊中，还顺便瞧见了秦良玉说起她的亲事时，那云淡风轻的模样。说起这门亲事，马千乘恨不能一把将自己的舌头给拽出来，若不是那日他嘴贱，事情定然不能到这般田地，眼下说什么都晚了，捶胸顿足外加讨好卖乖想必也是不管用了，只能使出最后一招了。虽然这招有朝一日被拎到台面上来说的话，会很丢面子。

此时虽是酷暑时节，但早晚还是十分凉爽，夜风滑过皮肤，留下阵阵凉意。马千乘踏着月色出门，欲奔连亦下榻的客栈而去，心想今夜若不给连亦些教训，他大约真的不知道花儿为什么这样红。马千乘刚一走过转角，迎面便瞧见陆景淮坐在院中微仰着头，他步子一顿，想躲是来不及了，掐指算了一番后，他觉得陆景淮似乎是在赏月，于是马千乘也跟着一同抬了抬头，却见圆月半遮半掩在淡淡烟云之后，忽明忽暗。

"你去找连亦？"陆景淮幽幽地瞧了马千乘一眼，见对方不说话，又幽幽地收回视线，沉默不语。

"嗯。"马千乘大方地承认了，又问陆景淮，"你大半夜不睡觉，在这儿做什么？"

陆景淮不答话，直接从石桌前站起身，衣袍下摆自然垂落，偶尔被夜风牵起，远观有倜傥之势。他一步一步走到马千乘身前，一半脸隐在房檐的阴影之中，过了许久，他才下定决心般地将脸凑到马千乘身前："我之前已与连亦单独切磋过，是我输了。"

马千乘这才见陆景淮脸上青一块紫一块，当下笑出了声。能将固执刻板如陆景淮这样的人都逼到动手，那连亦也是个人才。

陆景淮不悦地瞥了马千乘一眼："我与他当时说好了比自己最在行的东西。"

马千乘笑得更开心了，陆景淮乃文坛新秀，咬文嚼字自然是不在话下，那连亦可是名武将，遇事基本上是动拳头的。思及此，马千乘抬手拍了拍陆景淮的肩膀："三哥，我这便去给你报仇。"说罢他举步便要走。

身后的陆景淮道："不用，这本就是我输了，你去打他，这样不合情理。"

马千乘头也不回，飘飘然便出了秦府，什么情理不情理，他马千乘就是情理。

夜深后，街道十分空荡冷寂，更夫手中的竹梆子咚咚作响，不时有孩童夜啼，时哭时止，伴着母亲的柔声哄劝。

手痒多时的马千乘初时走得还算稳妥，待行至偏僻处，他四处查看，确保无人之后，直接足底生风。不过这风也只生了大约半炷香的工夫，马千乘正跑在兴致上，忽然顿住脚步，也不回头，只是轻轻叹了口气："你跟了小爷一路，累不累？要不过来坐一坐？"

身后并无声音传来，良久后，一道斜影出现在马千乘脚边，已然摆好攻势。

"你要同小爷打架？"马千乘嗓音清淡，"你一定要将各种死法皆尝试一遍才甘心？"说完他终于舍得回头，"小爷让你五十招，瞧瞧你们贵州卫的本事。"

身后之人赫然是马千乘今夜心心念念要找的连亦。

马千乘对上连亦还算从容的视线，站在原地大放厥词，可谓是酣畅淋漓。连亦的脸皮到底没有马千乘的厚，听了一会儿后，便觉得听不下去了，也不再戳在原地摆姿势，干脆利落地冲上前去，出手便是一记杀招，直取马千乘咽喉。

马千乘适时地抬了抬手："等等。"

连亦一愣，只见马千乘将面上画蛇添足的面罩摘下，整齐叠好后，放在一旁的树上，连亦忍不住问了一句："你这是做什么？"

"小爷爱干净惯了，一会儿你的血溅到我的面罩上怎么办？我这面罩虽小，但料子好歹名贵，你长得这么提神，定然是赔不起的。"马千乘将摘面罩的前因后果同连亦认真解释了一遍，而后才道，"可以继续了，方才小爷已让了你一招，你眼下还有四十九招。”

连亦想了许久都未曾明白长得提神同赔不起他那名贵的破面罩有什么干系，但末了也瞧出马千乘是瞧不起他的，心中盛怒，正要抬手便觉鼻尖一酸。马千乘这一招打得连亦措手不及，他捂着面门仰面倒地，颤抖着一只手，费力地指着马千乘：“你堂堂明威将军竟出尔反尔？普天之下莫非王土！”

马千乘好似听到了什么有趣的话，一边戴回面罩一边道：“兵不厌诈，你这么蠢怎么好意思来同小爷打架？贵州卫不过如此，恕不奉陪。”

马千乘趁连亦放松警惕之时，又是一树枝将人打晕在地，顺带补了一顿好揍，临走前他拍了拍手上的灰。见过送死的，却没见过似连亦这么主动的，这深更半夜竟敢跟踪自己，若不是他会些武功，当真是要吓死宝宝了。

贵州卫指挥佥事深夜遇袭一事不胫而走，秦良玉很快便知晓了此事，于情于理都要去探望一番。

她到时，连亦正坐在床边，大夫悉心为其上药，只见他眼眶青紫，竟比之前陆景淮被人修理得还要惨。大夫给他擦拭药膏时，动作不算轻，连亦放在膝上的手不时收紧，秦良玉的心也跟着紧了紧，不自觉地问：“是何人动的手？”

连亦毫不犹豫地便将马千乘的名号报了出来，一同跟来的柳文昭闻言愣在了原地，似是没想到连亦会如此耿介。但好在她之前跟在马千乘身边，是见过大世面的，也没有慌了阵脚，趁秦良玉面色彻底黑下去之前，扯了个合理的由头便匆匆跑回了秦府。

此时马千乘正头枕双臂，口中衔着根破草，优哉游哉地在院中晒着太阳，瞧见花容失色的柳文昭出现在他身前时，他还不忘嘴贱一番：“今日怎么没跟在你家将军身边啊？是不是她有了新宠，将你冷落了呀？”

柳文昭在心底冷冷吐了马千乘一脸唾沫，但面上却端得滴水不漏：“马公子，奴家瞧在与您往日的情分上，来给您报个信，您还是快些跑吧，越远越好。”

马千乘见柳文昭如此，料想是出了什么事，当下坐直了身子：“发生了什么事？”

柳文昭想了想，还是照实将情况说了，因怕秦良玉突然冲出来，所以她说的时候语速极快，有好几次险些咬着舌头。

马千乘听完后，神色有些不对劲，问：“按理说，这种时候你不是应该替我争辩几句吗？”

柳文昭想也不想："马公子您一瞧便是做得出来这种事的人，奴家心虚，不敢强辩，您还是趁我家将军没回来前逃吧。"

马千乘深以为柳文昭说得在理，朝其抱拳道："后会有期。"

秦良玉从客栈回来后，见秦府已没有马千乘的影子，也猜出他大约是出去避难了，倒没有派人去找，转身欲回房，又远远瞧见这几日她有意避开的陆景淮。秦良玉面上带了些尴尬，倒是陆景淮，仍是泰然自若的模样，问："肖容将连亦打了，你想好如何向叶梦熊叶大人解释了吗？"

秦良玉老实道："没。"

陆景淮微微扬了眉："没有便算了，肖容他做事虽粗暴了些，但定是将对策想好了的，你也不必操心了。"

不得不说，陆景淮与马千乘虽接触了没几次，但他的的确确是将马千乘的性子摸了个大概，马千乘此番将连亦揍了之后，已主动给叶梦熊去了封信。

马千乘半夜将连亦一顿好揍一事，说大可大，说小可小。但以眼下这情形来说，若是秦良玉这边稍有差池，那叶梦熊定然是乐意将事情往大了说的，事情闹大了之后，便是重庆卫与贵州卫之间的恩怨了，惊动京师也不是不可能。马千乘动手前显然已将后果考虑清楚了，他躲开秦良玉之后，直接用他的信雕给叶梦熊去了封信，信的内容很是简单。

他马大少爷，马大将军，夜半出去散心被人跟踪并骚扰，气急之下与对方动了手，对方竟信口开河，说自己是叶梦熊的人，这让马千乘气愤不已，那叶梦熊叶大人可是廉洁之人，自入仕以来颇受大家爱戴，可谓是好评如潮，手下怎会有如此不懂礼数之人？所以他一气之下便将对方揍了。信的末尾他还大言不惭道，即便叶梦熊误会，他也不后悔自己这番举动，因叶梦熊便是他心中的英雄，是不可被玷污的，他对叶梦熊的敬仰如滔滔江水连绵不绝，此处略去一万字。

这封信到了叶梦熊手中之后，只见叶梦熊的脸上好似被染缸砸了一般，各色齐聚，最后却又归于平静。他揉了揉眉心，话语中带着些无奈："罢了，这马千乘并非一般人，这事他如此解释，虽说牵强，但也说得通，要怪只能怪连亦行事太不小心，罢了罢了。"

叶梦熊并未追究马千乘一事。但连亦心中依然十分郁闷，先不提这事，单就马千乘日日跟在秦良玉身后晃荡这事来瞧，他与马千乘的梁子也应该结下了。

马千乘躲过了风头便回了秦府，照例跟在秦良玉身后没话找话，秦良玉的面色不善，可也没发作，只冷冷地瞧着马千乘："我明日便回卫里。"

马千乘正唾沫横飞地说到兴致上，被秦良玉这突如其来的一句话说得愣了愣："回卫里做什么？我还没玩够呢！"

原来前些日子秦载阳从郡学回来时便与她提过有倭寇欲进犯成都一事，当日倭寇只是有苗头，还未大举进攻，但也不得不让人提防。在接到消息之后，成都便加强了布防，还从各地调派了不少军士与士兵。即便如此，当那倭寇来袭时，成都仍是伤亡严重。眼下倭寇已找到突破口，更是猖獗，成都那边节节败退，几百倭寇追得上千大明军四处逃窜的事屡见不鲜，可谓是丢人至极。成都那边原本还不想将如此丢颜面之事上报，但此时倭寇之事已是迫在眉睫，再隐瞒下去，后果不堪设想。

事情一经传开，朝廷已有旨意传来，命蜀郡各地派援兵支援，重庆卫有马千乘与秦良玉这两位颇具传奇色彩的人物在，自然在支援之列。只是马千乘委实狡猾，但凡是卫中的命令一概装作没收到，这接连拖了好几日，碍于秦载阳的面子，卫指挥使又不便亲自来秦家抓人，所以只能将命令改传秦良玉。

其实有些事，秦良玉心中十分清明，即便她几次立功，也改变不了她是女儿身的事实。这沙场上所有的一切，她都是旁人退而求其次的选择，但凡有一个像样些的男儿在，都轮不到她出手，所以她上战场的机会弥足珍贵，每次都紧紧抓着这来之不易的时机，生怕错过。

秦良玉盯着马千乘，半晌才开口："成都。"

这两个字一出口，马千乘便领会了纲要，一拍大腿："原来卫里几次三番地找我乃是因为这事吗？那明日我便与你一同回去。"

秦良玉不与他一般见识，顾自转身走开。回到房中，她盯着沙盘静默不语，后又将各色旗帜依次摆开，眼下形势便一览无余。成都此时可谓是腹背受敌，任人鱼肉，这全拜成都府各路将领所赐。听闻有一人竟还走起了"亲民路线"，临出兵前给倭寇去了封信，本意是挑衅，不料却将自己的布防向对方介绍了一遍，这让倭寇笑得合不拢嘴，连夜骑马直奔成都而去。在这当口，若赶去支援，只能绕到倭寇后方偷袭，这样白白浪费了许多时机不说，连带着突发情况也增多起来。这情况之一便包括了重庆卫此番去支援的人手，想到此处，秦良玉的面上不禁带了些愁容，卫中来信，说怕倭寇此番突袭乃调虎离山另有所谋，所以重庆卫中须留精兵把守。这中军所与右翼所的人自然是不能抽调太多的，其余几所的军士比起右翼所与中军所来，虽说不是十分杰出，但好歹是老兵，也熟知重庆卫各处布防，这些人可以走，但也不能走太多，这再剩下的便是那伙新兵了，那伙做点什么都要先讲讲条件的新兵。

摸着自己的良心说，直到今日，秦良玉都没有半分怀疑，在关键时刻那伙新兵会毫无心理负担地将自己扔在一边，毕竟即便在往日的训练中表现得再好，人的本性是不会变的。他们过惯了骄奢的日子，显然没有做好随时送死的打算，所以秦良玉在想着这场仗该如何打之时，还要顺带着想想逃跑的路线，若是当真被那伙兵抛下了，她该如何虎口脱险。

第十二章

位卑未敢忘忧国

秦良玉所想之事，马千乘显然也已预料到了，傍晚时分，马千乘进到秦良玉房中，直接道："我带新兵，你带石砫士兵。"

秦良玉觉得马千乘活了这么多年，终于出了一个人才能想出来的主意，心中十分感动，而后拒绝了马千乘的提议。石砫士兵若由她带，即便是有马千乘的命令想必也是如同一盘散沙，毕竟秦良玉与他们并无默契，打起仗来不顺手，所以若是由马千乘带着石砫士兵，大约还有一丝胜算，起码她被打得落花流水之时，还能及时得救。

马千乘听了秦良玉的话，深以为有道理，想来自己是关心则乱了，又想想之前两人尚不相识的那些年，秦良玉独身一人，照样爬到了今日的位置，所以当真是自己顾虑太多。沉默了会儿，马千乘又道："我今晚便领兵赶赴成都。"

今次重庆派出的援兵兵分四路，马千乘带领的石砫士兵乃是南路军，属主力部队，倭寇的大部分视线自然是放到了马千乘身上。形势所迫，他只能先发制人，如此才能使倭寇措手不及。

是夜，一早便收到命令的石砫士兵由徐时带领着在坪头山山脚集结，众人面色严肃，目光如炬，手中各式武器在夜色中泛着寒光。

不多时，一阵清脆的马蹄声由远及近。徐时举目而望，见一匹威风凛凛的棕色战马自城中疾驰而出，马背上那人一身戎装，腰挎长刀，一顶印有游龙追风逐日像的黑色战盔衬得那如刀刻的眉目更是英挺。

待那战马行至众人跟前，徐时带头行礼："属下参见将军。"

马千乘抬了抬手，嗓音低沉："奔袭。"

兵贵神速，尤其是在这特殊时期，更是分毫不能耽误。

这几日的天气一改之前的清风朗日，皆是连绵细雨，去成都的路又以泥土路面居多，有时还要翻山而过，这一路皆是泥泞不堪，众人不敢怠慢，一路疾行，身上泥点遍布，途中又赶上一场渐大的降雨，使得各位面上疲态渐露。马千乘也未骑马，与众人一同步行，为保持随时战斗的体力，行至最后一座山头时，马千乘下令众人原地休整片刻。此时大雨已停，众人也顾不上干净与否，席地而坐，俱闭目歇息。

徐时坐在马千乘身边，两人低声交谈。

“怎么未瞧见秦亮那小子？”这个问题，徐时从见到马千乘起便想问了，只是一路都没有开口的机会。

马千乘初时还未反应过来，低头揉着眉心，良久后才后知后觉地问：“秦亮？”

徐时见马千乘神情怪异，也跟着皱了眉：“他不是跟你去了重庆卫？”

马千乘干笑几声：“我将他打发了，他非将才。”

徐时隐约觉得不对，马千乘也算是他从小看着长大的，外人口中的马千乘皆不是他原本的性子，他做事素来稳重，那秦亮一瞧便知是可塑之才，眼下马千乘又言辞闪烁，徐时总觉得这里面有蹊跷，但瞧马千乘这副模样也知他不想多说，正要转移话题，忽见他神情一变，倏然起身：“列阵！”

石砫士兵皆是训练有素之人，也许是为了保命，因此即便平素马千乘不常与他们在一处，众人操练起来也是十分刻苦的，尤其是还有徐时这一权威人士在，大家更是不敢怠惰。此时听马千乘的命令后，士兵们根据地形迅速列成冲轭阵，此阵在山地作战时可以有效起到防守作用。

阵形方成，便见倭寇从四面八方俯冲而下，马千乘冷眼瞧着有备而来的倭寇们，心中清楚是石砫士兵中出了内奸。平心而论，这一认知还是让他稍稍有些意外的，这些士兵大多算是马家的亲信，亲信之中出了个叛徒，这事不怎么好。

马千乘手持长剑，剑身倾斜，并未出鞘。他睨着远处的倭寇，倭寇们人手一杆萨摩铳，比起石砫众人手中的弯刀等武器，杀伤力强得不止一星半点，想来今日石砫众人是凶多吉少了。思及此，马千乘回头瞧了众人一眼，目光无波无澜，只见众位将士嘴唇紧抿，一副如临大敌的模样，可眉眼间仍是不见退却之意，他心中甚慰，连带着神情都柔和了不少。

“今日，吾等立于此，便不能坐视倭奴犯我土地，侵我家园。”马千乘目光坚毅，字字铿锵，“大明男儿，从不惧战，杀！”

“杀！杀！杀！”众将士高举手中武器，回应声穿云裂石，直冲九霄，有惊鸟展翅而飞，转眼便不见了踪影，只余回声不绝于耳。

石硅士兵此番共四百余人，少了倭寇整一半，这使倭寇分外有恃无恐，因手中武器的便利之故，倭寇并不靠前，只埋伏在暗处，伺机行事。

萨摩铳有一定的射程，石硅众将士此番行军又带着盾牌，倒是能抵挡一阵。

马千乘淡淡睨着对面的倭寇，出手如闪电，但见他手中未出鞘的长剑呈一道银光朝前飞去，而后又回到马千乘手中。

对面的倭寇躲避不及，被重剑砸了面门，当下仰面倒地。其余倭寇见状来了气，将铳对准马千乘便是一下。只是因距离太远，又有盾牌挡着，这一下未能起什么作用。

张石所率那一队属精兵队，离马千乘最近，此时见状直接对马千乘道：“将军，干脆冲过去杀了他们算了，瞧着便来气！”张石善射，手下人马自然也是个中翘楚，此时听罢张石的话，都下意识去摸背上的弓箭。

马千乘一脸高深莫测，良久才抱肩道：“我瞧他们那意思，大约是想速战速决，既然是速战速决，想必那萨摩铳也支撑不了很久，拖垮他们便是了。”

张石一直视马千乘为英雄，用他的话说便是“明威将军就是老子的小爹”，所以马千乘所说过的每一个字，他都觉得十分有道理，马千乘说拖，那拖准没有错。

对策一出，众人根据以往的作战经验，忙中有序将阵形转成五行阵。五行阵圆转浑成，可以说是丝毫不露破绽。这阵形内里也是自有玄机，五人一阵互为守御，步法互补空隙，浑然一体，变化无穷无尽，一人为饵，引对方主动进攻自露破绽，其余四人随即而上，对方不死便永无止休，是以此阵一成，黑白无常便已在不远处朝倭寇们露出一口皓齿了。

马千乘首当其冲，从阵中一跃而出，脚尖依次点过身前数百人的肩膀，直奔对面倭寇而去。那一边，倭寇们还紧紧守着套路，以为马千乘他们毕竟是朝廷命官，不像隔壁行走江湖的，时不时便要飞一下，弄些出其不意的招数。此时见对面远远飞来个不知道是什么玩意儿的玩意儿，倭寇们下意识将萨摩铳对准那玩意儿，可谓是万铳齐发，但听空中传来一阵阵炸响，在场众人双耳嗡鸣不断。

徐时见时机正好，下令众人趁对方自乱阵脚时进攻。

鼓声喧天，对面倭寇岿然不动，石砫军士亦是不见退意。有人被铳击中，下一人便立马补上，一番车轮战下来，石砫将士已倒下近一半，倭寇手中火药也渐少，有不少倭寇已弃了萨摩铳改用长刀，横劈竖砍，两伙人的身影纠缠作一团，远远望去好似两股旋风，风势猛烈的自然属石砫一方，虽说在人数上石砫一方讨不到便宜，但在战术上，自然是要胜一筹的。

马千乘始终位于队伍的最前方，偶尔还去对面倭寇那边客串一下老师，指导指导众人。

“哟哟哟，你瞧瞧你拿刀的这个姿势。”

马千乘如鬼魅一般，身形突然出现在一倭寇身边，一边咋舌一边不经意般伸手在那倭寇的手腕处弹了一下，只见那倭寇面色一变，刀身随后自手中脱落，而后他整个人便倒在地上打滚不止，冷汗一滴滴顺着脸颊滴下。

此时有几个倭寇手中尚举着萨摩铳，其中一个倭寇见状，直接瞄准马千乘欲将他打成筛子。马千乘自然不会老老实实配合对方，他矮身避过只有三步远的铳，绕到倭寇身后，擒住倭寇手臂向外一拉再朝内一推，这萨摩铳便对准了倭寇自己。马千乘笑眯眯地朝着倭寇吹了口气：“小爷我也学过些你们那儿的话。”他顿了顿，用倭国话说了一句，“混蛋。”末了他笑嘻嘻地问倭寇，“小爷这话说得标准不标准？”话落也不待对方回话，掐住倭寇的脖子狠狠向后一撞，两个倭奴便倒在了一处，马千乘直接扣动扳机，送这对难兄难弟去见了阎王爷。

待一切再度平息，已是傍晚时分。两方人马交战约一整日，此时疲乏得已是只见出气不见进气，大家也不顾身边残尸成山，血流遍地，直接瘫在地上抹着脸上混着血污的汗水。张石这一队伤亡最小，只有两人受了轻伤，其余各队的将士则均有不同程度的伤势。马千乘未急着坐，视线依次滑过众人，有几人对上马千乘的视线，急忙低下头去，似是被那太过平静的眼神给震慑住了。

“将军，您不坐下歇歇？”张石生怕小爹累着，急忙朝旁边挪了挪，留出个还算干净的位置给马千乘，“先凑合着坐坐。”

一旁的徐时也跟着道：“有什么事，坐下来再从长计议，当务之急是补充体力继续行军，成都那边还等着援兵。”

马千乘觉得徐时的话有理，但这地上血流成河，鼻中满是腐烂的气息，让他委实有些坐不下去，只好摆摆手：“我去那边透透气，一刻之后继续前进。”

待去到空地处，马千乘打了个响哨，一只雄壮威武的大雕从天呼啸着盘旋而来，稳稳落在马千乘身前，乖巧地用脑袋蹭了蹭马千乘的手心，可以说是毫无作为一只雕的尊严。

此番走得匆忙，且马千乘平日也没有在身上带纸笔的习惯，眼下想写信给秦良玉，只能直接从衣裳上扯下块步，再咬破手指，为避免因失血过多而死，这信也只能写个大概。

有内奸，遭遇埋伏，万事当心。

秦良玉收到马千乘的血书时，正值要整军出发之时，不得不说，她被那触目惊心的暗红色给惊了一下，一旁的杨启文见她神色不对，皱眉打马凑到她身前：“你怎么了？”

秦良玉将血书递给杨启文，成功地见到杨启文的面色也霎时转暗。

“我们此行要多加小心。”

秦良玉点头，又顺势瞧了一眼几乎全是新兵的队伍，额角的青筋跳了几下，就眼下这情形来说，这与她同杨启文孤军奋战没有区别。

秦良玉与杨启文领兵上路，路途不近，路上这伙新兵意料之中的极其不配合，刚一出重庆界时在队伍中交头接耳也便罢了，有几个听说自己此番去送死，越想越不甘心，干脆抱住沿途的一棵松树不放手。杨启文心中有气，但碍于眼下正是用人时期，不想太过于为难他们，正要开口呵斥，便觉面前一阵戾气闪过，待聚神一瞧，才见有一人已是身首异处，原本哗然的队伍此时彻底安静了，先前与那人一同抱着松树的几人下意识地抱住脑袋蹲在地上，口中不停地求饶。

秦良玉动作极缓地擦去面上沾着的血，收回手中铁鞭：“违背军令者，立斩。”

杨启文瞧着倒在地上、尚冒着血浆的尸首，心中叹了口气，原本还想说上两句，但话到嘴边却又不知说什么，只好沉默着继续赶路。

有了方才那一段插曲，队伍明显好带了许多。秦良玉发现杨启文几经欲言又止，主动开了口：“方才那几人，若不震慑住，届时会惹大麻烦，不如趁事情还未大时杀鸡儆猴，以儆效尤。”

杨启文点头，期期艾艾道：“但是眼下正是用人的时候……”

秦良玉将他的话截断：“就方才那几人，有还不如没有。”关键时刻他们若是不带头逃跑，她秦良玉三个字可以试着倒着写一写。

顾及众位新兵头一次远征，路上秦良玉并未要求速度太快。可惜天公不作美，他们去往成都的途中又赶上了一场雨，地上泥泞不堪，新兵低声在队伍中抱怨，却又不敢太大声，只三三两两地嘀嘀咕咕，偶尔见秦良玉的视线扫过来，又急忙识趣地闭了嘴。众人踏着朝霞而出，待迈入成都界时，已是傍晚。刚一入界，便见远处有一小队人马朝众人疾驰而来。

“这是肖容的人。”那伙人刚一离近，杨启文便认出了那伙人身上石砫士兵的战甲。

秦良玉稳坐马背上未动，见那几人跪在她马前。

“参见将军。”有人代众人答话。

秦良玉依旧未动，也不说话，似是在审视这几人。

杨启文见状，以为是秦良玉比自己的职务要高一些，所以不愿自贬身份与这几人对话。开口前，他仔细想了想，觉得是没有道理让上级开口问这、问那的，遂善解人意地代秦良玉问话。

“你们为何前来？明威将军人在哪里？”

那人回：“昨日军中出了内奸，双方皆惨败，我们醒时已不见将军的踪影，幸得昨日偶然听将军说您今日会来成都，便在此恭候，望将军准许属下归队。”

那人话一落，杨启文这才瞧见对方几人身上的战甲血迹斑斑，脸上的血迹也已凝固，他又问：“你们又怎知我们会路过此处？”

那人应对自如：“短时内来成都，只有这一条路可行，属下亦是碰碰运气。”

杨启文听他答罢又瞧了瞧秦良玉：“此事该如何定夺？”

秦良玉沉吟，这些人口中的话虽与马千乘的血书对上，但他们到底是来路不明，若是让他们在前面带路寻找马千乘，不知他们会将队伍带到何处。但若是让他们在队末跟着，那便很尴尬了，他们一时兴起再动个什么手脚，那自己的队伍必然是全军覆没。

再三权衡之后，秦良玉决定还是让那几人在前面带路，如此一来，即便他们几人想要什么花招，自己也能尽早防范。

几人听从秦良玉的命令走在前面，却识趣地并未带路，如此便让秦良玉等人省去了不少麻烦。眼下他们在路上，消息接收得并不十分及时，待他们赶到驻地时，一场恶战堪堪打完，大明军伤痕累累，所剩部下已是寥寥无几，其中多半还属前来支援的军队，众人身上皆是血迹斑斑。如此一对比，衬托得秦良玉这声势浩大的援军更显诡异。

四路援军灭了三路，唯有秦良玉这一路完好无损，且姗姗来迟的时间太过恰好，正避过一场致命的打击。

秦良玉显然也想到了这点，回头再去找方才自称马千乘属下那几人，发现他们似凭空消失了一般，周围任何人都未曾察觉，她的面色当下沉了下来。

这事摆在众人眼前，成都各部侥幸存活下来的将领自然是心存不满，但面上却未说什么，甚至还表达了自己内心中对秦良玉的感激，转过身却上书参了秦良玉一本，说她有勾结外奸之嫌。这个帽子扣得可谓是十分不厚道，这一罪名，没有个诛九族的惩罚是了结不了的。

秦良玉连重庆卫都未来得及回，在返程的半路中便被押进了京中锦衣卫诏狱。此事一出，原本郁郁寡欢的杨应龙一改往日的颓败之姿，不但自己接连上书了好几本，连带着还撺掇属下一起动起来，这些奏本，本本皆是参秦良玉有谋反之名的。

皇帝陛下收到来自四面八方的奏本很是生气，亲自到诏狱中探望秦良玉。此时秦良玉正坐在青石板铺就的地上闭目养神，听外面有人通传皇上大驾光临，也只是睁了睁眼，而后板板正正地跪在地上："臣秦良玉叩见皇上。"

这是皇帝陛下与秦良玉真正意义上的第一次会面，虽然环境不怎么优美，可胜在十分正式庄严。皇帝一撩龙袍，坐在铺着金黄垫子的椅子上，遣退了狱中其他闲散人员，凉凉地瞧着秦良玉："爱卿可有辩解之词？"

秦良玉跪在原地没动："臣未做过之事，绝不承认。"

皇帝来了兴致，微微前倾了身子："哦？有意思，你就不怕朕拿了你全家？"

秦良玉垂了眼，面容仍是坚毅："怕。"她最怕的便是家人受牵连，顿了顿，继续道，"但臣也不会因此便承认臣从未做过的事。"

皇帝咂舌："你这女娃娃倒是倔得很。"话落他抖了抖衣袍，"参你的折子摆在朕的案头上，有这么厚。"说着，他比了个一掌长的高度，"里面字字句句说的全是你勾结倭奴之事。"皇帝叹了口气。

秦良玉神色依旧平静，身子越发挺拔。

又听皇帝的声音响在头顶，"但朕不信。"

秦良玉惊诧之下，抬头瞧了皇帝一眼，随即又低下头去，半晌不作声，眼眶却微微有些湿润。

"另一边的案头，也有这么厚的折子。"皇帝歇了口气，又比了两掌长的高度，“全是替你说情的，朕信了。”因这些折子的主人全是皇帝的心腹，这世上本也没有无缘无故的信任。

秦良玉平素从不主动结交朋友，更别说是皇帝的心腹，所以乍一听说这事，当真是有些吃惊的。待沉下心来，她仔细想了想，这些心腹一同帮她说话，想必是受了人的指使，但这指使之人，秦良玉一时也不敢确定。

第十三章

思卿暮暮与朝朝

秦良玉入狱之后，在里面的日子过得还算不错，锦衣卫们听了皇帝的命令，平日也不会为难于她，甚至连审讯的过程都省了。如此一来，秦良玉也只是换了个地方吃饭休息，日子也悠闲了下来。

不同于她的悠闲，此时秦家与马千乘当真是急破了头，生怕自己哪一步行得晚了，让秦良玉蒙受不白之冤，从而得到个悲惨的下场。

秦载阳算是一方名士，为人洒脱，不汲汲于名利，且家中儿女争气，所以朝中有不少品阶高的官员争先结识他，这些官员，以不怕死的言官居多，刨除这些言官不说，连当朝首辅申时行也与其有些交情。这么些年下来，秦载阳虽未与这些人走得太近，但平素也有书信来往，若是遇上对方路过鸣玉溪更是会盛情招待，遂关键时刻，还是能找到一些关键人物的。

另一边，马千乘也不曾闲着，暗地里动用了许多关系，但是却并未急着动作。他在等一个时机，等连亦主动悔婚来划清与秦良玉关系的时机。

果不其然，在秦良玉入狱的第五日，连亦便白着脸登了秦家的门。门房一入前堂时，秦载阳便知连亦此番前来所为何事，所以也并没有为难于他。人生在世，谁都有迫不得已之时。

“我知道你为何前来，一切照着叶大人的意思办吧。”秦载阳面色未变，淡淡地啜了口茶，“良玉她不会怪你，去吧。”

连亦面色更是苍白，最后双膝一屈，直接跪在秦载阳的身前，却仍是一语不发。

一旁的容氏眼圈早已通红，最后委实忍不住了，起身转去了后院。前堂一时间只剩秦载阳、陆景淮与连亦三人。

连亦的一语不发并未换来陆景淮的同情，有些事他能理解，但并不代表他可以接受。

连亦默默不语地在两人身前跪了许久，后又朝一直淡然喝着茶的秦载阳叩了三下首，这才倒退着离开。

此番来退亲并不是他本意，因这事他甚至与叶梦熊当面起过冲突，最后换来被叶梦熊软禁了三日反思的下场。

秦良玉被退亲一事，不过眨眼间便闹得沸沸扬扬，从贵州到四川，可谓是无人不知，无人不晓，随便去街上转上一转，上至八十岁老人，下至三岁孩童，对此事皆是一副目击人的嘴脸。这让柳文昭十分伤怀，紧了紧怀中抱着的纸袋，她望着走在一边，心情明显不错的马千乘，哀怨道："马公子，事关我家将军的名声，您怎么开怀至此？"

马千乘又是"哈哈"一笑："你不懂。"眼下连亦一退亲，他便可以行事了，尽早将秦良玉从锦衣卫诏狱中解救出来才是要紧事。眼下秦良玉被关，能得皇上的信任便是好事，如此也让秦载阳与马千乘不至于太过焦头烂额。

转眼，秦良玉被关在锦衣卫诏狱已十月有余，连带着除夕都是在狱中过的。除夕当晚，马千乘花钱买通锦衣卫，进去小小地探望了秦良玉一下。杨启文与柳文昭不便随行，只让马千乘带了些东西给秦良玉。

一进牢门，入眼的便是一条长长的甬道，马千乘跟在看守诏狱的锦衣卫身后徐步而行。这数个月他也曾来过几次，所以此番便没有那么激动，左右秦良玉在这里的日子过得比她入狱前还要好。吃了几个月的牢饭之后，她当真是面色红润有光泽，且她的牢房是独门独户，采光也不错，也免去了一些不必要的麻烦。

见到马千乘提着好几个篮子进来，秦良玉并未感到惊讶，只道："大除夕的你来这里做什么？怪晦气的。"

马千乘不甚在意，一边将东西放在地上一边回："我本就是晦气之人，这以毒攻毒，说不定日后的日子会好一些。"说罢他回头瞧了一眼，见锦衣卫收了钱财后高兴地离开，这才切入正题，"最晚下个月你便可出狱，那叶梦熊虽是之前办事不厚道，但好在念及你俩乃同盟，所以还是出了些力气的。"

这些个月，杨应龙拼命鼓动属下上奏折，意欲致秦良玉于死地，那些个折子如同雪花一般，纷纷朝皇帝飘去，若再这么放任不管，皇帝被吵得心烦气躁，难免会失去理智，做出一些不堪设想的决定。叶梦熊深知这一点，再加之他与杨应龙，在张时照的挑拨下更是势如水火，所以从连亦退了秦良玉这门亲事后，他便在紧锣密鼓地收集杨应龙的罪证，无论是有的还是没有的，加工加工总是会有的。

杨应龙即将下台这事从马千乘口中说出来，让秦良玉惊了一惊，她细细瞧了瞧马千乘："你不在意？"

马千乘笑而不语："当务之急是你能出来，其余的事可以向后排一排。"沉吟片刻，他又道，"你心情好些了没？"

秦良玉丈二和尚摸不着头脑，愣愣地瞧着马千乘："我心情何时不好过？"

马千乘撇了撇嘴："毕竟被人退了亲……"

秦良玉额头青筋跳了跳："你走吧，回去过除夕。"

马千乘心情越发好了起来："若你心中委实有气，待你出来后，哥哥我带着你去打连亦的闷棍，倘若还是不解气，那便连叶梦熊一起打，反正蒙着头，谁也不认识谁。"

秦良玉："……"

日月更替间又是一月，如马千乘那日所说，秦良玉在一个风和日丽的天气被从锦衣卫诏狱中放了出来。长时间在光线暗的地方生活，这冷不防一见日头，秦良玉被晒得有些头晕。

马千乘提前几日便赶了过来，一早便等在了诏狱门口。此时见秦良玉在锦衣卫的引路下出来，他微蹙的眉心渐渐舒展开来，却只是抱肩站在原地，待秦良玉离近了才假意抱怨道："怎么这么慢？"

秦良玉斜了他一眼："嗯。"

马千乘被秦良玉这简简单单一个字堵得一口气梗在胸腔，良久，又顾自笑了笑："外面的空气如何？"

秦良玉舒展了下腰身，板着脸道："还不错。"

马千乘握拳抵在唇前暗笑，而后拍了拍秦良玉的肩膀："我已安排好客栈，你泡个澡驱驱身上的疲乏，再好生歇息歇息，我们便回鸣玉溪。"

秦良玉跟在马千乘身边，没有理会他口中歇息之事，直接开口问："你上次说叶梦熊要何时上书？"

马千乘沉默了会儿："大约这几日便会行动了。"

秦良玉见他似乎有些低落，又问："你眼下与骠骑将军关系如何？"

马千乘望了望天："已有许久未曾联系了。"话到此处他又补了十分有内涵的一句，"毕竟这几个月来，大家都忙。"

杨应龙负责落井下石，马千乘则忙着将石头一块一块搬上来，顺带再将人从井中拉上来，末了再在井口盖块大石头。两人之间已有嫌隙，只是皆闭口不提，维持着表面上的和谐而已。

听马千乘如此说，秦良玉放心不少，想必她在狱中的这些日子，叶梦熊也未少给杨应龙添堵，秦良玉心中冷笑一声，待上了马车后才问："我家中人如何了？"

马千乘给秦良玉倒了杯水："叔父同婶婶只说让你早日归家，陆景淮这些日子倒是有一桩喜事。"

一听"喜事"二字秦良玉挑了挑眉，不自觉地靠近马千乘："什么喜事？是成亲了吗？"

马千乘见她这副模样，不由笑出了声："若是被陆景淮瞧见你如此，他怕是心都碎成一片片了，他成亲你就这么高兴吗？"

秦良玉不说话，沉默地靠着软垫，摆明不想再与马千乘多费口舌。

马千乘这人性子讨嫌，又有一身的贱气，此时见秦良玉不理他，又巴巴地凑上前去："陆景淮捞了个官做，虽说品阶不高，但还是十分有前途的。"

陆景淮自幼好读书，且写得一手好字，在秦良玉入狱这数个月中，他每每烦闷了便会在扇面上题字。有一日秦载阳的同僚登门慰问，凑巧瞧见了陆景淮题字的扇子，便要了一柄来。要说这机缘也是奇妙得很，这同僚的亲舅舅乃是朝中二品大员，此时正在这同僚府上做客，便瞧见了这扇子，问清扇子从何而来后，便亲自登了秦载阳的门。

秦载阳有名，所以秦家几个孩子对于大家来说也都不陌生，尤其是其中学问最好的陆景淮。去年陆景淮落榜的事，朝中有几位大员心中都明晓原委，大家只觉得没必要因一个无关紧要的人与杨应龙撕破脸皮。但眼下便不一样了，这位二品大员也十分喜欢北宋著名书法家蔡襄蔡君谟的字，又见陆景淮的字与那大家如出一辙，当下便引为知己了。临走前，在秦载阳的陪同下，这位二品大员叩响了陆景淮的门，问："你可愿追随我？眼下忠州尚有同知一职暂缺，我以为你可胜任。"

陆景淮乃是举人，是有做官的资格的，只是需要等，等上一任官员死了或是走了才可以接任。只是这些官位大多是前任还好端端占着地方，背地里便有人盯上这位子了，所以有好些举人一直等到死，也没捞上个官做做。摆在陆景淮眼前这机会尤为珍贵。当然，按照陆景淮的性子来说，他是绝对不齿此事的。在一旁的秦载阳生怕二品大员被自家儿子拒绝后损了面子，正在腹中打着草稿，那边便听陆景淮道："好。"

二品大员笑了："其余事你不用操心，届时直接赴任便罢。"

秦载阳愣了，转头瞧了瞧屋外的太阳，见其并未从西面升起来，心中有些惊了。若草率送走二品大员似乎有些不合礼数，遂他客客气气地将二品大员请到前堂坐着，而后又折回陆景淮的屋子："儿子啊，你病了？"

陆景淮恭恭敬敬地向秦载阳行了一礼："父亲，儿子是认真的。"顿了顿，他将心中想法对秦载阳说了说，"眼下家中祸事频出，儿子又没有能力保护家人，也终是认清了只靠学问好是没有用的。方才那大人所说的同知一职，虽品阶不高，但若是做好了，却是前途无量的，儿子以为此事可遇不可求。"

秦载阳见自家这没见过什么世面，觉得同知一职前途无量的儿子逻辑清晰，说的话似乎也有些道理，这才将心沉回腹中："你想好了？这忠州虽不是穷山恶水，但比起你之前所想的翰林院可是有些差距，你可做好准备了？"

陆景淮垂了垂眸子，继而撩袍跪在秦载阳身前："儿子已想好，往后公务在身不能常伴父母亲左右，恕儿不孝。"

秦载阳轻轻抚了抚陆景淮的头顶："既然想好了，那便走下去，为父自然是支持你的。"

自此，陆景淮入仕，继任忠州同知一职。

转眼又是一月已过，时光如白驹过隙，似乎在眨眼间便在手上消失殆尽，连影子都未瞧见。

这一月中，秦良玉醉心于助马千乘一臂之力在石砫士兵中找内奸。说来也怪，以马千乘那狡诈的性子，竟花了近一载的时间都未曾找出奸细是何人。为了使内奸自投罗网，马千乘甚至还重蹈覆辙，没事找事一般去挑衅附近的私兵，打得对方人马一瞧见石砫士兵便跑。即便如此，都未曾找到那奸细，这让他十分不解。

"与你最为亲近的人你留意了吗？"秦良玉豪放地将面前的茶一饮而尽，而后扯过袖子擦了擦嘴，转头示意乖巧地站在一边的柳文昭，"再来一杯。"

自打秦良玉出了事，柳文昭几乎是寸步不离地守在秦良玉身边。这回她算是学乖了，任由秦良玉如何哄劝就是不走，左右她知道秦良玉舍不得动她。时日久了，秦良玉也习惯了，便不再管她。

马千乘将自己的杯子也朝柳文昭的手边推了推，而后又被柳文昭给推了回来："马公子，壶里没有水了，您再等等吧。"

马千乘很是不服，指着柳文昭半晌也说不出什么话。自从秦良玉进了锦衣卫诏狱，柳文昭再见马千乘几乎是面无表情，心中埋怨马千乘气秦良玉之前答应同旁人成亲，所以未能及时出手相救一事。这事马千乘觉得自己理亏，自然是不敢同人理论的，只好默默将杯子握在手中："但凡官职在身的人，我都已派人在暗中观察，连伍长我都没有放过，但快一年了，这些人并无可疑之处。"

秦良玉蹙眉："没想到竟有城府比你还深之人。"

马千乘："……"

秦良玉见马千乘嘴角抽搐，满意地笑了笑，继续道："这事急不得，不如下次你召开作战会议时，多想些作战方案，届时瞧哪一路出了纰漏，那范围便可缩小了。"

马千乘仰了仰头："此法可行，但我并不想多想，累。"而后他瞧了瞧秦良玉，"玉玉，不如你帮……"

马千乘话还未完，柳文昭便在暗地里推了推秦良玉，秦良玉何其聪明，登时会意："我之前问你叶梦熊何时上书，你还未与我说。"

马千乘该说的话还未出口，见秦良玉有意转移话题，心中自然是不甘，继续方才的话道："不如你帮我……"

秦良玉直接起身："告辞！"

马千乘幽怨地盯着身影逐渐远去的秦良玉："最晚不出三日。"

叶梦熊挑了一个风和日丽的日子将杨应龙给参了，那本子中的内容很是劲爆，直言杨应龙凶恶诸事，又有同僚效仿叶梦熊跟着上了本子，历数杨应龙所犯的二十四罪，这二十四罪大约连带着将杨应龙先人在世时犯的错都加进去了。此事一出，原本便战战兢兢的杨应龙脑中的最后一根弦终是断了，只是此时孙时泰有事不在他身边，这让他顿时慌了阵脚，一时间头脑一片空白。等那锦衣卫上门捉人时，他已在床上躺了整两日，床边围了一圈杨府下人，一个个手中或捏着帕子，或提着扫帚，双眼直直地盯着一直未曾睁眼的杨应龙。众人双眼放光，面色隐隐带着兴奋，都在心中琢磨着杨应龙归西时间的问题，并不在意关键时刻自己动手帮忙加快这日程。

听闻锦衣卫前来，杨应龙的眼睛终是睁开了，自觉从床上起身，只因两日没有进食，身子有些虚，下床时用力过猛，一头扎在锦衣卫指挥使脚下，惊得指挥使连着向后退了好些步，腰间绣春刀寒光一闪，口中却道："骠骑将军，这礼太过了。"

锦衣卫直属于皇上，平素里众人巴结还来不及，所以即便面对杨应龙时，他依然是面不改色。

杨应龙正处上火阶段，委实没有心情同他人做口舌之争，在不情不愿被同伴推到杨应龙身边的丫鬟的搀扶下，颤巍巍地从地上爬起来，待站稳后一把将婢女搡到一边，先是环视了一屋子面色肃穆的锦衣卫，最后迎向身着飞鱼服的锦衣卫指挥使的视线："不知你们此番前来所为何事？"

指挥使"哈哈"一笑："骠骑将军去了便知道了，何苦问这么多？"说罢他隐起笑容，对手下使了个眼色，众人一拥而上，原本是想将杨应龙五花大绑捆个结实，最后被指挥使斜了一眼过后，才改用较为平和的法子。毕竟杨应龙并非一般人，若是今日得罪了他，他却未被处置，那改日待他东山再起时，自己便完了。

去到京城，皇帝对杨应龙很是热情，一切接待都是最高规格，一进京城便给他上了锁链，直接投到了锦衣卫诏狱中。因眼下国之大事太多，各处征战不断，皇帝委实没有多余的工夫来照顾杨应龙。

牢狱之灾对杨应龙来说也不是什么稀奇事，此时他在地上一坐，倒也坦然。那锦衣卫中并没有他的人，但皇帝身边的宦官中却有。在来京的路上，那人便与他取得了联系，并告知他孙时泰已知道此事，让他将心放宽，不出三月便能将他放出来。杨应龙默默在心中规划着这三个月他该如何度过。

不同于秦良玉的待遇，自打杨应龙入了狱，皇帝陛下一次都未来探望过，这意思很明显：之前你杨应龙离寡人太远，你的地盘地形又十分复杂，若是一个不当心，那便是有去无回，那时寡人奈何不了你，但眼下便不同了，你自投罗网，寡人自然要好好地招待你，让你知道这天下终归是寡人的。

叶梦熊决定上书那时想必便已想好了，不是杨应龙死，便是他叶梦熊亡，所以为了不亡，他格外卖力气。在杨应龙下狱后，皇帝案头的一百本奏折中有一百本是参杨应龙的，这些奏折有的直奔主题，开门便见山，细数了杨应龙这些年来的罪状。这些奏折不用细想，定是属于言官大臣的，因为在杨应龙出事之前，这折子上面的名字是属于皇帝陛下自己的。眼下杨应龙成了挡箭牌，他才得以喘口气，所以皇帝陛下有时还是十分感谢杨应龙的，这些折子中，字字句句显然都是斟酌过的，分外不给杨应龙留情面，连标点都在暗示着皇帝该赐死杨应龙。还有的奏折则委婉了不少，开头先是哭哭穷，比如哪里的收成不好了，哪里又有涝灾了，而后话题一转，将矛头指向杨应龙，说这些全是杨应龙入狱，晦气从诏狱中飘出来所致，此人乃祸害，不可久留。

在全大明的一片讨伐声中，皇帝陛下露出了满意的微笑，任何威胁到皇位的人，那必然是要斩草除根的，就在皇帝陛下要杀了杨应龙祭祖的紧要关头，却出了两件事：一件是松潘动乱日益激烈，另一件已在民间沸沸扬扬传开了，说杨应龙落得此境地，乃是李化龙同叶梦熊联手所致。

这让老老实实待在家中的李化龙很是郁闷，之前他便察觉出杨应龙似乎对自己不满，坊间也有人传他与杨应龙的小妾田雌凤关系不光明，此时自己再同那叶梦熊扯上干系的话，若是杨应龙此番归西倒还好，但他以为，杨应龙最后会安然出狱的可能性要更大一些。思及此，李化龙一刻不敢多耽误，当下上了一本折子。

折子中道，此时松潘动乱正是急需人手之时，杨应龙以往经历过不少战争，且立功不少，有一定的经验。退一步说，从经费方面来讲，播州与松潘相隔不远，省时省力。最为重要的一点是，折子中提到的“二十四罪”眼下还不能坐实。所以不如暂放了杨应龙，令其戴罪立功。

皇帝捏着李化龙的本子，陷入了沉思，其实李化龙这话倒也没错，但他担心若是将杨应龙这么放回去了，有如放虎归山，万一日后他再打什么歪主意，怕是不好压制。他深思熟虑这几日，松潘动乱已死伤无数，这对于本就缺乏将士的大明来说，无疑是一个致命的打击。皇帝陛下着急了，一拍书案，将叶梦熊等人一批接一批的折子扫到地上，下令道：“将杨应龙放回播州，戴罪立功。”

得知杨应龙安然无恙从京中归来，秦良玉倒是没有多大的情绪，杨应龙此次入狱，争先恐后落井下石的人太多，杨应龙寡不敌众，近期自然是不敢有什么举动，且他眼下乃戴罪之身，大约不会起什么风浪。倒是他身边的孙时泰，此人极其有手段，这坊间有关李化龙与叶梦熊联手的谣传，怕是出自此人之口，他想借此来给李化龙施压，以便杨应龙安全归来。此人一日不除，日后必成大患。

秦良玉将桌上的册子收到柜中，这几日她亦是忙得焦头烂额，松潘动乱，自然是少不了重庆卫的事，届时说不定还要与杨应龙合作。自打重庆卫接到命令，卫中各级主将便会议不断，马千乘与秦良玉更是时时碰头。

“玉玉，你面色寡淡了许多啊！走，哥哥请你吃一顿好的。”

这日，卫中主将照例开完会，大家一并朝外走，马千乘将杨启文打发到秦良玉的屋中找柳文昭玩耍后，便死皮赖脸黏在秦良玉身边。

秦良玉脑中想着此番作战时该用何种方法能使伤亡降至最低，自然是没有心情与马千乘多费口舌，只是转念想到吃饭乃是天大的事，便也没有犹豫，跟在马千乘身边上了街。

“许久未与你一同吃饭了。”坐在桌前，马千乘托腮笑望秦良玉，“还没问你，这些日子你想哥哥了没？”

秦良玉只顾低头吃饭，连眼皮都未抬一下，左右马千乘这副无耻的嘴脸她早已习惯，只当鸟叫，便没有理会他。

马千乘见秦良玉不理自己，心中暗笑，一把压下秦良玉的筷子：“这么些日子了，你还未曾好好瞧我一眼。”说罢他直起身子整理了一下衣裳，笑眯眯地问，“你瞧哥哥我是不是又英俊了许多？”

秦良玉吃饭时三番五次被人打扰，眼下面色已是极差，眉眼皆带着冰霜，一动不动地望着马千乘，正要令其闭嘴，忽见楼梯处跑来一个着戎装之人。那人面色似乎有些焦急，上楼之后站在楼梯口左顾右盼，不时抬手擦着额角的汗水，待视线对上秦良玉的，这才双眸一亮，大步跑到桌前向两人行礼，而后稳了稳气息，道：“将军，指挥使让您二位快些回卫里，有要事相商。”

此时乃午间休整之时，一般有事亦会延迟至午休结束，所以在这个关头上，指挥使召二人回卫中，想必事情有些棘手。秦良玉将吃了一半的饭碗一推，起身便朝卫里跑，一旁的马千乘笑眯眯地睨了那还未回过神的军士一眼，也跟着慢条斯理地起身，拿过桌上尚冒着热气的糕点，一边吃一边扬长而去。

来传信那人见两人走远，这才出了一口大气，左右瞧了一眼，见四周无人注意自己，忙捏起片肉送到嘴里，又往怀中藏了几个包子，这才急忙小跑着离开。

卫指挥使此番匆忙将马千乘与秦良玉叫回来，的确是有一桩大事。原来鞑靼火落赤在可汗扯力克的授意下，趁大明动乱不安之关头举兵侵袭，攻至洮州，并杀了副总兵李联芳。对大明来说，这无疑是挑衅，让皇帝陛下大动肝火。眼下用兵之地多，杨应龙又适时上书，说愿意为皇帝陛下分忧，这支援松潘的军队可以分出一部分精兵，这所谓精兵自然是其疾如风，其徐如林，侵掠如火，不动如山，难知如阴，动如雷震。综其种种，杨应龙便向皇帝陛下推荐了他认知中的精兵——秦良玉。凑巧秦良玉对于皇帝陛下来说也不陌生，所以这圣旨便到了重庆卫，命秦良玉带兵赶赴边界施以援手。

说到这扯力克，不得不说一说他的身份，除去鞑靼可汗这一身份之外，他还是鞑靼的顺义王，这便很尴尬了。皇帝陛下摩拳擦掌，恨不能亲自挂帅出征。正在举朝皆蠢蠢欲动，煽风点火着要铲除鞑靼时，还算理智的申时行申首辅义正词严地掐灭了大家的希望，他当即私下求见了皇帝陛下。

站在皇帝陛下的桌案前，申时行面色坦然："眼下时机不对，若是强攻，我们毫无优势。"

皇帝陛下很是愤怒，将桌子拍得震天响："先生的意思是，大明便这么放任那些个外族挑衅而无动于衷？先生你陪在寡人身边已有些年头了，寡人竟不知先生如此怯懦！"

申时行不敢伸手擦面上溅到的皇帝陛下的龙涎，只将头垂得更低："回皇上的话，臣下之意只是不打，并不是放任不管。"

皇帝陛下一听申时行申首辅这是话中有话，当下问："先生何意？"

申时行见皇帝陛下的情绪似乎没有小波动了，这才敢开口："这鞑靼由许多个部落组成，这其中大多部落与大明互市，并不想撕破脸皮，所以不如暗地里分化瓦解扯力克的势力，如此也不用劳师动众，比起强攻，自然还是此法更为稳妥一些。"

皇帝陛下一听，觉得申时行这话有道理，只是挑拨离间这法子当真是好不要脸，不过他喜欢，当下便拍板决定将此事全权交由申时行来处理。

申时行的法子较为平和，虽不是进攻，但也是需要人手的，所以这到重庆卫的圣旨还作数，秦良玉是必然要走一遭的。

马千乘了解了事情的原委，抱肩向后一靠："属下也去。"

指挥使挑了挑眉："你们都去打扯力克，这松潘动乱难不成留给……"话至此，他生生将险些脱口而出的"这些个老弱病残吗"给咽了回去，顿了顿，才道，"留给卫里吗？"

马千乘靠在椅中未动："启文还在卫里，其余所的人并未抽调。"

指挥使见马千乘这副云淡风轻的模样，一股火登时从心头腾起，原本想拍桌子呵斥，后来想了想，塞翁失马，焉知非福，或许让马千乘去往更前线，他还能立个功，届时卫里也跟着沾光。如此想着，那火气便小了些，最后他没好气地剜了马千乘一眼："此番去，你二人多加小心。"

第十四章

金屋笙歌偕彩凤

两人连夜带队赶往边界洮州，到时发现那儿已聚集了不少同僚，但是同僚们很是清闲，每日只是换班在郊外车队必经之路埋伏，一般一个时辰换一支队伍。众人此举乃是为观察来自鞑靼的车队，毕竟两方互市，这车队来往自然是频繁的。但观察属观察，大明军士不会轻易出手，每逢出手那必然是发现了扯力克的车队，再然后众人必然是群拥而上，最后必然是抢了车上的货物便跑。这一情况成功引起了马千乘的注意，他很是醉心于如此无耻的事业之中，因他从小的愿望便是可以光明正大地行无耻之事。

自打来了洮州，每每轮到秦良玉率部观察扯力克车队时，马千乘经常是一整日都见不到她的人影。偏偏那扯力克也是个能忍耐的，几乎被抢得倾家荡产了，仍乐此不疲地放任手下踏入大明地界。这让马千乘十分不满，扯力克乐此不疲地来送货，便意味着他不能与秦良玉碰面，所以他有些坐不住了，闲暇之余想了个缺德的法子，欲趁夜潜入扯力克的穹庐中打他一顿闷棍，顺带问问他还敢不敢每日颠颠地跑来送货上门了。这法子一经在马千乘脑中成形，他便有些坐立不安了。行事前，他掐指算了个好日子，在衣裳内里套上他的夜行服便要启程。

待马千乘出得帐篷，抬头夜观天象，发现今夜万里无云，今夜明月高悬，今夜的确是个适合偷鸡摸狗的好天。在门口把守的士兵见马千乘微扬着头望天，也跟着朝天上瞧了瞧，见除去星子比城中的大一些且亮一些外，并无异象，这才异口同声道："参见将军。"

马千乘被二人惊了一下，视线在二人脸上扫过："嗯，免礼。"而后他绕过二人，直奔漆黑小路而去。

洮州不比重庆，入了夜后，冷风刻骨，马千乘这几日早已领教过，所以他特意在夜行服内又加了件衣裳，这直接导致了他在脱较为修身的铠甲时略微吃力，咬牙切齿也才将铠甲褪至一半，为了节省时间，他不得不边走边脱，正起劲时，忽见前方有整齐的火把光亮。马千乘步子一顿，闪身避入手旁荒草已有半人高的小径中，待那伙人走近了，他才认出对方是自己人，只是自己人的步伐有些匆忙，这让马千乘心中隐隐腾起股不好的预感。

他又将脱至一半的铠甲穿上，施施然出了小径，挡在众人身前："发生了什么事？"

那人一见马千乘，登时跪在地上："方才宣武将军的部队遭遇突袭，将军拼死为部下杀出一条退路，眼下将军已被鞑靼部落的人掳走，属下正要赶回去禀报。"

一听秦良玉出事了，马千乘的面色登时一变，也不再同众人多费口舌，顾自越过众人，朝鞑靼方向而去。

鞑靼突袭，此番劫走秦良玉自然是为了折磨发泄，眼下秦良玉的处境十分危险，马千乘不敢细想，只有将步速再提快一些，身形在夜色中好似一抹厉闪，眉眼间满是冰霜。

不同于马千乘此时的心急，被掳走的秦良玉现下倒是一脸坦然，她跟在鞑靼人的队伍后面，不时有人推搡她一把，口中不耐道："走快点。"

方才在两方厮杀时，秦良玉的手臂便受了伤，被对方马刀砍过右臂，此时血还未止住，顺着袖管一滴一滴沉入地面，但秦良玉自诩是铮铮铁汉，自然是不会允许自己因这一点小伤便折腰。身后的鞑靼人依然走两步便推她一下，她面沉如水，即便她性子再好，再不爱与人计较，可三番五次地被人如此对待，秦良玉心里也起了火。她转头瞧着那鞑靼军士，目光冰凉，半晌问："你想死吗？"

鞑靼军士大约是从未见过如此嚣张的阶下囚，有一时愣怔，待回过神后，又伸手想推，被秦良玉闪身避开，继而一脚踹在那人心口，那人躲避不及，倒退了好些步，重重摔倒在地。一声如同半块猪肉被拍在砧板上的闷响声成功引起了前面赶路的鞑靼人的注意，为首那人似乎是鞑靼的一位什么王子，王子的面貌生得倒算过得去，一双剑眉斜飞入鬓，嘴唇微厚，此时一脸不耐烦地瞧着后面："何事？"

有人急忙道："是那个将军在闹事，属下这便去教训教训她。"

方才在战场上，王子也吃了秦良玉不少亏，甚至一度被其生擒，只是后来仗着人多侥幸逃脱，所以他对秦良玉还是有些顾忌的，听手下将情况道明后，远眺队尾一眼："算了，让她闹，待回到我们的地盘，直接将她关在牢中。"

秦良玉被带回鞑靼的地盘，还未曾好生欣赏一下传说中的穹庐便被人关进了牢房。无论是大明还是鞑靼，牢房总是惊人地相似，同样暗不见光，同样阴冷潮湿。秦良玉坐在零星的稻草上观察着周围的环境，渐渐地，因失血过多，她的眼皮子便有些沉了，恍恍惚惚中又听到一阵脚步声由远及近。她闭眼未动，但听"哗啦"一声响过后，带着不屑同恨意的声音响在牢中，回声空荡荡的。

"起来。"

秦良玉有些累，所以坐着未动，置若罔闻。

来者是鞑靼的重臣，因这些日子车队连连被抢，他损失不少财物不说，还被顺义王日日追着骂，他心中本就窝着股火，此时好不容易瞧见罪魁祸首出现在自己面前，自然是要好生发泄一下。他见秦良玉连眼皮都不睁一下，当下抬脚便要踹。秦良玉上身向后一仰，躲过这一脚，而后双手拍在身边两侧地面上，整个人一跃而起，一记干净利落的回旋踢踢在对方脸上，紧接着又是一阵连环踢，将对方踢得七荤八素。那人跌坐在地上，良久才甩了甩头，将眼前金星甩开，恨恨地瞪着秦良玉，见其此时面色惨白，须倚墙而立，也知对方已是强弩之末，逞强不了太久，他的嘴角缓缓绽出抹笑："今日，你必死无疑。"

秦良玉面色越发寡淡，她爹曾教过她，心中越是绝望，面上越要淡然，如此才能使对方摸不着头脑。秦良玉以为，她今次按照这法子再这么寡淡下去，可以就地坐化了。

"你不怕？"那人见秦良玉一脸"同我没有关系"的表情，很是不服，极其幼稚地恐吓，"我们要慢慢折磨你，待你只剩一口气，再将你卖到窑子。"

秦良玉面色终于有了些松动，问："竟有如此令人向往的事？能否卖得快些？实不相瞒，我有些忍不住了。"

那人捂着胸口又倒退了好些步，直到背部抵上牢房的木栏，他指着秦良玉的手颤抖着："你们大明的女子都这么不要脸吗？！"

秦良玉摇头，正色道："全大明，不要脸到我这般境地的女子，只有我一个。"

那人委实不知还能说些什么，直接扬声叫来手下："将她带到刑房，她想死，我便送她一程。"

秦良玉被蒙上眼睛时，其实有过短暂挣扎，眼下她手臂受伤，鲜血一直滴，眼前阵阵发黑，本就已瞧不见什么了，何必浪费那一块遮布。在她挣扎那一瞬，那人却会错了意，冷笑几声后，道："现下知道后悔了？方才不是还嘴硬得很吗？晚了！带走！"

秦良玉也懒得同他争辩什么，在鞑靼军士的押送下，走了一段似乎有些弯曲的路，而后在军士最后一推下，成功撞上了一面墙，她登时只觉鼻头一酸，忍了许久才没让眼泪落下。她此时虽是看不见，但听觉还是很灵敏的，堪堪站稳，便听一阵铁链声响由远及近，那铁链似乎十分沉重，拖在地上的摩擦声有些刺耳。那摩擦的声音停止在秦良玉身前，先前那人冷笑："给她锁上。"随着话音一落，秦良玉只觉得双腕一沉，而后有一股力量将她的双臂的上拉，直至只剩一双脚尖点在地上。

眼罩被人扯下，牢中无光，所以并不刺眼。秦良玉刚一抬头，便觉一阵火辣辣的热感伴着清脆的巴掌声在脸上传开，继而又是一声，而后这响声持续了十余下。她只觉双腮好似炸开一般，随即低头朝身前的人脸上吐出一口混着鲜血的唾沫，一言不发地俯视着对方。

对方便是方才押送秦良玉来的劳什子王子，此时王子见秦良玉处变不惊，且不愤怒，很是生气，于是又接连扇了秦良玉几巴掌。

秦良玉自始至终皆是牙关紧闭，连哼都未哼一声，平素颜色偏淡的嘴唇此时因被鲜血染红，倒是有了些色彩，只是面色惨白，一双星目无精打采，一副似乎一丝微风都能将其吹走的模样。

"在战场上，你虽折磨我，却未侮辱过我，所以今日我也不会侮辱你，这便是你们汉人口中的'君子之道'吧？"王子负手站在秦良玉身前，也不管秦良玉是否能听见，顾自道，"但你折磨我时，从未手下留情，甚至动了杀机，所以我自然是不能轻饶你。"

说着他顺手抄起一面墙上挂着的软鞭，扔进了一旁装着辣椒水的桶中，吩咐下人道："好好泡一泡。"

那下人的身子骨委实柔弱了些，那衣裳松松垮垮地罩在身上，瞧着有些怪异。听罢王子的话，那人低头应"是"时，顺势偷扫了已经昏迷的秦良玉一眼，交叠放在身前的手紧了紧，手背上青筋毕露。他缓缓地蹲在那木桶之前，伸手将辣椒水中的鞭子随意搅了搅，再交回到王子手中，他的下颌线条紧绷，整个身体僵硬不堪。

王子将鞭子凌空甩了甩，炸响声惊得那下人一哆嗦，下意识抬头去瞧秦良玉，这才将整张脸露出来。但见那人脸部过于白嫩，鹅蛋似的脸上，双目惊魂未定，此人赫然是柳文昭。瞬间的惊恐过后，柳文昭为防被人认出自己，忙又将头低下去，听到那王子道："今日你被带到我们鞑靼的地盘，必然是死路一条，但有些话，我还是要与你说说。"王子说着又将鞭子甩了两下，"你们汉人常说'冤有头，债有主'，你若想找人报仇便去找杨应龙，这一切都是他安排好的，在你们的队伍中，还有一个奸细，所以你落得今日这般田地，说起来当真怨不得我。"

乍一听杨应龙的名字，秦良玉似乎清醒了些，她此时垂着头，费力睁眼瞧着那王子，似是确认道："杨应龙？"

王子觉得秦良玉既然已是将死之人，所以告诉她也无妨，便点了点头："是。"

秦良玉冷笑一声，已没有力气多说其他，倒是一边的柳文昭，听到"杨应龙"三个字时，恨得牙根直痒，咬着后槽牙在心中将杨应龙祖宗十八代都骂了一顿，仍觉不解气。

原来此番来洮州，柳文昭也跟来了，只是不便去往前线，便留在营中伺候秦良玉。那日正好秦良玉那一队人马当值，可到了归时仍未见人影，她这心有些慌，便骑马去郊外找秦良玉。不料她走到半路便听见马千乘与那军士的对话，心急之下，直接策马跟在马千乘身后，一路来到了鞑靼的地盘。待她到时，那马早已瘫倒在地，只见出气不见进气，原来是追赶马千乘所致，险些累死。

马千乘见柳文昭跟来，也没有闲暇工夫计较，直接道："你跟好我。"

柳文昭点头，而后一路跟在马千乘身后，见他身形灵巧，避过一拨又一拨鞑靼军士，而后来到一处暗地，他道："你在这儿等我。"

说罢，人影一闪，已不知所踪。

马千乘将柳文昭带到安全地带后，便又折返回方才鞑靼军士巡逻过的地方，悄然跟上队伍，趁其不备，伸手捞过最后一名鞑靼军士，掏出匕首抵在那人颈间："说，今夜被带回来的那人眼下在什么地方？"

王子带回来一位汉人将军这事，大家都知道，所以这人一听马千乘的问话，立时将嘴紧闭，马千乘气血翻涌，手掌罩在那人头顶，已是起了杀意。那人明显感受到了来自马千乘的怒意，一改方才打死也不说的架势，急忙伸手指向秦良玉所在的暗牢，以为此番可以躲过一劫，不料马千乘见那人已毫无用处，手上动作未停，最后那人仍未逃脱驾鹤西游的结局。那人死后，马千乘扒下他的衣裳，直接拎着去找了柳文昭。

"换上衣裳，想办法混入牢中。"对于柳文昭，马千乘是一百个放心，这么些年，但凡交到她手中的事，无论大小，皆没有出过错。

鞑靼不但有许多个部落，还有许多个王子，王子多了，大家一言不合就互相残杀的事屡见不鲜，今晚活捉秦良玉的乃是鞑靼的三王子，与柳文昭分开后，马千乘便去找了与鞑靼三王子关系极度不和，且毫无主见的五王子。

在大明与扯力克关系十分紧张时，五王子主和不主战，所以听说马千乘前来拜访时，五王子面上笼罩了好几日的愁云登时散开，连声道："快些将贵客请进来。"

马千乘道明来意，五王子拍桌："老三他简直太胡闹了！快去，将牢中的贵客也请过来。"

马千乘板着脸时有些吓人，一身"生人勿近"的寒意，致使五王子心中有些瘆得慌，也不敢靠前，隔得老远对马千乘拱手道："明威将军莫要担心，宣武将军定会没事的。"

马千乘轻飘飘地瞧了五王子一眼："我去瞧瞧。"

五王子自然是不好阻拦，只得起身跟在他身后："许久未瞧见老三了，本王子也去瞧一瞧。"

一帮人去到暗牢时，秦良玉除去双颊红肿和手臂上的伤外，身上无任何伤，倒是立在她身前的柳文昭，脸上有一条触目惊心的鞭痕，伤口青紫，鲜血横流。瞧见马千乘的影子，柳文昭这才缓和了面部的神色，稍稍从秦良玉身前挪开，脸上的痛意也跟着翻滚起来。

听到脚步声，三王子连头都未回，手中的鞭子尚淌着辣椒水："老五，你今晚管的是不是太多了？"

三王子与五王子相差一岁不到，平日里两人间亦是剑拔弩张，尤其今晚还有几位外人在场，五王子被三王子这一句质问问得面子挂不住，回道："我若是不管着你，你今日还不知又会闯出什么祸事来。"

两人吵架，讲究的便是抓住对方的痛点无死角地撒盐，是以可以说五王子这个"又"字，用得十分巧妙，很是精准地踩到了三王子的痛处。因之前一些年，鞑靼各部落内战时，三王子和五王子还是一对好兄弟，但就因三王子行事莽撞，总是在做蠢事，被扯力克派人跟在身后连骂了三日，两人彻底闹翻了，从此老死不相往来。

"你放屁。"三王子委实没忍住，爆了句粗口。

五王子被骂得脸颊通红，下意识瞧了一旁的马千乘一眼，正要还击，被马千乘一个淡漠的眼神制止住了话语。马千乘走到秦良玉身前，伸手挑起她的下巴，寒着脸问："这是你干的？"马千乘用手轻轻碰了碰秦良玉红肿的面颊，确认道，"嗯？"

三王子莫名有些心虚，但仍是故作镇定道："怎么？"

马千乘轻轻笑了笑，缓缓抚了抚手掌，没接话。

"还不将人放了？"五王子气急败坏地瞪着三王子，语气里满是焦急。

有关马千乘，他还是有些了解的。前些年，大明与鞑靼还未撕破脸皮时，他曾去川蜀那一带游玩过，当时让他最为记忆深刻的便是马千乘了。听闻马千乘无恶不作，当地还有一句流传甚广的名句，叫作"宁闯阎王殿，不惹马千乘"。这三王子与他虽说眼下不是一路人，但毕竟曾要好过，他也不想眼睁睁瞧着他作死。

孰料三王子并不领情，冷着脸道："人我是不……"

话未完，三王子便觉喉间一紧，继而双眼微凸，他想挣扎却是无法动作，只愣愣地低头瞧着脖间那只骨节分明的手，半晌说不出一句话。

"你们鞑靼的王子多，少了你一个也损失不了什么。"马千乘的笑意并未达到眼底，掐着三王子脖子的手渐渐收紧。

眼见三王子的面色涨成了猪肝色，五王子有些急了，吩咐下人道："快去将这铁链的钥匙拿来，还有，这事莫要声张。"

五王子心心念念的全是与大明的互市所带来的利益，生怕因眼前这一个人而误了部落的大事。

秦良玉被从铁链中解救下来时，人已在昏迷当中，但尚存一些意识，迷迷糊糊中只觉耳边巴掌声不断，还掺杂着惨叫声与劝说声，而后自己似乎被人抱了起来。她这时还有些担心，毕竟她眼下身子不舒服，使不出一点力气，无法配合那人从而达到减轻自己重量的目的，若是那人抱不动了，半路再将她扔了，她怕墓志铭上会写自己是被摔死的，那样她颜面何存？

她整个人昏昏沉沉的，却一直无法真正晕过去，手臂上的伤口似乎有些麻木了，思绪也时续时断，一会儿是小时候在街上乱跑，一会儿又是带兵征战沙场，所以一时令她有些摸不着头脑。

"公子，将军她发着高烧。"柳文昭将帕子打湿，而后敷在秦良玉额头上，"这都两日了，她还是不见好转。"说着她的眼圈便有些红了。

马千乘一直坐在秦良玉床边，闻言收回视线，瞧了眼柳文昭的脸，那鞭痕仍然触目惊心，遂道："你先将你脸上的伤顾好了，这里有我。"

眼泪从眼眶中涌出，顺势滑过脸庞，柳文昭这才察觉出那伤口有些刺痛，她抬手摸了摸脸，心情更加低落。从鞑靼回来已两日了，这洮州的大夫也都请了个遍，连军医都不曾放过，最后却只落了个秦良玉虽无性命之忧，但短期内也不会醒来的结局。但因有马千乘在，所以柳文昭倒也没有太过慌乱，只是每日瞧着原本威风凛凛的人眼下这般脆弱，心中有些不是滋味。

"你去歇会儿吧。"马千乘接过柳文昭手里的药碗，原本五大三粗的男人，此时喂药的动作却十分娴熟，单手将秦良玉的身子托起，使其靠在自己肩膀上，而后一勺一勺朝秦良玉口中送着药。

柳文昭站在门口瞧了一会儿，见马千乘的确能应付这些事，这才放心转身离开。

秦良玉这一昏迷便是整十日。十日中，马千乘所率的部队由徐时带着，将扯力克的车队抢得片甲不留，听说扯力克已准备好绳子上吊了。先不论扯力克生死与否，他眼下物资紧缺，大明的地界定然是不敢再踏了，马千乘也乐得省心，安安心心照顾着秦良玉，并下令封锁了秦良玉的消息，对她受伤昏迷不醒一事绝口不提。

这么照顾了大约有半个月，秦良玉的情况才稍有好转。一日，马千乘正要给她喂药，忽然见她皱了皱眉，马千乘一时竟不敢再有动作，只愣愣瞧着秦良玉，见她皱眉后，眼皮又动了动，少顷，已闭了近二十日的眼睛方缓缓睁开。此时已是夜深，月色柔和，屋中只点了一支蜡烛，所以秦良玉很快便适应了屋中的亮度，她吐出口气，人靠在马千乘的怀中，有气无力道："吵死了。"

马千乘内心很是激动，深吸了好几口气，不敢大声说话，轻声问："你醒了？"

秦良玉面色不善，在她昏迷的这几日里，马千乘借着照顾她的机会，暗地里没少对她动手动脚，一会儿在她脸上摸一下，一会儿又在她手上摸一把，这些都暂且不提，每每此时，马千乘还会解释："我这不是占你便宜，我也不是那种对女孩子随便动手动脚的人，我只是瞧一瞧你退烧没有。"待手搭在秦良玉的额头上之后，也不急着拿开，他又自言自语道，"嗯，摸着怪舒服的，再放一会儿。"

所以，秦良玉今夜醒来，可以说是很大程度上归功于马千乘的无耻。

"我去将粥端进来，你等一等。"马千乘说罢便要起身，被秦良玉给叫住。

"水。"秦良玉委实没有多余的力气，说一个字也要喘上许久。

马千乘连声应下，小跑至桌前倒了杯水，小心翼翼地递到秦良玉的唇边："多喝点。"

秦良玉仰头将一杯水喝了个精光，这些日子虽然马千乘时不时在她唇上沾点水，但那只是杯水车薪，解决不了什么问题。待一口气连喝了三杯水，秦良玉这才觉得灵台清明了些，她顿了顿，直接切入正题："这事与杨应龙有关。"秦良玉已不想与杨应龙维持表面的和谐，所以直接连名带姓地叫出杨应龙的名字，"这事不会就这么过去了。"

马千乘见她如此，叹了口气："玉玉，你才刚刚醒来，这些事先不用操这么早的心，该做的我自然会做，你且放宽心，将病养好再说。"他边说边矮身坐在秦良玉的床边，"当务之急是先将伤养好。"

秦良玉不理会马千乘，顾自道："他一次次暗中动手脚，若我再这么无动于衷，也未免有些说不过去了。"

马千乘沉默，少顷道："折子我已替你写好，待你看过后觉得可以，便参上去吧。"

即便是如秦良玉这般平素脸上没什么表情的人，此时也忍不住有些诧异，她愣愣地盯着马千乘："你说什么？"她觉得自己大约出现了幻听，又或是在她昏迷的这些日子里，马千乘遭遇了一些难以启齿的事，所以导致他的神思也有些不清醒，不然她竟不知该用何种理由来说服自己，马千乘方才表示要与她统一战线。

马千乘瞟了她一眼，转身从门旁的柜子中翻出个册子，上书四个大字"四裤全输"，他将册子扔在秦良玉面前："你瞧瞧。"

秦良玉垂了垂眼皮，瞧清上面那几个字后，黑着脸："这是什么？"

马千乘捂着脸笑了半晌，这才将那册子上的封皮撕下，露出册子原本的模样："哎呀呀，还知道甩小脸，瞧样子状态尚可。喏，这折子你瞧瞧，可还满意否？"

秦良玉这才捡起那折子，随口问："这就是你的折子？"

马千乘朗声笑了笑，继而正色道："不，这是你的折子。"

秦良玉醒来的第二日便忍不住想下床走动，柳文昭一直跟在她身边伺候，生怕她有个什么闪失。

"将军，马公子说待你身子再好一些，我们便回鸣玉溪。"柳文昭给秦良玉打着扇子，面色酡红。

秦良玉一听，将柳文昭轻轻推开了一些，微展双臂，在原地转了一圈："我眼下已好了，不如即刻启程。”

之前来洮州支援的那些援军见扯力克已不敢再嚣张，又停留了几日便全撤回了。重庆这一路则因秦良玉受伤，并未急着走，马千乘美其名曰，他们留下善后，以防扯力克暗地里再动手脚。毕竟先前抢扯力克的车队时，属重庆这一路抢得最欢，想必他们多多少少还是给扯力克留下了一些阴影的。他们这一留便是十数日，其间秦家也一直来信询问这边的情况，所幸秦良玉眼下身子状况好了许多，不然马千乘已然快招架不住了。

几人回到重庆卫，怕受伤一事传开惹来不必要的麻烦，秦良玉并未回家休养，一直带着伤在卫中坚守，只是大多事情都被素来不怎么干活的马千乘揽了过去，惊得卫指挥使在大小会议上对马千乘提出无数次的表扬，生怕这位祖宗哪日心情一好再回到以前的德行。

对于卫指挥使这种十分明显的做法，马千乘下来后窝在秦良玉的房中发表了下自己的看法。

“哼，以为小爷瞧不出他的用心，表扬小爷是没有用的，等你伤一好，小爷又是条好汉。”

秦良玉轻飘飘地扫了马千乘一眼：“你应当收敛些。”

马千乘立时端坐在椅子上：“嗯，你说得有道理，其实我也是这么打算的。”

秦良玉收回视线：“那折子，我参了。”

马千乘面色微有僵硬，少顷才从鼻子里“嗯”了一声。

自从听说秦良玉活着从洮州回来以来，杨应龙是茶不思饭不想，日日只想着秦良玉是否知道自己与那三王子串通好，要伤她性命。他以为，以两人眼下所结的梁子来瞧，秦良玉大约会给自己扣上个通敌叛国的帽子，所以每日都过得很是忧心，所幸身边还有个不离不弃的孙时泰在孜孜不倦地为他出谋划策。

“大人，您大可不必如此担心。”孙时泰沉着道，“若是那秦良玉当真参了你一本，朝廷下旨前来抓人，单就问勘这事怕是还要拖延几日，我们便趁这几日加快海龙囤的修葺，届时大不了与朝廷鱼死网破。眼下大明军只不过是个空壳子，若是交锋，我们未必会输。”

孙时泰所言倒是不假，播州地界十分尴尬，它在贵州境内，却属四川，所以贵州叶梦熊想捉他，但若是四川的李化龙拦着不让，倒也是说得上话的，这到时便要看杨应龙是想去贵州转一转，还是去四川逛一逛了。

听罢孙时泰这一番算不得安慰的安慰，杨应龙似乎更加忧愁了："当真要与朝廷撕破脸皮？"这对杨应龙而言，风险太大，一失足成千古恨不说，届时连自己的子孙后代怕是都要受些牵连。

孙时泰的心思何其玲珑剔透，此时见杨应龙如此面色，心中已知他在想什么，着实想再安慰上一句，但想想，却又不知该如何开口，总不能对他说："大人，您也不必担忧您的子孙后人问题，我们往好了想一想，您此番若是败了，那必然是断子绝孙的呀，所以后代的问题完全是杞人忧天，我们应当过好当下。"孙时泰以为，若是他今日当真如此说了，那定然是会血溅当场的。

这边骠骑将军府还在乌云笼罩之中，那一边，热气腾腾的奏折已经出笼并且端端正正摆在皇帝陛下的雕龙纹桌案上，皇帝陛下严肃地将经忠州同知陆景淮润色后所呈上来的折子一目二十五行地瞧了一遍，心中很是高兴。眼下松潘动乱已平，扯力克那边也消停了，所以杨应龙已经无甚用处，是颗已严重影响到皇家威严的弃子了，应当尽快舍弃才是。这么想着，已不能满足皇帝陛下那颗蠢蠢欲动的心了。

皇帝陛下龙袖一甩，很是严肃道："趁天色还早，快些将寡人的爱卿们叫过来，寡人有要事相商。"

大臣们站在殿前面面相觑，不知皇帝陛下这火急火燎地集合众人所为何事，但瞧皇帝陛下眉梢处隐隐带着的暗喜，这帮在朝廷中叱咤风云多年的臣子心里已是有点数了，这皇帝陛下是有高兴事了。一想到这儿，大家的心又沉了沉，难不成是那立太子的事又有变动了？

众人正在心中揣测着，便听皇帝陛下开口了："四川都指挥使，骠骑将军杨应龙通敌叛国，意图杀害功臣，此事证据确凿，众爱卿怎么看？"

朝中有一批杨应龙的拥护者，听皇帝陛下如此果断地说出这话，额角登时有汗流下，心中忐忑不安，这皇帝陛下都说证据确凿了，那即便是没有证据也得是证据确凿了，这么一来，摆在自己面前的只有死路一条了。思及此，他们双膝一软，总是不经意便想在地上跪着。这帮拥护者拥护杨应龙十余年了，也是十分有默契的，只是沉默了片刻，便相互对视一眼，随后立马划清了自己同杨应龙的界限，并大力支持皇帝陛下问勘杨应龙。

有人道："依臣愚见，这骠骑将军在播州乃至四川横行霸道多年，家产极厚，应当先行抄家。”

还有人道：“应当就地正法，以儆效尤。”

皇帝陛下自登基以来，头一次瞧见他的爱卿们如此团结一致，心中很是欣慰，面带微笑地听完众人的种种提议，面带微笑地直了直腰板：“你行你上。”

方才还很热烈的讨论现场登时如同被人浇了一盆冷水的火堆，连火星子都灭了，大家不吭气了，缩头缩脑地站在原地，恨不能钻到地缝中。皇帝陛下更满意了，沉吟片刻，道：“播州路途遥远且地形崎岖，那杨应龙想必不会乖乖束手就擒，说不定会使出什么招数，爱卿们不可莽撞，要集思广益，想出最为省时、省力、有效的法子。”

众人你瞧瞧我，我瞧瞧你，半晌没有言语，面上带着苦大仇深，唯有皇帝陛下高坐龙椅，一脸惬意地等着众人给他出一个好主意。

朝中的情况很快便通过孙时泰传到了杨应龙的耳中，这让原本便处在崩溃边缘的杨应龙更是心若坠渊，对孙时泰也更是依赖起来，仿佛只要孙时泰在身边，任何问题都会迎刃而解一般。

孙时泰自然也是明白此时杨应龙的心境的，便也不离不弃地守在他身边，左右两人眼下是一条绳上的蚂蚱，一个都跑不了。

“你说眼下我们该如何？”杨应龙这些日子常常在孙时泰耳边问同一个问题。

孙时泰倒是没有不耐烦，从杨应龙这问题第一次问出口的时候便在想答案，一直想到今日，方才想出了目前为止较为妥帖的法子：“大人，您装病吧！越严重越好，我们闭门谢客。”

“若此法行不通呢？”杨应龙此时毫无头绪，将全部的希望都押在了孙时泰身上。

孙时泰从容地抚了抚随时带在身上的帕子，有一瞬间的出神，他呆了半晌才回：“这些日子属下会去李化龙府上走一走，将他收买，届时若委实躲不过去问勘，我们便赴四川不赴贵州，到时举兵也方便。”

杨应龙生了重病不能见客这事一经传出，整个四川登时闹得沸沸扬扬。大家皆去寺院烧香拜佛，有些没有香油钱的穷苦人家，便在河边放两盏自己做的小船和莲灯，以此来感谢诸天神佛的保佑，在有生之年，自己终于要将那杨应龙给熬死了。

这事很快便传到了重庆卫，秦良玉立时便明白了杨应龙的用意，不屑地将面前的册子合上：“强弩之末。”

一边的马千乘正在研究新阵形，听秦良玉发表意见之后，动作顿了顿，而后继续若无其事地摆弄着身前的小旗。

“将军，天热了，奴家熬的酸梅汁，快来喝……”柳文昭拎着只外表附了层水汽的铜壶进屋，尚有寒气从壶嘴处冒出。乍一瞧见屋中的马千乘，柳文昭后半句话全都咽了回去，拎着壶转身便想走。以她伺候马千乘这十年的经验，今日这酸梅汁到了他手中，便别想有秦良玉的份了。

马千乘眼疾手快，见柳文昭拎着壶要跑，急忙放下手中小旗追上去：“喂，瞧见小爷你跑什么？”

柳文昭拎着壶期期艾艾，扯着谎：“马公子，这酸梅汁里加了将军的药，您可不能喝。”

马千乘一脸不知所云的模样，笑眯眯地将视线放在那铜壶上：“呀，你要不说，小爷还没瞧见这儿有酸梅汁呢？没事没事，小爷遍喝天下酸梅汁，唯有这加了药的没喝过。来，倒一杯给小爷尝尝。”

柳文昭带了哭相，挣扎道：“马公子，这男儿家家的当真不能喝。”

马千乘突然板起脸，周身肃穆不少：“说谁男儿家家呢？我是闺女。”

柳文昭忽然不知该说什么了，将铜壶朝身后藏了藏，认命道：“但是马公子，您只能喝一杯，其余的是给将军的。”

马千乘摆摆手：“知道知道，你这偏心的女人。”

因酷暑难耐，所以这酸梅汁尤为凉爽，秦良玉喝了足足一碗，整个人也精神了许多，从怀中掏出几粒碎银子：“文昭，你再去街上买些梅子熬些酸梅汁给启文他们那边送过去。”

一听说杨启文，柳文昭的面色有些不对劲，捏着碎银子站在原地没动。

“怎么了？”见她如此，秦良玉有些纳闷儿，此时又听身后马千乘笑得开怀，便问了一嘴，“你笑什么？”

马千乘眼中泪花闪现，手顺势搭上秦良玉的肩膀：“启文想娶文昭这事在卫里早都沸沸扬扬了，你竟不知道？不过话说回来，我与文昭相识多年，倒是头一次从她脸上瞧出‘为难’二字，这两人有戏。”

柳文昭早在马千乘一抬手时便知道他准说不出什么好听的话，所以早跑得不见了踪影，只剩秦良玉木着脸站在原地："居然没有人告诉我。"

马千乘拍了拍自己的脸："这种事，你们姑娘不是最为敏感的吗？还用别人告诉？"想了想，他收起笑容，"不过……如果是你不知道的话，那当真是情有可原，毕竟你连我想娶你都看不出来。"

秦良玉面无表情地瞧着马千乘，手覆在他搭在自己肩膀上的手之上，顺势一个过肩摔将马千乘扔出门外："滚。"

马千乘不防，从门口滚到台阶底下，这才算稳住身形，揉着七荤八素的脑袋站起身，正要进屋同秦良玉理论，忽见远处跑来一个哨兵，气喘吁吁地一头扎在马千乘身前："启禀将军，有位自称徐时的人求见将军。"

一听徐时的名字，马千乘神色一变，抬脚便走："将他请到我房中来。"

徐时此番前来，乃是带着两桩事：一桩是有关杨应龙通敌叛国之事，另一桩则是有关马千乘他爹马斗斛的事。

原来近些年来大家的日子不怎么好过，有好些有头脑的便想着另谋出路。马斗斛他虽是头脑不怎么好，但是发家致富是所有人的梦想，所以他这些年也在暗地里谋划着想做些生意，只是最初没有定下目标，直到最近随着几座金矿被挖掘，马斗斛的眼光也放在了金矿上，这些日子总在琢磨着这事，覃氏虽在一旁出谋划策，但马斗斛以为她毕竟是个女人，眼皮子浅，便想着问问徐时。马斗斛肚子里有多少墨水，徐时自然是知道的，所以乍一听说他的想法，便马不停蹄赶来找马千乘，想让他回石砫，几人一起商讨此事。

马千乘听罢徐时的话，心中隐隐有些不悦，他爹是什么样的人他最清楚，想必他爹要在金矿这一处下功夫也少不了他娘的枕边风，每每思及此，马千乘皆是心血翻涌，便更加不愿插手家中的事，想了想，直接回绝了徐时："徐叔，我父亲想必有他自己的想法，您在一旁多顾着些，我便不参与这事了。"他发现，自打与秦良玉相识以来，他是越发淡泊了，这样不好，想了想，又道，"我母亲是个很有想法的人，你有空多留意一下吧。"

徐时失望而回，却也将马千乘的话记在心中，明面上倒是不插手这金矿相关的事宜，但背地里一直盯着覃氏。马千乘这孩子虽性子有些狂妄，但对人从不妄加评论，今次突然多了这么一句嘴，想必是这覃氏大有问题。

送别徐时，马千乘刚一转身便瞧见秦良玉若有所思地站在他身后不远处，他不由挑了挑眉："你出来做什么？"

秦良玉收回远眺的视线："原本想留徐将军喝一杯酸梅汁的。"

马千乘哭笑不得，想了想，又问："我父亲欲开矿这事，你怎么看？"

秦良玉一边转身一边道："当心你受牵连。"而后再无话。

有关马斗斛开矿一事，马千乘与秦良玉都未再提及，相比起马斗斛，秦良玉眼下更加担心的是大病中的杨应龙。听闻秦载阳已派了心腹混入骠骑将军府，那日探子来报，说是杨应龙与其弟杨兆龙联系得甚是频繁，不知两人是否在谋划着什么。

"明日休沐，带你去吃好吃的。"马千乘跟在秦良玉身后，"说起来，许久未吃那个小笼粉蒸牛肉了。"

一提到小笼粉蒸牛肉，马千乘的心沉了沉，有关秦良玉与陆景淮的那些不算美好的回忆登时涌上心头，正要扯开话题，便见秦良玉步子一顿："嗯，明日回去顺便瞧瞧我三哥。"

马千乘右手成拳砸在左手手心，恨不能将自己这舌头给咬掉，眼下说出口的话如同泼出去的水，连盆都送给人家了，也着实没有再收回来的道理。马千乘幽幽叹了口气，继续一言不发地跟在秦良玉身后，这次他准备跟在秦良玉身边寸步不离，坚决不能给敌人留一丝空隙。

其实马千乘这些小心思委实是多余的，眼下陆景淮新官上任，虽说有秦家做支撑，上头还有人撑腰，但毕竟县官不如现管，这天高皇帝远的，即便那靠山再有能力，也是鞭长莫及，是以陆景淮眼下手头的事还是有些多的。自他上任之后，先是着手查了查忠州这些年的卷宗，发现有不少悬而未决的案子，便想着仔细查一查，不料手下的人却不配合，这些案子都沉积了好些年，想必内里是有些说法的，谁也不愿蹚这浑水。只是碍于种种缘由，初时大家还算给面子，帮忙搬搬册子，待一些日子之后，众人便直接装作什么都不知道的模样，瞧见陆景淮直接绕道而行。陆景淮乃是心中有抱负之人，自然是严于律人更严于律己，此时见大家这副模样，来了火气。

这日，还不等他踏入衙门，远远便见衙役们抄手躲在阴凉处谈天，见他来了，又不紧不慢地散开，状似恭敬地向他行了一礼："见过同知大人。"

这些个衙役都是些老狐狸了，平素滑得很，见陆景淮年纪轻轻的，自然是不曾将他放在眼中，懒散地行了个礼便要走，不料还不等迈步便被陆景淮叫住了："站住。"

其中有一个名为王喜的算是这州衙门中的元老级人物了，听到陆景淮的话后，脚步未停，众人自然是有样学样，一帮人作鸟兽散，涌向门口。陆景淮气得浑身发抖，面色也难看了不少，仗着人高、腿长、步子大，直接几步跨过腿到用时方恨短的众人，严肃地挡在门口。

“我让你们走了吗？”陆景淮自小面上便严肃，此时面色再一沉，官威顿现，瞧起来有些令人发怵。

大家一时愣在原地，王喜怔了怔，最先回过神，不满道：“大人这是做什么？”

陆景淮挑眉：“什么都不做，我给你们上一课。”说罢他亲手将门一关，亲手将一把把椅子拎过来，排成一排，末了拍了拍手上的灰，淡淡地睨着众人，“坐。”

王喜恼羞成怒，怒视着陆景淮：“简直胡闹。”话虽这么说，但王喜也不敢动手去推陆景淮，顾自从他身边绕过，拉开门板，潇洒离场，而后是第二个、第三个，直到这州衙门的衙差全数离开。

陆景淮倒是没有什么过激反应，拍了拍官袍上的灰，正了正腰间的束带，而后淡淡然将方才那些人的名字写在纸上。

隔日，王喜等人再来衙门时，见陆景淮已负手站在石阶之上了，脚步一顿，不情不愿道：“见过大人。”

陆景淮一早便听见了脚步声，但硬是等到王喜行礼过后，才转过身，装作才发现大家伙的模样，问：“你们是来报官？”

王喜有些摸不着头脑：“大人何出此言？”

陆景淮挥了挥手：“你们已被罢免，不用再来了。”

此言一出，大家伙面面相觑，初时还算安静，待反应过来后，直接如同煮沸了的水，翻涌起来。

陆景淮静静地瞧了众人半晌：“诸位这是生气了？但你们的这个气，生得毫无道理。”他踱了两步，“你们既然在衙门当差，理应听命于知州、同知，既是不听，这衙门也没有你们的栖身之地了，各位另谋出路吧。”

众人见陆景淮这是要来真的，也不准备再与他客气，挽起袖子便要同陆景淮说道说道。手还未抬起来，便被王喜制止了，他小声道：“新官上任三把火，这是在给咱们下马威呢，他赶咱们走，咱们便走，这衙门里一堆的事，过不了几日他便得求着咱们回来。”

众人原本还高涨的怒火听罢这王喜的话，立时灭了不少，大家你瞧瞧我，我望望你，不确定地问王喜："此话当真？"

王喜满面孤傲："这是自然。"

眼见着王喜胸有成竹地离开，陆景淮暗中笑了笑，深邃的眸子更是如玄潭一般。这是自然？这是自然当不了真的。陆景淮那执拗的性子注定了王喜等人的失败。在将衙役都打发走的当日，陆景淮将那些卷宗搬到自己的书房，一本一本细细查看，发现其中有几件案子应当是出自同一人之手。这些案子无一例外，皆是家中妻女遭人欺辱后自尽，行凶者作案手法相同，其中有一位外地途经忠州的姑娘是被那禽兽活活糟蹋致死，死状极其惨烈。但这些卷宗中所陈述的凶犯身份却可以说是出自各行各业，越往后瞧，陆景淮越觉得，难不成是这些人作案前都经过了统一培训？

因卷宗委实过多，陆景淮即便是挑灯夜战，没有数十日也是看不完的。但陆景淮却不气馁，他之所以继任同知一职，为的便是向上爬，虽说靠他这种较真的法子向上爬有些慢，但比起走拉关系这一条路，他还是更喜欢踏实些。

他抱着卷宗没日没夜地瞧了好些个日子，理所当然便将王喜等人忘到了脑后，还是有一日知州大人心情好来衙门转转，发现门口都结了蜘蛛网，这才跑来问陆景淮。

此时知州大人站在陆景淮的门口，侵犯到了陆景淮充足的日光，使得陆景淮终于抬头瞧了门口一眼，见知州面色不善地戳在那儿，起身行礼。

知州严武冈的胡子气得直翘，几步走过来，不见一丝老态龙钟的模样，将桌子拍得震天响："人呢？！这衙门的人呢？！"

陆景淮本就对严武冈没什么好感，此时见他一副兴师问罪的模样，皱了眉："这衙门在我来之前竟然有过人？"

"你！"严武冈捂住胸口，气得倒退了好几步。

"唉？小心些嘛。"一道略带嘲讽的声音响起在门口，一只手顺势扶住了严武冈如枯木般的手臂，"知州大人，您这要是摔出个好歹来多不好啊，是不是？"

乍一听这声音，陆景淮心一动，视线越过笑眯眯的马千乘，直接偏头朝外瞧，果不其然见秦良玉正寒着脸从门口迈步而入。

"他为难你？"秦良玉负手站在屋子的中央，一双眼毫无波澜。

严武冈当日在曹皋的授意之下，带人临阵脱逃这事她还记得，只是她不愿计较，但眼下这情况便不同了，严武冈将矛头对准她秦家人，这便尴尬了。

"小的参见明威将军、宣武将军。"严武冈转头瞧见马千乘同秦良玉时，活像瞧见了黑白无常，再加之因对秦良玉做过亏心事，心比肾还要虚上一些，所以直接双膝一软跪在了两人身前，半分不见方才对着陆景淮吹胡子瞪眼的德行。

陆景淮绕开面前桌子，走到两人身前："你们怎么回来了？"

秦良玉抱肩靠在桌边："休沐，回来瞧一瞧，你这是？"说着，秦良玉低头瞧了一眼陆景淮尚摊在桌案上的卷宗，但也只是简略扫了两眼，随后将册子一合，"这些放一放。"

几人好些日子未见，陆景淮自然不会让这些琐事耽误了大家沟通感情，顺着秦良玉的话便将册子收了："我也好些日子未回家了，便一起回去瞧一瞧。"

严武冈此时像空气一般，老老实实跪在地上，屋中其余三人皆很有默契地未搭理他，他又不敢贸然起身，只仰头道："不知二位大人光临，不如让下官尽一尽这地主之谊，宴请三位吃一顿家常便饭？"

秦良玉一丝余光都未施舍给严武冈，率先离开，马千乘紧随其后，待陆景淮经过严武冈身边时，脚步一顿，末了还是伸手将严武冈扶了起来。严武冈身子发僵，原本还想对着陆景淮发一通脾气，但转念想到外面的那两位煞神，严武冈默默地将想法压了回去，狠狠一甩袖子，本是想扬长而去，却是不敢动。

秦良玉三人闲逛至街上，为方便走动，秦良玉着了男装，窄袖收腰的衣裳将秦良玉如松般的身形勾勒出来。反观马千乘，则是穿了件广袖锦袍，每当有风吹过，那袖袍便如云般涌在身子两侧，异常显眼，一旁一袭官袍十分得体的陆景淮沉着脸一次又一次拂开刮到他脸上的马千乘的广袖，额角青筋跳了跳。三人皆相貌堂堂之人，走在街上自然吸引了不少人的目光，马千乘从怀中掏出小铜镜照了照，啧啧称赞："这男子生得忒好看。"

秦良玉置若罔闻，与陆景淮交谈："我听说，你将衙役们都赶走了？"

对秦良玉，陆景淮是毫无隐瞒的，当下将事情和盘托出，末了道："这帮人大多是帮役，既是祸害，不要也罢，待过些日子我再找些手脚勤快的。"

秦良玉若有所思："那衙门里原本的衙役呢？"

"大多在站堂，也只能站堂。"

一直未出声的马千乘突然将头探过来："不如雇我给你当差啊？好用不贵。"

陆景淮自打认识马千乘起便对他一直很无语，此时更是不会与他多说什么，沉默着走在秦良玉身边，当作没听见马千乘的话。

马千乘平日便爱做些自讨没趣的事，此时倒也未觉得有什么不妥，将铜镜朝怀中一揣："去吃小笼粉蒸牛肉吧，玉玉许久未吃了。"

秦良玉与陆景淮正在谈天，听罢马千乘的话，两人也只是脚步一转，直接朝张大娘家的铺子走去，将马千乘独自扔在一边。片刻之后，秦良玉心中大约是有些过不去，微微转了头，对马千乘道："跟好。"

马千乘："……"

张大娘家卖了好些年的小笼粉蒸牛肉，早已卖出了些名气，铺子中时常有外地慕名而来吃小笼粉蒸牛肉的客人，有时人多，这小铺子便坐不下了，大娘一咬牙一跺脚，又租了个大的店面，再一瞪眼，又雇了个小二跑堂，如今看着这铺子倒是阔绰许多。

秦良玉三人朝店内一走，堪堪招待好客人的小二见又有人来了，立马跑了过来。这小二虽是着男装，但眉目清秀得不像话，脚步轻利，身上带着干练之气，秦良玉一眼便瞧出这是位女扮男装的姑娘，当下眼光也柔和了不少，见小二正手脚麻利地擦拭着他们要坐的桌椅，忙道："不用擦。"

小二动作一顿，抬头瞧了眼秦良玉，目光触及她身边的马千乘时，手中的抹布硬生生掉在地上，面上血色登时褪得干干净净。

秦良玉与陆景淮觉得情况有异，一同去瞧马千乘，只见马千乘的面色亦是十分难看，眉头皱得极紧，似乎在克制着自己，好让自己不在冲动之下将对方掐死。

小二极快回过神，连脚边的抹布都忘了捡，转身便要跑，马千乘眼疾手快，一把拉住她的手臂："李玉，这次你又想跑到哪儿去？"

秦良玉一直站在一旁，若有所思。瞧马千乘那激动中又带着些悲戚的模样，眼前这姑娘应当不是敌人，但再瞧他悲戚中还带着些愤愤，她又觉得这姑娘应当还是与他有些过节的。秦良玉想了又想，觉得这人大约是马千乘的老相好。

马千乘此时无暇顾及旁边，紧紧盯着李玉："这么多年你跑哪儿去了？"

李玉眼神闪躲。

乍一听"李玉"这名字，秦良玉脑中突然蹦出来当日马千乘要求称呼她为"玉玉"时说过的话，说他有个朋友也叫"玉玉"，那些日子太过遥远，以至于现下秦良玉再想起当日马千乘说话的场景时，只依稀记得他当时语气有些惆怅，若是此"玉玉"便是彼"玉玉"，那秦良玉只能说，马千乘他这感情生活也忒丰富了。

秦良玉对陆景淮使了个眼色，两人识趣地让到一边。李玉见状，面色更是难看，挣扎了两下竟然挣脱了马千乘的钳制，这让秦良玉叹为观止。要知道即便是她，往日与马千乘比力气时，也常常是赢不了的，由此可见，这姑娘可是根好苗子，若是留在身边，倒是不错。

这边秦良玉的算盘打得“叮当”直响，右手托在腮旁，未曾放过两人面上的一丝表情。

“公子认错人了。”李玉粗声粗气地甩了一句不怎么真诚的话，转身便走，“小的去给几位拿单子。”

秦良玉原以为马千乘又要追上去，却不承想他只是站在原地，周身满是阴沉之气：“你颈间的痣还在。”

李玉脚步未停，直接小跑着去了后厨。待再来人招待时，这人便换成了张大娘本人。一瞧见秦良玉三人，特别是瞧见秦良玉之后，张大娘面上带着犹豫，绞着帕子磨磨蹭蹭地拖着步子走了过来，先是行了礼：“老身见过三位大人。”

马千乘尚在盯着后厨的方向，并未回应，秦良玉则在调节着自己心中略微怪异的情绪，三人中唯有陆景淮还算正常，对张大娘笑了笑：“大娘，来道小笼粉蒸牛肉，一道凉拌鸡丝，一道软炸里脊，再来一盘素丸子和蟹黄豆花汤。”

张大娘急忙点头应下，对于陆景淮，她还是很喜欢的，小伙子人生得英俊，性格也好，最关键的是他是个正常人，点菜的方式她能接受，沟通起来也不怕一言不合被揍得不知东南西北，而且人又亲和，总之他浑身是优点，眼下还做了这忠州的父母官，所以张大娘总想与他多说两句话。但转头瞧见冷着脸坐在另一边的那两个人，张大娘这攀谈的念头便打消了，老老实实地转身到后厨下菜单。

“你们两个这副模样做什么？”陆景淮替三人倒了热茶，“先喝些茶吧。”

秦良玉应了一声，接过茶轻抿一口，原本想问问马千乘李玉是何人，又觉得这么问有些突兀，便也没有开口。

陆景淮自小与秦良玉一同长大，此时见她欲言又止的样子，自然知道她想做什么，沉吟片刻，陆景淮问马千乘：“肖容，方才那位是你朋友？”

马千乘的面色依然有些冰冷，他瞧了陆景淮一眼，敷衍道：“啊。”

这一“啊”倒是不要紧，一旁的秦良玉心却跟着沉了几下，马千乘今日这般失态，怎么想那个李玉也不可能只是朋友，如此遮遮掩掩，估计这其中定是有什么故事。

马千乘虽坐着未动，但身上那股烦躁的情绪直接蔓延在桌前，又过了大约半炷香的工夫，马千乘站起身："我去瞧一眼。"说罢他抬脚便走，在经过秦良玉身边时，脚步顿了顿，"玉玉，等一会儿我再同你解释。"

秦良玉险些被茶水呛到，一时也不知该如何答话，只是讪讪应了一声，满面尴尬。

"从未见到他这副模样过，想来那个李玉是个很重要的人。"陆景淮说话很笃定，见秦良玉面色似乎不太好，握着茶杯的手紧了紧，骨节有些泛白，沉默片刻，转移了话题，"怎么一些日子没见，你又瘦了。"

秦良玉垂眸打量了自己一下："还是老样子。"虽是说着话，她却明显有些心不在焉。

陆景淮不再开口，两人沉默相对，方才陆景淮点的那四菜一汤很快被张大娘端了上来，随之而来的还有一前一后的马千乘和李玉，两人方才谈得似乎有些不愉快，此时全都冷着脸。

"李玉。"马千乘站定后，为秦良玉与陆景淮介绍了李玉，却未说明她的身份，而后又对李玉道，"这位是宣武将军秦良玉，这位是忠州的同知陆景淮。"

一听秦良玉的名字，李玉的面色明显好了许多，顾自在秦良玉身边坐下，或者说是硬挤在秦良玉身边更为妥帖，但见李玉一脚踩上长凳，一手顺势撑在膝头，眉飞色舞的模样与方才简直是判若两人："你便是秦良玉？久仰大名！"

不得不说，见到李玉这副模样，秦良玉是有些吃惊的，这世间竟有比她还要爷们的姑娘，她当真是不知道该说些什么好。愣了愣，秦良玉硬着头皮道："嗯。"

李玉回头瞧了马千乘一眼，狠狠剜过他之后又对秦良玉道："听闻你之前被人陷害入狱？"说到这事时，李玉狠狠朝地上啐了口唾沫，"肯定又是杨应龙那个混蛋。"

秦良玉又呆了呆，抬头去瞧马千乘，见其眼中除去无奈之外，并不见任何不悦之色，心中这才实打实不舒服起来，若要追根究底，却又说不清这不舒服之感从何而来。

李玉撇了撇嘴，似乎还要继续说什么，被马千乘拍了下肩："行了，嘴还是没个把门的。"

李玉没好气地将马千乘的手搡下了肩膀："莫要跟老子动手动脚的，老子还没说原谅你。"

马千乘也不恼，自觉地坐在陆景淮身边：“你去要一盘糖醋排骨，我记得你最爱吃这道菜，以前每次都要点的。”

李玉倒也不客气，问了句：“这顿你请？”在得到肯定答案之后，她颠颠跑到后厨又要了十道店里的招牌菜，这才算彻底消停下来。

这一顿饭吃下来，秦良玉和陆景淮没说过几句话，李玉吃起饭菜也是专注，唯有马千乘在一旁聒噪，问李玉这些年躲去了哪里，顺带还责备了她几句。只不过李玉只顾埋头苦吃，偶尔不耐地应对几句，所以这氛围着实有些奇怪。秦良玉也没吃什么东西便收了筷子，静静坐在原处，余光打量着马千乘与李玉两人，待收回视线时，正撞入陆景淮眼底。

陆景淮从容地将筷子放在一旁：“我突然想起衙门中还有一些事不懂，要与良玉探讨，不如我与良玉先行一步？”

秦良玉目光略带感激，不待马千乘与李玉答话便已起身。

马千乘这才将视线转至秦良玉的脸上，目光带着询问：“需要我去吗？”

秦良玉摇头：“不必。”

换作以往，马千乘自然是二话不说直接跟着便去了，现如今有此一问，大约是想与李玉多说说话，秦良玉自然是要配合一下的。

陆景淮走在前面，秦良玉跟在他身后，一如小时候那般。马千乘越看越觉得刺眼，堪堪才转好的心情又阴沉了起来，瞧得李玉在一旁嗤嗤直笑：“怎么？瞧上人家了？老子倒是觉得人家未必瞧得上你。”

马千乘睨着她：“排骨也堵不住你的嘴？”

李玉挑眉，掩饰住心底的失落：“这么些年了，你还是那么惹人讨厌。”抬头见马千乘还是盯着自己瞧，不耐道，“莫要演戏了，人都走了你还瞧着老子作甚？怪肉麻的，方才便想说你了。”

马千乘狠狠地朝口中塞了块牛肉：“彼此彼此。”他又喝了口汤，“这些年你到底去哪儿了呢？”

李玉原本还算晴朗的面色彻底沉了下来：“我说我当年险些被杨应龙糟蹋你不是一直不信？这四川境内有多少姑娘被他糟蹋，你到底知不知道？”

见马千乘不说话，李玉冷笑道：“看来我不在的这些年，你多多少少也瞧清了杨应龙的真面目了。”

李玉与马千乘说是青梅竹马却也不尽然。原来幼时，马千乘便常常在军营中晃荡，那时大明正处特殊时期，大家食不果腹，所以流民遍地，李玉便是这流民中的一个，她父母为换口粮食将她卖给了人贩子，后来人贩子又遇上了土匪，她便趁机逃了出来。当年她闯入石砫城中时堪堪满五岁，身上的衣裳早已不能蔽体，与其说是衣裳，倒不如说是几块布条。机缘之下，她入城之后便随着人流涌到了石砫军营所在之处，凑巧赶上马千乘在军营闲逛，那时他也五岁，正是对万物皆充满好奇心之时。当时他正手捧糕点，一边吃一边瞧着石砫的士兵练兵，一转头便瞧见了军营外那畏畏缩缩的身影，当下将糕点一扔，跑到那与他差不多高的身影前，下巴一抬："你是谁？怎么会在这儿？你是不是叛徒？"

李玉感到莫名其妙，一拳砸在马千乘眼眶上："你放屁！你才是叛徒。"

那时马千乘还是个手无缚鸡之力的小娃娃，被李玉这打小便见过世面的小娃娃打得晕头转向，坐在地上便开始蹬腿。

李玉不屑："一个男子汉哭哭啼啼像什么话！"

马千乘不服，指着她道："你不也是男子汉。"

李玉又踢了马千乘一脚："老子不是男的。"

一句话成功止住了马千乘的眼泪，他瞬间从地上爬起来，面带好奇围在李玉身前身后转了好几圈："呀？你真是姑娘呀？"

李玉不屑与他交谈，干脆缄口不言。

马千乘转够了，也早将方才被揍哭一事忘到了脑后："瞧你这邋遢的样子也知是没有家的，左右大家也瞧不出你是男是女，不如你跟在我身边吧。"

李玉人虽小，但早已尝尽世间百态，此时见马千乘一双眸子晶晶亮，也知道他只是一时觉得新鲜。不过她眼下无家可归，的确需要一处休息和吃饭的地方，所以连想都未多想便答应了马千乘的要求。

两人自打那时起便形影不离，连打浴都在一个池子里，早已成了不分你我的兄弟。这么在一起混了几年，两人渐渐长大，也知道了男女大防，便不在一个池子中打浴了。初时马千乘还十分不习惯，嚷嚷着问李玉为什么说抛下他便抛下他了，他还没洗够，并不适应一个人泡在池子里。李玉每次的回答便是一顿拳打脚踢，那时马千乘玩物丧志，对武学不上心，所以打不过李玉，若不是后来被李玉打得无处可躲，他依然不会认真钻研武学。再后来，马千乘接手了石砫士兵，便将李玉安插了进去，那时两人已算是大人，知道有些事并不用众人皆知，比如说李玉的身份，再比如说他二人的关系，所以时至今日，连徐时都不知道李玉同马千乘是至交。

日子就这么过了近十年，有一日李玉面色严肃地找上马千乘，问：“若是杨应龙对我做了不好的事，你会怎么办？”

马千乘好似瞧怪物一般瞧着李玉：“你有病啊？”

李玉面色一怔，良久给了马千乘一拳：“你有药啊？”

再然后李玉便再也没有在他面前说过杨应龙的不是，直到有一日李玉鼻青脸肿地从外面回来，被马千乘撞个正着：“你这副鬼样子是做什么去了？”

李玉狠狠朝地上啐了口唾沫，里面尚带着血丝：“老子惩奸除恶去了，今日上街瞧见有一流氓欲对一清白姑娘行些不轨之事，我将那流氓揍了。”她顿了顿，“我觉得那流氓与杨应龙的体貌相似，应当是他，他不是最好这口了吗？”

马千乘被李玉气得牙根直痒：“你是不是又开始犯浑了？骠骑将军到底与你有什么仇？”

李玉将头一转：“老子说什么都没用，反正你信他不信老子。”

当日李玉问马千乘“若是杨应龙对我做了不好的事，你会怎么办”时，正是杨应龙醉酒之后见李玉姿色上佳，遂调戏之时。当时他被李玉揍得生活几乎不能自理，只是这事杨应龙委实没脸说，只能哑巴吃黄连。而李玉不说的原因则是，她堂堂一代女中豪杰竟被人酒后调戏了，这说出去简直字字都是黑历史，所以也是打破牙齿和血吞，直到那日着实是忍不住了，便试探了马千乘一番，不料却被马千乘的反应给伤了一下。再后来，她又在大街上将杨应龙修理了一顿，回来与马千乘说时，又被他面上的不耐烦给伤了一下。这一伤加一伤，使得李玉知道若长此以往，她与马千乘自然会因杨应龙而疏远，但若要与杨应龙和平共处，她又做不到，所以她便自觉地离开了马千乘的世界，从此杳无音信，任凭马千乘这些年如何找她，硬是没有丝毫音讯。

马千乘将杯中茶一饮而尽：“当年确实是我的错，只是你一走这么些年委实狠心。”

李玉瞪了马千乘一眼：“不然等着被你追杀吗？不过话说回来，老子这些年过得还不错，瞧你过得也十分滋润，老子觉得当年老子走还是对的。只是这杨应龙，你眼下既然已看透了他，你准备如何做？”

马千乘咬了咬牙：“莫要啰唆，快些吃，吃完了去找秦良玉。”

一说秦良玉，李玉立时来了兴致：“方才那个男的是谁啊？一瞧便知他对宣武将军有意思，老子瞧他要好过你，你还是莫要自不量力了。”

陆景淮是马千乘心中的一道伤疤，此时被李玉这么毫无顾忌地撒盐，他心中腾起火来："你信不信我揍得你满地找牙？"

李玉也知自己早已不是马千乘的对手，"嘿嘿"笑了几声也不敢再刺激他，又朝口中塞了块排骨："走走走，瞧把你急的。"

再说秦良玉与陆景淮离开张大娘的铺子之后，并未急着回衙门，毕竟那只是借口，若是当真了便不好了。

两人并肩走在街上，陆景淮瞧着路两旁的小摊，没头没脑地问了一句："心里不舒服吧？"

秦良玉瞧了他一眼："没。"

陆景淮的笑容有些苦涩："被在意的人忽视自然是要不舒服的，你不说我也知道。"

秦良玉不知该如何答话，便老老实实闭了嘴。

"听闻杨应龙与杨兆龙最近联系甚是频繁？眼下朝廷那边盯得紧，也不知道他会做出些什么事来。"陆景淮生硬地将话题转开，因了解那种失落，所以他不愿让秦良玉沉浸在那种情绪中。

"目前还未发现有什么不妥之处。"一说到杨应龙，秦良玉的语气好了许多，沉默了会儿，"方才我瞧你在瞧卷宗？走吧，我也看看。"

两人在街上也没什么好逛的，脚步一转便回了忠州衙门。此时严武冈正坐在堂中生气，将站堂的衙役叫到身前唾沫横飞地骂了一通还不能纾解心中的郁气，原本想将惊堂木扔下去，一抬眼瞧见秦良玉寒着脸站在门口，立马收回手，急忙从椅子上站起来迎了过去。

秦良玉淡淡地扫了他一眼，直接朝陆景淮的值庐走去。严武冈的步子硬生生定住了，堂中一片静谧，他却觉得众人皆在嘲笑他，心中火气更甚，直接动手将衙役们推搡出屋子："滚滚滚！"

秦良玉与陆景淮听到了身后的响动，却并未理会，人一上火便容易缺心眼，尤其是严武冈这类人，若不让他发泄，想必会直接驾鹤西去。

进到陆景淮的值庐，秦良玉顾自坐在案前，瞧着小山般堆在案头的卷宗："这些都是你自己整理的？"

陆景淮下意识捻了捻指尖，其上有薄薄一层茧子，是这些日子翻看这些册子所致。他行至桌前，抱过右边一摞册子，摊在秦良玉面前："这些案子并不复杂，从凶犯的作案手法来瞧，也是出自同一人，却被积压至今，所以里面明显有不可告人的目的。"

秦良玉将陆景淮重点勾画出来的那十数宗案件瞧了一眼，先是问了句："你查这些要做什么？"

陆景淮静默了一瞬："我有我的抱负。"

秦良玉拍了拍陆景淮的肩，道："据我所知，这忠州的历任父母官相互之间都有些关系，想必他们会知道一些事，只不过这凶犯大约是我们得罪不起的人。"

秦良玉说这话，倒不是怕得罪人，只是担心自己不常在陆景淮身边，他一介书生，届时事发恐怕毫无招架之力，所以提前将最坏的结果告知于他。

陆景淮面色未变："无妨。"

秦良玉扬唇一笑："曹千父子前些日子被从狱中放出来了，明日便是曹千大寿，想必这些人也会去，不如我们去与他们谈一谈。"

陆景淮挑眉："怎么谈？曹千不会邀请我们的。"

秦良玉将册子一合："墙不就是用来翻的吗？"说罢她暗觉不对，再瞧陆景淮，他老人家果然是沉了一张脸。

"我与你说过多少次？你即便身处将军之位，也是个姑娘家，这姑娘家便要有个姑娘家的样子，你去翻墙是怎么想的？"

秦良玉咽了口唾沫，见陆景淮又有滔滔不绝之势，头皮一阵发麻，情急之下直接伸手捂住陆景淮的嘴："三哥你不想实现你的抱负了？"

陆景淮皱眉，含糊道："其实我的抱负并不用翻墙来实现。"

从远处瞧着，两人姿态有些亲昵，他们正在交涉得起劲，忽闻身后传来一声尴尬的咳嗽之声，两人一同回头去瞧，见马千乘与李玉并肩站在门口，李玉讪讪地摸着鼻尖，马千乘则是一脸的冷清："你们在做什么？"

秦良玉没想到这两人会来衙门，一时反应不及，手尚捂在陆景淮的嘴上，还是陆景淮最先回过神，轻轻将秦良玉的手从嘴上拿下来，也不急着放开，就那么虚握在手中："我们在说话。"

马千乘"呵呵"一笑："好，那便不耽误你们二位说话了。"言罢他侧头瞧着李玉，"你走不走？"

李玉急忙点头，她与秦良玉不熟，此番来是冲着马千乘的面子，虽然她也很想结识秦良玉，但马千乘既是要走，她当然不能自己留在这儿。

马千乘见状转头便走，没一会儿便瞧不见身影了。李玉觉得有些丢人，勉强扯了扯嘴角，扔下个牵强的理由：“那个什么，肖容他方才说还有点事，我们先告辞了。”

见李玉的视线一直在自己手上打转，秦良玉这才意识到两人眼下的举动有些不妥，急忙将手抽回，对李玉点头示意。

陆景淮的手僵在原处，良久都未动作。

隔日曹千大寿，白日里前来拜访的人着实多，有各路在职官员，还有许多离退休人员，毕竟以那种罪名被下狱最后还能完好无损出来的人，是值得深交的。众人吵吵闹闹，直到晚上曹家开席。

经过一整夜又一整日的耐心劝说，陆景淮终是冷着脸答应了秦良玉与她一同翻墙赴宴的请求。

站在曹家的院外，陆景淮的脸色史无前例地难看，他盯着秦良玉良久，似乎有些话要说。

秦良玉此时正要飞身上墙，被他盯得有些发毛，讪讪问：“嗯？”

陆景淮拢在袖袍中的手攥成了拳：“我爬不上去……”

秦良玉这才恍然大悟，扯着陆景淮的手臂，轻松一跃，两人便骑在了墙头上。

因曹府人多，大家并未注意到这形迹略显可疑的两人，这让秦良玉松了口气，她原本还怕曹家在门口贴个告示，说秦良玉不得入内。

“我有些饿了，不如先吃些东西。”进到院中，瞧着满桌的佳肴，秦良玉揉了揉肚子，有些难为情。

陆景淮原本端着的脸在见到秦良玉这副模样后，终是有了回暖之迹，无奈道：“嗯。”

曹家排场大，吃食又繁复，秦良玉吃起来便有些忘了形，一旁的陆景淮几次三番提醒：“注意你的吃相。”

秦良玉含糊地应了几声，而后该如何吃还如何吃，待吃过后才发觉吃得有些多，再揉了揉肚子，严肃道：“我们去找人吧。”其实是吃得有些多了，她想着顺道在院中逛一逛。

陆景淮自然知道她的小心思，当下笑出了声：“你啊。”

两人离席，逛的时候专挑较为阴暗的地方，顺道观察着院中的这一张张桌子。秦良玉发现她叫得出名字的历任忠州父母官极有默契地坐在了一张桌子上，这让秦良玉心中暗爽，一会儿若是他们不配合，自己也好管理。

秦良玉欣慰地收回了视线，拉着陆景淮要上前去打招呼，不料还不等迈步，便听有一人在身后道："公子请留步。"

此时月黑风高，虫鸣犬吠，宜行些偷鸡摸狗的勾当。秦良玉按捺不住抒发了下自己的情怀：那曹千也是个会选日子的，竟挑了这么个天儿出了娘胎，当真是天生的恶棍。

"这是谁家公子？怎的独自一人在这院子里？"那曹皋被关入狱后，大约眼神便有些不好了，此时只瞧见了秦良玉一人，并未发现阴影中的陆景淮。

轻佻的嗓音伴着脚步声渐近，使秦良玉无端生烦，眉头一皱，抬脚要走，那脚步声也跟着匆忙起来，似是小跑，而后秦良玉只觉肩上一沉，胭脂香粉的味道扑鼻而来。

"你这小公子跑什么？是没听见爷跟你说话吗？"

秦良玉又将头低了低，见曹皋满面横肉且泛着油光，身形好似水桶，右腮又生了一颗痣，上面突兀地立着一根毛。她摸了摸自己的良心，其实她并不是那种只看相貌的肤浅女子，但曹皋生出这副尊容，还有心情出来调戏人，这便是他的不对了。思及此，她又低了低头，不料瞥见他那踩了一鞋底残羹冷炙的鞋子，她觉得隔夜的饭都快吐出来了，抬手一把挥掉肩上的爪子。

曹皋还未发现眼前的人便是秦良玉，只觉这人性子有些野，与以往那些小倌不同，倒也不恼："爷是曹千之子曹皋，你既然到了爷的府上，想必是哪家大人的少爷，你不说也无妨，爷自会找出你家门。"

秦良玉听罢曹皋的话，顿了顿终是忍不住了，边抬头边道："公子不必费心，我乃岁贡秦载阳之女，家住城西乐天镇郊的鸣玉溪，你叫我秦良玉便可。"

乍一听"秦良玉"这三个字，曹皋下意识倒退了好几步，而后转身便要跑。秦良玉生怕他一个激动，胡乱喊叫，直接提着他衣裳的后领将其拎到墙角，而后纵身一跃，带着他出了曹家的大门，再一路向前狂奔了好些距离，这才停下步子，将他向前一扔。但见曹皋趴在地上便吐了起来，一边吐一边抹眼泪："你为什么就是不肯放过我？自打出狱，我也并没有找过你，即便初来忠州时我曾轻薄过你，但都过了这么久了，你也不至于如此吧！"

秦良玉一头雾水："是吗？"

曹皋点头，坦诚道："你大约是不记得了，我初来忠州时，你便将我毒打了一顿，所以才成功地引起了我的注意。"

秦良玉粗略回想了一下，觉得好似有这么一回事。

那夜月朗星疏，不时有薄雾拂过头顶，空中那一抹皎洁忽明忽暗。秦良玉沉默着在镇子上最为嘴碎的吴老二家屋顶端坐了几个时辰，那时她的想法很简单，她只是想坐在高处发一下呆。她手中有一下没一下地掀着青灰瓦片，面容有些沉寂。那时龙阳峒叛乱一事在忠州闹得沸沸扬扬，而她自小又被家中当作男儿栽培，无论骑射抑或兵书皆令她与家中兄弟一同研习，所以她对行军打仗一事尤为有兴趣。

秦载阳常说："既是习武之人，那必然要特别能吃苦。"秦良玉以为，特别能吃苦她委实不敢当，但迄今为止，特别能吃她还是做到了的。她揉了揉略僵硬的肩膀，心中琢磨着，既然先前参军未果，那么石砫那边抓壮丁，她大约可以去跟着掺和掺和，毕竟那边有她心心念念欲结交的马千乘，届时或许可以一见。此时再想想那时的想法，秦良玉恨不能扇自己两嘴巴。

思及此，秦良玉叹了口气，谁还没有个年少无知的时候呢？

见秦良玉似乎陷入了回忆，曹皋老老实实趴在地上，引导道："那时也是因为我不开眼，欲对你行不轨之事……"

秦良玉从容地瞧了曹皋一眼，这才想起与曹皋真正意义上的头一次会面。

那时她又静坐片刻，余光忽见有一道身影从远处摇摇晃晃而来，手里还搂着一个哭泣的姑娘，再细瞧一眼，便能瞧出那姑娘被人轻薄着，只听她一边哭一边喊："不要！"

秦良玉眸光一暗，沉着脸将瓦片摆正，继而扯了扯面上的遮布，待那人影从屋下行过后，纵身一跃，黑色的身影如同一道利刃，而后轻飘飘地落在那人身后，那人自然是曹皋。

她尾随曹皋行至一处暗黑的胡同，而后抱肩斜倚在墙壁上，情不自禁地叫住了他："喂。"

曹皋原本是想解个手，正撩起袍子便听秦良玉这凭空出现的一道声响，浑身不禁吓得一抖，蓦地回头瞧了瞧。

银灰月光之下，那黑衣人眉眼带笑，虽是遮着脸，但面容仍是十分生动，他愣了愣神，凭借多年游走花丛之阅历，断定此人是女子。思及此，他目中带着淫邪，解手一事也被抛在脑后，步伐微乱朝秦良玉走去，口中不干不净道：“这是谁家小娘子，眼下这是巴巴地跑过来伺候爷了？”

秦良玉将被曹皋扔在一边的姑娘拉起来，道：“快走。”

曹皋见状自然是不高兴：“唉！你这小贱人，爷让你走了吗？”他边说边迈步欲追。

秦良玉站在原地纹丝不动，见他离得近了，伸手拉过他一边手臂便是一记过肩摔，动作干脆利落，身形如蛟，此招当地百姓并未少领教过，可谓是秦门独有。曹皋身形高大不说，那一身明晃晃的肥肉也是让人望而生畏的，此时他摔在地上便是一声闷响。

秦良玉揉了揉肩膀，见曹皋满地打滚着号叫，周身满满皆是溅起的灰尘，一身衣裳不多时也沾满枯叶。

秦良玉不禁嫌弃地往后退了些许，凉飕飕道：“你就是叫破喉咙也不会有人来救你的。”

许是觉得秦良玉的话有理，曹皋乖乖地闭上了嘴，只是依旧眼冒金星地躺在原地不肯起来。秦良玉见曹皋渐渐安静了，这才上前几步，一脚踩在曹皋手腕处，并随意踱了踱，曹皋又大声嚷嚷了起来：“疼疼疼！有什么话不能好好说？”离得近了，他瞧着秦良玉只露出一双眸子的脸，嘴角抽搐了几下，面上肥肉也一并颤了颤。

顿了顿，自知今夜凶多吉少，他又谄媚道：“我知道你是谁，你放心，今夜的事我就当没发生过，只要你现在离开。”

秦良玉朝他脸上啐了口唾沫，嗓音粗哑道：“你大可以嚷嚷。”说着她脚下又使了些力。

曹皋生怕叫声太大引来其他人，届时可是丢了大面子，便只得将那断骨之痛咬牙忍下，忍到最后竟两眼一翻晕死过去。秦良玉这才满意地收回了脚，头也不回地扬长而去。将出胡同口时，瞥见拐角处有一哆哆嗦嗦的人影，在同秦良玉视线对上后，那人飞快地拎着裤子跑了。

这么想着，秦良玉觉得她与曹皋的仇恨又多上了一些。那时那哆哆嗦嗦的人影便是吴老二，隔日他便去秦家告了一状，当时他跪在秦载阳身前是这么说的。

“先生，今日我来其实并不是专程来告状的。虽说秦小姐昨日爬上我家屋顶，并且一直掀我瓦片，顺带在我家胡同那儿揍了人，吓得犬子一直号哭不停，但其实我更担心的是秦小姐啊！她这年纪尚小，深更半夜独身在外，若是遇上个歹人……”

说到此处他顿了顿，觉得有些心虚，按理说若是秦家儿女遇上了什么歹人，他以为，那歹人也是倒了八辈子血霉，恐怕是凶多吉少了。思及此，他抬眼偷偷瞧了瞧笑得云淡风轻的秦载阳，接着心一横，闭着眼睛胡扯道，“若是遇上个歹人，那秦小姐又手无缚鸡之力，这这这……”最后他委实是扯不下去了，也便闭了嘴。

秦良玉缓缓蹲下身子，伸手替曹皋拍了拍肩上的灰：“我有事要问你。”

自打从狱中出来，但凡听到“秦良玉”这三个字，曹皋都要无意识抖上许久，更别提此时秦良玉还出现在了曹皋方圆一里以内，曹皋吓得急忙往后爬，口中不停道：“将军有什么事问便是了，小的定是知无不言，言无不尽。”

秦良玉欣慰地笑了笑：“不如这样，劳烦你将在你府上做客的忠州父母官给我请到这儿来，我亲自问他们。”

曹皋一听这请求，当下面色一变，却也不敢得罪秦良玉，遂小心翼翼地问：“不知将军叫他们所为何事？”

秦良玉笑容未变，眼神冷了不少，瞧得曹皋心惊胆战，利落地从地上爬起来：“小的这便去叫人。”

秦良玉朝他招招手：“慢些，我同你一起回去。”

再回到曹府，却已不见那一桌忠州历任父母官，秦良玉正纳闷儿，便见曹府下人跑了过来，直接一头扎在曹皋的脚边：“少爷，方才陆同知与几位大人一同离开了。”

秦良玉纳闷儿，怎么那些个老滑头会如此听陆景淮的话？

下人又道：“明威将军来过了。”

秦良玉恍然大悟，那这便对了。

“他们去哪儿了？”曹皋面色略带焦急，眼珠不停地转着，很是慌乱。

下人道：“将军没说，小的不敢问……”他顿了顿，“这事老爷知道……但也没敢阻拦。”

曹皋一听说自家老子都没敢插手，当场也老实了不少，原本还想开口说什么，但一转头瞧见身边尊神一般的秦良玉，又将话忍了回去。

“多谢曹公子。”秦良玉沉默够了，临走前意味深长地拍了拍曹皋的肩膀，力道不轻不重，却好像拍在了曹皋的心头上。

方才曹府下人虽未说出几人的去处，但以秦良玉对马千乘的了解，那必然是哪儿黑便往哪儿去。

出了曹府的门，秦良玉一路往坪头山方向走，还未近山脚便听有说话声传来，声音被刻意压低，所以有些听不真切。秦良玉又走了两步，这才隐约瞧见有几道人影聚在一处，其中一道人影似乎正在弯腰对着较矮的那些人影说着什么，大约是听到了秦良玉的脚步声，那人忽然闭了嘴。

待离得近了，秦良玉瞧见蹲在地上的那些人正是先前在曹府瞧见的那伙忠州历任父母官，弯着腰的自然是马千乘，瞧着他此时嘴角还未收起的笑意，她便知在自己来之前，众人定是带给了马千乘不少欢乐。

见秦良玉来了，马千乘嘴角的笑意收了回去，一张脸平平淡淡瞧不出情绪，想了想，觉得自己这情绪渲染得不到位，他还转过身背对着秦良玉，从头发丝到后脚跟都在告诉着秦良玉：我生气了。

李玉瞧着马千乘这番举动，不屑地撇了撇嘴，冷眼瞧着秦良玉的反应。但见秦良玉只是微微扫了马千乘一眼，而后直接奔着另一边的陆景淮而去，问："怎么样？问出什么来了吗？"

陆景淮微微叹了气，脸绷得极紧："他们不说。"

秦良玉一听，心中有了数，若那凶犯只是个普通人，众人不会如此袒护。由此可见，那人的身份很是不一般。

这边秦良玉正在想着正事，另一边，马千乘干等半晌也不见秦良玉与自己说话，有些板不住了，假意咳嗽了一声，而后借着低头的动作以余光扫了秦良玉一眼，见其背对着自己正与陆景淮说着话，当下便怒从脚底起，想过去同她理论，却又不敢，想了想，他只好将这股怨气咽下，一转头又对上李玉的视线，没好气地剜了她一眼："你瞧我作甚？"

李玉悻悻地摸了摸鼻尖："你肾又怎么了？"

这话说得有些奇怪，使秦良玉与陆景淮都向马千乘的肾那里瞧了一眼，两人极有默契地没有出声，又默默地转回了头。

"那凶犯究竟是何人？"秦良玉又侧了侧身，这下连余光都未留给马千乘。

地上蹲着的父母官们不敢随意乱动，却依旧不配合，只装傻充愣，口风一致："并不知道什么真正的凶犯。"

秦良玉直接拖出一人，一掌劈在其脖颈。这些人皆是不通武学之人，被秦良玉这久经沙场的铁砂掌一掌拍下去，自然是讨不到什么好，立时嘴角流血，两眼一翻便瘫在地上。

秦良玉这动作一气呵成，瞧得在场众人全都傻了眼，那伙父母官更是抱在一起瑟瑟发抖。秦良玉冷笑一声，从怀中掏出把匕首，那匕首长年跟在她身边，单拿出来在众人眼前一晃，大家便觉有寒意伴着血腥的气息袭来。秦良玉又瞧了一眼众人，直接将匕首朝下挥去，匕首穿过已晕厥的那人的袖管钉在地上，只是因角度问题，使得那伙父母官以为秦良玉一刀扎死了他们的同僚，当下噤了声，浑身抖如筛糠。

众人倒吸冷气的声音将马千乘的视线吸引过来，他冷着脸回头瞧了一眼，视线扫过地上那人时，稍微顿了顿。

“那凶犯究竟是何人？”秦良玉又问了一遍。

这下各位父母官不敢再沉默了，纷纷举手：“我说！我说！”

秦良玉随手指了一人：“说。”

那人开口前，想了想：“我说之后，你可否保我性命？”

秦良玉想了想：“你若不说，定然没命。”

那人面色一怔，似是遭受到了极大的打击，低头时不慎瞧见地上躺着的同伴，双腿一软，直接瘫坐在地，良久才下定决心道：“凶犯是骠骑将军杨应龙，前些年，大明动乱不安，骠骑将军会带着人马四处打击流寇，因常年在外，又不愿去勾栏找烟花女子，便……”

此话出口后，夜更静谧了，马千乘疾走几步蹲在那人身前，恶狠狠地盯着他：“此话当真？”

一干人等皆点头：“若有半句假话，老夫不得好死。”

李玉隔着夜色远远瞧了秦良玉一眼，见对方此时似乎很是平静，淡淡瞧着有些气急败坏的马千乘，没有急着接话。

得知凶犯乃杨应龙后，那必然是要将悬案给结了，欲结案又必然要历任的父母官作证，但秦良玉以为，指望着好言好语劝这些人作证那必然是不可能的，且这里面涉及的事情太多，处理起来也较为棘手。

“不如挨家挨户走访，想必这些人家对杨应龙也是恨极了的，请大家联名上书，他们大约会珍惜此次机会，届时我再将这联名上书同奏折一并上奏，杨应龙眼下本就是皇上的眼中钉，离他死便也不远了。”陆景淮坐在一边，眉间带着的隐隐的喜悦同急迫转瞬即逝。

秦良玉觉得陆景淮的话有道理，正巧她闲来无事，便陪同陆景淮一起出门，每每想到杨应龙偿命的画面，心中便是一阵痛快。

另一边，杨应龙便没有这么好的心情了，他在孙时泰的授意下闭门不出，有爪牙前来探望一律谢客不见，整日闷在府中，心情很是焦躁。

“你先前说倭奴要进犯朝鲜？”

孙时泰正在亭中与杨应龙对弈，广袖将桌子挡了一半，闻言他指尖的动作一顿：“千真万确，只是眼下倭奴还不敢贸然动作，许是在等待时机。”

杨应龙负手在亭中踱步：“你说这是我的转机，他倭奴攻打朝鲜，与我何干？”

孙时泰轻笑一声：“大人，眼下大明内里本就四分五裂，军队的人数全是虚假的，朝鲜又倚仗大明，从道义上来瞧，届时大明必定出兵相助，您认为大明还有多余的兵力去帮朝鲜抵挡倭奴吗？不过是心有余而力不足。”

杨应龙站在原地，眉头越皱越紧：“我还是有些不明白。”

孙时泰将棋子落定：“大人，若朝廷拿你问勘，您便献兵抵罪。”

“我这么一直装病，他万历能奈我何？”因有了资本，杨应龙说话的底气也足了不少，似是觉得说已表达不了自己内心的得意，他的手还顺带挥了两下。

孙时泰垂了垂眸子：“大人，不出年底，这事必然是要有个说法的。”

杨应龙眼下名声已臭，万历的大刀早已饥渴难耐，依孙时泰看来，万历能忍到现在还不动手，想必是立太子这事使得他分身乏术。

不得不说，孙时泰此人很是玄妙，也不知是不是王母娘娘派下来折磨杨应龙的，通常他所说的话皆是一语中的。

年底，皇帝陛下立储一事稍有缓和，与朝中大臣的关系也融洽了一些。他认为，是时候捉拿杨应龙归案了，如此他夜晚睡觉时才能做个好梦。

朝中众臣在皇帝陛下的明示、暗示以及煽风点火下，挑了一个早朝便开始聚众闹事了。

“启禀皇上，这杨应龙一病便近一载，臣以为他这是装病。”因顾及与杨应龙是老乡，他这后半句“不然怎么还不死”好歹给咽了下去。

皇帝陛下面带微笑，表示这位爱卿有眼色，这话都说到他心坎里去了，其余的人要跟上啊。

大家毕竟在皇帝陛下手下干了许多年，很是了解皇帝陛下的每个表情与动作，此时见皇帝陛下那小眼神总向人堆里瞟，便纷纷开口："臣有相同意见，择日不如撞日，不如现下便将他缉拿，瞧他还有什么说辞。"

皇帝陛下此时面色非常严肃："众爱卿说的有道理，但眼下倭奴进犯朝鲜，朕是分身乏术，不如爱卿们谁自告奋勇，前去播州捉人啊。"

原本还很活跃的众人听罢皇帝陛下的话，极有默契地一并将头垂下，老老实实地站在原地不敢再过多言语，最后还是首辅大人申时行站了出来："启禀皇上，臣以为，不如便就近派人前去捉拿，李化龙与叶梦熊同杨应龙皆有个人恩怨，为公平起见，就将人逮到重庆问勘吧。"

皇帝陛下见申时行申首辅都说话了，自然是没有意见，这逮杨应龙问勘一事，便这么定了。

消息传到杨应龙耳中，他狠狠一拍膝盖："这狗皇帝！"

孙时泰站在一旁，面上仍是一派淡然："大人便按我之前说的做吧，皇上这是在变相地向大人要兵呢。"

杨应龙朝地上啐了口唾沫："老子有兵也不给他！"

孙时泰见杨应龙的情绪有些激动，不由放缓声音，语重心长道："其实大人不借这兵倒也不是不可，只是这么与朝廷硬碰硬，我们定是落不了什么好，不如……"

杨应龙见孙时泰噤了声，将头凑了过去："不如什么？"

万历二十年，朝廷派重庆知府王士琦前去播州逮杨应龙赴播州边境的安稳一地听从勘问。按规矩，杨应龙应当前去相迎，但眼下他尚处装病期间，也不好太活跃，孙时泰此时又将问题揽了过来："派杨兆龙前去安稳修缮驿舍并储备食物，准备迎接王士琦一行人便好，大人您就在松坎一地等候，毕竟那安稳着实不怎么安稳啊！"

杨应龙觉得孙时泰说得有道理，这些年他横行霸道，在播州界内早已结下无数仇家，眼下又是紧要之时，断不能在此时出什么纰漏。

杨兆龙接到命令后，不情不愿地带着一行人早早动身前往安稳城外磕头相迎，心中早将杨应龙从头到尾骂了个遍，压根不顾及这份亲兄弟的情谊。因众人是算好了时候，所以跪了没一会儿便见王士琦及其随从抵达安稳。王士琦此人倒是有些谋略，见眼前跪着的是杨兆龙而非杨应龙，倒也未恼，只问："为何不见杨应龙？"

杨兆龙老老实实答："安稳仇家过多，罪臣杨应龙在播州松坎一地戴罪听命，还请大人至松坎问罪。"

王士琦见杨兆龙言语诚恳，再一想到杨应龙的名声，也觉得杨兆龙所说不假，便也没有为难杨兆龙，跟着他便去了松坎。

此时杨应龙早已恭候在此，依着规矩，面缚道旁，哭泣请罪。王士琦见他面上的诚意并没有多少，眼角那几滴泪又有些刺眼，心中有些想笑，但因场合不对，终是憋了回去。

此番逮杨应龙问勘，除去之前那二十四罪外，还新增了来自宣武将军秦良玉这一方的通敌叛国、谋杀功臣的罪名，与陆同知笔下奸淫良家妇女且致人死亡的罪名，这些罪名加一块，杨应龙不死也是要去半条命的。

杨应龙心中想着这些日子孙时泰教他的法子，泪珠子一滴接着一滴地往地上砸，也不起身，跪在原地道："大人，罪臣愿献兵五千并带兵征倭援朝，望大人网开一面。"

眼下杨应龙也顾不得什么面子不面子了，在活着面前，面子根本不重要，怕王士琦不同意，杨应龙又道："罪臣还愿缴纳罚金顶罪。"他顿了顿，"罪臣恳请皇上恩准罪臣辞去播州宣慰使一职，以长子杨朝栋继任。"

此话一出，王士琦堪堪张开的嘴立时闭上了，杨应龙开出的这条件，想必皇帝也会动心，大明此时已是国库空虚，且倭奴还未平利索，杨应龙这三个条件委实诱人。王士琦今次来，只走了个过程，并未将话说死，将人收押后，回房将情况详细写下，而后呈给人在贵州的兵部侍郎邢玠。邢玠以为兹事体大，不敢擅自做主，又忙将这折子递给朝廷。

皇帝陛下握着这折子，见目的已达到，心中也松了口气，但这些在表面上自然是不能表现出来，皇帝陛下装作很为难的模样，痛心道："这杨应龙过去立下的战功也是有目共睹的，寡人听闻播州这些年被他治理得也还过得去，最为关键的是，朝鲜那边形势未定，所以这杨应龙再留一些日子也不是不可。"

众位大臣听皇帝陛下已如此明确地要保杨应龙的命，便也识趣地没有提出异议。无论如何杨应龙也不是泛泛之辈，大家这一步步都得算计着来，此时尚不是推倒他这堵墙的时机，所以不能硬推。

皇帝陛下见众人虽是不说话，但神色间却好似有些不屑，再瞧一向与他站在一条线上的申时行也没有出言辩护，他也知道此番举动大抵是有些不妥，所以只能自己挽尊，他想了想，道："但虽是如此，寡人也不能放任他不管，传旨下去，这官，他可以继续做，这钱，他也暂不用缴，只是寡人准备在松坎设立同知加强对播州的管理，擢王士琦兼任川东兵备副使，时刻注意着杨应龙的举动。”

杨应龙与朝廷的交易达成，一手交兵，一手交人，遂暂逃一劫。杨应龙此时被收押，带兵这事便又交给了其弟杨兆龙同孙时泰。为保杨应龙少受些皮肉之苦，孙时泰与杨兆龙早早便带兵上了路。皇帝陛下美滋滋地坐在宫中等着从天而降的这五千援兵，孰料这从天而降的馅饼半路挂在了树上。

原来皇帝陛下为彰显皇恩浩荡，以及算是略微安抚杨应龙，特赦在孙时泰与杨兆龙带兵出发时便将杨应龙从重庆放了出来。这一放不要紧，皇帝陛下可谓是赔了夫人又折兵。孙时泰等人听闻杨应龙人已出了重庆，当即领兵折返与杨应龙会合，气得皇帝陛下将龙椅拍得震天响：“他们这是藐视皇家威严！给寡人杀！杀出一条血路！”

因杨应龙一事，李化龙为保身，宁愿辞官，也不愿继续在四川任职，朝廷权衡利弊，念其为官多年，对朝廷贡献不少，皇帝陛下擢升其为河南布政司右参政、调京太仆寺少卿。这继任四川巡抚之人，姓王名继光，王继光此人还算厚道，因此次杨应龙之事，他也在百官之列，见皇帝陛下有些激动，急忙撩袍跪在地上：“皇上息怒，若将杨应龙逼急了，这事便不好收场了，不如依原先的法子，严提勘结杨应龙，若其反抗，再杀也不迟。”

皇帝陛下冷笑几声：“既然爱卿如此说了，那么便如此行事，届时若杨应龙再起杀戮，便由你亲自征讨。”

杨应龙此下更加出名了，但也更加不敢出门了。马千乘听闻这事之后，心中最后一丝光亮也灭了。李玉见他如此，忍不住落井下石：“唉，要我说你也莫要太伤心了，你只是眼睛瞎了一些，近二十年才瞧清他的真面目，但好歹在有生之年还算瞧清了，也没什么。”

马千乘睨了她一眼：“用不用我把你嘴缝上？”

李玉挑眉，不顾马千乘渐黑的面色，继续道：“我奉劝你近日去寺院上上香，瞧你一副倒霉之相。”

马千乘想了想李玉的话，竟无言以对。这些日子，秦良玉与陆景淮的关系似乎有回春之象，他头顶的帽子大约要绿了，这是倒霉事之一；其二，他爹马斗斛最近忙开矿一事忙得不亦乐乎，连杨应龙的事都不上心了。马千乘就此事还特意问了问徐时，这才知道马斗斛打着贪污的主意，贪污这事也不是随便什么人都能做的。马千乘以为，像他爹的这种头脑，保不准哪日事情败露，他便要跟着受牵连。

李玉见他似乎陷入沉思，又笑了几声："罢了罢了，你自己好生想想吧，我去找秦良玉切磋切磋。"

李玉说完便一溜烟消失在马千乘的房门口，这让马千乘十分上火。此番柳文昭被杨启文缠住，可算没有工夫跟在秦良玉身边了，这会儿却又冒出来个李玉，他这个未来的媳妇倒是有些受欢迎。马千乘望着大门的眼神带着淡淡的忧伤，眼下这一桩事压着一桩事，让他有些忙不过来，若硬要让他优先选出件事来处理，按照轻重缓急这规律来说，他应该同他爹好好谈一谈了。

老天爷这些日子的心情似乎也有些不好，格外喜欢同这帮凡人开玩笑。在马千乘堪堪要关爱一下他爹马斗斛这位空巢老人的当口，出人预料却又那么顺其自然地又出了件大事。马斗斛贪污到底被逮住了，在马千乘还未回到石砫时他爹便已被下了狱。

马千乘很是生气，为避免自己无辜受牵连，他准备拨转马头回重庆。此时天正蒙蒙亮，晨风和暖，吹动马千乘如墨的发丝，倒使他有了乘风而去的派头。马千乘自我感觉十分不错，掏出小铜镜左右照了照，后又满意地收起镜子，刚要抬手挥鞭子，忽见从路旁蹿出来一伙人，瞧众人那副模样，应当在此处埋伏许久了。

"你们作甚？"马千乘好容易骑一次马，不肯轻易下来，端坐在马背上睥睨众人，"爷的心情不怎么好，没有工夫哄你们开心，识相的快些让开。"

那伙人身着官服，为首之人闻言倒也不恼，对马千乘笑道："将军，吾乃重庆府的人，此番前来也是奉重庆知府王士琦王大人之命请将军前去聊一聊。"

马千乘干笑几声，他一介武夫同重庆知府有什么可聊的？难不成是知府家缺护院了，是以拿他去补缺吗？这显然是不可能的。由此事马千乘又生出一番感叹，这父子关系是世间最微妙的，人们常说坑爹，但其实不尽然，有些时候，这爹也是坑儿子的。

"将军不必担心，此番将军前去重庆府大狱权当是逛一逛，不要有什么心理负担。"那人又宽慰道，"知府大人还是很喜欢将军的，想必也不会给将军什么苦头吃。"

马千乘小小地翻了个白眼："众位且等等，待我将这消息同朋友说一下。"

那人为难，指着还未完全升起的日头道："这天色已不早了，将军还是莫要耽误了吧？那地方都给您安排好了，拎包便能入住了。"

马千乘脸一黑，打了个响哨。

一只体形硕大的雕从天际处盘旋而来，乖巧地落在马千乘的马前。众人只觉脚下微微一颤，听马千乘淡淡道："你再说些没用的，我便连你带信一同让我的雕叼走。"

那伙人自然是不敢再啰唆，沉默地站在原地与那只威猛的信雕对视。

接到马千乘的信时，秦良玉正在练兵场训兵，眼见着一只大雕由远及近，而后落在身前的平地上，底下的人出于好奇，不少都抬头打量着雕，一时忘了动作，被秦良玉一个鞭子抽在身上，这才回过神。

瞧清信上的内容，秦良玉面色微绷："启文，这儿交给你了，我有要事要办。"

杨启文见她似乎有些着急，也没敢耽搁，连忙道："行，你去吧，有需要我的地方尽管开口。"

杨启文最近与柳文昭打得火热，正愁每每秦良玉一出现，柳文昭便要跑去找她这事呢。此下秦良玉有要紧事要办，杨启文自然是要支持的。

秦良玉扔下一场的兵，跑去找卫指挥使。待进门时，卫指挥使正从案前起身，见她来了，急忙道："我正要去找你，肖容受牵连入狱这事，想必你也听说了吧？"

秦良玉怔了怔，觉得马千乘并不是如此八卦的人，怎么入个狱连卫指挥使都知道了呢？

指挥使见秦良玉似是有疑惑，解释道："马土司入狱一事，此时已是天下皆知了。"

秦良玉点头："属下此番来，正是想因此事告假。"

卫指挥使点头："去吧，去找骠骑将军，他眼下虽说与朝廷关系不怎么样，但终是有实力的。你同他能说得上话，此事请他帮一帮，旁人或许插不上手。"在这件事上，卫指挥使是真心实意为马千乘着想，毕竟偌大个重庆卫还要指着马千乘冲锋陷阵，他绝不能失去马千乘这一良将。

秦良玉瞧了卫指挥使一眼，若眼下她想让马千乘死，倒是可以去找一找杨应龙，他定然会二话不说再送马千乘一程。秦良玉心中这么想的，但因为性子太耿直，她也是这么说的，她话音一落，便发现卫指挥使的面色有些不对，当即反应过来自己方才说了什么，立马噤了声："大人，属下先告辞了。"

卫指挥使觉得哪里怪怪的，原本还想再问几句，但想到眼下情况紧急，他也不敢随意耽搁时间，挥挥手让秦良玉走了。

秦良玉离开重庆卫，连家也没顾得上回，直接打马去了石砫找徐时。少了马斗斛的石砫倒是未乱成一团，毕竟之前马斗斛在时，也不怎么管事。只是众人一听说马千乘受牵连入狱，心中都有些不满，这些人中属张石的不满最大。

秦良玉到达石砫时，正听张石在屋中与徐时发着牢骚，眼下张石因屡战有功，也由队长提为把总，但听张石道：“将军又没做什么，这完全是连坐！”

秦良玉认为，张石这句话她可以给满分。由此可见，石砫众人对马斗斛的不满也不是一两日的了。

徐时半晌没出声，张石又道：“眼下将军进去了，马土司也在狱中，属下瞧这马家……”

后半句话张石并未明说，一直不曾开口的徐时这才幽幽道：“住口！莫要再胡说了，这事我自会想办法。”

说这话时，徐时心中也很是烦闷，眼下杨应龙自身难保，且时期又太特殊，决计不能与他扯上什么干系，可一时也没有更好的人选。

正懊恼间，忽听原本已经闭嘴的张石失声道：“秦亮？”

秦亮？徐时猛然抬头，果不其然见到身着一身轻便衣裳的秦良玉站在门口，却不敢上前。之前他去重庆卫时，远远瞧见过秦良玉，那时他便觉得秦良玉与秦亮乃同一人，只是马千乘没有明说过，有些事他也不方便深问，此时瞧着秦良玉站在身前，他竟不知到底该如何称呼她。好在秦良玉不在意这些，听到张石唤了声秦亮，便也大方承认了，而后走到徐时身前行了一礼：“肖容的事我已听说，这事许是有些麻烦，所以晚辈特来与将军商讨。”

徐时瞧了张石一眼：“你先下去吧。”

张石面色微沉，临走前深深瞧了秦良玉一眼。

“不知老夫到底该如何称呼你？”徐时开门见山，说话时一直盯着秦良玉瞧。

听徐时这话一出口，秦良玉便知对方已知道了自己的身份，也不隐瞒：“将军唤我秦亮便可。”其实秦良玉也有表字，只是那表字太过女性化，让她有些叫不出口，更莫要提让旁人张口闭口地喊了。

徐时点头：“也好，还是这名字顺口一些。”她顿了顿，“眼下大人同肖容一同进了大狱，按规矩，这宣抚司便要由夫人暂代各职务了。”

想起有关覃氏与杨应龙的传闻，秦良玉作为局外人，亦有些担心覃氏暂代一应事务时会做出一些不该做的事，沉吟片刻："大人以为如何？"

徐时面容严肃，似挣扎了许久才道："老夫以为由夫人暂代的话，有些不妥，所以这事还需与夫人商讨。"

秦良玉没有急着开口，徐时性子沉稳，又忠于马家，既然他都觉得此事不妥，想必这里面还有些不可告人的事，之前马千乘提起家人时那颇不自然的神态又浮现在秦良玉的脑海中。按照马千乘那脾气秉性，若是这家中有些温暖，他定然不会宁愿在秦家住也不回家的。综合以上种种来瞧，这覃氏还是个响当当的人物，或许也没给过马千乘好果子吃。

徐时见秦良玉不说话，直接道："这几日为方便你我二人联络，你便委屈一些在宣抚司里将就将就吧，我这便去找夫人，待与她碰过头后再来找你。"

马斗斛贪污入狱一事，事发突然，徐时等忠心耿耿的属下皆焦头烂额，反观宣抚使夫人覃氏便不一样了。自打马斗斛与马千乘被收入牢中，覃氏便开始了没羞没臊的生活，眼下她大权在握，只等着一统石砫，为马千驷铺路了。徐时当日找到覃氏，将利弊与她简单分析了一下，不料覃氏只是以不变应万变，不管徐时如何苦口婆心，她只有一句"我不会交权"对付徐时。

秦良玉听说这事后，只觉心中腾起股火。有关覃氏喜弄权势的传闻，她之前也听过一些，但那时也只是当笑话听，毕竟那土司马斗斛还没死，覃氏撑破肚皮也不过是在马斗斛耳边吹吹风，不能成什么大气候。但眼下便不同了，现下石砫一应事务全要经由覃氏的手打理，这便好比一直饥肠辘辘的人忽然瞧见了又白、又大且冒着热气的馒头，那必然是要力排众议，将馒头通通收入囊中的。几次三番的劝说，覃氏都不放在心上，徐时身份尴尬，不便与覃氏再有过多的接触，这事只能交给秦良玉，每每这时，秦良玉便会暗自庆幸她乃女儿身，在一些事情上，还是有优势的。

因同马千乘在一起久了，秦良玉也沾染上了一些恶习，或者说是她隐藏的天性终于被马千乘这无耻之徒给发掘出来了。在找覃氏时，秦良玉选择在月黑风高时，夜翻马家的墙去与马家的夫人沟通。

此时覃氏睡得正香，梦中还在打人家板子，打得正起劲，忽觉身上一凉，猛然惊醒，睁眼一瞧，不远处的椅子上正端坐着一道人影，她登时汗毛竖立，神思立时清明，忙向床内缩了好些距离，强忍着尖叫问："你你你……你是何人？"

屋中并无光亮，今夜的月光也有些朦胧，秦良玉一半身子隐在阴影中，直直盯着覃氏，沉声道："不才重庆卫秦良玉见过马夫人。"

一听对方是说人话的，覃氏也并未放下心来，一脸镇定地明知故问："你此时来，所为何事？"

秦良玉也泰然自若："漫漫长夜无心睡眠，前来与夫人小叙。"

覃氏未料秦良玉会如此说，一时未回神，坐在床上与秦良玉对视，须臾，道："若你是与徐时同一目的，那你便回去吧，我丈夫同长子入狱，幼子尚小，这石砫一干事务的确应由我暂代。"

秦良玉急忙摆手："夫人莫要多心，我与将军并不是同一目的。"她顿了顿，语重心长道，"将军的目的是与夫人你好说好商量，不才的目的是若这事不能妥善解决，那么大家都别想好了。"

覃氏："……"

覃氏在暗中打探着秦良玉的神色，她与秦良玉虽从未正面接触过，但这名字她不陌生，且眼下两人同处一室，秦良玉又武功高强，若是今夜一言不合便将她解决了，这事对方大约也能做出来。覃氏不傻，从之前她怂恿马斗斛结交杨应龙，从而方便自己偷情这事便不难瞧出来，这时更不会与秦良玉硬碰硬了，攒了几口气，尽量和缓道："将军玩笑了，交权这事非同小可，放眼石砫也只有我名正言顺，将军让我交权，敢问这权交由何处呢？难不成交给外人？还是说将军想暂代石砫土司之职？"

秦良玉面不改色："夫人交权之后，自然有人接着。"

"你！"覃氏从未被人这么冷言冷语地对待过，面子上有些挂不住，但转念想到之前与杨应龙通信时，杨应龙曾提到，若是秦良玉找上门来，切记要好声好语地将她打发走，万万不能惹急了她，秦家满门皆是狠人，不是这关头他们能得罪得起的，连带着瞧见秦府扫地的下人都要高看一眼。连一向嚣张跋扈的杨应龙都如此叮嘱，覃氏自然不敢造次，但要她交权，她宁可得罪秦良玉。

屋中沉寂下来，秦良玉缓慢且有节奏地轻叩着椅子的扶手，也不催促，宛若一座冰山卧在这房中，让覃氏心中十分没底。

"不如这样，今夜我好生想一想，明日再给将军答复。"覃氏话音落地后，也不见秦良玉有要走的意思，她想像往日对马斗斛那般发一通火又不敢，压抑着内心的焦躁道，"将军以为如何？"

“嗯。”秦良玉这才如梦初醒一般，“挺好。”末了她起身朝床边走，“那今夜我便歇在这儿了，客栈的床总比不了这宣抚使夫人的床。”

秦良玉长相英俊，虽然披着姑娘的外皮，但浑身上下的阳刚气息太过浓烈，她边说边朝床边走，羞得覃氏抱着被子直喊：“若将军再迈过来一步，我就撞死在这屋中。”

秦良玉自然是无所谓的，抄着手靠在床边：“其实我与夫人说了这么久，还想赶在您临死前问问，马千乘他受牵连入狱，你是如何高枕无忧的？”

秦良玉刚进到这屋中，便能听到覃氏酣睡时微微发出的呼吸声，自始至终覃氏没有提过一句如何将马千乘父子救出来，只一心护着她手中的权势，这么想想，秦良玉的心越发凉了起来，定定地瞧着覃氏，想听听她如何解释。

覃氏不自在地换了动作：“我也不愿见这事发生，但既然发生了，我一个肩不能挑、手不能提的女人家也帮不上什么忙，唯愿他们父子能平安出狱，若不能出来，我……”说到最后她竟是泫然欲泣。

秦良玉从她话中并未听出什么真诚之意，将马千乘当成弃子这层意思她倒是听出来了，她木着脸，缓缓抬起右手，改拳为掌。

覃氏见状彻底慌了，身子抖如筛糠，问秦良玉：“你要做什么？”

秦良玉也不知此时自己是要做什么，只是瞧着眼前虚伪的女人，心中莫名觉得恶心，纵观她这十数年的人生，鲜少有如此冲动的时候，由此可见，覃氏果然不是寻常女子。

覃氏见秦良玉周身杀意弥漫，正要开口呼救，忽见另一道人影闪过，她嘴还未完全张开，已是身形一歪，倒在床上。

秦良玉抬头瞧着身前的人：“你怎么来了？”

李玉流里流气地扯过袖子擦了把鼻尖：“幸亏老子一路跟着你来了，你今夜若将她打死了，后面的麻烦事多着呢，你怎么如此冲动？”

秦良玉这才转身，不屑道：“这种人死不足惜。”

李玉对此早已是习以为常，拍了拍秦良玉的肩：“这土司印对于覃氏来说，比她祖坟埋哪儿还要重要，你今夜逼她也是没有个结果，不如先想想如何将肖容从狱中救出来。”

秦良玉朝屋外踱步：“我明日想办法进去找肖容，其余事情稍后再议。”

李玉想了想：“也只能如此了。”

两人走在空荡荡的街上，李玉想了想，道："其实肖容他这么些年，挺不容易的。"两人又走了许久，李玉斟酌着开口，"不知他的过去，你有没有兴趣听？"

秦良玉原本是走在前面，听罢李玉的话，步子有些微微的停顿："嗯？"

话语虽短，但显然是对这个话题十分感兴趣，李玉向前赶了两步，追上秦良玉。

"覃氏你也瞧见了，她对肖容一直都是如此漠然，从肖容小时候便如此了，那时我刚与肖容相识不久，与他形影不离，你别瞧肖容瞧起来精明，其实他脑子里就只有一根筋，他认定的事，无论旁人怎么说，都影响不了他。"

秦良玉想了想，觉得李玉的话说得有理有据，让人无法反驳。但既然是谈天，只让李玉一人干巴巴地说似乎也不是那么回事，应当适当地提出些疑问，以示自己正在认真听，这么想着，秦良玉应了一声，问："比如？"

李玉猛一拍双掌："比如他认为覃氏待他好，我怎么说他都不听，还说我是脑残。"

马千乘小时候，总的来说还是个比较乖巧的娃娃，又生得粉雕玉琢，若不是因身份特殊，走在大街上的话，任谁也会忍不住抱起他亲两口的。但覃氏便是个异数，她瞧着马千乘便有数不清的气，这股气大约来自马千乘他爹马斗斛，所谓厌屋及乌应该就是如此了。覃氏嫁给马斗斛本就是心不甘情不愿，只是奔着他石砫土司以及伏波将军马援之后的头衔来的，更别提给他生儿育女，那当真是让她想想便觉得恶心。自打马千乘出生，覃氏鲜少展露笑颜，对马千乘亦是冷冰冰的，毫无情分可言。马千乘再长大些，懂了事，似乎也瞧出来自己母亲同其余小伙伴的母亲有些不一样。每每大家在外面疯玩一整日，待日薄西山时，别人的母亲总会亲自出来找人或是派人来寻，但他便不一样了，覃氏从来没有派人找过他，更遑论亲自来寻。后来，马千乘认识了李玉，大约一早便出来混市井的孩子总是自己哄自己玩，有属于自己的套路，李玉虽然是一个人，但凭她一己之力，毫不费劲便可营造出一百个人的气氛，所以马千乘他们的队伍又壮大不少，马千乘也格外喜欢同李玉一起玩。两人形影不离，日子长了，李玉也发现了覃氏对马千乘的冷漠，但大家都年幼，也没想那么多，日子照常过。这么年复一年，李玉见覃氏对马千乘只是越发冷漠，连马千乘在外被欺负了回家告状也是一语不发，她逐渐发觉出不对劲，便自认为隐晦地同马千乘提了提，那隐晦的话是这么说的："喂，你娘对你是不是有看法？"

马千乘正蹲在地上和着稀泥，闻言愣愣地瞧着李玉："怎么可能？"

李玉冷哼一声："你都快被人揍死了，你娘都不关心你。"

马千乘低头，继续和着泥巴："那是因为我做错了事，母亲才会对我不理不睬。"

李玉撇嘴："你倒是会安慰自己。"

马千乘没有再说话，他认为同人打架是不对的，所以母亲生气不理他很正常，可后来，他做了许多好事，覃氏依然对他冷眼相待，他又想起李玉的话，自己心中也有些惴惴，他似乎从来没见母亲笑过。

"再后来我跑了，也不知道那个傻蛋到底瞧没瞧出来自己在那个家是不受欢迎的。"李玉话语里带着不屑与愤愤，话不好听，但意在怒其不争，大约是心疼马千乘的。

秦良玉收回视线，她一直以为自己说话已是十分不好听的了，在遇见李玉之后，她甘拜下风。

"将军，眼下肖容入了狱，你是怎么想的？我听闻陆景淮是你哥哥，他我是听说过的，货真价实的大才子，写得一手好字不说，骂人都不带脏字，大家都说他文采极佳，肠子带着十八个弯，在背后'诋毁'人都不露痕迹的。"

秦良玉越听越觉得这话哪里不对，但细想想，也确实是这么回事，就拿上次上书参杨应龙来说，秦良玉原本写的是"杨应龙调戏妇女"，到了陆景淮那里一润色便成了"奸淫致死"，这当真是一针见血啊，那么问题来了："这事同我三哥有什么关系？"

李玉开口前还特意瞟了秦良玉一眼，这动作看似不起眼，但实则包含了许多学问，要知道李玉就是个大老粗，说话做事从来不看旁人的脸色，但这次她居然知道说话前顾及一下秦良玉的情绪，由此得知，她此番要说的决计不是什么好话。果不其然，下一瞬，李玉便耿直地开口了："我听说他是靠关系坐上同知这位子的，这关系似乎还挺厉害，不如我们动动这个关系的歪脑筋吧！"

秦良玉眼下算是知道马千乘与李玉为何能玩得这么好了，但说归说，她的提议似乎也有可行性。

当晚，秦良玉便骑战马返回重庆府，连夜见了陆景淮，将情况同他说了说。陆景淮原本睡得正香，此时被人叫起来，木着张俊脸，披着衣裳坐在桌前，眼睛尚有些蒙眬："那便依你说的，你去大牢瞧一瞧肖容，我这边也想想法子，这事先莫要惊动父亲了。"

秦良玉点头，这事能不与秦家扯上干系便不要扯，免得秦载阳夫妇两人清廉一辈子，在这事上沾上个污点，有损威严。

从陆景淮处出来，秦良玉直接去了重庆府大狱，守卫见秦良玉来了，急忙行礼：“敢问将军可是来探望明威将军的？”

秦良玉点头，一脸云淡风轻：“若是不方便，那便请你们行个方便。”

守卫忙不迭点头：“方便方便！王大人交代下来了，有人来瞧明威将军，只要不是仇家，尽管放行。”

秦良玉顺利地进到牢中，守卫举着火把在前面带路，忽明忽暗的火光映得幽深的甬道更显深邃，秦良玉一语不发走在后面，隐隐听前方传来马千乘的声音。

“小爷姓马，一骑绝尘的马。”

虽然见马千乘在狱中似乎过得还算不错，但秦良玉莫名觉得有些丢人，步子也跟着犹豫起来：“罢了，我还是走吧。”这牢中显然不止马千乘一人，届时她这脸面实在是没有地方搁。

“可是将军已知道您来了，方才小的已去同将军禀报了。”守卫一脸为难，这不是难为人嘛，那明威将军一不高兴，什么折腾他们的法子都能想出来，王士琦又格外喜爱他，最后吃亏的还是自己。

秦良玉也领教过马千乘折磨人的功力，见这小守卫也没比自己大多少，心一软，继续向前走。

离光亮越发近了，马千乘的声音也便清晰了起来：“大兄弟你看开些，今日你受了皮肉之苦定然是痛不欲生，但你要知道，明日你会更痛苦，所以你要放宽心。”

秦良玉嘴角抽搐了几下，默默掏出银子递到守卫面前：“你知道得太多了。”

守卫一见这阵仗，以为秦良玉是要让他拿着钱自己准备后事，当即跪在地上磕头：“小的什么都不知道，将军饶命啊！”

秦良玉面色发蒙，她本意是拿钱堵上守卫的嘴，不让他四处去说马千乘这智障的毛病，毕竟生活已经够艰辛了，秦良玉想给马千乘这种脑子不太好用的孩子留些尊严。此时见守卫如此，也知是对方想得太多，她挥了挥手：“走吧。”

守卫满脸是泪地瞧了眼秦良玉，见对方似乎不是开玩笑，这才抓着银子脚底抹油跑了。

马千乘一早便听到了声响，从木头的缝隙中向这边瞧，待视线与秦良玉的对上，他的脸上登时大放光彩，原本便神采奕奕的脸此下更是夺目：“玉玉，你终于舍得来看我了。”他的话语中不无委屈。

秦良玉硬着头皮挪步过去，瞧见马千乘顾自将门上挂着的锁打开："来，快进来，我带你参观一下我的卧房。"

秦良玉只觉得冷冷的北风在脸上胡乱地拍，恨不能一拳将马千乘揍得生活不能自理。进到屋中，秦良玉由头至尾打量了马千乘一遍："你没受委屈吧？"

马千乘笑着摇头："没有，今日算你来得是时候，往日我都要出去帮忙行刑的。"

秦良玉："……"

"玉玉你怎么不说话？"马千乘明显兴致高昂，围在秦良玉身边问东问西，"你今日是特意来瞧我的吗？"

秦良玉定定地盯着他："难不成你觉得我是来散心的？"

马千乘"呵呵"地笑着，吩咐狱卒给秦良玉来壶上等的毛尖："你先凑合着喝吧。"

两人在铺着厚厚被褥的石榻上坐着，秦良玉眼下一对上马千乘的眼睛便不由自主想到李玉的话，竟有些不忍心告诉他，他的母亲已放弃了他这事。

"你要说什么？怎么几日不见变得如此扭扭捏捏？"马千乘依然是笑眯眯的模样，若不是知道他成长的经历，秦良玉也会以为眼前这位是个从未吃过苦的、意气风发的纨绔子弟。

秦良玉思忖许久，还是下不了决心，眨了眨眼："别急，我会早日将你救出去。"

马千乘愣怔了一瞬，瞳孔微微闪烁了一下，而后又恢复如常，嬉皮笑脸道："不急不急，我在这里面好着呢，有吃有喝还不用干活。"

秦良玉再度沉默，心中着实是煎熬，若是不与他说覃氏这事，万一届时事情有变，大家防范不及；若是说了，她又怕伤了马千乘的心，虽说他瞧着似乎是没长心。

"你说吧，我能承受得住。"马千乘见秦良玉的面色比以往还要深沉，便知道她此番来绝不是单纯的探望，应当是有更重要的事要说。

秦良玉的拳头几经攥紧又放开，终是开口："现下是由马夫人掌印。"

只这么一句话，马千乘便知道秦良玉接下来要说什么，从善如流地接过话茬："我要靠我自己是吗？"语气稀松平常，他似乎早已料到这结局一般，顿了顿，又安慰秦良玉道，"等我在这儿歇够了，自然会出去的，你莫要太担心。"

说不担心自然是假的，两人毕竟相识近四年，马千乘在狱中即便过得再好，秦良玉也是不忍心的，遂道："你自己多保重。"说罢她起身要走，被马千乘一把拉住手臂扯到身边。

按说两人现下的状态是，你替我着想，我为你担心，正是情到浓时，此处应有个亲密接触的动作。马千乘自然是这么想的，并且也要这么做，只见他闭眼挑眉噘着嘴朝秦良玉这边凑。

秦良玉则是木着脸瞧他：“你方才吃菜花了？”

马千乘生生在半路止住了自己的动作，立时瞪大眼：“我还没吃饭呢，哪儿来的菜花？”待他定眼瞧时，秦良玉人早已出了牢门，顺带将锁锁上并顺走了钥匙：“保重。”秦良玉隔着好些个木头桩子瞧马千乘，而后挥挥手不带走一根稻草。

“等等，我话还没说完呢。”马千乘从木头桩子的缝隙中费力地朝秦良玉的方向伸着手，恨不能整个身子从间隙中穿过。

秦良玉原本不想搭理他，但又怕他确实有事，于是站在离他三步开外的地方：“说。”

马千乘收起面上的玩味：“若想将那土司印夺回来，你便随意找个什么由头将马家旁支的矛盾激化一下，道理很简单哦。”

秦良玉宛若一根木桩戳在原地，沉吟片刻：“借刀杀人？”

马千乘打了个响指：“我们玉玉当真是冰雪聪……”

话还未说完便被秦良玉点了穴，他整个人登时定在牢中，隔着木桩可怜兮兮地瞧着秦良玉，连话也不能说。

但见秦良玉沉着脸朝他挥了两下手：“方才瞧你似乎胖了些，站一会儿吧，我先走了。”

马千乘：“……”

不得不说，马千乘的话如醍醐灌顶，一瞬间便浇醒了秦良玉。出了重庆府大狱的门，秦良玉马不停蹄地赶去陆景淮处，进门时见他正在伏案写着什么，便凑过去瞧了一瞧。

“良玉，我说过你多少次了？莫要如此唐突地凑过来，自家人也便罢了，若对方是外人，你定不要如此。”陆景淮手中动作未停，嘴上也不耽误说教，全程视线黏在纸上，将秦良玉活活当成了空气。

对于陆景淮这种时不时便会出现的说教，秦良玉早已习以为常，悻悻地摸了摸鼻尖：“在写什么？”

待落款已定，陆景淮这才抬起头来：“我在给谢大人写信。”

谢大人便是那二品大员，在朝中任右都御史，乃都察院长官。

秦良玉应了一声，将方才在狱中马千乘的话重复了一遍，而后道：“覃氏欲揽权，且她与杨应龙又不清不楚，想必日后石砫少不了动乱，我们应加紧动作。”

陆景淮觉得秦良玉的话有理，有些事宜早不宜迟，晚一步便是万劫不复。

为了通信方便，送信自然是用马千乘的信雕，算算路程，大约半夜谢大人便可收到这封信。

秦良玉一边等着谢大人的回信，一边与徐时取得联系，邀请他前来重庆，就近商讨马千乘所说一事。但眼下情况特殊，徐时不敢轻易离开石砫，遂派了张石过来。张石与秦良玉不熟，但瞧着秦良玉的面相与秦亮几乎无异，倒也有些亲近。

“石石，或许我这么叫你，你会比较放松一些？”秦良玉向张石了解石砫宣抚司的编制时，见他与她相隔甚远，且面色又带着忐忑，遂开口缓和气氛。

张石乍一听这称呼，下意识向前迈了一步，被柳文昭给呵斥了回去：“大胆！”

今日有雨，千丝万缕从空中飘洒而下，屋中本就略显阴森，秦良玉又木着脸坐在桌前，好似活阎王在拷问小鬼，沉闷恐惧之意在屋中蔓延开来，在张石几乎崩溃时，这柳文昭又暴喝一声，实在是让张石承受不起，但见他身形一歪，整个人便跌倒在地，仰面瞧着秦良玉：“将军您……”

秦良玉无奈地瞧了柳文昭一眼：“启文方才还在找你。”

言外之意柳文昭听出来了，是希望自己暂时消失在她眼前，嘴当下撇了撇，行礼的动作带着些不情愿，倒退着出了秦良玉的房间。

“石石，你将石砫的情况跟我说一说。”秦良玉缓和了口气，淡淡地盯着呆若木鸡，分明想问些什么，却又什么都不敢问的张石。

几经犹豫后，张石开口：“小的在石砫也有些年头了，有些事今日便与将军说一说。”

张石道，这么些年，不只是马千乘，连带着马家旁系也未少被覃氏间接性地坑。说是间接性地坑，乃是因为覃氏之前不掌权，想跟着掺和也没有理由，所以只能在每晚困觉时，在马斗斛旁边吹风，软硬兼施求着他按照她的意愿来处理宣抚司的事。如此一来便经常性出现白日马斗斛还是这样决定的，待过了一夜之后他便转了话锋。大家皆不是傻子，时日久了自然知道这其中的事，便对覃氏不满起来。再加之覃氏与杨应龙那档子事时不时在市井传一下，惹得大家更是愤愤，直道覃氏伤风败俗，丢了石砫的脸面。但有关这事，马斗斛这扣着绿油油头衣的当事人都没发表什么言论，众人就更不好说什么了。好在这么些年下来，覃氏也并未有太出格的事，大家能忍也便忍了。但现如今不同了，覃氏掌了权，管的事便多了，原本不算事的事此时也算事了，这便让大家受不了了。

秦良玉一听这话，眉峰微挑，眼中带了些笑意，这么说来，覃氏与马家旁系的关系本就如履薄冰，再稍稍一挑说不定便能成事了，当真是事半功倍，这还要感谢覃氏这些年孜孜不倦、兢兢业业、勤勤恳恳地作死。

张石见秦良玉鲜少有表情的脸上带着的稀罕笑意有些阴沉，不禁打了个寒战，搓了搓手臂上的鸡皮疙瘩："将军用小的效劳吗？"

秦良玉从沉思中回过神，知道张石是好意，原本也想和颜悦色回他一句，不料开口便道："不用。"

这俩字当真是没有最生硬，只有更生硬，连张石这种见惯了大风大浪的、有着金刚钻般的心肠的人都忍不住想掩面哭一哭。

秦良玉见张石泫然欲泣，以为他是想起了什么伤心事，安慰道："没事便下去吧。"

张石如遭雷击，大张着嘴愣在原地，瞧着冷酷无情、无理取闹、用完了便将他当抹布甩开的宣武将军，强忍泪意倒退着出了秦良玉的房门。

待人都走光后，秦良玉松了口气，这事也算是重要的事，随意让旁人去的话，她着实是不放心，思来想去便决定自己去。这边秦良玉刚一下定决心，另一边陆景淮便差人来传话，说是京中回了信，请秦良玉过去一趟。秦良玉右眼皮连着跳了好几下，总觉得这信中的内容大约不理想。

果不其然，待秦良玉见到陆景淮之后，对方也是一脸的严肃，蹙眉道："良玉啊，说过你多少遍了，姑娘家家的衣衫要理整齐了，你这成何体统？"

秦良玉低头瞧了一眼自己身上的衣裳，原来是方才下马跑得急，领子有些微敞开，所露脖颈的面积大了些，当下抬手理了理衣裳，问："信上如何说？"

陆景淮这才道："大人他不想蹚这趟浑水。"

说到底还是因为杨应龙的关系，眼下朝中众人对杨应龙都持观望态度，生怕自己当了出头鸟后，杨应龙若是不死，那死的便是自己。

两人陷入沉默，陆景淮捏着信也觉烦躁，随意一挥，将信扔在半空，鼻前却传来极淡的一阵幽香，那轻飘飘的信纸还未落地又被陆景淮给捞了回来。

"你做什么？"陆景淮这套行云流水的举动把秦良玉瞧得一愣。

陆景淮将信纸拿到鼻前仔细闻了闻，确定方才不是自己的幻觉，这信上果然有女人家胭脂的香气，遂对秦良玉道："这事大约还有转机。"

秦良玉被陆景淮说得一愣一愣的，木呆呆地问："此话怎讲？"她只瞧着陆景淮闻了几下信纸，难不成这主意就被闻出来了？

陆景淮见秦良玉一脸懵懂，笑道："按说这事是私事，一般人都不会声张，知道此事的人定然都是大人的身边人。"陆景淮顿了顿，"我方才闻到这信上有胭脂水粉的香气，想必这信经由过一个女子的手，这女子在大人心中必然非同一般，而且女人有妇人之仁，我们可通过她使大人改变想法。"

秦良玉连连点头："那我们便查一查这大人身边是不是确实有这样一个女人。"

陆景淮忽而又犯了难："我们眼下本就没有什么人手，这暗查之人自然是要知根知底的……"

秦良玉略微沉吟，而后道："这事交给我。"

这合适的人选，秦良玉以为张石可以胜任，毕竟他家中有人在京中当官，所得的消息应当更为靠谱一些，而且她与张石认识了这么长时间，以往总是被他坑，眼下也是时候麻烦他老人家一次了。

再度站在秦良玉面前，张石还是能感受到秦良玉的冷漠，心中略有忐忑："不知将军叫小的来所为何事？"

秦良玉抬了抬手："坐。"

张石硬着头皮过去坐下，身子骨挺得笔直，双手攥着膝上的布料，骨节泛白，仿佛在等着上刑一般。

"听说你家中有人在京中为官？"秦良玉一边喝茶一边瞧着张石，"我有一事相求。"

说是"相求"，但张石实在没有听出一丝"求"的意味，可又不敢说什么，急忙点头："将军但说无妨，小的定然尽力而为。"

每每与秦良玉近距离接触，张石都能想起之前秦良玉在石砫时，自己对她做的那些混蛋事，生怕秦良玉报复，恨不能在秦良玉的大腿上当个挂件。

秦良玉见他缩头缩脑的，蹙着眉："你家中有人在京中为官，替我打听个人。"

张石一听，眼睛一亮："这事不用麻烦旁人，小的最擅长打听人，事实上最近小的正要去京中小住几日，不如这事便交给小的。"

张石这人平素虽是欺软怕硬的，可一旦做起事来倒是个认真严肃的人，这点之前在石砫时秦良玉便观察过，所以也放心让他去蹚浑水。

张石从秦良玉手中接过重任，隔日便启程赶往京城，因近日高温难耐，张石不愿乘马车，宁愿骑马在日头下狂奔。狂奔了几日，他终是到了京城。张石的亲戚也就是他的亲舅舅，在朝中任太仆寺卿一职，太仆寺卿说白了就是给皇家管车马的，平日里喂喂马，若是马高兴了，再顺道驯一驯，若是马没吃好不高兴，那喂喂便了事了，当然，这是平日，若赶上皇帝出巡，太仆寺卿还要调遣随从人员以及安排车马的先后顺序。作为一个合格的太仆寺卿，只掌握了以上几个技能那自然是不够的，他们在关键时刻还要亲自为皇帝驾车，所以一位优秀的太仆寺卿，是从被马不停地踢到脑袋伊始锤炼出来的。

张石到地方时已是傍晚，街两边的房屋上撒了一层薄金，府上的下人认出他来，急忙将其请进屋中："老爷在太仆寺还未回来，表少爷快些进屋歇息。"

张石大摇大摆地进了府门，轻车熟路找到自己的房间："我便不吃饭了，待我舅舅回来你记得来叫我。"

张石喝了好几日的风，早已灌饱了，此时只想在床上做个安安静静的美男子。

管家听罢吩咐，退了下去，屋中登时清静不少。张石的舅舅已是四十开外的人了，膝下却仍无一子半女的，所以他这个外甥在这府上的地位极高。张石和衣躺在床上，正昏昏欲睡时，忽觉屋中多了道人的气息，他连眼皮都未抬："又有什么事？"

来人静静站在门口："你不应与这事扯上干系，若被他发现，当心你吃不了兜着走。"

张石翻了个身："将军对我有知遇之恩，这事我会小心。我有些累了，睡一会儿，你走吧。"

那人如来时一般，又悄无声息地离开了。

一轮圆月挂在树梢时，张石的舅舅才风尘仆仆地从太仆寺归来。一听说张石来了，他连衣裳都未来得及换，直接去了张石的卧房，围在床前将人好一番打量，半晌才小心翼翼地将张石叫起来："外甥啊，你饿不饿啊？"

张石睡眼蒙眬地从床上坐起，盯着他舅舅瞧了许久，才道："不饿，我就是来看看您。"他想了想，切入主题，"舅舅，您与都察院的谢大人相熟吗？"

他舅舅对张石这开门见山的沟通方法早已习以为常，撩袍在床上一坐："他这几日正要我给他挑马呢，也说得上话。"

张石一听，心中大喜，如此一来便好办了，与其坐在这儿问舅舅，不如他亲自潜入那谢大人的府邸去探，他清了清嗓子："舅舅，不知谢大人这马挑得如何了？"

张石的舅舅摇了摇头："谢大人挑剔得很，这马还没有眉目。"

张石一拍大腿："舅舅，日后你们再去挑马，带上我一个。"

张石算是直接打入了敌人的内部，他本就机灵，随机应变的能力更是了得。记得他幼时贪玩心起，曾将家中一应物事摔得七零八碎，家中长辈不在，下人们不敢阻拦，眼见张石要将整座宅子都拆了，张石的双亲终于去寺院上香归来。远远见到父亲母亲的影子，张石这才回过神一般，瞧见满屋的狼藉一时发怔，眼瞧着双亲便要迈进这后院，张石如离弦之箭般冲了出去，将家中看门护院的黑犬抱进了屋中。黑犬原本正在瞌睡，被张石放到屋中正中央的地上时还有些蒙，呆呆地同张石对视，张石摸了摸狗头，一脸天真地看着黑犬。后来，黑犬再也不理张石了，任凭张石使出浑身解数，甚至将自己的饭让给它。

张石混入谢府后，事情进展得还算顺利，谢大人府上果然有一个貌美女子，这女子却不是谢大人的妻妾，谢大人对外一概称她为知己。张石有些不齿，觉得这些人简直是太无耻，小妾便是小妾，大家也不是瞎子，这非要又当婊子又立牌坊的，无聊透顶！

谢大人很是宝贝这位知己，但凡有事都与她商量，张石在暗中观察了几日，发现两人虽好，但也还是有机可乘的。因女子的脾气有些倔强，而且又爱憎分明，只要她有个性，那这事便好办了许多。张石计从心起，决定从这女子怀中的狗下手。

在一个晴朗的早晨，张石悄悄潜入女子房间，将那奶白色的小狗迷晕，又悄悄溜了出去，也不走远，只在女子房门口徘徊。大约过了半个时辰，房中传来女子的惊呼，没一会儿便见女子抱着狗从屋中冲了出来。

张石急忙跳开几步远，又假意路过此处，见女子面色焦灼，问："发生了何事？"

知己一心只顾怀中昏迷的小狗，自然是没有工夫搭理张石这个下人，正要差管家去请大夫，便听张石道："哎呀呀，这狗的症状分明与小的先前医治过的那小狗的症状一模一样啊。"

这话成功地引起了知己的注意，但见知己登时转头瞧着张石："你能治？"

张石端的滴水不漏，高深地点头："我试试。"

说罢他从知己手中接过狗，借着背过身朝屋内走时，不动声色地将早已准备好的药丸放入小狗的嘴中，而后装模作样地在小狗身上捏来捏去，煞有介事道："嗯，同先前那只一模一样。"说着他瞧了目不转睛盯着小狗的知己一眼，"劳烦诸位先出去吧，一会儿这小狗便会醒了。"

知己半信半疑地问："你当真能治这病？"

张石不高兴了，拒绝同对方再说话，甚至想将小狗扔过去，但最后还是忍下了，只背过了身子："它若不醒，我陪它去。"

知己这才转身出了门，屋中一时只剩下张石与狗，在等着药效发挥作用时，张石在心中编了个让人听罢能揉碎了心肠的故事。当然，这故事不仅要与杨应龙扯上干系，还要加上一条狗，如此才能激起知己的共鸣。

不到一刻，小狗蹬了两下腿，从光洁如镜面般的桌面上晃晃悠悠地站了起来，瞧见张石后一阵狂吠，张石不慌不忙地将它抱过来，顺手在它的屁股上拍了两下："一会儿机灵着些。"

见到自己的命根子眼下又活蹦乱跳地出现在自己眼前，知己红了眼眶，忙吩咐下人打赏张石。

张石捏着手中的银子，似有无限感慨："曾经小的也养过一只与姑娘手中这只一模一样的狗，可惜那日小的疏忽，未曾看好它，让它跑了出去，谁知它竟被马车碾死了，碾得那个惨哟。"张石对臆想中被"碾死"的小狗进行了长达数万字的描述，以排比的句式以及抒情的手法将小狗的死状娓娓道来，听得知己一愣一愣的。

末了张石点了点两边眼睑，似是哭得极其伤心："后来我去讨说法，才知道对方是骠骑将军杨应龙，那可是鼎鼎有名的骠骑将军啊，权势滔天的，上街都横着走，所以别说是碾死一只狗，就是他要碾死我，那都是天经地义之事啊！我当时讨说法不成，还被他家门房狠狠揍了一顿，整三日没下来床。"

知己一听，芙蓉粉面一沉，瞧瞧自己怀中可怜巴巴与自己对视的小狗，再想想张石口中那惨死的小狗，当下冷声道："有关那杨应龙我倒也听说过一些，他此时都是泥菩萨过河自身难保了，我先前还觉得这人可怜，劝大人莫要随风踩上一脚，但不承想他竟是如此丧尽天良之人，草菅狗命的人会是什么好东西，哼！"知己目光幽深，似是在盘算着什么。

见知己如此，张石知道自己此番前来的目的已达成了，心中早乐开了花，面上却仍是伤痛不已，还跟着点了两下头。

“今日这事多谢你了，你下去吧。”知己似乎已做了定夺，回身见张石尚傻兮兮地戳在原地，不由皱眉送客。

瞧着知己与秦良玉如出一辙的套路，张石幼小的心灵再度受到了打击，沉默着退了场，左右目的已经达到了，受伤便受伤吧。

这一边，张石拉拢知己的事进行得还算顺利，另一边李玉同柳文昭挑拨马家旁系与覃氏的事进行得也尽如人意。

自打李玉接了秦良玉的命令，两人可谓是里应外合，毕竟两人都在石砫生活过，且与马千乘又有着密不可分的关系，有些事做起来便是事半功倍了。李玉这人虽是糙了些，但好在有柳文昭带着，也能成事。两人的计划是这样的，柳文昭负责在马家旁系众人耳边搬弄覃氏的是非，换着花样煽风点火，待事快成时，再由李玉火上浇油，为众人深度分析覃氏夺权后大约会做出来的有损大家伙利益的事，如此一来，旁系们坐不住了，集结了数千人将覃氏堵在了石砫宣抚司门口。

“今日你不交权，我们便鱼死网破，谁也别活！”有人带头将大家的心声呐喊了出来，众人便跟着附和。

李玉躲在人群中，随大溜一同有节奏地挥舞着手臂，喊声比谁都大：“覃氏你这王八蛋！还我们血汗钱！”

此时正值覃氏一脚迈出门槛，另一只脚尚在门内，眼下马斗斛蹲了进去，杨应龙也不在身边，她到底是一个女人家，被这阵仗吓得有些发蒙，呆立在原地，身子僵得好似一棵枯木，不敢随意动作。

李玉见状捂着嘴乐，抬头时不当心瞥到身边人一直盯着她，惊得她立马站直身子，继续高呼着让覃氏还钱。

覃氏是见过大世面的，在嫁给马斗斛之前，她成日在菜市口与人骂街也积累了一定的经验，可以说她是位经历过大风大浪的女子，所以眼前这阵仗，她适应了一会儿后，面色便恢复如初，她抬了抬眼皮：“请诸位静一静。”

众人的情绪十分饱满，正喊在兴头上，谁也不会理会她口中的话，覃氏觉得自己不被尊重，来了脾气，一掌拍在门口的石狮子上，但是并没有什么用，众人还是该喊的喊，完全没将她放在眼中。覃氏气结，直接身形一歪倒在地上，而后冷眼瞧着众人。果不其然，前来讨伐的人见她好似晕倒，一瞬间便安静了下来。

覃氏缓缓从地上坐起来，声音清冷：“不是我不交权，只是这权我应该交给谁？谁可以名正言顺地接过它？”

李玉撇撇嘴，微微躬下身子躲在人潮中吼：“马千乘啊！马千乘才是最名正言顺的。”

覃氏犀利的目光朝李玉的方向扫了扫，入目只见一大片黑压压的人头攒动，也瞧不清究竟是谁在说话，覃氏深吸了几口气，道：“但是肖容人并未在此。”

李玉又道：“别以为我们不知道你的那点小心思，他即便是在这儿你也不会交权。”

覃氏眼见众人又躁动起来，迫不得已道：“此话差矣，若他在，我自然会交权，但他怕是一时半会儿出不来了。”

李玉见覃氏终是吐了口，也不再同她废话，又嚷嚷了一句：“我们要怎么相信你的话？”

这话看似平常，却成功地引起了众人的注意，见大功告成，李玉嘘出口气，而后便趁又激昂起来的众人们讨伐的当口，拨开人群跑了。

秦良玉人虽在重庆卫，但对石砫方面的事却是一清二楚，得知覃氏已当着众人的面松了口，紧皱多日的眉头也有舒缓之象。在等李玉与柳文昭消息的这些日子里，秦良玉曾试着联络盈伯，但他好似消失了一般，一直未与她联系，想必是有要事要忙。至于马千乘的心腹肖穹，那次秦良玉去了狱中，马千乘顺口说到他也有更重要的事要忙，但具体是什么事比马千乘被抓入狱还重要，这便不得而知了。秦良玉几人人手虽不多，可好在办事得力，是以这形势秦良玉也不太担心。

“这几日辛苦你们了，好生歇一歇吧。”李玉她们去石砫的那几日，正是日头最毒的几日，她们在日光下暴晒，无论如何也是要脱层皮的，李玉便不说什么了，连柳文昭这细皮嫩肉，怎么晒都不黑的姑娘回来后都黑了，那边的情况可想而知。

秦良玉很快与陆景淮取得了联络，眼下谢大人那边与覃氏这边的一干事宜已是准备妥当，只欠他这本东风般的折子了。只要他动动手，将利弊一分析，再在谢大人或者说是知己面前踩一踩杨应龙，使得知己与他们同仇敌忾，一起拉谢大人入伙弹劾杨应龙，那马千乘出狱的事便有戏了。

陆景淮很快着手此事，在当日便将书信写好飞雕传书给谢大人。不出三日，满朝文武皆开始就马千乘是否应该出狱一事展开了激烈讨论，战况激烈到言官大臣要挽起袖子动手的地步了。

“明威将军屡立战功，此时天下动乱，我朝需要这样的人才。退一步讲，他是无辜的，马斗斛贪污时他正在战场上血拼，如此良将之才为何要蒙受这不白之冤？”

“有道是父债子偿，而且他们二人乃是嫡亲父子，这事马千乘必然是脱不了干系。再说大人你怎么就知道这事马千乘没有参与其中，难不成在这事上，大人也跟着掺和了一脚？”

“你！不服来战！”拥护马千乘的言官说着将官服袖子朝上一撸，“我一早便想教训你了。”

要知道以往言官们一言不合就对着破口大骂是常见的事，连皇帝陛下都习以为常到稳坐龙椅喝着茶看好戏了，可今日这一言不合便要打架可是破天荒头一回，原本在看热闹的同僚急忙拉架，御前失仪可不是闹着玩的。

默默旁观的谢大人瞧戏瞧够了，这才慢条斯理地开口：“这事并不是明威将军是否无辜的事，我今日收到检举信，说是骠骑将军是支持覃氏的，两人早已暗度陈仓，所以这明威将军即便出狱怕是也得不到什么好。”

杨应龙的名讳在朝中是大忌，女人掌权更是让大家伙不能忍，众人一听一个妇道人家不好好相夫教子，竟妄想勾搭一个前途未卜的罪臣以此来巩固自己的地位，自然是觉得不可理喻。谢大人这一句话成功化解了朝中同僚的矛盾，大家一致将矛头指向了覃氏和杨应龙。

“石砫宣抚使的家事与骠骑将军一个播州的宣慰使有何干？！”

“骠骑将军果然野心勃勃，一早便听说他所辖的五司七姓通通叛变了。”

“他向来以诛暴立威，不得人心也在情理之中，只是在这事上，骠骑将军确实有些过了。”这人说着又朝龙椅上的皇帝陛下作了一揖，“皇上，臣以为，这明威将军是要放的，不然石砫早晚要落在骠骑将军手中也说不定啊。”

皇帝陛下敛了敛眸子：“明威将军自然是要放，但这骠骑将军之事似乎也不能再任其发展下去了。”

众人深以为如此，皆陷入了一阵略显刻意的沉默。谢大人想起家中知己那柳眉倒竖的模样，硬着头皮进言：“臣以为，骠骑将军一事不能再耽搁，斗胆请皇上下旨进剿。”

皇帝陛下冷哼一声：“下旨给王继光，告诉他不要大意地给朕打。至于马千乘那孩子，若查清楚他与马斗斛贪污一事无关，放出来便罢，连坐什么的，免了。”

圣旨一出，重庆卫同石砫皆松了口气，秦良玉与李玉等人终是有空坐在屋中谈天了。

李玉道："听说这次朝中有好些人都替肖容说话了。"

秦良玉点头，她认为，这同肖穹这些日子的消失有着密不可分的关系，马千乘从来都不是一个像他表面所表现的那么肤浅的人。

李玉又道："眼下正在调查他与他爹的事呢，查完了也该放出来了。"她顿了顿，一边拍大腿一边笑，"你们听说了吧，杨应龙那个淫贼终于要完了，王继光已经来了重庆，正与王士琦商议此事呢。"

李玉这突如其来的笑惊得杨启文同柳文昭低语的动作一顿，两人一同抬头瞧李玉，杨启文道："没想到肖容一直敬重的长辈竟是如此道貌岸然的人。"

秦良玉不接话，李玉则鼻孔朝天："什么道貌岸然？！他就不是人。"

杨启文同柳文昭相视一笑，低头捂着嘴笑。烦扰了大家多日的愁云似乎在慢慢散开，沿着既定路线逐渐飘到播州骠骑将军府。

杨应龙这下是真的病倒了，躺在床上，额头上还搭着块白帕子，口中絮絮叨叨："万历这个狗崽子，老子饶不了他！"

孙时泰则是老僧入定般坐在床边，透过未关严的窗子望着蔚蓝的天际："是时候了。"

杨应龙偏头瞧他："什么是时候了？"

孙时泰缓缓收回视线，摸了摸袖中已故女儿的帕子："一切都是时候了。"

这话听得杨应龙云里雾里，他当下便发了火，挣扎着支起上身，宛如一条咸鱼一般："你的意思是我的命数将尽？"

"大人洪福齐天。"孙时泰见杨应龙似要发火，不慌不忙拍了下马屁，"属下方才是说，朝中要有所动作，这天也该变一变了。"

杨应龙这才重重躺回原处："这天下迟早姓杨。"

孙时泰垂了眸子："王继光与王士琦正在商讨进剿一事，大人，我们也不能坐以待毙了，您这身子须尽快调理好。"

杨应龙嫌弃地瞟了孙时泰一眼，他自然是该尽快调理好，若是调理不好那便拖着这身子上，不然摆在他面前的只有死路一条，他不想死，他还要再挣扎一下，万一努力过后死的不是他呢？

十月底，重庆的天气依然不冷不热，重庆府给朝中去了信，历经数十天终是给马千乘洗白了。当然，马千乘生得本来就白，再加上在狱中待了这么些日子，此时更是白得不像话，但白归白，或许是在狱中水土不服的原因，马千乘还是瘦了不少，嘴唇上也不见什么血色。卫指挥使派秦良玉去接他时便见他可怜兮兮地拉着秦良玉的衣袖："我想吃小笼粉蒸牛肉，这里面的一点都不好吃。"

秦良玉忍不住翻了个白眼，全天下的牢狱皆大同小异，那里面的饭菜是众所周知地难以下咽，她作为一个过来人自然是体会过的，所以马千乘这一句"这里面的一点都不好吃"简直是在她的心窝子插刀，这说明什么？这说明马千乘在里面的伙食是非常不错的，竟然还有小笼粉蒸牛肉，这是不可饶恕的，所以秦良玉冷淡地甩开马千乘的手，扔下一句："快点上车。"而后她便率先离开，别说过多的寒暄，连寒暄都省了。

上车之后，马千乘的脸上带着委屈："此情可待成追忆，只是当时已惘然。"

秦良玉眉心微皱："说人话。"

马千乘扑到秦良玉身边："你说，你是不是背着我有别人了？这么长时间了你也不来瞧瞧人家，现下人家好不容易活着出来了，你还对人家这么冷淡。"

秦良玉豪放地坐在软榻上，扶额沉思，半晌才隐忍道："你离我远一些，我是为你好。"

马千乘死皮赖脸地坐在原地没动，一直眼巴巴地盯着秦良玉的侧脸："玉玉，这么些日子没见，你越发英俊了，你想我了没有？哎呀，你为什么打我的脸？哎呀呀，别揪头发！"

正在外面赶车的车夫有些听不下去了，闭着眼睛念了好几遍清心咒，还未待睁眼便觉耳旁一阵风刮了过去，紧接着便是一声闷响伴着惨叫，再然后是马千乘痛苦的声音："脸先着地的，好疼啊。"

眼见着马千乘横卧路中间，右膝微曲，手支在头侧，耍赖不肯起来，车夫急忙勒马，生怕踩到这位祖宗，而后自觉地下车去跪着求道："将军，您起来吧。"

马千乘玉手一指，向着秦良玉的方向道："她不扶我，我就不起来。"

但见车帘微动了一下，秦良玉闪身从车厢中出来，木着脸端坐在属于车夫的地方，拉起缰绳，催动马车前进。

马千乘见状，急忙从地上一跃而起，顺手拉起早已石化的车夫，两人躲至一旁。

"你上不上来？"行出一段距离后，秦良玉回头瞧着马千乘，见其瘪着嘴不情不愿地走了过来，乖乖爬上了车。

回到重庆卫，马千乘先去了卫指挥使处。

见马千乘身子似乎又单薄了些，卫指挥使眉头一皱："肖容啊，这些日子苦了你了。"

马千乘咋舌："我命苦。"

卫指挥使见说他胖他还喘上了，恨不能一个大耳刮子给他扇回重庆府的牢狱，忍了许久才道："晚上我特意为你办了洗尘宴，你先回屋去洗洗再好好歇息一番，开席前我派人去叫你。"

马千乘理了理本就不乱的头发："如此也好。"

卫指挥使瞧着马千乘那勉为其难的模样，只觉一股血气直冲天灵盖，这种感觉往往是与倭奴对阵时才会出现的，他攥了攥拳："你走吧，马不停蹄地走。"

马千乘见卫指挥使隐有发火之兆，识趣地跑了，临出门前他朝卫指挥使潇洒地挥了挥衣袖："大人，晚上见！"

卫指挥使气得直抽气，翻了好几个白眼才勉强没有晕过去。

夜晚将至，重庆卫中渐渐热闹了起来，火把的光亮之下，不时有歇息的军士跑出来瞧一瞧设宴的菜色。卫中几位主官聚在一处吃吃喝喝，也不能让诸位军士眼巴巴瞧着，所以卫指挥使早就下令拨些银两给后勤，全卫今晚都改善伙食。此消息一出，待到了晚上军士们开饭时，往日打仗总会将主帅独自撇下奋力逃命的众人，拼命朝饭桌跑，比逃命时跑得还快，生怕去晚一步位置就被人占了。

席间，众人免不了谈一谈最为炙手可热的进剿杨应龙一事。马千乘原本正吃着菜，听到此事抬了抬眼皮："皇上已下定决心了？"

卫指挥使念及他与杨应龙的关系，尴尬着笑了几声："大约是如此的。"话落见马千乘面色有些不对，他急忙打断众人的交谈，问马千乘，"你什么时候进京去交接？"

马千乘出狱后，覃氏的脸被打得啪啪作响，当日当着众人的面说出口的话也不能收回，只能依约将土司印交还给马千乘。只是这继任，马千乘还要去吏部走一道，按照规章办事，这土司之位才继承得名正言顺。为这事，覃氏与马千驷直接与马千乘撕破了脸皮，三人分成两派，即便在家中迎面遇上也不会说话，算是分裂得比较彻底，马千乘也不愿与他们见面，直接回了重庆卫将养。

“过两日我身子骨好些便去。”马千乘一边啃着鸡腿一边将手上不慎滴上的油擦在秦良玉的手上，“毕竟我还是个孩子，正处在长身体的阶段，不能因一些身外之物便不顾自己性命。”

一直安安静静吃饭的秦良玉忍无可忍，侧头瞥了他一眼，马千乘这才笑眯眯地将手收回，在她耳畔道：“玉玉啊，我这一去也不知什么时候才能回来，你莫要太想我。”

马千乘此番去京城，除去吏部报到外，还得顺带看望先前助他出狱之人，人数之多，也不是两只手便能数得过来的，所以他此去也不知何时能归来。最为重要的一点是，朝廷要惩治杨应龙，重庆卫首当其冲，届时必充当先锋，他现下虽看清了杨应龙的面目，但还是不愿与他正面交锋，也便顺势借这由头躲一躲。

秦良玉应了一声，沉吟片刻道：“听说张石的舅舅被革职了，他这几日也在京中，或许你届时可以去瞧瞧他。”

马千乘嘴角的笑意微微一僵，速度之快，并未让秦良玉发现端倪，他随口应了一声，这才老老实实转过去吃饭。

在重庆卫又拖了几日，直到王继光同王士琦放出消息，说这几日要莅临重庆卫找卫指挥使商讨进剿杨应龙事宜，马千乘这才正式启程朝京城走。从出门起他一直都是副懒散的模样，瞧见门口被军士牵着的高头大马之后，更是驻足不前：“我要坐马车，我不骑马，我身子娇弱。”

一同来送行的秦良玉见状气得直咬后槽牙，抓住马千乘的肩膀便将他甩到了马上，不待他坐稳又是一鞭子抽在马屁股上，那马长鸣一声，如离弦之箭朝前飞奔而去，离得极远还能瞧见马千乘那被颠得东倒西歪的身形。

杨启文等人大笑，直夸秦良玉：“良玉好手法。”

秦良玉颔首：“小事。”

马千乘走后的隔日，王继光与王士琦便大驾光临，此时重庆卫早已打扫得一尘不染，连校场上操练的众军士都格外卖力。王继光与王士琦在校场边上瞧了会儿，满意地鼓了几下掌，而后对卫指挥使道：“借一步说话。”

几人凑到一起，商讨的自然是杨应龙一事，王继光认为此事宜早不宜迟，杨应龙定然已收到了皇帝要剿杀他的消息，若拖下去，说不定他便做好了反抗的准备，播州地形本就崎岖，届时会平添难度。其余二人一听，觉得王继光的话颇有道理，立即附议。卫指挥使随后命秦良玉加紧操练，挑选出最为精干的军士，随时待命。

马千乘一走，中军所便由秦良玉坐镇，因时间短、任务重，秦良玉与杨启文几乎忙得脚不着地，不仅白日要操练，晚上尤其是深夜也不能闲着。这么好几日车轮战下来，总算选出包括中军所在内的三千精兵，但若打仗，只有三千精兵是不够的，这便意味着秦良玉还要再选出一些人来使队伍瞧起来壮大。这日操练过后，众人坐在原地歇息，秦良玉抬脚去了新兵所，这批兵毕竟是她亲自带过的，众人的脾气秉性她多多少少了解一些。自她出现在校场入口，众人便极有默契地噤了声，新兵所的主将跑过来行礼："见过将军。"

秦良玉颔首："花名册。"

一听这三个字，新兵们面黄如土，下意识地朝后退了几步，那模样好似生怕离得近了自己便被点了名一样。

秦良玉冷眼扫过众人，而后一口气点了近百的人名出来，被点到名字的那些人眼中倒是不见退缩之意，胸膛不自觉地挺了挺，似是等这一日等了许久。

新兵所中的新兵之所以为新兵，是因他们的思想与行动力都不成熟，这是普通的新兵，也是每一批新兵的通病。当然，在这新兵所中还有万年新兵，所谓万年新兵便是分到其余几所也是无所事事，操练总是缺席，遇到战事带头跑，但因家中有门道，你还不能动他的那种人。真假新兵全会聚在新兵所，所以这儿的主官很是头疼，再加上今日秦良玉来，将他先前哭死哭活求卫指挥使给他留下来充门面的人都挑走了，他更是觉得生无可恋，一脸的厌世情绪。

秦良玉瞧也不瞧他一眼，直接带着这近百人队伍潇洒离开。

战事告急，训练强度亦随着增加，几乎可以说是没日没夜地训练，开始几日还好，待到了临战前，卫中接连好些日出现了营啸的现象。所谓营啸，其实等同于夜惊。眼下国不泰民不安，众人脑中那根弦时时处在紧绷之态，尤其是这帮晚上睡去便不知隔日能否睁开眼的军士。长年累月的压抑之下，导致在夜半时，一声细微的响动便足以让他们崩溃，继而处于失控状态，互殴、群殴这类事更是不在话下，混战也是时常发生。

秦良玉对此已是见怪不怪，因在她刚入仕时所在的军队里，这种事屡见不鲜。那时鞑靼屡屡进犯大明，作为九边重镇之一的军队，众人的训练强度比起现下是有过之而无不及，营啸事件频频发生。说头一次遇见营啸时她也有些慌神，但因她乃女儿身，又加之卫指挥使瞧在秦载阳的面子上对秦良玉格外照顾，是以那时秦良玉在同僚中的日子并不好过，即便慌神也没有人会搭理。

那夜她至今还记得。

秦良玉辗转铺上，忽然听外屋睡不着的两位同僚小声交谈：“你听说了吗？昨日放榜了，原本有个人是三元及第，但后来好像是得罪了什么人，殿试取了榜眼，要我说这哪是什么得罪人，那帮书呆子整日钩心斗角，这不知又在扯什么淡。”

另一人翻了个身：“我说你闲出屁来了？这些日子成天念叨着这些事，这什么时候去打仗还不知道呢，你还关心起那帮书呆子了？咸吃萝卜淡操心，给你加军饷还是怎么着了？”

秦良玉那时年纪小，也想着缓和一下与众人的关系，便支起身子问道：“那人叫什么？”

那两人突然不说话了，转头各自睡去。

秦良玉初来乍到，又得卫指挥使的照顾，被孤立也是在意料之中，她总不能挨个揍过去，所以便没有再自讨没趣，左右问了也不会有人回她，她又躺回原处，此下更是睡不着了。

夜风自并不严实的门帘中吹入帐篷内，秦良玉觉得头顶冒风，不由将被子向头顶拉了拉，正要闭眼，又听门口处传来响动，是巡夜哨换班归来的军士，一边进屋一边道：“我很久未见卫指挥使那副模样了。”说着他还打了个寒战，“日后莫要再嘴碎了，你瞧他们被修理的。”

随后跟进来的人瓮声瓮气地应了一声，嘲讽道：“你说话当心些，听说那位在咱们队中。”话落他朝秦良玉的方向扫了一眼，“贵人纡尊降贵，莫要吵着她，届时她若去告个状，你我吃不了兜着走。”

这人言语间尽是嘲讽，听得秦良玉直皱眉，她此番告假回家休整后再回到这军中，确实是要施展自己的抱负，并且也将秦载阳的话听在耳中，要与人结善，但是她发现，不是她不惹事便没有事的。

既是当兵的，睡眠皆浅，众人的头都是枕在匕首上的，时刻准备着上阵厮杀或防身，自然是睡不踏实，先前那人见秦良玉不吭气，觉得秦良玉这人似乎也没什么本事，须臾又道：“诚然，卫指挥使不是是非不分之人，但若是跟关系户扯上干系，总要护着些吧。”

另外一人冷笑一声，闭口不言。

见这两人说话越发难听，秦良玉心中腾起股火，直接掀被而起。先进屋那人忽觉面门一阵风袭来，欲抬手防范，下一瞬人便横飞出帐篷。少了那人形障碍，秦良玉趁另外一人尚在愣神的工夫，揪住他的前襟将他狠狠摔在地上，左膝顺势跪上他前胸，那人当下便觉喉间一阵腥甜，头一偏，一口血便喷在了地上。帐篷中的军士们大多还未睡踏实，此时早被这边的声响给吵了起来，却无人上前劝架，大家坐在原处看着热闹，毕竟以往除去战时有敌可杀，其余时候众人大多是下地种田，且有队长等上级在一旁守着，所以鲜少有这样互殴的场面可供观赏。

先前被秦良玉横扫出帐篷外的人爬了几次才勉强从地上爬起，而后捂着后脑气咻咻地冲到帐篷中，三人年岁相仿，正是血气方刚之时，眨眼间便厮打在一起。虽是女儿身，蛮力不如眼前二位，但秦良玉自幼习武，打起架来靠的是内力，所以眼前两人虽在人数上多于她这方，可却近不了秦良玉的身，这两人在军中也属佼佼者，但往日上阵杀敌并不看重内力，平日疏于修炼，此时与秦良玉交手并未讨得半分便宜，越是如此这两人越是浮躁，不出二十招便被秦良玉一手一个扔在脚下，两具身子叠在一起，瞧着十分滑稽。

秦良玉吹了吹手上的灰，一脚踏上最上面那人的胸口："老子横行霸道的时候你们两个窝囊废还不知道在哪儿逛窑子呢，口气倒是不小，再惹老子，老子便扒了你们的皮！"

秦良玉毕竟是初来乍到，军士们看戏是一回事，但军中十分看重新老之分，秦良玉即便再拳脚了得，有官职加身，在众人眼中也不过是一届妄想攀上男人头顶的妇孺之辈，眼下见戏演罢，众人才反应过来自己身为老人的尊严被秦良玉给挑衅了，纷纷从通铺上跳下来，有几位往日便爱惹事的，歪着脖颈朝秦良玉喝了一声："你这小兔崽子，不收拾收拾你，你当真是不知道天高地厚。"

这一座帐篷中睡十五人，按往日经验来瞧，通常有真本事的人皆不会如此高调，所以秦良玉着实未将这几人放在眼中，扫向他们的目光便也带着十足的轻视："就你们？妇人。"

忽略前三个字不提，单"妇人"二字便是对众人天大的污辱，一般大家在打群架或骂战时，宁愿被人打脸也不想被人说成妇人，那简直是对自家祖宗十八代的亵渎。大家怒意沸腾，一哄而上，欲将秦良玉揍得不知花儿为什么那样红。这边的动静闹得大了些，不出片刻，隔壁忽然传来一阵更甚的打斗声，还伴着"杀人了"的呼喊声。

整个军营登时乱成一团，秦良玉也顾不得同众人纠缠，急忙跑了出去，堪堪跑到门口，又听屋外传来鸣钟声，此钟声乃是当卫指挥使知晓大家精神头很是充足，夜半也不愿好生歇息时，特意让大家聚在一起玩耍用的，只是卫指挥使同大家玩耍的方式，有些令人胆寒，仅次于兴起时的马千乘。

众人听闻钟声，惨白着脸将衣裳穿戴整齐，顾不得方才的恩怨，争先恐后却又井然有序地跑向大校场。不出所料，此时卫指挥使已站在高台之上，身后是如盘圆月，衬得他整个人都有些孤寂。众人在校场站好，队伍整齐，横竖成线，军士们无不垂头而立，身子板倒是挺得十分直，直得有些僵硬。

卫指挥使并不急着发话，静静俯视着众人。校场上军士拢在一处少说也过了万，此时却是静得犹如空无一人，连衣袂摩擦声都听得十分清晰。

“睡不着？”

站够了，卫指挥使淡然问了一句。

大家皆俯首噤声不敢作答，更有甚者身子都跟着抖了几下。

“方才是哪处在闹事？自己站出来。”卫指挥使年近而立，刚毅的脸上面沉如水，眼锋如刀，隔着几千人朝秦良玉所在的方向扫去。

秦良玉自然不是敢做不敢当之人，待卫指挥使话落，直接打了报告出了队伍，率先朝人群最前处走。与她同宿一个屋子的人见她有认罪之意，生怕届时被她指认出来下场更是惨烈，忙跟着也打了报告出去。

方才闹事的十五人，除去秦良玉，皆手心冒汗，忐忑地站在卫指挥使眼皮子底下，总觉头上似乎有千斤坠压着，生怕卫指挥使一个冲动便挥刀剁下他们的项上人头，毕竟这事在以往也不是没发生过，众人有此顾虑乃是情有可原。

“你们几个，是谁带头闹事？”

卫指挥使的声音响在头顶，秦良玉咬了咬牙，道：“架是我打的，但不是我带的头。”

众人听她前半句，以为她是要将事扛下，心都提到了嗓子眼，再一听后半句，半边身子都麻了。

整支军队与此事无关的军士们此时皆抱着看戏的心态，想瞧瞧卫指挥使究竟能否做到一视同仁。卫指挥使自然也察觉到了众人的用意，却并未放在心上，语气依旧冷漠：“夜半闹事，想来日子悠闲，每人一百军棍，有职务者降职，无职务者调离精兵所，而后将这几人押至牢中，教教他们从军者应当如何。”

几人被执行军士押至长凳上，按着秦良玉肩膀的两位军士在经过卫指挥使身前时，暗地里瞟了他一眼，见他正淡然地回望着自己，手不禁一抖，顿觉秦良玉这块山芋烫手起来，一时不知一会儿下手时，是应当重重惩罚，以儆效尤，还是走个过场，随意拍几下。两人正提心吊胆，又见卫指挥使视线转向他处，当下松了口气，对视一眼，小声道："不如这次先这样吧，莫要出了什么差错。"

原来按着秦良玉的人同先前被秦良玉修理的那人是同乡，几人方才串通好了，想借此机会给秦良玉讲讲做人的道理，但眼下瞧来，似乎有些不合时宜，权衡之下，几人决定先保全自己。

眼下天气已暖，众人已不穿厚衣，那薄薄的一层布料自然敌不住已被磨得圆润光滑的板子，头一板子下来，秦良玉冷不防"哼"了一声，音调不十分高，位于高台之上的人视线却倏然落在秦良玉这边，使得行杖之人手一抖，板子落偏，重重打在秦良玉腿上，秦良玉忍不住出声骂道："你眼睛瞎了不成？！"

打到第三十下，原本冷清的校场上终于出现了几分人气，惨叫声充斥耳畔，使得这些早已见惯血腥场面之人仍旧头皮发麻。秦良玉紧咬牙关，豆大的汗珠自额角落下，双手紧攥成拳，整具身子不住地发抖，身边趴着的军士早已痛哭流涕，一边发狠挣扎着一边向卫指挥使求饶，不料话刚说一半，人已晕厥。

卫指挥使将台下情况看得清清楚楚，背在身后之手早已握成拳，神色隐忍，良久闭了闭眼，似在压制翻涌的复杂心绪。

仗刑后，其余人皆被同队搀扶起来，唯有秦良玉独自趴在长凳上，神思已有些模糊，站在靠前处的军士终是有一人瞧不下去了，没好气地将挡在身前的人拨开，上前将秦良玉从长凳上拉起，声音粗哑道："喂！你清醒清醒，莫要给忠州人丢脸，学那些㞞包晕过去了。"

此时秦良玉下身已是血肉模糊，麻木到已感觉不到疼痛。

先前被委任监刑之人小跑至卫指挥使身前："启禀大人，已仗刑完毕。"

卫指挥使从牙缝中挤出一声回应："押到地牢。"原本他想说十五日后再放出来，话出口前，顿了顿，"三日后放出来，通通充到田中，什么时候安分了，什么时候再回营复命。"

被关在地牢中的秦良玉其实还是有些伤心的，倒不是置气，毕竟这是按规矩办事，并无不妥之处。令她伤心的是，与她一道被关的另外十四人直到现下还未有醒来的迹象，而自己却是一直未真正晕过去过。作为一个姑娘家，她不得不承认，自己这身子骨着实强壮了些，已有点让她抬不起头了。

秦良玉下意识摸了摸屁股，从回忆中清醒，吩咐手下将闹事的几人拉开，各自冷静，而后驻足门前，久无睡意。闻声赶来的杨启文此时也是睡意全无，见夜风有些凉意，对秦良玉道："怎么不回屋歇着？"

秦良玉摇头："睡不着。"

夜风将秦良玉本就未闭合的门又吹开了些，外屋桌上放着的几根细长木杆便出现在杨启文的视线中，他伸手指了指那几根木杆："这是什么？"

秦良玉顺着他手指的方向回头瞧了一眼，道："这是白木。"

这答案委实太过简便，杨启文搔了搔头，又问："用来做什么？"

秦良玉这才打开了话匣子："蜀郡这一带，山地居多，打起仗来亦是以山地战为主，若是山势太陡峭，我们攀爬不便便会选择绕路，如此一来便耽误不少时机，所以我这几日在想，有没有什么一举两得的法子使我们又省时又省力。"

杨启文似乎有些没听懂，愣愣地瞧着秦良玉："呃……这……"

秦良玉转身进屋将那白木拿在手中："我认为，可以用它做成武器。打仗时可防身，顺带兼顾了攀爬山壁的效用，只是具体如何实施我还没有想好。"

杨启文茅塞顿开，猛一拍手掌："好主意啊，待将杨应龙的事解决后，你便可潜心研究了。"

一提到杨应龙，秦良玉的气血便直涌灵台，上面已下令，于明年进剿，眼下才是年底，到一切了结之时，似乎还有些时日，这日子过得未免有些慢。

秦良玉一方自然是觉得时间过得十分慢，但杨应龙便不是如此想了。在收到小道消息说他明年大约便要死了之后，他可谓是焦头烂额，日日拉着孙时泰询问有没有什么不死的法子。孙时泰身经百战，以往杨应龙所参与的大小战役也都是他在出谋划策，此时他仍是泰然自若。

"有。"只此一个字，却透着十成的把握，"大人届时守在娄山关便可。"

娄山关北距巴蜀，南扼黔桂，为黔北咽喉，兵家必争之地，亦是川黔往来要道上的重要关口，秦良玉先前曾在这娄山上冒充私兵统领，带兵端了杨应龙的老窝一回。话说回来，这娄山关地势险要，有一夫当关，万夫莫开之势，当然海龙囤也有一夫当关，万夫莫开之势。播州的地势便是如此复杂，处处都有一夫，当关万夫莫开之势，所以之前朝廷才不愿派人来惩治杨应龙，如此便一直助长了他嚣张的气焰，直至今日，不得不除，但还不知道除不除得掉。

双方都在备战之中，两家皆没日没夜地操练士兵，待秦良玉发觉身上的衣裳从薄转厚复转薄时，终是迎来了上面下达的进攻指令。

朝廷一方由王继光带兵，参战人数共万余人，与杨应龙一方不相上下，两队人马于娄山关会合。原本以为杨应龙会抵死反抗，挣扎着大喊“我不要死”，但等众人到了之后，发现杨应龙率兵齐刷刷地站在山脚，低垂着头，一副任君采撷的模样，这瞧得王继光一头雾水。

“骠骑将军这是做什么？”王继光骑在威风凛凛的马背上，命手下问清楚情况。

杨应龙也是十分有诚意的，派孙时泰亲自出阵迎接王继光等人。

“回禀大人，吾等是来投降的。”孙时泰说着屈膝跪在地上，行了个大礼。

秦良玉等人因位置较为靠后，所以瞧不见最前方的情况，心中不禁有些纳闷儿，但没有主帅的命令也不敢随意行动，一方人便僵在原地干等。

大约一刻钟后，王继光下令全军继续前进，秦良玉这才察觉出不对，忙策马出了队伍，快马加鞭追赶王继光的坐骑，不料刚行至一半，路上便出了变数。

蛰伏在娄山上的杨应龙一方如泥石流一般朝已入瓮的朝廷军冲来，势如破竹，只瞬间便冲散了朝廷的军队。秦良玉气得直咬牙，拼死打马回了重庆卫各军士所在处。此时重庆卫众人已自觉列了阵，只等秦良玉下令便要还击了。

秦良玉瞧着已与朝廷军混在一起的杨应龙部下，手中长刀一挥：“杀！”

朝廷军眼下本就已被冲得七零八落，鼓手又被对方射杀，整支队伍溃不成军。王继光一时傻了眼，直道自己太掉以轻心，轻信了狡诈的孙时泰所谓投降的话，他呆在马背上一时竟不知该如何是好。

“大人当心！”一直跟在王继光身旁保护的一个近侍抬手挡掉敌军挥来的刀光，朝他喊道，“大人快朝秦将军那边撤！”

放眼当下，属重庆卫这一路最是完整无缺，也只有这一路防守最是严密。王继光这才如梦初醒，顾不得许多，掉头便朝秦良玉而去。

秦良玉冷眼端坐马背之上，手持长弓，敛起眸子，瞄准对方鼓手，待放手时，见那离弦之箭带着破空的凌厉朝前而去，箭矢笔直，丝毫未曾偏离。杨应龙一方的鼓手应箭倒地，胸口上尚留半截断箭。鼓声一止，对方的攻势便也凌乱起来，秦良玉趁机率大军而上，又一箭穿颅将其旗手射杀，由此，杨应龙所率部队终是大乱。

秦良玉扔掉弓箭，改换成刀，刀未出鞘，却招招置人于死地。躲过从身后射来的箭矢，秦良玉回手一刀，对方便是人头落地，这么一路杀过去，倒是拼出了一条撤退的血路。

“掩护大人。”秦良玉嗓音本就偏粗，在此情此景之下一出，更是震耳。

成都一路的军士负责掩护王继光撤退，其余路的军士仍在与杨应龙对峙。杨应龙一早便盯上了重庆卫，吩咐手下狠狠地打，只打重庆卫，因重庆卫是朝廷军此番的主力部队。攻势越发强，鼻尖充斥着鲜血的腥味，身上脸上不计其数的伤口亦流出鲜血，尸横遍野，还有那些破败不堪的战旗，入目之处，处处惊心。

秦良玉肩膀处中了一箭，血流不止，她沉着地将箭拔出，用力一掷，那箭入地三分，尾部尚轻微颤动，似是对这场恶战的战栗。秦良玉的脸上不见退缩之意，这场战争需要速战速决。余光瞥见有一人直奔她所在方向而来，秦良玉单手拽住缰绳，身形一闪，整个人倒吊在马侧，那人长刀的寒气贴着秦良玉的面部划过，秦良玉放手，以脚钩住马镫，使力挥出一拳将那人击倒在地，而后扯着他的头发活活将其掩死。

“骠骑将军有令，取秦良玉项上人头者有重赏！”对方军士的声音透过震天的喊杀声传来，直入秦良玉的耳中。

但见私兵一部如洪水猛兽一般，霎时朝秦良玉方向冲来。先前朝廷整支队伍遭遇埋伏，本就已死伤无数，经方才那一番厮杀，现下人数更是少之又少，根本不敌私兵人数，且对方乃是奔着目标而来，此情此景，秦良玉于他们而言便是唾手可得的金山银山，只要杀了她便不愁后半生了。

秦良玉望着被冲散的朝廷军，以及浑身血污已瞧不清面容却仍然双目坚毅的重庆卫众人，眼中的温度早已冷却，她缓缓下马，负手站在最前方，挺拔的身形如云间一只仙鹤，神情孤傲，一字一句道：“秦某这条命，你们想拿便拿，能拿得去，便拿。”

对方自是不屑，尾音上挑，分明未将眼前的众人放在眼中：“死到临头了还说大话，就你们这区区千余人能成什么气候？临死前还大放厥词？可以，秦将军尽管放，不然到了黄泉路下可就没人听了。”

秦良玉从小到大经历过形形色色的人的挑衅可绕上全大明好几十圈，所以自然不会将眼前人的话听在心中，也不愿同他啰唆。秦良玉正沉默时，忽听一直站在她身后的一人笑道：“杀她？我同意了吗？”

乍一听这声音，秦良玉的心微微一动，竟有些不敢回头去瞧。

“你们这么欺负她，我可不干哟。”

那人余音未尽，秦良玉便觉一道寒气擦身而过，方才还在对面猖狂之人脖颈上一条血线由小及大，血珠点点渗出，那人的眼睛瞪得极大，整颗头颅向后仰，待脑袋掉落在脚边时，身子还在原地站着。

秦良玉被这一突发情况骇得缓不过神，半晌才回头去看。身后人似乎察觉到她的视线，缓缓抬头，一双眸子笑成了一轮弯月，战盔之下是一张夺人心魄的容颜。

“你……”秦良玉想问马千乘怎么会在此处，但又觉得此时说什么话都显多余。

马千乘的笑意更甚：“不放心你。”而后他的视线偏了些，落到对面人的脸上，“瞧你这模样是认出我来了？”说罢他笑容一敛，“那便对不住了，总不能因你破坏了我与叔父的感情。”

那人上一刻还伸手指着马千乘，震惊得无以复加，下一瞬人便已飞了出去，而后落在一众同僚朝天的长枪之上，整个人眨眼间便没了气息。

两军似乎都安静了下来，私兵一方迟迟不敢动作，脚步有向后撤退之势。马千乘等得不耐烦，正要下令进攻时便见秦良玉击了下掌，这极响亮的一声成功使对方如惊弓之鸟，瞬时间便毫无章法地冲了过来。

秦良玉站在马千乘身后暗笑。马千乘则是无奈地瞧了她一眼：“上次剿杀谭彦相时，也是你在我背后拍巴掌吓唬他们吧？”

秦良玉尴尬地收起眼中笑意，转眼又恢复了淡漠的模样。

娄山关一战，朝廷军死伤大半，私兵一方也没好到哪儿去，杨应龙则趁乱完好无损地逃回了他的骠骑将军府躲了起来，算是保了一命。

王继光回朝复命时，皇帝陛下气得几乎从龙椅上跳了出来，指着他的鼻子喊：“废物！这巡抚你也莫要做了，滚回老家去！”

王继光觉得惭愧得打紧，跪在殿前不敢为自己争辩。

此番朝廷打击私兵一战，以失败告终，以王继光被革职告终，以马千乘辞去重庆卫的职务、回到石砫继任告终。

马千乘回石砫后，秦良玉接过了他的担子，亦因此番征战有功，官升明威将军。

“我新官上任，你来我家坐坐吧。”马千乘临走前，盛情邀请秦良玉，“左右眼下也没什么事，你在这重庆卫中待着不闷吗？”

一旁的卫指挥使终是听不下去了，恨不能一脚踹在马千乘的后腰：“你小子走了便要挖人了？”

马千乘朗声大笑：“大人，好歹这些年我也做了些好事，你便依我一回，让她同我去石砫转转。”

卫指挥使一听马千乘说起他这些年所做的好事，嘴角忍不住要抽搐几下。记得马千乘刚调来重庆卫时，卫指挥使亲自练兵，练兵暨练这些个下属卫所的主官，马千乘自然也算其中一位，卫指挥使清楚地记得自己当时是怎么说的，他严肃道：“带上你们吃饭的家伙，晚上陪你们练练。”

待到了晚上，所有卫所的主官都齐刷刷地站在校场上，有手中持刀的，还有执斧的，唯有马千乘捧着个脸大的碗，里面还放着双银箸，一脸天真地左顾右盼，对着身旁两侧的同僚道：“让你们拿吃饭的家伙，你们怎么带武器来的？戾气太重了，不好不好。”

卫指挥使气得浑身直抖，白眼翻得活似随时要晕过去一般，他指着马千乘克制道：“一会儿你就拿着你这双武器给我去操练。”

最后，马千乘在山上用筷子捕了只野猪，自己偷偷在一边烤着吃了。

回想起这些往事，马千乘嘴角的笑意渐渐加深，竟有沧海桑田之感，那时年少不懂事，不比现下，他再拿着吃饭的家伙操练时，总会带上卫指挥使那一双。感叹归感叹，叹过之后，马千乘继续道：“所以大人是应允了吗？如此便多谢大人了。”

卫指挥使年长马千乘许多岁，也经历过不少离别甚至永别，对此事虽有些麻木，但终归也是不喜欢离别之感的，轻轻叹了口气，摆手道：“去吧去吧，别玩得太久，卫中还是有些事要做的。”

再回石砫，秦良玉自是以秦亮的身份，只是她不再宿在军营，而是直接去到了马府。马斗斛尚在牢狱中未被放出，土司之印由马千乘执掌，所以眼下当家做主的自然是马千乘。

见马千乘回来，覃氏带着马千驷当着众人的面寒着脸行了礼，马千乘也敷衍地抬了抬手，而后便带着秦良玉回到自己的屋子。

“这几日家中大约会有许多人登门，想想便觉得很烦躁。”马千乘进门后便顾自靠在床边，“不过想到你也会跟着烦躁，我这内心还是有些欣慰的。”

秦良玉冷哼一声，马千乘出狱后继任，马家其余人自然是要来拜访拍马的，其余各路官员也要来拉一拉关系，思及这些旁门左道，秦良玉恨不能将陆景淮一并叫过来，让马千乘领教一下陆老师的厉害。

收到马千乘回石砫的消息，众人于隔日一早便从四面八方争先恐后地赶来，不一会儿马府便已被官员们围得水泄不通，有些位阶低的，只能站在门口观望。正在场面有些混乱时，忽见不远处有一辆马车停下，不多时见一人缓步从马车上走下，面上端的是肃穆，那身衣着瞧起来也不是普通人家能穿得起的，大家皆识相地让出了一条道路，纷纷驻足打量。

来人乃杨应龙的管家，专奉杨应龙之命来祝贺马千乘的。马家管家得知来人身份后，小跑着过去将人迎进府内。马千乘此下正与四川布政司同重庆府来的几位高品阶大员在后园看戏，听下人禀报杨应龙的管家来了，品茶的动作一顿，想了想，还是与其余几位大人道明情况。杨应龙近日虽是惹了一堆的烂摊子，躲在家中不敢出门，但毕竟树大根深，有着先前几次有惊无险的前车之鉴，众人暂且还不敢落井下石，在见到杨应龙的管家时，虽不热情，但到底没有冷眼相待。

杨应龙的管家对此阵仗早已是司空见惯，极其淡定地给众人行了礼，又奉承了几句话，而后直接道："草民便不打扰各位大人雅兴了。"

马千乘瞧了他一眼："你舟车劳顿，想必早已疲惫，去歇歇脚吧。"

管家又恭敬行了一礼，随马家下人向院内走，堪堪入了院门，便见覃氏领着小儿子马千驷从主屋方向走来。两人四目相对，覃氏面色淡然，两人擦肩时，管家快速朝覃氏手中塞了张字条，动作极快，场面并无异样。下人自然垂首，似是没有发觉，几人均是镇定自若，管家俯首行礼，拜过覃氏。

马斗斛不是傻子，双耳也不聋，在他还未进牢狱前，有关自己妻子同结拜兄弟两人的传闻多多少少也听过几个版本。初次听说时，他自然是沉不住气，直接质问覃氏此事是真是假。对于他此问，覃氏是满面委屈，哭哭啼啼说马斗斛没有良心，不信枕边人却听信一些没有影子的事，为此还闹过回娘家的戏码，吓得马斗斛再也不敢提这些事。毕竟这些年来，不管马府内务还是其余大大小小诸事，皆是靠覃氏在他身后出谋划策，单就攀上杨应龙这根高枝从而稳住他在石砫的地位一事来瞧，他也并不想失去这位谋士。但马斗斛不提是一回事，此番这事摊在马千乘眼前又是一回事。在从假扮马府下人的肖穹那里得到消息时，马千乘正在其余几位高官悄然打探的目光中淡淡然看着戏。

覃氏此番带着马千驷是要出门买些随身的物品，因眼下与往日的地位大不相同，马府中的人全换成了马千乘的眼线，覃氏生怕自己同小儿子被人加害，遂吃穿用度全是亲自去采办，这边同那杨应龙的管家行过礼后，她便带着小儿子马千驷走了。出了马府，覃氏与马千驷缓步徐行，也不知是不是马千乘回了石砫的缘故，她瞧着这街道上的景象都比往日繁荣了许多。

石砫街上的铺子要比附近几个州县的多些，鳞次栉比，多是以条幅一头钉在小楼二层，尾部垂在大门旁，以绳固定，上书“西北两口皮货发客”等字样。也因石砫街上铺子多，闲来无事的秦良玉今日心情好，又不想待在马府瞧着那伙人虚与委蛇，凑巧见覃氏母子出门，脚步一转便也跟在二人身后在街上闲逛。远远见两人进了一家铺子，秦良玉想也不想也朝那铺子门内走，迈步间却瞧见覃氏与马千驷从门内出来，两人身后还跟着一个人，那人眉眼间皆是小心翼翼，回话时亦是十分谨慎。秦良玉不便打招呼，急忙背过身去，凑巧身边路过个卖折扇的，她伸手取下一把扇子遮在面前，听覃氏平静无波道：“你回去告诉他，这事我知道了，但此法他确定可行？我瞧着怎么不太稳妥，估计效用不是很大。”

那人回：“回夫人的话，大人确定此法可行，大人的意思是，他眼下已接管石砫，言行举止自是要格外注意，这事瞧起来虽不是什么大事，但若败坏了他的名声，百姓自是不会再拥戴他。”

秦良玉闻言，心当下一沉，手跟着一紧，接着便听手中扇骨一声清脆声响，她同卖扇子的小贩俱是一愣。小贩方才便见她行迹鬼祟不像是什么正经人，以为她要买扇子，便也耐着性子让她把玩，眼下这扇子未买却被损坏，他自然是不干了，登时嚷嚷开来：“我说你这个人是怎么回事？这扇子你必须得买下来！”

秦良玉被他这一声吼吓了一跳，急忙伸手去捂他的嘴，见他要反抗，又从身上摸出些铜板，一边扔到他手中一边咬牙道：“买买买。”

小贩是只认钱不认人的，一瞧见铜板，顿时眉开眼笑了起来，不禁点头弯腰朝秦良玉报以和谐、谄媚之笑。见他情绪稳定下来，秦良玉这才放开手，悻悻地将折成两半的扇子收到怀中，而后回头观望，见覃氏同那人已走远，心中不禁五味杂陈。她倚靠在放扇子的架子上，正凝神细思马千乘过往种种，不料小贩卖完扇子推车要走，她反应不及，尊臀又被蹭了一下，只觉两团肉一阵热辣，再也不敢多耽搁，一瘸一拐地回了马府。

因有了石砫土司马千乘的近侍这一头衔，又加之秦良玉面相英俊，马府众人对秦良玉异常喜爱。她平日虽说常冷着张脸，但这并不妨碍众人对她嘘寒问暖。见她从外面回来，大家纷纷迎上前来搭话，有些岁数大的阿婆还将从马千乘那儿顺来的枇杷塞给秦良玉，问："外面是不是太热了？快吃些枇杷解渴。"

虽知道大家都是好意，但秦良玉还是觉得十分慌张，有些不会应对这样的场面，微躬着身子从阿婆手中接过枇杷，满脸慌乱，忙摆了摆手："没……外面不热。"而后她避开众人，独自朝屋中小跑而去，正要坐在椅中歇息歇息，又听见门口传来一阵响动，费力扭头一瞧，见一位很是面生的小哥站在不远处对她道，"秦公子，我家夫人有请，还望公子随我走一趟。"

秦良玉转过脸，边吃枇杷边问："你家夫人是谁？"

那人笑回："自然是马夫人覃氏。"

一听是覃氏，秦良玉已猜出对方叫自己的用意。自打她与马千乘来了石砫，两人几乎是形影不离，按理说，近侍与主人本就不能离太远，这么瞧来，似乎也没什么。但坏便坏在马千乘他多番对自己动手动脚，且频频被覃氏瞧见，所以今日覃氏来找她，她一点都不诧异，但总觉得这时机有些不对，马千乘他不老实也不是一两日了，怎么覃氏偏偏今日与那人碰过面后便来找自己了？再想到覃氏同那人之间的对话，秦良玉觉得杨应龙口中所谓好用的法子，大约是与自己有些关系的。思及此，她慢腾腾地转过身，神色冷寂："下次有事早些说。"

马府中，马千乘等人在饭堂吃饭，覃氏身为女眷不便入席，便稳坐在自己房中候着秦良玉。

秦良玉原本沉稳地跟在那人身后，待瞧见覃氏的门后，故作为难道："我堂堂男儿，就这么光明正大地去你们夫人的屋子，不好吧？"

小哥回头望着她："难不成公子心中有鬼？"

秦良玉想起覃氏笑时眼中的阴沉，便觉兴趣索然。对着覃氏，她着实是心中有鬼不起来，当下连连摆手："你家夫人比鬼还要厉害一些。"

秦良玉的音量并未控制，覃氏自然听得一清二楚，她几乎咬碎了一口银牙，半晌才扬声道："请秦公子进来。"

小哥将门推开，待秦良玉进去后，又将门关死，"嘭"的一声，带得门口流苏跟着涌了一下。

覃氏此时瞧着倒是和蔼，指了指左手旁的铁力木雕牡丹的椅子："坐。"

秦良玉瞧着她，淡淡道："就这么站着吧，夫人有事直说便可。"

覃氏淡饮一口清茶："我知道秦公子也是性情中人，我便不转弯抹角了，有关你同肖容的事，我是知道一二，但不知秦公子对我与肖容的关系知道多少？”

秦良玉皱眉：“大人同夫人的家事，在下自然是不知。”

覃氏轻叹了口气：“我知道秦公子眼下是对我欲棒打你同肖容这对鸳鸯一事有怨怼，但我为人妻、为人母的，见自己孩子走了歪路，自然要向正道拉一拉。”

秦良玉见覃氏满面的虚伪似是浑然天成，直接闭口不言，少顷又听覃氏继续道：“但我今日上街，听说了一家富户的公子因家中不同意他与另一个孩子的事便于家门前自尽了，突然觉得，其实两个孩子之间有真情才是最重要的，其余的，比如说这个性别，倒也显得不是那么重要了。”

秦良玉闻言细细回想，今日在街上似乎并未看见这一出戏码，这才幡然醒悟，覃氏这是要下套了，但真正的意思应当是要撮合她与马千乘？但这与覃氏以往对自己的态度比起来，似乎转变得有些快了。秦良玉不急着答话，陷入沉思，按覃氏现下这本子来说，这戏码的发展也不外乎于，她想将马千乘拉下土司之位，所以苦苦相劝此事，若将自己与马千乘劝成了一对，那自己便要对她怀揣感激之情，再说马千乘同自己好了之后，势必会传出一些不利于他的传闻，如此一来，她便可以顺势拉马千乘下水，转而扶马千驷上位。

秦良玉越想越觉得好笑，覃氏这当真是一箭双雕。她深知若将两人隔开，那必然是无机可乘，倒不如放任他们胡作非为，倒能为她获取些利益。

覃氏话落许久也不见秦良玉答话，面色便有些沉了下来：“我不知秦公子还有耳疾？”

“母亲不知道的事还多得很，不如让儿子一一与你说清。”

马千乘的声音突然响在门外，如一片不起丝毫波澜的死海，平静异常却使人不禁生出恐惧之意。

覃氏亦是面色大变，原本随意搭在扶手上的手倏然使力，手背上青筋直跳。

马千乘推门而入，腰间挂着佩剑，周身带着肃杀之意，一双眸子淡如碧水，静静望着椅子上的覃氏，话却是对着秦良玉说的：“你去我房中等着。”

秦良玉反应慢了一拍，在马千乘的扫视下才应了一声，而后退出了房中。原本她还想扒门缝听听母子二人的对话，但回头见院中皆是下人，且一双双眼睛全黏在自己身上，也便不敢造次，乖乖朝自己房间而去。

屋中一时只剩母子二人，覃氏见马千乘背光站在自己身前，不说话也不动，心中不自觉有些惧意，硬着头皮开口问：“你……你怎么过来了？”

马千乘轻笑一声，在这过分静谧的屋中令人胆战心惊，他道：“我若不过来，不知您还要同她说些什么？”

覃氏面色愤愤：“我说什么难道还要同你说不成？你若无事便出去吧，与我有什么话好说？”

一抹失落之色在马千乘眼中骤然划过，他闭了闭眼，再睁开时，面上又恢复平静淡漠，他沉声道：“自然，我与你从未有什么话好说过，我唤你一声母亲，是敬你生养之恩，若你再执意如此，莫要怪我不念与你的情分。”说罢他利落转身，再也不瞧覃氏一眼。

见马千乘的影子自窗纸上消失，覃氏这才缓缓舒了口气，身子一软，整个人靠在椅子上，良久才扶住额头，面色苍白。

马千乘没有急着回到前厅赴宴，而是去了秦良玉的房中，见秦良玉正负手在书架前沉思，问道：“想我呢？”

秦良玉瞟了他一眼，见他一副气定神闲的模样，问：“你怎么不去吃饭？”

马千乘斜倚在床上：“有我没我都是一样，不用急，倒是你，怎么谁叫你，你都跟着走？以往在忠州时也是这样？”

秦良玉尴尬地咳了一声：“他说是马夫人来请，我不好推托。”

马千乘轻笑一声：“是不好推托还是好奇？”

秦良玉的尴尬更甚：“而且我也好奇马夫人找我到底所为何事。”

“那现下知道了？她找你所为何事？”马千乘眉眼间满是玩味，“以后学乖点，若有实在推托不过的事，你让肖穹来找我，在这马府有些事，你自己多加小心。”

秦良玉闻言应了一声，片刻又道：“今日在街上逛时，我忽然福至心灵，觉得眼下边界战事不断，我好歹也算是军中一员，届时也能派上用场，不如就此告辞吧。”

马千乘大笑三声，而后笑容一敛，拂袖而出：“做梦吧你，我自己待在这龙潭虎穴你也放心？等确定我安然无恙了，我自然让你回去。”

秦良玉一时失语。

马千乘若说了不让秦良玉回重庆卫的话，秦良玉相信，那她是定然走不出这石砫的，而且她也不是真心想走，毕竟眼下还未摸准杨应龙是什么意思。便如马千乘所说，将他自己扔在这龙潭虎穴，似乎是有些不厚道。回想起还未从重庆卫启程时，秦良玉让柳文昭同李玉跟着，那两人连连摆手的模样，秦良玉一阵唏嘘，这些人想必早已料到石砫这边的烂摊子没人收拾，情况颇为棘手，所以果断弃她于不顾。世风日下，人心不古啊，唉。

傍晚时分，将府上人送走，马千乘终于脱身，面色稍有疲乏，他从前堂直接转往自己的卧房，路过秦良玉的房间时，脚步一顿，想了想还是进了屋。

“方才骠骑将军来了信，说他眼下处境实在尴尬，不便前往，想请我过府一叙。”

秦良玉的视线从桌上的白木中转至马千乘的脸上，面无表情道：“你是没死过？”

马千乘咂舌：“我的确是想去瞧一瞧，但并未说要光明正大地去，我们可以跟着他的管家，如此也没人注意。”

秦良玉觉得他所说的法子虽说可行，但这节骨眼上去瞧杨应龙，总觉得有些不妥。但换个角度想，杨应龙此战后，自然被皇帝陛下列入了拒绝往来的人员名单，日子想必不好过，有道是由奢入俭难，他过惯了奢华的生活，让他往后一切从简，他自是不能忍受，是以必然会还击，若眼下去播州，应当能打探到一些消息。涉及大明之事，在秦良玉看来通通没有小事，当下将手中白木一扔：“什么时候走？”

马千乘是位重度拖延症患者，从他接到杨应龙的邀请之后，直至动身那日，已足足过了七日，若不是秦良玉在旁边一直催促着，想必他会拖到地老天荒。当然，这也不能完全怪他，这几年大明发生的事太多，特别是又少了播州的税赋，对于原本便已不富裕、连打赏个人都要打白条的皇帝陛下来说，日子更拮据了。为了不至于再这么拮据下去，他准备将播州的税赋平摊到其余地方，每个地方稍微增加那么一些些，他便可快活上好几日，可他自己倒是快活了，有些贫瘠地区的百姓便不高兴了。原本这税都已不低了，现下又增，这日子还能不能过了？遂大家将吃饭的家伙一扔，准备反抗了。当然，这反抗也不敢太大规模，毕竟没有资金加持，而且不知有没有拥护者，初时大家只敢小范围地聚在一堆抗税。这一堆、那一堆，这势力便大了起来，眼下这势力已有接近石砫之势，马千乘新官上任，自然不能放任不管，便因压制欲参与抗税之人一事，耽误了去播州之事。

如马千乘所说，两人此番去播州，乃是微服私访，扮成家丁的模样，倒是未引起什么人的注意，待到了杨府，两人不禁面面相觑。现下杨府入目乃是颓败之象，哪儿还有先前那阔气的模样。

“大人请。”管家微微俯身，将二人迎入门内。

马千乘走在前面，见杨府下人一个个皆如临大敌，连走路都战战兢兢，似乎是担心随时有朝廷军冲进来将自己就地诛杀，身上的衣裳也不复往日那般光鲜，浑身满是很久没拿到工钱时的怨气。

自打杨应龙被朝廷列入不受欢迎名册之后，骠骑将军府也不见前来拜访之人了，连播州的大门亦是紧闭，里面的人别想出去，外面的人想进来也要经过严格盘查，连杨应龙的几个儿子都被召了回来，父子几人加上孙时泰等爪牙，日日待在府中想着对策，日子越发难熬起来。

听下人通报马千乘已到府中，杨应龙几人从花园中的石桌前起身，一齐迎了过去。见马千乘与秦良玉远远走来，杨应龙驻足不前，待马千乘到了身前才笑道：“还没恭喜贤侄继任石砫土司位。”

马千乘谦恭地行了一礼：“实在不是什么值得恭喜之事。”

外面日头正烈，热气拢在几人身上，但这气氛实在是让人感觉不出有什么热意。

秦良玉整个身子被马千乘挡在身后，却仍能感受到来自对面打探的目光，她微垂着头，一副乖巧的近侍模样。此番她既然敢同马千乘来播州，那必然是做好了万全的准备，临行前同柳文昭学了好几手姑娘家涂抹面容的技能，所以杨应龙几人单从她的外观上是瞧不出什么端倪的。

“难为你在这个时候还能来瞧叔父。”杨应龙见马千乘对继任一事不感什么兴趣，不动声色地转移了话题，再开口前先环视了杨府一圈，“唉，这一切都不比先前了。”

马千乘笑了笑，视线同孙时泰的对上，而后又淡然落在杨应龙几个儿子身上，不再开口。

“快，进屋歇歇。”杨应龙侧了侧身，将路让给了马千乘。

进到屋后，马千乘明知故问：“我方才来时见播州城门紧闭，不知这是为何？”

杨应龙面色微微一变，答不上话来，还是一旁的孙时泰解了围：“眼下朝廷对大人误会颇深，这也是迫不得已的自保之法。”

马千乘应了一声，一副恍然大悟的模样。几人就这朝廷“误会”杨应龙一事又聊了许久，马千乘面上尽是惋惜之态，瞧得秦良玉恨不能一巴掌拍在他脸上，待与马千乘回了房间，这才卸下一脸的平和，转头盯着马千乘：“我们下一步该如何做？”

马千乘一边将衣裳的领子微微扯开些，一边道："等。"

杨应龙在这个时候将自己叫到播州来，定然是有他自己的打算，马千乘现下还看不出杨应龙的盘算，所以只能等。

秦良玉站了一天，此时有些累，顾自坐在椅中："你不觉得这是调虎离山之计？"

马千乘挑眉瞧着秦良玉，瞠目道："你越发聪慧了。"话语中毫无真诚之意，一瞧便知是敷衍。下一瞬，他又理了理衣袖，"他是欲助我母亲夺回土司印罢了。"说罢从他袖口中掏出个物事漫不经心地把玩。

秦良玉沉默了会儿，问："你什么都知道了？"

马千乘不置可否，换了个姿势继续摆弄那东西，头也不抬："你不要一直瞧着我啊！我没什么感觉，毕竟没有失去什么。"

失去乃是因得到过，但他似乎一直未得到过什么，又谈何失去？

秦良玉彻底不吭声了，视线随着他的动作落在他的手中，起初是不经意扫了一眼，片刻之后整个人却神情一震，上前一步将他手中的东西抢了过来："这是另一半兵符？"

马千乘抬了抬眼："眼下是该这么称呼它。"

秦良玉又从怀中掏出她先前得到的兵符，将两块兵符摆在一起，见兵符呈圆形，通体光滑，入手异常清凉。

"你是如何得到它的？"

"你以为肖穹这几年是在忙什么？"马千乘向前走了几步，顿了顿，"这两块你都拿着吧。"他站在秦良玉身后，探头瞧了一眼，"自己当心些。"

秦良玉转身去瞧马千乘，回身时，嘴唇堪堪与马千乘的对上。秦良玉愣住了，愣得惨绝人寰，正要撤开身便被马千乘揽住了腰，马千乘另一只手托住秦良玉的后脑，加深了这个出其不意的吻。

秦良玉虽面对千军万马时能泰然自若，但眼下这情况她当真是从未遇见过，一时只觉身子有些软，却也不想推开马千乘。良久，马千乘有些把持不住，这才咬牙将秦良玉微微推开了一些，眼底的欲望似狂风暴雨，后渐渐归于平静："良玉，我……"

秦良玉此时才像从梦中惊醒一般，一下将马千乘的脸推开，粗着嗓子道："别说话。"

她脑海中满是方才两人亲吻的画面，一脸的悔不当初，不知自己方才是怎么一回事，一张脸通红，身为一个世俗眼中愁嫁的剩女，她觉得自己的表现不应该是方才那样的。

马千乘被她那一嗓子吼得不敢说话，生怕她反应过来后将自己一顿好揍，想了想，淡定道："我有些饿了，出去找些吃的。"说完他脚底抹油跑了，活似身后有鬼追赶一般。

因这一吻，两人有两三日皆是避而不见，严格来说，是秦良玉躲着马千乘，接连躲了好几日，直到这些日子忙得焦头烂额的徐时找上门来，两人这才算又碰上面。

"徐叔，你怎么来了？"马千乘见徐时面色有些不对，将他请到屋中，"是那边发生了什么吗？"

徐时扯过袖子擦额头上的汗："我是顺道过来的，你不在的这几日，石砫满是有关你二人的传闻，传得不堪入耳。"

马千乘又问："只有石砫的人知道吗？"

徐时点头，语气有些欣慰："是啊，好在现下只有石砫的人知道。"

马千乘似是有些遗憾："这些人办事太不严谨了，这分明是瞧不起大明其余地方的百姓，怎么能只有石砫有这个殊荣呢？这种事应当人人都知道才对。"

徐时被马千乘的态度惊到了，不知他要做什么，却知马千乘心中自有定夺，忐忑之余便没有多言，只是道："夫人现下要你同良玉快些回去。"

告别杨应龙，三人回去时不约而同选了骑马，速度自然是比乘车要快，一路风尘仆仆到了石砫，却见覃氏已端坐在正堂，手旁杯中的水尚冒着热气，轻烟袅袅，竟是避开她的身前。见马千乘同秦良玉归来，她眉头紧紧皱在一起，神色漠然中又显出一抹幸灾乐祸之态。不用细想，马千乘也知道覃氏这副样子是要做什么，也不急着开口，先是行了一礼，而后静待覃氏发话。

"荒唐！"覃氏猛一拍桌子，桌上那杯子晃了晃，大部分水洒在了桌面上，有几滴还溅到了覃氏手上，覃氏见状掏出帕子将水擦去，而后坐回原处，冷言道，"你们二人当这是什么地方？！"

秦良玉从进了这屋子便是一头雾水，这时更是被覃氏一口一个"荒唐"给说得摸不着头脑，若她未记错，先前覃氏似乎还想撮合她同马千乘，现如今怎么好端端又成了这副模样？她悄悄瞥了眼马千乘一眼，见对方朝自己眨了眨眼，似有玩味之意，便冷冷地收回视线听训，顺道侧了侧身子，不去瞧马千乘。

马千乘担心覃氏朝秦良玉发难，装模作样开了口："不知母亲此番叫我回来所为何事？"

沉默了许久，覃氏这才发了声，因摸不到桌子，她只能一掌拍在自己大腿上，借外部响动来树立自己的威严："这时候装傻充愣还有什么用？！你二人肩负着什么职责难道你们心中不清楚？先不说你二人这肮脏的关系，单说马千乘你乃一方诸侯，擅离职守的罪名你担当得起吗？！"

秦良玉原本便对覃氏没什么好印象，此时从她口中听到"肮脏"二字，更是想大笑出声，但顾虑到她毕竟是马千乘的母亲，所以做事前亦要考虑到马千乘的心情，若她贸然开口大笑，吓疯了覃氏，那便不好了，所以也没有开口反驳，只抬头瞧了她一眼，而后又低下头去。

马千乘不动声色地将秦良玉半个身子遮在自己身后，从容开口："此番去播州乃是受骠骑将军杨应龙所邀，我不敢不从，只是事出紧急，未及时同母亲说明此事，的确是我有错在先，但这司中大小事务走前我已与下属交接，实不存在擅离职守一说。"

覃氏见他打起官腔，说得又确实在理，如果再要追究下去，那么她便要去找杨应龙算账了，当下将话锋一转："我本也没想追究你这事，此番叫你们回来，难道你二人心中不明白？"

秦良玉自然是不明白，只觉几日不见覃氏，她越发讨人嫌了。秦良玉再也按捺不住了，问："敢问夫人，我们应当明白什么？"

秦良玉的语气还算和气，只是毫无波澜，但覃氏却不这么想，她正愁找不到出气口，秦良玉此话一出，覃氏一记冷眼便扫了过来："你二人交龙阳之好，眼下军中已尽人皆知。怎么，你还想狡辩？！"

覃氏这番话说得秦良玉一脸茫然，她淡然道："我同大人不是你们听闻的那种关系，夫人不是知道的吗？"

马千乘之所以一直未开口，便是因为不想澄清两人的关系，此时听秦良玉毫不犹豫地出口否认，当下心一沉，此时才面无表情地抬眼同覃氏对视，眼中蕴藏着狂风骤雪，面上好似结了层冰："哦？有人胡乱传话，是我管教不严。"

覃氏闻言面色并未有所缓和，今日她将两人叫回来，便是因马千乘好龙阳的消息已不胫而走，对他仕途影响甚大。棋局已定，也不怕马千乘捣乱了，毕竟当初她差人将此消息传播出去后，石砫宣抚司及僚属都站在马千乘那一边，说近些年世风日下，这龙阳之好亦是屡见不鲜，夫人应当以大局为重，睁一只眼闭一只眼也便罢了，毕竟马千乘于石砫而言，是主心骨、顶梁柱，有了他大家便可高枕无忧，但覃氏与他们的想法不同，自打她听说了大家站在马千乘那边这事，便一直派人四处诋毁马千乘，话中之意不外是，马千乘身为石砫宣抚使袭承之人，自然要品行端正，应无一点瑕疵才是，若这有龙阳之癖一事广为人知，那么军中必然大乱不说，日后给外人也留下话柄，简直是有辱祖上之威名，损了马家百年之根基。凡事要与家族扯上干系，那自然是要被重视的，先前站在马千乘那边的人的立场渐渐便有些不坚定了，所以便有了今日这么一桩事。

马千乘轻描淡写解释过之后，但见覃氏尚是一脸愤愤之意，她厉声道："你说是乱传话便是乱传话了？如何证明？"

马千乘"啊"了一声："并不能证明。"

并不能证明便意味着覃氏可以将此事添油加醋越传越广了。显然，覃氏也并不准备放弃这个机会。不过三日，马千乘与近侍交龙阳之好之事便传到了京中，进了京城的门直奔皇帝陛下的龙耳。皇帝陛下的反应在情理之中，他十分生气，一掌拍在桌子上："放肆！你们要羞辱寡人也不必扯上马千乘！"

众人一头雾水，有人解释："启禀圣上，大家并没有羞辱您的意思。"

皇帝陛下又截住他的话头，因征税征不上来所以憋了好久的火终是找到了宣泄之处："别以为寡人不知道你们在想什么，你们好大的胆子，去将这散播马千乘谣传的人给寡人捉进宫中来，寡人要好生地问问他，谁给了他这么大的胆子，竟敢消遣起寡人来了。"

在众臣看来，皇帝陛下这通火发得委实是莫名其妙，毕竟这谣传说的是马千乘，与皇帝陛下的确是沾不上边的。但皇帝陛下可不会这么想，他只觉得是有有心人在影射他在宫中养男宠之事，自然是咽不下这口气。当年他好女色，大家要说；如今好男色，他们更是过分。恍惚之间又想起之前雒于仁所上的奏疏中的内容，皇帝陛下越想越气，直想将这搅浑水的人千刀万剐。

覃氏一收到此消息，当下傻了眼，急忙修书求助杨应龙。闻讯后的杨应龙亦有些发蒙，最后还是孙时泰最先恢复镇定，随意找了个替罪羊给京中送了过去，这才保了覃氏一命。但因此事，覃氏不敢再光明正大地同马千乘作对了，所以马千乘也过上了些好日子。

马千乘继任宣抚使一职后，马府时不时仍有达官显贵前来探望祝贺，马千乘可以说是日理万机，分身乏术，更勿要提陪着秦良玉了。好在秦良玉独来独往惯了，现如今又为自己找到了新的活计，这便更用不着马千乘了，两人身处同一府，也便只有晚上才有机会见一面。

“今日你都做了些什么？”马千乘带着一身的疲惫回到马府，习惯性直奔秦良玉的屋子。

秦良玉此时正望着桌上的烛台发呆，少顷才眨了眨眼，沉吟道：“嗯，在街上逛了逛。”

马千乘失笑：“今日怎么没跟着我母亲？”

秦良玉抬眼瞧了瞧马千乘，敷衍道：“想换件事做。”

马千乘咂舌：“这几日是不是很无聊？我这边事情有些多，前些日子刚压下去的抗税一事现下又有死灰复燃的苗头。”

其实在今日之前，秦良玉确实觉得日子十分无聊，但自打今日之后，她觉得日子仿佛又多姿多彩起来，让她重新燃起对生活的希望的人正是马千乘他亲娘覃氏。这个富有神秘色彩的女子，以一种极其特别的方式，成功地引起了秦良玉的注意。

原来今日秦良玉照常偷偷跟在覃氏身后出了门，这当真不是她八卦，而是覃氏太过狡诈，她怕马千乘应付不过来，所以为他分担一些事情。今日的覃氏与往日不同，她的脸上带着莫名的笑容，此笑容比往日瞧见马千驷时还要灿烂，这实在是让秦良玉找不到拒绝跟踪她的理由。

覃氏出门便上了马车，直奔邻县的一个偏远的小村，瞧这情形，应当是去见人的。秦良玉一路不动声色地跟随，到达地点之后，趁人不备直接上了房顶。这小村着实有些穷乡僻壤之意，连房子都是茅草房，秦良玉趴在一个地方便不敢轻易移动，若不当心掉下去那便很尴尬了。她趴稳后，小心将草扒开一些，瞧见屋中覃氏怀中抱着个一岁左右的小男孩，那男孩眸子晶亮，只吮着手指瞧着覃氏笑。

“夫人您放心，小少爷在这儿过得很好，大人说了，眼下他自顾不暇，让奴带着小少爷暂居此处，大人还让您少往这儿跑，省得被人发现了去。”一位瞧起来似乎是奶娘的人在一旁忧心道，“现下时机也不成熟，若这孩子被人发现，那便大事不妙了。”

“闭嘴！”覃氏的笑容凝在脸上，“你知道些什么！”

奶娘不敢说话了，拉了拉衣摆，急忙退到了一边。

秦良玉觉得自己这小半辈子虽然内心很狂躁，但脸上始终没有出现过什么表情，难免有些遗憾，但就在今日，她觉得自己终于是个活生生有血有肉的人了，她有表情了，虽说表情大约不是很好看，但她已没有遗憾了。

从房顶爬下来，一直到回到马府，秦良玉面上的表情如天上瞬息万变的云朵，瞧得马府的下人一愣一愣的，在目送秦良玉失魂落魄回到自己房间后，都聚在暗处讨论。

“是不是大人始乱终弃了？你瞧秦公子那一脸生无可恋的样子，当真是揉碎了人的心肠。”

“呸！你就瞧咱家大人对秦公子那副腻歪的样子能抛弃秦公子？依我瞧，定然是秦公子的老相好回来了，所以秦公子将咱家大人抛弃了，唉，我当初就不看好他们，你说秦公子那么优秀的一个人，怎么会死心塌地跟着咱家大人呢！”

“非也非也，我瞧秦公子这副模样好像是……在外面搞大了女人的肚子，被人家姑娘的爹追了好几条街的样子啊！”

当然，这些对话秦良玉此时已通通听不见了，她现下只想要一个人来告诉她，覃氏抱着的那个孩子到底是谁的？

马千乘回来时，她仍在思考这个问题，但实在是没法开口问他，马千乘现下在秦良玉心中只是一个表面风光、内心沧桑的易碎品，她生怕自己这问题成为压死骆驼的最后一棵稻草。

马千乘见秦良玉今日实在有些不对劲，拉开她身边的椅子坐下，正色道：“发生了什么事吗？”

秦良玉攥了攥拳，矢口否认：“没有。”

马千乘深谙秦良玉这性子，知道秦良玉打定主意不说的事那必然是问不出来的，只好作罢：“没有便没有吧，时候也不早了，你早些歇息。”

此时秦良玉哪儿有歇息的心思，将马千乘送走之后，躺在床上翻来覆去地想着那个孩子，若那孩子是覃氏与杨应龙的话，那覃氏的如意算盘打得委实太响了。她首先将石砫宣抚使一职夺到自己手中，继而留给马千驷，待那小孩再年长些，她说不定又要将这位子从马千驷手中收回，再给这个孩子，如此一来，这四川便放不下杨应龙了，届时他便要上天了。但话又说回来了，这孩子若当真是覃氏同杨应龙的，那是什么时候生的？竟避过了所有人的耳目。

因心中揣着事，秦良玉一整夜没怎么合眼，左等右等不见天亮，干脆起床锻炼，此时空中不见一丝光亮，空气亦有些闷，秦良玉磨磨蹭蹭出了门，刚行至游廊拐角便同穿戴整齐的马千乘撞到了一处。

“做什么好梦了？今日这么主动？”马千乘顺势将秦良玉揽在怀中，任凭秦良玉如何挣扎都没松手。

秦良玉一张俊脸在红与黑之间变化，末了冷着脸开口：“从前有个人这么抱过我，他坟头的草现如今已经比你还要高了。”

马千乘将下颌搭在秦良玉头顶，知道她在胡诌，“嘿嘿”笑了两声：“坟在哪儿呢？我一会儿去除除草。”

秦良玉：“……”

察觉到怀中人的气息越发冷冽，马千乘识趣地放了手，并在同时闪身避开秦良玉，停在距她五步开外的地方：“罢了，不逗你了。”说罢他细细打量了秦良玉一阵，见她在这个时辰一身劲装出现在门口也知她是要去锻炼，脚步一转，“走吧，我们顺路。”

秦良玉虽说刚被人吃了豆腐，但此时心中想的却是他马千乘的胸肌竟比自己的要结实，这让她有些不服。两人向外走时，秦良玉又盯着马千乘的前胸瞧了好几眼，瞧得马千乘有些不自在了，双手挡在胸前：“你往哪儿看呢？”

秦良玉这才轻蔑地收回视线，见他一身常服，面上还带着困顿，问：“你这么早便去宣抚司？”

马千乘头疼地揉了揉眉心：“我刚接掌土司印，有些脱不开身，让你同来本是想好好带你逛一逛的，但眼下瞧着大约是没什么时间了。”

秦良玉点头：“正事要紧，我昨日听你说抗税又有复起之势，在这节骨眼上，万事都不能想得太简单。”

马千乘应了一声，而后道：“我现已不在重庆卫，你莫要太想我，若是实在想得受不住，不如我们成亲，这样你便可以日日夜夜都与我在一起。”

秦良玉不受控制地翻了个白眼，见马千乘越说越陶醉，简直是已经沉沦在自己的梦中，一掌糊在马千乘的脸上：“醒醒。”

马千乘被秦良玉这一掌拍得身心俱疲，按着前额不再开口说话，待行至宣抚司门口，马千乘回身瞧着秦良玉：“不如进来坐坐？”

话音未落，便听远处传来一阵熙熙攘攘的声音。天色尚沉，此时在街道上出现此类声音自是不正常，两人一同眺望，见远处宣抚司的差役押解着一行人走来，口中骂骂咧咧地道：“格老子的，你们起早贪黑地出来闹事，那人给了你们多少钱？”

原来是支持抗税的百姓准备趁天色早聚众闹事被一直蹲守在各个据点的差役发现了，正要送往宣抚司的牢狱。

“哼，现下可不止老夫这一伙，全天下支持抗税的多了去了，你们抓不过来的。”

差役气得想抬手去打，手还未落便见马千乘负手站在不远处，身上披着晨雾，面容瞧不清晰，但那股凌厉之气是无论如何也掩饰不住的。他苦了脸，原本马斗斛掌印时，这日子还好过些，现如今换了年纪小的马千乘，众人倒觉得泰山压顶般的窒息感扑面而来了，马千乘手上沾了多少鲜血他们都是清楚的，在这样人的手下干活，若是一个不当心，那便是万劫不复了。思及此，差役加快脚下步伐，押着一干人去到马千乘面前。

“参见大人。”他行了一礼，主动将情况向马千乘说明，末了邀功道，“属下这几日便瞧这一伙人鬼鬼祟祟，遂跟了他们几日，今日才将他们如数缉拿。”

马千乘略略一挥手：“辛苦诸位，先将人押下去。”

目送一众人离开，秦良玉收回视线，道：“今日我便回去了。这抗税之人比比皆是，忠州那边想必也少不了，我回去转一转。”

此次分别不同以往，马千乘心上似乎缺了一块肉，总觉得有冷风趁空钻进了心中，百骸俱凉，他想了想，最后璀璨一笑：“也罢，待这阵风头压下去了，我去找你。”

眼下两人的传言在石砫亦是沸沸扬扬，马千乘虽借皇帝的刀斩断了谣传，但大家也只是表面不再提而已。这事若再闹下去，终归是对他不好的，所以秦良玉这次要走，他并未强行挽留。

石砫距忠州不远，秦良玉独自上路。为方便顺道查看百姓抗税一事，她并未乘车，而是一路骑马而行。说到胯下这马，秦良玉心中苦不堪言，这匹马乃马千乘前几日所送，马是好马，毛色锃亮，赤中带白，仿似桃花，是马千乘从兀良哈一户专为军队供应马匹的人家买来的，只是这马的性子同马千乘一般无二，有些无耻，你若想骑它，必然要好生与它亲近一番才好，若是能再喂它些玉米、熟豆之类的它便更乖顺了。自打得了这匹名马，秦良玉便养成了在身上揣玉米和熟豆的习惯。当然，这也是个好习惯，在她饿了还犯懒时，可以抓些熟豆吃，前提是要忍受这匹马的白眼以及随时可能罢工的抗议。

秦良玉一路骑着桃花马往忠州走，行至一半时觉得有些不对，路上时不时便有不少衣衫褴褛的百姓，若说他们是流民又不尽然，毕竟他们身上还带着些愤恨。秦良玉掐指一算，这些人大约也是抗税之流，便没有急着再走，翻身下马，随手拦住一人问："敢问这位兄弟是要去哪儿？"

那人扭头朝地上啐了口痰，抄手道："去重庆府。"

秦良玉沉吟片刻，又问："去重庆府做什么？"

那人警觉地瞧了秦良玉一眼："你问这么多做什么？眼下日子不好过，大家伙自然是去富庶的地方讨生计。"

秦良玉没有再追问，心中想着，这重庆府似乎不是十分富庶的地方，若要论富庶，江浙那一带才是真绝色啊。思及此，又抬眼瞧了瞧那伙人，挣扎半晌，又抬脚跟了上去："谁与你们说重庆府富庶？"

那人再次被秦良玉拦住，面上已是相当不耐烦，想劈头呵斥秦良玉一顿，但见她身上气势凌厉，又有些张不开嘴，遂没好气道："我哪儿知道谁说的，我只知道大家都这么说。"

秦良玉虽然不知道是谁如此有心地给重庆府扣上这么大一顶帽子，但她此时只是想劝大家，苦海无涯回头是岸，若是执迷不悟进了重庆的地界，那可是会连饭都要不着的。

一路策马进了忠州，秦良玉连家都未顾上回，直接去找了陆景淮。自之前陆景淮将那些衙役赶走又重新招进来一批后，忠州衙门越发有序起来，见秦良玉来了，一众人急忙跑过去行礼，而后自觉牵过秦良玉的马拴到后院。这几日陆景淮亦是忙得焦头烂额，秦良玉进门时，被衙役告知他正在前堂审问今日新抓进来的一伙抗税之众。

秦良玉心中一沉，这些抗税之人似乎正在从四面八方涌向重庆，明显是有人故意而为之，也不知是不是对杨应龙有偏见的缘故，秦良玉总是不自觉便将这幕后的推手同他扯上干系。

"大人，您在这儿歇一歇，陆大人马上便回来了。"衙差为秦良玉端了杯茶，面上带着的笑意瞧着十分柔和，不见谄媚之意。

秦良玉接过茶，随口问道："近日忠州可有什么事发生？"

衙差想了想："除去抗税之外，忠州倒也没什么事，只是这衙门里倒是有了桩关于陆大人的新鲜事。"

想必衙差知道秦良玉与陆景淮的关系，所以特意有此一言。

秦良玉挑眉："哦？"

衙差道："近日衙门里又新来了一位同僚，名为李玉，说是石砫的马大人特意派来保护陆大人的，只是这位李玉的性子似乎是有些……"

衙差没有继续说下去，笑着闭上了嘴，但他面上的那股子意味深长秦良玉可是瞧见了。她尴尬地咳嗽了一声，乍一听李玉这个名字时，秦良玉便直觉不会有什么好事，此时再见衙差这表情，心中更是有了数。两人正沉默时，忽听外面传来一阵交谈。

"老子说就是那杨应龙捣的鬼，你方才问那么多你倒说说你问出来什么呢？简直是浪费口水。"这声音秦良玉认得，是李玉的。

少顷，陆景淮生硬的声音响起："你有何凭证？无凭无据莫要乱说话。"

李玉似乎是急了，嚷嚷道："老子同你扯不清，老子乱说话又怎么了？风大老子也不怕闪了舌头，因为老子就没有舌头。"

陆景淮彻底不说话了，加快了脚下步子，临进门前又想起来一事，脚步顿了顿，便是这一顿，李玉不防，一头撞上他的后背，险些将他顶了个跟头。陆景淮握着门框，黑着脸回头瞧揉着额头的李玉："同你说过多少次走路要好好看路？"顿了顿，他继续道，"你走吧，我不需要你的保护。"

李玉抱臂："我此番是奉了命令来的，你让我走我便走？这么几日你都赶了我多少次了？你瞧我走了吗？所以你莫要再浪费口水，我必须要留在你身边保护你。"

陆景淮瞧着李玉那副无耻的模样，额角的青筋跳了好几下，但出于自小良好的个人修养，他将难听的话给咽了回去，铁青着脸朝屋里走，又顺手将门甩上："你不要跟着我。"

李玉倒也听话，老老实实站在门外应付道："好嘞客官，有事吩咐小的。"说罢便顾自哼起了不成调的小曲，听声音心情似乎很是愉悦。

秦良玉有些想笑，自打她懂事以来，似乎都未瞧见过陆景淮如此失态的模样，哪怕是面对马千乘，他亦是冷冷清清地嘲讽，并不像对待李玉一般直接虎了脸。

陆景淮并不知秦良玉在屋中，进屋后将袖子向上挽了挽准备净手，洗到一半时恰巧自后窗吹进来股风，他抬头扫了一眼，这才瞧见稳坐在桌前，面上带着笑意的秦良玉。

"良玉？你怎么来了？"陆景淮匆忙净了手，一边擦干一边走向秦良玉。

秦良玉开口前瞧了那衙差一眼，衙差自觉地给两人行了礼而后退出了屋子。见人走后，秦良玉才道："我听闻抗税一事闹得有些严重，便回来瞧瞧。"

提到抗税一事，陆景淮堪堪扬起的笑脸又隐了回去："这事情并不像表面上那么简单，分明是背后有人将这些人向重庆推。"

秦良玉嘴角隐约有笑意："李玉不是跟你说了吗？十有八九是杨应龙。"

一听"李玉"这两个字，陆景淮稍霁的面色又沉了下去，憋了许久才憋出来个："哼！"

秦良玉失笑，却没有再打趣，从椅中起身："这事我会查明，你便好生同李玉在一起。"

李玉的武功底子扎实，眼下世道大乱，有李玉在，秦良玉也不必担心陆景淮的安危。

忠州城内的百姓这几日越发多了起来，秦良玉为方便探查，直接扮作这些抗税之人中的一个，生怕自己露馅，刚混入这抗税圈子的时候，秦良玉几乎是不说话的，只在一边默默观察着众人的言行举止，不到一日便发现有几个形迹可疑之人。为避免打草惊蛇，秦良玉老老实实又在人群中藏匿了好几日，带头的吩咐她做什么她便做什么。让她振臂跟着闹事她便跟着举臂对口型，让她同其余人一起去忠州衙门门口扯白布抗议她也不拒绝，因表现良好，她还被破格提为队长，日日领着她的队员在街上哭着喊穷，有几次还被陆景淮带人给抓了起来，陆景淮发现她之后，又在后半夜悄悄将她放了出来。

又是一夜，秦良玉第三十二次被从狱中放了出来，陆景淮送她到门口，头疼道："良玉啊，下次你跑快些，莫要再这么折腾了。"

秦良玉的面色也没好到哪儿去，凝重地点了点头，而后朝陆景淮抱了抱拳："我先回去了。"

因支持抗税之人过多，城中破庙之类的地方容不下他们，每每到睡觉时，还会上演一阵全武行，为在这四面漏风的破地方争得一席之地，众人通常会打得头破血流，谁被打得昏迷谁便留在这破庙里，还能走的人便要赶在门禁之前，灰溜溜地跑出城门，睡在城外。秦良玉便是城外这一伙人中的一员，她静静地躺在专属她的破草席上，头枕双臂瞧着漫天的繁星，心中却琢磨着要何时将那几个鬼鬼祟祟的人神不知鬼不觉抓起来，想得正出神，忽然听到身边不远处有人轻咳了一声，这声音在静谧的夜中格外清晰，一声咳嗽过后又是一阵窸窸窣窣声，秦良玉微微闭上眼，留了一道缝，瞧着原本睡得正香的几人悄悄从地上爬起来，环视过后，从怀中掏出个瓷瓶朝空中一撒，一阵轻烟自那瓶中飘出，瞧那人那行云流水般的动作便知这事是常做的。秦良玉急忙闭气，又静待片刻，听众人脚步声渐远，这才从地上一跃而起，乘风追着那几人的足迹而去。

几人想来是不会什么武功的，走得不算快，秦良玉也省心，放慢了步子跟在几人身后，听见他们的声音被夜风阻断，断断续续地传来。

“这要抗到什么时候？上头说了没？我家婆娘这几日要生了。”

“不知，抗一日算一日吧，一日能挣一粒碎银，你在家种地能保证每日都挣到银子吗？”

先前那人或许觉得此话有理，也便不再说话。沉默着朝坪头山上而去，大约行至山腰处，几人极有默契地停了脚步，左右瞧了一圈，这才举步朝一山洞走去。

秦良玉身影藏在阴影中，见几人的身影消失在洞口才小心迈步而上。山洞是个普通的山洞，暗黑无光，灌满了冷风，秦良玉一路踮脚而行，走得十分累，快走到尽头时，这才听到有交谈声传来。

“你们不必做什么，只要将事闹大即可，但不可操之过急，要细水长流，将众人的视线都引至抗税一事上便妥。”

秦良玉屏息继续听。

“你们也知现下大人被朝廷盯上了，若咱们能助他逃此一劫，日后荣华富贵享用不尽啊。”

秦良玉咂了咂舌，觉得说话这人不是脑袋有包便是个心智不全的，按照杨应龙那性子，事后不将他们杀了灭口那便是给足了他们面子，竟还在这儿幻想真金白银，当真是不知天高地厚。秦良玉又强忍着怒气听了会儿几人的对话，后实在听不下去，直接迈步而出。她的身影突兀地出现在几人面前，生生将正在说话之人惊得一口唾沫呛在喉间，顶得胸口阵阵发疼。

“你们的同伴呢？”秦良玉冷声发问。

对方不认识秦良玉，哆哆嗦嗦向后退了好几步，几人几乎抱成一团，抖如筛糠，声音带了哭腔：“只有我们三个，并未有同伴，我们什么都不知道，你不要杀我们。”

一听对方只有三个人且还不会武功，秦良玉更放心了，几步走过去，在众人身前三步远站定："我问你们一些事。"说罢她横扫一掌，只见一人被打得整个人飞了出去，撞在了山壁上，后又重重跌落在地，"你们若有半句假话，就是这下场。"

剩下两人频频咽着唾沫，狂乱地点着头："大爷您问，您快问，我们知无不言言无不尽。"

秦良玉拍了拍身上的灰："是谁让你们这么做的？"

两人开口前面面相觑，似乎是在互相推托到底是谁回答，秦良玉见状眉头一拧，一人忽然跪在地上："说出来大爷您可能不信，我们只是最下面办事的，一切的命令都是他传给我们的。"那人话落指了指跪在身边的人。

那人被队友出卖，一脸悲恸，活似霜打的茄子般，颓废道："说出来大爷您可能不信，我只知道大人是大人，但是哪位大人，小的是不知道的。"

先前出卖队友那人以为对方在要诈，生怕秦良玉一气之下要了两人的性命，遂狠狠推了那人一把："你放屁！那你每次的命令都是谁传的？难不成是你在忽悠我们？"

"我与你们说的每一句话都是上头传下来的，但与我接头的人，我只知道他在播州当差，这次他来时，还说播州那边要有大动作，让我将这边盯紧一些，其余的小的是真的不知道了。"

秦良玉沉着脸瞧着地上跪着的人："播州？"

那人点头如捣蒜："千真万确，小的便是播州人，当初与那人认识也是在播州，瞧那样子是个当官的，却不知道任职何处。"

现下但凡同播州扯上关系的事都不容小觑，秦良玉并未要几人性命，只将两人打晕后便出了山洞。

杨应龙此时警惕性极高，播州城门大关，若要混进去不是易事，秦良玉脱离了抗税群众的组织，陆景淮再也不用担心她游街被抓。回到了重庆卫，秦良玉去找卫指挥使，问："大人，我们卫近日同播州那边没有什么往来吗？"

卫指挥使此时正坐在桌前盯着重庆府来的密令，见秦良玉找上门来，原本紧皱着的眉头缓缓一松，他摆了摆手："你过来。"

秦良玉依言过去，见卫指挥使将那密令朝她手中一塞，她直觉没什么好事，若是换成马千乘，此时定然是二话不说掉头便走，但她做不出那种事，规规矩矩将密令打开，见密密麻麻的字体罗列在纸张上，她一目十行阅了一遍，密令中提到现下国库空虚，短期内无法承受战争所带来的损失，甚至连军士们的物资都无法保障，所以只能就近派出几千精兵驻守在播州城外，节省开销。

说起来这密令来得十分巧，秦良玉正愁没有借口去盯着杨应龙的一举一动，如此一来，倒是省了不少事。

“这事耽误不得，这几日你将手中工作交接给启文，而后便带队出发。”

杨应龙手下养着私兵这事已不是什么秘密了，只是他手里没有了兵符，那几万私兵只能同摆设一样，这些日子他着实上了股火，日日在府上踱着步：“那一半兵符怎么会不见了！这帮饭桶怎么还未给我回信！到底是藏在哪里也不知道吗？”

孙时泰无论何时都是一副处变不惊的模样，淡淡道：“这兵符必然是被有心之人偷走了，大人莫要再抱希望。”

孙时泰的话如同一记闷棍，狠狠打在杨应龙头上，他猛一回身：“现下这人都到播州城外了，那乌泱泱的一帮少说也有万余人，可放眼这播州，宣慰司同各卫所的官兵加起来也不过几千人，若他们打进来，我该当如何？就这么等死吗！”

杨应龙越瞧孙时泰那副慢条斯理的德行越生气，但碍于又不能将他气跑、不然自己会死的情面上不便训斥他，干脆转过身不去瞧他。孙时泰何其八面玲珑，只消杨应龙一个动作一个眼神，他便知对方在想什么。

扯了扯嘴角，孙时泰也转过了身：“大人，不管何时，投其所好永远事半功倍。”

杨应龙被孙时泰这云里雾里的一句话给说得一愣，遂问：“此话怎讲？”

孙时泰掸了掸衣袍上的灰：“有钱能使鬼推磨，现下朝廷缺的大人您都有，您怕什么？”

杨应龙一听孙时泰的话，深以为有道理，腰板不自觉地挺了挺：“这话倒是不假，那依你看，城外那些人现下打不打？”

孙时泰的脾气素来不错，连杨应龙问如此浅显的问题来拉低他的智慧都没有生气，只沉声道：“不能打。”

话落，孙时泰暗中叹了口气，这杨应龙若是鲁莽地打杀倒还在行，其余的当真是拿不上台面，眼下他手中没有兵符，连兵都无法调动，这时去挑衅秦良玉，难不成是要赤手空拳去几万大军面前表演胸口碎大石吸引他们的眼球吗？

此番在播州城外驻扎的军队中，除朝廷军外，还有石砫的士兵，因马千乘在石砫的事还未忙完，所以石砫带队的人是徐时，今次张石却没有跟来，马千乘托徐时带话说，他身边总要留个自己人，所以张石便留在他身边了。

秦良玉对徐时还是十分尊敬的，虽重庆府已请示朝廷临时委任秦良玉为总兵官，皇帝陛下也没有异议，但有关军中一干事宜，秦良玉仍会请徐时一同商讨。

这日，军中的各级统领集议后相继朝帐篷外走，方才众人就眼下练兵一事于帐篷之中展开了激烈的讨论。得出的结论是，特殊时期，众人的思想一刻不能放松，他们已过了十数日的好日子，不能再如此懒散下去，所以晚上便由各首领挑选出的精兵扮作流寇袭营，试一试众人的反应。秦良玉觉得如此扰人清梦的缺德法子深得她心，她一早便生了这想法，只是这部队中的军士来自四川各部，南北融合到一起也是需要一些时日的，便一直未曾把此事提上议程。这次开会，突然从徐时口中被提及，倒是如了秦良玉的意。

子时，播州城外。

四川军营地所在之处，忽明忽暗的火把光亮与巡哨军士整齐统一的脚步声交相呼应，令人格外安心，营地前不远处乃是一片荒草丛，因今夜无风，所以分外平静。把守的守卫军士站了近一个时辰，却依然不动如山，目光坚毅地观察着四周的情况。少顷，远处半人高的荒草丛忽然无风自动，守卫军士眉头微皱，警惕地瞧着远处的异动，目中温度渐低。

良久，草丛似乎静了下来，方才那一阵躁动似乎只是守卫的错觉，他将胸前轻哨放至唇畔，脑中那根弦仍是紧绷。夜色正沉，四周更为静谧，在四面透风的郊外，一股密不透风之感突如其来，似是破晓前的宁静却又掺杂着些许不寻常。万物俱静之时，忽见流寇手持利刃从四面八方袭来，如猛虎下山。守卫吹响轻哨，短而急促，但营地内相当安静，众人似乎尚在沉睡之中，毫无半丝响动传来。

流寇渐近，皎洁的月光映亮众人未被布遮住的双眼。在流寇距营地只有数十步之遥时，忽见营地中各个帐篷的门帘被人掀开，早已武装完毕的四川诸军手持兵器鱼贯而出，行进间五行阵落成，弓箭兵迅速找准最佳位置，拉弓放箭，但听一声声嗡鸣声响在耳畔。此番本就是突袭演练，军中各主将自然不会赌上那扮作流寇的精兵们的性命，所以于行事前告诉大家，意思意思便好了，刀剑无眼，届时要跑快些莫要被射到了，但跑归跑，演练结束后若不按时归队，等将那逃兵逮回来后，便令军中诸位一人一箭射死他。

众人谨遵军令，见众同僚又是拉弓又是射箭的，吓得不敢再靠前，转头便跑。不料同僚们穷追不舍，跟在他们屁股后面追着放箭。精兵们一边呈环形跑避开冷箭，一边在心中大骂秦良玉等人丧尽天良，欺骗这些善良的孩子稚嫩的心灵，简直是道德的沦丧，简直是岂有此理！当然，骂归骂，该跑还是要跑。

秦良玉见军士们快中有序地追赶着流寇，心中甚慰，也跟着追了上去，刚追至一半，便见前头跑得正欢的人开始往回跑。她站在原地，瞧见众人逐渐接近，还未等问他们缘由，便有一人大剌剌拍了她肩膀一下："我说你小子怎么木呆呆的？人都被撵走了你傻站在这儿做什么？"

秦良玉见眼前人似乎不认识自己，便也顺着他的话问："怎么不追了？"

那人"嘿"了一声："这有什么大惊小怪的，流寇四处都有，你杀也杀不完，追一追意思意思便好了，将他们赶出咱们的地盘便没事了。"

这得过且过的意味太过明显，听得秦良玉嘴角一阵抽搐，如此敷衍的态度，秦良玉准备给他满分。

隔日，有关昨夜流寇突袭一事，在早上操练过后，由徐时笼统地表扬了一下诸位的表现，秦良玉也没有补充什么，只静静在一边听着。说起此次操练，无论是集合速度与毫不惧战的气势，种种表现秦良玉还是十分满意的。徐时站在高台之上，话毕瞧了瞧一旁的秦良玉："不知总兵可还有事？"

秦良玉低声回："召把总以上的人来我帐篷。"

秦良玉叫众人来，乃是为集议总结此番众人的表现。她端坐正位，将昨夜那军士的话一字不落地复述了一遍，而后扫视了面色各异的众人一圈："最南的那一处帐篷是哪个卫所的？"

一人期期艾艾道："回大人的话，是泸州卫的……"

秦良玉睨了那人一眼："你便是泸州卫的卫指挥使？"

那人面色一红，微微低了头："是。"

秦良玉重重拍了下桌子："你平日是如何治军的？"

若非主将平日给手下灌输了过多如此这般的思想，他们知道个屁！更不会堂而皇之地说出那番话。

那卫指挥使年纪不算小，此时在秦良玉的呵斥之下，满面通红地垂着头盯着桌面，却是不敢反驳。秦良玉见他如此，顾及他的面子，没有再当着众人的面多说其他，淡淡道："下来好生检讨，这月打扫营区同茅房的担子便交由你泸州卫，你的手下表现优异，却因你平日的诸多不注意才有了这次的惩罚，个中事宜你好好思量，你的俸禄这个月也没有了。"

卫指挥使已觉无颜面对江东父老，这时见秦良玉不再深究，心中暗暗松了口气，待集议一结束，便脚底抹油般跑了。

回到帐篷，柳文昭早已将热水备好，听见门口守卫问好声也知是秦良玉集议归来，急忙迎过去将秦良玉手中的长刀接过："将军快些来洗脸了。"

秦良玉在柳文昭面前是十分听话的，依言走过去，一边朝脸上拍着水一边含糊道："明日便差人送你回重庆卫吧，近些日子我要进城去探一探，你正好回去陪陪启文。"

一听杨启文的名字，柳文昭脸一红，口中道："比起他，奴家还是想陪在将军身边。"

秦良玉回头瞥了她一眼，一本正经道："你知道启文他家中有个表妹吧？其实我听说他表妹似乎去重庆卫找他了。"

话音一落，便见柳文昭的面色一变。杨启文那个表妹柳文昭可是见识过的，十个杨宛若都比不得一个杨启文的表妹，偏偏杨启文的面皮子薄，又不懂开口拒绝人，若长此以往，他还不被那个表妹给吃了？

秦良玉见柳文昭面色在青与黑之间变换，心中早已笑开了花，只是面上却未表现出来，半晌，严肃道："一会儿我便差人送你回去。"

柳文昭终是没有再拒绝。

送走柳文昭，秦良玉直接去了城门处。现下朝廷打不起仗，他们只能在播州外同杨应龙耗时间，但干耗也不是办法，所以闲暇时，她便起了到城中逛逛的心思。站在城门外几里处，秦良玉并未急着进城，杨应龙现下将城门把守得极严，一般人是进不去的，所以她只能借助马车藏身。可眼下来往马车也盘查得十分严谨，城门口的守卫通常会跳到车上将东西翻个底朝天才会罢休，所以秦良玉每每拦下一辆马车，都不意外会瞧见赶车人一脸紧张地护住门帘，恨不能整个人吊在上面："不行！你上我可以，上我的车不行！"

秦良玉瞧了眼那人灰扑扑的脸，觉得自己是没有兴致去上他的，也便作罢。

如此在城外等了许久，拦了不下十辆马车，结果一无所获，秦良玉有些心累地蹲在阴凉处，懒洋洋地瞧着远处，下定决心待下一辆马车过来，软的不行她便来硬的。天上云卷云舒，耳边不时有过路人各色口音的交谈，在秦良玉觉得自己已快变成块烤熟的五花肉时，才瞧见有一马车晃晃悠悠由远及近，一瞧便知非一般人家可用的马车，那马车的车帷子用古铜色绸缎制成，车厢高且宽敞，厢顶琉璃耀眼，四周缀以红色的流苏，赶车之人动作异常散漫，有一下没一下地轻挥着鞭子，一副无心赶车的模样。秦良玉蹲在原地瞧了一会儿，这才上前与其搭话。

“方便借个位置吗？”

赶车之人将头上的草帽抬了抬，回手将帘子撩开：“自然。”

秦良玉有些奇怪这人怎么连问也不问便让她上了车，却也不担心什么，方才他将草帽轻抬时，秦良玉见他面色惨白，无精打采，一瞧便是久病之人，所以若万一遇到个什么紧急情况，秦良玉以为她还是能应付的。

车厢中无人，秦良玉上车之后便躲到了软榻之下，察觉到身下的路由颠簸变得平坦，却始终不见城门口的守卫过来盘查，心中不禁觉得有些奇怪。

“喂，已经进城了，你要下来吗？”

沉思间，软榻的缝隙中有阳光透进来，秦良玉从软榻下爬出来，拍了拍身上的灰：“多谢。”

赶车人不在意地摆摆手，想了想，问：“你在这节骨眼进城来做什么？我瞧你似乎不是什么生意人。”

秦良玉板着张脸：“只是想进城逛逛。”

那人也不起疑，举手投足间皆是一股颓废之意：“嗯，那你逛吧。”

秦良玉越想越觉得这人奇怪，正想套话，便见远方有一人小跑过来，在这人身前站定：“少爷您回来了？老爷等你许久了。”

跑过来那人连气都未喘匀，秦良玉瞧清他的面容之后，身子一僵，来人正是杨应龙的管家。如此推算的话，那眼前这被他称为少爷的人岂不是杨应龙的儿子？再仔细想一想，杨应龙的几个儿子中的确有个身子骨不好的，之前秦邦翰还为其瞧过病，好似是叫杨可栋的。

秦良玉站在管家身旁，见他上前来扶他家的少爷，可那少爷却十分不耐地避开管家布满皱纹的手：“莫要碰我，我身上脏。”

那人的语气亦带着颓废，大有混吃等死之意。

秦良玉眉头皱了皱，眼瞧着那人要走，三步并作两步追了上去，一把扶上那人的手臂，对一边的管家道："我来扶着少爷。"

那人身子明显一僵，偏头去瞧秦良玉，分明是有话要说的模样，还未等开口便被秦良玉狠狠掐住了手肘处，秦良玉暗暗使力，冷眼盯着那人低声道："莫要紧张，我不是什么好人，你最好是配合着我些。"

那人还未张大的嘴立时闭上了，一边的管家见两人姿态亲昵，又见他家少爷似乎不排斥这人，便顾自道："想必你便是这些日子跟在少爷身边的小厮吧？"

秦良玉粗声粗气地应了一声，管家不认识她，她也不担心露馅，胡乱应付过去便罢了，只怕进了杨府的门被杨应龙盯上。虽说她最近这两年时常在野外驻扎，皮肤晒得黑了些，但整体轮廓却还是没变的，所幸她机智地在进城前朝口袋中塞了两捧土以备不时之需。

顺利进到杨府，秦良玉正琢磨着一会儿跟着这位大少爷去见杨应龙时该如何应对，便见这大少爷进了府门直接脚步一转回了自己的房间，任凭管家如何劝他去见杨应龙一面，他都不为所动。秦良玉见状险些洒下感动的泪水，她此番来杨府，需要的就是这么一个耿介的伙伴，可以公开与杨应龙作对却无任何危险的。

这人进了屋后，将屋中伺候的下人如数赶出去，而后旁若无人地宽衣解带。秦良玉觉得有些不妥，但也没有阻止，只问："你可是杨可栋？"

那人点头："你是有备而来？"话虽是疑问，但语气却十分肯定，说罢他又解开束青丝的布带，"你准备做什么？"

秦良玉见杨可栋从里往外都透着洒脱之意，想必已是病入膏肓，所以看淡一切了。

见秦良玉不说话，杨可栋又道："既然来了，在这府上你自便，莫要打扰到我。"

杨可栋这态度着实奇怪，秦良玉沉默片刻终是发问："你……"

话还未出口，便见一直背对着她脱衣服的杨可栋道："你哥哥有没有与你说过，他一直随身带着家人的画像？"

秦良玉被他突如其来的话惊了一下："什么？"

"秦大夫之前为我瞧病时，被我父亲囚禁在府上你想必是知道的吧？现下杨家不行了，你进城要来查探一番是吗？皇帝说没说准备什么时候动手？"

不得不说，杨可栋先发制人这一招使得非常到位，让原本便嘴笨的秦良玉更是无话可答，秦良玉细细瞧着已换好衣裳的杨可栋，此时才算瞧清他的面貌。杨应龙的皮相不错，想必杨家的几个孩子或多或少也都继承了些他的底子，这杨可栋虽是弱不禁风的模样，可脸却是不差，棱角分明，浓眉大眼的，只是面色一直不好。

“你同秦大夫长得真像。”秦良玉在打量杨可栋，对方自然也没有闲着，杨可栋幽幽叹了口气，“我这辈子也不知还能不能再见秦大夫一面。”

杨可栋话中的每一个字都透着濒死之意，听得秦良玉直皱眉，不禁开口问：“你这是病入膏肓了？”

杨可栋淡定的面皮子终是有些不淡定了，他朗笑几声：“秦大夫先前便说你不擅与人交流，我原本是不信的。”

言外之意，不用他明说秦良玉也是听出来了，瞧杨可栋这意思，想必他先前同秦邦翰相处得还算不错，秦良玉自然也不会难为于他，遂摆了摆手，老实道：“我此番来是想瞧瞧你父亲准备得如何了，你不必拦我，你也拦不住我。”

杨可栋挑眉，末了点了点头：“确实，所以方才我便让你自便了。”

秦良玉满意地应了一声，也不多耽搁，转身便走，临出门前又回头瞧了杨可栋一眼，从鼻子中哼出一声：“保重。”

杨可栋头也没回，摆了摆手，而后带了一连串的咳嗽出来。

骠骑将军府对于秦良玉来说已是轻车熟路了，秦良玉出了杨可栋的门便飞身上了一边一人多高的墙，一路俯身而行，直奔杨应龙家的前堂而去。

此时杨应龙与孙时泰正坐在椅子中谈话，两人似乎是谈到激动处，杨应龙猛一拍手边的桌子：“她以为老子现下被困在家中便没有法子治她了？”

孙时泰见杨应龙还是如此沉不住气，不由叹了口气，但也不便说什么，只低头瞧着脚面：“有没有法子治她，还要看她是否上钩。”

这话说得秦良玉云里雾里，孙时泰此类肠子有千万个褶子的人不到万不得已之时她是不愿惹的，但若他们学着马千乘那蹬鼻子上脸的一套，她倒是不会客气。秦良玉趴在房顶上继续听屋中两人说话。

“秦良玉带兵驻守在城外，一时也不会攻进来，只是不知那兵符是否被她夺去。”

提及兵符，杨应龙满腹的怒火直蹿天灵盖：“若是被她夺去了我这些年的辛苦便白费了。”

孙时泰瞧着脚边被杨应龙摔得粉身碎骨的瓷杯子，良久将视线收回：“即便兵符在她手上，她也未必动得了那些兵。”

秦良玉闻言下意识去摸怀中揣着的兵符，暗中怪自己太大意，连身上揣着个这么重要的宝贝都忘了，只是这一分神便没听清孙时泰后面的话。秦良玉站直身子，从房顶一跃而下，孙时泰的话想必也不是什么好话，没听见便没听见了，可他方才的话也提醒了自己，她或许可以去私兵的驻地瞧一瞧，看有没有什么收获。

自打上次与王继光一战，杨应龙便集结手下所有私兵驻在播州，直到今日也没有走。说到私兵驻扎之地，除去海龙囤便是娄山关，那娄山关地势比海龙囤要复杂一些，这地方若是让秦良玉来挑，她便会挑海龙囤。想着左右闲来无事，不如先去海龙囤走走，若万一猜错了地方，再去娄山关也不迟。

海龙囤如今已修葺得差不多，秦良玉故地重游，心中难免唏嘘。站在海龙囤前，秦良玉正要迈步，忽觉身后有劲风袭来，她顺势俯身，身形扭转向后，一手擒住身后人的手肘，与其对调了方位。

来人五十上下，一瞧便是练家子，一身劲装利落得体，掌心茧子极厚，没有个三五十年是练不出来的。

秦良玉不与其废话，卸掉他的鹰爪问："为什么？"

那人料到秦良玉有此一问，面无表情道："拿了不该拿的东西自然要付出些代价。"

秦良玉一听便知对方为何而来，一掌击在那人胸口并迅速朝后退了几步，摆好起势盯着那人："请赐教。"

一黑一绛紫两道身影缠斗在一起。

秦良玉这些年在马千乘死皮赖脸的主动教导下，步伐比前些年灵活不少，绛紫身形如蛟似龙，游走在那黑衣人的周身，虽说在他面前讨不到什么便宜，但始终留有退路，随时可脱身。

黑衣人似乎是瞧出了些门道，趁秦良玉躲避他的攻势时打了个响哨，另一道身影从草丛中一跃而起，几个跳跃人已至秦良玉身后。此人较黑衣人要年轻一些，动作也要孟浪一些，上来便一把抱住了秦良玉，将她双臂禁锢在怀中。

秦良玉见对方死不要脸地叫了帮手，也不再客气，长腿一抬，直接踢在那人前额，而后顺势踩在迎面袭来的黑衣人的胸口，借力凌空一翻，一记过肩摔便将身后的人甩出几步远。后来的人大约是被摔得有些疼，躺在地上打了好几个滚，想起来却是无能为力，这功力照比黑衣人可是差了不止一星半点。黑衣人皱眉，眼中带了些担忧，秦良玉自然是未放过这一细节，见状直接放弃主动攻势，转而闪身至那人身边，抬起右脚便要踩在那人脖颈，眼见脚便要落下，那人却还是疼得无法动弹，黑衣人黑旋风一般跨步到秦良玉脚下，伸手扶起那人便走。秦良玉不想放过两人，拔足便追。

“喂，你放他们一条生路吧，怎么如此没有同情心。”

这声音如同平地惊雷般炸响在秦良玉耳边，她猛然间一回头，正撞入许久未见的马千乘的眼底，他老人家一如既往地坐在树枝上晃荡着一双长腿，脸上满是不忍直视的童真，纯净得一塌糊涂。

“毕竟……”

秦良玉没有工夫与他多说其他，不等马千乘说完话转头准备继续追前面那两个人，不料未出五步便被迅速从四面八方围过来的黑衣人给拦在了中间，她停在原地，见那两个黑衣人越走越远。

马千乘轻松从树上一跃而下，如一片轻羽飘至秦良玉身边：“玉玉啊，你总是不听我说完话。”话音落，他将秦良玉肩头的枯草拂掉，继续方才未完的话道，“毕竟还有这么多人供你练手，那两个人不追也罢。”

秦良玉被马千乘护在身后，正盛的日头被他遮去了大半，顿觉身上都凉快许多。

“我拖住他们，你去搬救兵，这么多人，打起来很累的。”马千乘借着整理头发的动作微微侧头同秦良玉耳语。

在众人瞧来，这两人的动作十分亲昵，无意中便在他们的心窝子上插了把刀，太阳穴都被虐得突突直跳，当下头脑一热，群起而攻之。

因事发突然，秦良玉也没来得及问马千乘是去何处搬救兵，不过以现下的情况看来，马千乘十有八九是让她带着兵符去海龙囤，思及此便左右突围出黑衣人的战斗圈，直奔海龙囤而去。

此时已快到午饭时间，私兵们正探着脖子朝厨房的方向瞧，远远瞧见一人影飞快而来，众人也隐隐地亢奋起来，听说今天中午有肉吃，大家越想越迫不及待，下意识地搓着双手咽唾沫，眼中满是渴望的光亮。今日厨房的同僚倒是积极，竟然是跑着过来的，有几个急脾气的已经迎了过去，待跑到那人影身前都愣在了原地。

有一人开口问：“肉呢？”

秦良玉也愣在原地：“什么？”

她原以为是马千乘方才已通知过众人前来应援，所以众人才连跑带颠地过来的。

私兵急了：“今天中午不是吃肉吗？肉呢？”

秦良玉一掌糊在那人脸上，随后掏出一半兵符：“带上人跟我走。”

私兵一见兵符，脸上原本对肉的向往登时转为如临大敌的肃穆，转身跑向海龙囤，再出来时，身后跟着有不到百人的私兵，众人武装整齐，手中武器比起朝廷军有过之而无不及，特别是那一把把做工精致的腰刀，瞧得秦良玉心中一阵奇痒。

“大人，人已到齐。”

见秦良玉直勾勾盯着腰刀不说话，为首的私兵只觉头皮发麻，但众人这么干站着也不是办法，只能硬着头皮开口。

秦良玉回神，带着私兵跑向马千乘。

众人到时，马千乘正揉着后腰，那绸缎料子的衣裳上一个大脚印明晃晃落在上面，应当是方才刚被人踹了一脚。见秦良玉带着人来了，马千乘立时扬眉吐气起来，站直了腰板对秦良玉道：“给我狠狠地打！”

黑衣人此行不过数十人，且都是赤手空拳，私兵便不同了，手中有持腰刀的，还有几个手上握着火铳，大家团团将黑衣人围住，举起火铳瞄准包围圈中的黑衣人。

自知今日凶多吉少，黑衣人们不敢再轻举妄动，老老实实站在原地。他们之前接到命令，说是让他们埋伏在海龙囤周围，若是有可疑之人靠近，不论何人，一律剿杀。

秦良玉略一想便知这伙黑衣人听命于何人，定是孙时泰之前便想到她会带着兵符来海龙囤，所以在这儿设下死局，为的便是夺回她手中的兵符。

“玉玉，我腰疼。”马千乘一瘸一拐地走到秦良玉身前，指着地上躺着的好几个黑衣人，“他们方才都打了我的脸，你要替我报仇。”

秦良玉只想说一句活该，但又怕马千乘再做出什么离经叛道之举，生生给忍了回去，只道：“随你处置。”

马千乘闻言，活似与烈犬相斗最后败下阵来，正要等死又遇救兵的小鹌鹑一般，耀武扬威对私兵道：“打！打他们的脸！不要客气！”

于是眼前便出现了原本手持腰刀、此时却已弃刀上拳的私兵暴揍黑衣人的一幕，一时间耳边惨叫声连天。私兵心中本就憋着股火，现下播州城门大关，往来不便，导致他们顿顿饭菜中荤腥少得可怜，今天好容易来了顿肉，又莫名被人叫来打架，这再一回去，那肉想必都被争抢一空了，哪儿还有他们的份？私兵越想越生气，脚下手上的动作便越发粗暴起来。

“你怎么来了？”

秦良玉觉得这呼痛声有些刺耳，不由走得远了些。

马千乘拍着身上的灰：“闲来无事，出来走走。”

秦良玉嗯了一声：“那抗税的事不办了？”

“不是一时便能解决的事，干脆放一放，在石砫的那几个带头的都被逮起来了，想必其余人能老实一阵子。”马千乘挑眉，“倒是一些日子不见，你想我了吗？”

秦良玉一点不怀疑马千乘这一句话便能置人于死地的本领，自动地过滤了他的话，揉了揉肩膀：“徐叔这两日还在念叨着你。”

马千乘瞥了她一眼：“这是自然，除了你，每个人都很想我。”

秦良玉一愣，其实她也有些想他，只是不擅表达。

“这伙人你准备怎么办？”马千乘指了指远处尚未结束战斗的私兵同黑衣人。

“不想死的便带回去，军中缺人。”秦良玉顺着马千乘的手指瞧了眼那边，沉吟片刻走过去，见黑衣人被众人的无影脚踢得已是找不着东南西北，这才命众人停手，知道私兵们还惦记着午饭的肉，遂直接解散了众人，让他们先回去吃肉。

私兵作鸟兽散，一窝蜂拥回海龙囤中，只剩秦良玉同马千乘与地上瘫着的黑衣人两两相望。

“想死吗？”秦良玉缓缓蹲下身子，径直朝一人发问。

黑衣人被打得说不出话，自打入了杀手这一行，他已有好些年没有乖乖躺在地上让人家打了，今天被打之后，他对自己又有了新的认知，原来他还是那么抗揍，风范不减当年。

“不想死便跟我走。”秦良玉脾气不错，也不难为他们，起身轻叹一口气，“想死的也不用遮遮掩掩。”

众人既然能老老实实挺着被暴打，那便是不想死的，这年头税收高得离谱，众人能不自己做事都不自己做事，大家家中都有老有小，即便是像他们这样给人卖命的也不过是为了糊口，与人家专业的杀手比起来还是要差些素养和职业道德的，谁也不会真的为了雇主放弃生的权利，在生死面前，他们一向选择翻脸不认人。

秦良玉见众人不说话，也知他们不想死，也不催促，寻了个阴凉的地方坐下：“歇够了便跟我走。”

马千乘对着黑衣人翻了个白眼，又背着秦良玉踩了一脚方才踢他脸的人的手臂，这才去坐到秦良玉身边。

几人出城时，分成了几拨，秦良玉担心众人趁机逃跑，早在出发前便逼众人吞了秦邦翰制的毒药，黑衣人也不知是不是被打怕了，十分配合，连水都没喝便将毒药咽下了。

出城时自然是与守卫费了番口舌，守卫一边擦着鼻涕一边同马千乘道：“没有相关手谕不得随意出城。”

马千乘最是厌烦不懂变通之人，但这众目睽睽之下打人又势必会引起大家注意，权衡再三，马千乘给了守卫些银子：“我也是做小本买卖的，你行个方便，下次我还进城，届时多给你些好处。”

守卫一见银子，态度立马一变，将马千乘拉至一边，小声道：“眼下上面管得严，兄弟也是迫不得已，我瞧你面善，今天也便算了，下次你再来时，直接去衙门求一封知州的手谕，如此便不用这么麻烦了。”

马千乘敷衍地“啊”了几声，见城门开口，转身便走了。

回到营地，徐时正在监督众军士操练，听手下说秦良玉同马千乘来了，忙转身而出。远远便见两人身后还跟着数十人，徐时迎了过去：“这是？”

秦良玉将经过与徐时简略说了说，又道：“这些人我瞧有些底子，操练起来比新兵要省事一些。”

徐时点头：“先编入后勤那一营观察观察再说。”

此番来播州，秦良玉身边没个衬手的人，为保不出错，几乎都是亲力亲为，再加之她知道徐时同马千乘许久未见，自然是有话要说，也不好戳在一边打扰，便带着那批黑衣人去了后勤营。

马千乘望着秦良玉离开的方向，眼中带着些深意。这几个月石砫那边的事一件接着一件，前些日子有零星流寇入石砫界，虽未有什么举动，但留在城中毕竟不是什么小事，所以在打击抗税之人外，马千乘又要分神去应对流寇，这着实让闲散惯了的他有些不适应，日日木着张脸皮，让原本便瞧不上他的覃氏同马千驷更是不愿见他，马斗斛尚在狱中，家中又只有这三个人在，为不让气氛太尴尬，马千乘这刚一喘口气便来播州找她，没承想没说几句话便被她扔在这儿，心中自然是五味杂陈。

徐时见马千乘的脸一会儿黑一会儿青的，只觉想笑，他抬手拍了拍马千乘的肩："肖容啊，马府也该有个像样的当家主母了。"

马千乘此时只想捶胸顿足，连徐时这与他中间横着那么多代沟的人都瞧出来他这不要脸的心思了，怎么秦良玉就是一脸无知的表情呢？是他做得还不够明显吗？要不要他扒光了自己的衣裳躺在她床上来昭告天下他喜欢她啊？

马千乘心中早已骂了起来，徐时越发憋不住笑意，开解道："良玉这个孩子行军打仗在行，但在这男女之情一事上委实是有些不开窍，我瞧之前文昭一直跟在她身边，有事没事倒是会说上你几句好话。"徐时咳嗽了一声，但文昭那孩子的立场又实在是不坚定，良玉一反驳，她便跟着跑偏了，最后变成了两个丫头一同数落马千乘，这事他无意中碰到过好几次了，也是哭笑不得。

马千乘闷声哼了哼："柳文昭那个吃里爬外的东西，她不落井下石我已谢天谢地，当真是不敢指望她能说我什么好话。"

徐时见马千乘如此了解柳文昭，哈哈一笑也不再多言。

两人一道朝徐时的帐篷走，马千乘在徐时面前也不端着，直接问道："徐叔，你说我应当如何同她表明心意？"

这话他是不敢问身边那些草包军师的，那帮草包是饱汉子不知饿汉子饥，若他将这话问出口，想必他们不是嘲笑便是乱出主意，最后他只是白白受侮辱，并不会讨到什么好法子，但徐时便不一样了，他自小与徐时便亲近，在军事方面有许多学问都是徐时传授的，可以说徐时是他半个师父，一日为师终身为父，在马千乘心中，徐时也算他半个父亲。

徐时听到马千乘的问话，笑意更甚："这丫头是被自己骗了，这事你也不能逼迫太紧，现下是个什么情形你也知道，家国一日未定，她是不会想这些儿女情长的事的。"

马千乘咬了咬后槽牙，他原本还觉得自己是十分上进的，但在秦良玉面前，他怎么便觉得自己娘们儿唧唧的了？按理说不都是女儿怀春吗？他现下为什么觉得自己怀春怀了好些年？

徐时见马千乘的面色似乎更差了，不由拍了拍他的肩："石砫那边的事如何了？那个叛徒找到了吗？"

一说到此事，马千乘的面色登时凝重了不少，他瞧了眼徐时："找到了，但还不能打草惊蛇。"

徐时手攥成了拳："当真是他？"

马千乘再未开口。

徐时似是有些悔不当初，片刻道："既是找到了，那便由我回去盯着，现下军中也没什么事，你在这儿守着还能与良玉多亲近一些。"

马千乘面色似乎又转好了些，他亲近地将头靠在徐时肩膀："就知道徐叔对我好。"

、

秦良玉安顿好黑衣人后，撩帘进到徐时帐篷，撞入眼底的便是马千乘搂着徐时手臂撒娇的场面，想到往日马千乘端坐威风凛凛的战马之上横扫千军如卷席的肃杀之气，再一瞧眼前情景，一时只觉好辣眼睛，不可抑止地干呕了一声。

这一声成功地引起了马千乘的注意，但他并没有放开搂着徐时的手，头也仍旧靠在徐时肩膀，维持着这个动作转身瞧秦良玉："你做什么？"

秦良玉尴尬地朝徐时点了点头，委实是一眼都不愿瞧马千乘，但话却是对马千乘说的："我来瞧瞧你。"

这话说得马千乘心花怒放，头也立时从徐时肩膀处抬起来："不用瞧不用瞧，以后又要共事了，瞧的机会多得很。"

秦良玉不明所以，双眉微挑，状似疑惑，后又听徐时将事情简略说了说，这才板着脸瞪了马千乘一眼，应了一声后再未多说其他。

马千乘接任徐时后，徐时便马不停蹄地赶回了石砫，改由马千乘坐镇军中。不得不说，自打马千乘来了之后，军士们似乎更为自律了，尤其是石砫那一伙，连操练时都更为卖力气了。马千乘负手立在高台之上，俯视着下面黑压压一大片脑袋，面容少有的沉寂。

一旁宁川卫下属所的一位镇抚低声道："大人，先前总兵曾说过些日子要进行山地训练，不知大人可有什么好主意？"

四川本就乃多山之地，若当真围剿杨应龙，也是以山地作战为主，所以单在校场操练在战中起不到太大作用，眼见军士们渐渐适应了这营地的环境，秦良玉便开始打起了山地训练的心思，正巧这播州地势又崎岖，作为山地训练的场地堪堪好。

马千乘闻言左右瞧了一圈，并未瞧见秦良玉，问："怎么不见秦总兵？"

宁川卫的镇抚道："总兵这几日在帐中似乎在研究什么兵器，属下也不是很清楚。”

马千乘将山地训练同秦良玉所研究的兵器结合在一处想了想，便知道那兵器是什么东西了。山地战本就属最危险的作战形式中的一种，若是再遇上个阴天下雨刮大风的气候，那更是会额外增加难度。山地作战时，军士们不仅要顾好自己，还要对付敌军，可谓是难上加难。待众人训练歇息的当口，马千乘去了秦良玉的帐篷，门口的守卫正要通报，被马千乘制止住，他小心翼翼掀开帘子，见秦良玉正在埋首于桌前似是在刻着什么，离近了一瞧，见她正握着白木的一头在打磨着。

秦良玉神情专注，马千乘又是悄无声息地进来，待她抬头时便被好似突然出现在自己身边的人惊了一下，下意识一掌挥出去，却被马千乘化解在掌心，他顺势一屁股将秦良玉挤出去些，顾自坐在凳子的另一半，贴着秦良玉的耳边问："这是在做兵器？"

秦良玉耳根子通红，面上强装镇定，费了好些力气将手抽回来，人也坐到桌子对面，这才回："嗯。"

马千乘撇了撇嘴："详细说说。"

秦良玉将白杆往桌上一搭："届时在这白木顶端嵌入银钩，底部加制铁环，如此一来这钩可拉，环可捶击，省了不少力气，山地作战时，这些白木首尾相挂又是另一种用途，在向上攀爬时众人不致失足跌落，相互都能照应得到。"

马千乘托着下巴，秦良玉说得仔细，他听得也极其认真，在秦良玉话落后，马千乘开口，懒洋洋道："我瞧着这钩单就这么嵌上去似乎有些浪费，不如将其一面打磨成利刃。"

秦良玉闻言双眼一亮，一掌拍在桌面上："好主意。"

马千乘见秦良玉似乎很是开怀，平素深邃的眸子此时都闪出了几分光芒，自己心中也有些高兴，便忘乎所以地摸了摸秦良玉的手背："玉玉啊，说到这山地训练，你可有什么思路吗？"

秦良玉青着脸反握住马千乘的蹄子，稍使力扭了一下，马千乘的身子跟着转了转，痛呼出声："啊啊啊，谋杀亲夫啊？！"

秦良玉又使了些力，马千乘直接侧躺在桌子上："你扭死我吧，我不要活了，活着没有尊严。"

秦良玉见他一副无赖的模样，忍不住笑出了声，手上本也不重的力道跟着全松了开，她坐直身子，继续道："先瞧瞧众人的体能情况，再挑出佼佼者，优中选优。"

山地作战有利有弊，虽是危险，但也最能瞧出哪些人有心理障碍，例如恐高等反应，最为重要的是众人的心理素质以及危险情况下的团结意识，这么一训练，秦良玉便可摸个透彻了。

第一回训练，秦良玉挑在了白天，这日日光虽足，但被层层叠叠的密林遮住，遂众人站在山脚下却仍感受不到暖意。

秦良玉一身轻装，裤脚同衣袖束紧，安静在一旁瞧着众人。

不远处，一块突出的巨石上放着香炉，香炉中有一男童手臂粗细的高香，轻烟袅袅。

同样轻的还有秦良玉的嗓音：“山不高，这炷香燃尽还未下山者，有职务者罚俸，无职务者扣军饷。”

平心而论，众人来参军，抱着为国捐躯造福百姓的心态是少数，混吃等死才是永久的真理，所以在军中，被罚俸禄当真是一件苦不堪言的事。众军士一见这阵势，自然是拼了命地往山上爬，脸被树枝擦伤也全然不顾，先不说罚俸扣军饷，光是那马千乘同秦良玉一个开路一个善后地将他们夹在中间，他们便有一种不快些爬便会被秦良玉扯下来扔下山的感觉，并且大家伙儿深深地坚信这种感觉并不是错觉。

初次训练，山势不算太高也不是太陡，在那炷香几近燃尽之时，军士们总算是分批回来了，之所以分批乃是因有些身体素质好走得便快，落后的那些多数是体力跟不上的。

秦良玉对此次训练结果不是很满意，整队之后立于众人面前，照例先褒后贬：“此次大家表现不错，速度快，且没有落队的。”话至此顿了顿，原本还想再夸上几句，但想了许久发现着实是没有什么可夸的地方了，语气一转，数落的话便出了口：“但是，你们的配合意识太差。”

军士们自打下山后，见秦良玉的面色似乎就不怎么好看，也知总兵大约是有不满之处，此时听她说起来，再细细一回想，方才好像是只顾自己向下冲了，身边挡路的同僚都被踹开了，当下便觉有些汗颜，都微微低了头。

秦良玉还想再说些什么，嘴刚一张开便被一旁笑眯眯瞧着众人的马千乘拉了下手臂，她瞧着马千乘，低声问：“有事？”

马千乘摇头，同样压低声音：“今日便算了，头一次都没有经验。”

秦良玉觉得马千乘的话有道理，也便顺势闭了嘴，命众军士原地歇息调整。有些事不能急于求成，总要给人缓冲的时机。

这第二回训练，是在三日后，山脚的石台上依旧燃了高香，因有了先前的经验，众军士再爬时，速度比起第一回还要快上一些，只是配合度依旧极差，简直如同一盘散沙。这回再下山时，连马千乘面色都沉了起来，他将秦良玉拉到一旁，满脸委屈：“他们居然顶我屁股，简直岂有此理。”

秦良玉闻言被口水呛了一下，想必是众人爬快了，没注意前头，这才将一边爬一边观赏风景的他宣抚使老人家给冲撞了。

“罢了，你先将你那兵器给赶制出来，其余事交给我吧。”末了马千乘眉飞色舞地摸了秦良玉的脸蛋一把，脚底抹油般跑了。

第三回训练，秦良玉未参加，留在营地带着上了年纪的火头兵赶制兵器，其余人则由马千乘带着去训练了。

天将黑时，马千乘意气风发地带队回来，瞧那脸上的扬扬得意之色中还带着大仇得报的快慰，反观军士们便不如前两次那般脚步轻盈了，个个苦着个脸，衣衫褴褛的，不知道的还以为马千乘回来的半路又征了伙乞儿呢，秦良玉认为大家伙儿这身装扮都可以直接化缘去了。

“这是怎么了？”

晚上秦良玉去找马千乘时，正赶上众人洗漱，秦良玉路过时听他们背地里怨声载道且一脸的苦不堪言，想去问众人，又觉他们定是不会如实相告，便直接问了马千乘。

马千乘正在桌前照着镜子，闻言头也不回：“今次在半路设了埋伏。”似是想起了当时的场面，马千乘咂了咂舌：“不是我对他们某一队有看法，在这营中的除了我都是垃圾。”

秦良玉抬了抬眼皮，马千乘又极度自然地改了口：“我只是说我们这些凡人，你是神，跳出三界外不在五行中的神自然与垃圾沾不上边。”

秦良玉一时不知该如何作答，无奈叹了口气：“我以为再操练时不应当将卫所与卫所之间划分得太清楚，不利于作战。”

军中抱团情况时有发生，这也属隐患之一。

马千乘点头：“明日集议，有些事是该规划一下了，挑些底子硬且机灵的当先头部队，这山地作战不比平原作战，打剿要结合，且在坚守自家阵地的同时还要以最快的速度攻下两边制高点以及通道上的山垭口、交叉路口等主要地点。我瞧你先前的训练方法并不是针对性训练，所以这方面还要加强。”

说起打仗之事，马千乘的面色便严肃了许多，周身满是冷凝之意，官威立显，与平日那吊儿郎当的纨绔沾不上一点边。无论如何，马千乘也是她的上级，虽说她现下顶着个总兵的头衔，但也只是暂时受命，此时听马千乘点拨后，下意识便要行礼。

“玉玉，外道什么？你早晚是我的人。”

马千乘笑嘻嘻地靠了过去，未等近秦良玉的身便被她推着脸赶到了一边：“天色不早，早些歇息。”说完便转身离开，大有落荒而逃之势，人已跑出老远，还能听到马千乘帐篷中传来的猥琐笑声。

大明暂时承平，各方因钱财短缺，想闹事都闹不起来，如此一来倒是给马千乘与秦良玉留了喘息的工夫。

万历二十三年，立春时节。

秦良玉已有好些日子未回家，想着军中有马千乘守着，她的心思便有些活络了，秦载阳前些日子来信，说陆景淮替谢大人写了青书上呈御前，得到了皇帝陛下的褒奖，谢大人一高兴便调陆景淮入京，任正七品都察院都事一职，这可谓是明降暗升，既然是进了京，那前途自然是光明一片，这是好事，应当庆祝。

马千乘知道秦良玉一心往家奔，破天荒主动接过了她手中的担子，叮嘱道：“现下驻在这儿也没有个休沐，你这次回去当心着些，莫要被那些龌龊的……”

话还未说完便被秦良玉一手掌给捂了回去，一向淡然的秦良玉每每听到马千乘乌鸦嘴的时候便格外心惊，但凡他一未雨绸缪，届时必然会下雨。

秦良玉一路提心吊胆地回了鸣玉溪，进了忠州的地界，仍是平安无事，她心稍稍放下了些，原本想打马朝秦府走，脑中忽然想起马千乘的话，深以为有道理，她现下驻守播州，未经允许便私自离队，这属擅离职守，若被有心人抓到把柄定然是落不到好，想了想，便将披风兜头罩下，遮住身子，而后牵着马回了家。

秦府现下又同当日陆景淮进京赶考时般门庭若市，各色贺礼使人眼花缭乱，送礼之人也是费了心的，晓得陆景淮好学，专挑文房四宝或大家遗迹手本来送，有些当真是绝无仅有的，即便陆景淮再不懂变通，瞧着有些东西也是开不了口拒绝的，但最后却仍是拒绝了。

秦良玉进门后瞧见的便是陆景淮在院中望着万里晴空发呆，她放轻脚步走到他身后，抬手拍了拍他的肩膀，见陆景淮头也不回道："我不能收，您还是拿回去吧。"

秦良玉闷声笑，而后又拍了他一下："是我。"

陆景淮身子一僵，须臾转过身来瞧着秦良玉，原本便消瘦的脸庞自打入仕之后更为清瘦，此时瞧着又添了些苍白。陆景淮盯着秦良玉瞧了许久，眼底有着不可置信，毕竟两人已有好几个月未见，陆景淮情绪有些激动也在情理之中，他动了动嘴唇，似是才找到自己的声音，开口道："越来越没规矩了。"

秦良玉就知道他开口便会教训自己，只是这次训斥的语气似乎带着些无奈，少了些凌厉，想必平日里李玉没少给他磨炼，这性子差不多已磨出来了。思及此，秦良玉左右瞧了一圈，并未瞧见李玉的影子，遂开口问："怎么不见李玉？"

陆景淮明显恍了下神，而后欲盖弥彰般转身朝自己的房间走："大概有事走了吧。"

这若换成柳文昭，定是一眼便能瞧出来陆景淮萧索的背影中微微的失落，但偏偏现下站在陆景淮面前的是秦良玉，心思比井口还宽的秦良玉，所以她并未发现不妥之处，抬脚跟在陆景淮身后："嗯，那便由我送你入京好了。"

陆景淮几不可闻地应了一声，后想起来什么一般问："你是怎么回来的？"

秦良玉脱口便要说是偷着跑回来的，幸而忽然福至心灵，在紧要关头转了画风："我听闻抗税一事已波及忠州，所以抽空回来瞧一瞧。"

一说到抗税，陆景淮不由叹了口气，以往他在这忠州时，每日尚派人去管一管，但他走了之后，便不知日后情况会如何了。

许是察觉出了陆景淮的担忧，秦良玉抬手便想拍拍他的肩膀安慰一下，手堪堪要落下时对上陆景淮淡淡然的眸子，当下收回了手，悻悻拍了拍衣袖上的灰："抗税的事你便莫要操心了，你多想想日后的路吧。"

京官不比地方官，那是天子脚下，容易成事也容易败事，尤其是陆景淮这么个固执的性子，进了京瞧见那些乌烟瘴气的事，保不准便跟人起了冲突，这身边若是没个人照应当真是不妥的。秦良玉想了想，又问："李玉何时回来？"

陆景淮摆明了不愿多说有关李玉的事，眉头一皱："明日我便进京，谢大人说最晚五日便要去吏部报到，明日大约要起早走，今日天不早了，你快些去歇息。"

秦良玉碰了一鼻子的灰也不自知，只是瞧陆景淮面带倦容，便也不再啰唆，转身回了自己的房间。

因心中揣着事，秦良玉一夜未合眼，隔日更是天不亮便起来准备，正洗着脸便听身后传来一阵极轻的脚步声，不用回头秦良玉也知来人定然是容氏，两人许久未见，当娘的自然是想念，且她这次回来匆忙，两人还未好好说上几句话。

容氏进屋也不打扰秦良玉，安静地坐在一边的椅子上，心情似乎不错。

秦良玉闭着眼睛擦脸，含糊不清地唤了容氏一声。

容氏话语含着笑，脸上满是欣慰，闲话家常道："现如今咱家几个孩子都有了出息，娘心里高兴。"想了想，她又道，"良玉啊，路上你多照顾些景淮，之前我瞧李玉那孩子总跟在景淮身边，可这几日却找不到她人了，也不知是不是同你三哥闹了什么别扭。"

秦良玉擦脸的动作一顿，这两个人横看竖看似乎都不是能闹得起来的主，怎么就突然闹了别扭？想想便觉得奇怪。

"要娘说啊，这李玉也是个好姑娘，我瞧那功夫也不比你差哪儿去。"

秦良玉突然开了窍，似乎明白容氏此行的目的了，大约是除去来看看她之外，还想撮合撮合李玉同陆景淮，所以来探探自己的口风？毕竟陆景淮年纪也不小了，也该考虑婚配一事了。秦良玉想了想，并未急着发表意见，感情这事讲究的是一个缘分，外人再如何看好也是起不到什么作用的。

容氏点到为止，也不再深入话题，转而吩咐身边伺候的婢女去厨房瞧瞧她让准备的糕点如何了。

此时秦良玉也已梳洗完毕，说是梳洗，其实不过是掬了两捧水朝脸上胡乱洗了两把，但架不住她们老秦家的皮肤都不错，瞧着白白净净的，连秦良玉这类日日在外奔波的人都是肤若凝脂的。但不得不说，老天爷还是公平的，毕竟皮肤没有秦良玉好的那些姑娘，全都嫁出去了……

"母亲，您怎么没多睡会儿？"秦良玉大马金刀坐在容氏身边，牵了牵嘴角，自以为笑得十分柔和，其实那笑瞧着比不屑时的冷笑没好几分。

容氏有些不忍直视，生硬地收回视线，道："这次送你三哥进京后，安排妥当便早些回来，过些日子你舅舅带着你表妹来府上转转，说是你表妹这些年总念叨着你了。"

对于这个表妹，秦良玉是没什么印象的，但容氏既然开了口，她必然是要快马加鞭赶回来的。

去京城的路上，陆景淮也提了提表妹的事，他说："舅舅已有好些年不同家中来往，今年却突然带着表妹过来，怕是事情不简单。"

秦良玉心思粗，从不费心去想这些弯弯绕，反正兵来将挡水来土掩，这些事不用单独拎出来想，能值得她动脑子的，除去打仗便是制作兵器，其余她是提不起兴致的，但此时听陆景淮说到不来往，倒是又想起了李玉，遂开口问："李玉呢？"

陆景淮显然被她这跳脱的思维给惊得愣了一下，随即眼底又浮现出那股烦躁之意："不知。"

这二字一出，秦良玉终是确定两人闹了别扭，本能地便想劝一劝，但劝人这事，最好是要有个对比的例子，开口之前，秦良玉斟酌了会儿，而后道："两个人在一起哪有不吵架的？"明明是语重心长的话，但由秦良玉口中说出来便带了训斥下属的意味，她并未察觉出什么不妥，继续道，"你二人该学学启文与文昭，话早晚要说开，何不尽早？"

陆景淮越听越觉得不对，待秦良玉话音落便道："你想多了，我同她没有任何关系。"

声音同神情皆十分刻板，似乎还带了些怒意，他以为他对秦良玉的心意已不算隐晦了，虽然她从未回应，甚至逃避，自己也从不曾逼迫过，因他委实不是能做出这些事的人，现下有些事他已想开了些，也不再执着去求个什么结果，但被一直喜欢的人如此向外推，他心中还是不舒服的。

自打这之后，两人路上便很少交谈，多半是秦良玉捧着兵器的图纸研究，陆景淮则是一丝不苟地翻着书。

谢大人一早便在京中等候，听下人通禀说陆景淮已到了京中，竟亲自迎了过去，在这个年头，青书写得好实属优势，升官加爵可事半功倍，所以陆景淮这位贵人，他定然是得抓好了，若有朝一日为对手所用，那后果定是不堪设想的。礼遇陆景淮的同时，秦良玉他也未敢怠慢，秦门尽出些英豪，他不想得罪，无奈秦良玉此番似乎是有事在身，并未在京中逗留太久，只待了三日，确保陆景淮这厢一切妥当后便返回家中。

进京时脚步匆忙，虽乘马车但一路却是风驰电掣，也未遇上个什么事，可等秦良玉策马回重庆时便不一样了，临近四川界时，她便被拦在了半路，此拦路并非被人拦了下来，而是被人山给堵在了半路，一眼望去，众人或蹲或站地横在路中间，当真是连一只蚊子都飞不进去。

“前面发生了什么？”秦良玉高居马背之上，俯视着地上蹲着的人。

那人不耐地扯了扯衣裳的领子：“还能是什么？那伙抗税的堵在门口撒泼，我们在这等了快一日都没进去。”

日头正盛，那人被烤得油光满面，狠狠扯过腰间悬着的水壶，猛灌两口。

秦良玉远眺前方，入眼皆是乌黑的发丝，队伍绵长得好似没有尽头，她正要换条路线便听身后传来极其傲慢的一声：“前面的让开让开！莫要挡路！”

秦良玉下意识便回头去瞧，只见一辆马车正停在自己身后，那马车雕梁画栋，好似亭台楼阁被安置在了轱辘上，一瞧便知车的主人非富即贵。

见前面人不动地方，车夫扬起手中的马鞭，不由分说一鞭子便挥了出去。

秦良玉见状薄唇紧紧抿了起来，原本是想让车夫见识见识秦氏铁拳的厉害，但转念想了想，又默默将路让了开来，不远不近跟在马车后面，借由马车开路，只是在见马车欲伤人时，挥鞭将人卷至一旁。不得不说，有马车开路，赶路的速度快了许多，不过一刻便进了四川地界。秦良玉这才想起什么一般，打马追上身前马车，而后将其拦下。

从方才赶车那车夫的言行来瞧，他自然是不会乖乖停车，只见在瞧见挡在前方的秦良玉后，那马车的速度不但未减，反而越发快了起来。

秦良玉眼睛眨都未眨一下，狠狠抽了马臀一下。胯下之马吃痛，前蹄高扬，眼见着便要踩上那车夫的头。

车夫见这阵仗，脸上血色登时褪得干干净净，急忙勒马，由于惯性，车厢内坐着的人像个面团子一般便滚到秦良玉的马蹄之下，她定眼一瞧，这人还是个熟人，不由开口打招呼：“曹公子许久不见。”

乍一听这声音，趴在地上的曹皋更是不敢动了，费力地扭着头朝上瞧，在瞧见对方乃秦良玉后，顺势便跪在地上行了个礼：“参见总兵大人。”

秦良玉没有心思同他多说其他，更不愿为难他，从鼻子里哼了一声出来，道：“这马车赶得若是太快似乎也不是什么好事。”

到了这个时候，秦良玉放个屁曹皋都觉得是香的，自然是不会反驳，连忙点头：“是是，草民下次注意。”

无论如何，秦良玉进四川是借了曹皋的光，再加之对方实在草包，也不值得她有什么动作，便没有为难他，一言不发地转身走了。

原本老老实实跪在地上的曹皋见秦良玉走后，立时从地上爬起来，瞧着秦良玉的目光也深邃起来，他一把拎过尚在呆傻中的车夫："快去布政司报官，便说秦良玉参与抗税，快！"

车夫连滚带爬地跑去了布政使司，在衙门口连哭带喊道："秦良玉秦总兵参加抗税了！官老爷们快去抓她啊！再不抓，人便跑了！"

秦良玉的名号眼下本就有些响亮，门口的衙差一听，直接逮了车夫进衙门，拎到理问所扔到里问面前，并将情况如实禀报。

里问一听要审问的人是秦良玉，当即便想表示这桩买卖不接，要他一个从六品的里问去审正四品暂领总兵官的秦良玉，这块烫手山芋是个人都不会接，更何况她背后还有石砫杀人狂魔马千乘这个靠山，谁他都得罪不起，他只想做个安安静静不问世事的里问，但今日有人来报官，他也不能光明正大地便拒接，想了想，便给面前人指了条明路："兹事体大，本官想左右参政、参议各道大人都在，你快些去请示下吧。"

车夫见他们这是要开始耍无赖了，但也不敢言语，老老实实跪在堂下，等着秦良玉这事有个了结。

大约半个时辰后，车夫觉得秦良玉此时差不多已经到家之时，方才那衙差气喘吁吁地跑了回来，对里问道："凑巧今日右布政使大人在，现下已将秦总兵请到衙门了。"

车夫听得真真切切，衙差用的是"请"，"请"这个字是个很玄妙的字，车夫两个腿肚子直抽筋，正想找个由头溜走，便被衙差给拉住了后领："秦总兵说要瞧瞧前来告状的是何人，你跟我走一趟。"

车夫彻底傻了眼，如同一只死狗一般，被衙差们架着拖到了秦良玉身前。

秦良玉端坐在椅中同右布政使交谈，自始至终连一个眼神都未分给车夫，车夫便像个犯错的新妇一般，几乎是缩成一团跪在堂前，心中已是在想着自己一会儿的死法，但在死之前他一定要将曹皋给供出来，若不是那个草包让他来报官，他才不会蹚这趟浑水。

秦良玉余光瞥见车夫一直坐立不安，这才放下手中茶盏，问："你家公子说我参与抗税？”

车夫见秦良玉给自己铺了个台阶，连滚带爬地便从台阶上下来，将曹皋出卖个底朝天，末了又狠狠叩着头：“大人，草民知错了，下次再也不敢了。”

秦良玉没说话，倒是一旁的右使冷哼一声：“你还想有下次？！”

这次还不知要如何善后呢，若是有下次也请不要为难他们好吗？

车夫被放走了，临走前秦良玉叮嘱道：“回去便说我已被缉拿。”

为让这戏演得逼真，秦良玉还在衙门中待了好几日，这让信以为真的曹皋捧腹大笑，直道大仇终是得报，从今往后他又可以在忠州横着走了。

这厢曹皋正在得意，另一厢秦良玉已悄然从布政司衙门回了家，她同曹皋这梁子算是结定了，只是眼下还没有多余的工夫找他算账，想着等哪日觉得日子难打发了，拿他来解解闷。

秦良玉从秦府后门进了家，刚走到后院便听容氏的屋子传来交谈声：“你表姐这些日子也该回来了，你再等等。”

秦良玉步子一顿，想了想，直接推开了容氏的房门，见屋中容氏坐在软榻上，对面的椅中还有个极为标致的姑娘，想必这位姑娘便是她的表妹了。

见秦良玉回来，容氏从软榻上起来：“玉儿你回来了？快来瞧瞧，这便是你的表妹容懿。”

容懿借着容氏的话便对秦良玉行了一礼：“见过表姐。”

秦良玉从未被人叫过姐姐，当下有些不适应，呆愣在原地也没反应过来，还是容氏拉了她袖子一把，在她耳边提醒，这才使她回过神来，微微对容懿颔首，却不知该说些什么。

“懿儿与你舅舅来了有两三日了，此番来可是有正事要拜托于你的。”

一听容氏说起这话，容懿原本便粉嫩的脸颊更加红润了，来不及跟秦良玉这位久未谋面的表姐寒暄，找了个借口便躲了出去。

原来容懿眼下已到了婚配的年纪，因在当地负有第一美人之称，她爹容江便自视清高，觉得老家实在找不出足以相配的适婚青年，想着在忠州还有容氏这门显贵的亲戚，便领着容懿登门拜访，想托秦良玉为容懿找个好人家，原本是想找个官家子弟，但又想到门第之事，只怕进了官家也不会是正室，可这世道如此之乱，若找个寻常人家也不行，当真遇事，那便是等着束手就擒，连个反抗的机会都没有，思来想去便想出了个比武招亲的法子，只是有些事是老生常谈，容懿相貌好，又是姑娘家家的，不好这么堂而皇之地摆擂台，好似嫁不出去着急一般，所以容江便想，不如以秦家的名义来摆个擂台，招募良婿，打得过秦良玉的便可同容懿成亲。

这法子有些荒谬，容氏开始是拒绝的，她的侄女是姑娘，她女儿就不是姑娘了？虽说也确实是过于阳刚了些，可姑娘家的脸面还是有的。

容江似是洞悉了容氏的想法，道："待结束后再宣布良玉是替容懿把关便妥了，如此一来也不碍事。"

容氏拿不定主意，与秦载阳商讨此事，秦载阳对此事倒是未发表看法，只道："我现下也不知老四的功夫有没有长进，那些个什么名声的我是不在意，若借此机会探一探她的功力倒也不错，这事待老四回来再问问她吧。"

秦良玉了解事情原委之后，坦然接受了这件事，还特意吩咐下人："去给曹府送个信，告诉曹公子务必来，若是我输了，任他处置。"

比武招亲便定在五日后。此事一出，百姓哗然，待到比试当日，百姓们连手中的活也不干了，开铺子的直接关了门，一窝蜂拥向鸣玉溪，想一睹女将军的风采是假，想瞧瞧是谁最后倒了血霉娶秦良玉是真。

除去瞧热闹的百姓外，其余前来比试的皆是慕秦良玉的名号而来的。不得不说，这里面有些男子瞧着倒是十分顺眼的，众人整齐坐在台下，粗略一瞧有百十号人，这些人有在朝廷任命的在职官员，有的是行走江湖的大侠，也有些在家种地种累了出来透透风的，比试之人虽来自不同地方，但相同之处便是个顶个的神情肃穆得很。

百姓们围在最外圈，有些踮着脚朝擂台上瞧，交谈声不绝于耳。

这个说："不说秦总兵同石砫的马宣抚使是一对吗？怎么好端端要比武招亲呢？"

那个答："唉，这你便不懂了，感情这事是讲究机缘的，没有那个缘分，天王老子也白扯。"

待台上主持比试之人宣布比试开始后，众人便不再出声，皆目不转睛瞧着台上的战况。只见面容冷峻的秦良玉以树枝代替武器，左劈右砍，举手投足间尽显洒脱之意，不时有人自台上飞下，狠狠跌落在地，在众人此起彼伏的哄笑声中落荒而逃。

秦良玉一口气单挑数十人，却无一人能同她过上百招，她不由觉得有些失望，深觉与其陪这些人浪费时间，倒不如回到营中去练兵。这比试越发无趣，秦良玉最后连应付都懒得应付，正要摆手叫停，便见远处一道肥厚的身影拨开人群挤了过来。

来人正是曹皋，他心中小算盘打得响，躲在暗处瞧秦良玉打累了之后再来应战，如此一来，胜算自然要大些，他虽不会武功，但歪门邪道他可是十分拿手的。

他推开身前挡着的百姓，费力爬上擂台，中途还险些跌落到地上，十分尴尬。待站稳后，他一脸得意："不知大人说话可算数？若草民赢了，大人当真任我处置？"

秦良玉点头，大方承认。

曹皋笑时一贯瞧不见眼睛，此种瞧不见眼睛同马千乘那种瞧不见眼睛还不同，曹皋的笑不见眼，那是十分戳眼睛的，若不当心瞧了一眼，轻者会被恶心得起码半年内茶饭不思。

曹皋动手前又藏了藏袖中的迷药，动作虽是不大，但仍被秦良玉瞧见了，秦良玉也未说破，嘴唇勾出了抹冷笑，站在原地瞧曹皋，想瞧瞧他这次拿来的又是什么药。

曹皋不知秦良玉已识破自己的伎俩，还对袖中的药十分有信心，此药乃是他花高价钱从鞑靼那里买来的，听说能让人失了心智，却不致昏迷，旁人是瞧不出异样的。曹皋闷声在心中笑，而后装模作样地摆好起式，准备一会儿一近秦良玉的身便向她撒药。

秦良玉心中自是有所防范，正要屏气攻击便见曹皋整个人瞬时间飞了出去。

原本还想瞧热闹的百姓见有庞然大物从天而降，皆极有默契地后退了好些步，生怕退得慢了被他压在身下。

曹皋理所当然地轰然落地，灰尘四起，听那闷响仿似身体被掏空，连油都砸了出来。这一砸倒不要紧，曹皋却老老实实趴在地上不动弹了，不多时额角有血迹漫延开来，混着沙土，没一会儿便流成了一摊。

坐在看台上的秦家众人心思各异，秦载阳率先自位子上起身："还不扶曹公子去瞧大夫？"顿了顿，视线朝台下扫了一圈，他又道，"若是像曹公子这般不会武功的还是莫要上台来比试了，届时若有个意外，秦某不好交代。"

秦载阳话音一落，容江已激动地指着将曹皋一脚踹飞的男子："妹夫！就他了！"

秦载阳远远瞧了一眼站在秦良玉对面的马千乘，未语先笑，而后道："这孩子已有家室，怕是由不得咱们做主啊。”

容江闻言愣怔一下，一脸惋惜，这男子乍一瞧玉树临风，周身自有一番风骨，眉宇间满是坚毅，单单往台上一站便已夺人眼球，当真是个不可多得的铮铮男儿，就是可惜有了家室，原来他一直想，他的女儿再不济也不能给人做妾，但若对方是眼前男子的话，倒也可以考虑一番。思及此，容江朝一旁女眷所处的小二楼瞧了一眼，见自家闺女也是目不转睛地盯着那男子瞧，面上带着娇羞，也知自家闺女的想法，沉吟片刻，又问秦载阳：“不知这孩子娶的是哪家小姐？”

秦载阳想了想，觉得这么瞒下去也不是办法，更何况他越瞧马千乘这孩子越顺眼，本也没想将他往外推，他闺女不懂事，他一把老骨头了可是十分明事理的，遂直接开口道：“实不相瞒，这是我女婿。”

容江一脸走在街上踩到狗屎的表情，嘴唇紧抿，不再言语。

擂台之上，马千乘冷眼睨着秦良玉，[illegible]：“我让你回来是让你招亲的？”

虽此次不是秦良玉在招亲，但瞧[illegible]乘这副模样，她竟有些心虚，便随着他的步子朝后退了退：“其实……”

马千乘不给她说话的机会，继续道：“你知不知道你此番回来是擅离职守？闹出这么大的动静是想死想疯了？”

秦良玉：“其实……”

马千乘抬手制止住她的话，冷声道：“七十七十，说了半天连句八十都没说出来。”

秦良玉见状自知今日是解释不通了，所以干脆放弃了解释的机会，想到今天马千乘既然站在台上，也不失为一次切磋的机会，便缓缓摆好起式：“来吧。”

马千乘被秦良玉气得气血翻涌，险些没昏死过去，此时见秦良玉眼底隐隐带着的兴奋，更是一时无语，紧要关头，他突然想起了徐时同柳文昭的话，觉得自己应当换个柔和的法子来表明自己的心意，沉思片刻，他依秦良玉的意思摆好了起式。

此番比试是两人真正意义上的头一次比试，是有着历史意义的切磋，这引起了秦良玉的高度重视。但过了十余招之后，她发现马千乘似乎是无心比试，在与她过招时竟还一脸心事重重的模样，都到这个节骨眼了竟还能分神，他分明是没将自己放在眼里，她正要出声提醒，便见马千乘面色一变，转瞬间带了悲戚。

“我父亲犯了错，我要跟着连坐。”

秦良玉不知他这是又在抽什么风，动作明显一滞，又听马千乘继续道：“我母亲为了我弟弟，从小便对我冷漠至极，甚至不惜以我的性命来换取我弟弟的土司之位。我最敬重的叔父是朝廷通缉的叛贼，在我处心积虑救他时派人暗杀我。”话至此，马千乘终是认真地瞧了秦良玉一眼，“我这辈子最开怀的日子是在你身边度过的。第一次有人为我亲自熬药，第一次有人担心世上再无马千乘，第一次有人在我生病受伤时照顾我。”

秦良玉被马千乘这突如其来的抒情抒得直发蒙，动作便也跟着乱了起来。马千乘见时机正好，抬手握住秦良玉的手腕，贴在她耳边继续道：“我今日来并未抱着胜算，我只想最后博一次，博你对我是有感情的，良玉，你摸摸这儿。”马千乘将秦良玉的手贴在自己胸口上，“它是为你而跳的，你当真感受不到吗？如你所说，既然这世道已是今朝有酒今朝醉了，那何不让我与你共醉？届时黄泉路上我与你同行，定不离不弃。”

秦良玉方寸大失，面上破天荒地带了惊慌：“你……”

秦良玉正要开口说话便被马千乘一掌击飞了手中树枝，马千乘随即揽住她的腰身，抱着她直接飞身下了擂台，跪在秦载阳座下，只说了一句话：“承蒙秦总兵承让。”

直到此时，秦良玉还是一脸茫然，抬头瞧了眼座上的亲爹：“我……”

秦载阳摆手：“允了。”

第十五章

鸳鸯袖里握兵符

自打秦良玉比武招亲之后，便摇身一变成了石砫马家未过门的主母，这让原本想择婿的容江黑了脸，招亲结束后他便领着哭哭啼啼的容懿走了，连杯茶都没喝。秦良玉此时也有些尴尬，她瞧了眼马千乘，又瞧了瞧端坐在正位上的秦载阳同容氏，尚在状况之外。

马千乘撩袍跪在秦载阳身前："眼下诸军尚在播州守着，待事情一过，小婿定然上门提亲。"

秦载阳同容氏都是明事理的，也知眼下战事频发，不是谈风花雪月的好时机，便将马千乘扶起来，道："好，家国之事最重要，其余的我们容后再议。"

回播州的路上，秦良玉与马千乘共乘一辆马车，车内空间不大，秦良玉只能尽量避开马千乘，想起现如今两人的关系，总觉得别扭至极，脑中反反复复只有三件事：头一件，自己比试输了；第二件，马千乘太无耻；第三件，她要嫁人了，对方是自己以往仰慕的英雄。

马千乘见秦良玉置于膝上的手紧紧攥着衣摆，笑着伸手在她手背上不轻不重地拍了一下："我知道幸福来得太突然，你且慢慢消化。"

秦良玉被马千乘这一拍惊得双目微瞠，想了想，道："你离我远一些。"

马千乘不解，将脸凑到秦良玉身前，笑问："为何？"

秦良玉不知该如何答话，总之她眼下一瞧见马千乘，心中便有些奇怪，只想离他远一些。

马千乘知道秦良玉身为大龄剩女，已有自己生活的套路，这冷不防有人娶了，心思还未完全扭转过来。他也不着急，左右现下世人都知秦良玉已与他有婚约，再加之他日日跟在秦良玉身边，也不怕有有心之人接近，桃花这种东西，来一朵掐一朵，来两朵掐一双。

秦良玉一路都挤在角落中翻兵器谱，尽量减少自己的存在感，几乎从未与马千乘有过交流。马千乘则侧躺在软榻之上，一只手撑在头侧，一瞬不瞬地盯着秦良玉瞧，眼神略显炙热。

秦良玉觉得自己的脸已被瞪出了两只血窟窿，正要语重心长同马千乘讲道理，便听车夫在外道：“二位爷，地方到了。”

秦良玉将兵器谱朝袖中一塞，飞身下了车，落地后拔足便想跑，开跑前想了想，指着堪堪撩帘下车的马千乘，木着脸对车夫道：“他付钱。”

尾音一落，人已不知所终，只剩马千乘一手扶在车夫肩膀上捧腹大笑，笑够了一抬头，见车夫正面无表情地盯着自己，当下尴尬地收住声音，随意扔给车夫几粒碎银子，大摇大摆朝营地而去。

一进营门，远远便瞧见杨启文同柳文昭在与秦良玉说话，两人见马千乘慢条斯理地走来，皆朝秦良玉挤眉弄眼，秦良玉则竭尽所能摆出了一副十分淡然的样子，扫了马千乘一眼，又不动声色地收回视线。

“恭喜大人，贺喜大人。”柳文昭乖巧地朝马千乘行礼，而后轻车熟路地将手在马千乘面前一摊，上下晃了两下。

马千乘装作看不懂的样子，将怀中的钱又往深揣了揣，极其自然地转移了话题：“你们怎么来了？”

杨启文笑着将柳文昭的手拉了回来，暗地里轻挠了她手心一把，柳文昭脸一红，躲在秦良玉身后不再说话。马千乘见状，状似无意地瞧了秦良玉一眼，见对方也在瞧着自己，遂也有样学样，悄悄将手伸过去，只是还未近秦良玉的身便被她一把抓住手腕，向后一扭，马千乘整个人便也配合地跟着转了半个身子，口中的呼痛声十分浮夸。

“你能不能老实一些？”秦良玉面色虽沉，却没有真的动怒，语气中有些无奈。

马千乘悻悻地握着自己的手腕，觉得自己受到了不公平的待遇。杨启文同柳文昭还未定下婚事便没事拉拉小手、亲亲脸蛋，自己同秦良玉这已是快要名正言顺的两口子了，连拉个手都要被媳妇横眉冷对，这着实是让他咽不下这口气，不过咽不下也无伤大雅，强咽便好了。

马千乘规规矩矩地站好，再问杨启文：“你们两个来做什么？”

杨启文收回同柳文昭的眉来眼去，正色道："朝廷这几日来了密函，卫指挥使着我亲自来同总兵交接。"

原来这些日子太过太平，皇帝陛下见杨应龙也老实不少，但转念想到其为人，生怕里面有变数，不如趁热打铁，便又派人催勘问杨应龙一事。事出紧急，兵部侍郎邢玠命重庆知府王士琦缚杨应龙速至秦江听勘。杨应龙虽还是闭门不出，却托人捎了信给皇帝陛下，说他是冤枉的。当日娄山关一战，他是真心归顺，并未起杀心，当日杀人的乃是他的部下黄元、阿羔、阿苗等十余人，他愿将这十余人上交给国家。惊闻皇帝陛下缺钱花，他还愿纳银四万两助朝廷渡难关，若皇帝陛下还是放心不下，这宣慰使他也不干了，由他大儿子杨朝栋代播州宣慰使一职。

世人皆知眼下国库已比皇帝陛下的肾脏还要亏虚，这个时期又是战事吃紧之时，指不准那些在暗地里虎视眈眈的外族什么时候便扑过来咬人。这么瞧来，四万两的真金白银可是能起到不小的作用，而且朝廷之所以提勘杨应龙，便是因他有钱、有权、有野心却忌惮朝廷，若他当真主动辞了官，或许还可以留他一阵，毕竟他有钱，皇帝陛下也不想做那杀鸡取卵之事。但这事不是皇帝陛下一人便能做得了主的，所以他问了内阁几位大臣，发现众人各执一词，思想达不到统一，遂有些郁卒，想了想，又将这信送到兵部，命人权衡其中利弊。兵部众人一瞧这烫手山芋已传到自己的手中，心想此事可是个费力不讨好的事，当即表示这锅兵部不背。

这锅皇帝陛下不背，内阁不背，兵部也不背，这真是极好的，所以问题来了，那么这个锅谁背？

这时有大臣站了出来，义正词严道："前次娄山关一战，重庆王继光失职导致朝廷惨败，依臣瞧，这事便听听他们重庆的看法，若是法子好了，便是将功补过了。"

推来推去，这锅便推到了重庆。

"卫指挥使问你这事该当如何？"

几人进到屋中，神色各异，杨启文安静了半晌，又忍不住开口问了一句。

秦良玉屈指敲着桌面，杨应龙几次三番地死里逃生，其中定是少不了孙时泰的功劳，想到这个孙时泰，秦良玉的头便有些疼，杨应龙周围的帮手太多，应借此机会瓦解才是，想了想，道："长子代职，次子逮到重庆留作人质吧，什么时候钱交完了什么时候放人。"

瓦解理应先从杨家人下手，左右那杨可栋也是个病秧子，换个地方散散心也不错，而且杨应龙生性狡猾，他们手里无论如何也该留个底牌，思来想去，杨可栋便是最佳人选，单看他病了这么些年，杨应龙还未放弃他便能瞧出来了。其实之所以选定杨可栋，内里还有一层，杨可栋不喜杨应龙，他来了重庆，离秦邦翰近一些，或许病情能好转也说不定。想起杨可栋那毫无血色的面庞，秦良玉心沉了沉，无论如何，上次他曾出手帮助过自己，这个情分是要还的。

一直未出声的马千乘直到此时也一直紧抿薄唇，连眼皮都不抬一下，安安静静斜倚在椅中发呆。

秦良玉轻轻推了他一下："你以为如何？"

马千乘这才茫然抬头："我以为下月初六是个好日子，可以成亲。"

杨启文一口水喷了满地，他身边坐着的柳文昭却早已习以为常，瞧了马千乘一眼，而后默默将杨启文前襟的水给拂去，最后才瞧了面沉如水的秦良玉一眼，心中始终提着口气，生怕秦良玉拒绝了马千乘，毕竟不管马千乘心中有何谋略，在现下这关头提及此事总是有些突兀的，若她家将军耿介地一口拒绝便不好了。

秦良玉倏然转头盯着马千乘，见他眉眼间满是笑意，似乎说这话时并未考虑其他，只不过是想成亲，但按她对马千乘性子的了解，这事突然被摆在台面上，似乎也不是表面那么简单的。

秦良玉沉思片刻，双手攥成拳后又松开，沉声道："依你。"

转瞬间，石砫宣抚使马千乘同明威将军秦良玉将成亲一事便如同长了翅膀的鸟一般，飞出了营地，飞向了各处，坊间传得沸沸扬扬，有好些少女揉碎了心肠，直道自己心心念念的明威将军终是难逃无耻之徒马千乘之手，还有好些相貌不错的高官家少男抚着胸口暗自庆幸，这两个祸害成亲后，自己便可高枕无忧了，不用日日担心被马千乘抓去做禁脔，或是去娶大明第一母老虎了。

因马千乘同秦良玉两人皆为品官，不同于庶民成亲那般简单，再加之眼下时期特殊，其中诸多事宜要通过层层批复才能抽空好好把亲成了。

朝中为示天恩，特地重新调遣武将守着播州城外，将秦良玉与马千乘放回了家，准备成亲相关事宜。

马千乘回到石砫后的第三日，马家的聘礼便送到了鸣玉溪秦家，大红的聘礼队伍之壮观，仿似波澜壮阔的大海，一眼望不到边际。每抬聘礼皆四人方能顺利抬动，其物品之华贵便不多赘述。

聘礼到了秦家后，摆放在何处便成了问题，秦家院子虽不小，但依然放不下这些东西。秦载阳瞧着满院红彤彤的聘礼，不禁抚了抚额，这些东西虽瞧着喜庆，但着实太多了，至于放到何处，这个问题便交给容氏好了。

此时容氏也有些头疼，但也不能这么放着不理，便亲自指挥着秦府下人归置，近乎一日的时间过去，这些东西堪堪处理妥当，她擦了擦额头的汗，抬眼正见秦良玉手托着几个银钩从府外归来。

见容氏累得满头是汗，秦良玉急忙走了过去，捏起袖子为容氏擦汗："娘，您一整日都在忙着归置这些东西？"

容氏笑着将秦良玉的手握在手中，发现记忆中那双小小软软的手不知何时已转成一双可以承起家国大事的手，心中一时五味杂陈，想着想着眼泪便落了下来，她摸着秦良玉掌心的茧子，良久才将泪意忍回去，牵着比她高了一头的秦良玉朝卧房走，边走边道："玉儿啊，这么些年肖容待你如何娘是瞧在眼中的，遇到这么个良配不易，你要多珍惜这份情，你舅舅那边你也不用太过担心，生气是正常的，但好歹是一家人，过去这阵子便好了。"

秦良玉后知后觉地应了一声，她原本也未将这事放在心上，若不是容氏现下提起，她已忘了她舅舅当日是铁青着脸领着容懿拂袖而去的。

"闺女大了，娘也留不住了，出嫁前你再陪娘睡几日吧。"容氏说着又红了眼眶，惹得原本还未进入状态的秦良玉心中也略微惆怅起来。

眨眼便到了马千乘同秦良玉的成亲之日。

连日的阴雨竟也在这日放晴，日头高挂湛蓝空中，万里无云，不算规整的青石板街道上，人们比肩接踵，连街道两旁的楼阁也未放过，未出阁的姑娘们挤在其中。

楼下有孩童骑在爹爹的脖子上朝街上观望，片刻后指着一边大呼："将军的花轿！"

随着这一声惊呼，人们皆向那浩浩荡荡的大红色队伍瞧，一乘红幔翠盖的暖轿徐徐而来，四角皆挂丝穗，轿身上有龙飞凤舞，寓意龙凤呈祥。凑巧一阵风吹过，拂开帘布同盖头，有人见稳坐轿中的明威将军秦良玉今日着了她往日最为厌恶的大红色，头上凤冠坠着几条金丝遮住面庞，顶部些许明珠同玉石熠熠生辉。凤冠之下，素来不施粉黛的秦良玉，今日也在柳文昭的好说歹说之下上了淡妆，双眉如远山，眉间一抹鲜红朱砂被点缀成梅花的花样，朱赤口脂同梅花相交映，衬得秦良玉肤色愈显白皙。再往下瞧，她的肩上一条绣有各类吉祥图纹的霞帔，腰间系有流苏飘带，这么一瞧，那腰身竟不盈一握。

稳坐高头大马之上，同着大红喜服，顶戴花翎，腰系玉带，意气风发之气遮也遮不住的马千乘，路上止不住地回头瞧着轿子，从不时被风掀起的帘布缝隙中隐约能瞧见双腿叉开，双手撑于膝上，坐姿极为放荡不羁的新娘。马千乘默默回头，只能勉强从她着的是裙装这点上宽慰自己。

没错，他娶的千真万确是女人。

阁楼之上的众人窃窃私语。

“宣抚使真英俊！当然，明威将军也英俊！”过了片刻那人又道，“他们都英俊！”

话毕却没有人开口搭理他，众人的视线此时皆聚集在秦良玉身后的嫁妆之上，粗粗一瞧，嫁妆百抬有余，极目望去好似一条身形巨长的红色巨蟒，排在头数十抬的是皇帝陛下同太后御赐的珠宝、玉器、首饰同镜台、拔步床等一应贵重物品。照殿红、瑟瑟、狮负等将箱盖撑开，光彩夺目，耀眼得打紧。单这么瞧着，这前几十抬嫁妆还算有个姑娘出嫁的模样，待到中间至后的嫁妆便成了清一色的兵器，长兵器、短兵器、冷兵器等，有个箱子未盖严，眼尖的人瞧见那箱子之中全是各类暗器，抬箱子的几名男子步伐略微不稳，青石板随着众人脚步的起伏微微颤动。

“我的亲娘，这是嫁将军还是嫁公主？”有人发出质疑，这一声质疑如同一颗石子激起湖心千层浪，唏嘘声此起彼伏。

秦良玉板着脸坐在轿中，不耐烦地将盖头扯下，撩开帘子问跟在轿边的柳文昭：“什么时候到？”

柳文昭正接受着众人视线的洗礼，沉浸在与秦良玉亲上加亲的喜悦之中，此时被豪放的秦良玉吓得面色发白，说话开始结巴：“将……将……将军，还要一会儿才能到，请……请将军将盖头盖上……”

秦良玉不禁叹出口气，无意识击了一下轿身，将想骂娘的话忍了回去，放下帘子坐正身子。

秦良玉在轿中坐立难安，最后一丝耐性被磨没之前，轿子一转便到了马府。马千乘潇洒地自马上翻下，站在一旁瞧着秦良玉被人从轿中背下，望着那高挑的身影以及身影下的人略微吃力的表情，马千乘在心中替那人掬了一把同情泪，想必他的娘子定是分量过人的。

秦良玉头遮红盖头，觉得自己被人拉着走了一圈又一圈，耳边是各类道贺声，还有一道疑似杨应龙的声音。不待她仔细辨认，便被人带进了一间屋子，她坐在梨花木架子床上，伸手便将盖头掀了扔在一边，戳在床边的喜娘被秦良玉吓愣的模样同柳文昭如出一辙，只是她年纪稍长，也听说过秦良玉的脾气，硬是将话语给咽了回去，憋得满面发紫。

秦良玉抬头瞧见她一副要哭不哭的模样，皱了皱眉："你身子不舒服？"

喜娘急忙跪在地上答："老身舒服！十分舒服！"

秦良玉见她抖如筛糠，也不想再同她说话，淡声问了一句："柳文昭呢？"

喜娘答："柳姑娘现下在前堂忙着，一会儿便过来了。"

秦良玉应了一声便不再开口。

大约一个时辰后，一串稳健的脚步声从门外传来，已担惊受怕了一个晚上的喜娘见马千乘推门进来，面色终于好看了一些。

"见过宣抚使大人。"

马千乘摆了摆手，嗓音同样淡然："快些将事情办好，我累了。"

红娘含着眼泪将过场走了一遍，最后同其余帮手揣着不菲的赏赐倒退出门外。

众人走后，马千乘站在原地轻笑一声，继而坐在床边瞧着秦良玉，见她长睫低垂，低声道："难得见你如此乖顺。"

秦良玉这才侧头瞧他，面色寡淡地说了七个字："我饿了，要吃饭，快。"

马千乘未料到她被饿到如此境地，当下大笑出声，边起身边问："吃饭还是吃糕？"

秦良玉不再答话，直接从床上站起身，径直走到桌旁拿上面的糕往口中塞。

马千乘摸了摸肚子，又望了望秦良玉。他虽已年过二十，但这些年身边除了李玉同柳文昭一直也没有过其他女子，可即便是李玉同柳文昭，在他眼里也不过是汉子罢了，同女子委实搭不上干系。所以今时今日瞧着眼前一口一个吃着糕点的秦良玉，他一时也说不清心中感受。其实关于娶妻一事，他年少时也曾想过，但那时他想的是他娶妻应娶温良贤淑的，要比覃氏温柔，不要与她一样冷冰冰的，可此时再一瞧喝着茶水的秦良玉，他又觉眼前的人竟巧妙地将这四个字避开了，可瞧起来居然也不使他厌恶，这大抵便是世人口中所说的缘分吧。

秦良玉一边吃东西一边回身望他，见他正一脸若有所思地瞧自己，不慎被糕点噎了一下，又转过身喝了杯水才问："你不歇息瞧着我做什么？"

秦良玉同马千乘的想法不同，她将以后同马千乘同床共枕之事，当成是以往戍边时同那些大老爷们儿睡通铺，所以也便少了马千乘那份百转千回的心思，但她唯独忘了以往那帮大老爷们儿是不敢对她如何的。

马千乘被秦良玉问得愣了一瞬，随即挑眉坏笑："正经事还未做完，我怎么睡？"

经他一提点，秦良玉终是记起今日是她大喜之日，她已嫁给眼前面若冠玉，心如蛇蝎的男子为妻。思及此，她的面上滑过一丝不自然，但很快便被掩去："嗯，待我去洗一洗。"

马千乘薄唇轻启："一起。"

秦良玉站在浴桶旁边，红着一张老脸紧捂着衣裳前襟，死死地盯着马千乘："你过会儿再洗。"

马千乘哪里听得进秦良玉的话，一边迫不及待地扯着自己的衣裳，一边长腿一迈跨入桶中，口中道："人家不要嘛，要同你一起嘛。"

秦良玉忍无可忍，将手旁帕子一把塞到他嘴里，粗声道："吵死了。"

她在桶边停了脚步，见马千乘泰然自若地在桶中坐着，伸手拍打着水面，溅了她一头一脸的水，不由皱着眉"喂"了一声。

马千乘说了句什么，秦良玉未听清，遂又向前探了探身子，问："你方才说什么？我没听清。"

马千乘此时唇角微微扬了扬，趁秦良玉不备，抬手将她拉到桶中来。

秦良玉被突如其来的情形骇得不轻，待反应过来时整个人已趴在马千乘光裸的胸前，脸不由一红，伸手欲推开他。

"玉玉，你我二人是夫妻了。"马千乘惦记秦良玉已有好几年，此时美人在怀，他自然不会轻易放手，不放手也便罢了，双臂又紧了紧，"这几日可有想我？"

秦良玉被他撩拨得有些不自然，伸手在他腰上掐了一把，故作镇定道："深更半夜在这儿耍什么流氓？！要不要脸！"

马千乘闻言笑得开心："我同你，这不算耍流氓，是夫妻情趣，你懂吗？"

秦良玉垂了眸子："不懂。"

此时她身上已尽湿，衣裳紧贴着皮肤，勾勒出她纤细的腰身，经方才那一番拉扯，领口微微散开，那道沟壑若隐若现。

马千乘脸上笑得如同朵花般温良无害，眼神却渐深，他缓缓自秦良玉的背后贴上她的身子，附在她耳边低声道："不懂没关系，夜还长着，为夫教你。"

第十六章

誓平天下战乱事

隔日秦良玉从梦中醒来，觉得腿间那一股酸痛感同年幼时骑了一夜的马极为相似。她侧了侧头，马千乘还在外侧睡着，被子盖到精壮的胸膛，余一对分明的锁骨在外面。秦良玉愣了愣，而后伸手替他将被子往上拉了拉，然后发现自己竟睡不着了，想起身又怕惊醒马千乘，只得头枕双臂望着屋顶出神。

她此生能成亲实属她预料之外，自随父从军那一日起，她便已舍下了女儿身，立志做爷们中的爷们儿，有朝一日将天下所有爷们儿压在身下。可昨晚的情形好似不是她想象中的那般，尽管她觉得自己已然十分爷们儿了，可还是被马千乘压在了身下，这种情况十分不好，令她有些郁卒。

正出神，秦良玉突觉腹上一沉，伸手摸了摸，果不其然，马千乘的手臂第数十次朝她压了过来。秦良玉一把将他的手甩开，见朦胧光亮之下，马千乘睡姿从容，一头青丝散在枕头之上，忍不住伸手摸了摸他的脸，随后低声道：“一个男人生得这么白做什么？小白脸。”

“是吗？”马千乘未睁眼，声音低沉喑哑，复又将手搭在秦良玉腰侧，人也跟着凑到她跟前，“昨夜你可不是这么说的。”

想起昨夜马千乘居高临下瞧着自己的那副模样，秦良玉的老脸登时火辣辣地烫，干脆翻身从床上跃起，落地时腿不合时宜地软了一软。她下意识回头去瞧马千乘，见其视线一直黏在自己的腿上，随后故作淡定地伸手钩过一旁架子上的衣裳，三两下穿好后便夺门而出。

马千乘牵了牵嘴角。一早便知他家媳妇那双腿生得好看，昨夜只顾忙活，并未留意那双笔直修长的腿，现下只依稀记得手感十分不错。

秦良玉刚出院门，便有马府下人行礼："见过夫人。"

秦良玉只觉这称呼有些别扭，开口纠正："还是叫我将军吧。"

下人双肩抖了抖，不敢忤逆秦良玉的意思，生怕她一个不高兴将马府铲平，毕竟是指挥过千军万马的女子，同寻常人家的小姐是不同的，思及此急忙改口："是，将军。"

秦良玉绕开这一院的行礼声，想着在院中走一走，顺道问问柳文昭是不是杨应龙也来了。这边秦良玉刚一出院门，忽见前方有一道肩披晨雾静静立着的身影，也不知他站了多久，背影瞧着似乎有些僵硬。秦良玉原本微蹙的眉头松开了些，几步跑到那人影后，拍了拍他的肩膀。

"你回来了？"

面前人正是有事在身，未及时赶回来的陆景淮。

今次陆景淮倒是未开口教训她不懂规矩，只露出抹带着牵强之意的笑："还未恭喜你。"

秦良玉不甚在意地摆摆手："不必在意这些，你何时到的？怎么不让人叫我？"

陆景淮抿着唇："天还未亮，想让你多歇息歇息。"

秦良玉瞧出陆景淮心中似乎有些难受，但有些事他只字未提，自己便也跟着装傻充愣，她沉吟片刻，状似无意般问："李玉没同你在一起？"

陆景淮似在沉思，后知后觉道："她也一同来了，只是方才瞧见了杨应龙，她便走了。"

再提杨应龙，秦良玉来了兴致："他果然来了？"

陆景淮点头："他现下虽已无实权，且杨可栋又被羁押，但对于此人仍不可掉以轻心。"

秦良玉点头称是，杨应龙此时已被逼到了墙脚，下一步要做什么谁都无法预料，只能严防。

陆景淮笑了笑："我回来便是想瞧瞧你，都察院不比地方衙门，事多脱不开身，日后我大约不能时常回家了，你……保重。"

说到分别，秦良玉也安静了下来。

两人正沉默时，马千乘的声音在不远处响起："哎哟，这不是三哥吗？快些进屋坐。"

见马千乘那一脸明媚的笑意，陆景淮的面色登时变得铁青，他咬了咬牙："不必，我过来瞧一眼便回家了。”

马千乘知道现下陆景淮是十分厌恶自己的，但他仍没有身为被嫌弃之人的自觉，正要笑嘻嘻地迈步过来，便被从前头匆匆赶来的柳文昭给拦住了路：“见过姑爷。”

柳文昭这称呼堪比当胸一箭，马千乘驻了足，拿眼睨着柳文昭：“何事？”

柳文昭瞧了院中三人一眼，低声对马千乘道：“姑爷，要不请上我家将军同陆公子我们进屋去说？”

马千乘方才让陆景淮进屋也不过是做做样子，若当真让陆景淮同秦良玉过多接触，他心中是十分抵触的。但见柳文昭似乎是有要事说，他便只能顾全大局，朝两位摆了摆手：“三哥舟车劳顿，还是进屋喝杯茶歇歇吧。”

原以为陆景淮会直接拂袖而去，马千乘心中暗笑，如此一来倒是两全其美了，却不承想方才还面沉如水的陆景淮这时面色稍霁，如雨过天晴，淡笑着点头：“也好。”

秦良玉跟在陆景淮身边朝屋里走，路过木头桩子般戳着的马千乘时，被他轻轻捏了腰侧一下，她的面上立时微烫，身子也有些僵。

走在最后的柳文昭见状不慌不忙地转过头，一副什么都未瞧见的模样。这马公子一向放浪形骸，现如今她家明显不擅龌龊之事的将军落在他的手中，那便好比羊入虎口，当真是让她揉碎了心肠，生怕她家将军受不住马千乘的折腾。

几人依次进到屋中，马千乘觍着脸贴着秦良玉落座，惹得陆景淮直凝眉，道：“你二人虽为夫妻，但这青天白日的，还是要注意些。”

秦良玉面上似能拧出血，转头睨着马千乘，后者则口中应着“是这么个道理”，而后又向秦良玉贴了贴，恨不能整个人挂在她身上。

柳文昭见陆景淮面色越来越差，急忙出来打圆场：“奴家方才路过前堂，听夫人同骠骑将军似在商讨小公子同杨宛若的亲事。”

马千乘面色倏然一变，身子不自觉地坐直了些：“什么？”

柳文昭将方才所闻同马千乘简单说了说，末了问道：“这事您不知？奴家听夫人同骠骑将军的语气，这事似乎已经定了，好似马上要过礼了。”

屋中一片沉寂，马千乘方才还一脸风雨欲来，转瞬之间却又恢复如常，他笑着从座上起身：“如此重要之事，我去前面瞧瞧。”

秦良玉也跟着起身，扔下一句：“我也去瞧瞧。”

柳文昭见两位主人家都去了前堂，自己同陆景淮独处一室似乎也不好，朝陆景淮行礼过后，也抬脚跟了出去。

偌大个屋子转瞬便只剩下犹自出神的陆景淮一人，他的视线尚胶在秦良玉离开的方向，他记得小时候，秦良玉也是这么日日跟在他的身后，三哥长三哥短地喊，若是不理她，她还会哭上两嗓子，但那些日子都过去了，所有的一切也都该过去了。

第十七章

黄沙百战穿金甲

前堂之中。

杨应龙与覃氏刚刚达成了盟约，两人的唇角皆挂着隐隐的笑意，这笑意在转头瞧见缓步而来的马千乘同秦良玉时，消失不见。

马千乘也懒得追究那笑容的深意，面上挂着一贯的暖意，先是对着二位行了礼："方才良玉还说起晨昏定省，我怕母亲还未起来，便拦着未让她过来。"

从不知何为晨昏定省的秦良玉闻言脚步一顿，面上也带了些尴尬出来。她正愁不知该如何应对这样的场面，便见杨应龙站起身，一脸亲切地将马千乘拉到自己跟前："肖容啊，方才叔父已同你母亲商定了你弟弟千驷同娇娇的婚事，你也是赞同的吧？"

现下马千乘对杨应龙的感情可谓是十分复杂，在知道了那么多事之后，让他心无芥蒂那是必然不可能的，可若让他与杨应龙撕破脸皮，他心中也是有些抗拒。之所以将与良玉的婚事提到这个月，为的也是将杨应龙引到石砫来，顺带探探杨应龙的口风，但他确实是未起杀心。

马千乘不说话，这气氛便尴尬了起来，杨应龙嘴角的笑意几近挂不住，马千乘不当心瞥见，想了想，这才开口："嗯，既然母亲同叔父已做了主，我也便不好多说其他，只是不知千驷如何说？"

杨应龙表情微僵："千驷自然是答应的。"

马千乘恍然大悟般应了一声，总觉得自己这个弟弟是越发没有规矩了，以往念在他小，所以自己从不与他一般见识，以为这个倒霉孩子长大了便会找回一些对人性的向往，以及对纲常伦理的认知。但现下瞧来，他这个兄长的威严若再不立一立，这石砫便要由他的母亲同弟弟当家做主了。这两个人立马要翻身把歌唱了，这样的情况在他没死之前，他是绝对不允许发生的。

马千乘又在堂中坐了片刻，与杨应龙貌合神离地谈了会儿天。

“肖容你看，今日日头甚烈，是上苍在预示着你同良玉的姻缘红红火火。”

“是啊叔父，今日这日头瞧起来好像前些年你答应给我的神火飞鸦。”

杨应龙：“……”

神火飞鸦属火器一类，外形似乌鸦，多由细竹或芦苇编成，火器内里可填充火药，两侧各装两支“起火”，其威力不可小觑，军中若获此神器，那便是如虎添翼，即便是临入鬼门，亦有绝处逢生之机。

杨应龙的额角登时有冷汗流下。这事的确是他曾应承给马千乘的，可按眼下情形来瞧，将这神火飞鸦送给马千乘，竟有以子之矛攻子之盾之意，但若是不给，表面瞧着又好似自己心虚。

思量再三，杨应龙复又开口：“这自然是要给的，只是你也知道叔父眼下还要交赎金，所以也无法给你太多，神火飞鸦定然是有，只是这数量便不敢保证了。”

马千乘点头：“肖容明白。”

秦良玉被马千乘的无耻给深深震撼了，顶着覃氏有意无意翻着的白眼在一旁一直未开口。

覃氏是不愿见到秦良玉与马千乘的，但无奈大家同处一个屋檐下，即便是一日出屋一趟也会碰见的。之前她曾同马千乘打过商量，想带着马千驷出去另住，被马千乘毫不犹豫地拒绝了，理由是现下马斗斛尚在狱中，千驷年纪尚幼，他们母子二人在外面过他不放心。覃氏可一点也不认为马千乘关心他们母子，若论不放心，她觉得她同马千驷在马府才是不放心。因马千乘不同意他们另过，所以覃氏日日对着马千乘那张见到自己时便不带什么表情的脸，便更加厌恶马千乘了。爱屋及乌，连秦良玉也被牵扯其中。

马千乘要到神器之后便要走，说是去瞧瞧马千驷，同他商量聘礼相关事宜，秦良玉抬脚正要跟着，便被覃氏给叫住了。

“你来是做什么的？”覃氏眼皮都未抬，右手搭在桌上，有些漫不经心。

秦良玉闻言脚步一顿，抬头见马千乘略挑眉峰，心下了然，暗地里摆手让马千乘先行离开，这些小事便由她来应对。

秦良玉转身欲给覃氏奉茶，又听覃氏道：“那个茶我不爱喝，换一壶。”

秦良玉执杯的动作顿了顿，无论如何她也是在军中干活的，军中都是男人，大家也不兴这些，秦良玉只当覃氏有些矫情，也便没有同她一般见识，耐着性子问了一句：“不知母亲偏好哪个品种？”说到“母亲”二字时，她觉得有些别扭。

覃氏并不懂茶，只是想刁难秦良玉而已，兴起之下也忘了眼前这儿媳不同于一般儿媳，想也不想便开口道：“只要不是府上的茶，都好。”

坐在一旁的杨应龙自知覃氏这是要开始发难了，若他再不走，一会儿不帮秦良玉说上两句话也不是那么回事。这些倒是其次，最主要的是，若一会儿覃氏将秦良玉惹急了，秦良玉盛怒之下若是动手，他委实不是对手，被连带着一块揍一顿比较丢脸。

杨应龙咳嗽了一声：“我才想起还有事未办完，先行一步。”说罢便扬长而去。

屋中一时只剩秦良玉、覃氏同柳文昭三人。

柳文昭咬着嘴唇，须臾，笑了笑：“夫人，府上的茶都是上等的茶，外面的茶着实是比不上的。”

覃氏冷冷睨了柳文昭一眼：“主人说话有你个下人插嘴的余地？掌嘴！”

秦良玉念在覃氏乃长辈，又是马千乘的母亲，初时还一直忍着，这时见她开始找柳文昭的碴儿，面色也沉了下来：“我看谁敢动她？”

秦良玉名声在外，人称玉面修罗，那双手是浸在鲜血中的，因久经沙场，一双眸子锐利且深沉。府上下人都知这当家主母不好惹，自打秦良玉嫁入府门便是能绕道走便绕道走的，这时一听她开口，自然都不敢上前，皆唯唯诺诺地退到安全距离之外，哆哆嗦嗦跪在地上，闷不吭声。

覃氏气极，正要亲自动手之时，忽见秦良玉抬手一掷，那白釉杯子便“哐当”一声落在她手边的桌子上，杯中水只是泛起了丝波纹，复又归于平静，好似秦良玉的心境一般。

覃氏见秦良玉似乎是动了怒，这下当真不敢再唐突，只是若什么都不说，又好像失了颜面，正尴尬时，听得柳文昭适时开口。

“还不将夫人扶回房中歇息？”

马府下人这才一窝蜂冲进屋中，硬将覃氏给扶出了秦良玉的视线。

“将军息怒，同夫人她生气是……不值得的。”柳文昭叹了口气，前些年她在马府做管家，也没少受覃氏的气，那时马千乘也不常在府上，她便受尽了覃氏的侮辱。覃氏每每瞧见她便指桑骂槐，说她妄想高攀，每逢此时，柳文昭心中当真是郁卒，她即便是有高攀的想法，也绝不会找马千乘这一棵什么果子都结的树来给自己后半生添堵。他是千变万化的，称得上是惊喜无穷，她只想找个老老实实的人过日子，并不想找刺激。

秦良玉抬手拍了拍柳文昭的手臂，抚慰般道：“有我在，其余不必担心。”话音刚落，她的步子一转，“去马千驷那儿瞧一瞧。”

秦良玉以为，覃氏同马千驷这两人都不是什么善茬。马千乘这人性子虽说不好，但对家中各位还是不错的，单瞧他对杨应龙便能瞧出来了，遂她更不指望他对马千驷能如何冷着脸。

如秦良玉所想，此时马千乘同马千驷在屋中各自置着气。

马千驷今年已十七，早已长开，身量虽不及马千乘，但也未差多少，面容与马千乘也有六分相像，只是瞧着要比马千乘阴沉一些。他冷着脸，嘴角一边微微翘起，语气讥讽：“我不是你的属下，若你不同意这婚事，去找杨叔父说便好，与我来说算怎么回事？”话至此他顿了顿，“嗯，瞧我这记性，我那未过门的妻子还是大哥的老情人？难怪大哥今日特意登门探望。”

马千乘叱咤沙场十余载，早已练就面对敌人时面不改色的本事，但马千驷毕竟不是敌人，马千乘再如何也无法做到纹丝不动。拢在袖中的手收了收，马千乘压下满腔怒火：“好，你若能置办聘礼便娶，我不拦你。”

马千驷闻言笑意更冷：“哼，大哥接任宣抚使之后，当真是越发有官威了，没有钱便没有钱，我想叔父应当不会在意钱财之事。”

马千乘轻轻笑了笑：“但愿。”

说罢他转身离开，刚一推开门便瞧见站在外面的秦良玉同柳文昭，步子微顿，而后漫上笑意，问：“怎么到这儿来了？”

方才二人的对话秦良玉听得一清二楚，此时见马千乘一副若无其事的模样，心中微微有些闷意，她未答话，偏头向屋内瞧了一眼，透过马千乘肩上之处同马千驷的目光对上，秦良玉缓缓笑了笑，她清晰地瞧见马千驷面色一僵。

秦良玉这在外人瞧起来极其阴冷的笑无疑给马千驷留下了阴影，使得他比起马千乘来说仍旧稚嫩的小心灵受到了伤害。这个嫂嫂他一早便听说过了，只是对着那么英俊的一张脸，他委实叫不出“嫂嫂”两个字，再加之他同马千乘关系并不好，连大哥都不叫，更遑论一个嫂嫂。

在军营摸爬滚打这么多年下来，单单一个表情，秦良玉便摸透了马千驷的心思，她念在马千驷年纪小，遂准备用些简单粗暴的法子来调教调教这个小叔，意在让他牢牢记住何为“长兄如父”。

第十八章

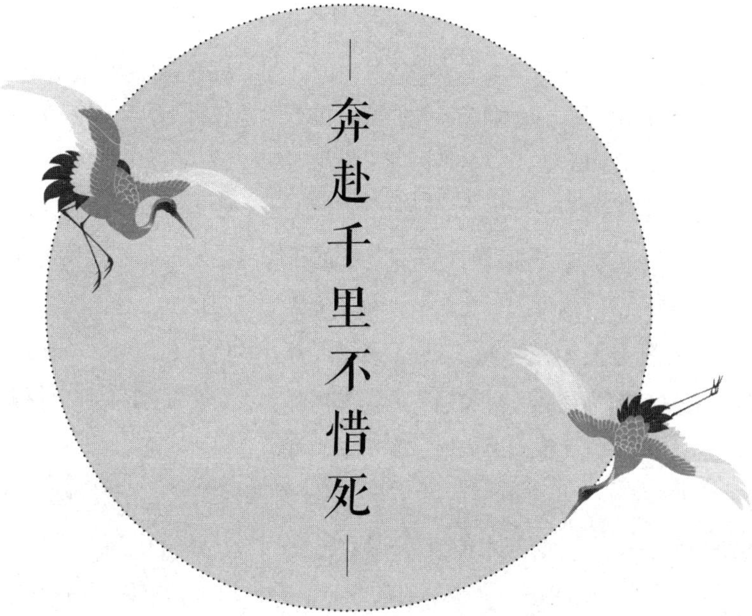

—奔赴千里不惜死—

回门之后，因是大婚，秦良玉不用操心其余事，只在府上休养，这倒遂了她的意。她日日强行给覃氏晨昏定省，若是见不到覃氏的人了，便让柳文昭去将人请回来。不但如此，马府上茶的品种也多了不少，城外几枚铜板便能喝到的茶，马府现下也有了，秦良玉日日给覃氏奉茶，几十日从不重样。

覃氏委实是受不住秦良玉的折腾了，有时在街上逛着成衣铺子，这边刚刚将衣裳搭在身上，那边便有人跪在脚下请她回府；再不然便是正同旁人家夫人说着话，下一瞬便被柳文昭给请回府上，说是将军等着给她请安呢。当然，初时覃氏是反抗过的，她提出抗议并且坚决不配合之后，马府下人倒是也不曾为难她，只是当她回到府上之后，听院中下人道，她不回来时，秦良玉便改折腾马千驷。每次秦良玉都拎着个小木凳坐在马千驷院门口晒太阳，还命下人在马千驷的房门口立了个木头人，每当马千驷出门，便凑巧能赶上本意是晒太阳，但见天气好，忽然兴起想练一练箭术的秦良玉拉弓射箭，一支支箭头锋利、气势迫人的箭矢便呼啸着奔马千驷而去，使得原本准备冒雨撑伞出去的马千驷又惊慌失措地避回房中，可谓是提心吊胆。

覃氏气不过，将此事说给马千乘听，马千乘当时是这么回复她的，他先是漫不经心地应了一声，而后将案上的册子一掩："府上之事你去同良玉商量。"

一句话便将覃氏同马千驷在马府的好日子给搅没了，覃氏气得牙根直痒，却无可奈何。

马千乘表面上虽未说什么，但两口子晚上歇息之时，他还是会揽着秦良玉的腰笑问："怎么会如此做？这不大符合你的性子。"

秦良玉闭着的眼睁了开来，直白道："瞧不惯。"而且覃氏虽暂时不再提夺印一事，可不代表她背地里没什么动作，现下杨应龙也在府上，这二人若是一时看不住，便会狼狈为奸，所以她不能坐视不管。

马千乘瞧秦良玉的心情似乎不错，趁她不备低头在她额上落了一吻，笑眯眯道：“有你真好。”

秦良玉身上的鸡皮疙瘩一阵高过一阵，她伸手将被子朝自己身上扯了扯，眉眼间满是遮也遮不住的嫌弃：“马千驷同杨宛若的亲事你便应了？”

马千乘也跟着朝她挪了挪：“这事等到有合适时机时再说吧，若逼急了只会适得其反。”

秦良玉双臂交叠放在脑下：“这次孙时泰竟然未同骠骑将军一起来，你如何看？”

马千乘邪魅地一笑：“这事有肖穹在那头盯着，你且放宽心，好生歇息几日，下月便回军营了，届时再操心也不迟。”

日日想着这些事，秦良玉心中也着实累，深以为马千乘的话有道理，翻了个身：“早些睡吧。”

马千乘今夜十分乖巧，听秦良玉说歇息后便老老实实地拉过被子歇下。见他不闹，秦良玉便放心大胆地睡了过去，迷迷糊糊中她听马千乘道：“我想拉屎。”

秦良玉蹙眉：“拉。”

话落她便觉得自己被他拉了一下……

杨应龙一干人等在马千乘严密的监视下，过了一载有余的消停日子，瞧起来似乎风平浪静，赎金亦是按时缴纳，对此，朝廷很满意，皇帝陛下更为满意。举朝上下皆太平，秦良玉回到军中除去练兵便也无事可做。原以为日子会继续安稳下去，不料关键时刻出了岔子，这岔子还不小。

杨可栋死了，死在了重庆，也不知是病入膏肓再无法医治，还是期间遭受了什么事才导致今日身故。

此消息一经传出，大家皆笑不出来了，杨应龙更是气到连微笑都不想保持了，交了小半的赎金也不再交了，直接卷铺盖回了播州，开始对朝廷隔空喊话，字字句句如泣如诉，直道自己蒙受不白之冤还依旧心怀感恩地替大明着想，朝廷为何如此对待他这一朵白莲花，为何杀了他的儿子。后又道，你不仁便休怪我不义，这买卖是做不成了，仁义也不复存在。自此，杨应龙便正式踏上谋反之路，公然与朝廷作对。

因杨应龙先前曾低调度日，导致播州所属各司以为杨应龙此时已是强弩之末，且他又被撤去宣慰使一职，所以皆不如从前恭敬他，其中以余庆同草堂的各级官员为甚。杨应龙这一年多过得本就十分不舒心，此时见众人如此，更是气血上涌，他打着肃清播州的名号，率前些年府上暗地里养着的那伙暗卫奔袭余庆。

说到余庆，最为让杨应龙咬牙切齿的便是余庆土司毛承云，只是此人早已故去，但这并不耽误杨应龙发泄。率兵赶到余庆后，杨应龙劈砍开毛承云的棺椁，将其尸身割肉离骨，又断肢体，最后割断咽喉，以示威严。余庆司人震怒，却委实没有抵抗之力，只能任由杨应龙发泄过后又率军离开前往下处。

短短几月，杨应龙率部掠大阡、都坝，焚劫余庆、草堂二司，遍及兴隆、偏镇、都匀各卫，可谓是嚣张至极。

秦良玉一干人等守在城门外，迟迟等不到朝廷下令进攻，眼睁睁瞧着播州下属各处沦陷，心中焦急万分。这还不算完，杨应龙又遣其弟杨兆龙引兵围黄平，将重安司长官张熹家屠门，势复大炽。

秦良玉又等了几日，算着即便是圣旨走得慢，这会儿也该到了，可左等右等还不见圣旨的影，心中便觉烦躁，索性召众人集议，商讨着攻城进到播州之中。

徐时在军中算是年长者，亦比较有威严，听闻秦良玉的法子后，持反对意见："若杨应龙是有所准备，我们此番即便攻到城中也难免不受埋伏，眼下朝廷迟迟不下圣旨，应当是觉得还不是时候，我们贸然进到城内，后方连接应的援兵都没有，这……"

秦良玉沉默片刻："杨应龙应该也是这么个想法。"

其余同僚听罢徐时的话，也纷纷表示赞同，大家皆畏首畏尾，使得秦良玉大为光火，但攻城之事也只能暂时作罢。

秦良玉忍气吞声，先派了几名得力下属混进城中监视杨应龙的一举一动，得知杨应龙这时已是无所顾忌，公然拉拢播州宣慰使司下属各部谋反，若遇抵抗者，就地诛杀。一时间播州城内人心惶惶，百姓都不敢随意在街上行走，生怕招来无妄之灾。

得知城中消息后，秦良玉面色更为深沉，但因有徐时一直在耳旁劝诫，这才没有做出冲动之事，只依着徐时的话，按捺着性子练兵。

她之前所造的兵器白杆现下已是初具规模，大批量赶制后，分发给先前山地训练中表现最为出色的千余人，又由这千余人组成了一个特殊的军队，名为白杆兵，这些兵由秦良玉亲自带着训练。经过近一年的磨合之后，众军士同手中的白杆已成一体，无论是山地作战或是平原作战，皆十分得力。

一日，秦良玉练兵过后，觉得时机已经成熟，遂组织军中各部检阅，阅兵的日子便定在三日后。

三日光景转瞬即逝，阅兵这日天色微阴，略显沉闷。秦良玉同徐时等人负手立于高台之上，面色威严如同这天气一般，身上铠甲泛着凛冽寒光，虎头肩冷意逼人。

众军士分列站在校场，如一只只欲出栏的猛虎，纵横整齐，目视前方，只等着秦良玉下令后开始操练。

偌大个校场除去风声同鸟鸣，寂静如夜。

须臾，秦良玉缓缓开口，声音如穿云之箭，直上九霄，将乌云拨开了一些："进！"

但见白杆兵一部动作整齐划一，步子落地有声，仿佛每一下都能砸出个坑来，数千人行进，响在耳边的却只有一个声响。

秦良玉听到耳边同僚们的赞叹之声，脸上并未显露出什么高兴的神色，仍旧是一副淡淡的神色。

徐时见状，笑道："良玉这是不满意？"

秦良玉摇头不语。

此次检阅分两部分：第一部分便是这队列行进以及武器展示，第二部分是山地作战时的相关阵形等实战演练。

队列行进展示过后，秦良玉集结众人于山脚下。

面前这山崎岖不说，还有些陡峭，山顶高耸入云，长年雾气缭绕，落脚的地方都少之又少，更不用提上山的路了。

指挥使在一旁道："总兵，爬这山是不是过于难了？这只是演练，没必要这么较真，若有人不当心失足落下，那你先前的心血可就付诸东流了。"

秦良玉淡淡瞧了那人一眼："无妨。"

指挥使见秦良玉的面色似乎不怎么好，悻悻地摸了摸鼻子，不敢再多言，老老实实坐在一旁观看。

秦良玉下令后，众人将手中白杆前后勾连，迅速向山上攀爬，攀壁动作极其敏捷，如猿又强于猿，不到一刻，队伍已至半山腰，令众人叹为观止。

这山乍一瞧便能瞧出几处绝佳地势，眼见军士们快要接近第一处地势时，观望的众将领的心皆提了起来，生怕众人错过那处，所幸军士们未教大家失望，攀上那处平地后，因地制宜，由一字长蛇阵转成天地三才阵，队形变换之快，似神龙摆尾，转瞬即成。众将领至此，终是明白为何方才武器展示时秦良玉仍是波澜不惊了，兵贵神速，如此天兵天将，的确是大明的屏障，使人闻风丧胆。

检阅结束时已过了晌午，白杆兵表现良好，秦良玉心中高兴，便自掏腰包给众人改善了伙食。

秦良玉同徐时一桌，正端着饭碗吃饭，忽见远处天空一只雕盘旋而至，瞧见那雕后，秦良玉的右眼皮猛跳了几下，与徐时对视一眼，而后走过去将雕脚上绑着的字条取了下来。

字条上的字铁画银钩，不用想也知是出自马千乘之手，字条的内容同样夺人心魄。

马千驷因聘礼之事已同马千乘彻底撕破脸皮，再加上覃氏，三人已是剑拔弩张，为防止马千驷做出什么出格之举，马千乘已将他同覃氏软禁了起来。现下石砫抗税斗争刚刚消停一些，近日又传出石砫所辖几司有被山贼光顾一事，石砫形势有些紧迫，虽然他十分想念秦良玉，但还是叮嘱秦良玉没事便不要回去了。

秦良玉看罢，将字条撕碎，随手挥在了风中。

徐时与她皆驻守播州外，肖穹也被他打发到孙时泰那处，柳文昭这些日子跟在杨启文身边，李玉离得更是远，马千乘眼下可谓是孤军奋战，虽说不致忙得焦头烂额，但肩上的担子确实要比以往重上许多。无论如何两人已是夫妻，断没有丈夫分身乏术，妻子却在一旁置之不理的道理。秦良玉不曾犹豫，回到帐篷中便写了封信送到重庆府，信中说若是朝廷还不准备攻打杨应龙，她建议各部撤回，莫要在此浪费时间，众军士与杨应龙仅有一门之隔，日日精神紧绷，长此以往，对士气不利。

重庆府接到书信后，觉得秦良玉的话不无道理，又修书一封直呈御前。皇帝陛下这些日子连打赏的白条都快用不起了，正日日在后宫中跳着脚骂杨应龙，可打仗又打不起，所以接到奏疏后，便大手一挥，允了重庆撤兵的请求。

回去时兵分两路，第一路是秦良玉独自一人策马而行；第二路是由徐时带着白杆兵及石砫士兵，步行而归。

再回到石砫，刚进城门秦良玉便察觉到城中暗藏着的汹涌，她策马当街而过，众人认出马背上的人乃是石砫的当家主母，纷纷避让。秦良玉一路风驰电掣到了石砫的衙门，正见身着官服的马千乘冷着脸坐在堂中，一瞬不瞬地盯着堂下跪了一地的众官员，官袍整洁，毫无褶皱，一如他的眉眼。

见到秦良玉，马千乘的脸上终是有了些笑模样，但碍于还有其余人在场，他再高兴也只能是笑不露齿。

秦良玉见他面上挂着的倦容，心微微紧了紧。自打他继任石砫宣抚使后，面色一日比一日深沉，记忆中那个面上总是挂着明媚笑意的马千乘似乎已许久未见了，也不知是他天生凉薄此时才显现出来，还是被这些事所磨，周身的气息越发内敛起来。

在堂下跪着的众人一早便听见了衙差的问好声，原本便僵着的身子此时更是僵得无以复加，四肢也跟着麻木起来。一个笑面虎马千乘他们已是无法应对，再来一个玉面修罗秦良玉，他们觉得今日大约是大限已到，一会儿便可以收拾收拾去死了。

所幸秦良玉只是站在门口静待，并没有出声打扰马千乘。

三言两语之后，秦良玉倒也听出了一些门道。原来近日山贼频扰各部，石砫下属各司主官防卫不当，造成了人员伤亡的现象，成功点燃了马千乘的怒火。在接二连三的失利后，忍无可忍的马千乘终是将众人统一叫到身前臭骂了一顿，该降职的降职，该罚俸的罚俸。

地方官不比京官，月俸只是收入的一小部分，众人因职务高低不同，其他渠道的收入可是数不胜数，所以地方官最怕被降职，官降一级便会少不少收入。被降职的那些人苦不堪言，却还要笑着谢过马千乘，末了以言不由衷歌颂马千乘心慈手软为结束语，而后灰溜溜地走人。

众人散去后，马千乘立马从堂上下来，拉过秦良玉的手："你怎么回来了？"

秦良玉见署中当值的众人皆极有默契地别过脸一丝不苟地值岗，有些羞涩，想将手抽出来，力气又不敌马千乘，只得直接牵着他走到马千乘在衙门中的卧房，进门后整个人这才放松下来："朝廷下令撤兵，我便回来了。"

重庆卫中军所已由杨启文接手，若不出什么大事，秦良玉一直待在石砫便好。

马千乘懒得去想朝廷为何突然撤兵，一心只顾着眼前许久未见的妻子，龌龊的心思一动，身体便跟着有了反应。

秦良玉已经过人事，见马千乘眼神不对，下意识转身便要跑，口中道："那个什么，我想起还有一事……"

话未完她便被早有防范的马千乘给拉住了手臂："夫人，我这儿也有一事还未忙完。"

秦良玉一心想朝屋外跑，一时心不在焉，说起话来也是支支吾吾："嗯，呃……"

在回马府的路上，秦良玉远远便瞧见那屋子上头罩了片乌云，未等近前也能感受到沉闷之气。

她偏头瞧了眼马千乘："你将他二人软禁了？"

马千乘点头："这些日子怕出乱子。你先进去吧，我忙过手中的事稍后便回来。"

秦良玉有些无语，瞪了他一眼，方才瞧他在床笫之间那忘我的模样，当真瞧不出他是有事在身的正经人。

马千乘临走前，揉了揉秦良玉的额发："张大娘的铺子在石砫开了分铺，昨日正好开张，你若馋了便去逛逛，要是不想动，便让他们给你买回来，乖乖在家等我。"

秦良玉目送马千乘颀长的身影消失在拐角，心中微微犯了疼，马千乘当属表面风光、内心沧桑之典范，不过二十六，肩上的担子着实是有些重了。

现下马千驷铁了心要攀上杨应龙，大多是覃氏在一旁撺掇的结果。马千驷娶了杨宛若，覃氏母子便有了靠山，毕竟杨应龙一直如一根葱般，在朝廷这片狂风骤雨中屹立不倒，定是有本事的，而且杨应龙同覃氏的关系原本便不干净，如此一来，正好一举两得。所以马千乘关人时，贴心地将母子二人分开幽禁，以防马千驷受不住覃氏的洗脑，再做出什么丧失理智的举动。

秦良玉进府时路过覃氏的屋子，听到里面时不时便传来一阵瓷器碎裂声，还伴着咒骂，话语之恶毒，让人后颈生风，连马千乘以往派去叫阵的手下的口才都及不上覃氏口中随随便便一个字句，覃氏不能为己所用，当真是石砫的一大损失。

"端杯茶来。"秦良玉停步，吩咐身后下人。

下人一听到秦良玉的声音，浑身便止不住哆嗦，额角流着冷汗，急匆匆领命而去，须臾便托着茶杯跑了过来，气都未喘均匀。

秦良玉捏着茶杯准备慰问慰问覃氏，孰料刚一推开门，便觉迎面袭来一阵冷风，她微一偏头，躲过被覃氏胡乱砸过来的瓷器，语气尽量柔和地开口道："一些日子不见，母亲对力道的拿捏越发准确了。"

话落秦良玉扫了眼屋内，见满地皆是瓷器碎片同木屑，粗略一估计，这事若是让皇帝陛下知晓了，免不了又上一股火。

秦良玉淡笑着奉上手中茶："母亲砸累了吧？来，喝口茶歇会儿。"

而后她又沉着脸瞧着畏畏缩缩戳在门口的下人，不带感情道：“你们是怎么办事的？见着夫人砸东西也不知帮把手？”

几个下人俱是一愣，站在原地偷偷对着眼风，也琢磨不透秦良玉这话是什么意思。

秦良玉叹了口气：“砸啊。”

下人们这才恍然大悟，不管不顾地抱过案上搁的，地上放的，门口摆的，还未被覃氏摔砸的瓷器，一股脑儿都摔在地上，那声音之清脆，让人深感快慰。

覃氏在这满室的喧嚣声中吓白了脸，呆呆地端着秦良玉强塞到她手中的茶，一时不敢再言语。

秦良玉负手立在屋子的正中央，一瞬不瞬地盯着覃氏，见下人砸得差不多了，屋中再没有可砸的东西了，这才微一抬臂，屋中立时鸦雀无声。

“收拾了吧，这些碍眼的东西莫要再送到夫人屋中。”

秦良玉回府之后，覃氏的屋子除去睡觉的床，再无其余物事，这么一闹，覃氏也老实了许多，屋中一连静了好些时日。

秦良玉用这缺德法子制服覃氏的事很快在石砫衙门传开，徐时见到她时，忍不住笑：“你算是替肖容出了口恶气，但是万事皆须有度，那毕竟是肖容的母亲，手段不可再过了。”

秦良玉点头，见他手中提着个纸包，问：“徐叔要出门？”

徐时“哈哈”一笑：“非也非也，这是给族中小辈们买的糖豆，我过些日子回趟老家。”

徐时祖上乃扶风茂陵人士，同马千乘的祖先属同一地方。

徐时从纸包里抓出把糖豆塞到秦良玉手中，语气中的欣然掩也掩不住：“我好些年没有回去了，这次肖容准我休上个一年半载的，我准备步行回去，沿途瞧一瞧山水，毕竟守了数十年，还未好好领略过那些风光。”

秦良玉深知几年不曾回家时对家中人的思念之情，见徐时此刻说起回家，像个孩童一般，也由衷替徐时感到高兴。

只是这徐时还未等走出石砫的地界，马千驷那边又出了事。他装病，趁众人不备时，从马府逃了出去。

原来马千乘念在两人是至亲，所以派去看管两人的人皆是挑选的马府自己的人，这些人大多是看着马千驷长大的，当时马千驷说腹痛时，众人便慌了神，有人去找马千乘，有人去找大夫，便是趁这么个人仰马翻的工夫，马千驷从房中逃了。要说他这番逃家也是做了充足的准备，秦良玉带着府上家丁同门房一路在后面追赶，却是一直未发现马千驷的行踪。想来他这番出走，十有八九是去投奔杨应龙了。

听到下人来报时，马千乘刚放下手中公文，轻轻捏着鼻梁沉思，一如既往地淡定从容，闻言后嘴角的笑意不减，清声吩咐："此事相关人等，去找管家领罚。"

一听领罚，那下人急忙磕了头。虽说马府对下人做错事的惩罚是被乱棍打一通，疼是疼，可这总比掉了脑袋要强。叩谢之后，下人连滚带爬地跑出了马千乘的视线。

回府后，马千乘特意转到覃氏的屋子去瞧了瞧。

自打秦良玉回来后，覃氏便安静了许多，此时见马千乘来瞧她，破天荒地未破口大骂，只冷着一双眼瞧他："现下驷儿走了，你满意了？"

马千乘"哈哈"一笑："这话应是我问母亲才对。"他顿了顿，问，"现下驷儿走了，你满意了？"

见马千乘如此，覃氏气得一掌拍在了桌子上："你这话是什么意思？难不成是我让他跑的？这些日子你如何对待我们母子？我同驷儿可有说话的机会？"

马千乘未置一语，顾自坐在床边，良久才问："他去播州于你有何好处？"

覃氏摆明了不愿多谈，又或是哑口无言，所以背过身，面墙而立："你日后莫要再来我的屋子。"

马千乘也不恼，施施然站起身，路过覃氏身边时，步子顿了顿："若是可以，我当真是一步不愿踏进来。"

覃氏气血上涌，前几年，马千乘即便再如何，也从未对她不敬过，甚至还想讨好她，他冷不防态度一转，她还有些不适应，只能盼望马千驷与杨应龙早日接上头，将她从这个火坑中接出去。

另一边，马千驷夜以继日地逃到了杨应龙的骠骑将军府，来不及好生歇息便直接求见杨应龙，而后二话不说在他身前一跪："叔父，驷儿愿娶娇娇为妻。"

杨应龙沉吟片刻，见面前跪着的这小子说完之后便不再开口了，心中气极，觉得马千驷似乎有些不开窍，比起他哥哥来，当真是差得远了。马千驷就这么往他面前一跪，两手空空地同他说要娶他的闺女便没有下文了？最主要的东西呢？聘礼呢？现下时机特殊，并不是走空头人情的时候。杨应龙心中暗自着急，却也没法直接问出口。

一旁难得回来歇息几日的孙时泰适时开了口："想必马公子这是准备妥当了？"

马千驷听出孙时泰话中的意思，身子一僵，头也随之垂得更低，几乎前额点地，置于身前的一双手暗暗握成拳，深吸了几口气，似是克制，而后道："小侄愿入赘，此生追随叔父左右。"

杨应龙同孙时泰对视一眼，面上浮出些不屑。在他看来，马千驷的资质比起马千乘当真是差得不止一星半点，他招这么个没用的女婿当真是白白浪费资源，瞧他风尘仆仆的，也知今日是偷着逃过来的。他虽离石砫不近，但马府的事可都清楚着呢，现下母子三人的关系势同水火，他宁愿舍弃覃氏同马千驷，也想拉拢马千乘。

见杨应龙良久不说话，马千驷的心越发沉了，这才缓缓从怀中掏出两块通体晶黑的碧玉，双手举过头顶递到杨应龙面前，依旧垂首道："叔父，这聘礼不知可还合您心意？"

乍一瞧见那兵符，杨应龙几乎从椅子上一跃而起，亏得荣辱不惊的孙时泰在一旁按着他的肩膀才不至于在小辈前丢了面子。

"好贤侄，这东西你是怎么得来的？"杨应龙上身微倾，稳妥中又带着急迫，他想从马千驷手中夺过兵符，放在掌心盘着。

马千驷略抬了头："这还要谢过叔父先前买通的张石。"

前些年秦良玉被诬陷通敌入狱后，有一段时日马千乘日日在石砫军中严查叛党，几乎彻夜不眠，马千驷在覃氏的撺掇之下，有事没事也去军中逛一逛混个脸熟，马千乘顾不上他，他便在军中随意走了走。一日适逢张石沉着脸从校场处出来，听闻那张石在军中嚣张跋扈，却深得马千乘同徐时的喜爱，他不由多看了两眼。这一看不打紧，马千驷发现张石神色中带着慌张，边往前走边鬼鬼祟祟地打量周围，似是在防着什么。马千驷心下起疑，便跟着他一路出了军营。

两人一直行至一片荒林处，张石停下步子，又是环顾一圈，这才举步入了荒林。

荒林深处，一人候在纷纷落下的枯叶中，见张石来了，单膝跪地同张石说着什么，马千驷离得远，隐隐约约听到"兵符""你舅舅"等字眼，有些丈二和尚摸不着头脑，后见张石快步走了出来，也没敢耽搁，掉头便跑了。再后来，不知为何，张石的职位连升三级，一跃成为千户，手下管的尽是些马千乘的心腹同爪牙。那时马千驷便总觉得张石有些鬼鬼祟祟的，见马千乘如此器重张石，他心中不禁冷笑，恨不能让马千乘将张石提到更为紧要的位置，留下祸患。

马千驷自那时便暗中观察起了张石，却未生结交的心思。直到去年，因山贼之事，张石频繁出入马府，因自己的屋子便在去马千乘书房的必经之路上，所以马千驷总能从窗户中瞧见一身戎装、面容比前两年深沉了许多的张石。不知是不是他多想，他总觉得张石那瞧似不经意的眼神中有些别的什么，至于那东西是什么，他至今也未琢磨出来，只知道前两日，张石从他窗口路过时，极快地挥了一下手臂，动作极快，看似在赶苍蝇一般，随即一个结实的小布包便落在了他的脚边，他被软禁后，房中便不愿留人伺候，所以这布包并没人瞧见。马千驷的心脏加快跳了几下，回手将窗户关上，打开布包，见里面便是这两块黑玉同一封信，让他快些拿着这东西去找杨应龙。

杨应龙收起兵符，压抑了好些年的情绪似是得到了缓解，连面容都生动了许多，他忙从椅中站起，将一直跪在地上的马千驷扶到身边坐下。

马千驷深知，自从他捡起布包的那一刻，便已是将自己的后路堵死，他只能攀附杨应龙。他想了想，复又问了一遍："不知叔父对千驷这份聘礼可还满意？"

杨应龙心情甚好，朗声大笑："满意，满意，贤侄同娇娇的亲事便这么定下了。"

马千驷生怕事情有变，听罢杨应龙的话后直接道："叔父，此事还需尽快。"

内里的事，杨应龙比马千驷还要清楚，他瞧了眼一直未出声的孙时泰，见对方微微颔首，便长臂一挥："眼下时期特殊，只得委屈贤侄一切从简了。"

马千驷心中想的是依附杨应龙，至于从简不从简，甚至操办不操办，都是无所谓的。

这亲事便这么定下了，为避免节外生枝，几人一经商定，隔日便着手准备。

此事不胫而走，很快便传得沸沸扬扬，马千乘却依然稳坐石砫，丝毫没有要干预的意思，一心忙着城外的流寇与山贼的清剿之事，仿佛从未听说此事一般。秦良玉一向不过问这些事，也是因对马千乘放心，见他如此不急不缓，知道他心中定是有所打算，便不曾多言。

夜里，两人同榻而眠，马千乘的手习惯性地环在秦良玉腰间，将头埋在秦良玉修长的颈子旁，声音稍显沉闷：“你怎么不问问我千驷的事？”

秦良玉从沉思中回过神：“你想说自然会说。”

马千乘闷声笑了会儿：“其实也没什么好说的。”

秦良玉以为，马千乘口中这个“没什么好说的”大约是被伤透了心的表现，不想他沉浸在此种情绪中，秦良玉转了话题：“兵符丢了，大约是被他一并拿走了。”

要说秦良玉这个话题终结者当得十分尽心，她话音一落，马千乘觉得心更凉了，半晌都未回过神来。

秦良玉察觉出不对，偏头瞧了他一眼，一本正经道：“这事怪我，届时杨应龙若反，我定尽力弥补。”

马千乘抬头在秦良玉腮边落了一吻：“不怪你。”

秦良玉讪讪地摸了摸脸，想起白日里路过张大娘的铺子时，张大娘说的话。

张大娘一边装着小笼粉蒸牛肉一边说：“将军啊，大人待您是真心好。之前在鸣玉溪时，大人便时不时亲自来店中给你买小笼粉蒸牛肉，后来您嫁来了石砫，他怕您吃不着，特意给老身出了银子在石砫开了分铺。女人这一生啊，图的就是有个这样的人把你搁在心上。”

说心中毫无波澜那必然是假的，马千乘对自己好不好，秦良玉是最有感触的。这人虽然看似不着调，但其实骨子里是很靠谱的，带给她的安宁之感，是除去家中几位父兄之外，旁人从未给过她的。秦良玉觉得，这大约是已经强大到变态，所以才会如此吧，同他在一起时，她从未担心过什么。

“在想什么？”马千乘见秦良玉半晌不说话，不由将脸往她跟前凑了凑，“是不是累了？”

这几日秦良玉闲不住，一直亲自带白杆兵在城外清剿流寇等，也是作为实战训练，为马千乘分担了不少压力，但她日日在外奔波，马千乘瞧在眼里也是心疼。

秦良玉将头朝马千乘靠了靠：“兵符回到杨应龙手中，他如此便可高枕无忧了，我们应当加固防守。先前听你说军中出了叛徒，不知是何人？”

马千乘愣了愣，不知该如何同她说叛徒是张石一事。秦良玉的性子较直，若是知晓了张石是叛徒，定会表现出来，可眼下不是打草惊蛇的时候，他将张石提拔起来，周围安置的全是心腹，为的便是将张石锁在自己眼皮子底下，不让张石在这个节骨眼上节外生枝。说起来张石也是有难处，杨应龙以他舅舅的性命威胁于他，张石的叛变，马千乘虽不接受，但还是理解的。先前他舅舅被革职，大约便是杨应龙在背后谋划的，只因张石插手了自己的事，所以杀鸡儆猴，若张石再耍花样，下一步他舅舅的命大约便没有了。

秦良玉见马千乘薄唇微微抿了抿，似是想到了什么不愉快的事，也便不再追问，将被子朝两人身上拉了拉：“歇了吧。”

自打马千驷入赘骠骑将军府后近一载的时间，覃氏明显安静了许多，也不知几人背后可是有什么计策。马千乘也懒得在她身上多费心思，不但撤了她的门禁，还让人传话给她，告诉她若是想去播州便去，没人会阻拦她。

出乎马府众人的意料，覃氏闻言后不但没有去播州找马千驷，甚至连闹也不闹了，每日只在自己的房中坐着，从早到晚，如老僧入定般。

覃氏如此，大家伙也都省心，现下城外流寇越发多了，有些竟同山贼结了盟，气势越发壮大，众人已在城外安营扎寨，大有不踏平石砫便不罢休之意。按说一般只想混些钱财同女人的职业流寇是不会有如此远大的抱负的，所以这些人一瞧便是没有职业操守的。

石砫城门紧闭，秦良玉同未来得及回去探家的徐时站在城门上眺望，见众流寇在城外那片空地上，如同在自己家中一般，大口喝酒、大块吃肉，闲时竟然还遛一遛马，没事便到城门前来叫一叫阵，俨然一副准备开战的样子。

一日，流寇又派一人前来叫阵，恰逢马千乘午饭吃多了，来城门遛遛腿消化消化，不料便撞上了城门底下聒噪的流寇。他听了片刻，见对方口中的话越来越不中听，不禁趴在墙上向下望，手托着下巴：“喂，你有没有文化？那是龌龊，不是龃龉。”

前来叫阵的人一瞧今日竟然撞上了马千乘，转身便要跑，无奈他的腿再快也快不过马千乘的动作。他的脚尖刚刚转了个方向便觉胸口一凉，缓缓低下头一瞧，一截刀尖赫然插在胸口，那刀是从背后刺入，贯穿整个身体，来不及呼救，便没了声息。

马千乘漫不经心地拍了拍手上的灰，吩咐道：“将其首级割下，挂在城门之上，日后若再有人来叫阵，一并如此处理。”

守城军士领命而去，没出几日，石砫城墙上便挂了十余颗人头，面朝东方，欣赏每日的日出日落兼顾眺望前来瞻仰的众同僚。流寇们似乎是吃了秤砣铁了心，此次并未因马千乘的杀戮而退步，反倒每日例行公事一般派出个人前来挑衅。

马千乘对此也是乐此不疲，得闲便来城墙上逗弄一下流寇，但他得闲的时候委实不多，这便让一直在城墙上的秦良玉黑了脸，毕竟日日被人骂着娘，心情很难愉快，所以见马千乘再来时，她直接将人堵在了台阶上。

“夫人，想我了？”马千乘见今日秦良玉亲自过来迎接，笑意更甚，上前将人圈在怀中，“我也想你了。”

秦良玉忍了忍，咽下那股怒气，将马千乘推开一些距离：“你莫要再逗弄他们了。”

马千乘脸颊上梨涡显现：“打发日子啊。”

秦良玉握了握拳：“你这是在打发我的日子。”顿了顿，她又道，“我观察了他们一段时间，他们似乎意不在此，我认为应当速战速决。徐副将推算今夜有雨，我想不如趁此将他们一举攻下，以防夜长梦多。”

谈及正事，马千乘仍是没有个正形，笑眯眯地靠在秦良玉的肩头：“夫人说什么便是什么，为夫这便回去准备。”

第十九章

跃马驰骋海龙囤

万历二十六年，九月初三。

天上乌云蔽月，星子的光亮也黯淡不少，秦良玉在城墙上瞧着远处那一片光亮，依稀能瞧见对方阵营有流寇在巡哨，十分有组织、有纪律。

今夜同以往并没有什么不同，只是稍显潮湿，土腥气重了一些。

众军士严阵以待，只待片刻后雨水浓重便自后门出城分左右两队围剿流寇。

夜太过沉寂，徐时坐在秦良玉身边，等雨中鲜少地有了闲话家常的念头，他对身边闭目养神的秦良玉道："今次将这伙人清剿，我当真要回乡了，家中人得知我要回去，日日盼着，听闻家中有位老祖宗年底过寿，我再不走便赶不上了。"

秦良玉睁眼，面上带了些笑意，瞧着一如既往地阴冷，她道："届时还望徐副将替我同肖容捎上些心意给老祖宗。"

徐时难得喜形于色，往日总是沉着的面容此时瞧着生动了许多，整个人都年轻了好几岁，他连连点头："大人同将军的心意自然是要带的。"

须臾，大雨瓢泼而下，如豆子般砸在地上，声势浩大，没一会儿便起了烟雾。秦良玉见时候已到，挥臂道："出发！"

厚重的城门轰然而开，吱呀声伴着大雨，在耳边交织成一支肃穆的战歌。两队人马有两千余人，因是突袭，所以队伍中没有任何光亮，宛若两只暗黑色的游龙行走在夜中，脚步声整齐沉重，一下一下似踩在人的心头。

秦良玉同徐时分别带队从左右两边包抄，两支队伍如一双羽翼逐渐向中间合拢，将那流寇包裹在正中。

营地被包围时，把守的流寇不敢置信般吞了好几下口水，脚步下意识朝后退着，连呼喊同伴都想不起来了，一脸见了鬼般，还未等他做出更多动作，便被秦良玉当胸一箭了结了性命。见同伴死了，其余人这才如梦初醒般，咧开嘴要叫人。

雨水自脸颊缓缓淌下，秦良玉身形如刃，一闪便至几人身旁，手起刀落间，几人脖颈上便多出了几条红线，鲜血顺着身子缓缓滴在地上，没一会儿便被大雨冲刷干净。

“放箭！”

徐时听到帐中隐隐传出的响动，便知对方已察觉有异意欲反击，当下下令放箭。

今夜大雨，为防箭头之火熄灭，众军士一早便在箭头浸了油，诸位军士或年轻或沧桑的面孔在跳跃的火光下只剩威严之色。一支支火箭穿空而过，落在敌方帐篷之上，火舌瞬间便将帐篷吞没。

此时流寇已武装整齐地从帐中鱼贯而出抵死反抗。

徐时自然不会给他们留下可乘之机，再一抬手，诸葛连弩齐发，流寇不少人应声倒地。

秦良玉身先士卒，在一片火光中挥刀而上，脚下泥泞并未羁绊住她的动作，修长的身影如鬼魅一般行走在夜色中，手中弯刀寒意迫人。

两方人马交战，喊杀声震天，原本静谧的夜被刀剑碰撞声搅碎。马千乘守在城中，自然是听到了城外的动静，只是依旧漫不经心地把玩着秦良玉前些日子送给他的一只做工精致的铜镜，时不时抬到脸前照一照。

同在屋中，此时已是坐立难安的张石见状也不敢进言，左等右等不见马千乘有增派援兵之意，狠了狠心，这才跪在马千乘身前道：“大人，外面战事激烈，不如由属下率队前去支援。”

马千乘微微将铜镜拿开了些，扫了眼张石的后脑勺，笑眯眯道：“嗯？不急，玉玉大约还未打尽兴。”

张石咬牙。

城外的硝烟已飘到城中，各家各户门窗紧闭，家中有孩子的都不敢让其哭得太大声。这仗打起来，说到底受苦的还是百姓，所以应趁事态更严重之前，速战速决。加派人手乃速战速决的关键。

马千乘见张石不说话了，慢慢收起手中铜镜：“走，你随我到城墙上转一转。”

空气中满是物体燃烧后的气味，城外的火光映亮了半边天幕。

守城的官兵见马千乘来了，纷纷行礼，腰间挎着的长刀与铠甲碰撞，发出沉闷的声响。

马千乘抬了抬手："免礼。"话落他朝远处望了望，"城外如何了？"

守备道："至今未收到请求支援的信号。"

马千乘有意无意地瞧了张石一眼，吩咐守备道："继续观察。"

马千乘也不急着离开，就这么站在城墙上远眺。

身上的铠甲有些沉，马千乘动了动肩膀，又托着胸前的护心镜将铠甲稍稍地调整了一下。边陲地区或是偏远地区不比京中，随时有战事发生，所以除去歇息，军士们几乎是日日穿着这身铠甲的。马千乘与秦良玉的铠甲又是纯金打造，胸甲被制成虎豹怒吼之形，一如两人在战场时的形态，栩栩如生。一掌宽的护腹配有同款虎豹装饰，双肩上的虎头披膊威武异常。这两件铠甲出自杨应龙之手，在他二人新婚时当作贺礼之一一并送上，马千乘现如今犹记当日马府下人抬着这两件铠甲时，因吃力而憋得满脸通红之景。

眼前如瀑布般的大雨逐渐转小，渐渐如同银线一般，远处的火光亦有黯淡之象，想来这场突袭也快接近尾声。

马千乘轻轻笑了一声，问身边的张石："你说叛徒会有什么下场？"

张石闻言身体一僵，猛然抬头去瞧马千乘的脸色，见其面色如常，一脸和善，与往日没什么不同，清俊的脸上仍是挂着浅淡的笑意，暗道自己多心，忙又低下头去，回："按秦将军的性子来瞧，必然是活捉头目，其余能招安的便招安，不能招安的便就地诛杀。"

马千乘轻轻抚着手掌，漫不经心道："到底是在你手下磨炼过些时日，你当真是了解她。"

张石心中的不安如平静湖面被碎石激起的涟漪，一圈圈扩大，正要说话，便听马千乘道："开城门。"

顺着马千乘视线望过去，只见秦良玉已带小队人马先行回城，待离得近了，便能瞧见秦良玉胯下那匹头大额宽、胸廓深长的负甲桃花马上还驮着一个人。

秦良玉万年不变的冰块脸上破天荒地带着焦急，她对着城门上的马千乘喊："快去找大夫。"

不等马千乘吩咐，张石便急匆匆领命而去。

瞧清马上的人是徐时后，马千乘直接从城墙上跃下，正正落在秦良玉的马边。

马上的徐时此时已是呼吸微弱，整条右臂都被人砍了下来，血流不止，面上一片惨白。

“怎么回事？”

秦良玉道：“为了救我。”

在方才的厮杀中，因秦良玉下令活捉流寇头目，所以众人对那流氓头子都手下留了情，秦良玉在属下的掩护之下，一刀将其挑下了马背，转头时正见敌方有一人背上负物，趁乱欲策马而逃，再远些便脱离了控制范围，她当下夺过身边人手中的弓箭，敛眸瞄准。

流氓头子便是趁这时自地上一跃而起，对秦良玉挥刀而向，徐时见状，想也不想飞身扑过来，被那流氓头子一刀砍掉了右臂。

断臂落地瞬间，秦良玉手中长箭破空而出，随即那疑似传信兵的流寇一头栽倒在地。收手时瞧见徐时倒在地上不省人事，秦良玉气极，一脚踹在流氓头子的胸口，当场将其踹出几丈远，那流氓头子的身子如同断线的纸鸢，落地便没了声息，鲜血流了一身。

此时战斗已差不多结束，秦良玉也无心再战，率百余人杀出条血路，将徐时一路带了回来。

“徐大人……已经去了……”军医白着脸跪在马千乘脚下，“大人的伤，伤及动脉，失血过多……”

马千乘笑时，瞳孔微微闪动：“这时候便不要说笑了，快些将他医好。”

军医狠狠在地上叩了头，不敢答话，生怕激怒了马千乘，自己性命不保。

“听不到我的话？”

马千乘终于笑不出来了，扫了眼屋中候着的大夫，这些大夫中有被刚刚从被窝中拎出来的民间大夫，也有彻夜守在军营的军医。众人听罢马千乘的话，乌泱泱跪了一地：“请大人责罚。”

马千乘呆愣在原地，面上血色褪得干干净净，他不敢回头瞧床上的徐时，久久不愿接受徐时身故的事实。

“都下去吧。”一直伏在床边默不作声的秦良玉这才开口说话，声音嘶哑。

众大夫如蒙大赦，拎着药箱小跑着出了这压抑到喘不上气的房间。

床上的徐时此时已没了呼吸，右臂的血迹也已凝固干涸，整个人瞧起来十分安静，只是面上依旧威严，那是从军者的本色，在面对敌人时的瞬间与最后一刻，身为军人，这表情已深深刻在了骨子里。

“先将徐叔好生安置了吧，过些日子我带他回家。”秦良玉将脸埋在掌心，声音有些哽咽，“那是他的心愿。”

马千乘闭眼，忍住眼中的湿意，走过去将秦良玉揽在怀中，低声道：“好。”

徐时此生都未成家，所以膝下并无儿女，秦良玉同马千乘商议后，决定将徐时的尸首火化，而后由秦良玉送回扶风，让其落叶归根。因朝中明令禁止不许火葬，所以安置徐时时，秦良玉与马千乘是避过众人耳目的。

火化后，将徐时的骨灰装入瓷坛中，秦良玉便带着徐时一同启程归家了。她一路跋山涉水，并未乘车乘船，只因徐时先前说过，他想徒步回去，瞧瞧他守了数十年的大明景色。

秦良玉与徐时走后，马千乘便亲自审问起此次被生擒的流寇。被生擒的这伙流寇，是除去先前被马千乘鞭尸后投入乱葬岗喂了野狗的头目以及招降的流寇外，剩余的一伙顽死抵抗，成了却活不下去也死不了的流寇。

马千乘笑眯眯地坐在椅中，身形半隐在阴影里，面上轮廓更显深邃，他问：“你们究竟是何人？”

流寇已被吊了两三日，滴水未进，身上都是被鞭刑过后的伤口。

马千乘前几日忙于徐时之事，没有多余工夫来同他们周旋，现下徐时已走，他便有大把时光来与众人谈天。见对方不说话，马千乘笑意更甚，他轻轻抚了抚掌心：“诸位大约是渴了。”他的声音微微扬了些，“拎桶盐水来。”

这十余个流寇都已神情恍惚，先前马千乘的话一个字都未听到耳中去，后被那盐水当头浇下后，瞬间疼得清醒了不少，一时间牢房中号叫声起，将其余羁押在此的犯人骇得头皮发麻，皆朝角落里缩了缩，口中下意识喊道：“大人饶命！大人饶命啊！”

马千乘扯过流寇已不能蔽体的衣裳擦了擦手，轻声问道：“还不说？”

流寇此时早已没有先前奸淫良家妇女与滥杀百姓冒充倭寇而邀功的狠戾之气，疼得浑身抖作一团，根本没有回话的力气。

马千乘轻轻拍了拍他的脸："真是个忠心的好孩子。"话落他回头吩咐狱卒，"剥了他的皮，我瞧瞧他的骨头到底有多硬。"

众人皆知马千乘是笑面虎，还有人传其喜怒无常，上一瞬笑着，下一瞬便让你痛不欲生或身首异处的事例比比皆是，尤其是跟在他身边的这些人，更是开过不少眼界。此时听马千乘下令剥皮，片刻不敢耽误。

"让其他的好孩子好好瞧一瞧，忠心是要付出代价的。"马千乘轻飘飘转回椅中，安然落座。

剥皮乃是酷刑，由脊柱下刀，将皮肉生生分离，其过程之残忍，按下不表。

每剥一个人的皮，马千乘便要问上一句流寇的身份，这十余个人连着剥下来，狱中的血腥气浓得令人作呕，那些个鲜血淋漓的尸首更是不必多说。

眼瞧着还剩三个人，马千乘也不恼，剥皮前照例问道："说不说？"

经先前那些人被施以酷刑的恐吓之后，那人心理防线早已崩溃，面上涕泗横流，哭喊道："说，我说。"

原来这些人乃是杨应龙所养私兵的残兵旧部，先前杨应龙与朝廷军厮杀时未死透被遗留在战场，转醒后因联络不上大部队，为避免被朝廷的人逮了去，便组团藏匿起来，这些年尽行些打家劫舍的勾当，等着与大部队会合。除去这些，马千乘还得知了一些猛料。当年在坪头山欲加害马千乘未果的那伙人也是出自杨应龙麾下。

这消息如同惊雷般炸响在马千乘耳边，虽然他先前也曾猜测过那伙人的身份，但总是不愿相信那是他打小便敬重的叔父所办之事。

马千乘原本掩鼻的手僵了僵，脑中各路消息蜂拥而至，包括初识那些年谈及杨应龙时秦良玉的欲言又止，这才明白，原来这么些年，身边人对杨应龙的忌惮和怀疑都不是空穴来风，他的确是做了大逆不道之事。事到如今，马千乘才算真真正正对杨应龙死了心，不再指望是朝廷对他有误会，更不侥幸认为他是一时糊涂办了傻事。现下他只怪自己鬼迷心窍，始终坚定不移地白费力气为杨应龙洗着白。

事实就以如此令人措手不及的方式摊在马千乘面前，眼下他只有一条路可走，便是将杨应龙上交给大明，或许皇上念在过往……

马千乘硬生生止住了思绪，皇上若是念了过往，杨应龙死得大约会更快了。可若是与其开战，带来的便是不断的死亡。大明内乱，外藩难免会乘虚而入，打来打去，无辜受牵连受苦的还是那些手无寸铁的百姓。马千乘有些矛盾，下意识便想去同徐时商议相关事宜，猛然想起故人已不在。短暂失神过后，心头又是一阵紧缩。

马千乘回府时，已是夜深。

在堪堪要路过覃氏的院子时，便被她给叫住了。记忆中覃氏主动开口叫自己的时候很少，他步子下意识便停住了，抬头瞧覃氏，问："这么晚了，母亲还未歇下？"

覃氏扫了他一眼："我听说徐时死了？"

马千乘缓缓闭了眼："这事我不想多说，您歇了吧。"

徐时年少时便跟在了马斗斛身边，覃氏自打过门后，对他印象尤深，而且这么些年来，他对自己也是尊敬有加，所以听到他死了时，覃氏还是有些唏嘘的。她并未理会马千乘的话，冷冷道："驷儿现下在播州，你不妨与他取得联络，让他劝劝骠骑将军。"

杨应龙要反已不是什么秘密，覃氏便也将其拿到台面上摊开来谈。

马千乘未置一语，直接转身离去。其实这个法子马千乘先前也想过，只是在想到与马千驷的关系时，他又有些犹豫。

覃氏不带感情的声音从背后传来："你们两个毕竟乃血缘至亲，驷儿比你要重情义多了。"

马千乘面对敌人时心狠手辣、阴狠至极，却不代表他对身边人也是如此。躺到床上后，马千乘辗转反侧。一是习惯了秦良玉的陪伴，她这一走，自己孤枕难眠；二是覃氏的话的确扰乱了他的思绪，或许给马千驷去封信，让他劝一劝杨应龙也是一个法子。

收到马千乘的信后，马千驷冷冷笑了笑，心道自家大哥忒天真，夺了他的土司之位逼得他如丧家犬一般逃出石砫来播州做了人家的上门女婿后，竟还妄想他能助他一臂之力规劝杨应龙，当真是可笑至极！别说两人从无半分情分，即便是有，也早被他的所作所为磨没了。

瞧罢书信，马千驷便直接呈给了杨应龙，在一旁添油加醋道："眼下大哥已与朝廷一条心，污蔑父亲您要反，若您再如此忍让下去，岂不是让朝廷觉得您软弱可捏？现下朝中抗倭一事已近尾声，想必下一步皇上便要将矛头指向您了啊。”

杨应龙将信撕得粉碎：“放屁！仅这一封书信又能说明什么！”

孙时泰瞧了欲言又止的马千驷一眼，淡淡接过话头：“马公子说得不错，大人，我们是时候反击了。”

听一向在身旁尽心帮衬自己的军师都如此说，杨应龙这才噤了声，须臾又问道：“依你看，我们该如何做？”

孙时泰淡淡笑了笑：“兵符在手，怎么做都可。”

一切皆如马千驷所料。

因先前石砫城外的一战在皇帝陛下面前给杨应龙这本就丰富多彩的一生又添了浓墨重彩的一笔，皇帝陛下深以为不能再如此纵容下去了。他杨应龙欠钱不给的账还未算清呢，这次绝不可饶恕。

刚进年关，朝廷便有了动作，兵部派贵州巡抚江东之绞平叛贼，江东之接令后，命贵州都指挥使杨国柱等率兵三千进剿播州，并友情提示，道：“若拿不下杨应龙的人头，便都提头来见。”

这一场仗，已到了非打不可、非赢不可的境地，皇帝陛下以为此仗不同以往，为凸显朝廷对它的重视，皇帝陛下龙爪一挥，特意召开战前动员大会，面容威仪，末了总结性发言：“此番平播，尔等定当拼尽全力，捉拿反贼。”

台下众大臣一呼百和，决心不拿下杨应龙誓不罢休，左右上战场的不是他们，自己跟着喊一喊便可讨得皇帝陛下的欢心，何乐而不为？看热闹嘛，哪有嫌事情大的。

这厢，朝廷的人马已朝自家门口杀来，杨应龙自然是不会坐以待毙的。他窝在椅中悠闲地喝着茶水，在家中憋着的这些年，在最初与朝廷关系还未如此紧张之时，他便早已将海龙囤暗中修葺完毕。经上次被大火烧后，杨应龙吃一堑长一智，那海龙囤现如今是以千斤巨石砌筑，门外深掘壕堑，又在其上架了吊桥。再后来，朝廷派人来监视他，这修建工程开展得便有些艰难了，幸而孙时泰挺身而出，揽过此重任，最后不但如期在囤上修建了宫室、殿宇等，连那军事相关的总管厅、军营、火药池等也是一应俱全，俨然行宫的模样，杨应龙最近闲暇时还到龙岩囤上打过猎。

除去阵地，在帮手上，杨应龙在孙时泰的协助下，也是做足了准备。杨可栋死后，那狗皇帝竟不让他接回尸首，非但如此，还一再催促他尽快缴清罚金，简直岂有此理！骑在他脖子上也就算了，现下竟然还想在上面拉屎，他算个什么东西！每每思及此，杨应龙便是一肚子火气。

这股火迟迟撒不出来，憋在心里难免生病。孙时泰为让杨应龙心中舒坦，暗中调兵遣将，拔除了播州境内及附近朝廷军的屯堡工所，又召集了先前抗税及其余逃难而来的流民，除此之外，又散了杨应龙一部分资财、土地，分给那些总是食不果腹，或是盼望着自己生活更上一层楼的苗民。有钱能使鬼推磨，大多苗民收了他的钱财，便也甘心追随杨应龙，更有甚者成了他的死士。孙时泰之所以选苗民，自然是因日后开战，以山地战居多，苗人善战骁勇，用起来顺手。

杨应龙闲暇时粗略算下来，他手下的军士已有十五万之多，其中又以苗民占多数，再加上有孙时泰这位军师在一边出谋划策，对付起朝廷那帮草包，定是绰绰有余。

接到朝廷派兵的消息后，孙时泰早早便与杨兆龙同杨朝栋至草塘司以北十里的飞练堡迎战。一路马不停蹄，并不敢耽搁。孙时泰等人到时，朝廷大军还未赶到，眼下时间紧迫，在来时的路上，几人便已在商讨作战事宜。

"三百落那地方难守易攻，若在那儿开战，我们未必会得到什么好处。"孙时泰稳坐马背，目光如炬，"不如由朝栋带兵先去三百落埋伏，将朝廷大部引至天邦囤，我同杨兆龙会在此设重兵，争取将大明军一网打尽。"

几人商讨完毕，便着手布置，待一切妥当之后，朝廷军也终于粉墨登场。

听闻朝廷军此番派三千人前来进剿，为表心中对朝廷的敬重，杨朝栋也率三千人在三百落迎战，以免传出去说他杨家人欺负大明官兵。

杨国柱率兵到时，正值暮色四合，残阳如血，渐渐消失在山腰处。两军对峙，人数相当。不待杨朝栋说话，杨国柱便下令进攻。杨朝栋以为他们翻山越岭而来，无论如何也要歇一口气再开打，却未料大明军攻势如此之急，二话不说便动了手，身后各部不防，被朝廷军打得节节败退。

杨国柱冷笑："轻敌的下场便是如此了。"

此番前来的大明军士皆是步兵，之所以来得如此之慢，便是为保存体力，可保在到达地方时便可开战，速战速决。

杨朝栋未应几招，便带着一众属下惶惶而逃，杨国柱自然要乘胜追击，率身后众人直追而上。一路追至天邦囤，却突然不见了杨朝栋等人的身影。

夜已静极，四周怪石嶙峋，手中火把的光被夜风吹得忽明忽暗，三千军士穿梭在半人高的荒草丛中。

察觉出不对的杨国柱猛然抬手："停！有……"

余下的话音便淹没在仿佛从四面八方涌来的喊杀声中。

耳边战鼓急鸣，震耳欲聋，伴着不停挥舞的旗帜，杨应龙一部如猛兽下山般，瞬间将大明军包围。

杨国柱在战乱中嘶吼："莫乱！"

可惜此时众人已都乱了阵脚，只顾胡乱挥着手中各类兵器，哪儿还有工夫分神听上级指示，再加之对方人马比大明军多了近一倍有余，几乎是眨眼间，大明便全军覆没，连带着贵州都指挥使等高官在内的三千军士无一人生还。

此事一出，举朝震惊。皇帝陛下气得几乎吐血，适逢江东之主动上京请罪，他便连打带骂地撤了江东之的职位，让他马不停蹄地滚出他的视线范围内，那神情仿佛食人厉鬼，恨不能扒了江东之的皮、吞了江东之的肉。

贵州一败，朝中大臣以为皇帝陛下定然又会像先前那般，决定缓一缓，至于开战前说出的那番必赢之话，若皇帝陛下不履行，他们做臣子的也不好说什么。未料这次皇帝陛下是当真铁了心，一封圣旨将安安静静当了好几年美男子的李化龙给推到了风口浪尖，命其节制川、黔、湖广三省军务，主持平播战事，甚至不惜调回正在援朝抗倭的猛将刘綎、陈璘、董一元等，势必拿下杨应龙。

李化龙这些年早已不过问杨应龙的事，此番突然被朝廷点了名，心中甚苦，但还不能说。接到圣旨后，李化龙愁眉苦脸，第一时间便找上了夔州卫的卫指挥使，只因石砫宣抚司现下属夔州卫所辖，李化龙的用意，众人皆知。

接到进剿杨应龙的命令时，还未等马千乘做出什么反应，消停了好些日子的覃氏便在府上闹开了，闹的方式无非是哭、闹以及断水绝食。

马千乘坐在软榻上，批阅着公文，仿佛没听到隔壁覃氏屋子中传来的哭喊。一边的秦良玉则不似马千乘这么淡定了，她叹着气从椅中站起身："你不去看看？"

马千乘将公文合上，又拿过手边另一本："让她闹吧。"

杨应龙公然造反，这事已非马家同杨家的恩怨，覃氏即便闹，也不会闹出什么满意的结果。

秦良玉听着覃氏尖厉的声音着实刺耳，命下人将门窗关严些，又坐回椅中：“此番你随李化龙出征，带着白杆兵，或许关键时刻能有他们的用武之地。”

马千乘腾出一只手，在秦良玉额前轻轻弹了一下：“整日想这些，难为我家夫人了。”

秦良玉摸了摸碎发，又听马千乘继续道：“媳妇，什么时候给我生个孩子？”

秦良玉闻言险些从椅子上一头栽下，瞠目结舌瞪着马千乘：“什……什么？”

马千乘放下手中公文，另一只手一使力，将秦良玉拉到自己膝上坐下。满室静谧中听得身下支着软榻的实木架子吱呀一声，似是随时准备阵亡。秦良玉一张老脸通红，诚然，她打小便能吃，也比一般姑娘要重上那么……十几斤，但这木头委实是不给面子。

马千乘也低头闷笑，抖了抖腿：“嗯，是不轻。”

秦良玉无言以对，正要找个由头离开，却被马千乘圈住了腰，他附在秦良玉耳边，声音沉了不少：“忙过这一阵，我们生个孩子，嗯？”

秦良玉耳根子有些痒，不禁朝马千乘又靠近了些，不知怎么答话，要是满口答应下来，似乎太不矜持，但若不答应，又觉得有些扭捏。每到此时，秦良玉都恨不得卷铺盖去军营里睡，那帮大老爷们也没胆子同她探讨这些有关人生的话题。

马千乘放在秦良玉腰间的手又往上挪了挪。气氛正暧昧，忽听一阵擂门声传来，马府管家在外面哭道：“大人，夫人她悬梁了。”

屋内两人闻言皆一惊，双双从软榻上站起身，急匆匆朝隔壁而去。

此时覃氏已被人从梁上摘了下来，正躺在床上翻着白眼。众人见马千乘同秦良玉来了，纷纷起身将地方让开。

马千乘站在床边，负手盯着覃氏：“为他你竟能做到如此地步？”

覃氏只顾尽职尽责翻着白眼，不愿同马千乘交谈。秦良玉怕马千乘又说出什么不入耳的话，激得覃氏做出更为激烈的事情，不由拉了拉马千乘袖子：“我同母亲说，你先出去。”

马千乘见自己的母亲因另一个男人如此为难自己，本也无话可说，铁青着脸拂袖而去。

屋中一时只剩秦良玉同覃氏。秦良玉抱臂倚在床架旁，声音不咸不淡：“母亲死了，那小家伙该当如何？”

覃氏闻言大惊，白眼也不翻了，直接从床上坐起：“你说什么？我听不懂。”

秦良玉冷笑：“那孩子同奶娘已被我请到娘家歇息，母亲您好自为之吧。”

覃氏知道从秦良玉口中说出的话，定然不会是假话，一时不敢再造次。沉默了会儿，道：“不懂你在说什么。”

覃氏话虽是这么说，人却已完全老实下来。

秦良玉也不同她一般见识，想起这些年来马斗斛头上的那顶绿帽子，心中感慨万千。要说她这婆婆，当真是有些本事的。先前她曾派人暗中调查这孩子的身世，得知那时覃氏在发现自己有身孕后，便在第一时间与杨应龙取得了联系，并威胁杨应龙若是不认这个孩子便将两人之间的事抖出去。当时杨应龙正值事业上升期，这个当口自然不能出什么纰漏，急忙以张氏身染重疾，日日念着覃氏为由将其接到播州，而后另行安置在一处院子，并威胁张氏老实配合，直到覃氏生下孩子。说起这事来，听说当日还是马斗斛亲自将覃氏送到了杨应龙府上的，走时覃氏千叮咛万嘱咐，让马斗斛无事莫要到杨府来，说怕将病气过给他，而后马斗斛当真便一次未去过。

五日之后，杨启文率重庆卫中军所千余人赶到石砫与马千乘会合。柳文昭也在此列中，离得老远便瞧见了秦良玉，双眼放着光。杨启文无奈，垂手揉了揉她的发心：“不许瞧了。”

柳文昭轻轻拨开他的手，还给他一个娇嗔的眼神：“我许久都未瞧见我家将军了。”

再见面后，柳文昭直接越过堆了一脸笑意准备同她打招呼的马千乘，直接扑向了他身边的秦良玉，这让马千乘尴尬起来，想了想，伸手将柳文昭从秦良玉怀中拎开：“喂，你男人在那边，她是我的。”

杨启文脸微微发红，清了清嗓子才开口：“许久不见。”

马千乘点头：“的确，走，进屋坐。”

落座之后，两人并未有寒暄，直奔主题：“此番我率石砫士兵三千从征，朝廷派兵大约二十万，势必拿下反……拿下骠骑将军。”

杨启文点头，又瞧了秦良玉一眼：“良玉此番不从征？”

秦良玉“嗯”了一声：“军需吃紧，我准备另率五百精兵，自备军粮应援，所以不与你们一道。”

正在给众人倒水的柳文昭闻言，忙道：“我是将军的近侍，将军不如带上我。”

先前她曾央求杨启文允她跟随秦良玉上战场，无奈杨启文说什么都不同意，柳文昭自知不能硬碰硬，便一直憋着，欲等见到秦良玉后，亲自同她说，将军开明，定不是那拘泥于世俗之人。

“不行。”

三道声音一同响起，将柳文昭震得一愣。

秦良玉随即补充道：“与其上战场，你不如在石砫帮我瞧着夫人。”

他们现下一窝蜂去打覃氏的相好的，难免覃氏不急火攻心同马千驷又琢磨出什么烂法子，纵然有她小儿子在手，秦良玉也不敢掉以轻心，毕竟被爱情冲昏了头脑的女人很可怕啊！

柳文昭咬了咬嘴唇，片刻后点了点头，算是应下了这事。

朝廷开战前，马千乘命秦良玉同继任石砫副使周国柱先行赶往邓坎扼守险地，路上正与反贼一方小部私兵迎面遇上。

对面私兵一见秦良玉身后的军粮，登时红了眼睛。再一瞧对方人数不过数百，比起自己要少了小半，当下底气更足：“交出军粮，给你们留个全尸。”

秦良玉鲜少流露出不屑之情，今日算是头一遭，她挥苍蝇般摆了摆手：“让。”

私兵一瞧秦良玉这摆明了是未将自己放在眼中，立时怒从心头起、恶向胆边生：“不给？那小爷便放火烧了你的粮草！”

秦良玉押解粮草，本就是昼伏夜出，黑白颠倒得难免心浮气躁，此时见这不要命的私兵堵在面前啰啰唆唆，直接飞身下马，一把拉过私兵手臂，使其靠向自己，而后抬起另一只手，一掌击在私兵胸口，末了长腿一抬，一记横扫，那私兵便飞了出去，落地时喷出满口鲜血。

“堂堂男儿为贼，还恬不知耻，死不足惜。”秦良玉负手立于敌军阵前，面色清冷，“想活还是想死？”

私兵们面面相觑，一时不知该如何是好。正犹豫间，又听身后传来一阵马蹄声响，大地随之震颤。待那伙人离近了后，秦良玉这才瞧清对方旌旗上的“明”字。

“对面何人？”

为首之人声音洪亮，一听便知是久经沙场，不然定练不出这声量。

在回答这个问题前，秦良玉愣了愣，竟不知她该如何介绍自己，说自己是石硅宣抚使之妻？这好像有些不太合适，说自己是明威将军？也觉得不太妥当，想来想去，她只报了名号：“秦良玉。”

为首之人双眉微挑：“原来是明威将军，久仰大名。吾乃总兵董一元，不知眼前这伙人可是将军麾下？”

秦良玉这次未再犹豫，干脆回道：“回总兵话，此乃私兵。”

私兵一见秦良玉如此眼也不眨便将自己供了出来，连改过自新的机会都不留，当下也有些生气了，可转念又想到这两队人马将自己夹击在中间，即便是反抗也是无法……

私兵们沉默了，不知是谁带头将手中长枪扔在地上，随即便见余下的各位也纷纷缴了器械，老老实实站在原地，听候发落。

“这伙人留下不稳妥，老夫先行带走，届时你回石硅去找。”董一元此番赶路匆忙，不能耽搁过久，与秦良玉抱了抱拳，两人就此别过。

路障清除后，秦良玉带着粮草赶到邓坎，此时周国柱已布防妥当，此地乃私兵出兵时必经之路，守好此处，此战于大明来说，便轻松了小半。

驻守邓坎的秦良玉与周国柱等人，脑中那根弦紧绷，一刻不敢放松，这几个月守下来，倒真是碰上了几伙欲与大部队会合的私兵。两人自然不会手软，秦良玉亲率白杆兵冲锋陷阵，周国柱率军掩护。

冬月初二，秦良玉破私兵东路军八千余人。

冬月二十，秦良玉生擒私兵步兵首领，收押。

腊月十二，秦良玉剿杀主动进攻的私兵万余人，保邓坎险地。所率部五百人除轻伤二十人，重伤三人外，无阵亡。

李化龙听闻此讯，特命人打造一面银牌赠秦良玉，上镌“女中丈夫”四个大字，以示表彰。

马千乘接到消息时，正在军帐中为众同僚分析眼前形势，沙盘上各色旗帜已占满了所有要地，听到外面隐隐飘进来的话语，先是愣了愣，随即嘴角的笑意越发明显。

集议后，众人纷纷散去，杨启文揶揄道：“方才见你要笑不笑的，是想她了吧？”

马千乘挑眉，笑意却是有些苦涩："想自然是想，也不知她在那边如何？每日能否吃饱？衣裳厚不厚？是否可御寒？每每给她去信，洋洋洒洒一大篇，每次她回的都是三两个字，唉，这个女人好没良心。"

自打随朝廷出征以来，转眼已过去好几个月，两人自打成亲后从未分开过如此长的时间，马千乘的确是十分想念秦良玉，但眼下家国之事当前，儿女之情必须向后排一排，所以每逢马千乘的思念之情如洪荒之力一般压也压不住时，他便会给秦良玉去封信，小心肝、小宝贝地叫着，再照例嘘寒问暖一番。

比起他来，秦良玉的回信便要简单、粗暴上许多了。

"好，不要脸。"

迄今为止，马千乘一直未研究出这个断句该如何断。

万历二十八年，李化龙指挥明军分八路进攻。杨应龙于官军集结前亲自率兵八万对抗。

他手下兵力大约十五万，比起大明军要少了五万之多，但因其中以善战的苗兵居多，山地作战经验丰富，交起手时，也并未吃亏。尤其是在乌江那一战，杨应龙率兵将明军第七路的三万步兵打得落荒而逃，大明军死伤过半，尸体之多，竟将河道堵塞。最后还是北路川军浴血奋战，终是将娄山关攻破。见要地被攻，孙时泰急忙拖着杀红了眼的杨应龙避回了海龙囤。

正月初二。

因战事连连告捷，杨应龙已躲在海龙囤不敢再贸然进攻，众人脑中的弦便松了些，又因佳节已至，李化龙特置酒席犒劳诸军，甚至命人进城运了酒，说今夜众人要不醉不归。

偌大个营中，众人席地而坐，唯有马千乘等几个主将坐在桌前，他冷眼瞧着滴酒未沾却好像已醉得不省人事的李化龙，恨不能打这个成事不足败事有余的老东西几闷棍。

一旁的杨启文面色也不好，现下时期如此特殊，这仗打得再如何漂亮也不能不防，若是众人都饮了酒，万一……

还没想完，杨启文便觉眼一花，抬头一瞧，见马千乘沉着脸，似乎要去找李化龙，忙一把抓住马千乘的手腕："肖容，莫要打脸，莫要……"话语突然断在此处，他抓着马千乘手腕的手晃了晃，“你瞧那边。”

马千乘被他扯得站在原地不能迈步，闻言满脸不耐地顺着他手指的方向朝东面看了看，而后整个人都僵在原地。

不远处，铠甲加身，腰佩重剑的秦良玉正抱臂似笑非笑地瞧着他，口中说着什么，雕虎豹怒吼花纹的头盔之下，那张清俊的面庞稍显坚毅。

马千乘疾走了几步，最后仍觉得慢，干脆小跑起来，此时耳中众将士的吵闹声似是消失了一般，耳边只剩秦良玉那一句无声的：我想你了。

马千乘顾不得许多，一把将秦良玉搂在胸前，不停在她脸颊上亲吻着，手臂渐渐收紧，明明日想夜想了好几个月，此时见她站在面前，口中竟是一个字都说不出来。

“嗯，力气越发大了。”秦良玉抬手，自认极轻、极为爱怜地拍了拍马千乘的头。

那一厢，马千乘的头重重向前点了两下，而后他觉得头有些晕。

“我觉得好像在做梦。”马千乘摇了摇头，他当真是没想到秦良玉会来看他，此时心中惊喜之余，还满是感动。

正要再开口，便听秦良玉继续道：“你瞧瞧还有谁来了。”

说罢修长的身影微微侧了侧，将她身后黑着脸的陆景淮同满脸鄙视的李玉露了出来。

“呃……这……”马千乘被口水呛了一下，止不住地咳嗽起来，他并不认为陆景淮也想他了，所以千里迢迢从京中赶回来探望他。

秦良玉伸手将马千乘拨开了些，偏头朝营地中间瞧了瞧，眉心紧蹙：“他们喝酒了？”

马千乘“嗯”了一声。

秦良玉目光如炬，紧紧盯着马千乘：“你也喝了？”

还未等马千乘答话，陆景淮同李玉便极有默契地找借口溜走。

“我东西落在门口了。”

“天黑，我陪她去取。”

说完两人便一前一后离开，生怕走得晚了听到马千乘一展歌喉。

“没有！”马千乘否认得极快，“我自然不会喝。”

那孙时泰如此奸诈，他们偃旗息鼓这么长日子，定是在伺机而动，今夜或许便是一个好机会，所以大明军虽喝得烂醉如泥，但石砫士兵可是接到马千乘禁酒的命令滴酒未沾。

未从马千乘身上闻到酒气，秦良玉的眉心这才微微松开了些：“今夜不比以往，杨应龙想必对我方消息了如指掌，所以不可松懈。”

马千乘牵着秦良玉的手向席边走：“险隘之地我已换成石砫亲兵，若是他们来犯，我们不致被打得太惨。”察觉到掌心中的那一双手冰凉，马千乘呵了两口气，搓了搓秦良玉的手，“听说手凉没人疼，没事，以后有我疼你。”

秦良玉微微挣扎着欲将手抽回，不料被马千乘握得更紧：“饿了吧，来，先吃点东西垫一垫。”

此时大明众军士已喝得红光满面，个个酒气冲天，直往桌子下钻，有几个眼睛都睁不开的，挡在秦良玉身前，马千乘怕秦良玉动怒，将他们挨个绑了抽几鞭子，忙一脚一个将他们踢到一旁，又小心翼翼观察着秦良玉的面色，见她面上并无异样，这才微微松了口气。这军中的男人嘛，平日的消遣无非就是喝酒、吃肉、找女人。这三样中，除去最后一样，其余两样他也沾，所以还是能体谅地上东倒西歪的这些人的。

秦良玉一路赶来，此时已是饿过了头，再加之心中装着事，草草吃了几口菜便放了碗筷：“我吃好了，去外面转一转，你同启文不可放松警惕。”

马千乘同杨启文对视一眼后，连声应下。

秦良玉负手站在哨兵的高台上，遥望城中的万家灯火，见其在烟花燃后的烟雾中朦朦胧胧，可头绪却越发清晰起来。石砫军中有杨应龙的内奸，这边的情形自然在他掌控之中，今夜若她是杨应龙，定不会放过这绝佳的翻身机会。

“在想什么这么出神？”马千乘一路跟着秦良玉至此，却见她似毫无察觉，不由出声发问。

秦良玉并未回头，语气低沉：“今夜之战，危险不可预测，若我落入对方手中，你要顾全大局，莫要管我。”

马千乘心微微一沉，虽然前路坎坷早已在心中过了个遍，但此时听秦良玉这么轻描淡写地提起，还是紧紧蹙眉，末了又嘿嘿笑了笑：“夫人，别这么沮丧，届时万一是我被他们逮去了呢？毕竟按相貌来说，我更胜一筹。”

秦良玉这才回头瞧了一眼马千乘，眼中却如同一汪死海，没有丝毫波澜：“若你陷于危难，我不会救你。”她闭了闭眼，“我不会牺牲众军士的性命救你，但我会与你一起死。”

马千乘愣了愣，见秦良玉鼻尖微微泛红，知她是因此战凶险，思及前路心中难受，忙上前将人强行圈在怀中：“哎呀呀，如此轻易便被敌人逮去的爷们你不要也罢，伤心什么？若当真有这一出，你便直接一炮轰了我们吧。”

秦良玉“嗯”了一声，稳了稳心神回：“我方才不过是说说，你若当真被人逮去了。”秦良玉顿了一下，远目天际，“世上男儿千千万。”

马千乘痛心疾首，咬牙切齿道：“我绝不会让那样的情况发生的，你死了这条心吧，将军。”

快近子时时，明军因饮了酒，这时正东倒西歪睡了一地，有些手中还抱着酒坛子，口水流了一脸。

马千乘同杨启文端坐在位子上便显得格格不入了。马千乘见众人睡得香甜，忍不住想给他们补上几脚，最后还是被杨启文给拉了住。

“快到子时了。”杨启文瞧了瞧轻烟弥漫的天际，“他们也快动手了。”

几乎是杨启文话音刚落的瞬间，秦良玉便瞧见远处燃起了一片光亮，那一个个火把好似火龙，将这漆黑的夜照得如同白昼一般。光亮中，私兵各部纵横整齐，身后红衣大炮黑漆漆的炮筒对着石砫军营的方向，最前一排的弓箭手半跪在地，手中的箭矢已蓄势待发。

秦良玉静静站在原地没动，眼睁睁瞧着私兵引燃红衣大炮。

伴着炮筒的伸缩，大地随之一颤，而后火光炸开，浓重的黑烟同惨叫声四起。原本烂醉如泥的大明军登时清醒过来，秦良玉以为，他们这辈子头脑都从未像此时这么清醒过，因为她瞧见众人从地上惊醒后，爬起来便跑，竟还能于匆忙中找对方向，当真是十分难得。

私兵的大炮攻势初时很是密集，一发接着一发地对着军营方向放着炮，轰得众人几乎无路可逃。

马千乘早在听到第一声响动时，便率重负武装的石砫士兵从营内而出。临走前，又强行将陆景淮那个碍事的玩意儿扛到肩上，而后塞到李化龙的帐篷中。

“你说说你这个时候来凑什么热闹？”马千乘忽略陆景淮面上的不满，一步一步走得极其沉稳，“她眼下是我明媒正娶的妻子，你再惦记也没有用。”

陆景淮黑着脸趴在马千乘的肩上，一脸的士可杀不可辱。他此番来，是奉朝廷之命过来监军的。

知道陆景淮不会答自己的话，也不再开口。

生活再艰难都从未想过去死的李化龙酒醒得最快，马千乘将陆景淮扔进去时，清楚地瞧见李化龙的身子抖了一下。

“大人，照顾好我三舅子。”马千乘邪魅一笑，转身撩帘而出，又吩咐门口把守的亲兵，带着两人撤到安全地带，而后便翻身上了战马，动作干净利落，带着倜傥之意。

这时，私兵的炮弹已用得差不多。秦良玉同马千乘趁私兵变换攻略时，迅速带包括白杆兵在内的近万人反击突袭。

私兵未料到大明军中还有清醒之人，当下被白杆兵手中的白杆捅得脑袋发蒙，慌乱间弓箭手被秦良玉挥刀斩杀大半，其余的人为保命，连红衣大炮也顾不上，掉头便跑，一心想着逃回桑木关，而后再想后招。

马千乘自然不会让天上掉馅饼的事发生，一路带人围追堵截，连破金筑寨、明月关寨等七寨，石砫军直抵杨应龙老巢——素有天险之称的桑木关下。

桑木关两边悬崖好似直通九重天上，中为千寻鸟道，为兵家必争之地，攻下它便可顺利进到海龙囤。

“张石，这儿便交给你了。”

马千乘命众人原地休整，抚着掌心，淡淡瞧了浑身浴血般的张石一眼。方才一路冲杀过来，张石一路杀敌最多，功劳最大，但这功劳，自是抵不过他的背叛之名，现如今兵临关下，要冲关自是要有先头部队，有先头部队的地方便有牺牲，马千乘念及旧情，将这战死沙场的机会留给了张石，为其保全忠烈之名，不至于九泉之下愧对列祖列宗。

张石觉得马千乘这一眼中的深意极重，他愣了愣，而后毫不犹豫抱拳道：“属下定当竭尽全力。”话落他便翻身下马，毅然带队出发。

张石一队善射，但眼下并不是能用得上弓箭之时，马千乘这一命令无疑是让他去送死。他腹中有千言万语，最后却是什么都没说。

桑木关难攻易守，关内私兵早已做好准备，见张石率兵攻来，先是一阵淬了毒的乱箭伺候，不少军士躲避不及，惨死毒箭之下。

其余人也并未停手，最外围的军士手持长刀抵挡着箭雨，中间的军士则扛着木桩猛撞关门。那关门结实厚重，石硅军久攻不下，体力透支，马千乘见状，又命另一批手下前去攻门，准备以车轮战对付私兵。

未上前的其余军士，手持先前杨应龙送至军中的神火飞鸦为攻门的同僚们助攻，众人配合得极为默契。但桑木关依旧纹丝不动地立在众人眼前，眼见天色渐亮，仍是毫无进展。

打了一整夜的仗，大多数人体力渐渐不支。屋漏偏逢连夜雨，关内此时又放出火箭，因寒冬之日，军士身上的戎装皆为胖袄，内里实为棉花，沾到火星瞬间便可燃烧，遂有部分军士惨死在这火星之中，那一声声惨叫回荡在这关中，格外悲壮。

“保护大人！”张石见形势不妙，急忙回头吩咐属下去保护马千乘，便是回头这一瞬间，身上立时被火舌引燃。他愣了愣，下意识便要脱去胖袄，无奈胖袄外还照着护胸等，极为烦琐，便想着就地一滚，欲借此将火扑灭，可此时火势已大，手旁又没有灭火的东西，张石一边打滚一边咬着牙，眼睛紧紧盯着马千乘所在的方向，口中大喊，“大人！”

马千乘此时正紧盯着关内的攻势，隐隐听到有人叫自己，循声找了一圈，这才瞧见已快被火舌吞没的张石。当下飞身过去，掬起地上的灰土便朝张石身上撒。

“大人，莫要管我了，您只需听我说几句话。”张石似乎能听见棉絮燃烧的噼啪声，他强忍着痛意道，“我先前的确为取得杨应龙的信任做了几件事，但我对大人一向忠心，宁愿自己死也绝不背叛大人！”大火越发大，张石慢慢有些睁不开眼，他加快语速，“大人，我已取得杨应龙的信任，并买通了他手下酉阳土司，他们应快赶过来了，届时我们里应外合，定能将其拿下！”到此时，张石浑身不停地抽搐，“大人，若有来生，我还追随您！”

马千乘一时反应不及，呆呆半跪在张石身边，瞧见他说完话之后，面上明显轻松了不少的神情：“大人……我先前不说……是怕他伤害我家人，您……您别怪我。”

火星渐灭，地上除去铠甲的铜片后，只剩张石的残骸，适逢一阵风吹过，连骨灰都消失殆尽。

马千乘这才像堪堪回过神来般，不顾铜片的滚烫，将张石的铠甲抱在怀中，声音哽咽：“好兄弟，是我对不起你。”

秦良玉率兵赶到时，瞧见的便是马千乘庄重地将一袭被火烧得焦黑的铠甲放在马背上，正要问他是怎么回事，又见久攻未下的桑木关大门颤巍巍从内打开，大军倾泻而出，一人策马朝马千乘冲过来，而后翻身下马，跪在马千乘身前："大人，属下来迟！"

桑木关破，明军倾巢而入，直奔杨应龙藏匿的海龙囤而去。

其余几路朝廷军，也于天亮时分浩浩荡荡赶到海龙囤前，整军过后，先是几门土炮轰过去，待烟雾散去后，发现这海龙囤比那万丈高的桑木关还要难攻，竟是一关都未拿下。

见炮轰不行，众人改变策略，欲攀爬而上，无奈每逢半路，便会被从上面砸下来的滚木抛石击中。大家都傻了眼，现如今离成功只差一步之遥，难不成还要撤回去?

众官兵不禁有些忧愁，秦良玉所率的白杆兵倒是英勇敏捷，可毕竟只有千余人，若是这么贸然爬上去，后面没有个接应的，岂不是白白送死？众人一时拿不定主意，只能先后撤几里安营扎寨，随后又写了书信快马送至李化龙手上，等待着他的定夺。

李化龙收到信时，也犯了愁，若再这么强攻下去，不但于事无补，还会加重人员伤亡，届时赔了夫人又折兵，朝廷又要拿他问罪，他这些年背锅背够了，着实不想再背了。

"敢问大人，前方战况如何？"端坐在一旁的陆景淮适时开口询问，即便是战时，他仍衣袍整洁，面容沉寂，毫无慌张之感。

李化龙如实将情况说了说，便不再出声。

陆景淮沉吟片刻："眼下雨季将至，再不加紧攻势，恐怕……"

这话算是说在了李化龙的心头上，但他眼下除去亲自上阵……鼓舞大伙的士气，让他们莫要放弃，再加把劲外，别无他法。

一直跟在陆景淮身边负责他人身安全的李玉撇了撇嘴："那便劳烦大人移步阵前鼓舞士气吧。"

这些日子她躲在这后方瞧着李化龙这副样子也是受够了，恨不能亲自披甲上阵，杀叛贼他娘的！

李化龙见李玉都这么说了，若是不去，似乎有些没面子，思来想去，到底还是黑着脸去了阵前。

同样黑着脸的，还有寝食难安的杨应龙。

眼下人都已攻到门口，即便他心再比海宽广，此时也坐不住了。外面炮火声如同雷鸣，一下一下炸在耳边，连屋子也随之震颤，滚滚黑烟似云似雾，不时从窗口飘入，部下的惨叫哀号声不绝于耳，杨应龙望着这疮痍之象，心越发冷，他猛力将窗户摔上，拨开身前黑雾，见孙时泰仍是一副悠闲自得的模样，问："我们现下该如何？你日日坐在这儿，倒是说话啊。"

孙时泰视线从远处收回，深深瞧着杨应龙："现如今只有一个法子，抓他们的主将，以此要挟，或许他们碍于情面，会手下留情，届时大人便可趁机脱身，留得青山在，不愁没柴烧。"

杨应龙听孙时泰连这样消极的法子都想出来了，想必此次当真是凶多吉少了，当下瘫坐在凳子上："若是此法无效呢？"

孙时泰再度收回视线，不再言语。

夜半时分，朝廷军攻势渐弱，杨应龙终于得空躺在床上喘口气，因这些日子没怎么吃饭，他眼神有些飘忽。白日里孙时泰的话充斥在他一敲都有回声的脑袋之中，若是要抓对方的人过来，定是要抓个位高权重的，李化龙可以排除在外，那个孙子比谁藏得都好，先不说这些，即便将他抓过来，那也丝毫不影响朝廷军的攻势，所以思来想去，这符合人质人选条件的，也只有秦良玉、马千乘之辈。那秦良玉又是个吃软不吃硬的，抓她过来的下场无非是大家伙同归于尽。杨应龙叹了口气，那便只有马千乘了，现下二人虽是对立，但马千乘的心肠软，抓他或许还有一丝希望。

杨应龙正想着，忽听有人轻轻叩了两下门，此时已是夜深，前来找他的除去孙时泰便是马千驷了。

"进来。"杨应龙动也未动，仿佛一具尸体，直挺挺躺在原处。

门应声而开，穿戴整齐的马千驷迈步进来，恭敬行了一礼："父亲。"

杨应龙哼了一声："这么晚了你有什么事？"

马千驷笑了笑："我听孙叔父说想抓个人质过来，不知这人质人选父亲可有定夺？"

杨应龙打心里不愿与马千驷说话，但此人的城府之深，并不亚于孙时泰，他怕马千驷今夜前来是要出谋划策，只得翻了个白眼，不冷不热回："自然是抓你哥哥。"

马千驷唇角笑意更深了："如此，父亲与我算是想到了一起，不如由我去将他引过来。"

杨应龙闻言一个鲤鱼打挺从床上坐起，态度当下热络不少："好孩子，那此事父亲便交给你了，实不相瞒，方才我正因这事犯愁。"

马千驷"呵呵"笑了两声："时候不早了，父亲早些歇息。"

出了杨应龙的门，马千驷嘴角的笑意登时冷却，原本积笑的眼中堆满了鄙视之意。现如今他二人算是一条贼船上的，他必须要保住杨应龙，若不是当初他瞎了眼站错队，也不至于落得这般下场。

但说来也巧，也不知是上天垂怜还是如何，他的房间正好能瞧见马千乘的帐篷，所以这几日他日日倚在窗前，观察着马千乘的一举一动，见他入夜之后，不定时会环山遛一遛腿，而那山，又恰巧挨着自己房间的后门，遂想好了将马千乘绑过来的对策。

马千驷从暗门出了海龙囤，因事先便套好了军士的戎装，所以混入人群中倒也不显突兀，他一路往山脚而去。路不远，却是步步惊心，那山脚处有朝廷军把守，马千驷也不敢掉以轻心。

小心避开把守的军士，马千驷微微松了口气，坐在一处石台上等着马千乘的到来。入夜之后，天气转凉，身下冰冷的触感使马千驷心中的温度稍稍退去了些。他遥望夜空，却不合时宜地想起还不懂事的那几年。

其实那些年，他们兄弟的感情还是不错的，马千乘有什么好东西都会给他，记得有一次自己淘气挂在树上下不来，被那时同样是个孩子的马千乘吭哧吭哧爬到树上摘下来了，好像脸上还受了些伤，回家之后他去找覃氏，说哥哥受伤了，不想覃氏却置若罔闻，只顾着拍打着他身上的灰，只字不提找大夫为马千乘医治一事。

他清楚记得当时覃氏的表情很冷漠，说："日后莫要同他一起玩，离他远些，他不是你哥哥。"

再后来，只要他跟着马千乘玩，便会被覃氏冷落，所以时间久了，他也便不再缠着马千乘了。马千乘却一直对他很好，哪怕是前些年，他剿灭山匪时若得到什么好东西了，还是会送他。

马千驷觉得自己已快冻僵之时，听得有脚步声由远及近，节奏平缓，闲庭散步一般。他搭眼一瞧，果然是马千乘姗姗而来。

兄弟二人再见，场面不怎么感人，马千乘的开场白也不怎么中听。

“你被赶出来了？”

马千驷脸一黑，但考虑到还要将人绑回去，忍了忍，没有冷着脸，但态度也不怎么热络，毕竟做贼心虚，往日都未给过马千乘笑脸，今夜这冷不防一笑，他担心马千乘害怕。

年纪越大，兄弟两人的相貌便越有几分相似。

马千乘站在马千驷身前三步远，平静地瞧着他，仿若照镜子一般，问：“怎么不说话？”

马千驷整理了下语言，却发现这个话题很不好开头，兄弟两人相对无语，气氛着实是有些尴尬。马千驷见马千乘似乎要走，也不再做无用功，直接趁马千乘不防，迎面朝他撒了一把迷魂散。这药还是杨应龙给他的，说是功用极强，中毒之人少说也得昏迷一整日。

托了此药的福，再加之马千乘对马千驷毫无防备，意料之中，马千乘被马千驷扛回了海龙囤内。

杨应龙没想到他与马千乘再见时会是这样的场景，一时感慨万分。他蹲在马千乘身前，细细打量着马千乘。

因战乱之故，马千乘比先前清瘦了不少，这铠甲套在身上都略显宽松了。杨应龙将他胸甲理正，起身吩咐马千驷：“给朝廷的那帮走狗去个信，说马千乘在我手中，让他们退兵。”

秦良玉接到书信时，气得眼前发黑，只是心中越气，她面上越淡然。反观李化龙便没有这般洒脱了，他捏着信窝在椅中：“这可如何是好？不能不管肖容啊。”

陆景淮沉默不语，定定瞧着秦良玉，虽心中已有决策，但仍是想看看她如何定夺。

须臾，秦良玉开口：“不退，继续攻城。”

陆景淮微微松了口气。眼下胜利在望，此时退兵便等于放虎归山，日后再镇压便难了。至于马千乘，他虽不喜此人，却不得不承认，以他的本事，若是想脱身，应该是不难的。

李化龙上身前倾："啊？可是……"

秦良玉倏然从椅中站起："大人不必多言，继续攻便是。"

转眼，大明军队攻克海龙囤已有一月有余，众人可以说是昼夜不停地攻打，驻地一片狼藉，但海龙囤仍是固若金汤。众人士气日渐低迷，竟萌生些了退意，李化龙一时看不住，再回神时，只觉人数似乎日益减少，他瞧在眼中，急在心里，到最后，几乎茶饭不思。

一日，秦良玉惊闻李化龙晕厥，忙前去探望，见李化龙躺在木榻一副要死不死的萎靡样子，只想一巴掌抽得他满身活力。

"大人何故如此？"秦良玉站在李化龙榻前，不冷不热发问。

李化龙颤颤巍巍回："这人越打越少了，竟还是久攻不下，我担心……"

秦良玉长臂一挥："胜败皆有定数，大人看开些，届时若打了胜仗，大人还需有副好身体领赏。"

李化龙满心满脑皆是马千乘被逮去了，这打胜仗的概率便少了一半，哪儿还有心思去想着奖赏，恨不能咬着手帕痛痛快快哭一场。

秦良玉见他似朽木不可雕，干脆转身走了。

刚一撩帘，忽觉头顶一阵微风拂过，几不可察。秦良玉环顾四周，见群山环绕，风吹叶动，并没有可疑之处，再见把守的侍卫也是无一人察觉。当下薄唇紧抿，朝自己帐篷的防线走去，刚走了没两步，便被人叫住了。

"将军，陆大人请您过去。"一人半跪在秦良玉身前，低头请示。

秦良玉应了一声，脚步一转，去了陆景淮的帐篷。

陆景淮的帐篷比起她的可真是热闹了许多，除去被捆个严实的陆景淮外，还有另一道身影戳在一边。

"不知孙大人前来，有失远迎。"秦良玉将帘子放下，朝着孙时泰抱拳一揖，"只是大人将我兄长绑成这样，似乎有些失礼。"

孙时泰闻声转身，竟是面色诚恳还了一礼："我今日来为的便是与将军结盟。"不待秦良玉说话，孙时泰又道："当初兴建海龙囤，为的便是最后关头有个退路，你们如此是攻不下这儿的。"

秦良玉仍不言语。

孙时泰继续道："这修建海龙囤，我全程皆参与，所以对此十分了解，这些暂且不提，光说我十数年来一直为杨应龙出谋划策，将军若与我联手，可谓是事半功倍。当然，我知将军文韬武略，即便没有我，也可靠战略攻下此处，但所耗财力、物力乃至精力……"

秦良玉这时才开了口："条件。"

孙时泰咬了咬牙："让我亲手了结他。"

孙时泰走后，秦良玉将陆景淮松绑开来。孙时泰本也不想伤他，所以捆得也不是很紧。

陆景淮将口中帕子扔在地上，问："你怎可轻信他？他毕竟是杨应龙的人。"

秦良玉制止住了他的话，面色沉稳："这事待日后再与你解释，他不会骗我。"

她的语气十分笃定，将陆景淮的话堵回了腹中。

秦良玉与孙时泰联手这事，除去当日在帐篷中的三人外，其余人一概不知。这其余人自然也包括杨应龙。

因秦良玉突然下令退兵五里，只余少数人继续进攻。杨应龙被这突如其来的幸福给冲得摸不着头脑，连带着神情都生动了许多。

"时泰，幸好有你，待出了此处，回到府上，我定重赏你。"杨应龙拉着孙时泰的手臂，看得出他很想来回摇一摇，再晃一晃。

孙时泰"呵呵"笑了两声，不经意瞥见被吊在房梁上神志不清的马千乘，敛起笑意："他怎么办？"

之前为防止马千乘转醒后坏了大事，杨应龙特意用精钢所制的链子将其捆住，而后又将银钩穿过马千乘的锁骨，反绑他双手吊在了自己卧室之中。海龙囤虽有地牢，但马千乘不在他眼皮子底下，他便觉心慌。

杨应龙也瞥了马千乘一眼，轻飘飘道："自生自灭吧。"

孙时泰、杨应龙同马千驷三人欲连夜从海龙囤逃出，三人踩着遍地尸首走得干净利落，甚至连头都不曾回过一次，而此时杨应龙部下仍抵死守着阵地防止朝廷军攻上来。

三人已将路线计划好，出了海龙囤大门便直奔马千驷房间所临的那座山而去。

天上乌云蔽月，耳边夜风呼啸，伴着他的部下隐隐传来的“保护好大人”诸如此类的话语，远处火光连天，每刻都有鲜活的生命逝去，瞧着异常悲壮。

杨应龙对眼前这一切视而不见，一心只顾逃命，只要出了海龙囤再进了山，他们便是捡回了一条命。岂知天不遂人愿，三人还未等出门，便听红衣大炮的轰鸣声响起，随之而来的是大地震颤，几人被震得跌倒在地，一瞧，便见原本幽深的山上忽然亮起了火光。

此番出师不利，杨应龙几人狼狈逃回房中，一时不敢再轻举妄动。

另一边，秦良玉同杨启文可谓是生龙活虎，当真是越战越勇，轮番带兵攻打前门，见其他路军士偃旗息鼓，杨启文还特意去借了大炮等重型武器，一个花样都不重复地骚扰私兵。

对军事丝毫不懂的陆景淮仗着脑袋聪明，也看出了些门道，晚饭时对李玉道：“弟弟，你若无事，带人到海龙囤后方瞧一瞧。”

李玉瞪大眼睛：“你竟然同老子想到一块去了！”话落她顿了顿，黑着脸道，“老子警告过你很多次了，莫要再叫老子‘弟弟’了。”

晚饭过后，李玉借着散步的理由一路攀岩走壁绕到了海龙囤后方。见其后方虽也是重兵把守，但防御明显比前方弱了许多，想来是因秦良玉同杨启文等人这些日子的火力太猛，他们的人手都被调遣到前方去了，估计没几日，杨应龙也要撑不住了。

李玉再回去时，将这好消息告诉了众人。

秦良玉遥望天际扬了扬唇角，觉得胜利的曙光离自己越发近了。也不知自己这突如其来的攻击，是否彻底击垮了杨应龙心中的防线。

往后的两日里，秦良玉命众人再度加强攻势，打得私兵一部近乎崩溃。

孙时泰则稳坐房中，尽职尽责地拆杨应龙的台。他以视察布防之由，转了海龙囤内几个扼要之处。

私兵见军师大人大驾光临，自是不敢怠慢，听得孙时泰问下一步行动时，可谓是知无不言：“回大人话，属下已在门口部下陷阱，一会儿便假开关口，诱敌深入，待他们进了那个陷阱，那便是必死无疑。届时属下再领兵迎战，不怕赢不了他们。”

大约是为了邀功，且心中有十成的把握，守卫说话的底气很足，将防守以及埋伏的几处重要之地全盘托出。

孙时泰很满意，他拍了拍守卫的肩膀，又问：“后门此时如何了？”

守卫答：“后门眼下尚能支撑，却有些艰难……”

孙时泰应了一声，临走前又叮嘱了守卫几句，而后转头便将消息秘传给了秦良玉。

一直在海龙囤中的杨应龙听着外面震天的喊杀声，心若坠渊，整个人已处在崩溃边缘，此时见孙时泰转回，便神神道道问孙时泰：“你说，我们当真守得住吗？”

孙时泰仍是云淡风轻的模样：“他们现下轮番攻关，想必也好不到哪儿去，我们要做的便是等。”

马千驷也有些沉不住气了：“等？还要等到何时？眼下我们可是一个援兵都没有了，他们却不是！再不主动出击，我们岂不是要被打死在这儿？”

孙时泰一向对马千驷不怎么热络，闻言瞧了他一眼：“再从后方加派人手抵御，撑过今夜，明日再做定夺。”

杨应龙现下是六神无主，一切全听孙时泰指挥。

海龙囤的后方防御本就薄弱，孙时泰又下令往前门调兵，无疑是撅着屁股送上门给人家打。自然，这便是他先前承诺于秦良玉的。

大明军也不负孙时泰所望，于当日半夜便从海龙囤后方攻了进来。

关破时，听着下面传来的嘈杂声，杨应龙登时瘫坐在地。

孙时泰见状，伸手将他扶起：“大人，莫要惊慌，海龙囤内还有一处未修好的暗道，我们可以暂时去那儿避一避。”

杨应龙这才回了些神，借着孙时泰的动作从地上起身，仿若抓住了最后一根救命稻草一般：“嗯？那我们快些去。”

迈步时，步伐已凌乱不堪，不时踩到衣摆，一路跌了好几次。

几人穿过浓烟缭绕的大堂，跌跌撞撞地跑到暗道门口，透过外面照进来的微弱光亮，隐隐能瞧见暗道门口那被设了机关的三只石狮。孙时泰伸手去推其中蹲着的一座石狮，却见那石狮纹丝不动，当下又连推了好些下，石狮仍旧毫无反应。眼见秦良玉率军便要攻进来了，孙时泰终是认命地闭上了眼：“大人，走不了了。”

杨应龙闻言，一直紧紧揪着的心却忽然平静了下来。他缓缓松开握着孙时泰手臂的手，抓紧手边的刀，失魂落魄地道："如此也好。"

说罢又转身朝上走，直接去了一直跟在自己身边伺候的两个小妾的房间。

"老爷？怎么办啊？他们打进来了！"两个女人此时正缩在桌下瑟瑟发抖，见杨应龙来了，急忙从桌下钻出去，一左一右扑到杨应龙怀中，"老爷，我好怕。"

杨应龙笑了笑："莫怕，我这便先送你们一程。"

那两个哭得梨花带雨的小妾还未反应过来，便觉腹上一凉。继而不敢置信地缓缓低头去瞧，见汩汩血水喷涌而出，挣扎着问："老爷……为……为什么……"

杨应龙扯过其中一人衣裳擦了擦匕首，声音冷冷地道："陷入乱军手中，你们定是生不如死，安心去吧。"

见两个小妾含恨而终，杨应龙蹲下身，缓缓合上两人的眼睛："下辈子托生个好人家，莫要再遇上我了。"

"大人，您这是动了恻隐之心？"

方才一路跟来的孙时泰这时抱肩靠在门口，语气略显凉薄。

杨应龙见他来了，又将刀朝他身前一递："时泰，这些年幸好有你一直在我身边帮衬我，现下我大势已去，你……自行了断吧，莫要被他们逮去受侮辱。"

孙时泰见杨应龙此时似乎已丧失了求生的欲望，脆弱得不堪一击，一反常态，哈哈大笑起来，眼中竟有豆大的泪水滴下："大人，绝望的感觉如何？"

杨应龙不解其意，却也瞧出孙时泰神态不对，呆呆地问："你这是什么意思？"

孙时泰眼底通红："将死之人是什么感受？"

孙时泰边说边逼近杨应龙："自行了断？不如我先送您一程。"说罢他从袖中抽出杨应龙先前送他的匕首，以迅雷不及掩耳之势直直刺入杨应龙的胸口，似是有意折磨杨应龙一般，那匕首刺得并不深，却足以致人死亡，只不过不会死得很痛苦便是。

"时泰……你……"杨应龙费力扶着桌子，勉强站着，"你……"

孙时泰仰天长笑："杨应龙，这么多年了，我终于手刃了你！苍天有眼！苍天有眼啊！"

杨应龙紧紧握住桌脚："你究竟是何人？若要杀我，又为何次次救我于危难？"

笑够了，孙时泰缓步走向杨应龙："你不是想知道我是谁吗？我这就告诉你。"

孙时泰生于明世宗嘉靖三十七年，年少时娶有一妻，名田雌凤，两人恩爱，成亲没多久便诞下一女，取名孙盈盈。

夫妻皆是浙江余姚人。

余姚之地，以奇才异士闻名，蔚为壮观。孙时泰便是这奇才中的一人，以聪明多谋见长，曾为不少官员出谋划策，攻克难关。

再说这孙盈盈。

孙盈盈承了田雌凤的美貌，自小便生得楚楚动人，不但如此，孙盈盈性子极好，善良且孝顺，不但孙时泰夫妇宠爱她，连带着左邻右舍有什么好东西也都不忘给她塞些。便是这么个招人疼爱的娃娃，一日外出，却惨遭前来余姚征聘谋士的杨应龙辣手摧花，活活奸淫致死，她死时还未及笄。

孙时泰夫妻二人哀恸万分，孙时泰更是一夜之间便白了头。两人抱着孙盈盈被摧残得不忍入目的尸首呆坐了一整夜。

隔日太阳升起，孙时泰便出现在了杨应龙的门前。

彼时他道："草民孙时泰，愿唯大人马首是瞻。"

后面的事情便理所当然了。

田雌凤后也潜入了杨应龙的骠骑将军府，搅得他家宅不安，杀了张氏同其母亲嫁祸给杨应龙，让他吃了不少苦头。

孙时泰至今还能想起他当日亲手埋田雌凤时的场景。

再后来，孙时泰便动用他这些年跟在杨应龙身边后积攒下来的所有人脉，一边联合朝廷多番打压杨应龙，一边又在杨应龙耳边煽风点火，鼓动其造反。

毕竟凭他一己之力是无法同权势滔天的杨应龙相抗衡的，他只能助他一臂之力，让其慢慢做大，成为朝廷的眼中钉、肉中刺，再借由朝廷之手来杀了他。

虽然完成这一切所耗的时日太长，但这十多年了，他终归是得偿所愿，也算不枉人世，现下唯一的遗憾便是覃氏怀中的那个孩子，那是杨应龙的血脉，他那种人的血脉，不配留在世上。

"你做了那么多猪狗不如之事，我怎会让你痛痛快快地死？我曾发誓要让你尝尽绝望的滋味，哈哈……"

孙时泰的笑声越发癫狂，又渐渐为外面渐甚的喧嚣声覆盖，刀剑碰撞声清脆且激烈，想必是秦良玉已带人冲了进来。

秦良玉与杨启文一前一后，几乎同时攻了进来。两队人马会合后，杨启文道：“你先去救肖容，这里交给我。”

秦良玉点头，因先前被孙时泰告知马千乘被关何处，所以便直奔杨应龙房间而去。

虽早已有心理准备，但推开门见到马千乘的时候，秦良玉还是愣住了，她傻站在门口，一时竟不敢靠近。

身后众部下在瞧见浑身血污、毫无生气的马千乘时，也都一同噤了声。

马千乘平日里惯常扬着笑意的脸此时苍白一片，总是蕴含着深情的眼亦是紧闭。他低低垂首，嘴唇干涸，秦良玉竟不敢去摸那具身体是冷，还是热，最后还是几位部下合力将马千乘从梁上放下。

秦良玉手指抖得不成样子，屏气缓缓伸手在马千乘鼻下一探……

平播之战结束了。历时一百一十四日，合计耗银八百万两，双方死伤十万余人。杨应龙自尽而亡，杨朝栋与杨兆龙、马千驷等人被捕，孙时泰下落不明。

第二十章

——将军何必是丈夫——

新一天的太阳缓缓从地平线升起，朝霞取代了连日的乌云。并不强烈的日光聚拢在秦良玉的周身。

她瞧着蹲在杨应龙尸首前浑身血污的马千乘，一直不能忘却当时将马千乘从钢链上放下时的景象。

彼时她抱着马千乘，感受他微弱的心跳以及几不可察的气息，心似被一只手紧紧攥住，下意识地一声一声喊着他的名字。

“将军，方才来时陆大人说您身上有二公子送您的一只荷包，荷包中有颗药丸，大约能使人起死回生。”

有一人单膝跪在秦良玉身前，将陆景淮的话带到。

经他这么一说，秦良玉忽然想起自己一直佩戴着的那只小时秦邦翰送她的荷包，遥记当时秦邦翰千叮咛万嘱咐，告诉她不到迫不得已之时不能拆开荷包。

她顾不上许多，急忙低头去解腰间的荷包，见那些香草中果然有颗血滴般红润的药丸，想也不想便将它塞到马千乘口中。

等了大约有一辈子那么长的时间，马千乘眼皮动了动，而后微微睁开一条缝。

从回忆中清醒，秦良玉轻轻拍了拍马千乘的肩膀：“都过去了。”

马千乘锁骨处的伤口仍在流着血，他一直低着头，眼泪一滴接着一滴溅在尘土中。

什么是战争？

失去，不断地失去。

同一战壕的兄弟、从小敬重的亲人，以及从未谋面甚至连姓名也不知道的勇士。

这便是战争。

经此一战，马千乘觉得前所未有地累，他想好好歇一歇了。

此番平播，石砫同重庆卫等皆立了大功，秦良玉同马千乘更是为南川路战功第一，李化龙欲将战功上报朝廷，借此来拉拢夫妻二人。这厢刚一抬笔，那边便有手下通报："大人，明威将军求见。"

李化龙一听秦良玉来了，忙将笔放回原处："请进来。"

说罢，李化龙亲自起身相迎。

秦良玉铠甲加身，眉眼犀利，经这百余日的平播之战后，身形更显消瘦，她手扶腰间重剑，单膝跪地："参见大人。"

李化龙伸手虚扶："将军快请起。"

秦良玉起身时，瞥了一眼李化龙身后的桌案，道："末将听闻大人在上报战功。"

李化龙应了一声，察觉出秦良玉此番前来的目的，十有八九同这战功有关。果不其然，下一瞬便听她道："我同肖容难担此功名，还望大人莫要将我二人的名字报上去。"

李化龙愣了："这……这是为何？"

虽然一早便知秦良玉同马千乘这两个孩子并不是好大喜功那类人，但此仗他二人的确是功不可没，长了眼睛的人都知道。

秦良玉却没有多说，只道："望大人恩准。"

李化龙见秦良玉语气笃定，并非客套，转念想到此番平播平的是杨应龙，那杨应龙前半辈子深得马千乘的敬重，现如今算是死在了马千乘手中，这孩子又是重情重义之人，杨应龙之死，他定是伤透了心，所以不想要这战功倒也在情理之中。

李化龙叹了口气："罢了，不要也罢了。"

从李化龙处出来，秦良玉觉得脚步轻快了不少。

街道上人声鼎沸，各类铺子重新营业，门口挂着红幡，上书今日酬宾，童叟无欺。来往人群一见东西便宜，一窝蜂地扎进了铺子中，讨价声不绝于耳，日子似乎又回到了最初那般。

"将军，这是小的家刚摘下来的蔬菜，吃着可好吃了，将军您快拿回去尝尝。"

秦良玉这人不好乘轿，骑马又觉得太张扬，所以每日都是步行来往，这便免不了路过小摊时，有果蔬小贩时不时朝她怀中塞些东西。以往秦良玉怕遇到这些情况，都是挑着些背街走，今日是心情好，便也走了回正街。

“我来拿一些。”

秦良玉嘴笨，又不擅与人相处，自然是说不过舌灿莲花的小贩。她推托不成，只好僵着手臂接过这些东西。东西一多，走路时自然不便，正要坐在路边歇一歇，便听陆景淮那温和的嗓音从身后传来。

陆景淮疾走了几步，伸手接过秦良玉手中的各种纸包：“这些日子你没睡好，怎么不在家歇着？”

此番陆景淮求了谢大人许久，才争取到了督军的机会，但因战事紧急，他此番回来也没有机会同秦良玉说上几句话，眼下好不容易战事结束，他便马不停蹄地去宣抚使司找秦良玉，却是扑了个空，从衙门回来时，倒是碰巧让他寻着人了。

秦良玉揉了揉肩膀：“正要回去，你这次回来待多久？”

陆景淮沉默了会儿：“这几日便要回去了，届时你也随我进京去逛逛，父亲、母亲也在京中呢。”

一听双亲在京中，秦良玉的心思便活络了起来，眼下马千乘情绪低迷，或许趁此机会到处走走也可散去些心中郁气。

“好。我回去便与肖容收拾收拾，但我们大约要晚些走。”

陆景淮还未来得及舒展的笑容因秦良玉的话又彻底沉了回去，虽告诉自己此番回来只是来瞧瞧她过得好不好，可眼下见她同肖容似乎十分恩爱，心中又有些不是滋味。

两个人皆沉默了，气氛稍显凝重。

秦良玉绞尽脑汁欲想些话题，最后无果，正尴尬时，李玉的声音突兀插了进来。

“喂，你们两个怎么走这么慢？老子跟了你们一路了。”

尾音未落，人已跑到两人身前，她瞧了一眼眉头紧蹙的陆景淮，推了他一把：“我有姑娘家的事同将军说，你这个大老爷们先回避。”

陆景淮被她推得一个趔趄，正要开口呵斥她没有个规矩，便被李玉堵住了嘴。

“又要说我不像姑娘家是吧？行，老子知道了，你快走快走。”

李玉活像仗势欺人的衙差般，连赶带轰将陆景淮逐出老远，这才一改面上的不羁，郑重地对秦良玉道："这个傻子喜欢你，你定是感觉到了。"

秦良玉最不会应付这类事，不知该如何答话。

李玉又道："我知道你不喜欢他，这就好办了。老子喜欢他，所以你以后离老子的人远些，不然老子可不会因你是将军便对你手下留情，毕竟老子不在你手下讨差事。"

秦良玉没忍住，"扑哧"一声笑了出来，抬手在李玉肩膀上一拍："珍重！"

李玉再也绷不住脸，也跟着笑了起来："就知道你懂老子。"想了想，她又道，"这几日肖容情绪低迷也是正常，你多陪陪他。"她撇了撇嘴，"按他的性子，当日他被马千驷所掳定是他自己安排好的，既然如此，想必已经考虑到了如今的结局，怎么还如此想不开？"

秦良玉叹了口气，垂了垂眸："有些事，想是一回事，待摆在眼前，又是另一回事。"

三人一前一后回了马府。刚一踏进门槛便见柳文昭拎着裙摆快速跑了过来，那抹碧绿的身形几乎是眨眼便到了众人身前。

"将军，方才马公子回来时在夫人的房中发现了张字条。"

秦良玉一听，变了脸色："字条怎么说？"

"字条上说将夫人劫走是要了却最后的恩仇，却没说是往哪儿去了。方才马公子已派人去追了，夫人桌上的茶还是热的，想必人没走多远。"

秦良玉不敢再多耽搁，急忙也向外追去，刚跑下石阶便被一军士模样的人挡住了去路。

"将军，大人请您随属下前往城东的破庙。"

秦良玉知道这定然是马千乘在破庙将人截住，当下跟在那人身后，一路朝破庙而去。

破庙不知被废弃多久了，门窗尽坏，门口蜘蛛网一层叠着一层，颓败不堪。

秦良玉到时便见石砫部分军士分列两排，手持利刃，神情肃穆地站在石阶之下。还未等走近，便能听到里面的打斗之声。秦良玉推门一瞧，不由得愣在原地。

庙中，孙时泰同马千乘正缠斗在一起，覃氏满面泥污，抱着小儿子缩在香案之下，见秦良玉来了，连滚带爬地躲在了她的脚边。

孙时泰此时已明显不敌，原本素洁的长衫被鲜血染红，他一边吃力地躲避着马千乘越发猛烈的攻势，一边费力地道："杨应龙欠我的，还没还干净。"

马千乘长腿一钩，环上孙时泰的颈子，顺势将孙时泰身子向下一压，双手撑地，腿上使力将孙时泰摔至墙上，惯性之下，孙时泰摔在香案上，香案应声碎裂，又重重跌落在地。

"你口口声声说他欠你，他究竟欠你什么？"马千乘负手行至孙时泰身前，一脚踩在他的前胸，"说吧。"

孙时泰功力本就不敌马千乘，此时一分还手的力气都使不出，瘫在地上，话语虽有气无力，但语气中的恨意却仍是瘆人。

"他奸我女儿、杀我妻，我与他不共戴天！"

孙时泰此话一出，在场众人皆大惊。连覃氏也忍不住瞧了他好几眼。

庙中人都沉默了。

马千乘扫了覃氏及她怀中的孩子一眼。覃氏不慎对上他的视线，又朝秦良玉脚边缩了缩。

"我能做的都做完了。"孙时泰抓着马千乘的脚踝，"你杀了我吧。"

一直未出声的秦良玉终是开了口："我该叫你孙时泰还是盈伯？"

孙时泰身子一僵："想必当日我找上你时，你便猜出我是何人了吧？"随即他又大笑出声，"罢了罢了，叫什么都好，不过是一抹幽魂。"

"来人，将他带下去。"马千乘最后还是收了脚，吩咐门口把守的军士，"带到地牢关起来。"

军士领命，鱼贯而入。

人群散去后，庙中只剩下马千乘等四人。

覃氏见再也躲不过去，一边抱着小儿子一边爬到马千乘脚下，拉着他衣裳的下摆，涕泗横流，话语哽咽："肖容，肖容，娘错了，你不能杀他啊，他也是你弟弟啊。"

秦良玉也怕马千乘冲动，暗中拉了拉他的手臂。

知道事情的真相后，众人皆是唏嘘不止，但覃氏再如何也是他的母亲，若当真将她杀了，定是为世人所不容的。

马千乘负在身后的手紧紧捏成了拳，额角青筋毕露，将衣摆从覃氏手中夺回，他咬牙道："将夫人和这孩子送去城外的了尘庵，再不得踏入城中半步。"

万历二十八年，八月。

转眼又是桂花香的时节，空中满是甜腻腻的香气。

秦良玉坐在房中收整着包裹，时不时抬头瞧一眼站在床前的马千乘：“你在想什么？”

马千乘并未收回视线，远眺天际：“我在想，”他顿了顿，“京中有什么特色小吃。”

秦良玉初时忍了忍，后来委实没忍住，一包袱朝马千乘甩了过去：“就知道吃。”

马千乘回头扫了秦良玉一眼：“陆景淮对我什么样你也是瞧在眼中的，我本就不想去瞧他，他对你是什么心思你不知道？”

秦良玉有些头疼地扶额：“他是我哥哥。”

马千乘走过来，一撩袍坐在秦良玉身边：“他不曾拿你当妹妹。”

秦良玉正要说马千乘无理取闹，忽见门房拎着衣摆飞快跑了进来，因跑得急，被门槛绊了一脚，直接一头扎在了两人脚下：“少爷、夫人，重庆府王士琦王知府来了，此时正在前堂候着。”

一听王士琦来了，秦良玉同马千乘互相对视一眼，右眼皮极有默契地跳了好几下，暗觉没有好事。

果不其然，王士琦一见夫妻二人，急忙迎了上来：“建州有异动，女真一部似有趁乱起势之势，现四川界已混入大批女真人，并频频挑衅，朝廷派你二人速速镇压。”

秦良玉与马千乘接到命令后，来不及多说其他，当下便赶往军中整队。

八月的天，艳阳高照。

坪头山上。

身着戎甲的众军士分列两队，个个皆神色肃穆，手中白杆上能撑天，下能支地，空留中间这太平盛世供百姓自由呼吸。

“马”字旗飘摇，背面文有虎狼之面。

马千乘与秦良玉分坐于披胄战马之上，如剑如刃，胸前猛兽长啸，虎视眈眈。

重骑之列在山道上呼啸而过，只余阵阵尘烟飞扬。

吾生大明，誓死守护百姓，外敌来犯，决不姑息！

图书在版编目（CIP）数据

凤权录 / 修竹著. — 北京：中国华侨出版社，
2018.2
ISBN 978-7-5113-7343-4

Ⅰ. ①凤… Ⅱ. ①修… Ⅲ. ①长篇小说－中国－当代
Ⅳ. ①I247.5

中国版本图书馆CIP数据核字（2018）第011835号

凤权录

著　　者：修　竹
出 版 人：刘凤珍
责任编辑：安　可
封面设计：弘果文化传媒
版式设计：刘珍珍
经　　销：新华书店
开　　本：700mm×980mm　1/16　印张：34　字数：568千字
印　　刷：北京嘉业印刷厂
版　　次：2018年3月第1版　2018年3月第1次印刷
书　　号：ISBN 978-7-5113-7343-4
定　　价：68.00元（全二册）

中国华侨出版社 北京市朝阳区静安里26号通成达大厦3层 邮编：100028
法律顾问：陈鹰律师事务所
发 行 部：（010）82068999 传真：（010）82069000
网　　址：www.oveaschin.com
E-mail：oveaschin@sina.com